À propos de l'auteur

Nora Roberts est l'un des auteurs les plus lus dans le monde, avec plus de 400 millions de livres vendus dans 34 pays. Elle a su comme nulle autre apporter au roman féminin une dimension nouvelle ; elle fascine par ses multiples facettes et s'appuie sur une extraordinaire vivacité d'écriture pour captiver ses lecteurs.

Nora Roberts

Pouvoir et séduction

Nora
Roberts

Pouvoir et séduction

Traduction française de
JEANNE DESCHAMP
MARIE PASCAL

HARLEQUIN

Titres originaux :

PARTIE 1 : ONE MAN'S ART
PARTIE 2 : AFFAIRE ROYALE

Ces romans ont déjà été publiés en 2017

HARPERCOLLINS FRANCE
83-85, boulevard Vincent-Auriol, 75646 PARIS CEDEX 13
Service Lectrices — Tél. : 01 45 82 47 47

www.harlequin.fr

ISBN 978-2-2804-4773-7

LE DESTIN D'UNE INSOUMISE

1

Dès les premières maisons aux couleurs passées, Gennie comprit qu'elle avait trouvé l'endroit où poser ses bagages. Le village, très concrètement baptisé La Pointe des Vents, n'avait rien de spectaculaire. Mais il baignait dans une atmosphère d'un autre âge, comme si le rouleau compresseur de la modernité l'avait miraculeusement épargné.

Gennie n'en était pas à la première étape de son voyage, pourtant. Le long de la côte sauvage de la Nouvelle-Angleterre, elle avait découvert quantité de points de vue pittoresques. Pourtant tout ce qu'elle avait visité jusque-là était un peu trop parfait, un peu trop typique, un peu trop léché à son goût.

Depuis six mois qu'elle était partie, c'était la première fois qu'elle avait envie de s'octroyer une halte prolongée, de poser son chevalet et de prendre le temps de peindre sur le même site des jours d'affilée. Depuis le début de son voyage, Gennie explorait un aspect de son talent qu'elle avait laissé en friche jusque-là : le réalisme. Sa peinture avait toujours été figurative et imaginative, fondée sur le trompe-l'œil, le mystère et l'illusion. Mais, pour la durée de son périple, elle avait décidé de coller à la réalité au plus près. Le coffre de sa voiture était déjà plein de croquis de rochers, de falaises, de plages et de petits ports de pêche.

Mais par rapport à tout ce qu'elle avait dessiné jusque-là, La Pointe des Vents apportait un plus. A moins qu'il ne s'agisse justement d'un *moins*. Les qualificatifs de « coquet » ou de « charmant » ne s'appliquaient pas à ce village. Il n'y avait pas de grands arbres pour offrir l'ombre généreuse de leurs feuillages. Seuls quelques pins rabougris se dressaient ici et là. La route était creusée d'ornières et les maisons n'avaient pas été rénovées à grands frais. Rides et cicatrices étaient fièrement étalées et les vieilles bâtisses affichaient leur âge sans complexe. L'impression générale n'était pas de douceur et de charme, mais de rudesse et d'expérience.

Gennie appréciait la beauté fonctionnelle des lieux et l'absence de fioritures. Il y avait juste ce qu'il fallait, à La Pointe des Vents : une épicerie, une pharmacie, une poste et une église. Les maisons avaient ce côté solide, charpenté, typique de la Nouvelle-Angleterre. Des fleurs venaient certes égayer l'austérité des façades. Mais, à La Pointe des Vents, les jardins n'étaient pas que d'agrément. Et si les pétunias étaient parfois plantés avec un brin de fantaisie, les rangées de choux et de carottes, elles, étaient toutes tracées au cordeau.

En traversant le village en voiture, Gennie capta par la vitre ouverte une saine odeur de poisson, de mer et d'iode. Elle roula jusqu'au cimetière où l'herbe haute poussait entre des tombes en granit à l'allure sévère. Puis elle fit demi-tour et rebroussa chemin pour constater avec satisfaction que si le village était petit, il donnait néanmoins une impression d'espace. Gennie se gara devant l'épicerie, estimant que ce commerce devait se situer au cœur du réseau de communication local. L'homme assis dans un vieux fauteuil à bascule devant la porte ne leva pas la tête pour la dévisager avec curiosité. Il continua à se balancer calmement, le regard rivé sur le casier à homards qu'il réparait sur ses genoux. Gennie le regarda procéder quelques instants, fascinée par la dextérité des mains noueuses, tannées par la mer et le vent.

Après s'être promis de le croquer à la première occasion sur le carnet d'esquisses qu'elle gardait toujours à portée de main, Gennie descendit de voiture, prit son sac à main par réflexe, et se dirigea vers l'épicier.

— Bonjour.

Il la salua sans pour autant s'interrompre dans sa tâche.

— Il vous faut quelque chose ?

Gennie sourit, amusée par la question.

— Oui, je me demandais s'il n'y avait pas une petite maison ou une chambre à louer par ici ?

L'épicier prit le temps d'examiner l'étrangère. Une fille de la ville, ma foi. Et du Sud, qui plus est. Sans doute même du Sud profond, là où l'air moite et humide était chargé des senteurs du magnolia et du jasmin. Elle faisait penser à une fleur née dans les régions chaudes, avec ses longs cheveux noirs et sa peau mate.

Des touristes, il en voyait passer de temps en temps. Mais celle-ci paraissait différente des autres. Elle faisait plutôt penser à une princesse. Pas les vraies princesses comme on en voyait parfois à la télévision, mais celles qu'on représentait dans les livres pour enfants. Le menton était fin, les pommettes hautes et élégantes. Et si le sourire était un peu triste, les yeux avaient la couleur, la profondeur de l'océan.

Désormais rompue aux us et coutumes de la Nouvelle-Angleterre, Gennie attendit patiemment, le visage offert à la brise légère, que l'épicier se décide à lui répondre. Pendant ces quelques mois de vie itinérante, elle avait découvert que, si la population était accueillante et amicale, les gens ne parlaient *jamais* à tort et à travers. Leurs paroles étaient parcimonieuses et ils s'exprimaient rarement sans avoir pris le temps de réfléchir d'abord.

— On ne voit pas beaucoup d'estivants par ici, déclara enfin l'épicier. Et les rares qu'on avait dans le coin ont déjà pris le chemin du retour.

— Je ne suis pas venue ici en touriste, monsieur… ?

— Fairfield… Joshua Fairfield.

— Je m'appelle Genviève Grandeau et je suis artiste peintre, se présenta-t-elle en lui tendant la main. J'aimerais passer du temps ici pour peindre.

— Ah, une artiste…

Joshua Fairfield eut une moue dubitative, comme s'il ne savait trop quoi penser de cette catégorie de population. Mais il l'examina de nouveau, hocha la tête et finit par admettre :

— Y aurait peut-être bien un cottage à trois kilomètres d'ici. La veuve Lawrence l'a mis en vente, mais elle n'a pas encore trouvé preneur.

— Un cottage ? Ce serait parfait, s'écria Gennie avec enthousiasme. Où puis-je trouver Mme Lawrence ?

— Juste en face, à la poste… Bon, allez, tiens… Vous n'avez qu'à lui dire que vous venez de ma part.

Gennie le remercia d'un sourire.

— Merci pour tout. Et bonne journée, monsieur Fairfield.

De l'autre côté de la rue, le bureau de poste se résumait à quatre murs et un guichet. Une dame vêtue d'une robe noire, avec une longue tresse grise roulée en chignon, était occupée à trier le courrier. Gennie songea que le terme de « veuve Lawrence » lui allait comme un gant.

— Excusez-moi ?

La receveuse se retourna au son de la voix inconnue et, le regard sévère, s'approcha du guichet.

— C'est à quel sujet ? marmonna-t-elle.

— M. Fairfield m'a dit que vous auriez peut-être un cottage à me louer.

La veuve Lawrence pinça les lèvres.

— J'ai un cottage à *vendre*, rectifia-t-elle.

— Oui, c'est ce que M. Fairfield m'a expliqué.

Gennie lui dédia son plus beau sourire. Elle le voulait à tout prix, ce cottage. Surtout que, à la réflexion, les trois kilomètres qui la sépareraient du village et de ses habitants constitueraient un atout supplémentaire !

— En attendant que vous trouviez un acquéreur, je me demandais si vous ne pourriez pas me louer votre maison pour quelques semaines. Je peux vous donner des références si vous le souhaitez.

Mme Lawrence secoua la tête.

— Les références ne m'intéressent pas. Vous pensiez rester combien de temps ?

— Un mois. Six semaines.

Le regard de la veuve se posa sur ses mains.

— Vous n'êtes pas mariée ?

— Non. Je suis seule. Cela fait plusieurs mois maintenant que je parcours la Nouvelle-Angleterre pour peindre. Et j'ai envie de passer un peu de temps ici, à La Pointe des Vents.

— Pour faire vos tableaux…, compléta la postière. Ma foi… rien ne sert de laisser cette maison vide après tout. La plomberie a été refaite et le toit aussi. Mais la chaudière est parfois capricieuse. Il y a deux chambres à coucher, mais une seule est aménagée.

Ni le ton ni l'expression de Mme Lawrence n'avaient changé. Et pourtant, Gennie perçut distinctement la tristesse dans sa voix. Sans doute avait-elle vécu toute sa vie de femme mariée dans ce cottage. Et c'était tout un pan de son passé qu'elle laissait derrière elle en vendant sa maison.

— Il n'y a pas de voisins proches et le téléphone a été coupé, poursuivit la receveuse. Mais j'imagine qu'il doit y avoir moyen de rétablir la ligne.

— Je pense que je me sentirais très bien dans ce cottage, madame Lawrence, dit Gennie gentiment.

Visiblement touchée, la veuve s'éclaircit la voix. Elle indiqua un tarif à la semaine que Gennie trouva plus que raisonnable. Sans l'ombre d'une hésitation, elle tira son carnet de chèques de son sac.

— Si vous acceptez de me le louer, je le prends.

Le visage jusque-là impassible de la postière trahit un certain étonnement.

— Vous ne voulez pas visiter d'abord ?

— Ce ne sera pas nécessaire.

Mme Lawrence prit le chèque.

— Geneviève, déchiffra-t-elle.

— Genvième, rectifia Gennie. J'ai été prénommée ainsi à cause de ma grand-mère. Mais tout le monde m'appelle Gennie.

Une heure plus tard, elle avait les clés du cottage dans son sac, deux cartons pleins de provisions dans son coffre et des instructions détaillées pour trouver son chemin. Laissant derrière elle les villageois aux regards méfiants ou curieux, elle prit la direction de l'océan.

L'après-midi tirait à sa fin et des nuages menaçants s'étaient amoncelés au-dessus de l'océan. La brise légère avait forci, et sous le ciel résolument hostile, ce paysage de bout du monde paraissait plus que jamais sauvage.

Mais, pour Gennie, la dégradation visible du temps ne faisait que pimenter l'aventure. Le goût du danger ne lui était pas venu avec les années. Elle l'avait depuis toujours dans le sang. Son arrière-arrière-grand-père avait été flibustier — un brigand des mers passionné qui n'avait jamais eu honte de ses pillages. Le navire de Philippe Grandeau avait été rapide et particulièrement redoutable. Et il n'avait eu aucun scrupule à mener sa vie d'aventurier.

Gennie avait toujours gardé le journal de bord de son ancêtre, qu'elle considérait comme un de ses plus grands trésors. Au long de ses pages, Philippe Grandeau relatait ses aventures avec une ironie et un talent de conteur que Gennie trouvait irrésistibles.

De ses ancêtres aristocrates du côté de sa mère, elle avait hérité un certain sens pratique. Mais c'était avec

Philippe le flibustier qu'elle aurait aimé faire voile sur les mers d'azur.

Tout en roulant à vitesse réduite sur la route étroite creusée d'ornières, Gennie avait tout loisir de contempler le paysage, si différent de celui de sa Nouvelle-Orléans natale. Le contraste était même si total qu'elle se demandait par moments si elle n'avait pas changé de planète. Le Sud où elle avait toujours vécu incitait à la paresse de jour et invitait à la fête et à la musique la nuit. Ici, en revanche, ni la lascivité ni l'indolence n'étaient de mise. Dans ce pays menacé par l'océan et balayé par le vent, l'erreur ne pardonnait pas.

Mais lorsque Gennie regardait autour d'elle, elle ne voyait pas que des étendues sans fin de roche austère grignotée par l'océan. Elle sentait aussi la force, l'intégrité de cette terre assiégée, inéluctablement condamnée à l'érosion et qui néanmoins faisait face. Malgré l'heure déjà tardive, elle se gara à hauteur d'une petite crique, située à quelque distance de la route. Les premières impressions d'un lieu étaient à ses yeux irremplaçables et uniques. Il lui fallait absolument les capter, laisser glisser son fusain sur le papier à dessin pour tenter de traduire en lignes et en ombres le choc que procuraient ces paysages.

La mer était agitée sous un ciel de plomb. Gennie emprunta un chemin étroit qui serpentait entre les buissons de myrtilles, s'installa avec son carnet et ses crayons sur ses genoux, et commença à dessiner. De la roche encore tiède montaient des senteurs d'algues et de poisson décomposé. C'était une odeur forte, élémentaire et primitive, qui semblait émaner de l'intimité même de l'océan.

Le vent pleurait, gémissait, émettant par moments une plainte presque humaine. Gennie n'était pas pressée de rentrer. Elle n'avait pas d'horaires à respecter et personne à qui rendre des comptes. Ici, sous ces vastes cieux où grondait la violence encore contenue de la tempête, elle faisait l'expérience d'une liberté jusque-là inconnue. Elle était habituée depuis longtemps à avoir son indépendance. Mais la solitude — la *vraie* solitude —, elle ne l'avait encore jamais rencontrée sous cette forme.

Lorsqu'elle serait de retour à La Nouvelle-Orléans, dans la ville qu'elle aimait, et qu'elle retrouverait les odeurs d'humus du fleuve, le souvenir de ces instants resterait inscrit en elle comme un des temps forts de son existence.

Absorbée dans ses croquis, Gennie passa plus de temps que prévu dans la crique. L'absence totale de voix humaines la fascinait. Nul doute qu'elle vivrait quelques semaines marquantes dans son cottage perdu, à La Pointe des Vents.

Le crépuscule éclairait encore faiblement la mer et la roche, lorsqu'elle jeta son carnet de croquis sur la banquette arrière de sa voiture. Il aurait été tentant d'attendre qu'il fasse nuit noire pour repartir. Mais trouver le cottage dans l'obscurité risquait d'être difficile. Et elle avait encore au moins un mois à passer sur place. Les occasions de peindre et de marcher ne manqueraient pas. Souriant toute seule, Gennie tourna la clé de contact.

Et n'obtint qu'un faible toussotement.

Sourcils froncés, elle fit une seconde tentative. Qui se solda par une sorte de sifflement suivi d'un claquement hautement suspect. Gennie pesta à voix haute. A Bath, elle avait eu quelques ennuis mécaniques. Mais elle avait trouvé un garagiste débrouillard qui avait farfouillé un moment dans son moteur, resserré quelques boulons. Et, depuis, elle avait roulé sans rencontrer l'ombre d'un problème.

Gennie contempla la route creusée de nids-de-poule et fit la grimace. Qui sait si les chocs répétés n'avaient pas eu raison de la réparation de fortune dont sa voiture avait fait l'objet ? Par acquit de conscience, elle souleva le capot et plongea le nez dans le moteur. Mais même si elle avait disposé des outils nécessaires, elle aurait été incapable d'en faire usage. Refermant le capot, elle scruta la route.

Et ne vit rien. Pas le moindre signe de civilisation, aussi loin que portait le regard.

Scrutant le ciel déjà très assombri, Gennie fit la grimace. D'après ses calculs, elle devait être à mi-parcours entre le village et le cottage. Si elle rebroussait chemin, elle trouverait sans doute un automobiliste serviable pour la ramener à La Pointe des Vents. Mais une fois là-bas, elle ne serait guère plus avancée. Si elle poursuivait à pied, en revanche, il ne lui faudrait guère plus d'un quart d'heure — une demi-heure au maximum — pour atteindre la maison qu'elle venait de louer.

Sa décision fut vit prise : Gennie détestait revenir sur ses pas. Elle sortit donc sa lampe de poche de la boîte à gants et alla résolument de l'avant. Très vite, elle dut se servir de sa torche pour ne pas trébucher dans le noir. Dans l'obscurité, la route était presque aussi peu praticable à pied qu'elle ne l'était en voiture. Et plus elle avançait, plus les ornières se creusaient et se multipliaient. Par endroits, le rocher affleurait carrément. Gennie en arrivait à se demander si la piste était encore carrossable. A la faveur de la nuit, elle avait peut-être franchi définitivement les limites du monde civilisé ?

Si la nuit tomba vite, elle ne tomba pas en silence. Le vent qui s'était mis à siffler rageusement lui rabattait les cheveux sur le visage. De petites écharpes de brouillard commencèrent à tournoyer autour d'elle. Gennie pria pour qu'elles ne s'épaississent pas trop vite et qu'elle ait le temps d'atteindre le cottage avant de se retrouver dans la purée de pois.

Cette crainte particulière s'évanouit dès l'instant où l'orage éclata. Des rideaux de pluie déferlèrent, chassés par le vent fou. Se faire mouiller n'avait jamais gêné Gennie. Mais dans l'obscurité totale, aveuglée par la pluie torrentielle, elle n'en menait pas large. Dans les ténèbres mouvantes, le faible rayon lumineux de sa lampe de poche n'apportait qu'un réconfort très relatif. Au début, Gennie se contenta de pester. Puis son irritation se fit malaise. Et le malaise se mua en anxiété.

Les éclairs qui se rapprochaient illuminaient fugitivement un amas de roche ou quelque maigre arbuste tordu par le vent. De nature, Gennie n'était pas peureuse, mais elle avait toujours eu une riche imagination. Et il lui fallut lutter ferme pour repousser les visions de créatures inquiétantes qui se multipliaient autour d'elle. Chantonnant pour combattre l'angoisse, elle se concentra sur le rayon lumineux de sa torche.

— Bon, d'accord, je suis mouillée. Et alors ? C'est juste un mauvais moment à passer, marmonna-t-elle en repoussant les cheveux dégoulinants qui lui tombaient sur les yeux.

Mais pourquoi ce fichu cottage n'apparaissait-il pas ? Elle avait pourtant bien dû parcourir un kilomètre et demi depuis le temps qu'elle marchait ! Et si elle était passée à côté sans le voir ? Projetant le faisceau autour d'elle, Gennie dut se rendre à l'évidence. Prétendre trouver une maison inconnue plongée dans le noir à l'aide d'une simple lampe électrique relevait de l'inconscience pure et simple. Surtout par un temps comme celui-là.

Stupide. Elle avait été parfaitement stupide de vouloir poursuivre son chemin au lieu de retourner vers la civilisation. Serrant les bras sur sa poitrine pour se réchauffer, Gennie s'accorda une halte. Au point où elle en était, le mieux serait de revenir sur ses pas et de se réfugier dans sa voiture pour attendre la fin de la tempête. Trempée comme elle l'était, ce ne serait pas des plus confortables. Mais tout valait mieux que d'errer en aveugle dans le noir.

Avant de faire machine arrière, elle jeta un dernier regard au loin, par acquit de conscience. Et ce fut là qu'elle la vit : la lumière au bout du chemin.

Qui disait lumière disait présence humaine. Disait chaleur. Disait sécurité.

Sans une hésitation, Gennie reprit sa progression dans l'obscurité. La tempête cependant empirait, de même que l'état du chemin. Et elle avait de la peine à mettre un pied devant l'autre tellement elle était glacée et épuisée. Des éclairs zébraient le ciel d'un étrange éclat violet, puis disparaissaient d'un coup, rendant les ténèbres plus opaques encore par contraste.

S'il n'y avait pas eu la lumière au loin pour la soutenir, elle se serait sans doute effondrée sur place. Le fracas furieux des vagues, lointain tout d'abord, se faisait plus présent, plus proche. A la faveur d'un éclair, Gennie entrevit les crêtes hérissées d'écume. C'était une mer démontée et vengeresse qui s'acharnait à frapper la roche en se jetant contre elle de tout son poids.

Réprimant un frisson, Gennie s'interdit d'avoir peur. Si elle paniquait maintenant, elle se mettrait à courir. Et ce serait la chute assurée. Elle devait marcher lentement et avec prudence, si elle voulait arriver à bon port.

Lorsqu'elle fut suffisamment proche de la lumière pour distinguer d'où elle provenait, elle faillit éclater de rire : un phare dans la tempête, le refuge par excellence ! Ce n'était pas un faisceau tournant qui l'avait guidée dans la nuit, mais l'éclat provenant d'une fenêtre.

Rassurée, Gennie pressa le pas. Si une fenêtre était éclairée, c'est que quelqu'un vivait là. Elle imagina un marin à la retraite, un vieil homme avec une pipe et un verre de rhum à la main. Lorsqu'un nouvel éclair déchira le ciel, aussitôt suivi du fracas assourdissant du tonnerre, Gennie décida qu'elle allait l'adorer, ce gardien taciturne et chenu.

Le phare lui parut massif, rassurant, d'une blancheur immaculée dans la tempête. A l'aide du rayon faiblissant de sa lampe de poche, elle trouva une porte de bois brut.

Frappant du poing sur le battant épais, elle constata avec horreur que le son était absorbé par le fracas de la tempête. A deux doigts de craquer, Gennie se mit à cogner à coups redoublés. Se pouvait-il qu'elle ait fait tout ce chemin pour se retrouver à la porte, pendant que le vieil homme, peut-être un peu dur d'oreille, s'appliquait en sifflotant à construire une maquette de bateau, quelque part là-haut, au premier étage, derrière sa fenêtre éclairée ?

Au désespoir, Gennie se jeta de tout son long contre le battant et recommença à taper de plus belle. Lorsque la porte s'ouvrit, elle suivit le mouvement et faillit tomber la tête la première. Le gardien réussit in extremis à la rattraper par les épaules et à la remettre sur ses pieds.

— Merci, murmura-t-elle dans un souffle. J'ai eu peur que vous ne m'entendiez pas frapper.

Repoussant les cheveux qui lui tombaient sur les yeux, elle releva la tête et regarda l'homme qu'elle considérait comme son sauveur.

S'il s'agissait ou non d'un marin, elle n'aurait su le dire. Mais une chose était certaine : il n'était ni vieux ni ratatiné. Le physique de l'occupant du phare rappelait plutôt celui de son fougueux ancêtre Philippe que celui d'un retraité placide. L'homme était jeune, avec une peau hâlée, un visage anguleux, aux traits marqués, des cheveux drus, indisciplinés, tout aussi noirs que les siens. La bouche était charnue, d'une évidente sensualité. Le nez droit apportait une touche d'aristocratique élégance à ce visage plutôt rude. Quant aux yeux, ils étaient sombres et insondables sous des sourcils noirs à la ligne sévère.

Le regard de l'inconnu n'était pas amical. Ni même curieux, d'ailleurs. Son « sauveur » avait l'air aussi contrarié que s'il avait eu affaire à un vendeur de tapis venu lui proposer sa marchandise au porte-à-porte.

— Comment diable êtes-vous arrivée ici ?

Gennie frissonna. Elle avait espéré un accueil plus chaleureux. Mais l'essentiel était d'avoir échappé à la tempête.

— A pied, expliqua-t-elle.

— A pied ? Par ce temps ? Et vous venez d'où, comme ça ?

— Je suis tombée en panne de voiture à quelques kilomètres d'ici.

Elle se mit à trembler. De froid ou par contrecoup de ses mésaventures, elle n'aurait su le dire. Toujours est-il qu'il ne lui proposa pas de s'asseoir pour autant.

— Et que faisiez-vous en voiture dans le coin par soir d'orage ?

— Je... je me dirigeais vers le cottage de Mme Lawrence, expliqua-t-elle en claquant des dents. Lorsque ma voiture m'a lâchée, j'ai voulu poursuivre à pied. Mais, dans le noir, j'ai dû manquer l'embranchement pour la maison.

Elle poussa un soupir et sentit ses jambes se dérober.

— Je pourrais m'asseoir un moment ?

Il scruta ses traits quelques secondes puis, avec un grognement vague qu'elle considéra comme un acquiescement, il lui désigna le canapé. Elle s'effondra et laissa partir sa tête en arrière un instant.

Grant considéra avec consternation sa visiteuse tombée du ciel. Que diable allait-il bien pouvoir faire d'une touriste égarée dans la tempête ? Le pire, c'est qu'elle n'avait pas l'air d'être en état de repartir. Il examina sa « réfugiée » de plus près. Ses cheveux, plus noirs que la nuit, étaient très légèrement ondulés. Son visage n'était ni fin ni délicat, mais d'une beauté altière et grave qui rappelait certaines figures moyenâgeuses. Une princesse celtique ou une reine des Francs, avec un corps menu mais athlétique, qui se dessinait nettement sous les vêtements trempés qui lui collaient à la peau.

Que le corps et le visage soient attirants était une chose. Mais ce qui avait décontenancé Grant un instant, c'était son regard. Elle avait des yeux immenses, très légèrement bridés, du même vert changeant que l'océan par temps clair.

Pendant une fraction de seconde, il s'était demandé si ce n'était pas une sirène que l'océan furieux avait jetée au pied de son phare.

Elle avait le parler doux et coulant des gens du Sud profond. Une langue qui paraissait presque étrangère lorsqu'on était habitué comme lui aux rudes cadences du Maine. D'autres hommes à sa place auraient applaudi à deux mains en trouvant une fleur du grand Sud devant leur porte. Mais il était trop occupé de son côté pour avoir le temps de s'intéresser aux jolies touristes de passage.

Lorsqu'elle lui sourit, Grant regretta amèrement de lui avoir ouvert.

— Je suis désolée, déclara la jeune femme d'une voix plus calme. Je déboule chez vous après avoir cogné à votre porte comme une affolée et je ne pense même pas à me présenter. Je m'appelle Gennie.

Grant glissa les pouces dans les poches avant de son jean.

— Grant Campbell.

Comme il gardait les sourcils froncés et ne semblait rien avoir à ajouter, Gennie fit un effort pour l'amadouer.

— Vous ne pouvez pas imaginer, monsieur Campbell, comme j'ai été soulagée lorsque j'ai vu la lumière de votre phare au loin.

Grant continua à la regarder en silence. Et songea que ce visage lui disait vaguement quelque chose. Mais quoi ?

— L'embranchement pour le cottage est à un kilomètre et demi d'ici, déclara-t-il sèchement.

Surprise et choquée, Gennie leva les yeux. Il ne comptait tout de même pas la renvoyer dehors par ce temps pour la laisser reprendre ses recherches à tâtons ?

Elle avait toujours considéré que, pour une artiste, elle avait plutôt bon caractère. Mais elle était trempée, glacée et affamée. Et l'attitude rébarbative de ce Grant Campbell commençait à lui porter sérieusement sur les nerfs.

— Ecoutez, je vous paierai volontiers pour une tasse de café et l'usage de ce machin pour la nuit.

Elle donna une petite tape sur le canapé, soulevant un discret nuage de poussière.

— Je ne prends pas de pensionnaires.

— Et j'imagine que vous chasseriez aussi un chien malade à coups de pied ? Désolée, mais je ne ressors pas d'ici avant demain matin, monsieur Campbell. Et je ne vous conseille pas d'essayer de me jeter dehors.

Sa réaction plut à Grant, même s'il ne laissa rien transpirer de son approbation. Il ne se donna pas non plus la peine de préciser qu'il n'avait jamais eu l'intention de la mettre à la porte. S'il avait observé aigrement qu'il ne prenait pas de pensionnaires, c'était juste pour marquer son mécontentement d'avoir été dérangé. Et pour lui indiquer qu'il n'avait aucune intention d'accepter son argent.

Sans un mot, il traversa la pièce et s'accroupit pour farfouiller dans un vaisselier en chêne. Gennie regarda droit devant elle, même lorsqu'elle entendit le son d'un liquide coulant dans un verre.

— Vous avez besoin de cognac plus que de café en ce moment, déclara-t-il en lui posant le verre sous le nez.

— Merci, répondit Gennie, glaciale et dédaigneuse comme seules les femmes du Sud savaient l'être.

Elle ne sirota pas son cognac mais le vida d'un trait. D'un geste hautain, elle lui rendit le verre vide. Grant réprima un sourire.

— Vous en voulez un autre ?

Elle le regarda de haut.

— Non, merci.

« Elle est en train de me remettre à ma place, comprit Grant, amusé. La princesse montre au paysan à qui il a affaire. » Réfléchissant à la conduite à suivre, il écouta le bruit de la tempête. Le vent continuait à se déchaîner contre les murs épais du phare et aucune accalmie ne semblait se dessiner. La conduire jusqu'au cottage des Lawrence maintenant serait pénible, voire dangereux. Il perdrait moins de temps s'il se résignait à l'héberger jusqu'au lendemain matin.

S'inclinant devant la fatalité, il se dirigea vers l'escalier.

— Venez, ordonna-t-il. Vous ne pouvez pas rester là à grelotter jusqu'à demain matin.

Gennie hésita, résistant de justesse à la tentation de lui jeter son sac à main à la figure. Les lèvres serrées, elle le suivit, grimpant à sa suite les marches métalliques qui s'élevaient en spirale dans le bâtiment circulaire. Parvenu à l'étage au-dessus, il alluma la lumière et poussa une porte sur sa droite. Sa chambre à coucher, apparemment. Patientant sur le palier, Gennie jeta un rapide coup d'œil à l'intérieur. La pièce n'était ni très grande ni très bien rangée. Mais le vieux lit en cuivre était une merveille. Gennie en tomba instantanément amoureuse.

Grant se dirigea vers un chiffonnier qui, restauré, aurait eu belle allure et en sortit un peignoir d'un bleu passé.

— La douche est juste en face.

Il lui colla le peignoir dans les bras et disparut sur ces douces paroles.

— Merci infiniment, maugréa Gennie dans le vide. Vous êtes bien aimable.

Furieuse, elle poussa la porte de la salle de bains… et, là encore, se trouva sous le charme. La pièce était minuscule, mais l'antique baignoire sur pieds en porcelaine blanche s'enorgueillissait de très beaux robinets en cuivre que Grant prenait apparemment le temps d'astiquer. Les panneaux de cèdre aux murs avaient jadis été laqués. Le lavabo était ancien comme le reste. Et il fallait tirer sur une ficelle pour allumer la lumière au-dessus de l'étroit miroir ovale.

Avec un soupir de bien-être, Gennie retira ses vêtements trempés et enjamba le rebord de la baignoire. Le pommeau de douche était vétuste, mais la douche fonctionnait et l'eau était brûlante. Gennie ferma les yeux et songea avec reconnaissance qu'elle venait d'avoir accès au paradis.

Et tant pis, après tout, si c'était le diable qui en gardait l'entrée.

Un étage plus bas, dans sa cuisine, Grant mit sa cafetière électrique en route. Puis, songeant qu'il ne pouvait décemment laisser jeûner la fille jusqu'au lendemain, il sortit une brique de soupe et la vida dans une casserole. Ici, à l'arrière du phare, on entendait la mer encore plus distinctement qu'ailleurs. Le bruit de heurtoir des vagues faisait partie intégrante de l'univers sonore de Grant. Lorsque, comme ce soir, l'océan entrait en rage, il tendait un instant l'oreille, évaluait la force de la tempête, puis reprenait tranquillement ses activités.

C'était, du moins, ce qu'il aurait fait si son organisation n'avait pas été perturbée par une visite intempestive. Compte tenu de la perte de temps subie, il allait être obligé de consacrer une heure supplémentaire à son travail ce soir-là. Mais à présent que le gros de sa contrariété était passé, Grant pouvait envisager cette perspective avec une relative sérénité. Lorsqu'on vivait comme lui avec les éléments, on apprenait à accepter les cas de force majeure.

Il était asocial, certes. Mais pas totalement rustre pour autant. A la touriste perdue dans la tempête, il pouvait offrir un repas et un abri pour la nuit. C'était l'hospitalité de base qu'elle était en droit d'attendre. Et, pour le reste, elle n'aurait qu'à se débrouiller.

Grant ne put s'empêcher de sourire en se remémorant l'attitude de Gennie. Même dégoulinante et perdue, elle avait su lui tenir tête. De toute évidence, ce n'était pas le genre de fille à se laisser marcher sur les pieds. Ce qui n'était pas pour lui déplaire. Rien n'exaspérait Grant autant que les pâles créatures effarouchées. Tant qu'à endurer la compagnie d'un de ses congénères, il préférait les gens directs, déterminés, capables de dire ce qu'ils pensaient et de défendre leurs opinions.

Comme les MacGregor, par exemple.

Une semaine à peine s'était écoulée depuis son retour de Hyannis où il avait « donné » sa sœur Shelby en mariage à Alan MacGregor. A cette occasion, il avait eu la mauvaise surprise de découvrir qu'il avait la fibre sentimentale. Les MacGregor n'avaient eu aucun mal à le convaincre de passer quelques jours de plus avec eux. Bizarrement, il s'était pris d'une affection immédiate pour ces gens — en particulier pour l'expansif Daniel. Et cela lui ressemblait si peu qu'il n'en revenait toujours pas de les apprécier autant.

En temps normal, il aurait eu hâte de retrouver le calme et la solitude de La Pointe des Vents. Mais les MacGregor avaient quelque chose d'irrésistible. Et le fait de donner Shelby en mariage l'avait remué, autant le reconnaître.

Prendre la place qui serait revenue à leur père s'il avait encore été de ce monde l'avait touché et attristé à la fois. Passablement retourné, il avait apprécié le répit que lui offrait ce bref séjour à Hyannis. Même les questions indiscrètes de Daniel concernant sa vie privée l'avaient amusé plus qu'elles ne l'avaient irrité. Et il s'était surpris à leur promettre de revenir les voir à la première occasion.

Mais pour le moment, il n'était pas question de repartir où que ce soit. Il avait du travail. Beaucoup de travail, même. Du travail que Gennie avait interrompu en lui tombant dessus sans prévenir. Mais le retard restait rattrapable. Dès qu'ils auraient fini de manger, il l'installerait dans la chambre d'amis, où elle pourrait passer la nuit. Et le lendemain matin, à la première heure, elle disparaîtrait définitivement de sa vie.

Grant se sentait presque d'humeur aimable au moment

où la soupe commença à frémir. Lorsqu'il entendit Gennie entrer dans la pièce, il se retourna, prêt à émettre un commentaire modérément aimable. Mais la vue de la jeune femme vêtue de son seul peignoir lui fit l'effet d'un coup de poing en pleine poitrine.

Bon sang, qu'elle était belle !

Trop belle pour ne pas constituer une menace pour sa tranquillité d'esprit. Gennie disparaissait presque dans la vieille sortie de bain dont elle avait pourtant roulé les manches jusqu'aux coudes. Le bleu passé de l'éponge faisait ressortir la couleur dorée de sa peau. Elle avait brossé ses longs cheveux humides en arrière et son visage était dégagé, à l'exception des quelques boucles qui folâtraient sur les tempes. Avec ses yeux vert pâle et ses longs cils noirs mouillés, elle ressemblait plus que jamais à la sirène qu'il avait d'abord cru voir en elle.

Contrarié par cette bouffée de désir qui venait compliquer une situation déjà pénible, Grant lui jeta un regard noir.

— Asseyez-vous, ordonna-t-il d'un ton rogue. Vous pouvez prendre un peu de soupe.

— C'est extrêmement généreux de votre part. Merci.

Grant émit un son inintelligible et posa bruyamment une assiette devant elle. Gennie prit sa cuillère et ne se fit pas prier pour manger. La dignité aurait sans doute voulu qu'elle refuse une pitance offerte avec tant d'évidente mauvaise grâce. Mais avec la faim qui lui tenaillait le ventre, elle n'était plus en état de se soucier de sa fierté. Grant se servit à son tour et s'assit en face d'elle.

Gennie fut surprise qu'il pousse le sens de l'hospitalité jusqu'à partager son repas. Vu ses manières d'ours, elle s'était attendue à ce qu'il tourne les talons en la laissant manger seule. Mais elle se garda bien de faire le moindre commentaire sur son attitude.

La cuisine était petite et bien éclairée. Il y régnait un silence total, si on ne tenait compte ni du fracas des vagues ni du hurlement sauvage du vent au-dehors. Les solides éléments de cuisine en chêne brut donnaient du caractère à la pièce. Le plan de travail était également de bois, mais poncé et vernis. L'espace était restreint, mais agréable et bien agencé.

Si un certain désordre régnait dans le reste de la maison, la cuisine, elle, était impeccable. Il n'y avait pas de miettes sur la table, pas de vaisselle traînant dans l'évier, pas d'odeurs flottant autour de la poubelle. Seuls les arômes appétissants de soupe et de café emplissaient l'atmosphère.

A mesure que la faim de Gennie se calmait, sa colère suivait le même chemin. Elle avait envahi le territoire de ce Grant Campbell sans y avoir été invitée, après tout. Au nom de quoi exigerait-elle qu'il l'accueille à bras ouverts ? Il était taciturne, d'accord. Mais il ne lui avait pas claqué sa porte au nez. Mieux même : il avait mis sa salle de bains à sa disposition, lui avait procuré des vêtements secs et de la nourriture. Plus un endroit où dormir.

Que pouvait-on décemment exiger de plus lorsqu'on venait frapper à la porte d'un inconnu à la nuit tombée ? En s'efforçant de faire taire sa fierté, Gennie baissa les yeux sur la table. Et son regard tomba sur les mains de Grant.

L'espace d'une seconde, elle demeura sous le choc. Elle avait rarement vu des mains aussi belles. Les poignets étaient fins sans pour autant donner une impression de fragilité. Ils évoquaient, au contraire, la force et la maîtrise. Le dos de ses mains était hâlé, les doigts longs et agiles. C'était des mains que l'on pouvait tout aussi bien imaginer tenant une flûte que maniant le sabre avec une adresse redoutable.

Pendant tout le temps que dura sa contemplation, Gennie oublia le reste de la personne de Grant. Il n'y avait plus pour elle que ces mains extraordinaires, si sensibles et intelligentes qu'elles semblaient avoir une existence à elles. On avait d'ailleurs la plus grande peine à imaginer que des mains comme celles-là puissent appartenir à un gardien de phare ou un marin pêcheur. Gennie ressentit une pointe d'excitation qu'elle ne chercha pas à contenir. Toute autre femme à sa place n'aurait-elle pas réagi de même ? Ces mains-là étaient faites pour toucher, palper, caresser.

C'étaient des mains impatientes, certes. Mais jamais, même dans la précipitation, elles ne sauraient être maladroites. Elles pouvaient arracher avec brutalité les vêtements d'une femme, mais aussi la déshabiller si subtilement qu'elle ne se rendrait compte de rien.

Lorsqu'un nouveau frisson — d'anticipation, cette fois — la parcourut de part en part, Gennie se ressaisit. Même en imagination, il y avait des limites à ne pas dépasser. Un peu déphasée par le trouble qui venait de l'envahir, elle leva presque timidement les yeux sur son visage.

Grant l'observait avec curiosité. Il avait noté qu'elle s'était arrêtée de manger d'un coup pour fixer son attention sur ses mains. Il avait attendu, intrigué, qu'elle manifeste une réaction quelconque, convaincu qu'il aurait droit à une nouvelle remarque cinglante.

Mais lorsqu'elle leva de nouveau son visage vers lui, l'expression de vulnérabilité sur ses traits le saisit aux tripes. Même lorsqu'elle était entrée chez lui, titubante et transie, elle ne lui avait pas paru aussi fragile, aussi éprouvée… aussi désirable, surtout.

Grant se demanda fugitivement comment elle réagirait s'il se levait sans prononcer un mot, lui prenait la main et la tirait jusque dans son lit.

Pendant quelques instants, ils se regardèrent en silence, perturbés par des élans de désir dont ils ne voulaient ni l'un ni l'autre. C'était comme si une tempête en eux faisait écho au vent et à la pluie qui s'acharnaient sur les murs. Sur la défensive, Grant songea aux créatures qui, par la beauté de leur chant, menaient les marins à leur perte.

Gennie de son côté méditait sur le fait qu'un homme tel que Grant Campbell aurait été capable de tenir tête à une attaque en règle, orchestrée par son flibustier d'ancêtre.

Les pieds de la chaise de Grant grincèrent sur le sol de bois lorsqu'il se leva. Gennie se figea.

— Il y a une chambre à l'étage avec un bat-flanc, si ça vous intéresse.

Le regard de Grant étincelait d'exaspération contenue. Gennie avait les paumes moites et elle tremblait d'un mélange déconcertant de désir et de fureur.

— Le canapé ira très bien, merci.

Il haussa les épaules.

— Comme vous voudrez.

Sans même se donner la peine de lui souhaiter une bonne nuit, il quitta la pièce. Gennie attendit que ses pas résonnent dans l'escalier, avant de presser la main sur sa poitrine en fermant les yeux. Une chose était certaine, en tout cas : la prochaine fois qu'elle verrait une lumière briller dans la nuit par temps d'orage, elle partirait au pas de course dans la direction opposée.

2

Grant détestait être dérangé. Il tolérait qu'on l'insulte, qu'on le menace et même qu'on le méprise, mais il n'acceptait pas d'être interrompu lorsqu'il était occupé. Que les gens l'apprécient ou non le laissait de marbre. Tout ce qu'il voulait, c'était qu'on le laisse vaquer tranquillement à ses activités. Peut-être parce qu'il avait grandi auprès d'un père condamné à rechercher en permanence l'approbation d'autrui — un aspect malheureusement incontournable de la carrière d'un politicien de haut vol.

Enfant déjà, Grant avait perçu que la personnalité de son père générait des réactions extrêmes : certains lui avaient voué une véritable adoration; d'autres l'avaient craint ou détesté. Lorsqu'il s'était lancé dans la course pour l'investiture, il avait été porté aux nues par des foules délirantes d'enthousiasme.

Robert Campbell avait été le genre d'homme capable de se démener pour rendre un service — que ce soit à un ami ou à un étranger. Ses idéaux étaient élevés, sa mémoire excellente, ses talents d'orateur très appréciés. En homme de devoir, il s'était toujours tenu à la disposition de ses électeurs. Jusqu'au moment où un fou avait mis fin à sa carrière en lui logeant trois balles dans la poitrine.

Grant n'en avait pas voulu qu'à l'assassin; il ne s'était pas contenté non plus de remettre en question l'univers de la politique, comme l'avait fait sa sœur. D'une certaine façon, il avait attribué la responsabilité de sa mort à son père lui-même. En se donnant au monde entier, Robert Campbell avait fini par y perdre jusqu'à sa vie même.

Et, pour cette raison sans doute, Grant, lui, ne se donnait à personne.

Il ne considérait pas son phare comme un refuge. C'était tout simplement sa maison — le lieu où il avait choisi d'habiter. Il appréciait de vivre à distance de la foule et aimait la force et l'harmonie des éléments. Quant à l'isolement, il lui convenait autant sur le plan professionnel que personnel. Les longues journées de solitude lui étaient tout simplement indispensables. Il avait besoin de calme et de concentration. Considérant que c'était un droit vital et élémentaire pour chaque individu de pouvoir travailler et réfléchir sans être interrompu, Grant avait pris les dispositions nécessaires pour que ce droit soit respecté.

La veille, lorsque Gennie était venue tambouriner à sa porte, elle l'avait surpris en plein travail. Dans ces cas-là, il était parfaitement capable de continuer à dessiner sans réagir. Mais comme le bruit insistant l'avait coupé net dans son inspiration, il était descendu ouvrir avec la ferme intention d'étrangler l'imprudent qui s'était risqué à le déranger. Gennie pouvait s'estimer heureuse qu'il se soit contenté d'être désagréable. L'année précédente, un malheureux touriste venu innocemment toquer à sa porte pour demander un renseignement avait déclenché chez lui une colère homérique. Au point qu'il avait menacé de le jeter dans l'océan sur-le-champ s'il ne détalait pas de chez lui au plus vite.

Rien ne prouvait encore que la dénommée Gennie sortirait de son phare saine et sauve, cela dit. Car après lui avoir faussé compagnie la veille au soir, Grant avait eu le plus grand mal à retrouver le fil de son inspiration Si bien qu'il avait passé la moitié de la nuit à plancher, tout en pestant contre les intrusions, les interruptions et les dérangements de toutes sortes.

Il s'était endormi excédé et se réveillait d'humeur massacrante. Abruti par le manque de sommeil, il ouvrit un œil et constata que : un, le soleil était de retour ; deux, Gennie était déjà levée. Elle chantait une mélodie à la mode qu'il reconnaissait pour l'avoir entendue régulièrement à la radio ces derniers mois. S'il vivait loin de ses semblables, Grant n'était pas coupé de l'actualité pour autant. Il lisait une douzaine de journaux et écoutait religieusement les informations. Même la télévision lui était indispensable pour le métier qu'il exerçait.

Grant devait reconnaître que Gennie chantait bien. Elle avait une voix basse et suave, pleine de moelleux et de rondeur. Quoi d'étonnant à cela, d'ailleurs ? C'était le propre des sirènes d'ensorceler avec leur chant. Pestant avec force, Grant enfouit la tête sous son oreiller. Elle l'avait empêché de travailler la veille et ce matin elle le tirait de son sommeil. La maigre patience dont il disposait était mise à rude épreuve.

Avec l'oreiller sur la tête, il rencontra un nouveau problème. Favorisée par la chaleur et l'obscurité, son imagination lui présenta Gennie telle qu'elle lui était apparue, vêtue de son peignoir la veille.

Jurant avec force, Grant repoussa ses couvertures, enfila un vieux jean coupé et descendit, mi-endormi, mi-excité, pour voir ce qu'elle fabriquait. La couverture qu'elle avait utilisée était déjà pliée sur le canapé. Sourcils froncés, Grant poursuivit son chemin jusqu'à la cuisine. Elle portait toujours son peignoir, et sa chevelure défaite tombait en vagues luxuriantes dans son dos. Grant faillit y plonger les doigts pour vérifier si les reflets de cuivre qui s'y dessinaient étaient réels ou simplement dus à un effet de lumière.

Du bacon rissolait dans une poêle sur la cuisinière et

une merveilleuse odeur de café avait envahi l'atmosphère. Paradisiaque.

— Mais qu'est-ce que vous fichez, bon sang ?

Gennie tressaillit et virevolta sur elle-même, une spatule dans une main et l'autre posée par réflexe sur son cœur. Malgré l'inconfort du canapé de Grant, elle s'était réveillée d'excellente humeur. Et avec l'estomac dans les talons. Dehors, le soleil brillait dans un ciel sans nuages, les mouettes criaient, plongeaient, s'ébrouaient. Le monde lui avait paru magnifique, et le réfrigérateur de Grant bien approvisionné.

Elle avait décidé d'accorder une seconde chance à Grant-le-Grincheux. Tout en s'activant dans sa cuisine, elle s'était juré de se montrer amicale quoi qu'il arrive. Une résolution qui, de toute évidence, serait ardue à tenir. Gennie contempla l'homme à demi dévêtu qui se dressait devant elle. Avec son regard noir de colère, ses cheveux qui lui tombaient sur les yeux et ses joues bleuies par un début de barbe, il avait l'air plus hostile, sauvage et rébarbatif que jamais.

Stoïque, Gennie lui adressa son plus beau sourire.

— Je prépare le petit déjeuner. J'ai pensé que je pouvais bien faire ça pour vous remercier de m'avoir hébergée.

De nouveau, il fut frappé par quelque chose de familier en elle. Où avait-il déjà vu ces yeux, ce visage ? Grant se flattait d'avoir une excellente mémoire, mais pas moyen de retrouver à qui elle lui faisait penser.

— Je n'aime pas qu'on touche à mes affaires.

Gennie ouvrit la bouche pour l'envoyer promener en beauté. Mais elle réussit in extremis à ravaler sa riposte tranchante.

— Rassurez-vous, je n'ai rien cassé, à part quelques œufs... Tenez, voilà ce que je vous propose : servez-vous une tasse de café, asseyez-vous et fermez-la, d'accord ?

Grant faillit siffler admirativement entre ses dents.

Personne, jamais, ne lui avait intimé silence d'une voix aussi douce. Et l'ordre était suffisamment implacable, malgré tout, pour qu'il choisisse de s'exécuter.

Il regarda Gennie verser des œufs dans la poêle. Non seulement elle avait cessé de chanter, mais elle serrait les dents comme si elle se retenait stoïquement de l'insulter. Grant nota qu'elle arborait un petit sourire détaché. Elle semblait fermement décidée à lui montrer que son caractère détestable et ses manières de rustre la laissaient de marbre. Mais il était persuadé qu'elle devait jurer intérieurement tant et plus.

Grant porta sa tasse à ses lèvres et savoura son café. La caféine bénie opéra son miracle quotidien, dissipant peu à peu les brumes du sommeil. Il regarda Gennie aller et venir dans sa cuisine. C'était la première fois depuis qu'il vivait dans ce phare qu'une femme lui cuisinait un repas. Il n'en ferait pas une habitude, bien sûr. Mais en soi l'expérience avait quelque chose d'assez plaisant.

Toujours en silence, Gennie posa la poêle sur la table et remplit deux assiettes.

— Comment se fait-il que vous vous rendiez à l'ancien cottage des Lawrence, au fait ? demanda-t-il en sortant les couverts.

Gennie lui jeta un regard en coin. Aurait-il décidé de se comporter en être civilisé, tout à coup, et de lui faire poliment la conversation ? Tentée de laisser sa question sans réponse, elle murmura du bout des lèvres :

— Je l'ai loué pour le mois.

— Je croyais que la veuve Lawrence l'avait mis en vente.

— C'est juste.

— C'est un peu tard dans la saison pour venir passer des vacances, non ? Les estivants sont déjà repartis.

Les yeux rivés sur ses œufs au plat, Gennie haussa brièvement les épaules.

— Je ne suis pas venue ici en touriste.

— Ah non ?

Il l'examina d'un regard si attentif, si intense que, l'espace de quelques secondes, elle se sentit presque transparente.

— Vous avez l'accent de la Louisiane. Vous êtes de quelle ville ? Baton Rouge ? La Nouvelle-Orléans ?

— La Nouvelle-Orléans.

Gennie oublia momentanément son irritation pendant qu'elle l'observait à son tour.

— Vous non plus, vous n'êtes pas d'ici.

— Non, répondit-il sans prendre la peine de fournir plus de précisions.

Ainsi, il voulait bien lui poser des questions, mais refusait de répondre aux siennes ?

— Et pourquoi ce phare ? insista-t-elle. Il n'est plus utilisé en tant que tel, si ? Le fanal ne marche pas.

— Non, il n'est plus en usage. Les garde-côtes ont un système de radar beaucoup plus sophistiqué pour assurer la sécurité en mer par ici… Vous êtes tombée en panne d'essence ?

Il s'était bien gardé de lui dire pourquoi il avait choisi de venir vivre ici, nota Gennie, irritée.

— Non. Je me suis garée sur le côté de la route pour jeter un coup d'œil sur l'océan. Et lorsque j'ai tenté de démarrer pour repartir, le moteur ne voulait plus rien savoir. Je pense que je vais être obligée de faire venir une dépanneuse.

Grant émit une sorte d'aboiement qui chez une personne civilisée aurait pu passer pour un rire.

— Ici ? A La Pointe des Vents ? Vous pourrez la chercher longtemps, votre dépanneuse. Je jetterai un coup d'œil, si vous voulez. Et si le problème dépasse mes compétences, il ne vous restera plus qu'à faire appel à Buck Gates.

Autrement dit, elle était tributaire de Grant Campbell pour remettre sa voiture en marche ? Gennie aurait préféré se débrouiller autrement. Mais s'il n'y avait pas moyen de se faire dépanner au village...

— C'est très aimable à vous de me le proposer, marmonna-t-elle.

— En attendant, dépêchez-vous de vous habiller. J'ai à faire, ce matin.

Il posa au passage son assiette dans l'évier et la planta là exactement comme il l'avait fait la veille. Renonçant à la tentation de lui jeter la poêle à frire à la tête, Gennie finit de débarrasser la table.

Bon. Elle allait suivre son conseil et s'habiller. Rapidement, même, avant qu'il ne change d'avis. Elle accepterait sa proposition d'aide puisqu'il était prêt à pousser la bonté jusqu'à s'occuper de sa voiture. Ensuite, elle se hâterait d'oublier jusqu'à l'existence de ce grincheux patibulaire.

Elle ne vit aucun signe de Grant au premier étage lorsqu'elle monta se changer dans la salle de bains. Ses vêtements avaient séché pendant la nuit, par bonheur. Quant à ses tennis, elles étaient encore un peu humides, mais, avec un peu de chance, elle serait installée au cottage dans moins d'une heure. Ce qui lui laisserait une bonne partie de l'après-midi pour dessiner. Ravigotée par cette perspective, Gennie regagna le rez-de-chaussée. Grant n'étant nulle part en vue, elle tira la lourde porte d'entrée et décida de l'attendre dehors.

Le temps était si clair que Gennie demeura un instant le souffle coupé. La tempête de la veille était passée durant la nuit comme un mauvais rêve. Il n'existait que très peu d'endroits au monde où l'air étincelait avec la pureté du cristal. Et ce coin perdu du Maine en faisait partie. Le monde paraissait neuf, lumineux, régénéré. De ce côté-ci du phare poussaient un peu d'herbe folle ainsi qu'un joyeux pointillé de petites fleurs sauvages. La verge d'or se balançait doucement dans la brise, annonçant la fin de l'été. Mais le soleil n'avait encore rien perdu de sa vigueur estivale.

Au bout de la route étroite sur laquelle elle était arrivée la veille, Gennie eut la surprise de découvrir une grande ferme située à une centaine de mètres à peine du phare. La vieille bâtisse était encore en bon état, même si elle était inoccupée depuis longtemps, à en juger par la poussière sur les fenêtres et la hauteur de l'herbe.

C'était dans cette ferme, sans doute, que le gardien vivait avec sa famille lorsque le phare était encore en activité. En ce temps-là, il devait y avoir un jardin potager, une basse-cour, peut-être même quelques chèvres ou moutons. La peinture blanche s'écaillait sur les murs, mais les volets tenaient bon. Gennie ne put s'empêcher de penser que la ferme se tenait en attente sur sa colline, prête à accueillir de nouveaux occupants.

Au pied de la pente était garé un pick-up. Celui de Grant, de toute évidence. Pour le reste, il n'y avait rien ni personne en vue. Cédant à l'appel de la mer, Gennie contourna le phare et s'arrêta net en découvrant l'absolue splendeur de l'horizon marin. Par ce temps clair, on distinguait la côte à perte de vue, découpée comme une dentelle, avec un semis de petites îles au large. On ne voyait pas de bateaux de plaisance, pas de ketchs élégants ni de planches à voile, mais, ici et là, les solides embarcations des pêcheurs de homards. Ce coin de la côte n'était pas voué aux distractions pour oisifs. C'était encore un lieu d'équilibre et de beauté.

Gennie inspira à pleins poumons l'air chargé de senteurs marines. L'eau était à la fois verte et bleue, puissante et humble. Le travail de la mer avait gommé les aspérités de la roche, soulignant ses gris, ses verts, ses veinules orangées. Plus bas, des coquillages rejetés par les vagues étaient éparpillés sur le rivage. On entendait le tintement des bouées, le son régulier des moteurs des homardiers, l'appel mélancolique des mouettes pêcheuses. Où que le regard se porte, il n'y avait rien qui ne soit lié à l'océan, éternel et infini.

Gennie sentit un appel résonner en elle. Ce même appel auquel des hommes et des femmes répondaient depuis des temps immémoriaux. Puisque c'était de la mer que toute vie était issue, quoi d'étonnant si la nostalgie de son milieu originel était inscrite au cœur même de l'être humain ? Debout sur une étroite corniche au-dessus de la petite plage en contrebas, Gennie se laissa imprégner par tout ce que l'océan représentait : à la fois un défi, un danger et une promesse de paix.

Ce fut là que Grant la trouva lorsqu'il partit à sa recherche. Elle ne l'entendit pas approcher. Ne s'aperçut pas non plus de sa présence lorsqu'il s'immobilisa pour la regarder. Ne l'entendit pas jurer tout bas lorsqu'il se rendit à l'évidence : la silhouette de Gennie dressée face à l'océan ne faisait pas tache dans son paysage. Elle ne choquait pas dans son coin d'univers, ne déparait pas ses horizons privés.

Grant lui en voulut de paraître à sa place dans *son* domaine, de s'intégrer avec cette choquante facilité à son bout de terre surplombant l'océan. Cette herbe, cette roche lui appartenaient en propre. Alors pourquoi en arrivait-il à se demander si cette portion de falaise sans Gennie n'allait pas lui paraître vide et désolée ?

Le vent qui soufflait de la mer plaquait ses vêtements contre elle, dessinant son corps mince et athlétique, ses rondeurs souveraines. Sa chevelure dansait autour d'elle, et le soleil y allumait des reflets de feu.

Un feu qui trouva en lui un écho fulgurant.

Sans se rendre compte de ce qu'il faisait, il lui prit le bras et la fit pivoter vers lui. Aucune surprise ne se lisait dans le regard qu'elle leva vers lui. Il ne vit dans ses yeux verts qu'un mélange d'excitation et d'éblouissement dont il savait que l'océan était l'origine.

— Hier soir je me demandais comment il était possible de vivre dans un endroit pareil, et ce matin je n'arrive plus à imaginer qu'on puisse vouloir habiter ailleurs, dit-elle d'une voix vibrante. Il est à vous, ce bateau de pêche amarré là-bas ?

Grant ne répondit pas immédiatement. Les yeux rivés sur son visage, il comprit qu'il avait été sur le point de l'attirer dans ses bras pour l'embrasser. Il s'en était fallu de peu. Au point qu'il lui semblait presque sentir le goût de ses lèvres sur les siennes.

Il fit l'effort de regarder dans la direction qu'elle lui indiquait.

— Oui, il est à moi.

Gennie lui fit le don spontané d'un vrai sourire.

— Je vous empêche de travailler. Si je n'avais pas été là, vous seriez parti pêcher à l'aube, je suppose.

Marmonnant une réponse inintelligible, Grant lui saisit le poignet et la tira *manu militari* vers son pick-up. Avec un soupir de défaite, Gennie renia les vœux d'amabilité qu'elle avait prononcés le matin même.

— Monsieur Campbell, faut-il absolument que vous soyez odieux vingt-quatre heures sur vingt-quatre ?

Grant s'immobilisa, le temps de lui jeter un regard brillant d'ironie.

— Oui.

— Je dois reconnaître que vous avez un certain talent, rétorqua-t-elle, hors d'haleine, lorsqu'il repartit à grands pas. Je connais peu de gens qui parviennent à être imbuvables avec une pareille constance.

— J'ai des années de pratique derrière moi.

Il lui lâcha le bras lorsqu'ils atteignirent le petit camion et se hissa sur le siège conducteur. Le soupçonnant d'être capable de l'abandonner sur place, Gennie contourna le véhicule et se hâta de grimper à bord.

Le moteur vrombit, troublant la perfection du silence,

et le pick-up bondit en avant sur l'étroite piste cahoteuse. Gennie se retourna une dernière fois pour regarder derrière elle. Et comprit qu'il lui faudrait coûte que coûte revenir pour peindre le phare. Elle faillit annoncer ses intentions à voix haute. Mais le profil buté de Grant n'incitait pas aux confidences.

D'ailleurs, à quoi bon essayer d'amadouer cette porte de prison ? Il n'y avait strictement rien à tirer de Grant Campbell, de toute façon. Cet homme avait la hargne chevillée au corps. Et rien ne l'obligeait à venir peindre en sa présence. Elle attendrait qu'il soit parti en mer pour pêcher ses homards ou ses poissons. Se renversant contre son dossier, Gennie croisa les mains sur ses genoux et sombra dans un mutisme aussi hostile que le sien.

Grant parcourut un bon kilomètre avant que les premiers symptômes de culpabilité ne commencent à lui titiller la conscience. La route était dans un état épouvantable et quasiment impraticable de nuit, avec une simple lampe électrique. Venir à pied jusqu'au phare en pleine tempête avait dû être une sacrée épreuve. Surtout pour une femme seule perdue dans un endroit inconnu.

Gennie devait être épuisée et à moitié morte de terreur en arrivant chez lui. Et au lieu de lui offrir un accueil réconfortant, il l'avait reçue comme un chien dans un jeu de quilles. Grant jeta un regard en coin dans sa direction. Il ouvrait la bouche pour lui présenter ses excuses lorsqu'elle leva le menton d'un air hautain.

— Vous pouvez vous arrêter là. C'est ma voiture.

Elle ne lui aurait pas parlé autrement si elle s'était adressée à son domestique. Ravalant ses paroles de regret, il opéra un brusque demi-tour, secouant sans remords sa passagère. Ni l'un ni l'autre n'ouvrirent la bouche lorsqu'il coupa son moteur.

Gennie sortit ses clés de voiture et débloqua le capot. Puis, les mains dans les poches arrière de son jean, elle attendit — toujours en silence — que Grant daigne s'intéresser à son moteur. Il releva les manches et sa tête disparut sous le capot. Marmonnant des commentaires à voix haute, il se mit à tripoter Dieu sait quoi. Gennie l'écouta soliloquer avec l'ombre d'un sourire. *Qui* ne finirait pas par parler tout seul en vivant retiré dans un phare avec les mouettes pour unique compagnie ? Cela dit, il lui arrivait par moments de faire la conversation avec elle-même, alors qu'elle avait un appartement en plein cœur du Vieux Carré, le quartier le plus animé de La Nouvelle-Orléans !

Grant retourna à son pick-up et sortit une caisse à outils de sous une bâche. Il prépara un assortiment de clés et se replongea dans son moteur. Vaguement inquiète, Gennie se plaça derrière lui pour regarder par-dessus son épaule. Il avait l'air de savoir ce qu'il faisait, a priori. Si elle devait passer un mois dans cet endroit reculé, elle aurait peut-être intérêt à s'outiller, elle aussi. Et à s'intéresser d'un peu plus près à la façon dont Grant procédait pour remettre sa voiture en état de marche.

Comme elle se penchait pour mieux suivre ses gestes, elle dut poser la main sur son dos pour ne pas perdre l'équilibre. Grant ne se redressa pas, mais il se tourna sur le côté et son bras effleura sa poitrine. Le contact aurait pu être anodin. Pourtant ils se pétrifièrent l'un et l'autre comme s'ils s'étaient électrocutés mutuellement.

Gennie se serait rejetée en arrière si le regard de Grant ne s'était pas soudain trouvé plongé dans le sien. Elle scruta ses yeux sombres et sentit la chaleur de son souffle sur ses lèvres. Un centimètre — un simple centimètre — séparait leurs visages. Comme dans un rêve, elle nota que sa main était remontée le long du dos de Grant et que ses doigts s'étaient crispés sur son épaule.

Grant crut suffoquer. Son ventre se noua. Prendre cette bouche si proche de la sienne pouvait soulager la tension. Ou l'exacerber, au contraire. Et il était incapable de déterminer quelle serait l'option la plus favorable, en l'occurrence.

— Que faites-vous ? demanda-t-il — sans colère, cette fois.

Dans un état second, Gennie continuait à sonder le regard de Grant. Captant son propre reflet dans ses pupilles, elle se demanda confusément comment elle avait atterri dans les yeux si profonds de cet homme.

— Pardon ? murmura-t-elle distraitement.

Grant n'aurait qu'un geste à faire : l'attirer contre lui et cueillir ces lèvres qui s'entrouvraient sur une invite silencieuse. Ne voyant aucune raison de s'interdire ce qui s'offrait si spontanément, il allait s'emparer de sa bouche lorsque la silhouette de Gennie dressée face à l'océan, juste derrière le phare, vint s'imposer à son esprit.

« Attention, Campbell. Ne joue pas avec le feu. Il n'est pas dit que, avec celle-ci, tu puisses encore revenir en arrière. »

— Je vous demandais ce que vous faisiez, répéta-t-il d'une voix calme en laissant glisser son regard sur ses lèvres.

— Ce que je faisais ?

Sourcils froncés, Gennie se força à revenir sur terre.

— Je… euh… voulais regarder comment vous vous y preniez pour… euh…

Il plongea de nouveau le regard dans le sien, et les pensées de Gennie s'éparpillèrent.

— Comment je m'y prends pour quoi ? insista Grant, ravi d'avoir réussi à susciter une confusion aussi manifeste.

Elle s'humecta les lèvres.

— Je voulais voir comment vous procédiez afin de pouvoir effectuer la réparation moi-même si la panne se reproduisait.

Pour la première fois depuis la veille au soir, Grant sourit — lentement, délibérément. Avec une sorte de calme insolence qui fit battre sauvagement le cœur de Gennie. C'était le genre de sourire qu'arborerait un barbare avant de jeter sa compagne sur une épaule et de la prendre au fond de sa grotte.

Elle retint son souffle jusqu'au moment où Grant se détourna posément pour se remettre à ses réparations. Avec un soupir de soulagement, Gennie fit un pas en arrière. Il s'en était fallu de peu. A quoi elle échappait précisément, elle n'aurait su le dire. Mais une chose était certaine : il y avait eu du danger dans l'air.

— Vous pensez qu'elle va démarrer ?

Gennie interpréta comme une réponse positive le marmonnement indistinct qu'il émit de sous le capot.

— Je l'ai confiée à un mécanicien, il y a quelques semaines, précisa-t-elle en se rapprochant prudemment.

— Je pense qu'il faudra changer vos bougies bientôt. Si j'étais vous, je demanderais à Buck Gates de jeter un coup d'œil.

— Buck Gates ? C'est le mécanicien de la station-service ?

Grant se redressa. Il ne souriait plus, mais une lueur amusée pétillait dans ses yeux sombres.

— Il n'y a pas de station-service à La Pointe des Vents. Ici, quand on a besoin d'essence, on va au port et on pompe. Et en cas de problème mécanique, on appelle Buck Gates. C'est lui qui répare les bateaux des pêcheurs. Et un moteur est un moteur.

Ces dernières phrases furent prononcées avec l'accent du coin et l'ombre d'un sourire.

— Essayez de la faire démarrer, pour voir ?

Gennie se glissa au volant en laissant sa portière ouverte. Au premier tour de clé, le moteur se mit joyeusement en marche. Sans même lui laisser le temps de pousser un soupir de soulagement, Grant referma le capot avec un claquement sec.

Coupant de nouveau le contact, Gennie le rejoignit alors qu'il rangeait ses outils.

— Le cottage des Lawrence est à environ un kilomètre d'ici sur votre gauche, précisa-t-il en hissant la caisse sur la plate-forme arrière du pick-up. Impossible de le manquer, sauf lorsqu'on erre à pied, de nuit, en pleine tempête, avec une lampe de poche qui n'éclaire pas à deux mètres.

Gennie faillit sourire. Et pria ardemment pour que Grant Campbell ne la laisse pas sur une bonne impression. Elle aimait autant pouvoir continuer à le détester tranquillement.

— Bien. Donc a priori je ne devrais plus me perdre en chemin ?

— Aucun risque… Ah, juste une chose : évitez de mentionner que vous avez passé la nuit au phare, ajouta-t-il avec désinvolture en se retournant. Je tiens à ma réputation.

Cette fois, Gennie dut se mordre la lèvre pour ne pas sourire.

— Quel genre de réputation cherchez-vous à défendre, au juste ?

Grant s'adossa contre la portière du pick-up.

— Les villageois me considèrent comme un type plutôt bizarre. Un peu caractériel. Résolument sauvage. S'ils apprennent que je ne vous ai pas jetée dehors dans la tempête, l'idée pourrait se mettre à circuler que, finalement, je suis plus approchable qu'il n'y paraît.

Cette fois, ce fut plus fort qu'elle : Gennie rit doucement.

— Vous avez ma parole : je ne parlerai à personne de l'accueil chaleureux que vous réservez au voyageur en détresse. Et si, d'aventure, on me posait la question, je me ferais un plaisir de leur dire que vous êtes grossier, désagréable et globalement infréquentable.

— Merci.

Il se détournait pour remonter dans son camion lorsque Gennie sortit son portefeuille.

— Attendez. Je ne vous ai pas encore réglé pour…

— Laissez tomber.

Elle posa la main sur sa poignée.

— Je ne veux pas être redevable envers vous.

— Ça, c'est votre problème. Bougez votre véhicule de là, vous bloquez le passage.

Exaspérée une fois de plus par le personnage, Gennie regagna sa voiture au pas de charge. Ainsi les villageois le trouvaient un peu étrange ? En vérité, il était même pire que ça. Ce type était un cas limite. Une personnalité antisociale ! Elle se glissa au volant et fit claquer sa portière. S'interdisant de regarder dans son rétroviseur, Gennie roula aussi vite qu'elle le put compte tenu de l'état de la route. Lorsqu'elle atteignit l'embranchement pour le cottage, elle obliqua sur sa gauche sans tourner la tête ni même faire un signe de la main.

— Adieu, Grant Campbell, marmonna-t-elle. Et au plaisir de ne jamais te revoir.

Oubliant son hôte ténébreux de la nuit, Gennie cahota sur quelques mètres à peine avant de découvrir le cottage. Elle fut instantanément sous le charme. La maison était petite mais de proportions harmonieuses et s'insérait à merveille dans le paysage. Gennie eut aussitôt la vision d'une femme en robe soigneusement repassée, les cheveux roulés en chignon, étendant son linge au soleil. Sur la petite galerie en façade, elle imagina un pêcheur au visage buriné sculptant un morceau de bois avec son vieux couteau de poche.

Le cottage avait été peint en bleu vif, mais la couleur s'était affadie avec les années pour se muer en un gris bleuté très pâle. L'arrière de la maison donnait sur une petite anse. Un vieil embarcadère d'aspect branlant s'étirait au-dessus des eaux calmes. Un saule avait été planté près de la rive, mais le vent implacable l'avait plié et tordu sans pitié.

Gennie coupa le moteur et fut frappée par le silence.

Un silence paisible, rassérénant, qui l'aiderait à vivre et à travailler. Et pourtant, inexplicablement, le vacarme de l'océan frappant la roche devant chez Grant lui manquait déjà.

« Ah non ! » se dit-elle. Elle s'était juré de ne plus penser à cet individu. Et elle avait pour principe de toujours tenir ses promesses. Gennie descendit de voiture et sortit un premier carton de provisions du coffre. Les quelques marches de bois menant à la porte craquèrent sous ses pas. La serrure résista un peu, mais finit par céder. La première chose qui frappa Gennie fut la propreté des lieux. Des draps recouvraient les meubles pour les protéger d'une poussière dont on aurait cherché en vain la moindre trace. La « veuve Lawrence » devait revenir régulièrement pour faire un brin de ménage. Cette pensée émut et attrista Gennie à la fois.

Les murs étaient peints en bleu pâle. Des marques plus claires ici et là indiquaient les endroits où des tableaux avaient été accrochés. Gennie traversa la maison avec son carton de provisions et trouva la cuisine à l'arrière. Le plan de travail en Formica avait été récuré de près et l'évier étincelait de blancheur. Gennie entreposa ses conserves sur la table et sortit sur une petite terrasse de bois abritée par un store. La journée était chaude et humide, et l'odeur de l'océan imprégnait l'atmosphère.

Le sol peint en blanc de la terrasse était, lui aussi, d'une propreté parfaite. *Trop* parfaite, d'ailleurs. Comme si toute vie avait été effacée du cottage. Même l'écho des existences qui s'y étaient déroulées en avait été effacé par le zèle ménager de sa propriétaire. Gennie préférait encore le désordre et la poussière qui régnaient dans le phare de Grant. Là, au moins, on sentait une vie, une présence.

— Une présence, oui, marmonna-t-elle. Mais, des présences comme celle-là, on s'en passe, franchement !

Gennie secoua la tête et repoussa résolument le « caractériel un peu sauvage » de ses pensées. Le cottage n'était plus vide désormais. Et bientôt une présence l'animerait : la sienne. Décidée à imposer sa marque, elle retourna à sa voiture et vida le coffre.

Comme elle voyageait avec le minimum de bagages et qu'elle était organisée par nature, Gennie mit moins de deux heures à investir son nouveau domaine. Les deux chambres à coucher étaient petites et une seule était meublée. En faisant le lit, Gennie découvrit que le matelas était en plume. Ravie, elle s'amusa comme une petite fille à se rouler dessus et à s'y enfoncer. Dans la chambre vide, elle stocka tout son matériel de peinture. Lorsque les draps furent retirés des meubles et qu'elle eut accroché quelques-unes de ses propres toiles au mur, elle commença à se sentir chez elle.

Pieds nus et satisfaite d'elle-même, Gennie sortit faire un tour et s'aventura sur l'embarcadère. Quelques lattes craquèrent ; d'autres lui parurent un peu branlantes. Mais l'ensemble restait tout à fait fiable. Si elle s'achetait une barque ou un petit bateau à moteur, elle pourrait naviguer dans la crique, trouver de nouveaux endroits pour peindre. Rien ne l'empêchait de prolonger son séjour pendant une partie de l'automne, après tout. Elle n'avait pas fixé de terme précis à son voyage et pouvait se laisser porter librement par ses envies du moment.

Gennie savait que, tôt ou tard, les liens qui l'attachaient à La Nouvelle-Orléans la ramèneraient dans sa ville natale. Mais pour l'instant, la bougeotte qui s'était emparée d'elle six mois plus tôt ne s'était toujours pas calmée.

La bougeotte… Les yeux noyés de larmes, Gennie secoua lentement la tête. Ce n'était pas l'amour du voyage qui l'avait poussée à quitter la Louisiane, mais la culpabilité et la souffrance. Plus d'une année déjà s'était écoulée — très exactement dix-sept mois, deux semaines et trois jours. Et elle voyait toujours aussi distinctement le visage de sa sœur.

En soi, c'était peut-être une bénédiction que sa mémoire d'artiste continue à lui restituer les traits d'Angela avec une telle acuité. Mais si elle conservait volontiers l'image de la jeune fille, belle et rayonnante, une autre vision, insoutenable celle-là, surgissait par moments : celle d'une Angela au visage de cire, au corps brisé et sans vie.

Morte à cause d'elle, Gennie.

Ce n'est pas ta faute. Combien de fois ne lui avait-on pas répété ces quelques mots, comme une litanie ? « Tu n'y peux rien, Gennie. Tu n'as pas à te sentir coupable. »

Mais, le volant, c'était elle qui le tenait. Si ses réflexes avaient été plus prompts, si elle avait prêté plus d'attention à la route, si elle avait simplement *tourné la tête* et vu arriver la voiture sur sa droite qui s'apprêtait à griller le feu rouge…

Mille fois, elle avait revu la scène et, mille fois, elle avait dû s'incliner devant l'horrible évidence : ce qui était fait était fait et elle aurait beau retracer inlassablement les trajectoires des deux véhicules dans sa tête, elle ne ramènerait pas Angela à la vie.

Les accès de culpabilité se faisaient plus rares, le retour des souvenirs moins fréquent, même s'ils restaient toujours aussi douloureux. Ce qui l'avait sauvée, au fond, c'était sa peinture. Son art était suffisamment exigeant pour la détourner d'elle-même. Et, chaque fois qu'elle s'était sentie flancher, sa création l'avait ramenée du côté de la vie.

Dans l'ensemble, le long voyage qu'elle avait entrepris dans le Nord avait été positif. S'éloigner de La Nouvelle-Orléans où le souvenir d'Angela avait été partout présent lui avait permis d'avancer dans son processus de deuil. Et sur le plan artistique, elle avait réussi à se recentrer sur la création en laissant les futilités de côté.

Il avait fallu qu'elle prenne ses distances avec La

Nouvelle-Orléans pour se rendre compte que l'aspect marchand de son art risquait de prendre le dessus chez elle. Expositions, vernissages et mondanités diverses avaient fini par absorber une part trop importante de son temps. A travers ses vagabondages en Nouvelle-Angleterre, elle était revenue peu à peu à l'essentiel : la gouache, l'acrylique, l'aquarelle, le fusain. Et puis la toile et le papier.

Rebroussant chemin, Gennie regagna le cottage à pas lents. Dans un sens, la mort brutale de sa sœur l'avait remise en face de la réalité. Une réalité difficile — parfois même cruelle — mais élémentaire et vitale. Même dans les moments d'intense douleur, il y avait au moins cette continuité : celle de la terre et du vent, du soleil et de l'eau. De la pierre des murs. De l'humanité vivante. Et cette réalité intemporelle et solide avait pris tout naturellement sa place dans sa peinture.

C'était ainsi, à sa façon, que Gennie était passée peu à peu de la révolte à l'acceptation. L'acceptation de la vie et de la mort qui en faisait partie. Jusque-là, son style avait été marqué par un certain flou. Elle avait recherché la délicatesse de la nuance, la subtilité des demi-teintes. Son univers avait été onirique et tendre. Pas tout à fait réel, mais si crédible, malgré tout…

Depuis six mois, elle était attirée par le quotidien, l'élémentaire. La réalité n'était pas toujours belle à voir. Mais en elle se cachait une force dont Gennie apprenait à se nourrir.

Elle prit une profonde inspiration. Oui, elle peindrait cette anse paisible, cette douceur, ce silence assoupi. Plus tard. Mais maintenant, il lui fallait le défi et la puissance. Autrement dit, l'océan.

Gennie regarda sa montre. Midi. A cette heure, Grant était sûrement en mer avec ses casiers et ses filets, à rattraper le temps précieux qu'elle lui avait fait perdre. A priori, elle disposerait d'au moins trois bonnes heures pour dessiner le phare et ses environs. Et son ours mal léché de propriétaire n'en saurait strictement rien.

D'ailleurs, même s'il était rentré de sa pêche, quelle importance ? Une seule silhouette de peintre assise sur un rocher avec un carnet de croquis sur les genoux ne suffirait pas à gâcher ses horizons. Et comme elle travaillait en silence, il ne serait pas incommodé par sa présence. Au pire, il pouvait se boucler dans son phare et oublier son existence.

Et elle se ferait un plaisir de lui rendre la pareille.

Le studio de Grant occupait tout le second étage du phare. Il avait abattu les cloisons et bénéficiait d'un excellent éclairage naturel principalement orienté vers le nord. Ses instruments de travail étaient soigneusement triés et répartis dans de petits casiers fermés par des couvercles de verre. Tout était organisé et placé de façon stratégique. Pas un crayon à papier ne traînait sur le sol. Il y avait des pinceaux et des brosses, des gommes et des crayons, des stylos et des compas. A première vue, on aurait pu se croire dans le bureau d'un architecte.

Une grande feuille de papier vierge était déjà fixée sur sa planche à dessin. Sur le mur blanchi à la chaux face auquel Grant travaillait étaient accrochés un miroir ainsi qu'une copie encadrée de *L'Enfant jaune*, une bande dessinée vieille de plus de un siècle. De l'autre côté de la pièce se trouvaient sa radio ainsi qu'un poste de télévision et des piles impressionnantes de magazines et de journaux. Tout était rangé, classé, à portée de main. La pièce entière témoignait d'un ordre auquel Grant était religieusement attaché lorsqu'il travaillait à ses esquisses de mise en page ou lorsqu'il griffonnait ses textes.

Ce matin-là, il procédait sans hâte, avec une nonchalance amusée. Mais il lui arrivait aussi d'œuvrer dans une véritable frénésie. Non pas à cause d'une date limite à respecter — il avait toujours en moyenne un mois d'avance sur ses délais —, mais parce que son inspiration le bousculait par moments et que sa main n'était pas toujours assez prompte pour suivre le rythme de sa pensée.

De temps en temps, il prenait une semaine ou deux simplement pour lire, s'informer, laisser ses idées germer. D'autres fois encore, il se surprenait à travailler une journée et une nuit entière d'affilée, parce qu'il était lancé et que son imagination fonctionnait en accéléré, ne lui laissant aucun répit.

La veille, tard dans la nuit, il avait terminé son scénario en cours. Mais une nouvelle idée venait de se former dans l'esprit de Grant. Et il ne pouvait résister à la tentation de la mettre sur papier. Déjà, il avait quadrillé sa feuille, s'était livré aux préparations sophistiquées que nécessitait son « art ». Grant soignait toujours ses détails avec une précision maniaque, même si les lecteurs qui lisaient ses pages en quelques secondes ne leur prêtaient aucune attention.

Quand tout fut prêt, il commença à dessiner. Ou à crayonner, plutôt. Le « héros » de ses minibandes dessinées prenait vie en quelques traits. C'était un homme tout à fait ordinaire. Et Grant tenait à la banalité de ce personnage que, dix ans auparavant, sa sœur avait désigné comme étant son alter ego.

Macintosh était un homme comme les autres, donc, un soupçon débraillé, avec un regard toujours un peu surpris. Un individu comme on en croisait tous les jours dans la rue, sans signe distinctif particulier. Trop maigre, il n'atteignait jamais à l'élégance vestimentaire, même lorsqu'il faisait des efforts pour briller. Macintosh n'avait rien d'un héros et il se faisait exploiter plus souvent qu'à son tour. Mais, malgré le côté peu spectaculaire du personnage, Grant y était attaché.

L'entourage de Macintosh était également constitué d'une équipe assez diversifiée d'hurluberlus en tout genre. Grant s'était plus ou moins servi des amis et des connaissances qu'il avait eus à l'université pour créer ses personnages secondaires. C'était des gens normaux qui faisaient des choses normales, de façon totalement inhabituelle et désopilante. Tel était l'angle d'approche humoristique que Grant avait choisi.

Macintosh était déjà une vieille connaissance. Grant l'avait conçu lorsqu'il était aux Beaux-Arts. Puis il l'avait remisé dans un placard et s'était concentré sur les « arts nobles ». Pendant trois ans, il s'était donné à fond à la peinture. Il avait exposé et même vendu, et la critique avait parlé de lui comme « d'un jeune talent, original et prometteur ». Mais il avait découvert que la caricature lui procurait infiniment plus de plaisir.

A la fin, Macintosh avait gagné. Grant l'avait ressorti du fond de ses armoires et, en l'espace de sept ans, son personnage avait conquis l'Amérique. Il était désormais diffusé tous les jours dans les principaux quotidiens d'un bout à l'autre des Etats-Unis. Avec une version spéciale en couleur dans les suppléments du dimanche.

Les gens jetaient un coup d'œil sur Macintosh en buvant leur café ou dans le métro. Parfois même au lit avant de se lever. Des millions d'Américains attaquaient ainsi leur journée avec une aventure de Macintosh.

Grant savait que son rôle était d'amuser et d'amuser vite. En quelques mots, quelques images simples, son idée devait passer. Son dessin du jour — un gag en une bande comprenant une succession de croquis en noir et blanc — occupait l'attention entre dix et douze secondes, faisait sourire et était aussitôt oublié.

Grant ne se faisait aucune illusion. Il ne créait pas du durable, mais du fugitif, du passager. Ce qu'il faisait était éternellement à refaire. Il investissait des heures et des heures de travail pour un résultat destiné à être parcouru puis laissé de côté.

Mais obtenir quelques milliers de sourires fugaces tous les matins était sa tâche. Sa mission dans l'existence.

Et, pour la mener à bien, il avait besoin — il *exigeait* — qu'on lui fiche la paix. Le public ne connaissait de lui que ses initiales. Son contrat spécifiait noir sur blanc que son nom ne serait jamais révélé. Le respect de son anonymat comptait autant pour lui que son revenu annuel. Et il n'avait jamais transigé sur ce point.

Toujours au crayon à papier, Grant dessina Macintosh pestant avec force. Les coups frappés à sa porte le dérangeaient dans sa nouvelle marotte : sa collection de timbres, dont ses amis se moquaient tant et plus.

Deuxième plan : Macintosh ouvrait sa porte et se trouvait face à une superbe créature, mouillée et fulminante. La belle, avait visiblement un caractère exécrable. Grant n'eut aucune difficulté à dessiner Gennie. Et il le fit avec jubilation. La transformer en personnage de bande dessinée, c'était neutraliser la femme en elle — autrement dit, neutraliser le danger. Sur le papier, il pouvait faire d'elle ce qu'il voulait; la rendre aussi vulnérable et ridicule que les autres figures qui peuplaient l'univers de Macintosh.

Il n'y avait pas de place pour une femme dans sa vie, mais il était toujours à la recherche de nouveaux personnages. Ces figures sur le papier lui obéissaient au doigt et à l'œil; il pouvait décider de leurs paroles, de leurs gestes et même des expressions de leur visage.

Il la baptisa Veronica en songeant que ce prénom sophistiqué lui allait comme un gant. Délibérément, il accentua les grands yeux légèrement bridés, exagéra le volume de la bouche sensuelle. Macintosh étant domicilié à Washington et non sur la côte du Maine, Grant transforma la panne de voiture en un pneu crevé au retour d'une réception huppée à la Maison Blanche. Pour dessiner son Macintosh ébloui par Veronica, Grant grimaça dans le miroir et s'inspira de son propre reflet.

Il travailla ainsi pendant deux heures, peaufinant l'histoire, la situation, le cadre, la réplique finale. Après avoir changé le pneu et fait le beau, Macintosh se retrouvait couvert d'éclaboussures, avec un billet de cinq dollars dans la main et un bégaiement durable, tandis que le cabriolet de la belle Veronica démarrait en trombe, en soulevant une gerbe de boue dans son sillage.

Grant se sentit nettement mieux lorsqu'il eut terminé. Il avait mis Gennie à la place qui lui convenait : au volant d'une voiture qui s'éloignait de façon définitive. Il ne lui restait plus maintenant qu'à retravailler ses dessins à l'encre. Et il aurait évacué sa belle visiteuse de façon définitive.

Détailler le lieu où vivait Macintosh était simple. Grant connaissait sa maison aussi bien que la sienne. Et pourtant, ses dessins — qui devaient suggérer beaucoup en un minimum de traits — exigeaient une grande précision. Toute la maigre patience dont il disposait, il l'investissait dans son travail. Si bien qu'il ne lui en restait aucune pour les autres aspects de sa vie. L'après-midi tirait à sa fin lorsqu'il s'accorda enfin une pause pour reposer ses doigts crispés.

Grant s'étira, massa les muscles noués de son dos et découvrit qu'il mourait de faim. Le petit déjeuner était déjà loin. Il avalerait le premier truc qui lui tomberait sous la main. Puis il s'accorderait une longue marche sur la plage. Il lui restait encore deux quotidiens à lire et quelques heures à passer devant la télévision pour s'informer. Mais, en priorité, il avait besoin de bouger, de prendre l'air et de se vider la tête.

Frottant ses yeux fatigués, il se dirigea vers la fenêtre. Sa main retomba d'un coup et il se pencha pour mieux regarder.

— Bon sang ! murmura-t-il entre ses dents serrées. Alors là, elle exagère.

Si encore il s'agissait d'un de ces touristes occasionnels qu'il devait parfois chasser de son territoire ! Quelques paroles cinglantes suffisaient à les éloigner de façon définitive.

Mais même de cette hauteur, il reconnaissait cette voluptueuse chevelure noire comme l'ébène.

Veronica était bel et bien partie ce matin au volant de sa voiture. Mais elle n'avait même pas attendu vingt-quatre heures pour opérer un retour fracassant…

3

Quel que soit l'angle de vue ou la lumière, le lieu était une pure splendeur. Gennie avait déjà une demi-douzaine d'esquisses dans son carnet et elle savait qu'elle n'avait pas encore épuisé toute la beauté de cette avancée rocheuse prise en étau par l'océan. Plus elle regardait, plus elle était émerveillée par les mille nuances de la roche, par la clarté du ciel, par le mouvement de l'eau. Mais le phare aussi avait sa fonction dans ce paysage. Il était beau dans sa blancheur, sa rondeur, sa solidité indomptable.

Le phare de Grant symbolisait l'œuvre de l'homme face aux éléments. Si l'océan était puissant, l'homme était tenace. Et les deux forces en présence s'affrontaient, se conjuguaient et atteignaient à l'équilibre.

Gennie avait perdu la notion du temps. Depuis des heures qu'elle était assise là, rien n'était venu troubler le calme souverain qui régnait entre ciel, terre et océan. Alors que, à La Nouvelle-Orléans, il lui était devenu très difficile de peindre en extérieur sans être dérangée par des curieux ou des amateurs d'art.

Il était rare qu'elle puisse aller quelque part désormais sans être reconnue. Même lorsqu'elle tentait de s'isoler dans le bayou, elle finissait par être repérée et suivie. Si bien qu'elle peignait de plus en plus souvent dans son atelier pour avoir la paix. Les six mois écoulés lui avaient redonné une liberté qu'elle avait oubliée : celle de l'anonymat.

Envahie par une sensation de paix profonde, elle crayonnait dans un état second, à mi-chemin entre concentration et rêverie. Et elle n'aspirait à rien d'autre au monde qu'à continuer ainsi, toujours.

— Qu'est-ce que vous me voulez encore ?

Mentalement préparée à une réaction de ce type, Gennie réussit à ne pas sursauter. Comme le bateau de pêche de Grant était toujours amarré à son ponton, elle en avait déduit qu'il devait se trouver dans les parages. Mais elle avait décidé de ne pas se laisser chasser comme une malpropre par l'irascible propriétaire du phare. En tant qu'artiste, elle se sentait le droit d'investir le lieu pour peindre. L'exigence à laquelle elle obéissait dépassait sa simple personne, après tout.

Songeant qu'il ne prenait pas son métier de pêcheur très au sérieux, elle se tourna lentement vers Grant. Et constata, sans grande surprise, qu'il était furieux une fois de plus. A croire que M. le Sauvage du Phare vivait dans un état de colère permanent. A part cela, il était fait pour cette existence rude, exposée au soleil et au vent, conclut-elle en plissant les yeux pour l'examiner d'un regard froidement professionnel. Peut-être prendrait-elle le temps de faire un croquis ou deux de lui, si elle avait quelques minutes à perdre.

— Bonjour, lança-t-elle en levant fièrement la tête.

Qu'elle le mesure ainsi du regard aurait pu amuser Grant en d'autres circonstances. Mais, là, il n'avait qu'une envie : la pousser de son rocher et l'envoyer valser dans les airs jusqu'en bas sur la plage. Tout ce qu'il voulait, c'était qu'elle s'en aille, et vite. Avant qu'il ne cède à la tentation de la prendre dans ses bras.

— Je vous ai demandé ce que vous vouliez.

— Oh, rien du tout, soyez sans crainte. Je fais juste quelques ébauches préliminaires… Vous pouvez retourner vous enfermer dans votre tour et continuer à vaquer à vos occupations, déclara-t-elle avec un dédain suave en concentrant de nouveau son attention sur l'océan.

Ainsi Madame lui signifiait son congé ? Grant vit rouge. Donner des ordres à des subalternes était apparemment sa grande spécialité. Et elle le faisait avec une assurance confondante.

— Vous vous trouvez sur une propriété privée.

— Ah oui ?

L'idée de la balancer du haut du rocher devenait décidément très tentante.

— Autrement dit, vous êtes en infraction.

Gennie lui jeta un regard indulgent par-dessus son épaule.

— Vous n'avez encore jamais songé à mettre une clôture électrique ? Ou à hérisser une palissade haute de trois mètres ? Ça limiterait un peu vos horizons, mais vous seriez certain de ne jamais voir personne.

Tout en faisant aller et venir son crayon sur le papier avec des gestes rapides et sûrs, elle poursuivit aimablement :

— Cela dit, je comprends parfaitement que vous ayez envie de préserver votre coin de paradis, Grant. Mais je vous promets de respecter votre environnement. Je ne laisserai ni mégots, ni cannettes, ni sacs plastique derrière moi.

Elle lui parlait du ton gentiment apaisant dont use un adulte face à un enfant pénible. Grant était sur le point de l'agripper par les cheveux et de la soulever ainsi de son rocher, lorsque son regard tomba sur le crayon et la feuille de papier. Ravalant le juron qu'il avait au bord des lèvres, il se pencha pour mieux regarder.

Gennie ne savait pas seulement dessiner : il avait sous les yeux l'œuvre d'une artiste de talent. Elle ne restituait pas que des lignes et des courbes, mais le mouvement même du paysage. Autre point important : elle n'avait pas cherché à maquiller la réalité du lieu sous le masque d'une beauté paisible. Tout n'était que heurts et ruptures, puissance en mouvement. Elle avait su capter la rudesse et la simplicité. Et toute la force des éléments en présence.

Grant fronça les sourcils. Mais pas de colère cette fois. Il était tout simplement fasciné. Gennie n'avait ni le style ni les mains d'un simple peintre amateur. Il attendit en silence qu'elle ait terminé, puis il lui prit le carnet des mains.

— Hé ! protesta Gennie, prête à se ruer sur lui pour récupérer son bien.

— Taisez-vous cinq minutes, O.K. ?

Elle obéit, mais seulement lorsqu'elle comprit qu'il n'avait pas l'intention de jeter son travail à l'eau. Se rasseyant sur son rocher, elle regarda Grant tourner les pages de son carnet une à une. De temps en temps, il s'attardait sur une esquisse qu'il prenait le temps d'examiner plus longuement.

Gennie nota que les yeux de Grant étaient plus sombres que jamais. D'un geste impatient, il repoussa les cheveux que le vent ramenait devant ses yeux. Un pli de concentration barrait son front. Ses lèvres étaient serrées, son expression attentive, comme s'il était en train de se former un jugement.

Voir ses œuvres soumises au regard critique d'un marin pêcheur solitaire du fin fond du Maine aurait dû la frapper comme un épisode comique. Mais Gennie ne riait pas en l'occurrence. Elle ressentait la même tension au niveau des tempes, le même nœud dans l'estomac que lorsqu'elle préparait une exposition importante.

Levant les yeux du carnet d'esquisses, Grant scruta longuement le visage de la jeune femme assise devant lui. Seul le bruit régulier du ressac et le tintement clair des bouées s'élevaient dans le silence. Voilà donc pourquoi les traits de Gennie lui avaient paru vaguement familiers. Mais les photos qu'il avait vues dans la presse ne la montraient pas à son avantage. Elle était infiniment plus belle en réalité.

— Grandeau, murmura-t-il enfin. Vous êtes Genviève Grandeau.

En d'autres circonstances, Gennie n'aurait pas été particulièrement surprise qu'on reconnaisse son style pictural. A New York, dans le milieu artiste, en Californie ou à Atlanta, elle jouissait d'une assez grande notoriété. Mais ici ? A La Pointe des Vents ? Alors qu'il se fondait non pas sur un de ses tableaux, mais sur de simples croquis préliminaires ?

— Comment avez-vous deviné ? s'exclama-t-elle, intriguée.

Il tapota le carnet avec sa paume.

— Votre technique. Votre style… Qu'est-ce que la crème de La Nouvelle-Orléans fait ici, à La Pointe des Vents ?

L'ironie du ton blessa Gennie.

— Je prends une année sabbatique, répondit-elle sèchement, en tendant la main pour qu'il lui rende son bien.

Mais Grant ne semblait pas pressé de le lui restituer.

— C'est assez surprenant de trouver une artiste de votre genre dans un coin reculé comme celui-ci. Vous êtes tout sauf un peintre ombrageux et solitaire, Genviève Grandeau. On voit d'ailleurs régulièrement votre nom à la page mondaine des journaux et des magazines. Vous n'étiez pas fiancée à un comte italien, l'année dernière ?

— Pas un comte, non, un baron. Et nous n'étions pas fiancés… Vous vous changez les idées entre deux sorties en mer en lisant la presse à scandale, Grant ?

La lueur de colère dans ses yeux verts amusa Grant.

— Je suis un lecteur assidu de pas mal de journaux, en fait. Quant à vous, vous vous débrouillez pour figurer dans le *New York Times* à peu près aussi souvent que vous apparaissez dans les tabloïdes.

Gennie secoua la tête avec une royale arrogance.

— Voyez-vous, Grant, pour moi, le monde se divise en deux catégories de personnes. Il y a les gens qui vivent *vraiment* et ceux qui se contentent de regarder les autres exister.

— Apparemment, tout le monde aime vous regarder exister, Genviève. Les *paparazzi* vous adorent.

Grant glissa les pouces sous sa ceinture et ne put s'empêcher de sourire. De nouvelles idées pour Veronica se pressaient dans sa tête. Il semblait inévitable désormais qu'elle revienne persécuter Macintosh sur quelques épisodes supplémentaires.

Gennie tapota le rocher de la pointe de son crayon.

— Il faut bien que les journalistes gagnent leur vie, eux aussi.

— A ce propos, il me semble me souvenir d'un combat en duel qui se serait déroulé en Bretagne, il y a quelques années.

Un sourire inattendu éclaira les traits de Gennie.

— Si vous croyez ce genre d'idioties, c'est que vous êtes très crédule.

— Vraiment ? rétorqua Grant, séduit par la spontanéité de sa réaction. Et moi qui pensais que tous vos amants éblouis étaient prêts à s'entretuer pour vous.

— Oui, c'est cela, bien sûr. Et je peux vous vendre une parcelle de terrain sur Mars aussi, pendant que vous y êtes. Surtout, signez votre chèque sans tarder, elles sont en promotion.

Grant décida qu'il était plus sûr de continuer à la taquiner que de se concentrer sur son sourire. Ce dernier lui donnait très sérieusement le tournis.

— N'essayez pas de changer de sujet… Il me semble que, avant le comte, il y avait un metteur en scène célèbre, non ?

— Le baron, rectifia patiemment Gennie. Le comte auquel vous pensez était français. Il a été un des premiers à défendre mon œuvre.

— Vous avez eu une vaste sélection de… défenseurs.

— Et vous, vous avez l'air particulièrement bien informé, rétorqua-t-elle, amusée. Vous êtes amateur de peinture ou de potins mondains ?

— Les deux, répondit-il sans hésiter. Mais, maintenant que j'y pense, cela fait un bon moment que je ne lis plus rien à votre sujet. Apparemment, vous vivez votre congé sabbatique dans la plus grande discrétion. La dernière fois que j'ai lu votre nom dans la presse, c'était… voyons voir…

Grant se tut brusquement. Il aurait mieux fait de réfléchir avant d'ouvrir la bouche. Tous les détails lui revenaient, à présent : l'accident de voiture qui avait coûté la vie à sa sœur — la très belle photo de Genviève Grandeau, prise à son insu au moment de la mise en bière. Même le voile qu'elle portait n'avait pu cacher entièrement son visage dévasté par le chagrin.

Gennie le regardait sans sourire. Son expression était absente, étrangement placide.

— Je suis désolé, dit-il.

Elle sentit ses jambes se dérober. Ces mots-là, elle les avait entendus des milliers de fois, pourtant. Mais la sincérité avec laquelle ils avaient été prononcés la touchait au cœur même de son chagrin. Il était étonnant que les mots d'excuse d'un parfait inconnu l'affectent à ce point.

— C'est sans importance, murmura-t-elle.

Le vent sur son visage était si frais, si vivant. Ce n'était pas le lieu pour s'appesantir sur un deuil. Elle penserait à Angela plus tard, lorsqu'elle serait seule, dans le silence du cottage. Ici, elle pouvait respirer profondément et sentir la puissance de l'océan se communiquer à elle.

— Ainsi vous passez tout votre temps libre à lire les faits divers et à vous régaler de potins. Pour quelqu'un qui s'intéresse au monde, vous avez choisi un drôle de lieu pour vivre.

Grant fut impressionné par la rapidité avec laquelle elle avait réussi à se ressaisir et à dominer son émotion. Elle était forte — beaucoup plus forte qu'elle n'en donnait l'impression.

— Les gens m'intéressent, c'est vrai. Mais de loin.

Un sourire malicieux joua sur les lèvres de Gennie.

— Vous ne les aimez pas vraiment, autrement dit. Vous vivez en reclus. Dans quelques années, on dira de vous que vous êtes bourru.

— Il faut être vieux pour être « bourru ».

— C'est vous qui le dites. Aucun dictionnaire ne le précise, que je sache.

— Certaines lois sont tacitement admises.

— Vous ne me paraissez pas être le genre de personne à vous soucier des lois, Grant Campbell.

— Ça dépend si elles m'arrangent ou non.

Gennie rit doucement puis son regard tomba sur le carnet d'esquisses.

— Vous ne m'avez pas dit ce que vous pensiez de mes dessins ?

Sa question parut amuser Grant.

— Un peintre de votre niveau se soucie-t-il encore de l'opinion des amateurs ?

— Si je vous le demande…

Grant prit le temps de la regarder longuement avant de répondre :

— Votre travail est toujours très personnel, très attachant. Il se passe très bien de la publicité tapageuse qui est faite autour.

— De votre part, je considère qu'il s'agit d'un compliment. Allez-vous m'accorder librement la permission de venir peindre ici ? Ou faudra-t-il que je me batte pied à pied pour l'obtenir ?

Grant fronça de nouveau les sourcils. Gennie nota, amusée, que cette expression lui était tellement habituelle que le pli en restait inscrit sur son front en permanence.

— Pourquoi ici, précisément ?

Gennie soupira.

— Et moi qui commençais à penser que vous étiez réceptif.

D'un geste large du bras, elle désigna l'espace autour d'elle.

— Faut-il vraiment que je vous précise pourquoi ? Si vous aimez la peinture, vous connaissez la raison aussi bien que moi, Grant. Il y a quelque chose ici qu'on ne trouve pas ailleurs. Une force qui a à voir avec la mort et avec la vie — un bouillonnement qui est à la fois guerre et paix. Cela, je peux le capter, le mettre au moins en partie sur le papier, sur la toile. Et si je peux le faire, cela devient une nécessité, vous comprenez ? De toute façon, je serai poussée à revenir. Ce sera plus fort que moi.

— La dernière chose que je souhaite voir ici, c'est une nuée de reporters flanqués de quelques nobles européens en exil.

Gennie haussa un sourcil à la fois hautain et amusé. Grant songea que, à sa place, le pauvre Macintosh serait déjà tombé à genoux. Elle avait une façon de le regarder de haut qui suscitait en lui une envie presque irrépressible de la faire rouler sous lui à même le sol pour lui montrer qu'il était homme et qu'elle était femme. Et rien de plus.

— Cela m'ennuie pour vous que vous croyiez si aveuglément à tout ce qui se dit dans la presse, susurra-t-elle de sa voix de velours. Mais je peux vous donner ma parole que je ne rameuterai pas mes chers amis, les *paparazzi*. Je m'engage même à renoncer à la demi-douzaine d'amants que vous semblez vouloir m'attribuer à tout prix.

— A tort, vous voulez dire ?

Elle soutint froidement son regard.

— Ça, c'est mon problème, pas le vôtre. En revanche, je suis prête à signer un contrat en lettres de sang — votre sang de préférence — et à vous verser une somme en dédommagement puisqu'il s'agit de votre phare. Mais je peindrai ce lieu, avec ou sans votre coopération.

— Le droit à la propriété privée ne semble pas être un concept très parlant pour vous, Genviève Grandeau.

— Et les droits fondamentaux de l'artiste, vous vous en souciez ?

A la grande surprise de Gennie, il éclata de rire. Sous le charme, elle laissa le son joyeux résonner en elle. Grant avait un très beau rire. Très masculin. Très troublant, aussi.

— Contrairement à ce que vous pensez, je me soucie beaucoup des droits fondamentaux des artistes.

— Tant qu'ils ne se mettent pas en travers de votre chemin, c'est ça ?

Grant poussa un soupir de frustration. Elle avait touché la corde sensible en lui. Il se sentait trop solidaire de son art pour la chasser froidement de chez lui.

— Allez-y, peignez, acquiesça-t-il, conscient qu'il allait regretter sa décision. Mais évitez de traîner dans mes pattes, d'accord ?

Avec un léger sourire, Gennie se percha de nouveau sur son rocher.

— C'est entendu. Ce que je veux, c'est votre falaise, votre maison, votre océan... Mais vous n'avez rien à craindre personnellement, Grant. Je n'ai pas de visées sur vous.

C'était de la provocation pure et simple. Et ils le savaient l'un et l'autre. Mais Grant n'en mordit pas moins à l'appât.

— Vous ne me faites pas peur, Genviève.

— Vraiment ?

« A quel jeu joues-tu ? » se demanda-t-elle, effarée. Mais c'était plus fort qu'elle. Il la prenait pour une séductrice grand teint, une dévoreuse d'hommes. Alors pourquoi ne pas lui en donner pour son argent ?

Debout sur son rocher, elle le dépassait de quelques centimètres. Laissant perler un rire plus léger que le tintement des bouées au loin, elle posa les mains sur ses épaules et plongea son regard dans le sien.

— Ainsi je vous laisse de marbre, Grant ? Comme c'est étonnant... J'aurais pourtant juré que je vous faisais un certain effet. Je me trompe donc à ce point ?

Il réprima fermement l'élan de désir que suscita sa question. Elle le narguait, le provoquait. Et elle finirait par gagner s'il n'y prenait pas garde.

— Désolé de vous décevoir, mais l'attirance, ça ne se commande pas. Vous n'êtes pas mon type.

Une irrésistible lueur de colère scintilla dans les yeux verts de Gennie.

— Et vous en avez un, de type, au moins ?

— Bien sûr. J'aime les femmes plus douces, plus calmes. Et moins agressives, surtout, mentit-il effrontément.

Gennie faillit le gifler.

— Je vois. Vos amies, vous les préférez muettes. Et du genre qui ne réfléchit pas trop, surtout.

— L'intelligence ne me dérange pas chez une femme. Au contraire. Mais j'aime qu'elle sache se laisser désirer. Je suis sensible à la blondeur, aux peaux claires, à une féminité moins ostentatoire que la vôtre… Non, je n'ai aucun mal à résister à vos charmes, Genviève.

Là encore, il s'agissait d'une provocation. Mais Gennie tomba tête première dans le panneau.

— Ah tiens… Vérifions cela.

Elle se pencha sur les lèvres de Grant sans se donner le temps de réfléchir aux conséquences.

Les mains que Grant tenait enfoncées dans ses poches se serrèrent jusqu'à former des poings. Au contact de la bouche de Gennie contre la sienne, sa réaction fut immédiate et explosive. Et l'onde de choc refusait de se dissiper.

S'il la serrait contre lui, maintenant, il était perdu. Il mit toute sa volonté à résister à la tentation de l'arracher de son rocher et de la prendre sur place. Mais il ne parvint pas à se soustraire à ses manœuvres de séduction pour autant. Incapable de faire un pas en arrière pour s'en aller, il sentit la bouche de Gennie glisser sensuellement sur la sienne. Les fantasmes les plus échevelés se bousculaient dans sa tête. Il en oubliait qui il était et où il se trouvait.

« La sorcière ! » pesta-t-il, conscient que ses pensées s'embrumaient dangereusement. Depuis le début, il avait vu juste à son sujet. Il sentit le sol basculer lentement sous ses pieds; le rugissement de l'océan s'intensifia au point d'occuper l'intégralité de son champ sonore. Tous ses sens étaient envahis par Gennie et rien que par Gennie. Il baignait dans un lit de saveurs chaudes, mystérieuses, épicées, féminines. Subtiles et pénétrantes. Pendant une fraction de seconde, ce fut comme si une porte s'entrouvrait pour lui sur un univers inconnu. Il se vit franchir le seuil, dépasser les frontières de la perception ordinaire. Accéder à quelque chose dont les hommes ignoraient tout et que les femmes comprenaient peut-être.

Juste au moment où il allait se laisser emporter par une sorte de grand flux cosmique, Grant revint à lui-même. Il sentit son corps se crisper comme si on lui avait tiré une balle dans le ventre. Et il comprit qu'il venait de traverser quelques instants de vulnérabilité absolue.

Gennie, elle, se rejeta en arrière comme sous l'effet d'un choc électrique. Grant sentit ses mains trembler sur ses épaules. Elle avait les yeux écarquillés et ses lèvres entrouvertes exprimaient une stupéfaction éperdue.

— Il… il faut que je file, bégaya-t-elle sous le choc.

Oubliant son carnet de croquis, elle descendit de son rocher et se prépara à battre fort peu glorieusement en retraite. Elle n'avait plus qu'une hâte : se retrouver seule dans sa voiture.

Mais Grant la saisit sans ménagement par le bras et la fit pivoter vers lui. Il respirait vite — très vite — et son regard était étrangement fixe.

— Je me suis trompé. Finalement, j'ai beaucoup de mal à résister à vos charmes, Genviève.

« Mon Dieu, qu'ai-je fait ? » se demanda Gennie, saisie de panique. Comment avait-elle pu prendre l'initiative de déclencher ce raz-de-marée ? Elle en tremblait, elle qui ne tremblait jamais. De peur ? Oui, plus que de peur, même : de terreur. Affronter la tempête et l'obscurité ne l'effrayait plus. Ce n'était rien comparé à ce qui se passait là.

— Ecoutez, Grant, je… je crois que nous ferions mieux de… de ne pas…

— Je le crois tout aussi fermement que vous, Gennie, murmura-t-il en l'enveloppant dans ses bras. Mais c'est trop tard maintenant. Il aurait fallu y réfléchir avant.

Avant même qu'il ait fini de parler, sa bouche couvrit la sienne. Une bouche dure, impérieuse, exigeante. Si exigeante que Gennie se sentit emportée, dévorée, en danger d'anéantissement. Comment avait-elle pu s'imaginer comprendre quoi que ce soit au feu, aux flammes, à l'ardeur, à la passion ? Les traduire sur une toile n'était rien comparé à ces turbulences qui faisaient reculer les frontières mêmes de son être.

C'était comme si quelque chose de Grant se déversait en elle, parcourait vaisseaux et capillaires pour se déposer au cœur même de ses cellules. Par quelle mystérieuse alchimie il s'insinuait en elle, Gennie n'aurait su le dire, mais rien ne prouvait qu'elle parviendrait un jour à se libérer d'une pareille emprise.

Levant les mains pour le repousser, elle l'attira plus étroitement contre elle. Les doigts de Grant se perdaient dans ses cheveux, s'y agrippaient sans douceur. Les forces élémentaires de la falaise, de l'océan, du vent s'étaient emparées d'eux et régnaient sans partage. Lorsqu'il lui tira la tête en arrière, ses lèvres s'entrouvrirent, sa langue se mêla à la sienne.

Ce qu'elle trouvait là, dans les bras de Grant, ne l'avait-elle pas cherché toute sa vie ? Cette libération, cette brûlure, ce désir qui l'écorchait vive ? Jamais elle ne s'était sentie remplie ainsi d'un autre être au point d'oublier qu'il existait autre chose au monde que cet homme, ces bras, cette bouche. Elle avait pressenti ce pouvoir chez Grant. Mais en faire réellement l'expérience, découvrir une puissance qui rendait faible, et une faiblesse qui vous rendait forte, c'était basculer dans un univers où elle n'avait plus aucun repère.

La peau râpeuse de Grant frotta contre la sienne, suscitant une douleur intime qui la fit gémir de plaisir. Et leurs bouches affamées se cherchèrent de plus belle.

« Laisse-toi aller. » L'ordre monta de quelque part au fin fond d'elle-même. Et Gennie s'autorisa à sentir, à lâcher. Le cri des mouettes, qui avait perdu sa mélancolie, sonnait comme un chant d'allégresse. Et l'océan continuait à frapper rythmiquement la terre, comme s'il la prenait dans un déferlement d'orageuse passion.

Gennie tanguait, tanguait. Le bord de la falaise n'était pas loin. Un pas, deux pas, et elle basculerait par-dessus bord pour partir dans le vide. Et, même si la chute devait être dure, ces quelques secondes de liberté absolue ne justifiaient-elles pas tous les risques ? Elle poussa un soupir qui était à la fois de triomphe et de défaite.

Grant jura et le son étouffé mourut sur les lèvres de Gennie juste avant qu'il ne trouve la force de s'écarter d'elle. Le piège qu'il s'était promis d'éviter à tout prix, il venait de tomber dedans, comme un débutant. Il avait mordu à l'hameçon, comme le premier poisson stupide venu, et maintenant qu'il était ferré, comment s'extirper de cette dangereuse folie ?

Baissant les yeux, il regarda Gennie. Un air de douceur flottait sur ses traits, elle avait les joues rosies, les lèvres humides et gonflées, et ses paupières étaient encore mi-closes.

Vulnérable en apparence, certes. Mais il savait que cette fragilité même était dangereuse. Il la voyait scintiller dans ses yeux verts, la petite lueur de triomphe qui signait le pouvoir immémorial de la femme.

Furieux, il la foudroya du regard.

— J'ai envie de vous, oui. Il se pourrait même que je

vous prenne. Mais ce sera quand et où je voudrai, vous m'entendez ? Lorsque *je* serai prêt. Si c'est à des petits jeux de pouvoir que vous voulez jouer, contentez-vous de vos barons et de vos comtes.

Grant pivota sur ses talons et s'éloigna à grands pas. Muette de stupéfaction, Gennie le suivit des yeux jusqu'à ce qu'il eût disparu à l'intérieur du phare. C'était donc tout ce que leur baiser avait représenté pour lui ? Un jeu comme n'importe quel homme pouvait en jouer avec n'importe quelle femme ? Juste une flambée de désir anonyme ? Il n'avait pas ressenti comme elle ce vertige proche de la douleur qui parlait d'intimité, d'unité, de destin ?

Comment pouvait-il lui balancer ses comtes et ses barons à la figure, après ce qu'ils venaient de vivre ?

Les yeux clos, Gennie passa une main tremblante dans ses cheveux. Quelle idiote elle faisait ! Elle était à côté de la plaque, bien sûr. Affabulant et rêvant tant et plus. Il n'y avait pas d'unité possible entre un homme et une femme qui n'étaient rien l'un pour l'autre. Et l'intimité qu'elle avait cru déceler n'était rien de plus qu'une banale excitation physique. Elle avait toujours été ainsi faite : de l'insignifiant, elle cherchait à faire de l'extraordinaire, parce qu'elle était une rêveuse à l'imagination fertile.

« Oublie-le. Laisse-le s'enfermer dans sa solitude grincheuse. Concentre-toi sur ta peinture. » Gennie se baissa pour récupérer son carnet d'esquisses et son crayon et se dirigea vers sa voiture en se forçant à ne pas regarder en arrière.

— C'est à cause du contexte que tu as perdu la tête, espèce de bécasse, marmonna-t-elle en se glissant au volant. Cet élan de passion ne vient pas de ton gardien de phare, mais de la fabuleuse énergie qui se dégage des lieux.

Les mains de Gennie tremblaient toujours lorsqu'elle atteignit le cottage. Elle inspira l'air calme et serein, écouta le silence, suivit des yeux le vol des hirondelles qui regagnaient leur nid. La lumière était douce et endormie, l'atmosphère agréablement lénifiante.

C'était cela qu'elle devrait capter sur le papier au lieu de se frotter aux turbulences de l'océan, aux hurlements du vent, à l'âpre résistance de la roche. Pourquoi ne resterait-elle pas ici, près du cottage, pour se laisser imprégner par la paix des eaux immobiles ? Lancer un défi à la nature la plus féroce, n'était-ce pas se condamner à y succomber corps et âme et à ne plus jamais s'en relever ?

Soudain écrasée par la fatigue, Gennie descendit de voiture et déambula jusqu'au ponton. Parvenue à l'extrémité du débarcadère, elle s'assit, les jambes pendant dans le vide, et regarda le soleil chuter lentement sur l'horizon. Le souvenir des lèvres de Grant sur les siennes restait présent — trop présent, même. Jamais elle n'avait connu d'homme qui embrassait ainsi, avec tant de force et de vulnérabilité à la fois.

Cela dit, elle était loin d'avoir l'expérience que Grant lui prêtait en la matière. Elle n'était pas solitaire, loin de là. Elle avait quelques bons amis et un vaste réseau de relations. Mais tout ce qu'elle faisait, en vérité, était lié de près ou de loin à sa peinture.

Elle appréciait les à-côtés de son succès. Après des semaines d'enfermement et de travail acharné, elle ne voyait pas d'inconvénient à être entourée, reconnue, et même un peu encensée. L'image plutôt bohème que la presse avait donnée d'elle l'amusait. Que la vocation de l'artiste soit solitaire, elle en faisait chaque jour l'expérience. Alors pourquoi ne pas goûter aux côtés glamour de sa vocation lorsque l'occasion se présentait ?

Il y avait même des moments où la Genviève imaginaire que décrivaient les reporters lui montait à la tête. Des moments où elle était tentée de se confondre avec le personnage. Mais la fascination ne durait jamais très longtemps. Dès qu'elle se bouclait de nouveau dans son atelier, elle oubliait la mondaine et redevenait peintre à part entière.

Que diraient les *paparazzi* qui lui attribuaient une si belle collection d'amants s'ils apprenaient que Genviève Grandeau, artiste célébrée, enfant du grand monde et chouchou des médias, était encore vierge à vingt-six ans ?

Avec un léger rire, Gennie se renversa en arrière pour se placer en appui sur les coudes. Elle avait été mariée à sa peinture si longtemps qu'un amant lui avait toujours paru superflu. Jusqu'au moment où... Le premier réflexe de Gennie fut de refouler la pensée qui se formait. Mais elle se traita mentalement de lâche et alla jusqu'au bout de sa prise de conscience.

Elle n'avait jamais ressenti le besoin d'avoir un amant jusqu'au moment où elle avait rencontré Grant Campbell.

Le regard renversé vers le ciel où apparaissaient les premières étoiles, elle laissa remonter en bloc les sensations, le vertige, les aspirations que Grant avaient libérées en elle. Elle aurait fait l'amour avec lui sans une hésitation.

Et il l'avait rejetée.

Non, c'était pire que cela même. Le rejet était douloureux, humiliant, mais acceptable. Tandis que Grant l'avait repoussée avec une hautaine arrogance, comme si ce qu'elle lui avait offert était parfaitement méprisable.

Il avait dit qu'*il* la prendrait lorsqu'*il* serait prêt à le faire. Comme s'il était en face d'une pochette surprise !

Gennie plissa les yeux de fureur. Grant Campbell allait voir ce qu'il allait voir. Se levant d'un bond, elle retourna à grands pas vers le cottage. On ne rejetait pas Genviève Grandeau comme si elle n'était qu'un objet de consommation courante. C'était des « petits jeux » qu'il voulait ? Parfait. Il allait en avoir.

4

— Si cette espèce de reclus acariâtre pense avoir réussi à me chasser, je lui réserve une belle surprise !

Dans un grand déchaînement de fureur matinale, Gennie acheva de rassembler son matériel de peinture. Elle n'était pas du genre à se laisser rejeter par qui que ce soit. Et surtout pas par ce sauvage arrogant et stupide.

— Grant Campbell, tu peux te préparer à m'avoir sur les bras encore un bon moment ! fulmina-t-elle. Je ne partirai que lorsque je jugerai bon de m'en aller. Et, en attendant, tu vas t'apercevoir de ma présence.

Pour commencer, elle peindrait ce qu'elle avait à peindre, bien sûr. Son art passait en priorité. Mais, pendant qu'elle serait là-bas, elle en profiterait pour donner une petite leçon à cet imbécile de marin pêcheur imbu de sa personne. Et Dieu sait qu'il la méritait. Repoussant les cheveux qui lui tombaient sur les yeux, Gennie ferma bruyamment le couvercle de sa boîte de peinture.

Ainsi, il pensait qu'elle voulait jouer à des « petits jeux ». Eh bien, il allait en découvrir toute une gamme. Et elle se chargeait de fixer les règles.

Gennie avait passé vingt-six ans de sa vie à regarder sa grand-mère faire tourner la tête des hommes. Avec un sourire affectueux, elle songea que son ancêtre était au fond une maîtresse femme. A presque soixante-dix ans, sa grand-mère vibrait encore d'énergie et de charme. Et elle continuait à obtenir ce qu'elle voulait des hommes. Qu'ils aient sept ou soixante-dix-sept ans.

Elle aussi était une Grandeau. La séduction, elle avait ça dans le sang.

— Il a l'intention de me « prendre », n'est-ce pas ? Mais seulement quand il sera prêt à le faire ?

Gennie en aurait hurlé d'indignation. De plus en plus furieuse, elle prit une blouse de peintre et la fourra dans un panier. Tout en se jurant qu'elle ne partirait pas de ce phare avant d'avoir vu Grant Campbell ramper comme un cloporte à ses pieds !

La colère qui l'avait tenue éveillée la moitié de la nuit avait effacé les souvenirs éblouis qu'elle avait conservés de leurs baisers. Oubliés aussi le désir, l'émotion, la violente bouffée de passion. La rage était tellement plus gratifiante que la tristesse et la dépression ! Gennie puisait une immense satisfaction dans ses projets de vengeance. Animée d'une énergie guerrière, elle se sentait capable de soulever des montagnes, de défaire à mains nues une armée entière de Grant Campbell en puissance.

Une fois son matériel de peinture rassemblé dans l'entrée, elle passa dans sa chambre pour s'examiner dans le miroir suspendu au-dessus du vieux secrétaire. Considérant son reflet avec le regard critique du peintre évaluant son modèle, elle estima que la structure du visage était équilibrée, les traits bien dessinés, les nuances du teint et de la chevelure en harmonie.

— Bien… Voyons maintenant ce qu'on peut faire…

Avec la calme détermination d'un Indien appliquant ses peintures de guerre, Gennie sortit sa trousse de maquillage et appliqua une touche de vert sur ses paupières. Discret, il soulignait la couleur inhabituelle de ses yeux. Sur ses lèvres, elle se contenta de mettre un peu de gloss. Juste ce qu'il fallait pour rendre une bouche tentante. Puis, gratifiant son reflet dans la glace d'un sourire féroce, elle appliqua un soupçon de parfum au creux de l'oreille.

Question tenue, il faudrait qu'elle se contente d'un jean et d'un débardeur, hélas. Elle pouvait difficilement s'asseoir sur un rocher pour peindre avec une jupe serrée et des talons. Mais le jean avait son charme aussi. Pressée de mettre Grant Campbell à genoux et savourant d'avance le moment où elle lui éclaterait de rire au nez, Gennie s'apprêtait à quitter le cottage lorsqu'elle entendit une voiture approcher. Sa première pensée fut pour Grant et son cœur se mit à battre furieusement dans sa poitrine.

Juste une montée d'adrénaline due à l'affrontement qui se préparait, bien sûr.

Gennie alla voir à la fenêtre et découvrit non pas le pick-up de Grant, mais un break d'âge vénérable. La veuve Lawrence en descendit avec un grand plat recouvert d'un torchon. Surprise et vaguement mal à l'aise, Gennie ouvrit à sa propriétaire.

Mme Lawrence avait sans doute vécu, aimé et travaillé dans ce cottage pendant la plus grande partie de sa vie. Comment pouvait-elle accepter de trouver une étrangère installée chez elle, dans la maison qu'elle avait partagée avec son mari décédé ?

Sa visiteuse darda sur elle le regard de ses petits yeux vifs.

— Déjà debout et en pleine activité, on dirait. Vous êtes matinale pour une fille de la ville.

Gennie aurait serré spontanément ses mains entre les siennes, si la veuve ne s'était pas cramponnée à son plat.

— Nous les peintres, nous aimons la lumière du matin. Je vous en prie, entrez, madame Lawrence.

— C'est que j'voudrais pas déranger, voyez. Mais j'ai pensé que quelques muffins vous feraient peut-être plaisir.

Oubliant ses projets de peinture pour le moment, Gennie ouvrit la porte en grand.

— J'ai un faible pour les muffins. Et je les apprécierai d'autant plus si vous acceptez de boire un petit café avec moi.

Après une imperceptible hésitation, Mme Lawrence passa le seuil.

— Ma foi, c'est pas de refus. Faudrait pas que je traîne, par contre. Je dois être à la poste pour l'ouverture.

Gennie lui prit le plat des mains et se dirigea vers la cuisine.

— Je ne connais pas d'odeur plus appétissante que celle des muffins faits maison, commenta-t-elle pour tenter de dissiper le fond de malaise entre elles. Mais j'avoue que j'ai rarement le courage de cuisiner pour moi toute seule.

— Pour sûr que c'est plus joyeux quand on a une famille à nourrir.

Gennie ressentit un élan de compassion qu'elle n'osa pas exprimer. Elle entreprit de faire le café en laissant Mme Lawrence se replonger dans ses souvenirs.

— Vous vous êtes installée ici sans problème, alors ?

— Tout à fait, opina Gennie en sortant deux assiettes. Ce cottage correspond exactement à ce que je recherchais. Votre maison est très belle, madame Lawrence… Ça n'a pas dû être facile pour vous de la quitter ? ajouta-t-elle après une légère hésitation.

Mme Lawrence eut un vague mouvement d'épaules, qui semblait évoquer la fatalité.

— Faut bien s'adapter, murmura-t-elle. Le toit a tenu le coup, avant-hier soir, avec cette tempête ?

Gennie la regarda un instant sans comprendre. Puis se ressaisit in extremis alors qu'elle s'apprêtait à répondre qu'elle n'avait pas passé sa première nuit au cottage.

— Je n'ai pas eu de problème, non.

Elle vit le regard attentif de Mme Lawrence se promener sur les meubles familiers. Le plus simple serait peut-être de parler ouvertement de son deuil, non ? C'était ce que tout le monde avait affirmé pour Angela. Mais, à l'époque, elle avait refusé de l'entendre. Avec le recul, cependant, elle commençait à se demander si elle n'avait pas eu tort de s'enfermer dans le silence.

— Vous avez vécu ici longtemps, madame Lawrence ?

— Vingt-six ans. Nous avons emménagé ici juste après la naissance de mon second garçon. Il est médecin à l'heure où je vous parle, précisa la veuve avec fierté. Mon fils aîné, lui, travaille sur une plate-forme pétrolière. Celui-là, il a la mer dans le sang.

— Ils ont bien réussi l'un et l'autre, commenta Gennie en apportant les tasses. Vous devez être contente.

— Pour ça, oui. Ils vivent mieux que s'ils étaient restés ici à faire le métier de leur père.

— Votre mari était pêcheur ?

Mme Lawrence hocha la tête.

— Mon Matthew, il pêchait le homard, oui. Comme tout le monde ici, d'ailleurs. Matthew était un des meilleurs, à La Pointe des Vents. Il est mort sur son bateau. D'une hémorragie cérébrale, qu'ils m'ont dit. Et, au fond, c'est tant mieux. Mon homme, il n'aurait pas voulu s'en aller autrement que sur son homardier. Je pense qu'il est parti content pour son dernier voyage.

Gennie sourit. Un jour, peut-être, elle pourrait parler de la disparition d'Angela avec cette même simplicité, cette même acceptation.

— Et cela ne vous dérange pas de vivre au village ?

— Je me suis habituée. En vieillissant, on est content d'avoir du monde autour de soi. Et au moins, je n'ai plus à prendre cette fichue route toute cabossée deux fois par jour. Mon Matthew, ça le rendait fou. Si vous l'aviez entendu pester. Il disait que c'était pas humain d'avoir à cahoter comme ça pour arriver chez soi !

— Je le comprends.

Tentée par les odeurs appétissantes qui s'élevaient du plat, Gennie retira le torchon à carreaux rouges et blancs.

— Mmm... Des muffins aux myrtilles. Mes préférés... J'en ai vu plein, des myrtilles, sur le bord de la route en me promenant.

— Tant qu'il fera bon, elles continueront à mûrir.

Avec un sourire satisfait, Mme Lawrence la regarda mordre dans un des petits cakes.

— Une jolie fille comme vous, ça va s'ennuyer, toute seule, dans ce coin perdu, non ?

Gennie secoua la tête.

— Non, au contraire. J'ai besoin de m'isoler pour peindre.

— Ils sont de vous, les tableaux que j'ai vus dans le séjour ?

— Oui. J'espère que ça ne vous dérange pas que je les aie accrochés là ?

— Sûrement pas non. J'ai toujours aimé les belles peintures. Vous faites du beau travail.

Gennie sourit, aussi touchée par le compliment que si elle avait eu une critique dithyrambique dans une revue d'art prestigieuse.

— Merci. Il y a plusieurs endroits ici que j'ai envie de peindre, précisa-t-elle en songeant à Grant. Si jamais je décidais de rester quelques semaines de plus que prévu...

— Vous n'aurez qu'à passer me le dire à la poste.

— C'est entendu.

Gennie but une gorgée de café.

— Vous avez dû connaître le phare lorsqu'il était encore en activité ? demanda-t-elle avec désinvolture, bien décidée à pêcher quelques informations sur Grant Campbell.

— Bien sûr. Depuis ma petite enfance. Et on voyait tourner le fanal d'ici. Maintenant, ils ont des systèmes de radar. Mais c'est grâce à ce phare que mon père et mon grand-père ont pu naviguer sans danger.

Il y avait sûrement quantité d'histoires intéressantes qui circulaient à La Pointe des Vents. Des histoires de marins, de tempête et d'épouvante. Et Gennie savait qu'elle aurait plaisir un jour à les entendre. Mais pour le moment, c'était l'actuel occupant du phare qui éveillait sa curiosité.

— J'ai rencontré l'homme qui y habite en ce moment, révéla-t-elle d'un ton détaché. J'ai l'intention d'aller peindre sur cette pointe. C'est un endroit fabuleux.

La veuve haussa les sourcils d'un air surpris.

— Et vous croyez qu'il vous laissera faire ?

Apparemment, Grant était connu au village pour son caractère inhospitalier. Gennie sourit.

— J'ai obtenu un accord à l'arraché. Mais il a fallu que je négocie ferme.

Mme Lawrence parut dûment impressionnée par sa prestation.

— Cela fait cinq ans maintenant que le jeune Campbell a racheté le phare. Et il tient à sa tranquillité. Nous, au village, on évite d'aller l'embêter. Mais il arrive que des touristes s'aventurent dans son coin. Il leur crie après tellement fort qu'ils détalent tous comme des lapins.

Gennie leva les yeux au ciel.

— Ça ne m'étonne pas. C'est un ours, cet homme-là.

La veuve lui jeta un regard avisé.

— Ma foi, il vit sa vie sans rien demander à personne. Et il est plutôt bien de sa personne, non ? Les gars d'ici l'ont emmené une fois ou deux sur leurs homardiers. Mais il paraît que ce n'est pas un bavard.

Surprise, Gennie faillit s'étrangler avec son muffin.

— Parce qu'il ne pêche pas pour vivre ?

— Je ne sais pas trop ce qu'il fait au juste. Mais une chose est sûre : il paye ses factures rubis sur l'ongle.

Intriguée, Gennie se demanda à quoi un homme comme Grant Campbell pouvait bien occuper ses journées.

— Ah, tiens, c'est étonnant. Comme il possède un

bateau de pêche, je pensais que... Il ne doit pas recevoir beaucoup de courrier, j'imagine ?

Mme Lawrence eut un léger sourire.

— Ce n'est pas lui qui en reçoit le moins... Je vous remercie pour le café, mademoiselle Grandeau. Et je suis contente que vous vous plaisiez au cottage.

Gennie se leva sans insister. Il était clair qu'elle devrait se contenter de ces bribes d'information. Au moins dans un premier temps.

— J'espère que vous reviendrez me voir bientôt, madame Lawrence.

La veuve hocha la tête et se dirigea vers la porte.

— Si vous avez le moindre problème, faites-le-moi savoir. Dès que le temps aura tourné, vous serez obligée d'allumer la chaudière. Elle est parfois un peu bruyante. Il ne faudra pas vous affoler.

— Je m'en souviendrai quand je la mettrai en marche. Merci.

Suivant des yeux Mme Lawrence qui regagnait sa voiture, Gennie songea à Grant. Il ne faisait pas partie des gens d'ici, c'était clair. Et, pourtant, il lui avait semblé déceler une discrète affection dans la voix de la veuve. Le fait qu'il « vivait sa vie sans rien demander à personne » inspirait sans doute une forme de respect chez ces gens rudes et naturellement peu expansifs.

Cinq ans qu'il vivait en reclus sur sa pointe rocheuse battue par l'océan. C'était long. Très long. Qu'est-ce qu'un homme aussi jeune pouvait bien entreprendre à longueur de journée dans un phare ?

Avec un haussement d'épaules, Gennie se baissa pour récupérer son attirail de peintre. La façon dont il occupait son temps n'était pas son problème. La façon dont il allait ramper à ses pieds, en revanche, la fascinait indiscutablement...

Le seul repas auquel Grant accordait de l'importance était le petit déjeuner. Pour le reste, il se contentait de grignoter un bout de pain, du fromage, ou n'importe quoi d'autre qui lui tombait sous la main. Ce matin-là, il avait déjeuné à l'aube parce qu'il avait été incapable de tenir en place dans son lit. Puis il était sorti en bateau faute de parvenir à se mettre au travail. Autrement dit, Gennie — tranquillement endormie dans son cottage à trois pas de là — avait réussi à perturber à la fois son sommeil, son activité professionnelle et son appétit.

Et à gâcher sa journée qui plus est.

En temps normal, il aurait apprécié de naviguer tôt le matin, de voir le jour se lever lentement sur la mer, de sentir la froide caresse de l'aube sur son visage. Il aurait jeté une ligne à l'eau et, avec un peu de chance, il aurait pêché de quoi faire son dîner.

Mais il n'avait pas eu plaisir à sentir son bateau filer sur l'eau, ce matin. Ensommeillé, la tête lourde, il n'avait qu'une hâte : rentrer. Son état d'esprit n'était pas propice à la pêche. Si bien que, au lieu de faire diversion, sa balade en mer avait achevé de l'exaspérer.

Le soleil avait à peine dépassé la ligne d'horizon lorsqu'il avait regagné son ponton d'amarrage. A présent, le même soleil était au zénith, mais Grant n'avait toujours pas recouvré sa sérénité. Seule la discipline acquise avec l'habitude le tenait encore rivé à sa planche à dessin. Mais il n'avait pas réussi à faire grand-chose, à part fignoler un peu son travail de la veille.

Gennie l'avait perturbé dans ses rythmes les plus élémentaires. Et le pire, c'est qu'elle continuait à lui trotter dans la tête. Il avait l'habitude d'être travaillé par ses personnages. Mais ses « héros », eux, lui appartenaient. Alors que Gennie n'avait pas sa place dans son univers. Il avait essayé d'en faire une figure parmi d'autres. Mais elle refusait de rester sagement cantonnée sur le papier.

Genvième Grandeau, songea-t-il tout en passant méticuleusement à l'encre la longue chevelure de Veronica. Elle faisait partie des quelques rares peintres dont il aimait inconditionnellement le travail. Il appréciait l'absence d'artifice dans ses tableaux, sa réceptivité, sa finesse. Elle peignait avec élégance et une passion dévorante, et cependant contenue sous une apparence de rêveuse douceur.

Grant se souvenait d'un de ses paysages peints au cœur du bayou. Les ombres laissaient entrevoir des secrets, le crépuscule appelait à des nuits brûlantes. Même la brume qui flottait au-dessus de l'eau stagnante semblait résonner du murmure des amants. La fausse sérénité du tableau l'avait attiré et il avait été fasciné par la façon dont elle avait capté la lumière, entre chien et loup. Il se souvenait d'avoir été déçu d'apprendre que la toile avait déjà trouvé un acquéreur. Sinon, il l'aurait achetée sans même se soucier d'en connaître d'abord le prix.

La tension sensuelle qui flottait dans ses compositions formait un contraste toujours intéressant avec le calme qui y régnait en apparence. Mais quoi d'étonnant si la riche sensualité de Gennie transparaissait dans sa façon de peindre ? Elle avait de toute évidence une vie amoureuse bien remplie. S'il n'avait pas eu l'occasion de l'embrasser, il aurait sans doute pris tous les articles la concernant pour ce qu'ils paraissaient être : les habituelles inventions des reporters de la presse à scandale.

Mais depuis qu'il avait senti sa bouche s'animer sous la sienne, Genvième Grandeau était devenue une obsession. Et il n'était sûrement pas le seul à subir le phénomène. Ivre de son pouvoir, Gennie jouait avec les hommes, consciente qu'elle n'avait qu'à les approcher pour les réduire en esclavage.

Les mâchoires crispées, Grant se força à terminer le dessin de Veronica. Une seule consolation : il avait réussi à s'arracher de ses griffes à temps. Et il avait eu la satisfaction de la planter là.

Enfin… de la planter là, peut-être. Mais cela n'avait pas suffi à le libérer d'elle pour autant. Grant émit un rire amer. Impossible d'oublier Genviève Grandeau, une fois qu'on y avait goûté. Plus qu'un corps de femme, c'était du feu liquide, un concentré de sensualité pure qu'il avait serré entre ses bras. Lorsqu'il l'avait embrassée, un grand vide s'était creusé en lui. Un vide qu'elle était venue remplir entièrement.

Ainsi procédaient les sirènes. Elles souriaient, elles chantaient, attiraient les hommes vers leur perte. Grant secoua la tête. Il était suffisamment retors lui-même pour ne pas tomber dans le piège éculé de la séduction.

De toute façon, vu ce qu'il lui avait balancé à la figure, elle ne mettrait sûrement plus les pieds au phare. Ce qui résolvait le problème par élimination de l'adversaire… Grant jeta un coup d'œil du côté de la fenêtre, mais refusa de se lever pour vérifier qu'aucune silhouette de peintre aux longs cheveux noirs ne se profilait à l'horizon. Il reprit son pinceau et passa une heure à travailler, avec Gennie toujours présente en arrière-plan, hantant ses pensées sans relâche.

Satisfait d'avoir, contre toute attente, terminé dans les temps, Grant nettoya ses pinceaux. Et comme l'épisode suivant était déjà écrit et dessiné dans sa tête, son humeur s'améliorait à vue d'œil. Il remit de l'ordre dans son atelier, rangea scrupuleusement son matériel et laissa ses dessins sécher sur la planche.

Avec le plaisir de la tâche accomplie, il descendit dans la cuisine pour voir ce qu'il pouvait se mettre sous la dent. Allumant la radio, il sourit lorsqu'on mentionna le comité d'éthique, ainsi qu'un sénateur dont la figure caractéristique revenait fréquemment dans Macintosh. Il devait à peine avoir douze ans lorsqu'il avait commencé à caricaturer les hommes politiques. Et il avait toujours continué sur sa lancée.

Son goût pour la satire faisait que certains journaux publiaient ses dessins en page intérieure, dans la rubrique politique. Pour Grant, il importait peu que son Macintosh figure ici ou ailleurs. Tout ce qui l'intéressait, c'était que son message passe.

Adossé contre le plan de travail, il fit un sort à un paquet de biscuits tout en écoutant les informations. Connaître l'actualité à fond, cerner les tendances et les modes était une partie essentielle de son travail. Mais, pour l'instant, il n'avait pas l'intention de s'attaquer à son nouveau scénario. Il lui fallait d'abord de l'air et du soleil.

S'il sortait, ce n'était pas parce qu'il s'attendait à rencontrer Gennie, bien sûr. Mais seulement parce qu'il était convaincu qu'il ne la trouverait pas sur son chemin.

Naturellement, la première chose qu'il vit en mettant le nez dehors fut l'ondine sur son rocher. Grant tenta de se convaincre que c'était bel et bien un élan de contrariété qui montait en lui. Comment aurait-il pu s'agir d'autre chose ? C'était *toujours* une source d'irritation pour lui lorsqu'on venait envahir sa solitude.

Rien ne le forçait à passer devant elle, cela dit. Gennie était occupée à peindre. Et, avec le vent qui ramenait ses longs cheveux dans ses yeux, elle ne l'avait pas vu sortir. Il suffirait qu'il parte dans la direction opposée et qu'il se dirige vers le nord en descendant sur la plage…

La lumière oblique du soleil caressait les bras nus de Gennie, effleurait son profil. « Maintenant, Campbell ! Détourne-toi maintenant et tu oublieras sa présence. »

Jurant et pestant tant et plus, Grant se dirigea droit sur elle.

Gennie l'avait repéré, bien sûr. Dès l'instant où la porte du phare s'était ouverte, elle avait senti qu'elle n'était plus seule. Pendant une fraction de seconde, son pinceau était resté immobile, comme suspendu. Puis il avait repris son mouvement sur la toile.

Le moment était venu de livrer bataille. Et de remporter la victoire. Plissant les yeux, elle porta le pinceau à ses lèvres et jaugea son travail. Pas mal du tout, dans l'ensemble. Elle était satisfaite de sa composition ainsi que des couleurs qu'elle avait mélangées jusqu'à présent. Chantonnant doucement, elle entendit les pas de Grant approcher.

Inclinant la tête comme pour mieux examiner son œuvre, elle commenta sans se retourner :

— Alors, ça y est ? Vous vous êtes décidé à sortir de votre caverne ?

Grant s'immobilisa à quelques pas, se plaçant délibérément là où il ne pouvait voir sa toile.

— Vous cherchez les ennuis, apparemment, Genviève. Cela m'étonne de vous.

En bougeant à peine la tête, Gennie tourna lentement les yeux vers lui. Son sourire était discret. Et infiniment provocateur.

— Si vous pensiez *réellement* ne pas me revoir ici, c'est que vous n'êtes pas très psychologue, Grant.

Les mâchoires de Grant se crispèrent. Ses gestes, son sourire, ses attitudes, tout chez elle était calculé pour séduire. Il le savait, il le voyait et pourtant son corps réagissait quand même. Un élan de désir lui traversa les reins.

— Et *vous*, vous n'êtes pas très prudente, rétorqua-t-il d'une voix menaçante.

— Je vous avais dit que je reviendrais, Grant. Et en règle générale, je fais ce que je dis.

Tournant franchement la tête vers lui, elle laissa son regard s'attarder sur sa bouche.

— Vous voulez voir ce que j'ai peint jusqu'à présent ?

— Non.

Gennie avança les lèvres en une jolie moue boudeuse.

— Vraiment ? Et moi qui vous prenais pour un amateur d'art !

Reposant son pinceau, elle passa la main dans ses cheveux.

— Qui êtes-vous, au juste, Grant ? s'enquit-elle d'une voix mi-moqueuse mi-caressante.

— Je suis ce que j'ai choisi d'être.

— Vous avez bien de la chance.

Elle se leva posément et retira sa blouse de peintre à manches courtes pour la laisser tomber nonchalamment à côté d'elle.

— Vous voulez que je vous dise ce que je vois en vous ? s'enquit-elle en s'approchant de lui jusqu'à le toucher.

Il ne répondit pas, mais son regard ne quitta pas le sien.

— Un solitaire, murmura-t-elle. Avec un visage de boucanier, des mains de poète et les façons d'un butor… Il me semble que vous n'avez pas choisi grand-chose, là-dedans, à part les manières de rustre.

Grant résista héroïquement à la lueur de défi dans son regard, à l'appel de ses lèvres insolentes.

— Si ça peut vous faire plaisir de penser ça…, commenta-t-il, les mains fermement enfoncées dans les poches.

— Plaisir est un grand mot, rétorqua-t-elle en reculant pour se placer dos à la mer. Cela dit, le côté brut de décoffrage n'est pas pour me déplaire. Ce n'est pas toujours un gentleman que recherche une femme.

Ainsi placée, avec l'océan en arrière-plan, elle ressemblait plus que jamais à quelque émanation marine, une créature de Poséidon.

— Parce que vous êtes une « dame », vous, Genviève ?

— Ça dépend si ça m'arrange ou non, rétorqua-t-elle, imitant son ton et son attitude.

Réagissant à la provocation, Grant la rejoignit en deux pas. Il résista à la tentation de la prendre par les épaules et de la secouer furieusement. Mais leurs corps étaient si proches que seul le vent s'insinuait encore dans l'interstice.

— Où cherchez-vous à en venir, au juste ?

Elle ouvrit de grands yeux innocents.

— J'essaye de nouer une conversation. Est-ce que cela vous pose un problème ? Vous en avez perdu l'habitude à ce point ?

Serrant les poings dans ses poches, Grant pivota sur lui-même avec brusquerie.

— Je vais me promener.

Gennie glissa son bras sous le sien.

— Quelle idée délicieuse ! Je vous accompagne.

— Je ne vous ai pas proposé de venir, vociféra-t-il en s'immobilisant net.

Elle battit des cils.

— Ah, ça y est ! Vous recommencez à me faire du charme avec vos manières de brute. Attention à vous, Grant. Vous êtes dangereusement irrésistible.

Grant ne put s'empêcher de sourire. Il était toujours le premier à rire de lui-même lorsque son comportement tournait à la caricature.

— Bon. Très bien. Venez si vous y tenez vraiment.

Déterminée à le faire souffrir avant la fin de l'après-midi, Gennie se lança à sa suite, même si Grant ne faisait aucun effort pour adapter son rythme au sien. Une fois qu'ils eurent contourné le phare, il se mit à dévaler la falaise avec toute l'assurance de l'habitué des lieux qu'il était. Gennie s'immobilisa un instant pour examiner la pente abrupte. D'un bond léger, Grant sautait d'avancée rocheuse en avancée rocheuse, comme s'il dégringolait les marches d'un escalier. Juste en dessous, l'océan grondait, lançant ses vagues puissantes à l'assaut de la plage.

Gennie déglutit. Mais reculer maintenant serait concéder à Grant une victoire trop facile. Rassemblant son courage, elle se plaça dos à la pente et commença à descendre. Les premiers mètres furent difficiles. Puis elle ne ressentit plus que le plaisir de chercher ses appuis, de jouer avec son équilibre. Le grondement de l'océan se faisait plus puissant à mesure qu'elle approchait du niveau de la plage et elle sentait la fraîcheur des embruns lui picoter la peau.

Grant arriva en bas et se retourna pour constater que Gennie n'était pas très loin derrière lui. Même s'il avait espéré la voir encore perchée en haut de la falaise, il ne fut pas autrement surpris qu'elle se soit lancée ainsi à sa suite. Genvière Grandeau était une femme de caractère, pas une délicate fleur de serre. Même s'il aurait été enchanté de pouvoir la reléguer dans cette catégorie. Cette fille-là avait beaucoup trop de vitalité pour être admirée à distance.

Par réflexe, il lui prit la main pour l'aider à franchir les derniers mètres. Gennie sauta, et son corps effleura le sien à l'atterrissage. Mais ce ne fut pas tant la sensation tactile que son parfum qui lui monta à la tête. La première fois qu'il lui avait ouvert sa porte et qu'elle lui était tombée dans les bras, c'était l'odeur de la pluie qu'il avait captée sur elle. L'eau de toilette qu'elle portait aujourd'hui était tout aussi subtile, mais infiniment plus sensuelle. Dans la claire lumière de l'après-midi, Gennie sentait le jasmin et la nuit.

Furieux d'être sensible à des tactiques de séduction aussi grossières, Grant la relâcha sans un mot et partit le long de la plage étroite et rocailleuse où se répercutaient le cri des mouettes et l'écho bruyant du ressac.

Plutôt satisfaite du tour que prenaient les événements, Gennie lui emboîta le pas avec un secret sourire. « Inutile de fuir, tu ne me résisteras pas, Grant Campbell. Je sens que tu vacilles déjà et c'est à peine si j'ai commencé à sortir mes premières armes. »

— C'est ainsi que vous occupez votre temps lorsque vous n'êtes pas bouclé dans votre tour mystérieuse ? s'enquit-elle en ajustant son pas au sien.

— C'est ainsi que vous occupez votre temps lorsque vous ne jouez pas à la reine de la nuit dans les clubs sélects de La Nouvelle-Orléans ?

Rejetant ses longs cheveux dans son dos, Gennie lui reprit le bras.

— Oh, nous avons déjà beaucoup parlé de moi hier. J'aimerais en savoir plus sur Grant Campbell. Etes-vous un savant fou se livrant à de dangereuses expériences dans votre laboratoire ultrasecret ?

Il tourna vers elle un regard amusé.

— En ce moment, je m'occupe surtout de ma collection de timbres.

Intriguée, Gennie oublia momentanément sa mission de séduction.

— J'ai l'impression qu'il y a un double sens dans ce que vous me dites là. Mais lequel ?

Haussant les épaules, Grant poursuivit son chemin en se demandant pourquoi il acceptait ce contact, cette présence, ce jeu de questions et de réponses. C'était beaucoup plus qu'une activité physique qu'il venait chercher sur cette bande de plage désolée qu'il arpentait quotidiennement. Il n'y avait que là qu'il parvenait à se vider la tête. Et il avait besoin de ces marches solitaires pour relâcher la pression.

Il n'avait jamais autorisé personne à l'escorter ici, sur la plage. Même ses propres personnages ne l'accompagnaient pas jusque-là. Mais au lieu de ressentir la présence de Gennie comme un poids intolérable, il était presque heureux de l'avoir là, à son côté.

— C'est une retraite cachée, murmura-t-elle, interrompant le fil de ses pensées.

Il lui jeta un regard surpris.

— Pardon ?

D'un geste de sa main libre, Gennie désigna la roche austère.

— C'est un lieu où vous venez pour vous couper de

tout le reste… Ma grand-mère avait une vieille demeure coloniale magnifique. Tout y était superbe; les meubles, les tableaux, les tissus. Mais la seule pièce là-bas où je pouvais rester pendant des heures, c'était un coin du grenier, sombre et poussiéreux, avec un vieux rocking-chair brisé et des malles pleines d'objets inutiles.

Levant les yeux vers lui, elle sourit.

— Je n'ai jamais pu résister à une retraite cachée.

Grant songea à la demeure de ses parents à Georgetown où il avait eu son refuge, lui aussi. Une pièce sans charme particulier. Mais qui lui avait offert l'essentiel : la solitude, ses piles de bandes dessinées, son carnet de dessins.

— Une retraite n'est cachée que si personne d'autre n'en connaît l'existence.

Gennie rit doucement et glissa tout naturellement sa main dans la sienne.

— Pas forcément. Parfois, un secret à deux, c'est encore plus fort.

Elle s'arrêta pour regarder une mouette plonger en poussant un cri aigu et raser la surface des eaux.

— C'est quoi, ces îles, là-bas ?

Perturbé de ne pouvoir se résoudre à lui lâcher la main, Grant contempla l'océan d'un œil sombre.

— Pour la plupart, ce sont juste des rochers à nu.

Gennie lui jeta un regard déçu.

— C'est tout ? Pas d'os blanchis ni de trésors cachés ?

Il ne put s'empêcher de sourire.

— Les gens d'ici parlent parfois d'un crâne qui se mettrait à gémir à l'approche des tempêtes.

— Et à qui était-il, ce crâne ? voulut savoir Gennie, prête à savourer toute histoire qu'il voudrait bien inventer à son intention.

— Un marin, improvisa Grant. Il convoitait la femme de son capitaine; une créature fascinante avec des yeux comme une sorcière des mers et une chevelure plus noire que la nuit.

Malgré lui, il prit une poignée des cheveux de Gennie et les laissa filer entre ses doigts.

— Parfois, elle venait lui parler, le frôler en secret, attiser son désir. Un soir, alors qu'il la suppliait de se donner à lui, elle lui promit qu'elle serait sienne pour toujours. Mais à une condition : qu'il vole tout l'or à bord ainsi que la chaloupe. Fou d'amour, le marin s'exécuta et embarqua la belle. Pendant deux jours et deux nuits, il rama sans trêve, poussé par une seule obsession : posséder cette femme enfin. Mais, lorsque la côte fut en vue, elle sortit son sabre et lui trancha la tête. Depuis, son crâne est resté sur le rocher et gémit son désir frustré pour l'éternité.

Amusée, Gennie inclina la tête.

— Mmm… Très édifiant, comme histoire. Et qu'est devenue la femme du capitaine ?

— Elle a investi son or, triplé ses profits et est devenue un respectable pilier de la communauté.

Avec un léger rire, Gennie reprit la marche à son côté.

— Et la morale finale, c'est quoi ? Ne jamais croire aux promesses d'une femme ?

— Lorsqu'elle est belle, c'est effectivement très dangereux.

— Vous avez déjà eu la tête tranchée, Grant, pour dire une chose pareille ?

Il émit un rire bref.

— Non.

Elle soupira.

— Dommage. J'imagine qu'on peut en conclure que vous résistez à toute tentation ?

— Disons que je suis vigilant.

— Ce n'est pas très romantique.

— J'ai d'autres soucis en tête que la romance.

Gennie lui jeta un regard scrutateur.

— Les timbres, par exemple ?

— Entre autres, oui.

Ils marchèrent un moment en silence, entre océan et falaise. Seuls quelques bateaux de pêcheurs apparaissaient ici et là, comme des points minuscules, ajoutant encore à l'impression d'immensité.

— Vous venez d'où ? demanda Gennie sur une impulsion.

— Du même endroit que vous.

Elle mit un instant à comprendre, puis rit doucement.

— La question n'est pas biologique mais géographique, Grant.

— J'ai mes origines un peu plus au sud.

— Voilà qui est lumineux, comme information... Et de la famille ? Vous avez de la famille ?

Il s'arrêta pour scruter ses traits avec curiosité.

— Pourquoi me posez-vous toutes ces questions ?

Avec un soupir appuyé, Gennie secoua la tête.

— Ça s'appelle « converser aimablement entre gens civilisés », monsieur Campbell. Il s'agit d'une nouvelle tendance, très en vogue, qui se répand dans toutes les couches de la société.

— Ma tendance à moi, c'est l'anticonformisme.

— Ah vraiment ? Vous me confondez, ironisa-t-elle.

— Vous êtes très forte pour ouvrir de grands yeux innocents, Genviève.

— Merci.

Elle se baissa pour prendre un coquillage à demi fossilisé.

— Mais vous préféreriez que je commence, peut-être ? Pour vous montrer que je suis de bonne volonté, je vais vous raconter quelque chose au sujet de ma famille...

Gennie réfléchit un instant puis songea que Grant se sentirait sans doute plus concerné par le parcours d'un être en marge que par les destinées plus classiques qu'avaient connues ses parents et grands-parents.

— J'ai un cousin éloigné que j'ai toujours considéré comme

l'élément le plus intéressant de tout l'arbre généalogique. Même s'il n'est pas un Grandeau à proprement parler.

— Et comment le qualifieriez-vous, alors, s'il n'est pas un « Grandeau » ?

— C'était la brebis galeuse, celui dont on ne parlait jamais qu'à mots couverts, entre membres distingués de la famille. Lui s'en moquait éperdument. Il a toujours vécu exactement comme il l'entendait. Naturellement, je n'ai jamais eu l'occasion de le rencontrer étant enfant, même s'il m'arrivait de surprendre des bribes d'histoires à son sujet. Je suis tombée sur lui tout à fait par hasard, à une de mes propres expositions. Et ce qui est extraordinaire, c'est que, entre nous, ça a collé tout de suite. Je ne le vois pas souvent, mais nous avons gardé le contact. J'ai même appris qu'il s'était marié, il y a environ un an. Là, ça a fait scandale chez les Grandeau.

— Pourquoi ? Il a épousé une danseuse du ventre avec un diamant dans le nombril ?

Gennie éclata de rire. Elle était ravie que Grant s'intéresse suffisamment à son récit pour plaisanter sur le sujet.

— Eh bien, non, figurez-vous. Il semble qu'il ait fait un superbe mariage, au contraire. Une jeune femme riche, intelligente et belle, issue d'une famille très en vue. C'est ainsi que la brebis galeuse, qui avait même fait quelques mois de prison étant jeune, s'est retrouvée à la tête d'une belle fortune. Un modèle de réussite, en somme. Je peux vous assurer que toute la famille a ri jaune.

Gennie songea avec affection à son cousin comanche. Justin avait connu une ascension sociale fulgurante. Et il ne s'était même pas abaissé à faire un pied de nez à tous ceux qui l'avaient longtemps regardé de haut.

— J'adore les histoires qui finissent bien, commenta Grant.

Elle lui jeta un regard en coin.

— Mais vous n'avez pas l'intention de me raconter

la vôtre pour autant, n'est-ce pas ? Vous avez tort, vous savez. Plus vous vous tairez, plus j'aurai envie de savoir. A votre place, j'inventerais quelque chose.

Une lueur amusée pétilla dans les yeux noirs de Grant.

— Je suis le benjamin d'une famille de douze enfants, lui confia-t-il avec tant de sérieux qu'elle faillit le croire. Mes parents étaient des missionnaires sud-africains. A l'âge de six ans, je me suis perdu dans la jungle et j'ai été adopté par une tribu de lions. J'ai gardé de cet épisode un goût marqué pour la viande de zèbre. A douze ans, j'ai été capturé par des chasseurs et vendu à un directeur de cirque. Pendant cinq ans, je me suis produit tous les soirs sous le chapiteau. J'étais la vedette incontestée du spectacle.

— Et on vous appelait l'Enfant Lion, compléta Gennie, aux anges.

— Naturellement. Une nuit de tempête, le feu a éclaté en pleine représentation et j'ai pu m'enfuir pendant le moment de panique qui s'est ensuivi. J'ai erré longtemps, vêtu de peaux de bêtes, dérobant ici ou là un poulet ou un mouton. Finalement, j'ai été recueilli par un ermite alors que je venais de le sauver des griffes d'un grizzli.

— En maîtrisant l'ours à mains nues, précisa Gennie gravement.

Grant secoua la tête.

— C'est moi qui raconte l'histoire. L'ermite m'a appris à lire et à écrire. Sur son lit de mort, il m'a révélé où il cachait ses économies de toute une vie, sous forme de lingots d'or. Après avoir organisé pour lui les funérailles de Viking dont il rêvait, je l'ai laissé partir sur son drakkar en flammes et je suis revenu à la civilisation.

— Mais au lieu de faire fortune à Wall Street avec votre or, vous avez investi dans le timbre-poste.

— C'est en gros ce qui s'est passé, en effet.

— Mmm… Je comprends que, après avoir vécu une

vie aussi terne, vous préfériez garder le silence sur votre parcours.

— Si mon récit vous a paru rébarbatif, vous ne pouvez vous en prendre qu'à vous-même. Vous me l'avez réclamée, mon histoire.

— Vous auriez pu la romancer un peu, ajouter un soupçon de fiction.

— Désolé. J'ai toujours manqué de fantaisie.

Avec un rire joyeux, Gennie abandonna la tête contre son épaule.

— Oui. J'ai l'impression que vous avez une imagination singulièrement pauvre, en effet.

Le rire de Gennie lui courut sur la peau comme un frisson. Il se vit soudain en Macintosh stupidement ébloui par sa Veronica, et secoua la tête. Pourquoi la laissait-il se coller à lui comme ça ?

— J'ai à faire, maintenant, annonça-t-il avec brusquerie. On va remonter par là.

Grimper le long de la falaise était plus facile que de descendre, constata Gennie. Elle n'en resta pas moins cramponnée à la main de Grant, lui adressant de temps en temps un sourire qui le faisait marmonner Dieu sait quoi. Réfléchissant à la tactique à suivre, Gennie glissa son coquillage dans la poche de son jean et lui tendit l'autre main lorsqu'il eut atteint le sommet. Il jura haut et fort, mais il l'attrapa quand même et la hissa ainsi sur le bord de la falaise.

Une fois sur le plat, elle resta debout face à lui, si près que leurs corps se touchaient presque. Grant respirait vite alors même qu'il venait de grimper sans effort. Enchantée de ses effets, elle lui adressa un sourire vibrant.

— Alors, ça y est ? Vous me quittez pour retourner à vos timbres ?

Se dressant sur la pointe des pieds, elle lui effleura les lèvres.

— Amuse-toi bien, chuchota-t-elle.

Puis elle dégagea ses mains des siennes et repartit vers son chevalet. Elle n'avait pas fait trois pas lorsque Grant la retint par le bras. Le cœur de Gennie se mit à battre la chamade. Mais elle n'en tourna pas moins vers lui un regard nonchalant.

— Tu veux quelque chose ?

Un désir si violent brillait dans ses yeux sombres qu'elle en eut le souffle coupé. La gorge sèche, elle faillit se dégager et prendre la fuite sans demander son reste. Mais il était hors de question de reculer à présent qu'elle tenait sa victoire.

Lorsqu'il l'attira contre lui, elle rit doucement.

— Apparemment, oui, tu veux quelque chose, chuchota-t-elle en nouant les bras autour de sa taille.

Dès l'instant où la bouche de Grant s'empara de la sienne, la tête de Gennie se vida de tout contenu rationnel. Elle oublia ses intentions, ses projets, ses buts et sa vengeance. Ce fut exactement comme la première fois : avec le souffle de la passion vint un sentiment de justesse, d'harmonie ainsi qu'un tourbillon confus d'envies, de désirs, d'aspirations ardentes. S'ouvrir à lui était si naturel qu'elle le fit sans réfléchir et avec une simplicité qui arracha à Grant un grognement de triomphe.

Il l'attira plus près. Sa langue explora ses lèvres avant de venir se mêler à la sienne tandis que ses mains descendaient le long de ses flancs pour épouser ses hanches. Les yeux clos, elle se remémora le choc qu'elle avait ressenti le premier soir en découvrant les mains de Grant… C'était des mains fortes, des mains magiques de sculpteur, qui faisaient picoter la peau partout où elles passaient. Les yeux clos, elle imagina ses paumes allant et venant sur son corps libéré de toute barrière. Avec un gémissement étouffé, elle but goulûment à ses lèvres, absorbant tout ce que son baiser pouvait lui donner.

Se plaquant contre lui, elle offrit, exigea sans qu'il parvienne à prendre et à donner assez vite pour les satisfaire l'un et l'autre. La bouche de Grant ravageait la sienne sans pitié, mais elle lui rendait la pareille, avec un même élan farouche.

Ce fut au moment précis où elle allait se laisser tomber sur le sol en l'entraînant avec elle que la peur de Gennie se réveilla. Ce n'était pas l'oubli qu'elle était venue chercher entre les bras de Grant mais la vengeance. Or, elle avait été à deux doigts de lui donner ce qu'elle n'avait encore jamais donné à personne.

Saisie de panique, Gennie se rejeta en arrière.

— Très agréable, commenta-t-elle avec un léger sourire. Même si vos techniques sont un peu… primitives à mon goût.

Grant ne répondit pas. Il respirait fort et vite et une sorte de brouillard rougeâtre flottait devant ses yeux. Pour la seconde fois, elle l'avait vidé entièrement de lui-même pour le remplir d'elle. Il la voulait à lui. Maintenant. Entièrement et sans mélange.

Le besoin était impérieux — si puissant qu'il lui déchirait la poitrine et les reins.

Ils étaient seuls, loin de tout et il était plus fort qu'elle. Le cœur de Gennie palpitait sous ses doigts comme un oiseau terrifié. Qu'est-ce qui l'empêchait de prendre ce qu'elle lui avait fait miroiter avec ses regards, ses allusions, ses sourires ?

Non.

Les bras de Grant retombèrent sans force contre ses flancs. Il ne répondrait pas à la provocation par la force brutale. Personne ne pouvait l'amener à tomber aussi bas. Furieux, il la foudroya du regard.

— Tu sais que tu t'aventures sur des terrains sacrément mouvants, Genviève. Tu n'as pas peur des conséquences ?

D'un mouvement orgueilleux de la tête, elle rejeta sa lourde chevelure en arrière.

— J'ai le pied sûr, répondit-elle doucement en se retournant sur un dernier sourire.

Les jambes comme du coton, elle dut compter ses pas jusqu'à son chevalet. Ses mains tremblaient lorsqu'elle se pencha pour rassembler son matériel de peinture. Et le sang qui rugissait à ses oreilles couvrait jusqu'au fracas du ressac. Mais il n'en restait pas moins qu'elle avait remporté le premier round.

Le premier round, oui. Le seul ennui, c'est qu'elle n'avait plus qu'une hâte : passer au suivant.

5

La suite des événements se fit cependant attendre. Trois jours de suite s'écoulèrent sans donner lieu à une nouvelle rencontre. Gennie revint tous les matins pour peindre, mais ne vit aucun signe de la présence de Grant. Le phare restait silencieux et rien ne semblait bouger derrière les fenêtres closes.

Au matin du quatrième jour, le bateau de Grant avait disparu de son ponton d'amarrage. Et le phare paraissait plus vide et plus abandonné que jamais. Elle passa trois heures sans bouger devant son chevalet, jusqu'au moment où le changement de lumière l'obligea à remballer son matériel. Grant n'avait toujours pas réapparu lorsqu'elle repartit pour le cottage.

A plusieurs reprises, au cours de ces longues journées solitaires, elle avait été tentée de redescendre sur la plage, à l'endroit où il l'avait emmenée. Mais elle n'eut pas le cœur de le faire en son absence. Il lui aurait été plus facile de pénétrer dans le phare sans y avoir été invitée que de retourner dans sa « retraite cachée » à l'insu de Grant. Même si elle brûlait de retourner sur l'étroite bande rocheuse au bord des eaux fougueuses pour en capter l'atmosphère sous la pointe de son crayon, elle aurait eu l'impression de violer son territoire le plus secret, le plus préservé.

Au début, Gennie avait cru qu'elle finirait sa toile en paix, délivrée de toute autre préoccupation que celle de peindre. Grant l'avait rejetée puis elle lui avait rendu la pareille. Œil pour œil, dent pour dent. Libérée de son obsession de vengeance, elle aurait dû l'être de Grant par la même occasion.

Mais il se produisit tout le contraire : les formes, les couleurs qui naissaient sous son pinceau le maintenaient en permanence présent à son esprit. Il était si fortement lié au lieu qu'elle ne parvenait plus à le dissocier du paysage. Même si elle ne l'avait pas revu depuis trois jours. Même si sa silhouette dégingandée n'apparaissait pas dans sa composition.

A chaque coup de pinceau, Gennie sentait quelque chose de Grant circuler en elle. Elle peignait l'océan, le ciel et l'herbe, mais c'était sa substance à lui qui se déposait sur la toile. Depuis toujours, elle avait le sentiment qu'une minuscule fraction de son être entrait dans chacun de ses tableaux pour y rester fixée à tout jamais. Mais dans celui-ci, elle n'était pas seule. Grant s'y mêlait également. Et sans que sa volonté y soit pour quelque chose.

Rien d'étonnant donc si le paysage qu'elle créait était plus viril, plus dur que ce qu'elle peignait d'ordinaire. Le fait que ces lignes fortes, masculines, surgissent de sous son pinceau l'excitait étrangement. Gennie savait qu'elle obéissait à une nécessité en exécutant ce tableau. Et elle savait également qu'elle le donnerait à Grant, une fois qu'elle l'aurait terminé.

Car il ne pouvait appartenir à personne d'autre que lui.

Il ne s'agirait pas de sa part d'un signe d'amitié ou d'une marque d'affection. C'était juste une fatalité. Elle ne se sentait pas le droit de vendre cette toile. Et elle savait que si elle la gardait pour elle, ce paysage la hanterait sans relâche. Alors, avant de quitter La Pointe des Vents, elle lui ferait don de cette peinture.

Et peut-être que, à sa manière, ce serait elle qui le hanterait, lui ?

Tous les matins donc, elle venait peindre au phare. Et tous les matins, elle se sentait possédée par une compulsion à terminer vite. Mais Gennie savait que la hâte ne lui était pas permise. Elle devait avancer par petites touches prudentes, au contraire. En prenant le temps d'absorber ce qui l'entourait pour le restituer sur la toile.

Les après-midi, elle retournait au cottage et dessinait fiévreusement la crique, la maison, le saule chétif près de l'embarcadère. Poussée par une agitation croissante, elle décida, le quatrième jour, de passer quelques heures à La Pointe des Vents. Elle n'avait pas encore fait un seul croquis du village ni de ses habitants. Et puis ça lui donnerait l'occasion d'aller saluer Mme Lawrence. Voir du monde lui ferait du bien. Elle avait besoin de diversion pour ne pas rester focalisée sur Grant tout le temps.

En ce milieu d'après-midi de fin d'été, La Pointe des Vents paraissait plus calme et endormie que jamais. Les bateaux de pêche n'étaient pas encore revenus au port et une légère brume de chaleur adoucissait les contours, ajoutant encore à l'impression de somnolence. Gennie gara sa voiture au bout du village et déambula dans les rues. Ici, elle avait envie de croquer les jardinets, les potagers, les vieilles bâtisses de bois. C'était un monde très différent du phare. Un autre univers également que le cottage. Mais l'océan omniprésent reliait ces trois pôles et les unifiait.

Gennie marcha longtemps, sans but défini. Ce village, elle le savait, resterait inscrit dans sa mémoire. Mais pour elle, La Pointe des Vents, ce serait toujours et avant tout l'océan, le phare… et l'homme qui s'y cachait.

Grant avait-il l'intention de l'éviter jusqu'à son départ ou aurait-elle l'occasion de le revoir ? Il lui coûtait de se l'avouer, mais il lui manquait. Déjà, elle avait la nostalgie de son expression féroce, de ses paroles incisives, du sourire aussi fugitif qu'inattendu qui glissait parfois sur ses traits, du cynisme amusé qui pétillait dans ses yeux sombres.

Plus dur encore était d'admettre qu'elle ne parvenait pas à oublier les brûlants émois physiques qu'il avait été le premier à susciter.

Gennie s'assit sur un banc et se demanda s'il existait d'autres hommes, ailleurs, susceptibles de provoquer en elle une flambée de désir similaire. Mais elle avait la plus grande peine à se représenter ces amants hypothétiques. Etrangement, elle ne voyait que Grant Campbell pour l'initier à une sexualité dont elle ignorait encore jusqu'au B.A.BA. Ce n'était pas avec un homme attentionné et chevaleresque qu'elle rêvait de franchir le pas. Elle n'avait pas besoin d'un protecteur prêt à voler à sa rescousse. Et cela pour la bonne raison qu'elle n'avait rien d'une créature désemparée.

Grant Campbell était l'antithèse du galant homme. Et une femme un tant soit peu dépendante l'exaspérerait jusqu'à le rendre fou. Songeant à leur première rencontre, Gennie ne put s'empêcher de rire. Non, une chose était sûre : Grant n'avait aucune vocation pour le repêchage des femmes en détresse. De même qu'elle n'était pas douée pour le rôle de la frêle damoiselle pâmée. Ils étaient beaucoup trop indépendants l'un et l'autre pour supporter de tomber dans ce genre de stéréotypes.

Cela dit, si elle n'était pas à la recherche du preux chevalier, elle n'avait pas non plus l'intention de tomber dans les bras d'une espèce d'ogre aux mœurs vaguement primitives. Or Grant semblait avoir quelques-unes des caractéristiques requises pour se classer dans cette catégorie.

Gennie secoua la tête et constata qu'elle avait dessiné Grant sans même s'en apercevoir. Arrondissant les lèvres en une moue sceptique, elle examina son croquis. Et estima que pour un portrait fait de mémoire, elle s'en était tirée de façon plus qu'honorable. Les sourcils étaient froncés, les yeux plissés de colère. On reconnaissait le visage mince, le nez aristocratique, la chevelure indisciplinée. Quant à la bouche…

A son corps défendant, Gennie sentit un tressaillement de désir la parcourir. Elle avait dessiné sa bouche telle qu'elle l'avait perçue au moment où il allait l'embrasser. Une bouche sensuelle, ardente, décidée. Fermant un instant les yeux, elle retrouva la saveur de ses baisers sur ses lèvres. Gennie frissonna. Elle n'était donc plus nulle part à l'abri de cette folle attirance ? Même ici dans cette rue paisible où flottaient les odeurs du port de pêche et des fleurs de la fin de l'été ?

Avec un léger soupir, Gennie glissa son crayon à papier derrière une oreille et se dirigea vers le bureau de poste. Son entrée fit apparemment grande impression sur un adolescent qu'elle trouva en discussion avec Mme Lawrence. Agé d'environ seize ans, le jeune homme ouvrit de grands yeux en la voyant. Et lorsqu'elle le salua d'un sourire, elle vit sa pomme d'Adam monter et descendre presque convulsivement.

Mme Lawrence posa un paquet de courrier sur le comptoir.

— Tu ferais mieux d'aller porter ces lettres à M. Fairfield, Will, déclara la veuve. Il doit commencer à se demander ce que tu fabriques.

— Oui, m'dame.

L'adolescent prit sa pile sans quitter Gennie des yeux. Le courrier lui échappa des mains et se répandit sur le sol. Gennie se baissa pour l'aider à le ramasser, suscitant des rougeurs violentes et quelques balbutiements inaudibles.

— Will Turner ! s'impatienta Mme Lawrence avec un sourire en coin. Ramasse-moi ces lettres et file !

— Tenez, Will, vous en avez oublié une, intervint gentiment Gennie en lui remettant l'enveloppe qu'elle venait de récupérer.

La mâchoire de l'adolescent tomba. Rouge comme une

pivoine, il trébucha deux fois en sortant du bureau de poste. Mme Lawrence rit doucement.

— Espérons qu'il ne tombera pas du trottoir.

— J'imagine que je devrais être flattée, observa Gennie, éberluée. Je n'avais encore jamais fait un effet pareil à un homme !

— Le pauvre garçon en est tout retourné, acquiesça Mme Lawrence. Il n'aurait pas été plus impressionné s'il avait vu arriver Jésus, Marie et les douze apôtres !

Gennie s'approcha du guichet en riant.

— En fait, je n'étais pas entrée ici pour jeter le trouble dans le cœur des adolescents, mais pour vous dire un petit bonjour et vous remercier pour vos muffins.

Le regard de Mme Lawrence tomba sur le carnet d'esquisses qu'elle tenait à la main.

— Vous avez l'intention de dessiner le village ?

Gennie hocha la tête.

— J'ai juste fait quelques croquis jusqu'à présent. Mais je suis toujours sous le charme. On sent quelque chose ici, à La Pointe des Vents, que l'on ne trouve nulle part ailleurs.

Sur une impulsion, elle remit le carnet à la postière et attendit le verdict pendant que Mme Lawrence, avec son calme et son sérieux habituels, examinait chacun de ses dessins.

— Pour sûr que vous connaissez votre métier, finit par commenter la veuve. Vous avez une façon de voir les choses que nous n'aurons jamais, nous autres.

Mme Lawrence eut un de ses fins sourires lorsqu'elle tomba sur le portrait de Grant.

— Tiens, tiens… Il n'a pas l'air très rassurant.

— Ça correspond au personnage, non ?

— Bah… un homme, faut pas non plus que ce soit tout guimauve. Pour ma part, je préfère ceux qui ont du caractère.

La veuve jeta un regard vers la porte et referma posément le carnet d'esquisses.

— Bonjour, monsieur Campbell, lança-t-elle avec un sourire.

Pendant une fraction de seconde, Gennie ouvrit des yeux énormes et regarda Mme Lawrence avec une expression qui ne devait guère différer de celle de Will Turner, quelques minutes auparavant.

— Bonjour, madame Lawrence, dit la voix grave et parfaitement posée de Grant juste derrière elle.

Tournant la tête, Gennie huma l'odeur de l'océan, qui semblait faire partie intégrante du personnage. Grant la salua d'un signe de tête accompagné d'un long regard énigmatique.

Songeant à l'adolescent écarlate et bégayant, Gennie se ressaisit in extremis.

— Toujours vivant, Grant ? Je commençais à me demander si tu étais entré en hibernation.

— J'ai eu pas mal de choses à faire ces derniers jours, répondit-il avec indifférence. J'ignorais d'ailleurs que tu étais toujours dans le coin.

Grant eut la satisfaction de voir une lueur de contrariété briller dans les yeux verts de sorcière. C'était une maigre consolation, cela dit, par rapport aux trois journées interminables qu'il venait de passer. Il ne comptait plus le nombre de fois où il s'était détourné de sa planche à dessin pour aller à la fenêtre la regarder peindre.

— Je suis encore à La Pointe des Vents pour au moins un mois, déclara-t-elle d'un ton de défi.

Mme Lawrence posa un gros paquet de courrier devant Grant, puis sortit une pile de journaux qu'elle lui remit également. Gennie eut le temps d'entrevoir l'adresse d'un expéditeur de Chicago avant que Grant ne récupère le tout.

— Merci.

Sourcils froncés, Gennie suivit sa haute silhouette des

yeux. Une douzaine de lettres ainsi qu'une bonne dizaine de quotidiens figuraient dans sa pile. Comment expliquer qu'un homme qui vivait en reclus dans un phare et habitait un village qui ne comptait même pas un seul feu rouge lise un journal comme le *Washington Post* ?

Sidérée, elle se prépara à quitter le bureau de poste à son tour.

— Il n'est pas vilain garçon, ce Grant Campbell, n'est-ce pas ? commenta la voix amusée de Mme Lawrence dans son dos.

Gennie marmonna quelque chose qui pouvait passer pour un acquiescement.

— Au revoir, madame Lawrence.

Reprenant son exploration du village, Gennie songea que ce n'était pas son problème si Grant-le-Reclus recevait autant de courrier qu'un ministre. Peu lui importait ce que cet individu pouvait lire, faire ou penser. L'essentiel — puisqu'ils étaient en guerre —, c'était qu'elle ait réussi à lui lancer quelques pointes. Même s'il ne s'était pas privé de lui assener une belle vacherie de son côté.

Gennie s'attarda un moment pour croquer quelques habitants. Puis elle décida de pousser jusqu'au cimetière. Le calme qui y régnait était encore différent de celui qu'elle avait trouvé au village. L'herbe haute entre les tombes ployait doucement sous la brise. Quelques mouettes survolèrent la petite église toute blanche avant de poursuivre vers l'océan.

Gennie trouva un endroit pour s'asseoir sur un carré d'herbe fraîchement tondue. Elle respira l'odeur du foin coupé et s'étonna que ce point minuscule sur la carte comporte tant de richesses, tant de beauté. Même si elle restait six mois de plus à La Pointe des Vents, elle n'aurait toujours pas fait le tour de ce qu'elle avait envie d'y peindre.

L'agitation qu'elle ressentait depuis sa rencontre surprise avec Grant retomba dès qu'elle se mit à dessiner. Elle n'aurait sans doute pas le temps de faire toutes les aquarelles, toutes les peintures à l'huile qu'elle désirait. Mais elle aurait au moins les croquis qu'elle pourrait retravailler par la suite.

Dans un mois, lorsqu'elle serait de retour à La Nouvelle-Orléans, ces dessins constitueraient les seules traces palpables qu'elle conserverait de La Pointe des Vents, du phare… et de Grant.

Gennie tournait la page pour commencer une seconde esquisse lorsqu'une ombre tomba sur le papier. Une onde de chaleur courut sur sa peau, son pouls s'emballa. Sans même avoir à se retourner, elle sut qui se tenait derrière elle.

Portant une main en visière au-dessus de ses yeux, elle leva la tête.

— Eh bien… Deux rencontres dans une même journée…

— La Pointe des Vents n'est pas New York. C'est difficile d'éviter de se croiser… Tu as fini ce que tu voulais peindre au phare ?

— Pas encore, non. Mais je ne peux venir que le matin. L'après-midi, je n'ai pas la bonne lumière.

Grant se laissa tomber dans l'herbe à côté d'elle.

— Et, du coup, tu viens immortaliser La Pointe des Vents ?

— A ma manière, oui, répondit-elle d'un ton détaché en recommençant à faire courir son crayon sur la feuille.

N'avait-elle pas su, tout au fond d'elle-même, qu'il viendrait la rejoindre ?

— Tu t'amuses toujours avec tes timbres ? demanda-t-elle après un temps de silence.

— Non. Je me suis mis à la musique classique, cette fois.

Lorsqu'elle tourna la tête pour lui jeter un regard interrogateur, Grant se contenta de sourire.

— La musique classique ? répéta-t-elle, sourcils froncés.

— Oui, pourquoi ? Ça te surprend ? Tu as pourtant dû être élevée dans une atmosphère musicale, non ? Une touche de Brahms après le dîner, à l'heure du café et des cigares ?

— Nous écoutions plutôt Ravel ou Debussy… Qu'as-tu fait de ton courrier, au fait ?

— Je l'ai posé.

— Je n'ai pas vu ton pick-up.

— Parce que je suis venu en bateau.

Lui prenant son carnet d'esquisses des mains, il se mit à le feuilleter.

— Pour quelqu'un qui défend si jalousement son territoire, tu n'es absolument pas respectueux de celui d'autrui, protesta-t-elle, indignée.

— C'est vrai.

Sans le moindre scrupule, il repoussa sa main tendue lorsqu'elle chercha à lui reprendre son travail. Pendant qu'elle fulminait en silence, il continua à tourner les pages, en faisant quelques commentaires ici et là. Gennie retint son souffle lorsqu'il tomba sur son propre portrait. Il inclina la tête pour l'examiner un moment en silence. Puis, à la grande surprise de Gennie, il eut un large sourire.

— Pas mal.

— C'est mieux que « pas mal », protesta-t-elle. Je considère qu'il est particulièrement bien réussi. Ton expression furibonde est bien rendue, non ?

— C'est donc comme ça que tu me vois !

Grant agit sur une impulsion.

— A moi de jouer.

Il cueillit le crayon qu'elle tenait toujours entre ses doigts, trouva une page vierge dans le carnet et, au grand étonnement de Gennie, se mit à dessiner à son tour. Sifflotant gaiement, il traçait des lignes hardies, avec une aisance qui dénotait une habitude certaine. Il plissa un instant les yeux pour ajouter quelques ombres, puis il lui jeta le carnet sur les genoux.

Intriguée, elle baissa les yeux. C'était elle, indiscutablement — même si la caricature était féroce. Le regard était impérieux, deux traits hautains formaient les pommettes, et le menton était levé. Avec ses lèvres entrouvertes et son port de tête orgueilleux, elle avait l'air d'une reine offensée. Gennie examina le dessin pendant dix bonnes secondes avant d'éclater de rire.

— Espèce de chien ! protesta-t-elle, ravie. On dirait que je me prépare à faire décapiter l'un de mes laquais.

Grant soupira. Si seulement elle avait réagi par la colère en le foudroyant d'un regard offusqué ! Il aurait décrété qu'elle était vaine, suffisante et dépourvue de tout humour. Et il aurait pu tourner la page. Mais avec le rire joyeux de Gennie qui tintait à ses oreilles, il était sous le charme.

Perdu, autrement dit.

— Gennie…

Le son presque tendre de la voix de Grant fit que le rire, soudain, s'étrangla dans sa gorge. L'air autour d'eux parut se figer, comme si l'herbe, les fleurs, l'océan se concentraient dans une attente immobile. Il n'y eut plus alors d'autre mouvement au monde que celui des doigts de Grant effleurant sa joue, ramenant ses cheveux derrière une oreille.

Lorsqu'il se pencha sur ses lèvres, Gennie ne bougea pas, mais attendit en retenant son souffle. Pendant une fraction de seconde, il demeura en suspens, puis sa bouche vint caresser la sienne.

C'était une bouche sans arrogance aucune. Elle n'affirmait rien, mais questionnait, hésitait, folâtrait un peu. Et néanmoins, Gennie sentit comme un trait de feu descendre le long de sa colonne vertébrale. Lorsque les doigts de Grant se crispèrent dans sa nuque, elle comprit qu'il avait ressenti le même choc électrique — une décharge puissante suivie d'une sensation de faiblesse, de flottement.

Les êtres humains étaient-ils censés entrer en lévitation et planer comme les mouettes au-dessus de l'océan ? se demanda-t-elle confusément. Et comment la simple pression de deux bouches accolées pouvait-elle générer une telle richesse de sensations ? Il y avait eu d'autres hommes, d'autres baisers, pourtant. Mais ce qui se passait là était radicalement différent — sans comparaison possible avec tout ce qu'elle avait pu appeler « embrasser » jusqu'à présent.

Et ce n'était pas un rêve pour autant. Tous ses sens étaient actifs, en éveil : elle goûtait le souffle de Grant sur ses lèvres, son odeur d'océan était dans ses narines ; elle discernait ses traits et l'entendait gémir son nom.

En réponse à son appel, Gennie ferma les yeux et se laissa fondre contre lui. Avec l'abandon vint la douleur — inattendue et si violente qu'elle en eut des tremblements. Tout d'abord, ce fut l'incompréhension. Comment pouvait-il y avoir souffrance alors qu'elle ressentait un tel bien-être ?

Une petite voix singulièrement forte et lucide lui répondit que l'amour faisait mal. Toujours. Mais comment pourrait-il être question *d'amour*, tout à coup ? Ce serait de la folie d'imaginer qu'elle était en train de tomber amoureuse. Ce n'était pas du tout ce qu'elle désirait.

Ce qu'elle désirait, c'était… c'était…

Lui.

La réponse s'imposa avec une telle clarté que Gennie connut un instant de pure panique.

— Grant, non !

Elle voulut se dégager, mais il la retint d'une main posée au creux de sa nuque.

— Non, quoi ?

— Je ne voulais pas… Nous ne devrions pas… Je ne…

Les joues en feu, elle ferma les yeux, horrifiée de se trouver réduite à cet état de balbutiante confusion.

— C'est très clair, comme explication, ironisa Grant gentiment. Tu pourrais me reformuler ça en termes à peu près cohérents ?

Gennie se releva si vite qu'elle dut lutter un instant contre le vertige.

— Ce n'est pas un endroit pour… pour pratiquer ce genre d'activité.

Il se leva à son tour — avec une aisance remarquable de son côté.

— Quel genre d'activité ? Nous échangions un baiser, c'est tout. C'est tout aussi « tendance », après tout, que de nouer des conversations amicales. Et ça devient une habitude pour moi, de t'embrasser.

Il lui souleva les cheveux pour les laisser couler entre ses doigts.

— Je suis un homme d'habitudes, tu sais. Une fois que l'une d'elles m'est acquise, je m'y cramponne.

— Il faudra pourtant que tu renonces à celle-ci, murmura-t-elle en détournant les yeux.

Les mains sur ses épaules, il laissa errer sur ses traits un regard intense, pénétrant.

— Tu es un drôle de mélange, Genviève. Tantôt, tu te conduis comme une séductrice rompue à tous les secrets de son art, tantôt comme une vierge offensée. C'est un peu fatigant, ces revirements.

Gennie se drapa aussitôt dans sa fierté.

— Certains hommes se fatiguent pour pas grand-chose, lança-t-elle sèchement.

— En effet, oui, acquiesça Grant en se détournant. Et il arrive même un moment où ils se lassent complètement.

Tout en écoutant le bruit décroissant de ses pas, Gennie se pencha pour récupérer son carnet d'esquisses. L'ironie du sort voulut qu'il se soit ouvert à la page où elle avait dessiné le portrait de Grant. Gennie lui jeta un regard noir.

— Sale type arrogant, marmonna-t-elle en récupérant ses affaires.

Elle épousseta son jean, sortit du cimetière avec un air de calme dignité puis songea qu'elle n'en avait rien à faire, au fond, de sauver ou non la face.

Renonçant à sa stupide fierté, elle se mit à courir.

— Grant ! Attends !

Il s'immobilisa avec une mimique impatiente.

— Quoi encore ?

Hors d'haleine, elle se planta devant lui. Et se demanda ce qu'elle allait bien pouvoir lui dire. Tout ce qu'elle savait, c'était qu'elle ne voulait pas le voir disparaître de sa vie de façon définitive.

— On fait la paix ? proposa-t-elle sur une impulsion en lui tendant la main. S'il te plaît !

Le « s'il te plaît » eut raison de l'irritation de Grant. Il serra la main tendue et la garda un instant dans la sienne.

— Pourquoi cet élan pacifiste, tout à coup ?

— Je ne sais pas. On pourrait tenter de s'entendre au lieu de se faire la guerre. Pourquoi pas ?

Il enroula lentement autour de son doigt la chaîne en or qu'elle portait à son cou.

— On ne risque rien à essayer. Et comment procède-t-on ?

Bonne question. Comment procédait-on pour s'entendre avec quelqu'un qui, au moindre effleurement, vous procurait des palpitations ? Mais, si Gennie ne voulait pas succomber au vertige, elle n'avait pas l'intention de détaler comme un lapin pour autant.

— Je te dois un repas, déclara-t-elle sur une impulsion. Si je t'offre un dîner, nous serons quittes.

— Il n'y a pas de restaurants à La Pointe des Vents.

— Je peux cuisiner.

— Tu m'as déjà préparé un petit déjeuner.

— Oui, mais c'était *ta* nourriture. D'ailleurs, ça tombe bien. J'avais justement l'intention de faire une corvée de courses.

Grant réfléchit un instant à sa proposition.

— Tu veux acheter de quoi dîner et venir au phare ?

Pas au phare, non, décida Gennie sur-le-champ. Le phare était un lieu beaucoup trop chargé en souvenirs sensuels. Mais s'ils se retrouvaient dans un *autre* type de décor, ne noueraient-ils pas aussi un *autre* type de relation ?

— Pourquoi pas le cottage ? Il y a un petit barbecue en brique, sur la terrasse. Si tu aimes la viande, je peux nous faire griller un steak.

— Va pour le steak.

— Parfait, déclara-t-elle en lui prenant la main. Allons faire nos courses.

— Hé, ne cours pas comme ça, protesta Grant lorsqu'elle l'entraîna à grands pas.

— Ne commence pas à te plaindre. Où achète-t-on la viande ici ?

— A trente kilomètres, sur la côte.

— Zut, s'exclama-t-elle en s'immobilisant net.

Grant sourit et lui passa un bras autour des épaules.

— Pas de panique. Nous allons peut-être trouver notre bonheur chez Leeman, le vendeur de fruits et légumes. Il lui arrive de proposer un morceau de bœuf à l'occasion.

— Hou là… Et il le sort d'où, son bœuf ?

— Mieux vaut ne pas trop se poser la question, rétorqua Grant, toujours avec un large sourire, en poussant la porte du magasin.

Gennie le suivit avec un enthousiasme plus que modéré. Jusqu'au moment où elle découvrit que la viande vendue par Leeman venait d'une ferme des environs et que la garantie d'origine apparaissait sur l'étiquette. Elle acheta également de la salade et, satisfaite de ses acquisitions, entraîna Grant dans la rue.

— Il ne nous reste plus qu'à trouver une bouteille de vin et l'affaire sera dans le sac.

— Chez Fairfield, alors. Mais ne t'attends pas à trouver un vaste choix de grands crus.

— Allons jeter un œil. Ça ne nous engage à rien.

Lorsqu'ils traversèrent la rue, un jeune garçon qui passait

à bicyclette jeta un rapide regard à Grant, puis rentra la tête dans les épaules et se mit à pédaler de plus belle.

— Tiens, tiens... Un de tes admirateurs, peut-être ? s'enquit Gennie, pince-sans-rire.

— La semaine dernière, je l'ai surpris derrière chez moi, sur la falaise, avec trois de ses copains. Autant te dire que je les ai fait détaler.

— Tu es vraiment un chic type, Grant. Ça te perdra d'avoir le cœur aussi tendre.

Grant se mit à rire. Il se souvint de son accès de fureur lorsque les cris des gamins l'avaient dérangé. Puis de son inquiétude à l'idée que l'un des enfants s'était peut-être rompu le cou en dévalant les rochers.

— Qu'est-ce que tu veux ! Je n'ai pas l'occasion de parler souvent. Il faut bien que je me délie la langue de temps en temps en vitupérant quelques innocents.

— Mmm... Edifiant. Et tu chasserais vraiment un chien malade à coups de pied ?

— Oh, seulement s'il circule sur mon territoire.

Gennie leva les yeux au ciel, poussa un soupir démonstratif et entra chez l'épicier. Au fond du magasin, Will Turner se tourna, la vit, et laissa tomber le pot de cornichons qu'il tenait à la main. Le teint uniformément écarlate jusqu'à la pointe de ses oreilles, il abandonna le pot sur place et balbutia :

— Je... je peux vous aider ?

Gennie s'avança vers lui.

— Il me faudrait du charbon de bois.

— J'en... j'en ai en réserve, balbutia l'adolescent. Vous voulez un sac de deux ou de cinq kilos ?

Déchirée entre le fou rire et la compassion, Gennie fit un réel effort pour garder son sérieux.

— Deux kilos suffiront.

— Je vais vous chercher ça tout de suite.

Will recula d'un pas et alla donner du coude dans une

pile de boîtes de conserves qui s'effondra avec fracas. L'adolescent disparut sans demander son reste. Un grand bruit se fit entendre. Puis vint la voix irritée de Fairfield dans l'arrière-boutique demandant à Will « d'arrêter de courir comme un dératé et de faire attention où il mettait les pieds ». Portant la main à sa bouche, Gennie fut à deux doigts de pouffer.

Songeant à Macintosh et à Veronica, Grant se sentit en empathie immédiate avec le pauvre Will Turner.

— Tu as vu dans quel état tu as mis ce pauvre garçon ? Il en a pour un mois à hurler à la lune toutes les nuits en souffrant comme un malade. Tu étais vraiment obligée de lui sourire ?

Avec un haussement d'épaules, Gennie se pencha en avant pour examiner la maigre sélection de vins et lire les étiquettes.

— A cet âge-là, ce sont des phénomènes purement hormonaux, Grant. Il faut juste laisser le temps au temps, et attendre que ça se stabilise.

Les bras croisés sur la poitrine, Grant laissa glisser son regard sur un certain postérieur gainé de jean et poussa un bref soupir.

— Tu as raison. Cela ne devrait guère prendre plus de trente ou quarante ans, marmonna-t-il.

Gennie repéra un bourgogne qui lui parut correct et le sortit triomphalement du rayon.

— Et voilà. Ce soir, ça va être la fête.

Sur ces entrefaites, Will revint avec son sac de charbon.

— Je vous ai aussi amené des cubes d'allumage, au cas où.

— Oh, merci, c'est vraiment très gentil, s'exclama Gennie en sortant son portefeuille.

— Euh… il faut être majeur pour acheter du vin, déclara Will gravement.

Le sourire de Gennie s'élargit et il rougit de plus belle.

— Je suppose que vous avez plus de vingt et un ans ?

Incapable de résister à la tentation, elle désigna Grant.

— Lui, oui, en tout cas.

Pour la première fois, le regard de l'adolescent se détacha de Gennie. Grant vit un tel mélange d'envie et d'admiration dans les yeux de Will qu'il ne put s'empêcher de lui poser une main amicale sur l'épaule.

— Elle est canon, hein ? lui glissa-t-il en aparté lorsque Gennie eut quitté le magasin.

Will soupira.

— *Pour ça…*, murmura-t-il.

Grant allait se détourner pour partir lorsque l'adolescent le retint par la manche.

— Alors comme ça, vous allez dîner avec elle, et tout, et tout, m'sieur Campbell ?

Haussant les sourcils, Grant réussit à garder son sérieux. Ce « et tout, et tout » pouvait évoquer différentes choses. Mais les images qui s'imposaient à son esprit auraient fait rougir le pauvre Will de plus belle.

— Rien n'est encore joué, marmonna-t-il, se surprenant à utiliser une des expressions consacrées de Macintosh. Mais nous allons dîner ensemble, oui.

Quant au reste… Avec un léger sourire, Grant sortit rejoindre Gennie.

— C'était quoi, ces messes basses, au juste ? s'enquit-elle, les bras croisés sur la poitrine.

— Une conversation entre hommes, ma chère.

— Oh, pardonnez-moi, s'exclama-t-elle en prenant son air de Scarlett O'Hara offensée.

Sous le charme, Grant éclata de rire et l'embrassa au vu et au su de toute La Pointe des Vents. Comme le baiser s'éternisait, on entendit un grand fracas à l'intérieur de l'épicerie.

— Pauvre Will, murmura Grant. Encore une pile de boîtes de conserves qui s'effondre. Je peux imaginer ce qu'il ressent… Mais je ferais mieux de regagner mon bateau si je veux être à l'heure au cottage pour le dîner, et tout, et tout.

Déconcertée par cette légèreté qui ne lui ressemblait pas, Gennie secoua la tête.

— « Et tout, et tout » ?

— Je devrais arriver dans une demi-heure, fit-il en s'éloignant avec un signe joyeux de la main.

6

Les jambes comme du coton, Gennie poussa la porte du cottage. Et se répéta pour la énième fois que c'était complètement idiot de se mettre dans un état pareil pour *rien.*

Il s'agissait juste d'un repas improvisé — deux adultes, une côte de bœuf et une bouteille de bourgogne qui ne valait peut-être même pas son prix. Quoi de plus terre à terre que du charbon de bois, des cubes d'allumage pour barbecue et quelques feuilles de salade ?

Si seulement elle n'avait pas une imagination si fertile ! C'était effarant, cette tendance qu'elle avait à se raconter des histoires. Un peu de tendresse inattendue, une brise douce, et elle se voyait déjà engagée pour la vie. Ridicule. Totalement et parfaitement ridicule.

Gennie posa ses achats dans la cuisine et songea avec une pointe de regret qu'elle aurait dû acheter des bougies pour mettre un peu d'ambiance dans l'austère cottage de Mme Lawrence. Et si seulement elle avait eu une radio, ils auraient pu mettre un peu de musique et…

Consternée par le tour que prenaient ses pensées, Gennie secoua la tête. Mais à quoi songeait-elle, bon sang ? Non seulement elle aurait eu l'air ridicule avec sa musique et ses bougies, mais elle ne voulait à aucun prix vivre une histoire avec Grant. Une amitié, oui. A la rigueur. Mais certainement rien qui aille au-delà.

Elle lui cuisinerait un repas pour le remercier de l'avoir accueillie sous son toit. Et elle aurait plaisir à converser avec lui car elle le trouvait intéressant, malgré ses côtés rébarbatifs. Mais elle veillerait avec le plus grand soin à ne pas lui tomber dans les bras.

Inutile de se leurrer : la tentation serait forte — surtout après le baiser qu'ils avaient échangé au cimetière. Mais il était temps que son bon sens reprenne le dessus. Non seulement Grant Campbell était fondamentalement désagréable, mais il s'agissait d'un homme beaucoup trop compliqué à son goût. Elle était trop complexe de son côté pour se lancer dans une aventure avec un homme aussi riche en particularités bizarres.

Gennie prit le sac de charbon et passa sur la terrasse pour préparer le barbecue. Les ombres s'allongeaient sur l'herbe. L'air était calme, immobile, presque sans un souffle. Elle entendrait arriver Grant bien avant que la silhouette de son bateau ne se dessine au large.

La lumière était comme du lait — très légèrement opaque, onctueuse, apaisante. On entendait le léger clapotis des vagues contre les piliers du ponton et le bourdonnement des insectes. Puis, à peine perceptible encore, le son d'un moteur sur l'eau…

Soudain pétrifiée par l'émotion, Gennie faillit se verser les deux kilos de charbon de bois sur les pieds. Secouant la tête, elle reprit ses préparatifs. Et dire qu'elle avait la réputation d'être si mondaine, si adulée, si sûre d'elle ! Genvième Grandeau — élément respecté de la communauté artistique internationale et rejeton d'une des familles les plus prestigieuses de La Nouvelle-Orléans — était au bord de l'effondrement nerveux parce qu'elle s'apprêtait à partager un morceau de viande et trois feuilles de salade avec l'occupant d'un vieux phare désaffecté.

Les grands de ce monde étaient décidément en plein déclin.

— Oui, peut-être... Et alors ? murmura-t-elle avec un petit sourire, en reposant son sac de charbon pour se porter à la rencontre de Grant.

Grant prit un virage serré pour entrer dans la crique et l'eau jaillit dans son sillage. Riant aux éclats, Gennie courut jusqu'à l'extrémité du ponton et lui fit de grands signes. Elle avait hâte qu'il soit là, en fait. Maintenant seulement, elle se rendait compte à quel point elle avait appréhendé de passer la soirée toute seule. Mais elle n'avait pas envie pour autant de la partager avec n'importe qui. Même s'il devait la mettre hors d'elle, c'était avec Grant Campbell qu'elle voulait dîner ce soir.

Grant longea le ponton au ralenti puis coupa son moteur, ramenant d'un coup le silence dans la crique. Les eaux agitées par son passage battaient doucement les piliers de l'embarcadère et on entendait le crissement des insectes s'enivrant des derniers pollens.

— Quand m'emmènes-tu faire un tour en mer, alors ? demanda-t-elle en attrapant le cordage qu'il lui lançait.

— Pourquoi ? C'était prévu au programme ?

Grant sauta sur le ponton. Les mains enfoncées dans les poches de son jean, elle le regarda procéder pendant qu'il amarrait son bateau d'une main experte.

— Je ne sais pas si *c'était* prévu au programme, mais en tout cas, ça l'est maintenant. Je pensais m'acheter une barque pour faire le tour de la crique. Mais j'aimerais autant m'aventurer plus loin.

— Une barque ? s'étonna Grant en se redressant.

Elle lui jeta un regard de défi.

— Et alors ? Je suis pour ainsi dire née sur le fleuve. J'ai le pied aussi marin que toi, Campbell.

Il lui prit la main et l'examina d'un œil critique.

— On a de la peine à imaginer que ces jolies paumes lisses aient laissé filer beaucoup de cordages.

Gennie entrelaça ses doigts aux siens.

— Nous sommes pourtant tous un peu marins dans la famille. Mon arrière-arrière-grand-père vivait déjà de ce qu'il rapportait de la mer.

— Tu as un ancêtre pêcheur ?

— Mmm… En quelque sorte. Pêcheur de ducats et de marchandises dérobées dans les cales d'autrui.

Une lueur amusée scintilla dans le regard de Grant.

— Un pirate ! J'ai l'impression qu'il t'intéresse plus que les comtes et les ducs disséminés dans ton arbre généalogique.

— Bien sûr. La plupart des gens trouvent des aristocrates parmi leurs ascendants, pour peu qu'ils poussent leurs recherches assez loin. Les pirates, c'est déjà beaucoup plus rare. Et celui-ci était bon.

— Bon de cœur ?

— Non, efficace, rectifia-t-elle en riant. Il avait quasiment soixante ans lorsqu'il a pris une retraite bien méritée à La Nouvelle-Orléans. Ma grand-mère vit toujours dans la maison qu'il a construite.

— Avec l'or arraché à de malheureux marchands.

— Bah… Ils savaient le risque qu'ils couraient, non ? La vie était une vaste loterie et chacun tentait sa chance à sa façon. Soit on ramassait des fortunes, soit on se retrouvait avec la tête tranchée d'un coup de sabre, comme ton ami le marin.

Grant saisit une mèche de ses cheveux entre ses doigts.

— Tout ça ne m'encourage pas à t'emmener au large sur ma modeste chaloupe. Compte tenu de ton ascendance, c'est plus sûr de te cantonner sur la terre ferme.

Tirant doucement sur sa chevelure, il l'amena contre lui. Gennie maintint son équilibre en posant une main à plat sur sa poitrine. Mais, au lieu de résister, elle se dressa sur la pointe des pieds pour aller à la rencontre de ses lèvres.

Grant maintint sa bouche sur la sienne sans pour autant exercer de pression, comme s'il hésitait à aller plus loin. Ils demeurèrent ainsi en suspens l'un et l'autre, maintenant entre eux une distance à peine perceptible et néanmoins réelle. Ils étaient comme à mi-chemin entre le oui et le non, libres encore de reculer comme d'aller de l'avant.

Au même moment, ils s'écartèrent l'un de l'autre et échangèrent un regard.

— Il serait temps que j'aille allumer le barbecue, déclara Gennie doucement.

— Tu crois que tu vas t'en sortir ou tu préférerais que je m'en charge ? s'enquit Grant en lui emboîtant le pas.

— Mon cher monsieur Campbell, je crains que votre vision des femmes du Sud ne repose sur des préjugés ineptes. Je serais capable de faire la cuisine sur n'importe quoi, même un rocher chauffé au soleil.

— Et de laver le linge à mains nues dans un torrent furieux.

— Ni mieux ni moins bien que toi, rétorqua Gennie plus gravement. Je reconnais que tu as un certain avantage sur moi lorsqu'il s'agit de mécanique. Mais dans la plupart des autres domaines, nos compétences sont à peu près égales.

— S'agit-il d'un vibrant plaidoyer pour le mouvement des femmes ?

Gennie lui jeta un regard méfiant.

— Pourquoi ? Tu t'apprêtes à faire quelque commentaire aussi stupide que sarcastique sur la condition féminine ?

— Certainement pas, non. Je considère que vos revendications sont parfaitement légitimes. Ce que certaines femmes obtiennent avec une déconcertante facilité en tant qu'individus reste parfois inaccessible aux femmes dans leur ensemble. Et il est important qu'elles se battent pour que les privilèges de quelques-unes deviennent des droits pour toutes… Tu as entendu parler de Winnie Winkle ? C'était une bande dessinée des années 1920 qui abordait les thèmes de la libération féminine bien avant que le mot « féministe » n'entre dans les mœurs.

Gennie s'appuya en riant contre le barbecue.

— Là, j'avoue que tu m'impressionnes. Je ne t'imaginais pas en grand spécialiste de la question de la femme. Et comment se fait-il que tu sois familier des bandes dessinées des années 1920 ?

— Ces connaissances remontent à mes années d'études, répondit Grant, évasif, en lui prenant les allumettes des mains.

Il se pencha pour mettre le feu au charbon de bois et les flammes s'élevèrent, les forçant à reculer l'un et l'autre.

— Tu as étudié où, au fait ?

— A Georgetown.

— Ils ont une excellente école des beaux-arts là-bas.

Il marmonna un vague acquiescement.

— Tu l'as faite ou non ? insista Gennie.

Le regard rivé sur le barbecue, Grant huma l'odeur du feu, qui lui rappelait son enfance.

— Pourquoi cette question ?

— Parce que le portrait de moi que tu as tracé en trois coups de crayon tout à l'heure montre que tu as à la fois le talent, l'aisance et la pratique. Qu'en fais-tu dans la vie courante ?

— Qu'est-ce que je fais de quoi ?

— De tes dons, précisa-t-elle patiemment. Si tu avais été peintre, j'aurais entendu parler de toi.

— Je ne suis pas peintre, affirma-t-il en soutenant son regard.

— Alors, que fais-tu de ta vie ?

— Je fais ce que j'ai à faire. Tu ne devais pas nous préparer une salade ?

— Grant…

— Bon, bon, d'accord. Inutile de monter sur tes grands chevaux. Je me charge de la laitue.

Comme il se détournait pour passer dans la cuisine, Gennie le rattrapa par le bras.

— Je ne te comprends pas, Grant.

Il haussa les sourcils.

— T'ai-je demandé de me comprendre ?

Dans les yeux de Gennie, Grant ne vit pas seulement de la frustration, mais un éclair de tristesse. Comme s'il l'avait rejetée et trahie. Pour la première fois depuis qu'il consacrait sa vie à Macintosh, il fut tenté de s'excuser pour le mystère qu'il entretenait autour de sa profession.

Il lui effleura la joue avec une douceur qui ne lui ressemblait pas.

— Laisse-moi te dire une chose, Gennie : je ne serais pas ici si j'étais capable de garder mes distances avec toi. Cela te suffit-il de le savoir ?

Gennie hésita. La réponse était à la fois oui et non. Si elle n'avait pas redouté les conséquences, elle lui aurait avoué qu'elle se sentait tout aussi incapable de fuir leur attirance de son côté. L'élan qui s'était ébauché dans le cimetière prenait rapidement de l'ampleur. Et Dieu sait jusqu'où il pouvait les mener.

Elle sourit et glissa les mains dans les siennes.

— Je m'occupe de la salade.

Ensemble, ils s'activèrent dans la cuisine, argumentant avec bonne humeur sur l'art d'assaisonner la verdure. Puis ils s'assirent dehors dans l'herbe pendant que la viande grillait.

Gennie respirait les odeurs de fumée, de cuisine et d'herbe sèche. Les dernières chaleurs de l'été généraient une torpeur confortable, marquée d'un soupçon de nostalgie. De temps en temps, Grant et elle échangeaient quelques mots sans poids qui glissaient dans le silence sans le troubler.

Des instants précieux à cueillir et à conserver en vue de l'hiver inéluctable, comme ces fleurs séchées que l'on collecte dans un herbier. Gennie ferma les yeux. Elle retrouvait, intactes, ses impressions de petite fille, lorsque les vacances semblaient ne jamais devoir finir et que l'école paraissait encore loin — très loin — même si le mois d'août tirait à sa fin.

Pourquoi fallait-il que la magie des beaux jours devienne si poignante dans ses derniers sursauts, lorsque l'automne approchait à grands pas ? Etait-ce parce que l'été jetait ses derniers feux qu'elle tombait ainsi amoureuse sans raison définie ?

— A quoi penses-tu ? demanda Grant.

Elle sourit et renversa une dernière fois la tête en arrière pour contempler le ciel.

— Il serait temps que je m'occupe de cette côte de bœuf.

Il lui attrapa le bras et la fit basculer sur le dos.

— Non.

— Pourquoi ? Tu es amateur de viande carbonisée ?

— Pas spécialement. Mais ce n'était pas à ton barbecue que tu pensais.

Du bout des doigts, il lui effleura les lèvres. Bien que le geste soit désinvolte, Gennie en ressentit les effets jusqu'à l'extrémité des orteils.

— Je pensais à l'été, admit-elle doucement. Et à sa tendance à se terminer avant qu'on en ait vraiment fini avec lui.

— Il en va ainsi de tout ce qui est bon.

Dressé sur un coude, juste au-dessus d'elle, Grant plongea ses yeux dans les siens et la regarda sourire. Il ne se souvenait pas d'avoir jamais vu quelqu'un sourire de cette façon, comme si une lumière irradiait de son visage. La tête vide de toute pensée, soudain, il se pencha pour cueillir cet éclat. Douces, tièdes, déjà offertes, les lèvres de Gennie s'ouvrirent sous les siennes.

Tout était si simple avec elle. L'odeur de l'herbe froissée, les parfums de l'été, la fumée du feu qui s'élevait en spirales légères. Ce n'était pas seulement cette bouche ardente qu'il voulait posséder, mais ce cou, ces épaules, cette minceur et ces courbes, cette douceur et cette force. En sachant qu'il l'avait désirée ainsi dès le premier regard.

Mais s'il cédait à son attirance maintenant, ses nuits ne seraient plus jamais paisibles. Rien ne prouvait que la fin de l'été mettrait fin à sa fascination. Et il ne voulait pas passer l'hiver torturé par des souvenirs trop brûlants.

Soulevant la tête, il vit ses yeux verts de sorcière, à peine entrouverts. D'un seul regard, si elle le voulait, cette femme pouvait le mettre à genoux. Conscient de jouer avec le feu, Grant s'écarta et la tira sur ses pieds.

— Au travail, la cuisinière ! Nous ferions mieux de nous occuper de cette côte de bœuf si nous ne voulons pas nous contenter de la salade.

Gennie posa prudemment un pied sur le sol avant de se risquer à faire un pas. Elle avait toujours pensé que ce genre de phénomène ne se produisait que dans les livres, mais ses jambes se dérobaient *réellement* sous elle. Son corps entier n'était que vibrations. Alors que ses articulations, elles, avaient la consistance de la marmelade.

Posant la viande sur un plat, elle précéda Grant à l'intérieur de la maison. Par un accord tacite, ils n'abordèrent à table que des sujets indifférents. Ils se tenaient prudemment sur la défensive, comme s'ils refusaient l'un et l'autre de tirer les conséquences de ce qui se passait entre eux.

« Nous ne sommes pas faits l'un pour l'autre », songeait obstinément Gennie.

« Je n'ai pas de temps à consacrer à une relation amoureuse », se disait Grant comme en écho.

Plus secouée qu'elle ne voulait l'admettre, Gennie vida la moitié de son verre de vin d'un trait pendant que Grant, sourcils froncés, fixait sans le voir le contenu de son assiette.

— Comment est la viande ? s'enquit-elle en désespoir de cause pour rompre le silence pesant.

— Pardon ?.... Ah, la viande ! Elle est excellente !

Chassant la sensation de malaise, Grant se concentra sur son repas et finit par s'y consacrer avec enthousiasme.

— En fait, tu cuisines presque aussi bien que tu peins. Où as-tu appris à faire la tambouille, toi qui es née dans une maison pleine de domestiques ?

— Premièrement, les barbecues, ça a toujours été une spécialité familiale. Et deuxièmement, lorsqu'on vit seul, on a intérêt à se mettre à la popote si on ne veut pas être condamné à passer son temps dans les restaurants.

Il ne put résister à la tentation de la taquiner un peu, alors qu'elle buvait son bourgogne dans les solides verres à eau qu'elle avait achetés à La Pointe des Vents.

— Tu as été photographiée dans les restaurants les plus prestigieux du monde libre et d'ailleurs, Genviève.

Refusant de mordre à l'appât, Gennie se renversa contre son dossier.

— C'est pour ça que tu es abonné à autant de journaux ? Pour lire comment les autres vivent pendant que tu hibernes dans ton phare ?

Grant réfléchit un instant.

— C'est exactement ça, oui, finit-il par acquiescer. Ça résume assez bien ma situation.

— Et tu ne trouves pas que c'est un peu dédaigneux, comme attitude ?

Il contempla pensivement le fond de son verre.

— Oui, sans doute.

Gennie éclata de rire.

— Qu'est-ce que tu reproches à l'humanité, Grant ?

Il lui jeta un regard surpris.

— Mais rien du tout, pourquoi ? J'aime bien les gens. Certains beaucoup plus que d'autres, bien sûr. Mais je n'ai aucune objection de principe contre l'être humain en tant que catégorie. C'est juste que je ne supporte pas d'être importuné.

Se levant pour rassembler leurs assiettes, Gennie secoua la tête.

— Tu ne ressens jamais le besoin d'être au coude à coude dans une foule ? D'entendre le son de milliers de voix autour de toi ?

Grant faillit répondre que la foule, le coude à coude et les cris, il en avait eu plus que sa part jusqu'à l'âge de dix-sept ans. Mais il eût été inexact d'affirmer qu'il était complètement dégoûté de l'humanité pour autant. Il lui arrivait d'avoir besoin d'une bonne dose de compagnie. Passer une semaine chez les MacGregor, par exemple, lui avait fait le plus grand bien, même s'il ne s'en était rendu compte qu'en rentrant.

— J'ai quelques moments de faiblesse grégaire, admit-il. Mais ils restent assez rares.

Il se leva pour finir de débarrasser pendant que Gennie faisait couler de l'eau chaude dans l'évier.

— Nous sommes privés de dessert ? s'enquit-il en passant un coup d'éponge sur la table.

Elle jeta un regard par-dessus son épaule et vit qu'il posait la question avec le plus grand sérieux. Incroyable. Il ingurgitait des quantités impressionnantes de nourriture sans avoir une once de graisse pour autant. Etait-ce de l'énergie nerveuse ? Un métabolisme particulièrement rapide ? Secouant la tête, Gennie retourna à sa vaisselle en se demandant pourquoi elle s'obstinait à essayer de comprendre quelque chose au fonctionnement physique ou mental de cet individu.

— Je dois avoir deux Esquimau dans le congélateur.

Avec un sourire satisfait, Grant alla se servir.

— Tu en veux un ?

— Non merci… Tu manges ta glace par plaisir ou pour éviter d'avoir à essuyer la vaisselle ?

— Les deux. Le plaisir et la paresse, ça se concilie assez bien, non ?

Il vint s'adosser près d'elle contre le plan de travail.

— Quand j'étais jeune, je pouvais en manger des douzaines, de ces trucs-là.

Gennie rinça une assiette et la posa dans l'égouttoir.

— Et maintenant ?

— Ça n'a pas tellement changé, en fait. Mais tu n'en as malheureusement que deux en stock.

— Si tu étais poli, tu partagerais un peu.

— Si j'étais poli, oui, acquiesça-t-il en continuant à lécher sa glace.

Avec un éclat de rire, Gennie lui envoya quelques gouttes d'eau à la figure.

— Monstre ! Allez… sois sympa, fais preuve d'un peu d'humanité, pour une fois.

Il tendit l'Esquimau et le maintint à un centimètre de ses lèvres. Les mains enfoncées jusqu'aux coudes dans l'eau savonneuse, Gennie ouvrit la bouche.

— Juste un petit bout, hein ? la prévint Grant.

Lui jetant un regard offensé, elle se pencha pour mordiller délicatement la glace. Puis, d'un air de défi, elle se hâta d'en croquer une part conséquente.

— Chienne ! protesta Grant, dépité.

Gennie éclata de rire.

— Allez, je serai généreuse, pour une fois : je t'autorise à prendre le second. C'est juste que je manque de volonté lorsque quelqu'un me mange une glace sous le nez.

— Ah oui ? Et tu as d'autres faiblesses comme ça ? s'enquit Grant en lapant ostensiblement ce qui restait de son Esquimau.

— Quelques-unes.

Secrètement troublée, Gennie déambula jusqu'à la terrasse. Le cri aigu des hirondelles annonçait le crépuscule.

— Les jours raccourcissent, murmura-t-elle.

Les nuages blancs rosissaient à l'horizon et les dernières fumées du barbecue s'élevaient dans la lumière dorée. Déjà les premières couleurs de l'automne teintaient les feuilles des quelques rares buissons.

Lorsque les mains de Grant se posèrent sur ses épaules, elle se cala confortablement contre lui et ils regardèrent le soir tomber en silence.

Grant tenta de se souvenir quand il avait partagé un coucher de soleil pour la dernière fois, mais aucune image ne survint. Avait-il d'ailleurs jamais eu envie d'assister à la fin du jour en une autre compagnie que la sienne ?

Avec Gennie, tout paraissait d'une simplicité presque effrayante. Serait-il désormais condamné à penser à elle chaque fois qu'il verrait le soir approcher ?

— Parle-moi du plus bel été de ta vie, Gennie, murmura-t-il, les yeux rivés sur l'horizon.

Elle songea à un mois de juillet passé en Italie, sur les collines autour de Florence. A une croisière sur le yacht de son père dans la mer Egée. Mais c'était à un autre été, beaucoup moins spectaculaire, qu'étaient attachés ses plus grands souvenirs de bonheur.

— Je logeais chez ma grand-mère, murmura-t-elle. Mes parents étaient partis à Venise, pour un second voyage de noces. Je me souviens du parfum des magnolias et des journées brûlantes. Le temps semblait s'étirer jusqu'à l'infini. Juste devant la fenêtre de ma chambre, il y avait un vieux chêne dégoulinant de mousses. Le soir, je m'asseyais sur une branche et je regardais le ciel. Je devais avoir treize ans, je crois. Il y avait un garçon qui travaillait dans les écuries, juste à côté.

Gennie rit doucement, la tête renversée contre le torse de Grant.

— Maintenant que j'y repense, il ressemblait un peu à Will, je crois !

— Et tu lui vouais un amour éperdu.

— Tout à fait. Je passais mes journées à nettoyer les stalles et à étriller les chevaux rien que pour le bonheur ineffable de le voir passer de loin. Et, le reste du temps, je noircissais des pages et des pages dans mon journal intime. J'ai même composé deux ou trois poèmes enflammés.

— Que tu gardais soigneusement cachés sous ton oreiller.

— Apparemment, le cœur des filles de treize ans n'a pas de secrets pour toi.

Grant songea à sa sœur Shelby et sourit en posant le menton sur le haut de la tête de Gennie. De ses cheveux montait comme une odeur de pétales froissés, de santal et de fleur d'oranger.

— Et il t'a fallu combien de temps pour obtenir ton premier baiser ?

— Dix jours. Je me considérais comme initiée aux mystères les plus profonds de la vie. J'étais devenue une femme au sens plein du terme.

— A treize ans, c'est normal. Toutes les filles en passent par là.

— Je vois que tu es un grand spécialiste de l'âme adolescente… Toujours est-il qu'un jour, j'ai trouvé Angela en train de pouffer avec mon journal sur les genoux. Je l'ai pourchassée en hurlant dans toute la maison. Elle avait…

Gennie se raidit lorsqu'une vague de chagrin la submergea, aussitôt suivie par une deuxième, puis une troisième encore. Avant que Grant ait pu resserrer son étreinte pour la retenir, elle s'avança sur la terrasse et scruta le ciel assombri.

— Elle avait dix ans, acheva-t-elle dans un murmure. Je l'ai menacée de la tondre si elle osait me trahir.

— Gennie…

Elle secoua la tête lorsque la main de Grant vint lui caresser les cheveux.

— Il va bientôt faire nuit. On entend déjà les premiers grillons. Tu devrais rentrer chez toi si tu ne veux pas être obligé de naviguer dans le noir.

Grant hésita. S'en aller maintenant, la laisser à sa douleur serait facile. Tellement plus facile que de rester. Consoler n'était pas dans sa nature. Il n'avait jamais eu beaucoup de talent pour la douceur.

Et pourtant ce fut plus fort que lui.

Passant un bras autour de ses épaules, il la guida jusqu'à la vieille balancelle de bois abritée par le store.

— Rien ne presse, j'ai tous les feux réglementaires sur mon bateau. On peut prendre le temps de s'asseoir un moment... Tu sais que cette balancelle me rappelle ma grand-mère ? Elle avait une maison sur la côte Est du Maryland. C'était un endroit incroyablement paisible. Je me souviens que l'horizon était si plat qu'on avait l'impression qu'il avait été tracé à la règle. Tu as déjà visité la baie de Chesapeake ?

— Non, murmura Gennie, les yeux clos, en se détendant contre lui. Mais continue à me parler de ta grand-mère et de la côte du Maryland.

— Des champs de tabac, aussi loin que porte le regard. Et des crabes que l'on pêchait au bord de l'eau. Il fallait prendre un bac pour aller jusqu'à la maison de ma grand-mère. Elle ressemblait à ce cottage, d'ailleurs. C'était le même style d'habitat. Avec juste un étage en plus. Mon père et moi, nous n'avions que la route à traverser avec nos cannes à pêche pour nous retrouver au bord de l'eau.

Puisant dans sa mémoire, Grant poursuivit ses évocations, laissant remonter des scènes, des images depuis longtemps oubliées. Il livrait ses souvenirs en vrac, sans se soucier de cohérence, conscient qu'il n'avait rien d'autre à lui offrir pour la distraire de son chagrin que ces fragments décousus qui constituaient la trame muette d'une existence.

Gennie se détendait peu à peu. Sa tête reposait sur l'épaule de Grant et elle se laissait bercer par les grincements monotones de la balancelle, qu'il maintenait en mouvement. Le son de sa voix lui faisait du bien, même si le sens de ce qu'il disait glissait sur elle sans l'atteindre. Tandis que

Grant parlait, parlait, elle ferma les yeux, sombrant peu à peu dans une somnolence fiévreuse.

— Oh, Gennie, c'est trop bête que tu n'aies pas pu assister à la méga surprise-partie organisée par Franck ! dit sa sœur d'un ton désolé.

Détournant son attention du trafic, Gennie contempla sa passagère avec affection. Angela aux cheveux d'or... Elle rayonnait ce jour-là plus encore que de coutume. Même la pluie froide de février sur La Nouvelle-Orléans ne parvenait pas à altérer son éclat. Gennie avait toujours pensé qu'il n'existait pas d'être plus solaire que sa sœur.

— Je peux t'assurer que j'aurais préféré faire la fête avec toi ici, plutôt que de passer une semaine à me geler à New York, rétorqua-t-elle en riant.

— Tu parles ! On ne gèle pas sous les feux de la rampe !

— Tu crois ça, toi ?

Angela se blottit plus près.

— Allez, avoue : je suis sûre que pour rien au monde, tu n'aurais manqué cette exposition.

Gennie sourit car c'était l'exacte vérité.

— Parle-moi de ta fête, Angela.

— Ah, c'était *génial* ! Un bruit d'enfer ; une musique de fous. Et il y avait tellement de monde qu'on se marchait sur les pieds. Le tout dans une ambiance délirante... La prochaine fois que notre cousin Franck organisera une grande fiesta sur sa péniche, jure-moi que tu te débrouilleras pour y assister !

Gennie lui adressa un clin d'œil affectueux.

— Tu dis ça, mais je n'ai pas l'impression que tu as eu le temps de déplorer mon absence !

— Détrompe-toi ! Je ne risquais pas de t'oublier. J'ai passé la moitié de la nuit à répondre aux questions de tes admirateurs.

Avec un haussement d'épaules amusé, Gennie s'immobilisa devant un feu de circulation qui venait de passer au rouge. La pluie tombait à verse et elle avait mis les essuie-glaces en position rapide.

— Angela Grandeau, arrête de feindre l'innocence ! Tu sais pertinemment qu'ils se servent de moi comme prétexte pour entrer en conversation avec toi et ne plus te lâcher ensuite.

— Faux ! Mais il y a eu un homme, en revanche...

— Un homme ?

Gennie tourna un regard brillant de curiosité vers sa sœur. Elle était si jolie, songea-t-elle, attendrie.

— Parle, Angie !

Angela rougit.

— Un homme oui. Il est superbe, Gennie. Tu ne peux pas imaginer. Quand il est venu me parler, j'en bégayais. Pas moyen de sortir une phrase à peu près cohérente.

— Toi ?

— Oui, moi... J'étais devant lui, comme une idiote, à rougir et à dire n'importe quoi. Ça ne l'a pas trop découragé, cela dit, puisqu'on s'est revus tous les jours, cette semaine. Je suis follement amoureuse de lui, Gennie.

— Déjà ! Au bout d'une semaine ?

— Je l'étais au bout de trois secondes. Oh, Gennie... ne sois pas si pragmatique. Il faut absolument que tu le rencontres. C'est l'homme de ma vie, je le sais.

Gennie passa la première et se prépara à accélérer.

— Eh bien... ça promet ! J'ai hâte de le voir, ton Roméo !

Angela rejeta son opulente chevelure dorée dans son dos et éclata de rire lorsque le feu passa au vert.

— Je suis sur un petit nuage, Gennie. La vie est tellement merveilleuse !

Le rire d'Angela fut la dernière chose que Gennie entendit avant le hurlement de freins qui avait mis fin à son existence. Tournant la tête, elle vit la voiture arriver droit sur elles en soulevant des gerbes d'eau sous ses roues. Il était trop tard pour freiner, trop tard pour changer de direction, trop tard pour faire quoi que ce soit. Déjà, c'était l'explosion du métal heurtant le métal. Une lumière aveuglante. La douleur. L'obscurité.

— *Non !*

Tétanisée par la terreur, Gennie se redressa en sursaut. Il y avait des bras autour d'elle. Des bras qui la tenaient fort. Et des grillons chantaient dans l'herbe.

Des grillons ? Pourquoi des grillons ? Quelques secondes auparavant à peine, elle était encore en voiture avec Angela et la pluie tombait dans les rues de la ville.

Ouvrant lentement les yeux, elle vit la crique plongée dans l'obscurité. Et Grant qui lui murmurait des paroles de réconfort.

Gênée, elle se dégagea, rejetant nerveusement ses cheveux dans son dos.

— Je suis désolée, j'ai dû m'assoupir. On peut dire que je fais une piètre compagnie ! Tu aurais dû me donner un grand coup de coude dans les côtes et…

— Gennie, arrête ! ordonna-t-il en se levant pour l'attraper par le poignet.

Elle s'effondra dans ses bras comme une poupée de chiffon. Désemparé, Grant la berça contre lui.

— Ne pleure plus, Gennie… C'est fini, maintenant. Tout va bien.

— Oh, mon Dieu, je suis désolée. Cela ne m'était plus arrivé depuis des semaines.

Elle enfouit son visage contre la chemise de Grant.

— Au début, tout de suite après l'accident, ça recommençait chaque fois que je fermais les yeux.

Il lui embrassa le front.

— Viens te rasseoir.

— Non, je ne peux pas. Il faut que je marche un moment.

Elle se cramponna à lui quelques instants, comme pour puiser un peu de sa force.

— Ça ne te dérange pas de faire quelques pas avec moi ?

— Pas du tout.

En la maintenant fermement contre lui, Grant l'entraîna au bord de la crique.

— Parle-moi de ce qui vient de se passer, Gennie.

— Ce sont les images de l'accident qui défilent. Parfois, dans mes rêves, je réussis à éviter l'autre voiture. Mais, quand je me réveille, c'est encore plus affreux.

Grant hocha la tête. La savoir en proie à ce genre de cauchemars lui faisait mal. Il savait ce que c'était. Il en avait enduré une longue série de son côté.

— C'est normal de réagir ainsi, Gennie. Avec le temps, les images s'estompent peu à peu.

— Je sais. Le processus est déjà en cours. Je rêve d'elle beaucoup moins souvent... Le plus terrible, c'est l'implacable précision avec laquelle je revois la scène. Comme si j'avais mémorisé chaque goutte d'eau sur le pare-brise. Et même la forme et l'aspect des flaques au bord de la chaussée. Et puis la voix d'Angela, surtout. Une voix vibrante, rieuse. Elle était tellement belle, Grant ! Et pas seulement physiquement. Elle était généreuse, pleine de vie, avec un vrai talent pour le bonheur. Et amoureuse, en l'occurrence. Elle venait juste de me l'apprendre lorsque je l'ai tuée.

Refermant les doigts sur ses épaules, Grant la secoua avec force.

— Qu'est-ce que tu racontes ?

Elle prit une profonde inspiration.

— C'était ma faute. Je n'ai rien fait pour éviter cet accident. Rien. Il aurait suffi que je jette un regard sur ma droite et j'aurais pu anticiper. C'est le côté passager qui a pris tout l'impact. Moi je m'en suis tirée avec un léger traumatisme crânien et quelques bleus. Et elle...

— Tu crois vraiment que tu te sentirais mieux si tu avais

été gravement blessée ? l'interrompit-il avec brutalité. Que tu sois triste, d'accord. Que tu pleures, d'accord. Mais tu n'as pas à endosser la responsabilité de la disparition de ta sœur.

— J'étais au volant, Grant. C'était à moi d'assurer sa sécurité.

— Exact. Et c'est ce que tu as fait. Dans la limite de ce que tu peux maîtriser. Mais tu n'es pas toute-puissante : tu n'as aucune prise sur le comportement des autres automobilistes.

Gennie déglutit pour réprimer une nouvelle montée de larmes.

— Tu ne comprends pas, chuchota-t-elle. Je l'aimais tant… Elle était comme une partie de moi. Une partie vitale, nécessaire. Lorsqu'on perd un être aussi proche, c'est comme si on se trouvait amputé d'une part de soi-même.

Il comprenait très bien, au contraire. Et pas seulement la souffrance, mais aussi le besoin d'accuser, de nommer un coupable pour lui faire endosser tous les torts. Gennie s'était retournée contre elle-même. Lui, contre son père. Mais le mécanisme à la base n'était-il pas plus ou moins le même ?

— Ça veut dire qu'il faut que tu apprennes à vivre avec cette amputation.

— Tu parles sans savoir, Grant.

Il prononça malgré lui les mots qu'il aurait préféré taire.

— Mon père a été tué lorsque j'avais dix-sept ans. Et j'avais besoin de lui comme tu avais besoin de ta sœur.

Gennie laissa tomber sa tête contre sa poitrine.

— Oh, mon Dieu… Et comment as-tu fait ? demanda-t-elle dans un souffle.

— J'ai commencé par haïr — pendant longtemps. Ça, ça a été la phase la plus facile. L'acceptation, c'est nettement moins simple, en revanche. Chacun trouve sa propre formule pour y arriver.

— Et quelle a été la tienne ?

— C'est quand j'ai fini par admettre que je n'aurais rien pu faire pour empêcher que ça arrive que je suis parvenu, peu à peu, à accepter sa disparition.

Ecartant Gennie de lui, il lui souleva le menton.

— C'est la même chose pour toi. Tu n'aurais rien pu faire non plus.

Elle hocha la tête.

— En fait, il est plus supportable de penser que nous aurions pu agir et que nous ne l'avons pas fait, que d'accepter notre impuissance.

Grant fut impressionné par sa lucidité.

— Je ne me l'étais encore jamais formulé de cette façon. Mais c'est exactement ça, oui.

— Merci, Grant… Je sais que tu n'avais pas envie de me parler de la perte de ton père. Et c'est pareil pour moi en ce qui concerne Angela. J'évite d'aborder le sujet quand je peux. Nos chagrins, notre sentiment de culpabilité nous rendent parfois très égoïstes.

Repoussant les cheveux sur ses tempes, il embrassa ses joues encore humides de larmes. Et ressentit un élan de tendresse qui le laissa sans voix. Lorsqu'elle était ainsi sans défense, elle le rendait tellement vulnérable qu'il était lui-même sans barrière — tellement ouvert que les courants les plus divers circulaient entre eux sans obstacle.

Comme s'il avait été sur le point de s'enfoncer dans des sables mouvants, il recula d'un pas.

— Il serait temps que je rentre, annonça-t-il en glissant les mains dans ses poches. Ça va aller, maintenant ?

— Oui… Mais je préférerais que tu restes.

Gennie avait prononcé les mots avant même de s'apercevoir qu'ils lui traversaient l'esprit. Mais elle ne chercha pas à les retirer pour autant. Une lueur brilla dans le regard de Grant, mélange de désir, d'émotion, et d'autre chose qu'elle ne parvint pas à définir.

— Pas ce soir.

Etonnée, elle fronça les sourcils.

— Grant ?

— Pas ce soir, répéta-t-il en repoussant la main qu'elle s'apprêtait à poser sur son bras.

Gennie la plaça dans son dos comme s'il l'avait frappée.

— Comme tu voudras.

Pivotant sur ses talons, elle repartit à grands pas vers le cottage. Grant la suivit un instant des yeux puis jura à voix haute et se lança à sa suite.

— Gennie !

— Bonne nuit, Grant.

Et elle disparut derrière la porte-moustiquaire, qui se referma sous son nez.

7

Cette fois, c'était une certitude : elle était sur le point de perdre la lumière dont elle avait besoin pour peindre.

Gennie posa un regard furieux sur les nuages qui envahissaient rapidement le ciel par le nord. Le temps était très nettement en train de se couvrir. Et, tôt ou tard, il lui faudrait ranger ses pinceaux et ses tubes et se replier en toute hâte vers sa voiture avec son matériel sous le bras. Juste au moment où elle avait trouvé le rythme, la précision du geste, l'adéquation de l'esprit et de la pensée.

L'inspiration en somme.

Son instinct d'artiste lui soufflait qu'elle était sur le point d'aboutir — de franchir un grand pas. Elle n'avait qu'à se laisser porter pour que sa créativité trouve sa pleine expression.

Et voilà que la météo jouait contre elle.

Gennie estima qu'il lui restait une demi-heure tout au plus avant que le soleil ne soit oblitéré par les nuages. Une heure maximum avant l'arrivée de la pluie. Déjà, le grondement lointain de l'orage se faisait entendre, couvrant à peine le fracas des vagues venant se briser contre la falaise.

— Tant pis, murmura-t-elle entre ses dents serrées. J'y arriverai quand même.

Alors qu'elle avait commencé son tableau de façon presque tâtonnante, elle sentait que ses gestes trouvaient enfin leur fermeté, leur ampleur. Tout ce qu'elle avait accompli jusque-là n'avait été qu'une préparation — une mise en jambes. Mais aujourd'hui l'ébauche allait devenir œuvre.

Gennie était dans un état de tension si fort que des frissons brûlants lui couraient à même la peau. Le vent forcissait, soulevant des vagues puissantes au dos vert hérissé d'écume. A croire que la tempête qui faisait rage en elle était à l'image de celle qui se préparait à l'extérieur. La veille au soir, déjà, elle s'était sentie ballottée, passant d'une humeur à l'autre. Puis le rejet de Grant l'avait laissée comme anesthésiée. Mais cet engourdissement n'avait pas duré. Ce matin, les forces qui s'éveillaient en elle étaient aux antipodes de la passivité. Fureur, fierté blessée, souffrance et exaltation soufflaient en elle avec la même vigueur que le vent soulevant les vagues.

A toutes ces émotions, elle pouvait donner un exutoire, les libérer sur la toile plutôt que de les laisser se retourner contre elle.

Elle n'avait pas besoin de Grant. Ni de lui ni de personne. Son art suffisait à définir le sens et le contenu de son existence. Pourquoi vivrait-elle pour autre chose que pour la peinture alors que la peinture lui donnait l'essentiel ? Son travail n'était jamais répétitif, jamais mécanique. Et, aussi longtemps qu'elle aurait ses yeux pour voir et sa main pour tenir le pinceau, elle ne serait jamais seule.

Ses crayons, ses couleurs avaient enchanté son enfance, adouci les affres de l'adolescence et l'avaient accompagnée dans sa vie adulte. Dans son art, elle avait sublimé les élans qui l'auraient sans doute poussée sinon à rechercher l'amour d'un homme. Mais ne trouvait-elle pas dans sa peinture des satisfactions qu'aucun amant, jamais, ne serait susceptible de lui donner ?

Gennie rit doucement, lançant son défi aux nuages et au vent. Ce qu'elle ressentait était proche de la passion amoureuse. Tout son corps vibrait d'une énergie incandescente. Le moment était venu d'achever son tableau.

Ce serait maintenant ou jamais. Et, s'il le fallait, elle était prête à tenir tête aux éléments.

Conscient du bouillonnement inhabituel du sang dans ses veines, Grant sortit faire un tour au bord de la falaise. L'électricité dans l'air était presque palpable. Il avait été trop agité pour travailler, trop tendu pour s'installer dans un fauteuil avec ses journaux. Et son état de surexcitation rentrée n'était pas seulement dû à l'approche de l'orage. Depuis le matin, une force indéterminée le poussait à se lever toutes les cinq minutes, à tourner en rond, à chercher Dieu sait quoi. Il y avait le manque de sommeil, bien sûr. Mais ce n'était pas *que ça*. Quelque chose se préparait. Et si une tempête mijotait bel et bien dans le chaudron du ciel, une autre, plus souterraine, se tramait sans pour autant annoncer la couleur.

Il avait faim, mais n'avait pas envie de manger; il se sentait insatisfait sans savoir précisément ce qui lui manquait.

Dès qu'il vit Gennie dehors, Grant comprit qu'il avait anticipé sa présence, même s'il s'était interdit de penser à elle. Le choc le pétrifia sur place, comme s'il avait été foudroyé par l'éclair d'argent qui venait de fendre la moitié nord du ciel.

C'était la première fois qu'il la voyait dans cet état de ferveur créative. Mais il avait toujours su, au fond de lui, qu'un peintre de l'envergure de Genviève Grandeau était capable de créer dans un abandon proche de l'extase amoureuse. La tête renversée en arrière, les yeux brillant d'un éclat intense, elle avait un aspect sauvage qui n'était pas dû qu'au vent soulevant ses cheveux. Même à quelques pas, il sentait la force qui guidait sa main. Le pinceau dansait sur la toile, à la fois fluide et précis, impérieux et léger. Elle aurait pu être une reine dominant son royaume. Ou simplement une femme consumée par la passion attendant l'amant qui viendrait la prendre.

Comme le flux du sang s'accélérait dans ses veines, Grant songea que Gennie était l'une et l'autre — à la fois amante et souveraine.

Où était passée la créature fragile et désolée qui avait pleuré dans ses bras la veille ? Où était la vulnérabilité qui l'avait fait battre en retraite ? Quelques heures plus tôt, il lui avait apporté toute la consolation dont il était capable, lui parlant de lui, de son enfance, évoquant des sensations, des plaisirs oubliés. Parce qu'elle avait paru apaisée de l'entendre. Et aussi, bizarrement, parce qu'il avait été heureux de lui apporter des éléments du puzzle de sa vie.

S'il était parti comme un voleur, c'était parce qu'il avait eu peur — une peur bleue — de sa fragilité.

Grant passa une main sur ses paupières. Aujourd'hui, une autre Genviève se tenait devant lui. Et elle paraissait invulnérable. Grandiose. Cette femme-là pouvait prendre et rejeter ses amants à son gré. Rien ni personne ne lui résistait. Ce n'était plus de la crainte qu'il ressentait à présent, mais le besoin de l'affronter, de se mesurer à son pouvoir, de faire ployer l'essence même de son féminin devant le masculin en lui.

Un coup de tonnerre retentit plus près et Genviève cessa un instant de peindre pour lever vers le ciel un regard luisant d'exaltation. Sidéré, Grant l'entendit rire aux éclats, comme si elle se moquait des éléments.

Il jura avec force. Qui était cette sorcière qui tenait tête à la foudre et aux nuages ? Et pourquoi ne parvenait-il à garder ses distances avec elle ?

Fini. Elle avait fini.

Avec un mélange de triomphe et de jubilation, Gennie

recula d'un pas pour examiner son travail. Elle avait réussi. Et le résultat la confondait. Comme si, en peignant ces surfaces d'eau et de roche, elle s'était dépassée elle-même. Les poings sur les hanches, Gennie scruta longuement la toile. Puis elle tourna les yeux vers l'océan pour contempler l'horizon noirci. Elle aurait dû se sentir euphorique et détendue, avec une pointe de fatigue, ainsi que le léger sentiment de vide que laisse derrière lui le plaisir de l'œuvre accomplie.

Mais le grand calme intérieur n'était pas au rendez-vous. Achever sa toile n'avait pas suffi à éteindre le feu en elle. Il restait comme un sentiment d'attente diffuse, une agitation sur laquelle elle ne parvenait à placer de nom.

Grant.

Tournant les yeux vers le phare, elle reçut de plein fouet l'impact de sa présence. Il était là — depuis combien de temps déjà ? — dressé sur fond d'océan furieux. Au même moment, le vent forcit, sifflant rageusement à leurs oreilles. Pendant quelques secondes, ils se regardèrent en silence alors que la tempête se rapprochait inexorablement.

Gennie fut la première à rompre le contact visuel. Se détournant ostensiblement, elle fixa de nouveau son attention sur la toile. Cela et cela seul comptait pour elle. C'était à travers la peinture et rien que la peinture qu'elle voulait vivre et s'accomplir.

Immobile malgré le vent qui soufflait en violentes rafales, Grant la regarda ranger ses tubes de peinture et essuyer ses pinceaux. Elle vaquait à ses occupations dans la plus grande indifférence. Mais pendant les quelques secondes où ils s'étaient regardés en silence, il avait reconnu dans ses yeux verts la fulgurance d'un désir égal au sien. Il y avait eu entre eux un moment de reconnaissance primitive. Une sorte d'accord muet, absolu, comme il ne peut en exister qu'entre deux êtres liés par une attirance physique irrépressible.

La lumière changea brusquement alors que les premiers nuages noirs venaient recouvrir le soleil. L'air était si chargé d'électricité qu'il en crépitait presque.

— Genviève...

Elle n'était pas Gennie, en cet instant. Gennie, c'était la jeune femme du cimetière : primesautière, un peu gamine, avec des pudeurs de jeune fille. Celle qui avait ri avec une adorable insouciance en découvrant la caricature qu'il avait faite d'elle. C'était Gennie-la-fragile qui s'était cramponnée à lui en pleurant.

Genviève, elle, avait un rire plus rauque, une grâce plus féline. Genviève n'était pas femme à verser la moindre larme. Genviève était royale, séductrice et inaccessible.

Grant constata non sans découragement qu'il avait un faible marqué pour l'une comme pour l'autre...

— Tu es sorti tôt de ta tanière ce matin, commenta-t-elle avec désinvolture en lui jetant un regard en coin.

— Tu as fini de peindre ?

— Oui.

— Et tu vas partir pour de bon ? s'enquit Grant, fasciné par le rayonnement presque tangible qui émanait d'elle.

Elle avait le regard brillant, les pommettes marquées par une légère rougeur. Et son visage exprimait une jubilation presque féroce.

— Partir de chez toi, tu veux dire ?

Elle tourna les yeux vers l'océan démonté.

— Je n'ai plus aucune raison de revenir au phare. J'ai d'autres sujets à peindre.

C'était ce qu'il souhaitait depuis le début, non ? Qu'elle libère définitivement *son* territoire ? Grant la fixa sans répondre.

— Tu retrouveras ta solitude et ta falaise déserte, commenta-t-elle avec un sourire moqueur. C'est la seule chose qui t'importe, je crois ? Etre « tranquille » ? Pour ma part, j'ai tiré de ce lieu tout ce que j'étais venue y chercher.

Grant sentit monter une colère inexplicable.

— Ah, vraiment ?

— Jette un œil, si tu veux.

D'un geste, elle l'invita à se rapprocher du chevalet. Grant hésita. Depuis le début, il avait refusé de s'intéresser à ce qu'elle peignait. Mais face à la lueur de défi qui scintillait dans ses yeux verts, il glissa les mains dans ses poches et se planta devant la toile.

Ce qu'il vit lui procura un choc. Comme si Gennie s'était glissée en lui pour regarder à travers ses yeux, penser à travers ses pensées, percevoir à travers sa sensibilité. L'effet était si saisissant que, pendant une fraction de seconde, il eut l'impression d'avoir peint ce paysage lui-même. Gennie avait capté la puissance de l'océan, ses glorieuses turbulences, le défi et l'immensité. Dédaignant les couleurs feutrées, elle avait choisi l'éclat et l'insolence. Oubliant la délicatesse de la courbe, elle avait opté pour la virilité des lignes droites. Ce qui n'avait été au départ qu'une surface de toile recelait à présent autant de force et de mystère que l'Atlantique lui-même. Les secrets appartenaient à la nature alors que la solidité du phare, elle, parlait de l'humain. Et Gennie avait su exprimer à la fois la complémentarité et le conflit, la guerre et l'harmonie profonde.

Secoué, Grant recula d'un pas et inclina la tête pour examiner la toile sous un autre angle. Ce que Gennie avait peint le touchait, le dérangeait, le délogeait insidieusement de sa sacro-sainte solitude. Tout comme l'artiste peintre elle-même, d'ailleurs…

Les nerfs tendus à se rompre, Gennie guettait les réactions de Grant. Rien ne transparaissait sur son visage alors qu'il scrutait, sourcils froncés, ce qu'elle considérait d'ores et déjà comme une de ses réalisations les plus accomplies. Ce qu'elle avait voulu transmettre crevait la toile. Mais c'était son univers à lui, sa force et ses secrets qui avaient guidé son bras. Et, à présent qu'elle avait fini, ces formes, cette lumière, ces couleurs avaient cessé de lui appartenir pour devenir celles de Grant.

Grant s'écarta du chevalet pour se tourner vers l'océan. Un éclair zébra le ciel — tout près, cette fois. Le temps s'était tellement obscurci qu'on se serait cru à la tombée de la nuit. Ce que Gennie avait saisi — à la fois du paysage et de lui — le laissait sans voix, privé des mots qui lui venaient si facilement d'ordinaire.

Peut-être parce que le désir qui le torturait jusqu'à l'obsession hurlait de plus en plus fort en lui, couvrant toute pensée et toute parole. Comment pourrait-il échapper à cette femme alors que la toile qu'elle avait peinte lui parlait de lui plus intimement que Macintosh lui-même ?

— Pas mal, commenta-t-il d'une voix étale, les yeux rivés sur l'horizon.

Gennie tressaillit. S'il l'avait frappée de toutes ses forces, elle n'aurait pas éprouvé d'humiliation plus grande. Hagarde, elle fixa le dos tourné de Grant. Une fois de plus, elle lui avait tendu le bâton pour se faire battre. Et elle ramassait son rejet de plein fouet.

Presque instantanément, le sentiment de mortification se mua en colère. Comme si elle avait besoin d'être comprise par ce reclus aigri qui ne se donnait même pas la peine de faire fructifier son propre talent ! La force et l'authenticité qu'elle avait atteintes dans cette toile, elle était parfaitement capable de les apprécier par elle-même. Et elle n'avait que faire du jugement de Grant. Repliant rageusement son chevalet, elle rassembla ses affaires.

— Avant de partir, je tiens quand même à souligner que la première impression que l'on a d'une personne se vérifie rarement à cent pour cent par la suite, observa-t-elle froidement. Or, le soir où je t'ai rencontré, tu m'as paru odieux, arrogant, grossier et détestable. Et tu ne m'as jamais donné l'occasion de revenir sur mon opinion.

Lorsque le vent balaya ses cheveux devant ses yeux, elle

les repoussa d'un mouvement impérieux de la tête pour fixer de nouveau son regard glacial sur lui.

— C'est plutôt rassurant de constater à quel point mes capacités de jugement sont fiables. Tu m'es profondément antipathique, Grant Campbell.

Le menton levé, Gennie prit ses affaires et regagna sa voiture. Elle rangea son matériel dans le coffre et le referma bruyamment. Au même moment, la main de Grant vint lui agripper le bras.

Lorsqu'elle pivota sur elle-même pour l'affronter, l'intensité du regard de Grant la figea un instant sur place. Jamais elle ne lui avait vu une expression aussi féroce.

— Tu crois que je vais te laisser repartir comme ça, peut-être ? Tu penses vraiment que tu peux débouler dans ma vie, t'installer ici jour après jour, prendre ce que tu as à prendre, puis repartir sans rien laisser de toi ?

Gennie considéra avec un dédain délibéré les doigts crispés sur sa manche.

— Lâche-moi, intima-t-elle froidement. Je t'interdis de poser tes mains sur moi.

Un nouvel éclair fendit la masse des nuages, violaçant un instant le gris plombé du ciel. Le fracas assourdissant du tonnerre couvrit le juron de Grant. Un instant, tout parut se figer, puis le vent reprit de plus belle, hurlant comme une bête folle dans la lumière d'apocalypse.

— Tu aurais dû suivre mon conseil pendant qu'il en était encore temps, murmura-t-il entre ses dents serrées. Si tu étais restée avec tes comtes et tes barons, tu n'en serais pas là maintenant.

Lui saisissant le poignet, il la tira avec brutalité en direction du phare.

— Arrête ! Tu es complètement fou ! Qu'est-ce que tu fais ?

— Je fais ce que j'aurais dû faire dès la première seconde où tu as fait irruption chez moi.

C'est-à-dire ? *La tuer ?* Gennie se cabra en voyant la falaise abrupte au-dessus de la mer déchaînée. Vu l'expression meurtrière de Grant, il aurait pu vouloir la balancer dans l'abîme. Mais elle savait d'instinct que ce n'était pas vers la mort que la violence de Grant les menait l'un et l'autre.

— Lâche-moi, espèce de détraqué ! Tu ne m'auras pas.

— Détraqué, je dois l'être, oui, acquiesça-t-il, les mâchoires crispées, alors que les premières gouttes de pluie s'écrasaient autour d'eux. Mais je t'aurai.

— Puisque je te dis que je t'interdis de poser tes pattes sur moi !

Grant se tourna vers elle, le regard étincelant, les angles de son visage soulignés par la succession continue d'éclairs qui sillonnaient le ciel fuligineux.

— Trop tard. Tu aurais dû y réfléchir avant ! De toute façon, c'était inscrit.

— Tu crois peut-être que tu peux me prendre de force ? hurla-t-elle en se cramponnant à sa chemise. Je ne tolérerai pas ces manières de brute. Monsieur a besoin d'une femme et il croit qu'il peut se servir.

Gennie entendit le son aigu de sa propre voix couvrant le tonnerre et le vent. Tout son corps vibrait d'un mélange inextricable de rage, d'indignation et de désir.

Grant sentait son propre souffle haletant lui lacérer les poumons. Déjà, la pluie tombait à torrents, plaquant les vêtements de Gennie contre elle, dessinant son corps mince de sorcière.

Une sorcière, oui… Mais, même si les signaux de danger clignotaient de partout, Grant savait qu'il n'avait plus rien à perdre : ensorcelé, il l'était déjà.

— Pas n'importe quelle femme, gronda-t-il en tirant sur son bras prisonnier de façon à l'amener contre lui. Tu sais très bien que c'est toi. Rien que toi, espèce de sorcière.

Leurs visages étaient proches, leurs regards comme hallucinés arrimés l'un à l'autre. L'orage qui se déchaînait au-dessus d'eux les détrempait sans les atteindre. Ils ne sentaient, n'entendaient plus que leurs deux cœurs qui cognaient à grands coups furieux l'un contre l'autre.

Triomphante et terrifiée, Gennie rejeta la tête en arrière et émit un rire rauque, vibrant de défi.

— Très bien. Alors montre-le-moi.

Il la serra contre lui à la briser.

— Je vais te le montrer, oui… Ici. Maintenant.

Sa bouche s'empara de la sienne avec une voracité qui confinait à la sauvagerie. Et elle répliqua sur le même mode. Libéré, leur désir les mena d'emblée au-delà des frontières du civilisé pour les emporter dans le chaotique et l'obscur de la passion.

Les lèvres de Grant erraient sur son visage comme s'il cherchait à la marquer de son sceau à jamais. Lorsqu'elle sentit ses dents se planter doucement dans son cou, Gennie poussa un gémissement bref et se laissa tomber par terre avec lui.

Ni le vent brutal ni les coups de boutoir des vagues furieuses ne parvenaient à couvrir l'intensité de la tempête née de leurs désirs qui s'entrechoquaient. Grant avait oublié depuis longtemps où il était. Il pressait son corps contre celui de Gennie, aussi conscient de ses lignes et de ses courbes que s'il l'avait déjà dépouillée de ses vêtements. Et il sentait les battements affolés de son cœur de femme, comme s'il était venu se glisser dans sa poitrine pour fusionner avec le sien.

Jamais il n'aurait imaginé qu'un être vivant puisse émettre autant de chaleur que le corps de Gennie sous le sien. Elle se mouvait sous lui avec frénésie; ses doigts s'agrippaient, sa bouche s'accrochait désespérément à la sienne. La pluie qui se déversait sur eux aurait dû apaiser le feu, mais elle semblait l'attiser, au contraire.

La faim que Grant ressentait était primitive, dévorante, sans âge. Cette femme l'avait ensorcelé dès l'instant où elle avait franchi le pas de la porte. Et il s'était leurré en croyant pouvoir se dérober à son pouvoir. Il succombait maintenant corps et âme, avec un sentiment d'inéluctabilité. Gennie avait levé les mains pour lui prendre la tête, ramenant chaque fois ses lèvres contre les siennes, comme si elle était dans l'impossibilité physique de s'en séparer.

Ils roulèrent dans l'herbe trempée et elle passa sur lui, sa bouche fouillant la sienne avec une force confondante. Avec un gémissement de frustration, elle se mit à tirer sur sa chemise pour la lui ôter. Lorsqu'elle poussa un long soupir de satisfaction en laissant glisser ses mains dans son dos, l'impatience de Grant redoubla, atteignant un paroxysme aveugle.

Presque avec brutalité, il la repoussa sur le dos. Il s'attaqua à un premier bouton de la longue chemise blanche qu'elle portait sur un jean, jura tout haut, et, d'un geste sec, déchira le reste. Avec un murmure de triomphe, il pressa les paumes sur la peau chaude et mouillée, pétrissant, explorant, incapable de refréner la hâte qui le possédait.

Lorsqu'elle s'arqua contre lui, il enfouit ses lèvres dans sa poitrine et s'y perdit corps et âme. Odeurs, saveurs, sensations se confondaient. Elle avait le goût de la pluie d'orage et de son parfum — nocturne et enchanteur. Comme un homme sur le point de sombrer, Grant se raccrochait à elle avec ses dernières forces alors qu'il se sentait inexorablement aspiré vers les profondeurs.

Il avait déjà ressenti une forte attirance physique pour d'autres femmes. Mais il n'avait jamais rien connu de semblable à ce qui lui arrivait avec Gennie. Le désir ordinaire pouvait être contrôlé, canalisé, guidé. Alors quel nom donner à cette force élémentaire et sauvage qui l'arrachait à lui-même pour le propulser au cœur du chaos ? Il voyait ses propres mains pétrir avec avidité la chair délicate, mais il était incapable de contrôler ses gestes.

Il tira sur le pantalon mouillé de Gennie qui collait tellement à la peau qu'il ne céda que par à-coups, centimètre après centimètre. Tout en se débattant avec le vêtement trempé, il suivait la trajectoire avec ses lèvres, embrassant chaque millimètre de chair découverte. Ses dents effleurèrent la courbe mince d'une hanche, descendirent le long d'une cuisse pour s'attarder au creux d'un genou.

Puis le pantalon finit en tas par terre et Grant remonta pour plonger sa langue en elle. Le cri de Gennie partit vers le ciel, se mêlant aux hurlements du vent. Il sentit un afflux de chaleur irradier en lui ; la pression montait, intolérable.

Ensemble, ils s'escrimèrent sur son jean alors que leurs bouches fusionnaient de nouveau. Un son indistinct montait de la gorge de Gennie. Grant ne put déterminer si elle prononçait son nom ou si elle marmonnait encore quelque sombre sortilège qui ferait de lui sa victime à vie. Mais il avait cessé de s'inquiéter à ce sujet.

Un éclair d'une violence inouïe illumina son visage, dessinant la ligne pure d'une pommette, la bouche entrouverte aux lèvres pleines, les paupières à demi closes derrière lesquelles brillaient ses extraordinaires yeux verts.

Ensorcelé volontaire, Grant se plaça entre ses cuisses et la prit d'un trait, avec une violence teintée d'une incompréhensible révérence, comme il aurait honoré une déesse.

Lorsqu'elle se raidit et cria de douleur, il demeura un instant hagard, luttant pour recouvrer sa raison. Mais, déjà, elle l'entourait, l'enveloppait de ses bras et de ses jambes, l'entraînait vers l'oubli de la jouissance.

A bout de souffle et incrédule, il s'abandonna un instant, le visage enfoui dans les cheveux de Gennie. La pluie tombait toujours, mais elle avait perdu sa puissance. L'orage de fin d'été s'était éteint de lui-même, consumé par sa propre passion.

Sous lui, il sentait le cœur de Gennie battre à grands coups douloureux dans sa poitrine. Tout son corps tremblait contre le sien. Fermant les yeux, il réussit à rassembler ses forces éparses et à se ressaisir suffisamment pour articuler son nom.

— Gennie…

Les mots d'excuse refusaient de venir. Mais à quoi bon les regrets lorsque l'irréparable était déjà commis ? Il était sidéré. Bouleversé. Incrédule. Avait-il rêvé ? Comment une femme aussi femme avait-elle réussi à tenir tous les hommes à distance… jusqu'à lui ?

— Pourquoi ne m'as-tu rien dit, bon sang ? murmura-t-il, aussi heureux que consterné, en se laissant rouler sur le dos.

Gennie se garda bien d'ouvrir les yeux. La pluie fine glissait comme une caresse sur son visage et sur son corps qui palpitait doucement. Elle se sentait vidée, étrangement flottante, avec de délicieuses vibrations qui lui pétillaient sous la peau. C'était donc cela, faire l'amour ? se demanda-t-elle rêveusement. Cette impression d'être déverrouillée et ouverte par un homme et rien que pour cet homme ?

Mais la question de Grant, qui sonnait comme une accusation, vint briser brutalement sa bulle de bien-être. Incapable de lui répondre, elle détourna les yeux.

— Gennie, tu avoueras que tout portait à croire que tu étais…

— Que j'étais quoi ? demanda-t-elle en rassemblant son courage pour ouvrir les yeux.

Grant se passa la main dans les cheveux.

— Il aurait fallu me le dire, que c'était la première fois pour toi.

Gennie se mordit la lèvre. Après ce qu'ils venaient de vivre, les reproches de Grant faisaient mal, très mal. Elle aurait voulu qu'il s'en aille. Ou au moins trouver en elle la force de se lever et de partir.

— Pourquoi ? s'enquit-elle d'une voix morne. C'est mon problème, non ? Ça ne changeait rien pour toi.

Grant poussa un juron et se redressa pour se pencher

sur elle. Son regard était noir de colère. Mais lorsqu'elle chercha à se dégager, il l'immobilisa sous lui pour la retenir.

— Je ne suis pas quelqu'un de doux, murmura-t-il d'une voix soudain mal assurée. Mais, pour toi, j'aurais trouvé les gestes, la patience, le respect.

Comme elle levait les yeux vers lui sans rien dire, il appuya son front contre le sien.

— Oh, Gennie...

La façon dont il murmura son prénom dissipa d'un coup ses doutes et ses incertitudes.

— Tout à l'heure, je n'avais besoin ni de douceur ni de patience, chuchota-t-elle. Mais maintenant, oui.

Elle sourit et vit le pli s'effacer entre les sourcils de Grant. Il posa un seul baiser sur ses lèvres — doux et léger comme une plume. Puis il se redressa et la souleva dans ses bras. Gennie rit de se sentir si fragile dans son étreinte.

— Qu'est-ce que tu fais ?

— Je t'enlève pour te porter dans mon antre. Je veux te réchauffer, te sécher et te refaire l'amour. Sans procéder forcément dans cet ordre.

Gennie noua les bras autour de son cou.

— Je commence à apprécier tes initiatives. Et nos vêtements ? On les laisse sur place ?

— Nous sauverons ce qui reste à sauver tout à l'heure.

Poussant la porte du phare, il lui sourit en plongeant les yeux dans les siens.

— Nous n'en aurons pas besoin dans les heures à venir, de toute façon.

— Finalement, je crois que j'aime bien ta façon de raisonner, chuchota-t-elle en pressant les lèvres dans son cou. Tu as vraiment l'intention de me porter jusqu'au premier étage ?

— Ouais. Pourquoi ?

Gennie jeta un regard sceptique aux étroites marches en fer.

— Songe quand même que ce ne serait pas follement romantique si tu trébuchais et que nous déboulions jusqu'en bas ensemble.

— Douterais-tu de mes forces, femme ?

— Non, juste de ton équilibre... As-tu songé, Grant, à l'impression que pourraient donner nos vêtements éparpillés au promeneur de passage ?

— Je pense qu'ils ne laissent aucun doute sur la nature de nos occupations. Ce qui devrait nous éviter d'être dérangés, d'ailleurs. C'est dommage que je n'y aie jamais pensé plus tôt. Je suis sûr que ce serait plus dissuasif encore que les panneaux de type « Attention, chien méchant ».

Gennie soupira.

— Tu es un cas désespéré, Grant. A t'entendre, on pourrait penser que tu as une double vie, ou des secrets terribles à protéger.

Il pencha la tête pour lui effleurer les lèvres d'un baiser étonnamment tendre.

— Le monstre dans sa forteresse est fou de toi, Genviève.

— Parce que j'ai réussi à m'introduire dans ton repaire à la faveur d'une nuit d'orage ?

Grant frotta sa joue contre la sienne d'un geste si authentiquement affectueux que Gennie se sentit fondre. Le reclus grincheux du phare aurait-il finalement le cœur tendre ?

La sentant trembler contre lui, Grant poussa la porte de la salle de bains.

— Allez hop ! Sous la douche. Tu es glacée.

Il enjamba le rebord de la baignoire avant de la reposer sur ses pieds. Mais sans la lâcher pour autant. La reprenant aussitôt dans ses bras, il lui prodigua un long baiser. Lorsqu'ils s'étaient enlacés violemment sous l'orage, Gennie s'était sentie invulnérable. Mais la timidité qui avait été absente de leurs premières étreintes l'assaillait après coup. Elle en avait le vertige de s'être donnée à Grant dans cet élan de passion aveugle.

Les yeux clos, elle tressaillit lorsque la douche crachota et qu'un jet d'eau chaude se déversa soudain sur sa tête. Grant rit doucement et la saisit par les hanches d'un geste si intime et possessif que son cœur se remit à battre de plus belle.

— Alors ? Ça fait du bien ?

Visage levé, elle lui jeta un regard menaçant à travers ses paupières mi-closes.

— Tu aurais pu prévenir que tu ouvrais le robinet.

— La vie est faite de surprises.

En effet. Comme tomber amoureuse dans un coin perdu du Maine, par exemple. Et d'un asocial pour couronner le tout.

Amusée par cette pensée, Gennie sourit et noua les bras autour de son cou. Penchant la tête, Grant suivit le contour de ses lèvres de la pointe de la langue.

— D'abord la pluie, ensuite la douche… j'aime bien te voir ruisselante, au fond. Nous pourrions passer le reste de la journée dans la baignoire, qu'est-ce que tu en penses ?

Elle se blottit contre lui lorsqu'il lui caressa le dos. Il avait les mains les plus extraordinaires du monde, fortes, sensibles, élégantes de forme, mais durcies par la vie en extérieur. Gennie avait le plus grand mal à concevoir que d'autres mains que celles de Grant puissent jamais la toucher de cette manière.

Sidérée de sentir monter une nouvelle bouffée de désir, elle se serra plus fort contre lui. Le corps d'homme moulé au sien durcit instantanément.

— Doucement, chuchota Grant en enfouissant les lèvres dans son cou.

Cette fois, il voulait se souvenir qu'elle était fragile. Et garder à l'esprit ce petit miracle : il était pour elle le premier homme. Toute la tendresse qu'il avait en lui, il la lui prodiguerait.

— Nous allons commencer par te sécher, princesse.

Il lui mordilla les lèvres avant de couper l'eau. Gennie souriait, mais son regard trahissait une certaine incertitude. Et, comme chaque fois qu'il la voyait vulnérable, il dut surmonter un réflexe de peur. Il prit un drap de bain propre sur une étagère derrière lui et commença par lui tapoter le visage.

— Voilà… Soulève les bras maintenant.

Gennie s'exécuta, charmée d'être dorlotée et prise en charge. Tout en couvrant son visage de baisers légers, il noua la serviette sur sa poitrine avant de lui sécher les cheveux.

— Tu as assez chaud ? s'enquit-il dans un murmure lorsqu'elle ferma les yeux de délice. Tu trembles.

Elle lui aurait répondu si elle avait été capable de former une syllabe. Une chaleur merveilleuse montait en elle, mais elle ne savait plus si elle frissonnait de désir ou de peur.

— J'ai envie de toi, Genviève… Tu sais que je t'ai désirée tout de suite, n'est-ce pas ?

— Oui, murmura-t-elle dans un souffle.

— Ce que tu ne sais pas, en revanche, c'est que je te désire infiniment plus maintenant qu'il y a seulement une heure.

La bouche de Grant couvrit la sienne avant qu'elle puisse émettre un son.

— Viens… Je t'invite dans mon lit.

Il ne la porta pas, cette fois, mais entrelaça simplement ses doigts aux siens. Ils s'avancèrent ainsi, main dans la main, jusqu'à sa chambre. Les jambes comme du coton, Gennie se laissa entraîner. Soudain terriblement consciente de la solennité de l'instant, elle avait du mal à mettre un pied devant l'autre. La première fois, il n'y avait eu aucune place pour les pensées, les hésitations, les doutes. Le désir avait commandé ses gestes et elle s'était laissé porter sur la vague. Faire l'amour avec Grant avait paru couler de source.

Mais là, elle avait l'esprit lucide et les nerfs en pelote. En même temps que son innocence, elle avait perdu sa naïveté. L'amour avec Grant pouvait soulever des montagnes, mais aussi creuser des abîmes. Conserverait-elle sa capacité à se suffire à elle-même à présent qu'elle avait laissé Grant franchir ce seuil intime ?

Lorsqu'il s'immobilisa près du lit, elle se remit à trembler.

— Grant…

— N'aie pas peur, chuchota-t-il en prenant son visage entre ses paumes. Laisse-moi te regarder d'abord. La première fois que je t'ai vue, j'ai cru à un mirage. Et, chaque fois que je pose les yeux sur toi, tu continues à m'ôter le souffle.

Elle frémit sous l'intensité de ses paroles.

— Tu n'es pas obligé d'y mettre les mots, protesta-t-elle timidement.

— Je ne dis jamais autre chose que ce que je pense.

Il se pencha pour poser les lèvres sur les siennes, se contentant de frotter, d'effleurer, de savourer le contact peau à peau. Le corps de Gennie se faisait lourd, très lourd, alors que sa tête devenait de plus en plus légère. Ce fut à peine si elle perçut le changement de position lorsque Grant la coucha sur le lit.

Mais une fois allongée, elle sentit quantité de choses, au contraire : les capitons du couvre-lit, la texture des paumes de Grant, la toison fine sur son torse. Sa capacité de perception semblait s'être décuplée, comme si elle avait recouvré la sensibilité d'une peau de nouveau-né. Peut-être parce que Grant la traitait avec autant de délicatesse que s'il avait trouvé une princesse endormie dans un cercueil de verre. Les baisers qu'il faisait pleuvoir sur son visage avaient la légèreté d'une aile de papillon; et ses mains la touchaient à peine. Ses doigts couraient à fleur de peau, éveillant une myriade de microsensations délicieuses.

De nouveau, Gennie se sentit flotter en apesanteur,

comme lorsque Grant l'avait embrassée, au cimetière. La différence, c'est qu'elle savait désormais vers quel degré de dépossession de soi-même cet état pouvait la mener. Gennie poussa un long soupir de délice. Cette fois, le voyage serait moins rapide, la montée moins abrupte, l'approche plus progressive.

Dehors, la journée restait sombre et grise, et on entendait le bruit régulier de la pluie frappant les vitres. La chambre de Grant était un havre plein d'ombres mystérieuses et douces. De l'océan en contrebas ne montait plus un rugissement de bête en furie. Gennie percevait juste le clapotis régulier des vagues flirtant avec la roche. Et lorsque Grant lui murmurait qu'elle était belle, elle fermait les yeux et c'était comme si la mer lui parlait à travers sa voix.

Après l'excitation violente qu'elle avait éprouvée sous l'orage, elle découvrait la lente montée d'un plaisir calme. Et même si le désir restait aussi fort, Gennie ressentait une confiance totale. Jamais elle n'aurait imaginé qu'un homme tel que Grant saurait lui apporter un sentiment de sécurité aussi absolu. Elle savait désormais qu'il la protégerait si elle avait besoin d'être protégée et qu'il l'entourerait d'attentions à sa manière. Derrière la rudesse de façade se cachait une générosité surprenante. S'il tenait le monde à distance, il n'en était pas moins capable de donner en abondance.

Et nulle découverte n'aurait pu la bouleverser autant que celle-ci.

« Oh, Grant, touche-moi, caresse-moi… je voudrais que cela ne s'arrête jamais… » Comme s'il avait entendu sa prière muette, il poursuivit ses lentes explorations. Le plaisir qui naissait sous ses doigts était doux, liquide, et coulait comme une rivière aux patients méandres. Des méandres qui se resserraient peu à peu, se muaient en lac étale, si bien qu'elle ne sentait plus son corps séparé des mains, des lèvres qui le touchaient. Grant et elle confluaient, se rejoignaient, se mêlaient pour disparaître l'un en l'autre.

A travers ses regards, ses paroles, ses caresses, Gennie apprenait qui était réellement Grant Campbell. Et cette découverte la bouleversait, tant la sensibilité, la douceur surprenaient chez un être d'un abord aussi froid.

Gennie fut à peine consciente du passage qui s'opéra en elle entre langueur et fièvre. Mais Grant, lui, nota chaque signe. Le changement subtil dans ses mouvements, l'accélération de son souffle suscitèrent un frisson de plaisir qui fila le long de sa colonne vertébrale pour lui incendier les reins. Et ce fut avec une exaltation encore accrue qu'il observa le reflet de ses sensations sur son visage.

De nouveau, il songea, stupéfait, qu'elle n'avait jamais connu d'homme avant lui. Il était le seul. Et, en cet instant, il lui était impossible de concevoir qu'un autre puisse usurper un jour le privilège de la tenir dans ses bras.

Pendant des années, il avait préservé jalousement son indépendance. Il avait veillé à maintenir les autres à distance ; à fuir tout sentiment de possessivité pour ne jamais être possédé à son tour.

Mais même si tout en lui se hérissait contre ces instincts de propriétaire, il ne pouvait s'empêcher de penser que Gennie lui appartenait. Ce qui ne signifiait d'ailleurs pas pour autant que l'inverse était vrai, se rappela-t-il.

La sentant dans un abandon total, il accéléra le rythme de ses caresses, l'amenant au bord du plaisir. Lorsqu'elle gémit doucement, il cueillit le son sur ses lèvres et le laissa vibrer en lui.

L'esprit vide, le corps liquéfié et incandescent, Gennie se mouvait avec lui, composant d'instinct les gestes, laissant monter les sons, explorant un à un les chemins du plaisir. Tantôt, elle était saisie par la hâte, tantôt elle ne songeait qu'à ralentir le pas pour prolonger à l'infini le voyage entre pesanteur et lumière. Maintenant et maintenant seulement, elle comprenait pourquoi l'union de deux individus séparés s'appelait *faire* l'amour.

Elle s'ouvrit à Grant et lui offrit tout d'elle-même. Lorsqu'il vint en elle, il eut comme un spasme et elle entendit le son rauque de son souffle, comme s'il luttait furieusement pour ne pas perdre tout contrôle. Et pourtant, lorsqu'il commença à se mouvoir en elle, ce fut sans hâte, en maintenant un rythme en accord avec le sien. Qu'il puisse exister une harmonie comme celle qu'ils composaient ensemble, Gennie avait de la peine à le concevoir. Mais Grant, avec une générosité magnifique, lui montrait le chemin.

Gennie se sentit descendre au cœur d'une obscurité qui était lumière. Plus bas, toujours plus bas, dans des profondeurs de velours au goût d'éternité. Lorsqu'elle s'agrippa à ses épaules, elle sentit la tension d'acier de ses muscles. Et comprit qu'il retenait son plaisir pour prolonger le sien.

Des larmes lui en montèrent aux yeux.

— Grant, murmura-t-elle en resserrant la pression de ses bras autour de lui.

— Mmm ?

— Maintenant… Viens maintenant…

Il souleva la tête et elle vit un instant le noir brasier de son regard.

— Gennie…

Il s'empara de sa bouche et, avec un grognement de triomphe, l'entraîna dans une magnifique chevauchée vers les sommets.

8

Comme tous les matins, Gennie se réveilla de bonne heure. En s'étirant, elle sentit son corps repu, comblé. A la fois plus vivant et plus détendu qu'à l'ordinaire. Soupirant de plaisir, elle ouvrit les yeux et constata que la fenêtre baignée de soleil n'était pas celle de sa chambre au cottage. Mais elle ne fut pas désorientée pour autant. Elle sut instantanément où elle était et pourquoi elle se trouvait là.

La bonne chaleur sous les draps avait ce matin une force nouvelle : elle circulait de corps à corps, d'homme à femme, d'amant à amante. Savourant ce bien-être inédit, Gennie tourna doucement la tête pour regarder Grant dormir.

Le moins qu'on pût dire, c'est qu'il prenait de la place. Amusée, elle constata qu'il occupait à lui seul les trois quarts de la surface du lit. Etalé sur le dos, bras et jambes écartés, il avait réussi à la repousser durant la nuit jusqu'à l'extrême bord du matelas. Il avait jeté un bras en travers de son corps — non pas d'un geste tendre d'amant, mais parce qu'elle se trouvait être dans son espace. Même de son oreiller, il ne lui laissait qu'une part réduite.

Le cœur battant, Gennie contempla son visage hâlé qui se détachait sur la blancheur de la taie. Une seule fois auparavant, elle lui avait vu des traits aussi détendus : le jour où ils avaient marché côte à côte sur la plage.

Apparemment, il ne semblait pas exercer une profession particulière. Et pourtant elle avait la plus grande peine à l'imaginer inactif. « Quel est l'élan intérieur qui te porte, Grant ? se demanda-t-elle rêveusement en lui effleurant les cheveux. Pourquoi ce choix de solitude ? Et qu'est-ce qui me rend si désireuse de partager tes secrets ? »

Du bout de l'index, avec une infinie délicatesse, pour ne pas le réveiller, Gennie suivit le tracé anguleux de sa mâchoire. Même endormi, le visage de Grant trahissait une personnalité forte — à la limite de la dureté par moments. Et, cependant, il était capable de finesse, de sensibilité et d'humour. Et lorsque son regard se mettait à pétiller, la dureté disparaissait, et seule la force subsistait.

Hargneux, distant, arrogant, Grant Campbell l'était également. Et malgré — ou peut-être *à cause* de — ces défauts rédhibitoires, elle l'aimait. C'était la douceur dont il avait fait preuve dans l'amour qui lui avait permis d'en prendre conscience. Mais les sentiments étaient là bien avant qu'elle n'accepte d'ouvrir les yeux et de mettre un nom dessus.

Gennie brûlait de les prononcer, ces mots d'amour qui lui emplissaient la poitrine. Elle avait tout remis entre les mains de Grant : son corps, sa confiance, son innocence. Et, à présent, elle aurait aimé lui confier ses sentiments aussi. Elle avait toujours pensé que l'amour était un don consenti librement ; un présent dont il ne fallait rien attendre en échange.

Mais connaissant Grant, elle devrait le laisser faire le premier pas. Un autre homme à sa place se sentirait peut-être flatté, heureux ou touché qu'une femme lui exprime librement son amour. Mais pas Grant. Grant aurait l'impression d'être pris au piège.

Immobile, les yeux toujours rivés sur son visage, Gennie se demanda si c'était à cause d'une femme qu'il avait choisi de s'exiler dans cette solitude ombrageuse. Seule une grande souffrance — ou une grande désillusion — avait pu le rendre aussi déterminé à rester inapprochable. Car sa nature était très différente de ce qu'il donnait à voir de lui-même. Il y avait chez Grant un fond chaleureux qu'il cachait, un talent qu'il ne semblait pas vouloir exploiter et une sensibilité qu'il dissimulait soigneusement.

Avec un léger soupir, Gennie repoussa les cheveux qui lui tombaient sur le front. Tous ces mystères lui appartenaient. Et elle ne pouvait que s'armer de patience en attendant qu'il soit prêt à les partager avec elle.

Avec un soupir de délice, Gennie se blottit dans sa chaleur en murmurant son nom. En guise de réaction, Grant grogna et se retourna sur le ventre en enfouissant son visage sous l'oreiller. Dans la manœuvre, Gennie perdit encore quelques centimètres de matelas supplémentaires.

— Hé ! protesta-t-elle en riant. Pousse-toi un peu. Je vais finir par tomber si tu continues comme ça.

Mais elle eut beau s'arc-bouter pour tenter de récupérer une partie du territoire, pas moyen de le faire bouger d'un centimètre.

— Ah, on peut dire que tu es un grand romantique, Grant Campbell !

Résignée à lui céder le terrain, elle lui embrassa tendrement l'épaule avant de se glisser hors du lit.

Grant tira aussitôt avantage de la situation en monopolisant toute la largeur du matelas. Gennie s'immobilisa un instant à l'entrée de la pièce pour le regarder dormir. Assurément, c'était un solitaire. Il n'était pas habitué à partager son espace ni à faire de la place à qui que ce soit. Que ce soit dans son lit ou dans sa vie.

Quelles conclusions fallait-il tirer de cet amer constat ? Perplexe mais pas entièrement pessimiste, Gennie traversa le couloir et passa dans la salle de bains.

Le bruit de la douche finit par tirer Grant de son sommeil. Mais il ne bougea pas d'un centimètre pour autant. Même ouvrir les yeux restait au-dessus de ses forces. S'arracher de son lit était une épreuve quotidienne qu'il ne traversait jamais sans combats intérieurs. Il prenait son temps, prolongeant tant qu'il le pouvait l'instant suspendu entre veille et sommeil. Ainsi couché sur le ventre, il perçut le parfum de Gennie et l'odeur de sa peau sur ses draps. Ces sensations olfactives s'accompagnèrent aussitôt d'images à demi formées, à mi-chemin entre le rêve et le fantasme.

Bougeant un bras puis une jambe sans rencontrer d'obstacle, il en conclut qu'il était seul dans le lit. Mais, si Gennie avait disparu, il sentait encore sous les couvertures et sur sa peau la trace enfuie de sa présence. Enfouissant le visage dans le coin d'oreiller qu'elle avait occupé, il demeura un instant immobile à respirer son odeur.

Pourquoi c'était si simple, si évident, si juste pour lui, Grant n'aurait su le dire. Il se souvenait avec une précision presque douloureuse de la sensation de sa chair sous ses doigts, de la douceur de ses baisers, des petits sons presque effarés qu'elle avait émis dans le plaisir. Avait-il jamais désiré une femme avec cette folle intensité ? Il ne se souvenait pas qu'avec aucune autre il soit passé aussi rapidement d'une confortable proximité à une totale frénésie. Grant secoua la tête et se demanda ce qui lui arrivait.

Ne se rapprochait-il pas dangereusement de la frontière qui séparait l'inoffensive attirance de la redoutable dépendance ? Ou, pis encore, l'aurait-il déjà franchie à son insu ?

D'autres questions, tout aussi perturbantes, auraient mérité d'être posées et débattues. Mais il était dans l'incapacité de se concentrer maintenant, alors qu'il venait à peine d'ouvrir les yeux et que Gennie assiégeait ses pensées. Pour trouver des réponses, il lui fallait une dose de caféine dans un premier temps. Et dans un second, mettre Gennie à distance.

Ensuite, peut-être, il serait en mesure de réfléchir avec un minimum d'objectivité.

Encore à demi sonné, Grant se hissa tant bien que mal en position assise et se passa la main sur le visage en regardant entrer Gennie.

— Bonjour.

Drapée dans son peignoir, une serviette nouée sur la tête, elle s'assit sur le bord du lit et se pencha pour l'embrasser. Sentir sur elle les fragrances mêlées de son shampoing et de son savon lui fit un effet étrange. Comme si, en mélangeant ainsi leurs odeurs, elle brouillait toutes les frontières, même les plus simples, les plus intimes, les plus familières.

Elle s'écarta pour lui sourire.

— Ça y est ? Tu es réveillé ?

— Presque.

Eprouvant le besoin de voir sa chevelure, Grant tira sur la serviette et la laissa tomber négligemment sur le sol.

— Il y a longtemps que tu es levée ?

— Pas vraiment, non… En fait, je serais encore couchée si tu ne m'avais pas éjectée hors du lit, déclara-t-elle en riant.

Grant se frotta le crâne.

— Ejectée du lit ? Vraiment ? J'ai fait ça, moi ?

— Pas tout à fait, mais il s'en est fallu de peu. Tu veux un café ?

— Un, pour commencer, oui. Mais il m'en faudrait au moins cinq.

Elle sourit.

— Bon. Je bourre la cafetière au maximum et je la mets en route.

Il la retint par la main lorsqu'elle se leva. Surprise, Gennie l'interrogea du regard. Grant sentait un aveu informulé lui peser sur la poitrine. Il fallait qu'il lui parle de ce qu'il ressentait, c'était l'évidence même. Mais il était incapable de mettre des mots sur le chaos qui l'agitait. Ce qui se passait exactement, il avait du mal à le formuler. Tout ce qu'il savait, c'était que le processus était déjà beaucoup trop avancé pour qu'il puisse encore y mettre un terme.

— Grant ?

— Je te rejoins dans une minute, marmonna-t-il, se sentant vaguement ridicule. C'est moi qui m'occupe du petit déjeuner, cette fois-ci.

— Entendu. Je te laisse la conduite des opérations.

Gennie lui jeta un dernier regard hésitant, comme si elle espérait qu'il ajouterait quelque chose. Puis elle lui sourit et quitta la chambre. Grant s'attarda au lit quelques instants pour écouter le bruit des pas de Gennie dans son escalier. *Ses pas à elle. Son escalier à lui.* D'une façon ou d'une autre, les lignes de démarcation se perdaient. Comment lui, le solitaire, pouvait-il intégrer aussi facilement une présence étrangère chez lui ?

Il y avait eu d'autres femmes dans sa vie, cela dit. Dans l'ensemble, il avait eu d'excellents rapports avec ses compagnes occasionnelles. Il les avait appréciées, désirées.

Et les avait oubliées dès qu'elles avaient eu le dos tourné.

Pourquoi avait-il d'ores et déjà la certitude qu'il n'oublierait pas Gennie ? Chaque trait de son visage, chaque détail de sa physionomie était inscrit en lui. Comme le discret grain de beauté en forme de demi-lune qu'elle avait sur la hanche, par exemple. Stupidement, il avait été ravi de le découvrir ; ravi d'apprendre qu'il était le premier homme à en connaître l'existence.

Il se comportait en tout point comme le dernier des idiots, d'ailleurs. Enchanté de savoir qu'il était son premier amant, obsédé par l'idée qu'il voulait rester le seul. Effaré, Grant secoua la tête. Il avait besoin de se retrouver seul pour se ressaisir, voilà tout. Il ne manquerait plus qu'il se retrouve embringué dans une histoire stable avec engagement réciproque et tout le bataclan !

S'exhortant au calme, Grant se leva et tira un jean propre

de sa commode. Il lui concocterait un petit déjeuner à sa façon puis il l'expédierait chez elle et tout rentrerait dans l'ordre. Il était grand temps qu'il se mette au travail, de toute façon.

En descendant l'escalier, cependant, il huma la bonne odeur du café et entendit Gennie chanter. Submergé par une émotion irrépressible, Grant s'immobilisa net à l'entrée de la cuisine. Qu'est-ce qui le touchait ainsi dans cette scène ? La similarité avec ce qui s'était passé la première fois qu'elle avait dormi chez lui, lorsqu'il s'était levé le matin et qu'il l'avait trouvée dans sa cuisine, vêtue de son peignoir, à fredonner doucement en faisant frire les œufs du petit déjeuner ?

Grant fronça les sourcils. Non, ce qu'il ressentait était infiniment plus puissant qu'une simple impression de déjà-vu. Il avait été littéralement cloué sur place. Par cette mélodie, cette odeur, cette présence. Mais surtout par le sentiment de permanence qui s'était installé en lui.

Il fit l'horrible constat qu'il ne pourrait plus jamais entrer dans cette cuisine le matin sans s'attendre à y trouver Gennie. Avant de passer la porte, il s'arrêta pour la regarder. Le café avait fini de couler, et elle s'étirait pour attraper les deux tasses à déjeuner qu'il gardait accrochées au-dessus de l'évier. Le soleil du matin entrait à flots par la fenêtre ouverte, illuminant de reflets de feu le noir de jais de sa chevelure.

Gennie tourna la tête et poussa une légère exclamation en trouvant Grant debout derrière elle.

— Hé ! Déjà debout ! Je ne t'avais pas entendu descendre.

Rejetant ses longs cheveux dans son dos, elle versa le café.

— J'avais peur que l'orage d'hier ne signe la fin de l'été, mais le soleil n'a pas encore dit son dernier mot. Regarde, l'océan paraît presque bleu, ce matin, commenta-t-elle gaiement en prenant une tasse dans chaque main pour les porter sur la table.

Au passage, elle voulut effleurer les lèvres de Grant d'un baiser rapide, mais son expression sévère l'arrêta net. Pourquoi arborait-il cet air lugubre, tout à coup ? Autant elle était habituée à le voir en colère ou de mauvaise humeur, autant cette mine sombre la remplissait d'angoisse.

Le solitaire du phare regrettait-il déjà de lui avoir ouvert son antre pour la nuit ? La poitrine nouée, Gennie se demanda s'il était en train de préparer son speech d'adieu. Dieu sait pourquoi elle avait cru dur comme fer que Grant était aussi émerveillé qu'elle par ce qui « leur » arrivait. Il lui avait paru bouleversé par leurs étreintes, mais son inexpérience faisait d'elle une piètre juge. Aux yeux de Grant, il s'agissait peut-être d'un épisode tout à fait banal au sein d'un parcours déjà richement jalonné d'intermèdes du même ordre ?

Les doigts de Gennie se crispèrent sur les tasses. Elle ne le laisserait pas se perdre en explications embarrassées. Tout valait mieux qu'une scène de rupture à rallonges. Même si la souffrance était réelle et physique, elle saurait la contenir. Plus tard, lorsqu'elle serait seule, elle laisserait monter le chagrin et les larmes. Mais, devant Grant, elle resterait calme et pondérée.

— Quelque chose ne va pas, Grant ?

Sa voix était si neutre et maîtrisée qu'elle s'en étonna elle-même.

— *Rien* ne va plus, tu veux dire !

Gennie crut qu'elle allait laisser tomber les deux tasses.

— On pourrait peut-être s'asseoir une seconde, proposa-t-elle faiblement.

— Non, je ne veux pas m'asseoir !

Son ton était coupant comme une lame de rasoir, mais Gennie ne broncha pas. Le regard fixe, elle le vit déambuler jusqu'à l'évier pour s'y appuyer des deux mains et lâcher une suite de jurons musclés. Cette attitude hargneuse lui ressemblait tellement qu'elle en aurait souri en temps normal. Mais elle n'avait jamais été aussi peu d'humeur à s'amuser.

Puisqu'il s'apprêtait visiblement à la jeter à la porte, elle ne demandait plus qu'une chose : qu'il fasse vite. Pivotant sur lui-même pour lui faire face, Grant lui jeta un regard accusateur.

— Si tu veux vraiment tout savoir, Genvièᴠe, j'ai eu la tête tranchée ! Voilà. Tu es contente de toi ?

Gennie commença par ouvrir des yeux ronds. Puis les forces se retirèrent de ses mains. Son cœur dut même cesser un instant de battre car un brouillard opaque se forma devant ses yeux.

— Je te signale que tu es en train de renverser le café par terre, commenta Grant d'une voix sombre en fourrant les mains dans ses poches.

— Oh non ! Je suis désolée !

Découvrant les deux petites flaques qui se formaient à ses pieds, elle se hâta de poser les tasses sur la table.

— Je… je vais nettoyer.

— Laisse.

Grant lui immobilisa le bras lorsqu'elle voulut prendre une serpillière sous l'évier.

— Tu sais comment je me sens, là, Gennie ? Comme quelqu'un qui vient de prendre un bon direct du droit en pleine poitrine. Le genre de coup qui te fait plier en deux de douleur, pendant que ta tête résonne si fort que tu as l'impression d'avoir deux ou trois boulons dessoudés qui s'y promènent. Cela te paraît agréable, comme état ?

— Non, balbutia-t-elle.

— Eh bien, c'est une sensation qui me tombe dessus assez régulièrement lorsque je te regarde. Ça te donne une idée de ce que je subis depuis que j'ai le bonheur de te connaître !

Tétanisée par la stupéfaction, Gennie ne parvenait pas à

détacher les yeux de son visage. Comme elle restait muette, Grant lui saisit l'autre bras et la secoua sans ménagement.

— Primo : je ne t'ai jamais demandé de débarquer dans ma vie et de me détraquer le cerveau. Deuxio : je ne voulais surtout pas te revoir et tu t'es débrouillée pour te trouver sur mon chemin. Tertio : ça ne m'arrange pas du tout d'être amoureux et je me retrouve avec un sacré problème sur les bras.

Gennie recouvra sa voix, mais se demanda quel usage en faire.

— Eh bien..., commenta-t-elle enfin. Me voici remise à ma place.

— Ah, ça amuse Madame, en plus! explosa Grant en lui lâchant les poignets pour prendre une gorgée de café brûlant.

Il jura en reposant la tasse avec fracas.

— Tu peux rire tant que tu veux, Gennie. Mais je ne te laisserai pas repartir d'ici avant d'avoir traité ton cas.

Partagée entre l'amusement et la contrariété, elle posa les poings sur les hanches.

— Charmant! Si tu cherchais à te débarrasser d'un virus, tu ne t'exprimerais pas autrement.

— Virus est le mot, oui. Un mauvais virus, même.

Vexée, Gennie sentit la moutarde lui monter au nez.

— Pour ta gouverne, je ne suis pas une maladie contagieuse, mais un individu adulte et autonome, a priori toujours libre de ses faits et gestes. Et ce n'est certainement pas à toi de « traiter mon cas », Grant Campbell! s'écria-t-elle en pointant un doigt accusateur sur sa poitrine. Si ça ne te plaît pas d'être amoureux de moi, c'est *ton* problème. Débrouille-toi avec car j'ai déjà le mien à résoudre. C'est facile de jouer les victimes, mais qu'est-ce qui te dit que je suis mieux lotie que toi ? Ça ne t'a pas traversé l'esprit que je pouvais être atteinte du même « virus » de mon côté ?

— Tu es amoureuse aussi ? Génial! vociféra Grant. Nous

voilà bien avancés, maintenant. Je te signale quand même que rien de tout cela ne serait arrivé si tu avais attendu tranquillement la fin de l'orage au fond d'un fossé au lieu de venir m'envahir chez moi !

— Super ! Merci ! Je reconnais bien là ton légendaire sens de l'hospitalité, Campbell !

Pivotant sur elle-même, Gennie se dirigea vers la porte avec la ferme intention de la claquer de toutes ses forces pour marquer son départ définitif.

— Hé là, pas si vite !

Une fois de plus, Grant la rattrapa par le bras et la fit reculer contre le mur.

— Tu ne sortiras pas d'ici avant que nous ayons réglé cette question épineuse, ma belle.

Repoussant les cheveux qui lui tombaient sur les yeux, elle lui jeta un regard furibond.

— La question *est* réglée ! Nous sommes amoureux l'un de l'autre et je n'ai qu'une envie : que tu sautes du haut de la falaise pour t'écraser sur le sol. Si tu avais ne serait-ce qu'une once de tact…

— Je n'ai jamais eu de tact.

Elle soupira avec impatience.

— Bon, d'accord. Si tu avais ne serait-ce qu'une once de sensibilité, tu n'annoncerais pas que tu es amoureux de quelqu'un sur le ton qu'utilise un chien pour aboyer !

— Je ne suis pas amoureux de *quelqu'un* ! Je suis amoureux de toi ! Et ça me fout en l'air !

Elle leva le menton pour le foudroyer d'un regard hautain.

— Inutile d'en rajouter, j'avais compris le message.

— Ah, non, Gennie ! *Surtout* ne commence pas à prendre tes airs de reine outragée avec moi.

L'éclair qui brilla dans les yeux verts de Gennie avait l'éclat d'une lame de poignard. Drapée dans sa dignité, elle s'empourprait d'une fureur majestueuse. Sur le point d'exploser, Grant renversa la tête en arrière. Mais au lieu du rugissement prévu ce fut un énorme éclat de rire qui monta du fin fond de sa poitrine. Lorsqu'elle ouvrit rageusement la bouche pour l'insulter, sa crise d'hilarité s'accentua et il s'effondra contre elle.

— Oh, Gennie, j'adore ta tête ! On dirait que tu t'apprêtes à ordonner à tes gardes en armes de me coller au fond d'un cachot et d'en jeter la clé.

— Ecarte-toi de là, espèce de sombre imbécile ! Je veux sortir d'ici !

Elle tenta de le repousser, mais il la serra contre lui de plus belle. Seuls ses excellents réflexes permirent à Grant d'échapper à un coup de genou bien placé.

— Hé là, protesta-t-il en appliquant ses lèvres contre les siennes.

Le rire de Grant cessa aussi abruptement qu'il avait commencé. Avec cette grande douceur dont il faisait si rarement preuve, il saisit son visage entre ses paumes.

— Gennie…

Il murmura son nom contre sa bouche, si bien qu'elle sentit les deux syllabes vibrer entre ses lèvres.

— Je t'aime.

Il releva la tête pour plonger son regard dans le sien.

— Ça me turlupine, ça m'angoisse, je ne suis pas certain du tout de pouvoir m'habituer à l'idée, mais je t'aime vraiment, Gennie.

Avec un profond soupir, il la serra de nouveau contre lui et glissa à son oreille.

— Tu me fais tourner la tête.

La joue pressée contre le torse nu de Grant, Gennie ferma les yeux.

— Tu peux prendre le temps qu'il te faut pour t'habituer, chuchota-t-elle. Mais promets-moi simplement de ne jamais regretter que ce soit arrivé.

— Je te le promets, Gennie. Parfois ça va me rendre un

peu irritable, un peu fou. Mais il n'y aura pas de regrets. Jamais.

Simplement en lui caressant les cheveux, Grant sentit le désir refleurir en lui. Plus calme, plus doux que ce qu'il avait éprouvé jusque-là, mais toujours aussi vibrant. Il enfouit son visage dans son cou.

— Tu es vraiment amoureuse de moi ou tu m'as lancé ça à la figure parce que tu étais énervée ?

— Les deux, en fait. Ce matin, j'avais pris la décision de ménager ton ego et de te laisser déclarer tes sentiments le premier.

Une lueur amusée pétilla dans les yeux de Grant.

— Mon ego, tu dis ?

— Comme il prend beaucoup de place, il a tendance à envahir tout le champ, répondit-elle avec son plus joli sourire.

En guise de représailles, Grant écrasa ses lèvres sous les siennes.

— Je croyais avoir faim, murmura-t-il quelques minutes plus tard. Mais je n'ai plus du tout envie de déjeuner, tout à coup.

Gennie leva vers lui un regard amusé.

— Ah vraiment ? N'oublie pas que le petit déjeuner est essentiel à ton équilibre alimentaire.

— Je suis d'accord, mais il ne perd rien de ses vertus en étant différé… D'autre part, cela me gêne beaucoup d'avoir à te faire cette remarque, mais je ne me souviens pas de t'avoir autorisée à emprunter mon peignoir.

Le sourire de Gennie se fit invite.

— Tu as raison. C'est très impoli de ma part. Tu aimerais peut-être que je te le restitue tout de suite ?

— Bah… Je ne suis pas pressé à ce point, répondit-il en lui prenant la main. Ça peut attendre que nous soyons là-haut.

Debout devant la fenêtre de sa chambre, Grant suivit des yeux la voiture de Gennie, qui s'éloignait. Non seulement il ne l'avait pas mise à la porte après le petit déjeuner, mais c'était tout juste s'il avait réussi à la laisser partir. Prendre un peu de distance leur ferait pourtant du bien à l'un comme à l'autre, raisonna-t-il stoïquement.

Dans son atelier là-haut, le travail d'une journée l'attendait. Il savait qu'il avait besoin de temps et de régularité pour maintenir une qualité constante dans sa production.

Il pouvait vivre de façon bohème et chaotique sur tous les plans, mais pas dans le domaine professionnel. Pour fonctionner de façon optimale, le créateur de Macintosh avait besoin d'un cadre solide et d'un emploi du temps structuré. Et là, non seulement il ne respectait pas ses horaires, mais il se sentait complètement déphasé. Comment était-il censé se concentrer, alors que l'image de Gennie dansait en permanence devant ses yeux ? Alors que ce n'était pas un crayon qu'il rêvait de tenir entre ses doigts, mais le bouton délicat de ses seins ?

L'amour. Il avait réussi pendant des années à passer à côté. Et il avait suffi *qu'une seule fois* il ouvre sa porte par mégarde pour que son supersystème de défense s'effondre. Et maintenant, il ne se reconnaissait plus lui-même.

Il s'était juré que, quoi qu'il arrive, il garderait toujours son autonomie affective. Résultat : il tournait en rond chez lui en se demandant ce qu'il allait faire de lui-même d'ici au retour de Gennie. Elle venait à peine d'entrer dans sa vie et le mal était déjà fait. Il était devenu dépendant. Vulnérable.

Si seulement il pouvait revenir en arrière et supprimer ce point fatidique dans le temps où il avait laissé Gennie entrer dans sa maison, dans son désir et dans son cœur ! S'il avait eu le pouvoir de tout effacer, il l'aurait fait sans hésiter.

Il y avait trop longtemps qu'il vivait en reclus, sans tenir compte de rien ni de personne. Il était habitué à faire les choses à son rythme, à manger quand il en avait envie, à agir en fonction de ses seules humeurs.

Aimer exigerait de lui qu'il fasse des compromis en permanence. Aurait-il la patience, l'envie, la capacité de procéder à des ajustements incessants ?

Grant secoua la tête avec pessimisme. Tôt ou tard, il finirait par la faire souffrir. Une souffrance qui, par ricochets, rejaillirait forcément sur lui. Se faire souffrir mutuellement semblait d'ailleurs être le destin classique des amants. Honnêtement, que pouvaient-ils espérer bâtir ensemble, Gennie et lui ? Avec un haussement d'épaules découragé, Grant se détourna de la fenêtre. Dans un premier temps, tout serait lumineux, facile. L'amour dans sa phase initiale était un puissant palliatif qui comblerait les failles et gommerait leurs différences. Mais l'état de grâce ne durerait que quelques semaines, quelques mois tout au plus.

Puis viendrait l'inévitable cortège des attentes déçues et des exigences contrariées. L'amour qui au début avançait masqué sous le visage de la liberté ne tarderait pas à montrer sa vraie face coercitive. Et, tel qu'il se connaissait, il finirait par fuir à toutes jambes.

Non, c'était absurde de sa part de s'éprendre d'une femme telle que Gennie. Non seulement leurs deux univers se situaient à des années-lumière l'un de l'autre, mais l'innocence de Gennie la rendait plus vulnérable encore que la moyenne des femmes.

S'il voulait bien être son premier amour, il n'avait aucune envie de devenir son premier bourreau.

De toute façon, il pouvait difficilement lui demander de venir vivre avec lui, dans le Maine, sur une bande de terre et de roche battue par l'océan. Quant à accepter de renoncer à son phare pour partir s'installer avec elle à La Nouvelle-Orléans... Non, ce n'était même pas la peine d'y penser. Il ne tiendrait pas deux mois en ville, à courir les vernissages et les expositions, à respirer les odeurs de gaz d'échappement dans les embouteillages, à se frayer péniblement un chemin parmi les groupes de touristes qui envahissaient le Vieux Carré d'un bout à l'autre de l'année.

Si seulement il avait partagé la nature sociable de sa sœur ! Shelby, elle, aimait le bruit et la fureur du monde. Et plus elle baignait dans la foule et le vacarme, mieux elle se portait. Mais il s'était lui-même construit sur le modèle opposé.

D'un pas lourd, Grant grimpa à l'étage au-dessus et pénétra dans son atelier. Shelby et lui avaient compensé chacun à leur façon le traumatisme occasionné par la mort brutale de leur père. C'était sous les yeux de sa femme et de ses deux enfants que Robert Campbell s'était écroulé, au cœur de la foule, la poitrine trouée par les balles.

Shelby et lui avaient réussi à surmonter le choc l'un et l'autre. Mais, s'ils avaient trouvé des stratégies pour survivre, la blessure n'était pas complètement refermée pour autant. Les plaies de Shelby étaient mieux cicatrisées que les siennes, cela dit. Sans doute parce que son amour pour Alan MacGregor avait eu sur elle un effet thérapeutique. En acceptant d'unir sa vie à celle d'un politicien, elle avait, d'une certaine façon, fait un pied de nez au passé et à la peur de l'attachement qui l'avait longtemps tenaillée, elle aussi.

Grant se passa la main sur le front en se remémorant la dernière visite de Shelby au phare, au début de l'été. Elle était venue chercher son aide juste avant de prendre la décision d'épouser Alan. Amaigrie, hantée par la peur, elle était arrivée chez lui dans un état lamentable.

Face à son désarroi, il s'était montré dur, sec, rationnel. Et cela, en grande partie, pour se préserver lui-même. Car la tentation avait été forte de la prendre dans ses bras et de pleurer avec elle leur enfance meurtrie.

Il l'avait secouée car elle avait besoin de l'être. « Tu as l'intention de te couper de la vie à cause d'un événement qui remonte à quinze ans ? » lui avait-il lancé d'un ton lourd de mépris alors qu'elle était assise en face de lui, dans sa cuisine, à lutter stoïquement contre les larmes.

« C'est bien ce que tu fais toi, non ? » lui avait rétorqué spontanément Shelby. Et elle avait eu raison. Même s'il était en contact avec le monde grâce à la presse, la télévision et la radio, il avait bel et bien renoncé à établir des liens *vivants* entre lui-même et ses semblables. Il dessinait pour les autres et prenait plaisir à le faire. Parce que l'humanité, il l'aimait à sa manière, depuis le temps qu'il l'observait de loin. Il portait sur ses contemporains un regard au fond assez indulgent. Même s'il ne manquait jamais une occasion de se moquer d'eux, il les prenait tels qu'ils étaient, avec leurs failles et leurs points forts, leurs élans généreux et leurs petits ridicules.

Mais il refusait qu'ils viennent envahir son espace. Jusqu'à Gennie, il avait toujours évité avec succès de se laisser prendre au piège de l'affectif. Composer avec l'humanité dans son ensemble ne lui posait aucun problème. C'était au niveau des relations individuelles que tout se compliquait.

Lugubre, Grant tourna le dos à sa planche à dessin et redescendit dans la cuisine pour se faire un café. Qu'il le veuille ou non, le piège s'était bel et bien refermé sur lui. Et pas moyen d'en ressortir. Déjà, il avait hâte qu'elle soit de retour. Hâte d'entendre sa voix, de revoir son sourire. Il l'imagina près du cottage, installée face à la crique pour peindre les eaux calmes, les hirondelles, le rivage déjà marqué par l'automne. Peut-être avait-elle gardé sur elle la chemise qu'il lui avait prêtée ?

Celle que Gennie portait la veille avait été examinée, jugée irréparable et recyclée dans sa corbeille à chiffons. Il l'imagina debout devant son chevalet, les cheveux au vent, sa palette à la main. Et, pendant qu'elle avançait dans son travail, lui tournait en rond et perdait son temps !

Lorsque le téléphone sonna, il hésita à répondre. La plupart du temps, il ne prenait même pas la peine de décrocher. Mais si Gennie…

Pestant contre lui-même, il souleva rageusement le combiné.

— Oui ?

— Grant Campbell ?

Même si ce n'était pas une voix qu'il avait entendue souvent, il n'eut aucun mal à mettre un nom dessus. Le volume, l'accent et les intonations étaient aisément identifiables.

— Bonjour, Daniel.

— Ah, quand même ! J'avais presque renoncé à essayer de te joindre. Tu t'étais absenté de ton phare ?

Grant sourit.

— Non. Mais je ne réponds pas systématiquement au téléphone.

Daniel émit un grognement désapprobateur. Le sourire de Grant s'élargit. Il imaginait « Le » MacGregor installé dans sa tour imprenable, trônant devant son bureau immense, et tirant avec délectation sur un de ses gros cigares interdits. Grant avait fait une caricature de lui pendant le repas de noces et l'avait glissée à Shelby sous la table.

— Comment allez-vous, Daniel ?

— On ne saurait aller mieux, mon garçon, rétorqua son interlocuteur de sa voix de stentor. Je suis grand-père depuis deux semaines.

— Mes félicitations.

Grant entendit Daniel souffler fièrement la fumée de son cigare.

— C'est un garçon. Presque quatre kilos à la naissance. Un solide petit gaillard. Robert MacGregor Blade. Ils vont l'appeler Mac. Ça va être une force de la nature, ce garçon… Et il a hérité de mes oreilles, ajouta Daniel fièrement.

Grant écouta la description enthousiaste du jeune Mac avec un mélange d'amusement et d'affection. Pourquoi au juste, il n'en savait rien, mais il avait un faible marqué pour la belle-famille de sa sœur. Et il ne doutait pas que les MacGregor lui inspireraient quelques savoureux épisodes pour Macintosh.

— Et Rena ? Elle s'est bien remise ?

A l'autre bout du fil, Daniel mordilla son cigare.

— Bien… très bien. Elle a passé l'épreuve comme une championne, bien sûr. Je savais qu'il n'y avait aucune inquiétude à avoir. Mais Anna était dans tous ses états, la pauvre. Tu sais comment sont les femmes.

Daniel se garda bien de préciser que c'était lui qui avait loué un avion privé pour se faire conduire à Atlantic City dès la première contraction de Rena. Et que pendant qu'il arpentait la salle d'attente comme un fou furieux, son épouse était restée tranquillement assise à broder une couverture pour le bébé.

— Justin a pu rester auprès d'elle tout le long.

Au ton dépité de Daniel, Grant comprit que le personnel de l'hôpital avait sûrement dû faire barrage pour l'empêcher de faire entrer le clan au grand complet en salle d'accouchement.

— Shelby a déjà eu l'occasion de voir son neveu ?

— Même pas. Ces deux-là étaient en voyage de noces en Ecosse au moment de la naissance.

Daniel soupira comme s'il avait de la peine à comprendre que le couple de jeunes mariés ait pu s'absenter à une période aussi cruciale.

— Enfin… Ils vont se rattraper ce week-end, Alan et elle. C'est pour ça que je t'appelle, d'ailleurs. Toute la famille se réunit à Hyannis pour l'occasion. Anna tient à avoir son petit monde autour d'elle. Les femmes sont ainsi faites, Grant. Elles ont besoin d'avoir leur progéniture à proximité.

Grant connaissait Daniel, grand-papa poule devant l'Eternel.

— J'imagine qu'Anna est très excitée à l'idée de rassembler toute sa famille, en effet, répondit-il avec diplomatie.

— Ah, ça, je ne t'en parle même pas. Et maintenant qu'elle est grand-mère, ça va être encore pire.

Daniel baissa légèrement le ton en jetant un regard du côté de la porte. Il fallait toujours se méfier des oreilles qui traînaient.

— Quoi qu'il en soit, je compte sur toi à partir de vendredi soir, mon garçon.

Grant effectua un rapide calcul mental et estima qu'il avait une avance suffisante pour s'accorder un week-end de congé. Il était curieux de revoir sa sœur Shelby dans son nouveau statut de femme mariée. Et puis, il retrouverait avec plaisir l'atmosphère qui régnait chez les MacGregor, l'affection exubérante qui les unissait, leur hospitalité sans contraintes. Dès l'instant où Shelby avait épousé un MacGregor, il avait été considéré comme un membre à part entière de la famille. Et il avait envie, pour le coup, de leur présenter Gennie.

— Je ferai volontiers un saut à Hyannis, Daniel. Mais j'aimerais amener quelqu'un, si Anna et vous êtes d'accord.

Tiens, tiens... Dans son bureau, en haut de sa tour, Daniel en oublia de tirer sur son cigare.

— Ah, mais c'est une bonne idée, ça ! Parle-moi un peu de cette personne dont tu souhaiterais qu'elle t'accompagne...

Amusé par la réaction de Daniel, Grant croqua distraitement une chips mexicaine.

— Il s'agit d'une artiste peintre qui est de passage en Nouvelle-Angleterre. Elle séjourne à La Pointe des Vents pour quelque temps. Et je crois que votre maison l'intéresserait.

Ha, ha ! Une femme, donc. Daniel hocha la tête avec satisfaction. Aucun être humain n'était fait pour vivre seul vingt-quatre heures sur vingt-quatre, bouclé dans un vieux phare. Il était grand temps que Grant trouve une compagne.

— Une artiste, donc ? Intéressant... Tu sais que ce n'est pas la place qui manque chez nous. Et on a toujours aimé les peintres, chez les MacGregor. J'imagine qu'elle doit être jeune et jolie ?

— Jolie, si on veut. Je trouve qu'elle ressemble un peu à une grenouille. Et elle approche les soixante-dix ans, rétorqua Grant sans une hésitation. Mais elle a la beauté de l'âme. Ses toiles sont très inspirées — d'une extraordinaire richesse spirituelle et morale. Je suis complètement fou d'elle.

Avec un sourire en coin, Grant visualisa la mine consternée de Daniel.

— L'harmonie intérieure véritable transcende la jeunesse et la beauté, vous ne pensez pas ?

Daniel faillit s'étrangler. Pauvre Grant. On ne pouvait pas le laisser s'enfoncer dans une situation aussi dramatique. Il était grand temps d'ouvrir les yeux de ce malheureux garçon avant qu'il ne prenne Dieu sait quel engagement envers une femme en âge d'être sa grand-mère !

— Euh... Grant ? Débrouille-toi pour arriver le plus tôt possible vendredi, d'accord ? Comme ça on aura le temps de discuter tranquillement, tous les deux... Tu... tu as bien dit soixante-dix ans ?

— Pas tout à fait quand même. Et la vraie sensualité n'a pas d'âge. L'autre soir, justement, elle et moi, nous avons...

— Non, non, pas de détails, surtout, l'interrompit Daniel hâtivement. Nous prendrons le temps de causer vendredi, toi et moi. Une vraie discussion d'homme à homme, fiston. J'imagine que Shelby n'a pas eu l'occasion de rencontrer...

ta… euh… cette dame ? Enfin, peu importe. Nous verrons cela ensemble en temps utile.

— Entendu. Vous pouvez compter sur nous, Daniel.

Plié de rire, Grant reposa le combiné. Voilà qui allait occuper le vieux forban pendant une bonne partie de la semaine ! Avec un large sourire aux lèvres, il grimpa ses deux escaliers d'un pas léger.

— Et maintenant, Macintosh, à nous deux !

Il travaillerait jusqu'à la nuit tombée. Jusqu'à Gennie.

9

Gennie n'en revenait pas : en moins de temps qu'il n'en fallait pour le dire, elle avait consenti à prendre son matériel de peinture et à jeter quelques affaires dans un sac pour accompagner Grant chez de parfaits inconnus.

Une des raisons qui l'avaient poussée à accepter était l'enthousiasme que témoignait Grant pour les MacGregor. Or les proches pour lesquels il était prêt à renoncer à sa sacro-sainte solitude se comptaient sur les doigts de la main. Elle le connaissait suffisamment désormais pour savoir à quel point sa tranquillité lui importait.

Si elle avait dit oui sans hésiter, c'était essentiellement, dans un premier temps, parce qu'elle avait envie d'être avec Grant. Mais cette visite à Hyannis présenterait d'autres avantages : pour la première fois, elle le verrait, non plus en tête à tête, mais en présence d'autres personnes auxquelles il tenait.

Et puis elle aurait l'occasion de faire la connaissance de sa sœur. Découvrir qu'il en avait une l'avait d'ailleurs stupéfiée, tant il était difficile d'imaginer Grant autrement que barricadé dans sa solitude farouche, hurlant et vociférant après tous ceux qui avaient le malheur de l'approcher d'un peu près.

Elle se posait mille questions à son sujet, désormais. Quel ensemble de circonstances avait fait de lui le Grant Campbell qu'elle connaissait ? Avait-il été riche ou pauvre ?

Exubérant ou introverti ? Avait-il été heureux et tendrement aimé ou solitaire et négligé ?

A part le soir au cottage où il avait évoqué le décès de son père, il ne parlait presque jamais de sa famille ni de son passé. Et, réflexion faite, il ne racontait pas grand-chose sur le présent non plus.

Dans la mesure même où les réponses étaient importantes pour elle, Gennie n'osait pas poser les questions. Elle attendait de Grant qu'il se confie spontanément, en signe de cet amour qu'il prétendait éprouver.

Qu'il soit amoureux ne faisait pas de doute pour elle, cela dit. Elle croyait volontiers que Grant l'aimait à sa façon. Mais, à ses yeux, amour et confiance allaient nécessairement de pair. Qu'on puisse aimer tout en gardant de grands pans de sa vie secrets lui paraissait paradoxal, presque contre nature.

Pendant ses années d'enfance et jusqu'au décès d'Angela, elle avait partagé le moindre secret avec sa sœur. En la perdant, elle avait eu le sentiment qu'une fraction d'elle-même s'était éteinte. Or cette part devenue insensible était en train de revivre grâce à Grant. Tout naturellement, elle avait reporté sur lui à la fois l'affection et le partage. Lorsqu'elle aimait, c'était totalement et sans restriction.

Mais Grant avait son propre mode de fonctionnement, de toute évidence. Et il ne semblait pas ressentir le besoin de parler beaucoup de lui. Gennie soupira et tourna les yeux vers la vitre pour contempler l'océan qui grondait en contrebas. Elle était heureuse, bien sûr. Mais il arrivait qu'une pointe de tristesse vienne ternir sa joie lorsqu'elle le sentait secret, fermé, distant.

Tant que Grant ne s'ouvrirait pas à elle, il n'y aurait pas d'autre avenir pour eux que le moment présent. Et cette absence de perspective lui faisait mal. Mais elle l'acceptait faute de pouvoir envisager de se passer de lui.

Grant jeta un rapide regard dans sa direction tout en

obliquant pour emprunter la route étroite qui menait au sommet de la falaise. Il vit le profil de Gennie, l'expression absente, le fond de mélancolie qui assombrissait son regard.

— A quoi penses-tu ?

Elle tourna la tête pour lui sourire. Et ses yeux verts retrouvèrent leur éclat.

— J'étais en train de penser que je t'aimais.

Des mots si simples.

Eprouvant soudain le besoin impérieux de la prendre dans ses bras, Grant se gara sur le bas-côté. Gennie souriait toujours lorsqu'il saisit son visage entre ses paumes. Baissant les paupières, elle attendit son baiser.

Avec une révérence dont il s'était toujours cru incapable, Grant se pencha pour laisser glisser ses lèvres sur ses joues. Il mit dans sa caresse une délicatesse exquise qui l'enchanta lui-même.

Le cœur de Gennie battait presque douloureusement dans sa poitrine. Les rares fois où Grant faisait preuve de douceur, elle se désagrégeait littéralement de délice dans son étreinte. En cet instant, il aurait pu lui demander n'importe quoi et elle l'aurait fait sans une hésitation. Aucune chaîne au monde n'aurait pu l'attacher à lui aussi solidement que le battement de ses cils, tels de légers fils de soie qu'il tissait sur sa joue.

Grant soupira son nom en embrassant ses paupières closes. Ses pensées s'emballaient, tourbillonnaient follement. C'était toujours le même sortilège qu'elle exerçait sur lui. Etait-ce un effet de son imagination ? Il lui semblait qu'elle avait toujours été là, en coulisse, guettant le moment où elle pourrait se glisser dans sa vie pour le réduire à l'état d'esclave. Etait-ce la force de Gennie ou sa douceur qui le rendait capable de tuer ou de mourir pour elle ?

Mais qu'importait au fond que ce soit l'une ou l'autre ?

Grant était conscient qu'il s'aventurait sur un terrain mouvant. Il avait toujours su qu'il était dangereux de s'investir corps et âme, que ce soit pour un idéal, une cause, ou une femme. La passion, sous toutes ses formes, rendait vulnérable, car elle vous arrachait à vous-même. Si bien que l'instinct de survie, insidieusement, passait au second plan. Grant avait toujours pensé que c'était sa passion pour la politique qui avait coûté la vie à son père.

Mais il avait beau se vouloir méfiant, c'était plus fort que lui. Avec Gennie, il oubliait jusqu'à la notion du danger. Tout ce qu'il voyait, c'était son amour, sa générosité. Tout ce qu'il sentait, c'était qu'elle lui appartenait.

Lorsque Grant cueillit sa bouche, Gennie renversa la tête et s'offrit à son baiser. Aussitôt, le souffle de Grant s'accéléra, plongeant entre ses lèvres entrouvertes juste avant sa langue. Nouant les bras autour de lui, elle gémit. Il suffisait désormais que Grant l'effleure pour que tout en elle s'embrase et flambe. Bientôt, il n'aurait qu'à la regarder un instant fixement pour l'envoyer au septième ciel.

— J'ai envie de toi, chuchota-t-elle.

Grant la serra presque sauvagement contre lui et il l'embrassa avec une violence possessive, une ardeur presque guerrière. Avec un son inarticulé, il enfouit les lèvres dans ses cheveux et lutta pour recouvrer la raison.

— Quelques minutes de plus comme ça et j'oublie qu'il fait encore grand jour et que nous sommes sur la voie publique.

Gennie soupira en lui caressant la nuque.

— Moi, j'avais déjà fait abstraction de ces détails depuis longtemps.

Il releva la tête pour plonger les yeux dans les siens.

— Attention, Gennie. Je ne suis pas un garçon très civilisé. A force de vivre loin du monde, j'ai pris des habitudes de sauvage. Et ce qui me viendrait naturellement, là, ce serait de t'entraîner sur la banquette arrière, de t'arracher tous tes vêtements et de te faire l'amour jusqu'à ce que tu en défailles.

Les mots brûlants de Grant firent courir un frisson de désir tout le long de sa colonne vertébrale. Se sentant toutes les audaces, elle chuchota à son oreille :

— Tu ne crois pas que c'est malsain d'aller à l'encontre de tes élans naturels ?

— Gennie…

Il ferma les yeux et se laissa submerger par les fragrances nocturnes de son parfum. Lorsqu'elle glissa une main sous sa chemise pour lui caresser le torse, il sentit son propre cœur vibrer contre sa paume. Ses yeux verts de sirène étaient voilés, immenses. Jamais ils n'avaient exercé sur lui une telle fascination. Leur pouvoir était si absolu en cet instant qu'il ne pouvait s'y dérober. Grant eut une vision de lui-même en prisonnier consentant, exultant sous le poids de ses chaînes.

— Ma sorcière, chuchota-t-il.

Un bruit de moteur tout proche brisa la bulle, les faisant sursauter l'un et l'autre. Tournant la tête, Gennie vit une Mercedes s'immobiliser à leur hauteur. Elle ne put discerner les traits du conducteur, mais la passagère baissa sa vitre. Une masse de boucles rousses et un visage anguleux s'encadrèrent dans l'ouverture.

— Vous êtes perdus, jeunes gens ? demanda la jolie rousse avec un sourire engageant.

A la stupéfaction de Gennie, Grant tendit le bras hors de la voiture et tordit le nez à l'inconnue.

— Dégage, toi, lança-t-il d'un ton rogue.

La jeune femme haussa les épaules.

— Très bien. Cela m'apprendra à vouloir me porter au secours des automobilistes en détresse.

La vitre se referma et la Mercedes s'éloigna sans bruit.

— Grant !

A la fois amusée, horrifiée et incrédule, Gennie secoua la tête.

— Je savais que tu avais des mœurs de sauvage, mais à ce point… Tout ce qu'elle voulait, c'était nous aider.

— Qu'elle s'occupe donc de ce qui la regarde, rétorqua Grant en redémarrant.

Avec un soupir résigné, Gennie se rencogna dans son siège.

— Je commence à me dire que c'est un véritable miracle que tu ne m'aies pas refermé la porte au nez le soir où j'ai échoué chez toi.

— Tu m'as surpris dans un de mes rares moments de faiblesse.

Gennie lui jeta un bref regard accablé et renonça à argumenter. Ce serait peine perdue, de toute façon.

— Nous ne devrions pas tarder à arriver, je crois ? Si tu me parlais un peu des MacGregor afin que je me fasse une idée de…

Laissant sa phrase en suspens, elle ouvrit de grands yeux.

— Oh, mon Dieu !

C'était incroyable, impossible. Une vision tout droit tombée d'un livre d'images. D'un gris sévère, illuminé par le soleil de fin d'après-midi, le château de contes de fées dont toute petite fille avait un jour rêvé se dressait devant ses yeux. Qu'un aussi merveilleux anachronisme ait vu le jour au siècle du virtuel et de l'éphémère enchantait Gennie.

La vaste construction dominait la falaise. Il n'y avait pas de lierre pour couvrir la façade orgueilleuse, mais une débauche de fleurs en ornait le pied : des rosiers grimpants, des capucines et des clématites s'enchevêtraient, offrant encore les lumineuses couleurs de l'été alors que les ors de l'automne réchauffaient déjà le feuillage de certains arbres.

D'instinct, Gennie effleura la mallette où elle rangeait son matériel de peinture.

— C'est bien ce que je pensais, commenta Grant.

Perdue dans sa contemplation, Gennie ne tourna même pas les yeux dans sa direction.

— Qu'est-ce que tu pensais ?

— Que tu te vois déjà avec un pinceau à la main.

— Ne remue pas le couteau dans la plaie. Ça me démange de m'y mettre.

— Tu auras le temps, ce week-end. Si tu continues à peindre de façon aussi inspirée, et avec une vision aussi forte que celle qui transpire dans la composition que tu as faite près de chez moi, tu vas être tellement encensée par les critiques d'art que tu en auras le tournis.

Déconcertée, Gennie le regarda.

— Mais je croyais que tu n'avais trouvé aucun intérêt à cette toile…

Grant émit un vague grognement.

— Ne sois pas idiote.

Que Gennie puisse avoir besoin d'être rassurée sur son talent ne lui traversait même pas l'esprit. De son côté, il était considéré comme un des meilleurs dans son domaine. Une réalité qu'il acceptait sans en faire le moindre cas. L'opinion d'autrui lui importait peu car il était conscient de ses propres capacités. Et il n'imaginait même pas que Gennie puisse fonctionner autrement.

— Tu veux dire que tu l'as appréciée ? demanda-t-elle, sourcils froncés.

— Apprécié quoi ?

— La toile, rétorqua-t-elle avec impatience. La marine que j'ai faite devant chez toi.

Perdu dans ses considérations, Grant lui jeta un regard surpris.

— Bien sûr que j'ai été impressionné ! Ce n'est pas parce que je ne peins pas que je ne suis pas capable de discernement.

Un silence tomba entre eux, lourd de tensions informulées. Gennie se demandait pourquoi il n'avait marqué aucun enthousiasme alors qu'il avait manifestement été sensible aux qualités de son travail. Et elle lui en voulait un peu d'être aussi avare de ses compliments.

Quant à Grant, il ne pouvait s'empêcher de penser que seuls les arts dits « nobles » semblaient trouver grâce aux yeux de Gennie. Qui sait quelle piètre opinion elle avait des auteurs de bandes dessinées ? Et si, dans quelques semaines, elle tombait sur Veronica dans le *New York Daily*, prendrait-elle un fou rire ou une crise de nerfs ?

Il s'immobilisa sur le petit parking avec un coup de frein brusque qui les secoua l'un et l'autre, les arrachant pour le coup à leurs pensées moroses.

— L'intérieur est à peu près du même tonneau, commenta Grant, notant que Gennie avait le regard rivé sur la forteresse. Je n'en croyais pas mes yeux la première fois.

— Apparemment, tout ce que j'ai pu lire ici et là sur Daniel MacGregor se vérifie : une personnalité forte et puissamment originale. Le genre d'homme qui se passe de mode d'emploi pour tracer le chemin de sa vie… Sa femme est médecin, je crois ?

— Anna est chirurgienne. Daniel et elle ont eu trois enfants. Shelby, ma sœur, a épousé l'aîné des fils, Alan.

— Alan MacGregor, c'est-à-dire…

— Le sénateur du Massachusetts, oui.

Gennie siffla doucement entre ses dents en descendant de voiture.

— Si les rumeurs qui courent se confirment, tu bénéficieras dans quelques années d'une entrée directe à la Maison Blanche, Grant. Ce ne sera pas tout à fait aussi intime que ton phare dans le Maine.

Elle contempla en riant l'homme qui se tenait en appui sur le capot, avec son jean fatigué, ses cheveux trop longs soulevés par le vent.

— Tu te vois en beau-frère de président ?

Grant, qui pensait à Macintosh, eut un sourire en coin.

— Rien n'est encore joué, dit-il, employant une des

expressions préférées de son personnage. Mais j'ai toujours eu une certaine affection désabusée pour les politiques, même si j'en dis volontiers beaucoup de mal.

Il prit la main de Gennie et l'entraîna vers le monumental escalier en façade.

— Bon. Où en étions-nous ? Après Alan, nous avons Caine, le second fils MacGregor, un avocat qui a épousé récemment une de ses collègues, Diana. Laquelle se trouve être la sœur — longtemps perdue de vue — du mari de la benjamine, Rena.

— Hou là… ça se complique. Je crois que je suis en train de perdre le fil, protesta Gennie en examinant la tête de lion sculptée qui ornait le lourd heurtoir en cuivre.

Grant laissa retomber le marteau avec force et on entendit comme un coup de canon résonner dans la vaste demeure.

— Ça ira mieux, une fois que tu auras mis des visages sur tous ces noms… Rena, donc, a épousé un homme d'affaires un peu particulier. Elle vit avec son mari à Atlantic City.

Gennie lui jeta un regard en coin.

— C'est le Bottin mondain que tu me sors là. Tu es étonnant, pour un grand solitaire, Grant.

Ils échangèrent un sourire. La porte s'ouvrit et la fille rousse de la Mercedes sortit sur le perron.

— Tiens, tiens… Vous avez quand même fini par trouver votre chemin, tous les deux ?

Sous le regard étonné de Gennie, Grant saisit la jeune femme par les épaules et, sourcils froncés, l'examina de la tête aux pieds.

— Apparemment, tu as survécu à ton mariage, sœurette. Mais tu n'as toujours que la peau sur les os.

— Et toi, tu es toujours aussi prodigue de tes compliments… Grant Campbell, tu es et tu resteras un grossier personnage, mais je suis quand même ravie de revoir ta sale tête.

La sœur de Grant se jeta à son cou, l'embrassa avec effusion sur les joues puis tourna la tête vers Gennie.

— Bonjour. Je suis Shelby.

Gennie fut frappée par l'absence totale de ressemblance entre le frère et la sœur. Alors que Grant était très brun, avec la peau mate et un charme assez rude, Shelby la rousse avait à la fois l'éclat du feu et la délicatesse de la porcelaine.

— Gennie, se présenta-t-elle en lui rendant spontanément son sourire.

Shelby tira en riant sur les cheveux de son frère.

— Une jolie septuagénaire, ma foi.

Septuagénaire ? Gennie jeta un regard intrigué à Grant. Il lui décocha un clin d'œil qui semblait vouloir dire « je t'expliquerai », pendant que Shelby se dégageait de ses bras pour venir lui serrer la main.

— Ainsi vous êtes l'amie de mon frère ? Il faudra que nous trouvions un moment pour bavarder, toutes les deux. Vous m'expliquerez comment vous faites pour endurer la compagnie de cet ermite grincheux plus de cinq minutes d'affilée… Alan est dans la salle du trône avec Daniel, poursuivit Shelby avant que Grant puisse répondre. Mon frère a pris le temps de vous faire un petit topo sur la famille MacGregor et ses particularités ?

— J'ai eu droit à une version très abrégée, répliqua Gennie, charmée par la personnalité bouillonnante de Shelby.

La sœur de Grant glissa un bras sous le sien.

— Ça ne m'étonne pas de lui. Mais au fond, ce n'est pas plus mal de débarquer au cœur de la tribu sans être averti. Autant que vous ayez la surprise, après tout. L'essentiel, c'est de ne pas vous laisser intimider par Daniel. Le reste ira tout seul… Vous êtes de quelle origine ?

— Française principalement. Pourquoi ?

— Parce que la question figurera nécessairement à l'ordre du jour.

Grant jeta un regard en coin à sa sœur. Connaissant Daniel, il voudrait tout savoir des ascendants de Gennie, en effet. Et il multiplierait les stratégies pour les pousser à convoler en justes noces. Organiser des mariages était une véritable obsession chez Daniel MacGregor.

— Et ce voyage de noces, alors ? Comment s'est-il passé ? s'enquit-il pour détourner la conversation.

Shelby lui adressa un sourire radieux.

— Je te dirai ça quand la lune de miel sera terminée. Comment va ta falaise ?

— Elle tient toujours debout.

Grant leva les yeux en entendant des pas dans l'escalier. Justin descendait à leur rencontre avec son habituelle expression impassible. Mais lorsque son regard se posa sur Gennie, le masque insondable tomba et son visage s'illumina de surprise.

— Gennie !

Dévalant les marches, Justin la saisit par la taille et la fit tournoyer dans ses bras.

— Justin ! C'est incroyable !

Nouant les bras autour de son cou, Gennie lui sourit, les yeux dans les yeux, pendant que Grant, cloué sur place, les observait d'un œil sombre.

— Qu'est-ce que tu fais ici ? s'exclamèrent Gennie et Justin avec un bel ensemble.

Justin se dégagea en riant pour prendre ses mains dans les siennes.

— Tu sais que tu deviens de plus en plus belle ? commenta-t-il tendrement.

En la voyant rougir de plaisir, Grant fit connaissance avec un sentiment aigre, corrosif qu'il mit quelques secondes à identifier comme étant de la jalousie. C'était la première fois qu'il avait affaire à ce genre de sensation. Et il se serait volontiers passé de l'expérience.

— Apparemment, vous vous connaissez tous les deux,

commenta-t-il d'une voix dangereusement suave qui provoqua un haussement de sourcils étonné chez Shelby.

— Mieux que ça, même, s'exclama Gennie joyeusement… Ah, mais ça y est ! Je comprends maintenant ! « L'homme d'affaires un peu particulier » qui vit à Atlantic City ! Et je n'avais pas fait le rapport entre Rena et Serena ! Dire que je n'ai même pas pu venir à votre mariage. Et maintenant, tu es papa !

Sur un éclat de rire, elle jeta de nouveau les bras autour du cou de Justin.

— C'est incroyable ! J'arrive ici en pensant ne connaître personne et me voici entourée de cousins !

— De cousins ? répéta Grant, intrigué.

— Du côté de ma mère, précisa Justin. Les Grandeau dans leur écrasante majorité considèrent les Blade comme la branche honteuse de la famille sur laquelle on s'entend à conserver un silence pudique. Mais certains Grandeau sont plus ouverts que d'autres, précisa-t-il avec un clin d'œil pour Gennie.

Celle-ci haussa les épaules.

— Si c'est à tante Adélaïde que tu penses, elle est confite de préjugés et ennuyeuse comme la pluie.

— Tu arrives à suivre cette conversation, toi ? s'enquit Shelby en se tournant vers Grant.

— De très loin.

Gennie lui prit la main en riant.

— Oh, ce n'est pas si compliqué ! Justin et moi, nous sommes cousins. Au troisième degré, je crois. Mais comme nos familles ne se fréquentaient pas, nous nous sommes rencontrés tout à fait par hasard à une de mes expositions à New York, il y a cinq ans.

— C'est en discutant que, à force de recoupements, nous avons fini par nous rendre compte que nous étions apparentés, enchaîna Justin.

Les examinant côte à côte, Grant ne vit soudain plus

que cela : les yeux verts. Ce visage d'homme et ce visage de femme différaient sur à peu près tous les plans. Mais le vert si rare des prunelles était parfaitement identique.

Cette similarité, étrangement, rassura Grant plus encore que les explications que Justin et Gennie venaient de fournir. Il se remémora le récit que Gennie lui avait fait de la « brebis galeuse » ; du cousin considéré comme un moins-que-rien et qui avait fini par laisser le reste de la famille loin derrière lui.

— Eh bien, voilà au moins une présentation qui ne sera pas à faire, commenta Shelby gaiement. Tu sais que Gennie est venue du Maine avec Grant, n'est-ce pas ?

Justin vint lui poser une main amicale sur l'épaule.

— Daniel avait précisé que tu nous amènerais une artiste peintre... vénérable.

— Vénérable ? releva Gennie, sourcils froncés.

Appréciant l'humour discret de Justin, Grant hocha la tête.

— Juste une façon de parler, bien sûr... Justin, je ne t'ai pas encore félicité d'avoir assuré le maintien de la lignée.

— Ce qui devrait nous éviter d'être en permanence incités à procréer à notre tour, ajouta Shelby avec une moue éloquente.

— Tu es optimiste, là, Shelby, s'éleva une voix douce du haut de l'escalier. Tu crois que papa se contentera longtemps d'un seul petit-fils ?

Gennie leva la tête et vit une jeune femme blonde descendre à leur rencontre. Elle portait dans ses bras un tout petit bébé, invisible sous la couverture bleue dont il était enveloppé.

Serena embrassa Grant sur la joue.

— Je suis ravie de te revoir à Hyannis, Grant. C'est gentil de ta part d'avoir accepté une invitation de Sa Majesté.

— Cela n'a rien d'un sacrifice. Au contraire.

Incapable de résister à la tentation, Grant écarta

doucement la couverture. Il avait toujours été fasciné par les nourrissons. Celui-ci avait les joues lisses et les yeux grands ouverts. Comme sa mère, Robert MacGregor Blade aurait des prunelles de la couleur des pensées sauvages. S'il avait ou non les oreilles de Daniel, Grant n'aurait su le dire. Mais ses origines comanche étaient bien visibles en tout cas.

En se tournant vers Gennie, Serena eut le choc de voir les yeux de son mari dans un visage féminin.

— Bonjour. Je suis Rena Blade.

— Gennie n'est pas seulement l'amie de Grant, précisa Justin en passant un bras autour des épaules de sa femme. Elle se trouve également être ma cousine. Je te présente Genviève Grandeau.

— Genviève Grandeau ! s'exclama Serena en ouvrant de grands yeux. Savez-vous que vous êtes un des peintres contemporains que je préfère ?

Shelby, de son côté, foudroya son frère du regard.

— Grant, tu es un cachottier immonde… Notre mère a acheté deux de vos *Paysages de Louisiane*, Gennie. Je l'ai harcelée jusqu'à ce qu'elle accepte de m'en offrir un en cadeau de mariage. Et j'ai l'intention de construire une maison autour de ce tableau.

Leurs réactions chaleureuses achevèrent de mettre Gennie à l'aise.

— Alors vous m'aiderez à convaincre M. MacGregor de m'autoriser à peindre sa demeure ?

Les yeux de Serena pétillèrent.

— Vous n'aurez pas besoin d'insister longtemps, croyez-moi.

— Qu'est-ce qui se passe ici ? Vous avez organisé un meeting parallèle ou quoi ? demanda Alan en pénétrant dans le vestibule. Je veux bien me dévouer pour aller dans la salle du trône en avant-coureur, mais là, je commence à avoir besoin de renforts. Ça fait un quart d'heure que papa se lamente d'avoir une famille tellement dispersée qu'il n'en voit jamais la couleur.

— En ce moment, c'est Caine qui ramasse le plus, commenta Serena en embrassant son frère sur la joue.

Avec un sourire pour sa sœur, Alan posa la main sur la nuque de Shelby.

— Peut-être. Mais Caine est en retard, hélas. Du coup, j'ai servi de bouc émissaire.

Alan tourna son regard intense vers Gennie et son front se creusa d'un pli méditatif.

— Voyons… Nous nous connaissons déjà. Vous êtes… mais bien sûr ! Genviève Grandeau. Et vous peignez la Louisiane comme personne ne l'a encore peinte jusqu'ici.

Sidérée qu'il l'ait identifiée, Gennie lui rendit son sourire.

— Nous avons échangé trois mots, il y a deux ans, à une conférence sur la peinture contemporaine, monsieur le sénateur.

— Appelez-moi Alan… Ainsi vous êtes l'artiste peintre de Grant.

Une étincelle d'humour brilla dans les yeux d'Alan.

— Je dois dire que vous surpassez la description enthousiaste que Grant nous avait faite de vous. Vous voulez continuer à conférer dans le vestibule ou nous nous décidons à rejoindre Le MacGregor avant qu'il ne commence à donner de la voix ?

D'un geste expert, Justin prit le bébé des mains de Serena.

— Allons-y. Mac adoucira l'humeur de son grand-père.

— Quelle description de moi leur as-tu faite, au juste ? s'enquit Gennie d'un ton soupçonneux, en ajustant son pas à celui de Grant.

Il sourit et glissa un bras autour de ses épaules.

— Une description… surréaliste. Je te raconterai plus tard.

Ils arrivaient dans ce qu'Alan et Shelby avaient appelé « la salle du trône ». Et non sans raison, d'ailleurs. Dans la pièce immense, le mobilier ancien aux dimensions royales semblait défier les siècles de son élégance orgueilleuse. Les dernières lueurs du jour s'attardaient sur les hautes fenêtres à croix de pierre, baignant la pièce d'une lumière qui rappelait les grands maîtres flamands. Une odeur d'encaustique et de fleurs séchées flottait dans l'air. Et Gennie reconnut aux murs quelques toiles authentiques qui auraient fait rêver maint collectionneur.

Mais, plus encore que le décor, c'était l'homme assis dans un haut fauteuil sculpté qui donnait une âme à la pièce. Tout comme sa maison, Daniel MacGregor avait quelque chose d'intemporel. Aux yeux de Gennie, il aurait pu incarner un grand général. Ou un de ces rois nobles et fiers qui menaient leurs troupes à la bataille sans hésiter à combattre en première ligne.

Aussi massif que son mobilier, le visage large, les traits altiers, il les regarda entrer un à un, comme s'il assistait à un défilé de courtisans venus former sa Cour. D'une main, il tapotait sur l'accoudoir de bois sculpté de son fauteuil, de l'autre, il tenait un verre en cristal où scintillait un liquide ambré.

Il avait l'air redoutable et magnifique. Gennie songea avec nostalgie à son carnet d'esquisses et à ses crayons.

— Eh bien…, laissa-t-il tomber d'une voix puissante en fixant un regard accusateur sur sa famille. Il était temps.

Shelby fut la première à s'avancer vers lui pour l'embrasser. Gennie estima que la sœur de Grant avait du courage d'affronter le despote courroucé avec une pareille désinvolture.

— Alors, grand-père ! s'exclama Shelby en lui posant un baiser retentissant sur la joue. Heureux ?

— Mmm… N'essaye pas de m'attendrir en faisant vibrer la fibre grand-paternelle, toi. Je me demandais si tu finirais par trouver le temps de venir me saluer, la Campbell.

— N'était-il pas de mon devoir de présenter d'abord mes respects au plus jeune membre de la famille ?

Avant que Daniel ait pu ouvrir la bouche pour riposter, Justin se porta à la rescousse de Shelby en plaçant le petit Mac au creux du bras de son grand-père. Sous le regard étonné de Gennie, le farouche guerrier au regard impérieux se mua instantanément en papi gâteau.

Il tendit son verre à Shelby pour effleurer la tête délicate du nourrisson.

— Quel gaillard. Regardez-moi ça. Fort comme un Turc, déjà. Vous avez vu comment il m'attrape le doigt ?

Comme Daniel adressait un sourire attendri à la ronde, son regard tomba sur Grant.

— Ah, Campbell, tu as fini par arriver. Sois le bienvenu, mon garçon.

Daniel souleva fièrement le bébé.

— Tu comprends maintenant pourquoi votre clan n'a jamais réussi à venir à bout du nôtre ? *Ça*, c'est de la solide race de guerrier.

— Et c'est un sang fort qui coule dans ses veines, récita Serena avec une moue amusée en retirant son fils des bras de son grand-père.

— Qu'on serve à boire au Campbell, ordonna Daniel. Et, maintenant, où est ton artiste peintre ?

Gennie vit le regard du patriarche embrasser l'assistance. Après une légère hésitation, il finit par se fixer sur elle. Daniel la contempla un instant avec étonnement, puis un discret sourire joua au coin de ses lèvres. Gennie se promit de passer Grant à la question dès qu'ils se retrouveraient en tête à tête. Dieu sait ce qu'il avait pu raconter à son sujet pour susciter toutes ces réactions !

Avec le plus grand sérieux, Grant fit les présentations.

— Daniel MacGregor... Genviève Grandeau.

— Genviève Grandeau !

Daniel se hissa hors de son fauteuil et déploya sa haute et imposante silhouette.

— Soyez la bienvenue, Genvièvе. C'est un honneur d'avoir une artiste aussi talentueuse parmi nous.

Gennie vit sa main disparaître dans celle de son hôte. Dans l'étreinte des doigts puissants de Daniel, elle sentit de la force, beaucoup d'entêtement, mais aussi une authentique gentillesse.

— Votre demeure est superbe, monsieur MacGregor. Et d'une certaine façon, elle vous ressemble.

Daniel laissa éclater un rire tellement tonitruant qu'elle s'attendit à entendre trembler les vitres.

— *Aye!* Et trois de vos tableaux sont accrochés dans l'aile ouest.

L'attention de Daniel se fixa un instant sur Grant.

— Dis-moi, Grant... Elle porte drôlement bien son âge, ton amie.

Notant que Grant s'étranglait sur une gorgée de scotch, Gennie haussa un sourcil sarcastique. A en juger par les réactions des uns et des autres, il avait dû brosser d'elle un portrait hautement fantaisiste.

— Qu'on apporte à boire à l'artiste ! lança Daniel tout en lui faisant signe de prendre place dans le fauteuil à côté du sien. Et maintenant, racontez-moi tout, belle Genvièvе : comment se fait-il que vous gaspilliez votre beauté, votre talent et votre jeunesse en compagnie d'un Campbell ?

— Avant que vous commenciez à accabler Gennie de questions indiscrètes, Daniel, je tiens à vous prévenir que nous sommes cousins, elle et moi, intervint Justin en prenant place sur le canapé. Elle est issue de la branche française et aristocrate de la famille, du côté de ma mère.

— Une cousine à toi, tu dis... Ah, mais oui, bien sûr ! Une Grandeau ! Comme ta tante Adélaïde.

Tout en se frottant le menton, Daniel examina Gennie

avec une attention soutenue. Il finit par hocher la tête avec un air d'intense satisfaction.

— *Aye*, comme le hasard fait bien les choses. Vous êtes pour ainsi dire de la famille, ma petite Genvièvе. Et ce n'est pas plus mal que nous resserrions les liens entre nous... Vous avez l'allure d'une reine et vous fascinez, telle la sorcière.

— C'est censé être un compliment, précisa Serena en lui servant un doigt de vermouth dans un très élégant verre à pied en argent et en cristal.

Gennie jeta un regard en coin à son amant.

— Grant aussi me suspecte d'être une jeteuse de sort. J'imagine que mon côté sorcier est lié au sang gitan que j'ai dans les veines. Une de mes ancêtres a connu un Rom et des jumeaux sont nés de la rencontre.

— Et ce n'est pas tout. Elle a également un pirate quelque part dans sa lignée, précisa Justin.

Daniel eut un sourire approbateur.

— Parfait. C'est un sang fougueux qui coule dans ses veines. Cela compensera les petites faiblesses congénitales qui frappent les Campbell.

— Attention à ce que vous dites, MacGregor, protesta Shelby, aussitôt sur le pied de guerre.

Gennie secoua la tête en réprimant un sourire. Elle ne comprenait pas toutes les allusions qui fusaient. Mais il ne fallait pas être grand clerc pour s'apercevoir que Daniel MacGregor s'était mis en tête d'arranger un mariage entre Grant et elle.

Jetant un regard à la dérobée à Grant, elle vit que les manœuvres à peine déguisées de Daniel le mettaient à la torture. Avisant son expression rogue, elle eut du mal à garder son sérieux. De son côté, elle trouvait la situation tout à fait hilarante.

— L'arbre généalogique des Grandeau remonte jusqu'à

un des courtisans préférés de Philippe le Bel, précisa-t-elle en décochant son plus beau sourire à Daniel.

Du coin de l'œil, elle capta le regard appréciateur de Shelby. Alan, lui, se porta charitablement au secours de Grant.

— Je me demande ce qui peut bien retenir Caine, lança-t-il en regardant sa montre.

La tactique de diversion eut un effet immédiat sur Daniel. Le regard flamboyant, il finit d'un trait le contenu de son verre.

— Ha ! Parlons-en de Caine ! Il n'y a plus que ses procès qui l'intéressent, ce garçon. Croyez-vous qu'il aurait ne serait-ce qu'une pensée pour sa pauvre mère qui se ronge les sangs à l'attendre ?

Sa mère ? Etonnée, Gennie regarda autour d'elle. Elle n'avait pas vu trace pour l'instant de l'épouse de Daniel MacGregor.

Notant sa réaction, Serena replia les jambes sous elle.

— Ma mère n'est toujours pas rentrée de l'hôpital, précisa-t-elle avec un demi-sourire. Ce qui ne l'empêche pas de s'arracher les cheveux parce que son fils cadet est en retard, bien sûr.

— Anna se soucie de ses enfants, observa Daniel avec hauteur. J'essaye de lui faire comprendre qu'ils sont adultes et qu'ils ont leur vie à vivre. Mais une mère est une mère.

Serena roula les yeux dans ses orbites et marmonna quelque chose dans son verre. Juste au moment où Daniel allait rétorquer, on entendit résonner l'énorme heurtoir en cuivre de la porte d'entrée.

Alan se leva.

— Quand on parle du loup… Ne bougez pas, je vais leur ouvrir.

Comme un silence orageux envahissait la pièce, Grant s'employa à dérider le patriarche.

— Dites-moi, Daniel, Gennie est tombée sous le charme

de votre modeste demeure. Et elle se demande si vous accepteriez qu'elle la peigne.

Le vieux tyran parut presque aussi ravi que lorsqu'on lui avait mis son petit-fils dans les bras.

— Ah, mais c'est une riche idée, ça !

Daniel exultait. La forteresse MacGregor immortalisée par Genvième Grandeau ! Il était conscient de la valeur financière que représenterait un tel tableau. Mais sa fierté surtout s'en trouvait flattée. Ce serait un superbe héritage à transmettre à ses petits-enfants.

— Ma foi, Gennie, je pense que nous trouverons un arrangement qui nous satisfera l'un et l'autre... Nous prendrons un moment ce week-end pour en parler tranquillement, ajouta-t-il, les sourcils de nouveau froncés, en voyant entrer les deux derniers représentants de la famille MacGregor.

Gennie découvrit Caine, un grand blond aux yeux bleus, avec un visage qui respirait l'intelligence. Tous les MacGregor, apparemment, étaient de magnifiques spécimens d'humanité. Tout comme chez Alan et Serena, on sentait chez lui une grande puissance intérieure. Mais ce n'était pas tout à fait la même que celle qui émanait de Daniel. Gennie en vint à s'interroger sur leur mère. Quel genre de femme était-elle ? Avait-elle une personnalité forte qui équilibrait celle de son bouillonnant mari ? Ou vivait-elle dans l'ombre de Daniel ?

Songeant qu'elle aurait la réponse à sa question lorsque Anna MacGregor rentrerait de l'hôpital, Gennie reporta son attention fascinée sur Diana — sa cousine et la compagne de Caine. Du coin de l'œil, elle vit le regard préoccupé dont Justin enveloppa sa sœur. Son inquiétude n'avait rien de surprenant. La tension qui émanait du jeune couple était presque palpable.

— Nous avons été retenus à Boston, expliqua Caine

sans paraître se soucier le moins du monde de l'œil courroucé de Daniel.

Il se dirigea tout droit vers son neveu et son visage s'adoucit lorsqu'il leva les yeux vers sa sœur.

— Tu as fait du beau travail, Rena... Il est magnifique, ton petit homme.

— Tu pourrais au moins passer un coup de fil lorsque tu es en retard, intervint Daniel. Cela éviterait à ta mère de s'inquiéter.

Caine balaya la pièce d'un regard rapide et haussa un sourcil ironique en notant l'absence d'Anna.

— C'est vrai. Je vois qu'elle est dans tous ses états.

La brune Diana laissa tomber d'une voix morne :

— C'est ma faute. J'ai une consultation qui s'est prolongée plus longtemps que prévu.

Serena passa un bras affectueux autour des épaules de sa belle-sœur.

— Aucune importance. Vous êtes là, c'est l'essentiel. Et maman n'est toujours pas rentrée, de toute façon... Tu te souviens de Grant, Diana ?

— Bien sûr.

Diana réussit à sourire, mais son regard demeura distant, presque farouche.

— Et voici l'amie de Grant... qui se trouve être une de tes cousines, figure-toi ! s'exclama gaiement Serena. Genviève Grandeau, ça te dit quelque chose ?

Brusquement, Gennie eut un éclair de mémoire.

— *Diana !* Mais oui, bien sûr, je me souviens, maintenant. Nous nous sommes déjà rencontrées !

Mais la nouvelle ne sembla pas égayer Diana. Bien au contraire. Son visage déjà fermé se figea un peu plus encore. Etonnée par sa réaction négative, Gennie tenta de dissiper sa gêne par un sourire engageant.

— Nous étions encore petites filles, à l'époque. C'était à une fête d'anniversaire, je crois.

— Oui, c'est exact, murmura Diana.

Gennie eut beau se creuser la mémoire, elle ne se souvenait pas d'avoir fait quoi que ce soit, à l'occasion de cette surprise-partie, qui puisse justifier la froideur de sa cousine aujourd'hui.

Caine, qui avait suivi la conversation à distance, vint poser la main sur l'épaule de sa femme.

— Bienvenue, cousine, déclara-t-il avec un sourire auquel Gennie trouva un charme inattendu.

Il se tourna alors vers Grant avec un pétillement dans le regard.

— Dès que tu auras une minute, je parlerais volontiers *grenouilles* avec toi.

— Ce sera avec le plus grand plaisir, acquiesça Grant, très à l'aise. Comme chacun sait, j'ai une véritable passion pour les batraciens.

Avant que Gennie ait pu se faire expliquer les raisons de l'éclat de rire général qui suivit, une femme brune de petite taille fit une entrée discrète mais remarquée dans la « salle du trône ».

Anna MacGregor, comprit Gennie, notant que l'attention de tous convergeait vers l'arrivante. Ce petit bout de femme dégageait une aura étonnante. C'était d'elle que son fils aîné tenait son charme ainsi que l'air de calme autorité qui émanait de lui.

Même si sa coiffure était en désordre et son tailleur légèrement froissé, elle avait un rayonnement, une dignité naturelle qui séduisirent Gennie au premier regard.

— C'est un grand plaisir de vous avoir ici avec nous, Genviève, déclara chaleureusement Anna lorsqu'elles furent présentées. Je suis désolée de ne pas avoir pu me libérer plus tôt pour vous accueillir. J'ai malheureusement été retenue à l'hôpital plus longtemps que prévu.

La main d'Anna était menue, ferme. Mais ses doigts étaient glacés.

« Elle vient de perdre un patient », comprit Gennie. Comment elle en avait eu l'intuition, elle n'aurait su le dire, mais la certitude était là.

Spontanément, elle réchauffa ses mains entre les siennes.

— Vous avez une famille merveilleuse, madame MacGregor. Et un très beau petit-fils.

Anna émit un soupir à peine audible.

— Merci.

Elle se pencha pour embrasser son mari.

— Passons à table, décida-t-elle lorsque Daniel lui effleura tendrement les cheveux. Vous devez tous mourir de faim.

Cette fois, le casting était complet et tous les personnages avaient fait leur entrée en scène. Avec un léger sourire, Gennie se leva et glissa la main dans celle de Grant.

10

Avant de se coucher, Gennie prit le temps de se détendre dans un bain parfumé. La chambre qui lui avait été attribuée bénéficiait d'une salle de bains privée où trônait une immense baignoire sur pieds à laquelle il lui avait été impossible de résister malgré l'heure tardive. Les MacGregor n'étaient pas des couche-tôt, de toute évidence. Même le petit Mac avait veillé une partie de la soirée. Fermant les yeux, Gennie songea qu'elle avait passé des moments délicieux en leur compagnie. Les MacGregor en tant que famille particulière avaient l'art de vous réconcilier avec la famille en général. Parce qu'ils étaient bruyants, contrastés, chaleureux ; parce qu'ils se taquinaient sans cesse tout en étant unis comme les doigts de la main.

Mais s'ils étaient solidaires, ils ne fonctionnaient pas pour autant sur le mode de l'exclusion. Avec un remarquable sens de l'hospitalité, ils l'avaient tous adoptée d'emblée.

A l'exception de Diana, toutefois.

Sourcils froncés, Gennie se savonna une jambe tout en réfléchissant à l'attitude de sa cousine. Diana avait peut-être une nature particulièrement réservée ? Caine et sa femme traversaient une crise, de toute évidence. Et il était fort possible que Diana se montre plus froide qu'à l'ordinaire du fait de ses problèmes conjugaux. Mais il n'y avait pas que cela. En la voyant, Diana avait eu comme un mouvement de recul. Et elle avait aussitôt marqué ses distances.

« Laisse-moi tranquille. »

Tel était le signal que Gennie avait lu dans les beaux yeux d'Indienne de sa cousine. Et elle n'avait pas cherché à passer outre. Tout le monde n'avait pas forcément une attitude ouverte et amicale. Et c'était le droit de Diana de rester distante.

Mais elle avait beau se tenir ces raisonnements, Gennie ne pouvait s'empêcher d'être intriguée.

Avec un léger haussement d'épaules, elle retira la bonde afin de vider l'antique baignoire. Le lendemain, elle croquerait la forteresse MacGregor sous tous les angles. Et peut-être que Grant et elle trouveraient le temps de faire un tour en amoureux au bord de la falaise ?

Elle ne l'avait encore jamais vu aussi détendu qu'au cours de cette soirée. Il n'avait pas changé de personnalité, pourtant. Grant restait l'homme arrogant, taciturne et distant dont elle était tombée amoureuse à son corps défendant. Et pourtant, on le sentait parfaitement dans son élément en la bruyante compagnie des MacGregor.

Le reclus du phare n'avait finalement rien d'un misanthrope. Il pouvait même se révéler très sociable, à ses heures. Après le dîner, elle l'avait entendu discuter à bâtons rompus avec Alan. Que Grant puisse parler politique à un niveau aussi poussé l'avait sidérée. Il était manifestement au courant de tout, même des plus obscures intrigues de palais. Mais Gennie avait été encore plus surprise lorsqu'il avait pris spontanément le petit Mac pour le faire sauter sur ses genoux tout en débattant avec Caine d'un procès récent qui avait défrayé la chronique à Boston. Pour clore la soirée, il s'était lancé dans une virulente polémique avec Shelby sur la signification sociale et psychologique du phénomène hippie.

De plus en plus décontenancée par la complexité du

personnage, Gennie acheva de se sécher et enfila un court kimono de soie. Pourquoi un homme cultivé, passionné par l'art, la politique, le droit et les grandes questions de son temps vivait-il ainsi à l'écart du monde ? Et pourquoi s'acharnait-il ainsi sur le malheureux touriste égaré alors qu'il était capable de converser le plus aimablement du monde sur à peu près n'importe quel sujet ?

Une énigme. Plus que jamais, Grant Campbell représentait une énigme à ses yeux.

La sagesse voulait sans doute qu'elle s'incline et qu'elle accepte de le prendre tel qu'il était, avec sa part d'ombre et de mystère. Mais plus elle apprenait à le connaître, plus elle avait envie de le percer à jour. De le comprendre. De l'aimer jusque dans les recoins les plus secrets de sa personnalité compliquée.

S'exhortant à la patience, Gennie passa dans la chambre à coucher adjacente. Comme toutes les pièces de la maison, celle-ci était de proportions imposantes, meublée et décorée dans le plus pur style XVIIIe. Passant à côté du sofa tendu de satin rose, elle s'installa devant la coiffeuse ornée de cupidons et entreprit de se démêler les cheveux.

Lorsque Grant poussa la porte, il tomba un instant en arrêt devant la vision qu'elle offrait.

— La séductrice ingénue, murmura-t-il lorsque leurs regards se rencontrèrent dans le miroir.

Elle sourit.

— Tu t'es trompé de direction ?

— Pas du tout, non.

Refermant derrière lui, Grant poussa le verrou. Gennie haussa les sourcils en jouant avec sa brosse.

— Je croyais qu'on t'avait attribué la chambre au fond du couloir ?

Grant resta debout sans bouger, ne demandant rien de plus, dans un premier temps, que de se remplir les yeux de son image.

— C’est exact. Mais il y a un petit problème, au niveau de cette chambre.

— Ah oui ?

— Les MacGregor ont tout prévu sauf l’essentiel : toi.

Grant s’avança pour lui prendre la brosse des mains. Le regard rivé sur son reflet dans le miroir, il la laissa glisser dans sa chevelure.

— Tes cheveux sont tellement doux… Comme tout chez toi, d’ailleurs. On se perd dans cette douceur comme dans des sables mouvants, mais c’est impossible d’y résister.

Gennie retint son souffle. Elle l’aimait tellement qu’elle s’embrasait et désirait à la moindre caresse. Mais lorsqu’il faisait preuve de tendresse, comme ce soir, elle sentait tomber toutes ses barrières, toutes ses défenses.

Et elle était comme transfigurée.

— Tu as envie de me résister ? demanda-t-elle dans un souffle.

L’ombre d’un sourire joua sur les lèvres de Grant.

— Même si j’en avais envie, cela ne changerait pas grand-chose. Mais non, ce n’est pas le cas, Genviève. Tout ce que je veux, c’est toi. Quand je te vois, plus rien d’autre n’a d’importance. Tu n’es pas ma première passion, mais les autres n’étaient pas charnelles. Tu n’es pas la première femme que je désire, mais tu es la seule que j’aime corps et âme.

Gennie le crut. Elle savait que Grant ne lui mentirait jamais sur ses sentiments. Et ses paroles brûlantes se répandirent en elle tel un élixir qui accéléra le flux du sang dans ses veines. Le cœur débordant d’amour, elle se leva pour se placer devant lui. Il lui apportait tellement qu’elle voulait donner à son tour, le couvrir de caresses, l’inonder de baisers jusqu’à l’ivresse, l’aimer jusqu’à se fondre en lui.

— Laisse-moi te faire l’amour, Grant.

La proposition était douce, spontanée et parfaitement adorable. Bouleversé, Grant voulut la prendre dans ses bras.

— Gennie…

Mais elle secoua la tête.

— Non. Toi, tu ne bouges plus.

Posant les mains sur son torse, elle chuchota :

— Tu me laisses l'initiative, d'accord ?

Les yeux rivés sur son visage, Gennie défit un à un les boutons de sa chemise. Elle se sentait en confiance et maîtrisait ses gestes. Mais elle savait qu'elle n'aurait que son instinct et sa maigre expérience pour la guider. Comment apportait-on du plaisir à un homme ? En le caressant comme on aimait soi-même être caressée ?

La soif qu'il avait d'être touché ne pouvait être moindre que la sienne, après tout. Les désirs de Grant seraient-ils à ce point différents des siens ? Repoussant la chemise ouverte, elle palpa, explora, massa, laissant ses mains s'animer, découvrir d'elles-mêmes les gestes.

Il était longiligne, étiré, d'une minceur presque excessive. Mais tout en muscles et en puissance. Toucher ce corps superbe était pour elle un éblouissement. Déjà, la chair de Grant palpitait, chaude et désirante sous ses doigts. Pressant ses lèvres contre sa poitrine, à la hauteur du cœur, elle perçut ses battements qui s'accéléraient.

Par curiosité, elle toucha le bouton brun de la pointe de la langue et, charmée par l'expérience, se mit à laper doucement, avec un plaisir inattendu.

Les bras de Grant se resserrèrent presque convulsivement autour d'elle.

— Gennie…

— Non, s'il te plaît… Laisse-moi faire encore un peu.

Les yeux clos, Grant gémit. Sous ses caresses gourmandes, il ressentait un désir violent, impérieux. Il aurait voulu la soulever dans ses bras, la jeter sur le grand lit ou se laisser tomber avec elle à même le sol. Mais Gennie ne l'entendait pas de cette oreille. Sa curiosité semblait inépuisable et elle explorait, cherchait, trouvait des zones de sensibilité dont il n'avait même jamais soupçonné l'existence. Et tout en procédant à ce parcours de découverte, elle murmurait, soupirait, chuchotait des promesses qui menaçaient de le rendre fou.

Avec une lenteur torturante, elle trouva le bouton de son jean et le fit glisser sur ses hanches. Elle le toucha, émerveillée par sa force, sa puissance. Emerveillée aussi de détenir le pouvoir de le faire trembler.

— Viens… Allonge-toi avec moi, murmura-t-elle en levant le visage vers lui.

Avec un grognement sourd, il s'empara de ses lèvres et but avec avidité. Alors même que ses genoux ployaient et que ses forces se retiraient d'elle, Gennie prit conscience de son ascendant sur lui. Il était à sa merci, et elle lui aurait tout donné en cet instant : son cœur, son amour, son passé, ses souvenirs et même sa vie.

Posant les mains de chaque côté de son visage, elle mit fin au baiser. Le souffle rauque de Grant glissa sur ses joues.

— Viens, répéta-t-elle en se plaçant près du lit.

Elle le fit allonger et le vieux matelas soupira lorsqu'elle s'agenouilla à son côté.

— J'aime tellement te regarder, Grant.

Repoussant tendrement les cheveux sur ses tempes, elle se pencha pour y poser les lèvres. Et c'est ainsi que débuta son périple, une lente errance sur son corps qui transporta Grant dans des sphères hallucinées. Les yeux clos, il sentait la douceur satinée de sa bouche, percevait le crissement de soie de son kimono tandis qu'elle se déplaçait autour de lui. Elle l'apprivoisait, le séduisait, l'amenait du désir conquérant à l'abandon. Dans la chambre tiède, l'excitation montait et l'humidité qui s'exhalait de leurs peaux se chargeait de senteurs exacerbées. Les yeux clos, Grant baignait dans le parfum de Gennie.

Elle soupira, approcha sa bouche de la sienne pour

lécher, mordiller, téter ses lèvres. Et il n'entendit plus rien, alors, que le vacarme de son sang rugissant.

Souple et languide, le corps de Gennie parut se fondre au sien lorsqu'elle s'allongea sur lui. Sa peau contre la sienne était chaude et moite. Elle se laissa glisser sur lui, descendant le long de son cou, de ses épaules, de ses flancs. Il tenta de murmurer son nom, mais échoua et ne laissa échapper qu'une plainte rauque qui sonnait comme un râle.

Gennie exultait dans l'apprentissage d'une volupté pressentie mais jamais expérimentée. C'était la première fois qu'elle sentait une telle puissance vibrer en elle. Comme si, en aimant Grant de ses mains et de ses lèvres, elle absorbait sa substance même et la mêlait à la sienne.

Aux murmures et aux soupirs de Grant, elle superposa les siens. Elle était nue désormais sans avoir eu conscience à aucun moment que Grant lui retirait son kimono. Ses mains malaxaient ses épaules puis revenaient à ses seins, se posaient sur eux dans un geste d'adoration effarée.

Le passage du temps avait cessé de les concerner. Ils n'entendirent pas la lourde horloge à l'étage au-dessous égrener les heures. Des lattes de plancher craquèrent. Dehors, un rossignol éleva son chant dans la nuit claire, comme un appel d'amour fou. Un joli nuage effiloché se dessina en ombre chinoise sur la lune.

Mais, pour Gennie, il n'y avait plus d'extérieur. Les limites du lit étaient devenues comme le bord extrême de l'univers.

De nouveau, leurs bouches se mêlèrent, leurs souffles se confondirent, leurs langues s'épousèrent. Un nuage couvrit leur esprit. Il murmura dans sa bouche un plaidoyer éperdu. Ses mains s'agrippèrent à ses hanches comme s'il se sentait tomber.

— Oui, chuchota-t-elle. Oui, maintenant.

Se laissant descendre sur lui, elle le prit en elle. Un long spasme la parcourut tout entière. Elle poussa un cri, se cambra et partit instantanément, la tête renversée en arrière, ses cheveux répandus, aspirée sans recours au cœur de la spirale montante. Lorsqu'elle retomba sans force sur lui, Grant ne chercha plus à lutter et laissa libre cours à ce qu'il y avait de plus primitif, de plus vivant, de plus animal en lui.

Renversant Gennie sur le dos, il la prit avec une passion éperdue. Alors qu'elle s'était crue vidée, Gennie se remplit de son énergie, sentit tout son être se revitaliser. Le même élan sauvage la souleva à son tour et ils se déchaînèrent dans une lutte cosmique, s'élevant de sommet en sommet jusqu'à ce qu'un néant bienheureux les absorbe sur un dernier envol.

Imbriqués l'un dans l'autre, avec la lampe de chevet toujours allumée, ils s'endormirent unis dans un songe partagé.

C'était une de ces journées parfaites comme en offrait parfois la fin de l'été. Le soleil était radieux, le ciel parfaitement dégagé et l'air était d'une douceur délicieuse. Après le petit déjeuner, Gennie avait laissé Grant à ses amis pour s'aventurer dans les jardins avec son carnet d'esquisses et ses crayons, ravie d'avoir un moment à elle pour dessiner.

Pour commencer, elle voulait une vue d'ensemble de la façade, afin de retrouver l'impression fabuleuse qu'elle avait eue la veille en arrivant. Suivant l'allée, elle longea quelques rosiers botaniques puis s'installa dans l'herbe près d'un marronnier. Un grand calme régnait alentour, né d'un silence profond que venaient souligner le discret contrepoint d'un chant de merle, le cri d'une mouette, le chuchotement lointain du ressac.

Gennie commença par une esquisse rapide. Puis, incapable de résister, elle affina ses traits, apportant ombres et nuances à son dessin. Une demi-heure passa ainsi, puis Shelby sortit par une porte latérale et traversa le jardin pour venir la rejoindre.

— Ça te dérange si je m'assois à côté de toi un moment ?

— Pas du tout. Au contraire.

Gennie sourit et posa son carnet sur ses genoux.

— Je suis capable de dessiner tout le week-end sans m'arrêter si personne ne se dévoue pour venir m'interrompre de temps en temps.

— Ça doit être tentant pour un peintre, en effet. Je dis toujours que c'est son coin d'Ecosse imaginaire que Le MacGregor a recréé ici.

Avec une grâce pleine de souplesse qui rappelait celle de Grant, Shelby se laissa tomber dans l'herbe à côté d'elle. Elle examina le dessin sur ses genoux.

— Impressionnant, murmura-t-elle... Vous avez pas mal de points communs, Grant et toi.

De la part de sa sœur, cette affirmation ravit Gennie.

— Grant a un vrai talent, n'est-ce pas ? La seule chose que j'ai vue de lui, c'est une caricature qu'il a faite de moi en quelques coups de crayon. Mais cela saute aux yeux qu'il est doué. J'ai du mal à comprendre qu'il n'en fasse rien, alors qu'il a de l'or dans les doigts.

Face à ce qui ressemblait fort à une question indirecte, Shelby se sentit en position délicate. Ainsi cet âne de Grant avait gardé le silence sur Macintosh. Qu'il veuille conserver l'anonymat, elle le comprenait parfaitement. Mais de là à cacher son métier à la femme qu'il aimait ! Pourquoi fallait-il que cette tête de mule se raccroche aussi obstinément à ses secrets ? Tentée de confier la vérité à Gennie, Shelby laissa primer sa loyauté et se résigna à couvrir son frère.

— Grant fait ce qu'il veut, comme il veut et quand il veut, éluda-t-elle. Il y a longtemps que tu le connais ?

— Pas vraiment, non. Juste deux semaines.

Le regard absent, Gennie cueillit un brin d'herbe qu'elle fit tourner rêveusement entre ses doigts.

— Je suis tombée en panne de voiture une nuit de tempête, sur la route qui mène au phare. J'ai marché en direction de la lumière et j'ai frappé à sa porte…

Gennie rit doucement en revoyant la scène.

— Ton frère ne m'a pas réservé un accueil très enthousiaste.

— Traduit en termes clairs : il a été odieux, c'est ça ?

— Il n'y a pas d'autre mot.

— On peut dire que de ce point de vue, au moins, il reste fidèle à lui-même. La grande nouveauté, en revanche, c'est qu'il soit amoureux. Du jamais-vu chez Grant. Il est fou de toi.

— Nous sommes fous l'un de l'autre. Ça a été irrépressible et immédiat. Et nous n'avons toujours pas réussi à déterminer qui de Grant ou de moi a été le plus horrifié que ça lui arrive !

Shelby hocha gravement la tête.

— J'ai connu le problème. C'est toujours un choc, n'est-ce pas ? Surtout quand ça vous tombe dessus sans prévenir.

Gennie se mordilla la lèvre. Elle ne voulait pas être indiscrète. Mais Grant restait une telle énigme pour elle !

— Comment était-il, enfant, Shelby ?

Les yeux rivés sur les petits nuages inoffensifs au-dessus de leurs têtes, Shelby sourit.

— Grant ? Oh, tel qu'en lui-même, en fait. Solitaire et déterminé. Indépendant et secret. Il pouvait lire pendant des heures. Ou disparaître des journées entières Dieu sait où. De temps à autre, je lui emboîtais le pas et il tolérait ma compagnie. Il est affectueux, à sa manière. Même si cette manière-là ne ressemble à aucune autre.

Des scènes de son enfance commune avec Grant glissaient dans l'esprit de Shelby : les vigiles, les agents de sécurité, les campagnes électorales, les journalistes omniprésents.

Tout ce à quoi elle avait cru échapper définitivement et qu'elle retrouvait aujourd'hui avec Alan.

Avec un léger soupir, elle se plaça en appui sur les coudes.

— Grant avait un caractère épouvantable, des idées très arrêtées sur ce qui était juste et ce qui ne l'était pas — pour lui-même et pour la société en général. Les deux idéaux n'étant pas toujours conciliables. C'est peut-être ce qui a fait qu'il a fini dans son phare, d'ailleurs. Mais contrairement à ce que l'on peut penser, Grant a beaucoup d'indulgence pour le genre humain.

Shelby cessa un instant de parler pour scruter pensivement le ciel.

— Grant a de grandes capacités d'amour, poursuivit-elle après un temps de silence. Je dirais même que c'est un tendre. Mais il ne gaspille pas son affection à tort et à travers. Il ne la dispense qu'avec la plus grande discrimination.

Shelby hésita un instant puis finit par ajouter d'une traite :

— Quand nous avons perdu notre père, Grant avait dix-sept ans. Il n'était plus vraiment un enfant, mais pas tout à fait un adulte non plus. D'une certaine manière, ce qui s'est passé m'a détruite. Et il m'a fallu des années pour comprendre que ça a été la même chose pour Grant.

Gennie ferma les yeux et le visage d'Angela apparut. La perte brutale d'un être cher, elle ne comprenait que trop bien ce qu'elle provoquait : la culpabilité, le chagrin, le retour lancinant des mêmes images insoutenables.

— Votre père est mort dans un accident, Shelby ?

Shelby secoua la tête.

— Je crois que c'est à Grant de te raconter ce qui s'est passé.

— C'est vrai, murmura Gennie. C'est à lui de m'en parler.

Shelby posa la main sur la sienne.

— Tu es une fille patiente, Gennie ?

— Je commence à en douter, à vrai dire.

Un joli sourire d'elfe éclaira les traits de Shelby.

— Un conseil : ne le sois pas trop. Brusque-le un peu, même. De temps en temps, Grant a besoin de se prendre un bon coup dans les dents… Je vais te faire une confidence, Gennie. Le jour où j'ai rencontré Alan, j'ai décrété immédiatement qu'il n'y aurait jamais rien entre lui et moi.

Gennie se mit à rire.

— On dirait que les mêmes scénarios se répètent !

— Tout à fait, acquiesça Shelby en secouant la tête. Alan, lui, avait décidé — presque aussi immédiatement — qu'entre nous ce serait pour la vie. Et il s'est montré patient, bien sûr… Mais jusqu'à un certain point seulement. Il y a même eu des moments où il n'a pas été patient du tout. Au contraire, même. Et je suis loin d'être aussi affreuse, butée et pénible que Grant.

Amusée par cette confidence, Gennie tourna une page de son carnet et se mit à dessiner Shelby.

— Comment as-tu fait la connaissance d'Alan ?

— Oh, de façon très banale, à une réception à Washington. Je n'ai pas repéré tout de suite que c'était un politicien. Sinon, je serais partie en courant avant qu'il ne pose le regard sur moi ! J'avais une dent contre les hommes politiques, à l'époque.

Gennie rit doucement.

— Tu es originaire de Washington ?

— Je… enfin, *nous* vivons à Georgetown. Et c'est là également que j'ai mon atelier.

— Un atelier ? Tu es peintre aussi ?

— Peintre, moi ? Oh, non, pas du tout ! Je suis potière.

— Mais c'est génial ! Grant ne m'en avait rien dit.

Une ombre passa dans les yeux gris de Shelby.

— Il n'en parle jamais de toute façon.

— Il y a une très belle jarre dans sa chambre à coucher, réfléchit Gennie à voix haute. D'un bleu extraordinaire. Elle a tout de suite attiré mon regard.

— Ah, la jarre bleue ! Je lui en avais fait cadeau à Noël, il y a deux ans. Je le soupçonnais de l'avoir balancée du haut de sa falaise pour en faire une niche à poissons.

— Il l'a placée de façon à ce qu'elle reçoive le soleil du matin, précisa Gennie en voyant le visage de Shelby s'éclairer. Et c'est à peu près le seul objet dans tout le phare qu'il prend le soin d'épousseter.

Shelby eut un sourire attendri.

— Grant est un désastre domestique. Tu as l'intention de lui faire la chasse ? De le transformer ?

— Pas particulièrement. Je n'ai jamais été maniaque de mon côté.

— Tant mieux. Je ne le lui avouerai jamais, même sous la torture, mais, au fond, je l'aime bien tel qu'il est, cet affreux personnage.

Shelby étira les bras vers le ciel.

— Il fait trop beau pour s'enfermer, mais tant pis. Je vais quand même me boucler un moment dans l'atmosphère enfumée de l'antre de Daniel. Histoire d'enrichir ton cousin Justin. Tu as déjà joué au poker avec lui ?

— Une seule fois. Et ça m'a suffi.

Avec un léger rire, Shelby se remit sur ses pieds.

— Il est démoralisant, n'est-ce pas ? Mais comme j'arrive généralement à extorquer quelques dollars au MacGregor en bluffant, je ne perds jamais sur tous les fronts.

Caine arrêta Grant lorsqu'il le croisa dans le vestibule.

— Elle est plutôt jolie, pour une grenouille, ta Gennie, lui lança-t-il avec un clin d'œil amusé.

— Tu sais bien que les grenouilles ont tendance à se transformer en princesses dès qu'on a le dos tourné. C'est un phénomène très répandu.

Une étincelle d'humour pétillant dans ses yeux bleus, Caine s'adossa à un pilier.

— Tu as bien fait marcher mon père, en tout cas. Nous avons tous reçu un coup de fil assez alarmiste comme quoi « le Campbell » filait du mauvais coton. Il a décrété qu'il était de notre devoir de te venir en aide et d'unir nos efforts pour te débarrasser en douceur d'un crapaud nonagénaire cramponné à tes basques.

Grant glissa les mains dans les poches arrière de son jean.

— Un crapaud nonagénaire ! Rien que cela ! Mais vous avez renoncé à m'arracher à ses griffes, apparemment ?

— Disons que, au vu de la grenouille en question, nous sommes parvenus à la conclusion que tu étais capable de te défendre tout seul.

Avec un léger rire, Grant renversa la tête en arrière.

— Ça, c'est moins sûr ! Quoi qu'il en soit, j'avais envie de taquiner un peu Daniel. Le jour du mariage d'Alan et de Shelby, il a manœuvré sec pour me trouver une partenaire pour la vie.

— Mon père croit dur comme fer aux vertus du mariage et de la procréation. Et le fait que Gennie soit une cousine de Justin et de Diana l'a conforté dans l'idée que vous êtes faits l'un pour l'autre.

— C'est une coïncidence étonnante que Diana et Gennie soient apparentées, non ? Cela dit, je n'ai pas encore vu Diana ce matin, ajouta Grant prudemment, en voyant l'expression préoccupée de Caine.

Ce dernier haussa les épaules.

— Moi non plus, à vrai dire… Diana a accepté de plaider dans une affaire épineuse que j'aurais préféré qu'elle laisse à un avocat plus expérimenté. Tu me diras que je n'ai pas à me mêler de la façon dont elle choisit sa clientèle et tu auras sans doute raison. Mais il n'empêche que je m'inquiète quand même. Ce n'est pas toujours facile d'exercer la même profession lorsqu'on vit à deux.

Grant songea à lui-même et à Gennie. D'une certaine manière, ils étaient dans la même branche, eux aussi, puisqu'ils vivaient de l'art l'un et l'autre. Mais les arts dits mineurs présentaient-ils le moindre intérêt aux yeux d'un peintre comme Gennie ?

— J'imagine que le fait de travailler dans un même cabinet ne facilite pas toujours les choses, en effet, répondit-il en concentrant de nouveau son attention sur Caine. Mais j'ai l'impression qu'il n'y a pas que ça. La présence de Gennie semble mettre Diana mal à l'aise.

Caine soupira.

— Diana a eu une enfance douloureuse. Et tout ce qui touche de près ou de loin à sa famille maternelle reste problématique pour elle. Surtout dans des périodes de crise comme celle que nous traversons en ce moment. Je suis désolé.

— Tu n'as pas à être désolé envers moi. Quant à Gennie, elle est tout à fait capable de régler ses problèmes elle-même.

— Bon… Je vais voir où en est Diana et s'il y a moyen de discuter, trancha Caine. Quant à toi, si tu as de l'argent à perdre, tu sais où trouver l'ami Justin…

Gennie avait repris son carnet d'esquisses et ses crayons lorsqu'elle perçut un mouvement du coin de l'œil. Tournant la tête, elle vit Diana qui arrivait sur le chemin.

Estimant sans doute qu'il était trop tard pour s'esquiver, sa cousine s'avança jusqu'à elle et la salua d'un ton de politesse plutôt glacé.

— Bonjour.

— Bonjour, répondit Gennie sur le même ton distant. Les roses sont magnifiques, n'est-ce pas ?

Diana glissa les mains dans les poches d'un élégant pantalon vert jade.

— En effet, oui. Tu as l'intention de peindre la forteresse MacGregor ?

— Plutôt deux fois qu'une.

Sur une impulsion, Gennie tendit son carnet à Diana.

— Tu veux jeter un œil ?

Diana regarda le croquis et reconnut tout ce qui l'avait fascinée la première fois que son regard était tombé sur l'étrange demeure de son beau-père : l'impression de solidité qui défiait le temps, le côté conte de fées, la beauté enchevêtrée des jardins. Cette proximité entre sa sensibilité et celle de Gennie la toucha. Et la mit mal à l'aise dans le même temps.

— Tu as beaucoup de talent. Tante Adélaïde disait toujours que tu avais du génie.

Gennie ne put s'empêcher de rire.

— Tante Adélaïde se prend pour une autorité en matière de peinture. Mais elle ne serait même pas fichue de faire la différence entre un Rubens et un Rembrandt.

Gênée, elle se mordilla la lèvre. Comment avait-elle pu parler en termes aussi méprisants de la femme qui avait tenu lieu de mère à Diana si longtemps ?

— Tante Adélaïde a déménagé à Paris, n'est-ce pas ? se hâta-t-elle d'enchaîner. Tu la vois souvent ?

— Non, répondit Diana sèchement en lui rendant son carnet.

Gennie l'ouvrit sur ses genoux et commença machinalement à croquer Diana, comme elle l'avait fait avec Shelby.

— Tu ne m'apprécies pas beaucoup, commenta-t-elle sans la regarder, les yeux rivés sur son dessin.

— Je ne te connais pas, rétorqua Diana froidement.

— Justement. C'est pour ça que j'ai du mal à m'expliquer ton attitude. Je pensais que tu serais plus comme Justin.

Diana tressaillit. Prononcées sans acrimonie particulière, ces paroles ne la touchaient pas moins au vif.

— Nous n'avons pas la même trajectoire, Justin et moi. C'est ce qui explique nos différences.

Pivotant sur elle-même, Diana fit trois pas pour s'éloigner puis s'arrêta net. Pourquoi se comportait-elle comme une mégère ? Portant machinalement une main à son ventre, elle se tourna de nouveau vers Gennie.

— Je sais que Justin t'aime beaucoup alors je te prie d'excuser mon attitude.

Sensible au désarroi dans le regard de la jeune femme, Gennie secoua la tête.

— Pourquoi cette agressivité, Diana ?

— J'ai un problème avec la branche Grandeau de la famille.

— Ce n'est pas très ouvert, comme point de vue, pour une juriste. Surtout dans la mesure où nous ne nous sommes rencontrées qu'une seule fois. Et à un âge encore tendre, qui plus est. Je ne sais pas quelle effroyable bévue j'ai pu commettre à l'époque, mais il me semble que je mérite une seconde chance.

L'ombre d'un sourire effleura les traits de Diana.

— Tu étais tellement parfaite, en ce temps-là. Tante Adélaïde m'a recommandé au moins dix fois de prendre exemple sur toi et de calquer mon comportement sur le tien.

— Enervant, comme conseil, en effet. Mais tante Adélaïde a toujours été snob, superficielle et ridiculement imbue d'elle-même.

Diana la regarda avec étonnement. Elle partageait désormais ce point de vue sur sa tante. Mais elle avait toujours pensé que le reste de la famille Grandeau portait Adélaïde aux nues.

Incapable d'arrêter le flot de ses doléances, Diana secoua la tête :

— Tu connaissais tout le monde, à cette fête d'anniversaire. Et le ruban dans tes cheveux était du même tissu que ta robe. Je n'avais encore jamais rien vu d'aussi beau. Tu étais entièrement vêtue d'organdi vert menthe. Je ne savais même pas ce que c'était, l'organdi, à l'époque.

Touchée, Gennie se leva. Elle aurait voulu poser la

main sur le bras crispé de Diana, mais elle savait qu'il était encore trop tôt pour cela.

— Moi, j'avais appris que tu étais comanche. Et j'étais excitée comme une puce à l'idée de te rencontrer. Pendant toute la durée de cette stupide petite fête, j'ai espéré que tu nous ferais une danse guerrière. Ou que tu nous parlerais de toi, de ta vie dans la réserve. J'ai été affreusement déçue que tu restes sagement assise sans rien dire.

Diana se demanda si elle allait céder à une des crises de larmes qui l'assaillaient si souvent depuis quelques semaines. Mais ce fut le rire, finalement, qui l'emporta.

— Je crois que la pauvre Adélaïde ne s'en serait jamais remise si je m'étais lancée dans une danse du scalp. Tout ce que je cherchais à l'époque, c'était à me montrer le moins indienne possible. Mais je n'en suis plus là, maintenant.

Après une légère hésitation, Diana lui tendit la main.

— Je suis contente que les hasards de la vie nous remettent en présence. Je ne te promets pas de danser pour toi, mais, si ça t'intéresse, je pourrai te parler un jour de mon enfance.

Non seulement Gennie prit la main tendue, mais elle s'enhardit jusqu'à lui faire une bise. Lorsque le sourire de Diana s'évanouit brusquement, Gennie tourna la tête et vit que Caine se tenait à quelques pas.

— Il me faut un croquis du château MacGregor sous un autre angle, annonça-t-elle d'un ton léger en ramassant son carnet.

Caine attendit que Gennie se soit éloignée pour rejoindre sa femme.

— Tu t'es levée tôt ce matin, Diana. Tu aurais mieux fait de dormir un peu plus, non ? Tu as l'air épuisée.

— Mais pas du tout, je vais parfaitement bien ! Arrête

de t'inquiéter pour moi tout le temps. C'est exaspérant, à la fin.

Comme elle se détournait pour regagner la maison, Caine la rattrapa par le bras.

— Et toi, arrête de prendre la fuite chaque fois que j'essaye de te parler ! Tu crois que ce n'est pas exaspérant, ça aussi ? Tu es complètement obnubilée par l'affaire Morris et…

— Fiche-moi la paix avec l'affaire Morris. Je sais ce que je fais.

— Diana… C'est la première fois que tu plaides dans une affaire d'homicide volontaire. Et l'accusation prépare un réquisitoire en béton.

Elle poussa un soupir excédé.

— Le jour où tu te décideras à me faire confiance et à reconnaître que je suis capable d'exercer ma profession sans qu'on me tienne la main, on pourra peut-être commencer à discuter !

Caine lui attrapa les épaules et la secoua avec impatience.

— Tu sais très bien que tes capacités professionnelles ne sont pas en cause.

Plus frustré que furieux, tout à coup, il scruta ses traits, cherchant désespérément à déchiffrer les secrets sous-jacents.

— Je croyais que nous avions appris à nous faire confiance, toi et moi. Mais tu te replies de nouveau sur toi-même et je me cogne à une porte fermée chaque fois que j'essaye de rétablir la communication… Je regrette, mais je ne veux plus continuer comme ça, Diana. Je peux tout entendre, mais j'ai besoin que tu me dises ce qui se passe.

— Je suis enceinte ! hurla-t-elle. Voilà. Tu sais tout maintenant ! Tu es content ?

Les yeux écarquillés, elle plaqua la main sur sa bouche, comme si elle était horrifiée d'avoir laissé échapper la vérité sur son état.

Caine sentit la terre vaciller sous ses pieds. Lâchant les épaules de Diana, il fixa sur elle un regard sidéré.

— Enceinte ?

Tout de suite après l'étonnement vint la joie. Comme une vague puissante qui emportait tout sur son passage. Incapable de bouger, il secoua la tête.

— Diana…

Mais, lorsqu'il voulut la prendre dans ses bras, elle se dégagea avec brusquerie. De nouveau, il se trouva comme crucifié sur place. Par la souffrance, cette fois.

Délibérément, il enfonça les mains dans ses poches.

— Ça fait combien de temps que tu le sais ?

Elle déglutit.

— Deux semaines.

Un poids tomba sur les épaules de Caine. Détournant les yeux, il regarda sans les voir les délicates roses blanches qui se balançaient doucement sous la brise, comme des petites têtes murmurantes.

— Deux semaines… Et tu n'as pas jugé utile de me le dire ? Tu préférais garder ça pour toi ?

Une expression torturée assombrit les traits de Diana. Elle paraissait au bord des larmes.

— Je ne savais pas comment te l'annoncer ! Nous n'avions rien programmé, toi et moi. En tout cas, pas dans l'immédiat. Et je pensais que je me trompais peut-être, mais…

— Tu as vu un gynéco ?

— Oui, bien sûr.

— Bien sûr, oui, répéta-t-il avec un petit rire sans joie. Tu es à combien de semaines de grossesse ?

Elle s'humecta les lèvres.

— Bientôt deux mois.

Deux mois, songea Caine. Deux mois qu'une vie ténue s'épanouissait dans les eaux de son ventre. Et il n'en avait rien su. Rien.

— Et quels sont tes projets, maintenant ? s'enquit-il d'une voix morne.

Au bord de la crise de panique, Diana tressaillit. Des projets ? Parce qu'elle était censée avoir des projets ?

— Mais je ne sais pas ! cria-t-elle en enfouissant son visage dans ses mains.

Diana ne se reconnaissait plus elle-même. Pourquoi était-elle incapable de réagir de façon sensée, logique ? L'esprit en déroute, elle n'était plus qu'un fatras de nerfs torturés hurlant leur désarroi.

— Je ne sais pas si je saurai être mère, sanglota-t-elle. Je ne connais rien aux enfants. C'est à peine si j'ai eu l'occasion d'être une petite fille moi-même.

Caine sentit la souffrance le traverser comme un électrochoc. Il se força à lui faire face.

— Qu'est-ce que tu cherches à me dire là, Diana ? Que tu ne veux pas de ce bébé ?

Ne pas vouloir de leur bébé ? Effarée, elle laissa retomber ses bras contre ses flancs. Comment pourrait-elle ne pas vouloir de ce bébé alors qu'il existait déjà si fort pour elle ?

— Cet enfant, c'est une partie de nous, protesta-t-elle d'une voix heurtée. Comment pourrais-je le rejeter ? C'est ton enfant, Caine. Je porte ton enfant et je l'aime tellement que j'en suis malade de peur.

— Oh, Diana…

Presque timidement, il posa les mains en corolle autour de son visage.

— Tu as laissé passer deux semaines où nous aurions pu être terrifiés ensemble.

Elle laissa échapper un long soupir tremblant.

— Terrifié, toi ?

— Terrifié, moi, oui.

Il se pencha pour cueillir une larme sur sa joue.

— En juin, avant la naissance de Mac, Justin nous a parlé de sa peur de futur père. Je sais exactement ce qu'il ressent maintenant, chuchota-t-il en portant les mains de Diana à ses lèvres pour lui embrasser les doigts un à un.

— Caine, je suis désolée... J'étais complètement paniquée, un vrai désastre hormonal. Je voulais t'en parler et je ne savais pas comment te le dire. Nous avions projeté d'attendre que la maison soit terminée et les travaux sont à peine commencés. Je pensais que tu vivrais peut-être l'arrivée de ce bébé comme une complication pénible et... et je n'aurais pas eu la force d'affronter une réaction négative de ta part.

Gravement, il posa leurs deux mains jointes sur son ventre.

— Je vous aime, chuchota-t-il. Tous les deux.

— Caine, murmura-t-elle contre ses lèvres. J'ai tant de choses à apprendre en sept mois.

— *Nous* avons tant de choses à apprendre en sept mois, rectifia-t-il en l'entourant de ses bras. Je sais qu'il est encore tôt, mais je pense que nous devrions remonter nous coucher tout de suite. Il est recommandé aux femmes enceintes de s'allonger le plus souvent possible, déclara-t-il gravement.

— Tout à fait. Et de préférence avec le futur père.

Diana éclata de rire lorsque Caine la souleva dans ses bras. Et songea qu'il n'y aurait pas de petite famille au monde plus heureuse que la sienne.

Gennie suivit le couple des yeux en souriant.

— Et hop ! Un conflit de surmonté ! Un ! commenta une voix joyeuse derrière elle.

Surprise, Gennie se retourna et vit que Serena et Justin l'avaient rejointe sans qu'elle les entende. Arrimé contre la poitrine de sa mère à l'aide d'une grande écharpe, Mac dormait comme un petit ange.

— Serena n'a pas encore trouvé l'occasion de prendre

Diana entre quatre yeux pour lui arracher des confidences, observa Justin avec un clin d'œil amusé. Et ma petite épouse est atrocement frustrée.

— Comme si j'étais du genre à mettre mon nez dans les affaires des autres ! protesta Serena, indignée… Enfin, bon, d'accord, j'aime bien savoir ce qui se passe, mais quand même. Je peux regarder tes croquis, Gennie ?

— Bien sûr.

Pendant que Serena tournait les pages de son carnet, Justin lui prit la main.

— Comment vas-tu, Gennie ?

Lorsqu'il plongea son regard vert dans le sien, elle comprit que sa question ne portait pas seulement sur son humeur du moment. La dernière fois qu'elle avait vu son cousin, c'était pour l'enterrement d'Angela. La présence discrète de Justin avait été d'un grand réconfort pour elle. Même s'ils ne se connaissaient que depuis peu, il avait pris une place majeure dans sa vie et dans son affection.

— Mieux, lui assura-t-elle. Vraiment mieux. J'ai eu besoin de m'éloigner quelque temps, de prendre un peu de distance avec la famille. C'était trop pesant, ce chagrin entre nous qui ne nous lâchait pas. Alors il a fallu que je laisse tout ça derrière moi, que je me mette en mouvement. Pendant six mois, j'ai été itinérante et ça m'a fait du bien… Puis je me suis posée pour quelque temps à La Pointe des Vents. Et ça me fait beaucoup de bien aussi, ajouta-t-elle avec l'ombre d'un sourire en songeant à Grant.

— Tu es amoureuse de lui, affirma Justin.

— Qui essaye d'arracher des confidences, là ? intervint Serena.

— Certainement pas moi. Je fais un constat, ma chérie. Je ne lui demande rien.

Il serra avec affection les doigts de Gennie entre les siens.

— Et il te rend heureuse, au moins ?… Ça oui, d'accord,

c'est une question indiscrète, précisa-t-il en aparté en tirant sur les cheveux de Serena.

Gennie rit de bon cœur.

— Oui, il me rend heureuse. Et il me rend malheureuse tout autant. Mais ça fait partie du jeu, je crois.

— Oh oui, acquiesça Serena en abandonnant la tête contre l'épaule de son mari. La souffrance et l'amour sont indissociables. Dans les premiers temps, en tout cas.

Repérant Grant qui sortait de la tour, elle posa la main sur le bras de Gennie.

— Si jamais il se montre un peu trop lent à la détente, dis-le-moi. J'aurai une pièce à te passer.

— Une pièce ?

Serena rit doucement en échangeant un regard avec Justin.

— Juste une pièce de monnaie, oui. C'est magique... Mais, chut, il arrive. Nous en reparlerons à l'occasion.

Glissant le bras autour de la taille de son mari, elle l'entraîna en direction de la piscine couverte. Justin lui murmura quelques mots à l'oreille et le rire sensuel de Serena tinta dans l'air tiède.

Gennie les suivit des yeux avec émotion. « Ma famille », songea-t-elle. Et aussi celle de Grant. A travers les MacGregor ne se retrouvaient-ils pas unis l'un à l'autre par des liens forts qui s'inscrivaient dans la durée ?

Dans un grand élan de joie, elle courut pieds nus dans l'herbe et se jeta dans les bras de Grant.

— Qu'est-ce qui t'arrive, pourquoi ris-tu comme ça ?

— Rien. Je t'aime ! s'exclama-t-elle. Il faudrait une autre raison ?

Il resserra son étreinte.

— Non. Aucune. Celle-ci me convient tout à fait.

11

Au fil de sa carrière de peintre, Gennie avait rencontré les individus les plus variés. Elle avait fréquenté des aristocrates fauchés, des artistes couverts de dettes, des musiciens marginaux et des mécènes richissimes. Mais c'était la première fois qu'elle s'éprenait d'une famille tout entière. Dès le samedi soir, elle eut le sentiment de connaître les MacGregor depuis toujours. Daniel était bruyant, fanfaron, redoutablement intelligent et viscéralement attaché aux siens. Il était tellement bonne pâte avec sa femme et ses enfants qu'ils auraient pu en abuser. Mais, comme ils l'aimaient tendrement, ils le laissaient dans l'illusion qu'il menait sa tribu de main de maître.

Anna était calme, chaleureuse et forte. En temps de crise, ce serait elle, assurément, qui garderait la tête froide et qui prendrait les rênes en main. Et son mari en avait conscience même si c'était lui qui affichait tous les signes extérieurs de pouvoir.

Au sein de la génération suivante, Caine et Serena, les deux plus jeunes, avaient beaucoup de points communs. Ils étaient capricieux, ne mâchaient pas leurs mots et partageaient le caractère emporté de leur père. Alan, lui, paraissait calme, modéré, patient. Mais sous ses dehors paisibles, il cachait, tout comme sa mère, une prodigieuse force intérieure. Et Gennie le soupçonnait d'être capable, à l'occasion, de tomber dans des colères titanesques. De ce point de vue, Shelby Campbell, qui n'était pas du genre à s'en laisser conter, faisait pour lui une épouse idéale.

Les trois enfants MacGregor avaient choisi des conjoints très différents les uns des autres. Justin avec son immobilité d'Indien, son impassibilité de joueur, son amour du secret ; Diana, belle, réservée et émotive : Shelby, brillante et éprise de liberté. Tous ensemble, ils formaient un groupe passionnant, contrasté et infiniment solidaire.

Lorsque Gennie leur proposa de poser tous ensemble pour elle, aucun d'eux ne se fit prier. Mais s'ils étaient tous d'accord sur le principe, ce fut toute une affaire de les placer. Gennie les voulait dans la salle du trône. Avec une partie de la famille assise et l'autre debout. Ce qui entraîna des discussions interminables sur les positions respectives de chacun.

— C'est moi qui prends Mac sur les genoux, décréta Daniel en jetant un regard impérieux autour de lui comme pour mettre quiconque au défi de le contredire.

Comme personne ne réagissait, il eut un large sourire pour Gennie.

— Tu pourras recommencer l'année prochaine, ma fille. Et j'en aurai deux dans les bras… ou même trois, avec un peu de chance, ajouta-t-il en jetant un regard en coin à Shelby.

— Tu devrais demander à papa de prendre son fauteuil royal, intervint Alan, volant au secours de sa femme. Et, Gennie, tu n'oublieras pas de lui dessiner une couronne et un sceptre, surtout ?

Gennie réprima un sourire.

— Exactement. Prenez votre fauteuil habituel, Daniel. Anna, vous pourriez vous asseoir à côté de votre mari. Voilà… avec votre ouvrage de broderie, peut-être. Cela ferait moins figé, plus naturel.

— Moi je propose que les épouses s'assoient aux pieds

de leurs maris, intervint Caine avec un sourire en coin. Ça, ce serait vraiment *naturel.*

Cette affirmation suscita un débat tellement enflammé que Gennie fut obligée de trancher.

— Non, cela ferait une composition trop figée. Je préférerais une disposition plus informelle… Alan, place-toi ici, s'il te plaît, entre tes deux parents. Voilà, c'est parfait. Shelby, à côté, bien sûr… Et *toi*, Caine, tu vas t'asseoir par terre.

Elle lui tira sur le bras jusqu'à ce qu'il finisse par s'exécuter en souriant.

— Toi, Diana, tu…

Avant qu'elle ait eu son mot à dire, Caine attira sa femme sur ses genoux. Gennie sourit.

— Oui, c'est très bien comme ça. Justin et Rena, par ici… Grant, tu pourrais te mettre debout derrière Daniel ?

— Mais je n'ai pas ma place dans…

— Ne râle pas et fais ce qu'elle te dit, mon garçon, ordonna Daniel de sa voix de stentor… Ces Campbell, il faut toujours que ça se distingue.

Grant s'avança en grommelant derrière le fauteuil du patriarche et jeta un regard sombre à Daniel.

— Un Campbell dans un portrait de groupe du clan MacGregor, ça vous paraît normal, vous ?

— *Deux* Campbell, rectifia Shelby. Et Gennie ? Comment va-t-elle faire pour se représenter, si elle est occupée à nous dessiner ?

— Pas de problème, déclara Daniel. Elle est douée, elle trouvera une solution pour s'inclure dans le tableau.

— O.K. Je me dessinerai de mémoire, acquiesça Gennie, ravie d'être adoptée. Et maintenant, détendez-vous. Ce ne sera pas très long. Et ce n'est pas comme pour une photo, vous n'êtes pas obligés de rester parfaitement immobiles.

Elle se percha à l'extrémité du canapé et se servit de son petit chevalet portable.

— Parfait, déclara-t-elle en sortant des pastels de sa boîte. Il faudra que j'exécute le sujet à la peinture à l'huile, à l'occasion.

— *Aye*. Je verrais bien un grand tableau de nous tous que nous accrocherions dans la galerie. Qu'en dis-tu, Anna ?

Avec un sourire plus royal que jamais, Daniel se renversa contre le dossier de son fauteuil avec le bébé dans les bras.

— Quant à Alan, il aura besoin de faire faire son portrait officiel, lorsqu'il sera à la Maison Blanche.

Alan jeta un regard aimable à son père.

— On peut peut-être attendre une petite décennie ou deux avant de passer commande, non ? lança-t-il en plaçant un bras réconfortant autour des épaules de Shelby.

— Tu as toujours voulu être peintre, Gennie ? demanda Anna tout en poussant l'aiguille.

— Je crois, oui. En tout cas, je ne me souviens pas d'avoir jamais aspiré à autre chose.

— Caine, lui, voulait devenir « docteur », rappela Serena avec un sourire candide. C'était du moins ce qu'il expliquait à toutes les petites filles qu'il proposait d'« ausculter ».

— C'est normal, non, pour un fils de chirurgienne ? se défendit Caine en posant une main sur le genou de sa mère tout en tenant fermement Diana de l'autre.

— Grant, lui, avait d'autres méthodes d'approche, révéla Shelby, les yeux pétillants. Je crois qu'il avait quatorze ans lorsqu'il a réussi à décider Dee Dee O'Brian à poser pour lui en tenue d'Eve.

Comme Gennie haussait un sourcil interrogateur, Grant prit son air le plus innocent.

— Pour commencer, j'avais quinze ans. Et ma curiosité était de nature purement artistique.

— C'est effectivement à travers l'étude d'un modèle qu'on se familiarise le mieux avec la morphologie, acquiesça gravement Gennie. Je me souviens comme si c'était hier du premier homme nu que j'ai dessiné. Je n'avais encore jamais rien vu d'aussi magnifique, précisa-t-elle avec un sourire angélique… Grant, continue à froncer les sourcils de cet air menaçant, tu veux bien ? C'est tellement toi, cette expression, que je tiens à t'immortaliser comme ça.

Daniel tourna les yeux vers Grant.

— Ainsi, tu dessines, toi aussi, mon garçon ?

Le patriarche était d'autant plus intéressé par la réponse qu'il n'avait pas encore réussi à arracher la moindre indication à Grant sur la façon dont il gagnait sa vie.

— Je suis capable de tenir un crayon, oui.

— Ha ha ! Un artiste ?

— Qui n'est pas artiste dans l'âme ? éluda Grant en s'appuyant contre le dos du fauteuil de Daniel.

— Quoi qu'il en soit, vous avez le plaisir du dessin en commun. Lorsque mari et femme sont liés par une passion partagée, cela donne généralement des mariages solides, déclara le patriarche de son ton le plus pontifiant.

— Je ne compte plus le nombre de fois où Daniel m'a assistée à la table d'opération, d'ailleurs, commenta Anna de sa voix douce.

Il haussa ses épaules massives.

— Je n'ai peut-être jamais tenu le scalpel, mais en tout cas, j'en ai nettoyé des genoux ensanglantés, avec ces trois ostrogoths.

— Sans parler du nez d'Alan que Rena a fait exploser, commenta Caine en ricanant.

Gennie avait plaisir à entendre les commentaires fuser autour d'elle pendant qu'elle captait leurs attitudes, leurs expressions. Mais ce qui passionnait surtout l'artiste en elle, c'était l'impression d'unité qui émanait de leur petit groupe. Grant glissa une remarque à Shelby qui commença par fulminer puis éclata de rire. Au final, Grant se livra à une imitation du porte-parole du gouvernement, qui provoqua une vive crise d'hilarité chez Alan.

Même s'il ne les connaissait que depuis peu, Grant

s'insérait à la perfection. Ainsi il pouvait être drôle, sociable et d'excellente compagnie — *à condition qu'il le veuille bien.* Ce qui ne l'empêcherait pas dans quelques jours de se dresser en ermite sur sa falaise et d'aboyer après le touriste perdu. Et le plus étonnant, c'est que, dans l'une et l'autre situation, il restait lui-même, sans hypocrisie ni faux-semblants.

Gennie jeta un dernier coup d'œil à son dessin, puis griffonna sa signature dans un coin.

— Et voilà, c'est fait ! annonça-t-elle en retournant le chevalet pour montrer son œuvre. « Portrait de famille élargie. »

Tous l'entourèrent pour faire des commentaires sur la ressemblance des uns et des autres. Gennie sentit une main sur son épaule et sut sans avoir à se retourner que c'était celle de Grant.

— Très intéressant comme étude de groupe, commenta-t-il, tout en admirant la façon dont elle avait réussi à s'inclure dans le dessin, debout à côté de lui.

Il se pencha pour lui poser un baiser dans l'oreille.

— Et tu es très belle.

Gennie rit de plaisir. Elle se sentait à sa place. Heureuse. Entourée. Et ce sentiment précieux l'accompagna durant toute la semaine qui suivit.

Septembre demeura ensoleillé, avec une belle lumière, tendre et dorée. Dans les prés et le long des chemins, les fleurs de fin d'été reprenaient une vie nouvelle et les buissons de myrtilles s'enflammaient d'un rouge ardent. Gennie peignait des journées entières, découvrant en La Pointe des Vents et ses environs une source d'inspiration qui ne tarissait pas.

Pendant qu'elle s'attachait à décrypter et à réécrire les lignes du paysage, Grant réorganisait son emploi du temps avec une facilité qui le sidéra lui-même. Il travaillait moins, mais avec un rendement accru. Pour la première fois depuis des années, il avait hâte de boucler ses séquences quotidiennes. Car il était avide de compagnie, pressé de retrouver Gennie et de lui consacrer ses soirées.

Elle peignait; il dessinait. Et ils se retrouvaient une fois leur tâche accomplie. Ils passaient parfois leurs nuits au cottage, enlacés au creux du vieux matelas de plume. D'autres matins, ils se réveillaient dans la chambre ronde du phare. De temps en temps, Grant abandonnait Macintosh à son sort et quittait sa planche à dessin pour aller surprendre Gennie devant son chevalet.

Un jour il lui apporta un petit bouquet de fleurs des champs. Elle fut si émue par son geste qu'elle fondit en larmes. Impuissant à faire cesser ses pleurs, Grant finit par l'entraîner à l'intérieur du cottage et il lui fit tendrement l'amour des heures durant.

Pour l'un comme pour l'autre, ce fut une période paisible — sans tempêtes intérieures ni extérieures. Les journées étaient chaudes, les nuits déjà fraîches, le ciel sans nuages. Mais, sous cette grande sérénité, on sentait passer par moments comme un frisson d'inquiétude. Au seuil de l'hiver, le temps était comme en suspens, mais tôt ou tard, il reprendrait sa course rapide. La fin de l'été finirait par arriver. Et avec elle, le temps des questions.

— J'adore me balader sur l'eau comme ça ! cria Gennie pour couvrir le bruit du moteur, un jour où Grant l'emmena sur son bateau. On continue la traversée jusqu'en Europe ?

Assis à la barre, Grant lui ébouriffa les cheveux en riant.

— Tu aurais dû m'avertir de tes intentions. J'aurais fait le plein de carburant.

— Oublie ton esprit pratique et laisse vagabonder ton imagination… On pourrait passer des jours et des jours en mer sans voir âme qui vive.

Grant se pencha pour cueillir le lobe de son oreille entre ses dents.

— Et des nuits et des nuits, surtout. Des nuits chaudes de pleine lune, infestées de requins.

— Mmm… Et qui protégerait qui à ton avis ?

— Nous, Ecossais, avons la viande trop dure. Je pense que les squales préfèrent la chair d'origine française, infiniment plus délicate.

Avec un frisson de plaisir, Gennie s'abandonna contre lui et regarda l'avant du bateau fendre les vagues. Le soleil se noyait à l'horizon ; le vent léger leur envoyait au visage la caresse humide des embruns. Ils contournèrent un des îlots rocheux et regardèrent les mouettes. A distance, on voyait les homardiers converger vers le port de La Pointe des Vents.

Le bel été tirait à sa fin. Les jours raccourcissaient. Et ce matin, à l'aube, elle avait repéré sur les toits la blancheur des premiers givres. Gennie frissonna.

Si seulement ils pouvaient continuer à naviguer ainsi jusqu'à la fin des temps, sans obligations ni responsabilités, sans vocation artistique exigeante, avec leur amour pour seul bagage !

Elle songea à sa prochaine exposition, programmée en novembre. New York paraissait si loin… Comment envisager les gratte-ciel, les arbres nus, le ciel gris de fin d'automne ? Gennie secoua la tête. Pourquoi avait-elle tant de mal à se représenter l'avenir, comme si elle n'avait d'autre recours avec Grant que de se réfugier obstinément dans l'ici et le maintenant ?

A priori, elle aurait déjà dû être de retour à La Nouvelle-Orléans à l'heure qu'il était. En Louisiane, où il faisait encore chaud et humide. Elle imagina les foules colorées sur les places, la circulation bruyante, le soleil sur son balcon et l'ombre gracieuse des motifs en fer forgé tombant sur la pierre des façades. Un soupçon de nostalgie l'étreignit. Elle aimait les odeurs de La Nouvelle-Orléans, sa musique, sa vibration. Mais elle avait appris à aimer aussi La Pointe des Vents, avec ses horizons marins, ses falaises découpées, ses paysages dépouillés balayés par les vents.

Et, ici, il y avait Grant. Ce qui faisait toute la différence. S'il le lui demandait, elle pouvait renoncer à La Nouvelle-Orléans pour lui. Construire une vie à La Pointe des Vents ne serait pas un sacrifice pour elle.

Elle songea à la ferme inoccupée, derrière le phare. A cette grande maison accueillante qui ne demandait qu'à revivre. Il y aurait largement de la place pour une famille entre ses vieux murs. Gennie visualisa une vaste pièce à vivre où ronflerait un poêle en hiver, de grandes chambres claires pour les enfants, un atelier aménagé sous le toit où elle aurait de la place pour peindre. Quant à Grant, il aurait son phare pour assouvir son besoin de solitude.

Et lorsque la date de ses expositions approcherait, elle pourrait lui prendre la main, la serrer fort et poser un instant la tête sur son épaule. Qui sait si, avec le temps, elle ne finirait pas par devenir plus sereine ? Dans le jardin, ils planteraient des primevères, des campanules et des iris, qui refleuriraient chaque année au printemps. Et, lorsqu'elle se réveillerait en pleine nuit, elle entendrait la respiration régulière de Grant et le battement des vagues frappant inlassablement la roche.

— Tu dors ? s'enquit-il dans un murmure en enfouissant ses lèvres dans ses cheveux.

— Non, je rêvais simplement.

Car ses visions d'avenir n'étaient rien de plus que cela, pour l'instant : un doux rêve éveillé qu'aucune promesse n'était venue étayer.

— Je n'ai pas envie que l'été finisse, chuchota-t-elle.

La sentant frissonner, Grant l'attira plus étroitement contre lui.

— Toutes les saisons ont leur charme. J'aime l'océan en hiver.

Serait-elle encore là pour partager les longues veillées, les journées courtes et grises, la bise de décembre balayant la roche amère ? Il voulait la garder près de lui. Mais de quel droit la retiendrait-il prisonnière ici, dans son coin de terre oublié du monde ? Pour Gennie, il aurait voulu pouvoir renoncer à son phare. Mais la solitude qu'il aimait faisait déjà trop intimement partie de lui.

Gennie, elle, avait toujours vécu sous les feux de la rampe. Quel sacrifice cela représenterait-il pour elle s'il lui proposait de se retirer dans l'anonymat avec lui ? Pouvait-il décemment lui demander de faire le deuil de la ville du Sud bruissante de vie et de musique où elle avait sa famille, ses amis ? Non, ce serait une exigence démesurée d'attendre de la femme qu'il aimait qu'elle quitte tout pour lui.

Mais la pensée de la perdre lui était insupportable.

Grant pesta intérieurement. Il n'aurait jamais dû laisser les choses aller aussi loin entre eux. Mais il n'aurait pas voulu non plus manquer une seule seconde du temps qu'ils avaient passé ensemble. C'était comme si deux personnalités conflictuelles s'affrontaient en lui. Tantôt il se sentait prêt à la laisser partir, tantôt il se voyait capable de la boucler dans son phare et de la garder prisonnière. « Je vais reprendre mes habitudes, mon rythme de travail régulier », disait le solitaire qu'il était dans l'âme.

« Je la supplierai de ne pas me quitter », répliquait l'amoureux en lui.

Comme il faisait demi-tour pour regagner le rivage, il vit le dernier rayon oblique du soleil s'enfoncer dans l'eau comme une épée. Gennie avait raison : il aurait fallu que l'été ne prenne jamais fin.

— Tu es silencieux, murmura Gennie lorsqu'il coupa le moteur pour laisser dériver le bateau jusqu'au ponton.

— Je me disais que j'avais de plus en plus de mal à

imaginer ce lieu sans toi, admit-il en sautant sur l'embarcadère.

Il attacha le bateau et lui tendit la main pour la hisser jusqu'à lui. Le souffle coupé par ce qu'il venait de lui dire, Gennie leva les yeux sur son visage.

— D'une certaine façon je me sens déjà chez moi ici.

Il contempla un instant leurs deux mains jointes.

— Parle-moi de l'endroit où tu vis à La Nouvelle-Orléans, lui dit-il brusquement en l'entraînant vers le chemin abrupt qui grimpait en lacet jusqu'au sommet de la falaise.

— J'habite dans le quartier français. De mon balcon, j'ai vue sur Jackson Square avec ses artisans qui tiennent boutique, ses artistes, la foule continue des touristes. Ça bouge, ça braille, ça chante… C'est bruyant, autrement dit.

Avec un léger rire, Gennie laissa défiler dans sa mémoire des images de sa chère Louisiane.

— J'ai fait insonoriser mon atelier afin d'être au calme pour peindre. Mais, de temps en temps, je descends pour entendre les bruits de la ville. Il y a toujours des rires, des cris, de la musique qui s'échappent par les portes et les fenêtres grandes ouvertes.

Elle se tut lorsqu'ils s'élevèrent le long de la roche austère. Un silence profond régnait autour d'eux. Gennie inspira l'air piquant qui sentait la mer et les premiers froids.

— Dans les rues du Vieux Carré, il y a des odeurs comme nulle part ailleurs. Des relents de Mississippi, de whisky, de *jambalaya* et d'épices. C'est unique et indescriptible.

— Ta ville te manque, murmura Grant.

Elle haussa les épaules.

— Ça fait longtemps que j'en suis partie. Il y a sept mois maintenant que j'ai jeté quelques affaires dans ma voiture pour filer en direction du nord. Pour *fuir* en direction du nord, plus exactement. A La Nouvelle-Orléans, le souvenir d'Angela est lié à tout ce que je vois, tout ce que j'entends, tout ce que je touche. Bizarrement, j'ai réussi à passer une année entière avant que ça ne devienne vraiment intolérable. Peut-être parce que le choc de sa mort a été si violent qu'il m'a fallu tout ce temps-là pour réaliser que je l'avais perdue pour de bon... Toujours est-il que, un matin, je me suis réveillée et j'ai su que j'avais besoin de mettre un maximum de kilomètres entre la Louisiane et moi.

— Il faudra que tu y retournes tôt ou tard, déclara Grant en s'immobilisant devant la porte close du phare. Et que tu affrontes la perte. On ne peut pas fuir éternellement.

— C'est fait... Pour ce qui est d'accepter la perte, je veux dire. Même si ma sœur me manque encore terriblement. La Nouvelle-Orléans restera toujours pour moi une ville très particulière. A cause des souvenirs d'Angela qui y sont attachés, justement. Pour moi, c'est comme si elle était tout entière contenue dans ce lieu.

En pénétrant dans le phare, elle se dressa sur la pointe des pieds pour lui effleurer les lèvres.

— Toi, tu appartiens à cette côte, à ce coin d'univers.

Grant frissonna. Un grand froid l'avait envahi et il sentait jusque dans ses os l'approche de l'hiver. Attirant Gennie contre lui, il la serra dans ses bras.

— Oui, j'appartiens à ce lieu. C'est difficile à expliquer, mais il m'apporte ce dont j'ai besoin.

Plus sorcière que jamais, elle le contempla à travers la fente de ses yeux mi-clos.

— Et moi ? Je t'apporte ce dont tu as besoin ?

— Toi ?

Il l'embrassa avec force, presque brutalement. Gennie fut secouée, non pas par l'impact physique, mais par l'intensité presque désespérée de son étreinte.

— Viens... Monte avec moi, murmura-t-il contre ses lèvres.

Gennie lui emboîta le pas en silence. Si la voix de Grant était douce, elle sentait en lui une tension presque électrique. L'état d'esprit très particulier de son amant suscitait chez elle une étrange excitation mêlée d'une crainte indéfinissable.

« C'est comme la première fois, songea-t-elle, les jambes tremblantes. A moins que ce ne soit la dernière ? »

— Grant…

Il porta un doigt à ses lèvres.

— Non, ne dis rien.

Il l'allongea sur le lit et lui retira ses chaussures. Même si ses gestes étaient lents et doux, elle percevait sous ses doigts la contraction de ses muscles, voyait dans son regard comme une lueur d'orage. Après leur longue promenade en bateau, il portait l'odeur de l'océan sur lui. Cette impression olfactive ramena le souvenir du jour où ils s'étaient aimés dans l'herbe sous les éclairs et sous la pluie.

Elle comprit que c'était à cette même frénésie sans limites qu'aspirait Grant aujourd'hui. Un frisson courut sur la peau de Gennie. Sous les paumes de son amant, son cœur battit plus vite. Et elle se rendit compte que son désir répondait au sien. Qu'elle était prête, comme lui, pour la démesure et pour l'excès.

Avec un gémissement sourd, elle l'attira sur elle, pressant voracement sa bouche ouverte contre la sienne. Grant réagit de façon fulgurante et pesa sur elle de tout son poids. Tandis qu'il l'enfonçait dans le matelas, ses mains couraient sur elle, pressées, possessives, impatientes. Ils s'étreignirent avec une violence désespérée qui disait que l'amour pouvait être aussi un abîme, un vortex.

Ils étaient sans volonté, juste mus par des pulsions obscures, exigeantes. Leur énergie était sans limites, car ils prenaient et donnaient avec la même frénésie, se vidant puis se remplissant tour à tour.

Leurs respirations étaient brèves, haletantes; leurs peaux brûlantes dégageaient une odeur moite de désir et d'océan. Ils luttaient et se soumettaient, à la fois conquis et conquérants. Leurs regards se rencontrèrent, se renvoyant en miroir la même fascination, le même amour éperdu.

Puis ce fut la chevauchée, le délire, la longue course ascendante vers le soleil noir de la jouissance.

Le jour se levait à peine lorsque Gennie se réveilla. A la qualité de la lumière, elle vit que la journée serait belle. Mais une mince couche de givre s'était formée sur la vitre. Et le lit était glacé. Avant même d'ouvrir les yeux, elle avait senti que la place à côté d'elle était vide.

— Grant ? appela-t-elle, le cœur battant d'une crainte irraisonnée.

Ils avaient fait l'amour une bonne partie de la nuit, et chaque fois avec la même frénésie. Par moments, sous les caresses de Grant, elle avait eu l'impression fugitive qu'il faisait provision de souvenirs, comme s'il n'y avait plus pour eux ni lendemain ni avenir.

Ne recevant aucune réponse, Gennie se dressa sur un coude. D'habitude, c'était toujours elle qui se levait la première. Et le fait de ne pas trouver au réveil la grande carcasse endormie de Grant occupant les trois quarts du lit lui faisait mal, comme s'il l'avait abandonnée définitivement.

Et si le feu d'artifice de la nuit avait été un ultime sursaut de passion avant une séparation définitive ? Se traitant d'idiote, Gennie s'extirpa d'entre les draps froissés et enfila un peignoir.

Grant avait dû souffrir d'insomnie et il était descendu plus tôt qu'à l'ordinaire. Rien de plus. Lorsqu'elle pousserait la porte de la cuisine, elle le trouverait assis, une tasse de café à la main. Et il se lèverait pour la prendre dans ses bras en lui demandant tendrement si Madame penchait plutôt pour des pancakes ou pour des œufs brouillés au fromage.

En sortant de la chambre, Gennie entendit le son d'une

radio réglée à faible volume. Intriguée, elle leva la tête. Le bruit ne venait pas d'en bas mais de l'étage au-dessus.

Bizarre. Elle n'était jamais montée là-haut, persuadée que le second étage n'était pas aménagé. Intriguée, elle emprunta l'escalier métallique qui s'élevait en spirale. Grant écoutait les informations, découvrit-elle à mesure que le son de la radio devenait plus audible.

Entendre les nouvelles la sidéra. Depuis qu'elle était installée à La Pointe des Vents, elle n'avait pas acheté un seul journal ni suivi les actualités. A l'exception de leur week-end chez les MacGregor, elle avait vécu comme sur une île hors du monde. Et Grant avait été son unique horizon.

Elle s'immobilisa à l'entrée d'une grande pièce ensoleillée qui ressemblait à un atelier. Grant avait su tirer profit aussi bien de l'espace que de la lumière. Son regard glissa sur des étagères où s'alignaient des livres, des magazines, des journaux. En face d'un vieux canapé, un téléviseur d'allure récente trônait sur un meuble. Même s'il n'y avait ni toiles ni chevalets, elle se trouvait clairement dans le repaire secret d'un artiste.

Assis à sa planche à dessin, Grant lui tournait le dos. Avec la radio allumée, il ne l'avait pas entendue entrer. Gennie fronça les narines. L'odeur qui dominait était celle de l'encre de chine, soulignée peut-être par un soupçon de colle.

Découvrant les instruments dans les rangements de verre, Gennie fronça les sourcils. Grant était-il architecte ? Non, un architecte était nécessairement en contact avec le monde extérieur. Il recevait et visitait des clients. Penché sur son papier à dessin, il marmonnait tout bas en travaillant. Le fait qu'il parle tout haut l'aurait fait sourire si elle n'avait pas été aussi décontenancée.

Il tenait un pinceau, nota-t-elle. Un pinceau de qualité qu'il maniait avec une parfaite aisance.

Mais Grant lui avait assuré qu'il n'était pas peintre. D'ailleurs que ferait un peintre avec un compas et une équerre ? Sans compter qu'il ne se serait jamais installé face à un mur, de toute façon.

Juste au moment où Gennie ouvrait la bouche pour lui demander à quoi il était occupé, Grant leva la tête. Leurs regards se rencontrèrent dans le miroir accroché au mur, juste à hauteur de ses yeux.

Grant n'avait pas fermé l'œil de la nuit. Incapable de rester immobile à côté de Gennie sans la toucher, il avait fini par se lever pour la laisser dormir. Pendant ces longues heures d'insomnie où il avait tourné et retourné le problème dans sa tête, il était parvenu à la conclusion qu'une séparation entre eux était inéluctable. Gennie et lui ne vivaient pas sur la même planète. Son univers à elle était marqué par la foule, la notoriété et le luxe. Lui avait choisi la simplicité, la solitude et l'anonymat. Deux mondes aussi différents ne sauraient se mélanger sans s'altérer gravement l'un l'autre.

Il était monté dans son atelier en pleine nuit et avait passé deux heures à ébaucher de vagues croquis préparatoires et à jeter des phrases sur le papier, sans réussir à pondre la moindre idée valable. Et juste au moment où l'inspiration commençait à venir, Gennie faisait irruption dans son atelier, envahissant son dernier sanctuaire — le seul lieu qu'elle n'avait pas encore marqué du sceau de sa présence.

Trop excitée pour s'apercevoir de son irritation, Gennie traversa la pièce pour le rejoindre.

— Mais c'est quoi, ce mystérieux atelier ?

Comme il ne répondait pas, elle se pencha sur la feuille fixée sur la planche à dessin. Toutes ces lignes bleu clair, ce quadrillage, ces figures à l'encre…

— De la bande dessinée ! s'exclama-t-elle avec enthousiasme en identifiant les personnages. Tu sais que je lis régulièrement les épisodes de Macintosh ? C'est donc toi le mystérieux auteur, le fameux « G. C. » dont on ne voit jamais que les initiales ? C'est génial, Grant !

Grant acquiesça d'un simple signe de tête. Il aurait préféré qu'elle manifeste des réactions moins positives. S'il ne la repoussait pas ici et maintenant, il ne serait plus jamais en mesure de le faire. Délibérément, il reposa son pinceau.

— C'est donc ainsi que vous procédez, vous les auteurs de B.D., poursuivit-elle, trop excitée par sa découverte pour s'inquiéter de son silence orageux. Je me suis toujours demandé quelles techniques vous employiez. Ces lignes bleues, là, c'est pour indiquer la perspective ? Et comment fais-tu pour trouver une nouvelle idée chaque matin, sept jours sur sept ?

Grant soupira. Il ne voulait surtout pas qu'elle s'intéresse. Ni qu'elle comprenne, surtout. Si elle comprenait, il était fichu.

— C'est mon boulot, répondit-il sèchement. Et je suis occupé, Gennie. J'ai des délais stricts à respecter. Et il faut que je poste cet épisode aujourd'hui, dernier délai.

— Désolée.

Tout enthousiasme oublié, Gennie avisa soudain l'expression distante de Grant, la froideur dans son regard. Plus qu'un métier encore, il s'agissait d'une passion, comprit-elle, éberluée. Et, depuis un mois qu'ils étaient ensemble, il n'avait jamais jugé utile de lui en parler. Cette partie essentielle de lui-même, il l'avait gardée secrète.

Alors qu'elle ne lui avait jamais rien caché.

Le plaisir qu'elle avait ressenti en découvrant son identité professionnelle s'évanouit. Il n'y eut plus que le sentiment atroce d'une trahison irréparable.

— Pourquoi ne m'as-tu rien dit ?

Grant savait qu'elle poserait la question. Mais il n'était plus tout à fait certain de détenir la bonne réponse.

— Ça ne s'est pas présenté.

— Ça ne s'est pas présenté, non, répéta-t-elle en le

regardant fixement. Parce que tu as soigneusement évité d'aborder le sujet. Pourquoi ?

Comment lui expliquer que c'était chez lui un réflexe si fortement ancré qu'il s'était tu, dans un premier temps, purement par habitude ? Ensuite, s'il avait continué à ne rien dire, c'était essentiellement par souci d'autoconservation. Comme si, en gardant par-devers lui son secret, il préservait au moins une partie de l'ancien Grant — celui qui, un mois auparavant encore, se suffisait à lui-même.

Mais il était trop tard pour fournir ces explications à Gennie maintenant. D'ailleurs, n'avait-il pas toujours eu pour principe de vivre comme il l'entendait, sans jamais se justifier ?

— C'est mon activité professionnelle, Gennie. Ça n'a rien à voir avec ce qui se passe entre nous.

Il la vit devenir livide.

— Rien à voir avec nous..., répéta-t-elle dans un murmure. Ton travail ne compte pas pour toi, alors ?

— Bien sûr que si, répondit-il, irrité. C'est une part essentielle de ce que je suis.

— Donc tu veux bien partager ton lit avec moi, mais pas ce que tu es profondément ?

Se levant de son tabouret, il se tourna pour lui faire face. La souffrance dans les yeux de Gennie le frappa de plein fouet.

Il s'en défendit en contre-attaquant de plus belle :

— Mais qu'est-ce que tu racontes, bon sang ? Qu'est-ce que cela change entre nous que je sois dessinateur, plombier ou dentiste ?

— Peu m'importe ton métier. J'aurais même accepté que tu n'en aies aucun. Mais tu m'as menti !

— Jamais ! cria-t-il, choqué.

— C'est pire qu'un mensonge, c'est de la dissimulation délibérée !

— Ecoute-moi bien, maintenant, Gennie : Macintosh,

je n'en parle *jamais*, un point c'est tout. Je considère que c'est une partie de ma vie qui ne regarde personne. Je dessine parce que j'aime ça. Pas parce que j'ai besoin d'être reconnu, O.K. ?

Les yeux noirs de colère, il arpenta la pièce.

— Je ne fais pas de séances de signature, je n'organise pas d'ateliers et je refuse les interviews. Parce que je ne veux pas que les gens me tournent autour comme des mouches et m'empêchent de me concentrer. J'ai choisi l'anonymat de la même manière que tu as choisi la publicité. Parce que ça fonctionne pour moi. Et je ne vois pas pourquoi il faudrait que je bouleverse toutes mes habitudes sous prétexte qu'il y a une histoire entre nous !

Pétrifiée par la douleur, elle le contemplait fixement, sans bouger. Elle était trop faible pour s'enfuir, trop désespérée pour se jeter sur lui et le frapper.

— Là n'est pas le problème, Grant. Que tu ne veuilles pas révéler la nature de ton activité au monde entier, c'est ton droit. Ce qui me blesse, c'est que tu n'aies pas su me faire confiance. Dieu sait que je l'aurais gardé, ton précieux secret ! Que je les aurais respectées, tes sacro-saintes habitudes !

— Parlons-en de nos habitudes, justement. Nos deux modes de vie sont totalement opposés et tu le sais aussi bien que moi !

Grant hurlait parce qu'il souffrait comme un damné. Il sentait dans toutes les fibres de son corps qu'elle était en train de s'éloigner. Et il n'avait qu'une envie : la ramener à lui, se cramponner, ne plus jamais la lâcher.

— Ce n'est pas une question de confiance, enchaîna-t-il, ulcéré. C'est une question de compatibilité !

— Il y a *toujours* une question de confiance à la base, riposta-t-elle tristement.

Le cœur lourd, Gennie comprit que la boucle était bouclée. L'expression de Grant était telle qu'à leur première rencontre. Elle retrouvait l'étranger inaccessible qui défendait hargneusement son territoire. Aujourd'hui, comme en cette lointaine nuit de tempête, elle était résolument de trop.

— Avant de parler d'« amour », il aurait peut-être fallu que tu saches ce que le mot signifie, murmura-t-elle d'une voix lasse. Ou nous aurions dû comparer nos conceptions respectives, en tout cas. Pour moi, lorsqu'on aime vraiment, on fait des compromis. Et quand on fait des compromis on trouve *toujours* des solutions. Mais ce n'est pas ta vision, de toute évidence.

Grant arpenta furieusement la pièce.

— Qu'est-ce que tu en sais, si c'est oui ou non ma vision ? Arrête de penser à ma place, O.K. ? A quel genre de « compromis » aurions-nous pu parvenir d'après toi ? Tu aurais accepté de m'épouser pour venir t'enterrer ici, peut-être ? De toute façon, les journalistes auraient fini par retrouver ta trace tôt ou tard, même dans l'hypothèse où tu aurais pu t'y résoudre. Et tu m'imagines vivant à La Nouvelle-Orléans, au milieu de la foule ? Je deviendrais fou en moins de trois mois.

Il pivota vers elle, le dos à la fenêtre, si bien que le soleil levant hérissa le contour de sa silhouette d'un violent halo de lumière.

— Si j'ai choisi l'isolement, c'est que j'ai des raisons pour le faire. Et je n'ai pas à me justifier !

Gennie hocha la tête. Elle ne voulait surtout pas verser une larme. Si elle commençait à pleurer maintenant, elle ne s'arrêterait plus.

— Non, tu n'as pas à te justifier, confirma-t-elle d'une voix parfaitement calme et maîtrisée. Mais la réponse à toutes les questions que tu viens de poser, tu ne la connaîtras jamais, Grant. Car tu n'as même pas pris la peine de me les soumettre. Nous aurions pu chercher des solutions ensemble. Mais tu n'as rien voulu partager. Rien. Et, ça, c'est déjà une réponse en soi.

Droite comme un i, elle quitta l'atelier, laissant le père de Macintosh à ses pinceaux, son génie et sa précieuse solitude.

12

Gennie examina son jeu et fit la moue. Un neuf et un huit. Si elle restait là-dessus, elle ne courait aucun risque. Mais que lui importait de perdre ou de gagner ? Elle fit signe au croupier, qui lui distribua une nouvelle carte. Un quatre, découvrit-elle avec un petit sourire ironique. Encore un black jack, autrement dit. Mais quoi de plus normal que d'avoir de la chance au jeu lorsqu'on était malheureuse en amour ?

Elle n'avait jamais été une passionnée des jeux de hasard. Dieu sait ce qu'elle faisait assise à une table de black jack, un dimanche à 7 h 15 du matin. Gennie eut un haussement d'épaules indifférent. Parmi les différentes techniques à sa disposition pour tuer le temps, celle-ci en valait bien une autre. C'était toujours mieux que de tourner en rond dans sa chambre ou de s'acharner à coups de poing sur son oreiller.

Autre avantage : depuis une heure qu'elle jouait, elle gagnait systématiquement. Mais elle avait beau voir grandir la pile de jetons devant elle, son humeur ne s'améliorait pas pour autant. Au contraire, même. Perdre des sommes importantes l'aurait arrangée, en l'occurrence. Tout ce qu'elle demandait, au fond, c'était une excuse pour gémir et accuser le sort.

Lorsque le caissier lui remit ses gains, Gennie les fourra négligemment dans son sac et se dirigea vers les grandes baies vitrées. Dans une heure ou deux, l'élégante salle de jeu se remplirait de monde et elle pourrait se fondre dans la foule et la fumée. Mais, à cette heure matinale, le casino était presque désert.

A travers les vitres, Gennie contempla l'océan. Etait-ce pour ne pas perdre tout à fait le contact avec l'Atlantique qu'elle s'était arrêtée ici, au lieu de poursuivre jusqu'à La Nouvelle-Orléans, comme elle en avait eu l'intention au départ ?

Elle avait fait le détour par Atlantic City sur une impulsion, sans savoir ce qu'elle venait y chercher. Mais depuis deux semaines qu'elle séjournait à l'hôtel Comanche, elle n'avait toujours pas réussi à mettre le pied sur la plage. Même si elle passait la majeure partie de la nuit à écouter soupirer les vagues, elle n'avait pas pu s'approcher de l'océan.

Gennie posa le front contre la vitre. Pourquoi s'infligeait-elle cette torture ? Toujours, la mer la ferait penser à Grant. Alors pourquoi s'y accrocher aussi obstinément ?

Pourquoi ? Parce qu'une part d'elle-même n'avait toujours pas intégré le côté définitif de leur rupture. Si bien qu'elle attendait, en suspens, le cœur à vif, incapable de poursuivre comme de revenir en arrière.

Je t'aime, oui, mais...

Non, ce rejet, ces restrictions, ces secrets, elle ne pouvait les comprendre. L'amour, c'était justement ce qui rendait l'impossible possible. Si Grant l'avait aimée réellement, il aurait compris qu'il y avait *toujours* des solutions.

Elle aurait été mieux avisée de s'abstenir de suivre Macintosh dans le journal. Cela lui aurait évité de découvrir le personnage de Veronica. Jour après jour, avec un plaisir doux-amer, elle retrouvait des détails de son aventure avec Grant à travers les personnages de Macintosh et de Veronica. Parfois, un vent de rébellion s'élevait en elle. De quel droit Grant l'utilisait-il ainsi dans ses histoires alors qu'il refusait de lui faire une place dans sa vie ?

Ces « *strips* » étaient drôles, touchants, terriblement humains, avec ici et là une pointe de cynisme. D'un trait léger, il avait souligné les petits ridicules dans lesquels tombent inéluctablement tous les amoureux de la création. Gennie reconnaissait des expressions, des détails, des incidents de leur rencontre. Mais présentés avec tant d'humour qu'elle ne pouvait s'empêcher d'en rire.

Et d'en pleurer tout de suite après.

— Tu t'es levée tôt, Gennie.

Elle sourit à Justin, qui venait de poser une main sur son épaule.

— J'ai toujours été matinale… Pour ton plus grand malheur, en l'occurrence. Car j'ai eu le temps de vider la banque à une de tes tables de black jack.

Pour toute réponse, Justin laissa courir sur elle un long regard préoccupé. Gennie en conclut que les nuits d'insomnie commençaient à se faire sentir et qu'elle devait avoir des cernes jusqu'au menton.

— Un petit déjeuner, ça te dirait, cousine ?

Sans lui laisser le temps de refuser, il lui passa un bras autour des épaules et l'entraîna vers son bureau.

— Je n'ai pas très faim, tu sais.

— Ça fait deux semaines maintenant que tu « n'as pas très faim », rétorqua-t-il en appelant son ascenseur privé. Tu es la seule cousine à laquelle je tienne, Gennie. Je ne vais quand même pas continuer à te laisser dépérir sous mon nez. Il ne va plus rien rester de toi, à ce rythme !

Renonçant à protester, elle abandonna la tête contre son épaule.

— Désolée, Justin. Il n'y a rien de plus insupportable que de voir quelqu'un traîner son chagrin à longueur de journée, n'est-ce pas ?

— Je ne te le fais pas dire, riposta-t-il en l'entraînant dans la cabine. Combien as-tu ramassé ce matin, au black jack ?

Décontenancée par le changement de sujet, elle lui jeta un regard étonné.

— Je ne sais pas... Six ou sept cents dollars.

— Bon. Alors je mets la note du petit déjeuner sur ton compte.

Gennie éclata de rire et lui jeta les bras autour du cou juste au moment où ils pénétraient dans sa suite. Serena, qui tenait Mac contre son épaule, secoua la tête.

— Ah, c'est bien un truc masculin, tiens ! Débarquer au domicile conjugal à l'aube avec une belle fille pendue à son cou, pendant que bobonne reste à la maison et change les couches.

— Fais taire ta langue jalouse, femme ! rétorqua Justin en souriant.

Haussant ses fins sourcils avec distinction, Serena lui remit d'autorité le bébé dans les bras.

— Très bien. Mais à toi de jouer, décréta-t-elle en s'effondrant dans un fauteuil. Je suis morte ! Mac fait ses dents, précisa-t-elle à l'intention de Gennie. Et il le manifeste assez bruyamment... Mais, bon, c'est juste une phase à traverser, m'a-t-on dit. Donc nous essayons de prendre nos nuits blanches avec philosophie. Vous avez mangé tous les deux ?

— J'ai invité Gennie à venir prendre le petit déjeuner avec nous, justement.

Serena tendit la main vers le téléphone.

— Bonne idée. J'appelle les cuisines... Vivre dans un hôtel est un luxe extraordinaire, précisa-t-elle en souriant.

Pendant que Serena passait commande et que Justin jouait avec Mac sur le canapé, Gennie fit quelques pas dans l'appartement. Elle aimait beaucoup ces pièces spacieuses et colorées auxquelles Justin et Serena avaient su donner une touche très personnelle. Avec de l'amour et de la bonne volonté, on pouvait créer un foyer n'importe où. Rena et Justin s'étaient installés à l'hôtel et vivaient en permanence entourés. Et pourtant, ils avaient su préserver une intimité ainsi qu'une vraie vie de famille.

Non seulement ils s'occupaient de leur bébé en partenariat, mais ils dirigeaient aussi leur chaîne de casinos-hôtels ensemble. Ils faisaient équipe sur tous les plans et leur couple n'en tenait pas moins la route. S'il y avait des heurts — ce qui paraissait inévitable entre deux personnalités affirmées —, ils trouvaient le moyen de les surmonter. Car ils ne se raidissaient pas sur leurs positions, mais conservaient une souplesse suffisante pour s'ajuster l'un à l'autre.

Exactement comme elle avait elle-même été disposée à le faire. Elle aurait été prête à vivre dans le Maine avec Grant. Et à faire beaucoup d'autres concessions encore. Mais pour cela il aurait fallu que Grant soit disposé à donner ne serait-ce qu'un peu, de son côté.

Le cœur lourd, Gennie ferma les yeux. Et s'il était tout simplement incapable de partager ? Peut-être devrait-elle se faire à cette idée une fois pour toutes. Et se résigner à poursuivre enfin sa route jusqu'à La Nouvelle-Orléans.

— L'océan est magnifique, n'est-ce pas ? dit Serena derrière elle.

Gennie hocha la tête.

— Oui, je suis devenue une adepte, moi qui ne jurais que par mon fleuve.

— Et tu comptes descendre vers le fleuve ou remonter le long de l'océan ?

— Bientôt, je pense, je descendrai vers le fleuve.

— Ce n'est pas le bon choix, Gennie.

— Serena..., protesta Justin.

Mais Rena lui jeta un regard noir.

— Comment ça, « Serena » ? Tu ne vois pas qu'elle est malheureuse comme les pierres ? Si Grant se comporte comme une tête de mule, il faut le secouer. Sinon il va finir par tout détruire.

— Il ne veut pas de moi, Rena, admit Gennie dans un murmure.

Les mots étaient douloureux à prononcer, mais elle avait réussi à les dire. Peut-être était-il temps de sortir du silence dans lequel elle s'était enfermée depuis deux semaines et de parler enfin de l'échec de sa relation avec Grant ?

Repoussant les cheveux qui lui tombaient sur les yeux, elle se tourna vers Serena :

— Je pense qu'il tient à moi à sa manière. Mais pas suffisamment pour essayer de surmonter les obstacles. Grant est habitué à vivre sa vie en solitaire ; partager ne fait pas partie de ses mœurs. Il est tombé amoureux de moi à son corps défendant, mais l'idée même de dépendre de quelqu'un lui fait horreur.

Justin, qui était passé dans la chambre d'enfants pour coucher Mac, les rejoignit près des grandes portes-fenêtres.

— Tu es au courant de ce qui est arrivé au père de Grant et de Shelby ?

Gennie se laissa tomber dans un fauteuil.

— Je sais qu'il est mort quand Grant avait dix-sept ans.

— Il a été assassiné, rectifia Justin. Tu as peut-être entendu parler de Robert Campbell, le sénateur abattu par un fanatique en pleine campagne électorale ? Tu étais encore une enfant lorsque c'est arrivé, mais j'imagine que le nom doit te dire quelque chose.

Robert Campbell, le sénateur assassiné… Gennie fouilla dans sa mémoire. Très vaguement lui revint le souvenir d'un procès, de gens en émoi, des cris hystériques dans la foule lorsque la scène avait été retransmise à la télévision.

Et aussi bien Shelby que Grant avaient assisté à la mort violente de leur père, d'après ce que lui avait confié Shelby à Hyannis.

— Oh, mon Dieu, Justin… Leur père s'est effondré sous leurs yeux. Comment ont-ils réussi à vivre avec ce cauchemar ?

Justin porta la main à sa poitrine, esquissant un geste dont seule sa femme comprit la signification.

— Certaines plaies ont du mal à cicatriser, en effet… Je sais par Alan que Shelby, très intégrée en apparence, a fui pendant des années toute forme d'investissement affectif. Et j'imagine que Grant porte les mêmes blessures qu'elle… Parfois on préfère s'enfermer dans sa solitude plutôt que de se mettre en danger de perdre ceux que l'on aime, ajouta-t-il en jetant un coup d'œil à Serena.

Celle-ci glissa tendrement sa main dans la sienne.

— Ça aussi, Grant l'a gardé pour lui, murmura tristement Gennie. Il n'avait pas suffisamment confiance en moi pour me raconter la mort de son père.

— Tu ne vois pas qu'il t'aime ? rétorqua Serena doucement.

Gennie secoua la tête.

— Pas assez, Rena ! Il me laisserait sur ma faim en permanence. Je ne peux pas vivre en me contentant des miettes.

— Je ne suis pas si certaine qu'il n'ait que des miettes à offrir… Tu sais que Shelby a appelé hier soir ?

Comme un serveur arrivait avec le petit déjeuner, Serena fit signe à Gennie de prendre place dans le coin repas, près de la baie vitrée.

— Grant leur a fait une visite surprise il y a quelques jours, ce qui, d'après Shelby, n'est pas du tout son style.

— Ah bon. Et il est toujours… ?

Serena secoua la tête.

— Non, il est retourné dans le Maine depuis. Mais il l'a harcelée de questions à ton sujet. La pauvre Shelby était bien incapable de lui fournir une réponse puisqu'elle ignorait jusqu'à hier que tu séjournais ici avec nous. Avant de raccrocher, elle m'a demandé, comme en passant, si tu suivais les aventures de Macintosh dans les journaux. Ça m'a beaucoup intriguée qu'elle veuille savoir cela. Et j'ai quand même mis deux bonnes heures à comprendre pourquoi elle m'avait posé cette question.

Protégeant par automatisme le secret de Grant, Gennie se garda de réagir trop vite.

— Et à quelles conclusions es-tu parvenue ?

Avec un sourire en coin, Serena prit la cafetière que le serveur venait de placer sur la table.

— Je te sers, Veronica ?

Gennie rit doucement.

— Bravo. Beau travail de déduction.

— Je me suis fait plaisir, j'adore les énigmes.

— Macintosh a été notre dernier sujet de dispute, révéla Gennie en se rembrunissant. Imagine-toi qu'il ne m'avait *jamais* parlé de son activité, Rena. Je suis tombée sur son atelier tout à fait par hasard, le matin de mon départ. Et ça l'a mis dans une colère noire, comme si je violais son territoire. Pourtant j'étais ravie de découvrir qu'il était un des dessinateurs de B.D. les plus célèbres du pays ! Qu'il utilisait son talent et son intelligence au lieu de les laisser en friche ! Mais il n'a même pas pu me faire partager cet aspect essentiel de sa vie.

— Il aurait peut-être fallu le questionner avec un peu plus d'insistance, suggéra Serena. Et il n'est d'ailleurs pas trop tard pour le faire maintenant.

Gennie secoua la tête avec lassitude.

— S'il me rejette une nouvelle fois, Rena, je ne pourrai pas le supporter. Ce n'est pas une question de fierté ; ce sont les forces qui me manquent. Je n'en peux plus de me ramasser.

— Je t'ai vue malade d'angoisse avant une exposition, intervint Justin. Mais tu as toujours fini par surmonter ta peur.

Gennie sourit faiblement.

— Les enjeux ne sont pas les mêmes, Justin. Si ma peinture était mal accueillie, mon ego prendrait une claque, mais je resterais la même personne. Alors que si Grant me repousse, j'y perdrai infiniment plus que la simple estime de moi. Je vais me concentrer sur l'expo que je prépare à New York en novembre. C'est ce que j'ai de mieux à faire.

— Tu veux peut-être jeter un coup d'œil au supplément du journal du dimanche pendant que tu déjeunes ? suggéra Justin en posant devant son assiette le quotidien que leur avait monté le serveur.

Incapable de résister à la tentation, Gennie chercha la page des *comics*. Macintosh avait mauvaise mine, vit-elle au premier coup d'œil. La première image le montrait assis tout seul, les coudes sur les genoux, le menton dans les mains, l'air profondément abattu.

Dans la seconde vignette, quelqu'un frappait à la porte et il marmonnait : « Entrez » sans même tourner la tête.

Dans la troisième case, Ivan, l'émigré russe, faisait son apparition dans son habituel accoutrement d'Américain de caricature : jeans, bottes et chapeau de cow-boy.

— Hé, Macintosh, amène-toi, j'ai deux billets pour un match de basket.

Pas de réponse.

Ivan retourna une chaise pour s'asseoir.

— Tu fourniras la bière et on prendra ta voiture. Mais, t'inquiète pas, c'est moi qui conduirai.

Toujours pas de réponse.

Ivan poussa le pied de Macintosh de la pointe de sa botte.

— Hé, qu'est-ce qui t'arrive ? T'as un problème ?

— Veronica m'a quitté, marmonna Macintosh.

Ivan hocha gravement la tête.

— Ah zut, sale histoire. Pour un autre type ?

— Même pas.

Ivan ouvrit des yeux ronds.

— Ben, pourquoi elle a fait ça, alors ?

Macintosh, le regard rivé droit devant lui, n'avait pas

changé de position depuis le début de la bande. Il paraissait anéanti.

— Parce que j'ai été égoïste, hargneux, menteur, stupide et globalement imbuvable, admit-il sombrement.

— *C'est tout?*

Ivan secoua la tête en levant les yeux au ciel.

— C'est bien un truc de femme, ça, de lâcher un mec sans aucune raison.

Gennie relut deux fois l'épisode puis le passa à Serena… qui éclata de rire et lui passa les bras autour du cou.

— Tu veux que je t'aide à faire tes bagages?

— Mais où a-t-elle bien pu passer, bon sang?

Grant savait que s'il continuait à se poser cette même question cinq minutes de plus, il allait finir à quatre pattes par terre à hurler comme une bête. Dressé tout en haut du phare, il avait une vue dominante sur la côte et l'océan, mais, nulle part à l'horizon, il ne voyait Gennie.

Qu'allait-il faire de lui-même, maintenant? L'oublier? Impossible. Pas un instant, pas une seconde. Sa pensée le tourmentait jour et nuit. Mais *comment* avait-il pu être aussi stupide?

L'habitude, sans doute. Stupide, il l'avait été toute sa vie.

Si seulement il n'avait pas été aussi long à réagir! Pendant deux jours, avec un entêtement borné, il avait campé sur ses positions. Il était resté à tourner en rond dans son atelier ou à arpenter la plage comme un fou en se maudissant lui-même autant qu'il maudissait Gennie.

Le temps pour lui de comprendre qu'il s'était coupé de lui-même en la repoussant, et Gennie avait plié bagage. Il avait trouvé le cottage fermé et une veuve Lawrence plus que jamais mutique.

Trois jours plus tard, n'y tenant plus, il s'était envolé pour La Nouvelle-Orléans. Mais il avait tambouriné en vain à la porte de son appartement. Interrogés, les voisins lui avaient assuré que la jeune femme était partie depuis sept mois et que personne ne l'avait revue depuis son départ. Il avait appelé alors tous les Grandeau de l'annuaire. Mais, lorsqu'il avait enfin réussi à joindre la grand-mère de Gennie, celle-ci n'avait rien pu lui dire de plus que ce qu'il savait déjà : sa petite-fille était « quelque part en voyage » et devait rentrer à une date indéterminée.

En désespoir de cause, il avait composé le numéro des MacGregor. Par chance, il était tombé sur Anna et non sur Daniel. Mais elle n'avait pas pu lui fournir l'ombre d'une piste.

Grant se prit la tête entre les mains. Gennie pouvait être n'importe où à l'heure qu'il était. Peut-être même à l'étranger, qui sait ? Si elle n'avait pas laissé un tableau derrière elle, il aurait fini par se persuader qu'elle n'avait été qu'un mirage.

La toile, elle l'avait laissée à son intention. C'était celle qu'elle avait peinte devant le phare et qu'elle avait terminée le jour où ils étaient devenus amants. Mais Gennie ne l'avait accompagnée d'aucun message.

Après avoir envisagé d'envoyer le tableau par-dessus le bord de la falaise, il avait fini par l'accrocher au-dessus de son lit. Et, chaque fois qu'il le voyait, il souffrait en pensant à Gennie.

Fou de douleur, Grant serra les poings. Et se jura que, tôt ou tard, il retrouverait sa trace. Son nom ou sa photo finirait bien par apparaître dans la presse. Au pire, il irait la cueillir à sa prochaine exposition. Et il la ramènerait de gré ou de force.

— De force ? Tu me fais bien rire, là, mon vieux !

Non seulement il adopterait un profil bas, mais il se répandrait en excuses, ramperait plus bas que terre et la supplierait de lui laisser une seconde chance… Bon sang, mais il se comportait comme un fou furieux. Et quoi d'étonnant ? Cela faisait deux semaines qu'il dormait à peine. La solitude — sa chère solitude — pesait sur lui comme une chape de plomb et menaçait de l'étouffer.

A bout de nerfs, Grant se détourna et décida de descendre sur la plage. C'était le seul endroit où il trouvait encore par moments un semblant de paix.

Rien n'avait changé, découvrit Gennie en empruntant la route du phare. Même si l'été avait fini par céder la place à l'automne, l'esprit du lieu était resté le même. L'océan furieux s'acharnait toujours sur la roche, et le phare continuait à se dresser dans son orgueilleuse solitude. Pourquoi s'était-elle imaginé que rien ne serait peut-être plus comme avant ?

Grant aussi avait dû rester le même, raisonna-t-elle, les jambes en coton en descendant de voiture. Plus que tout, elle désirait le retrouver semblable à lui-même — ses pires côtés y compris. C'était peut-être stupide de sa part, mais elle le voulait exactement tel qu'il était : grossier, irascible, impatient, mais aussi drôle, tendre et étonnamment sensible.

Si jamais elle avait interprété son épisode de bande dessinée de travers, en revanche, et qu'il la rejetait en hurlant…

Chassant ses doutes et ses peurs, Gennie redressa la tête. Ce n'était pas le moment de flancher. A présent qu'elle était arrivée jusque-là, elle affronterait Grant pour être fixée une fois pour toutes. Elle avait déjà fait preuve de suffisamment de lâcheté comme cela.

Posant la main sur la poignée de la porte, elle sentit à la qualité du silence qu'il ne se trouvait pas à l'intérieur du phare. Tournant la tête, elle vit que sa camionnette était garée à sa place habituelle, près de la vieille ferme. Et son bateau se balançait doucement contre le ponton.

Conclusion : il ne pouvait pas être bien loin. Mais où pouvait-il bien se cacher ?

Brusquement, elle comprit et se demanda comment elle n'y avait pas pensé plus tôt. D'un pas résolu, elle se dirigea vers la falaise.

Engoncé dans son blouson, les mains enfoncées dans les poches, Grant marchait au bord de l'eau en méditant sur son sort. Ainsi, c'était donc ça « se sentir seul ». Pendant des années, il avait vécu une existence solitaire et satisfaite. Et il avait suffi que Gennie traverse sa vie pour qu'il se retrouve incapable de fonctionner en solo.

Grant serra les poings. C'était plus qu'exaspérant, c'était tout simplement *insupportable* !

Conscient que la colère était son seul refuge contre la dépression, il ressassait inlassablement ses griefs. Comment avait-elle pu le réduire en si peu de temps à l'état de loque dépendante ? Lorsqu'il mettrait la main sur Gennie, elle aurait de sacrés comptes à lui rendre. Avant qu'elle ne vienne tambouriner à sa porte, il vivait heureux et autonome. Comment avait-elle osé lui parler d'amour pour disparaître ensuite ?

Lui n'avait pas demandé à la rencontrer. C'était elle qui était venue s'insinuer dans son affection. Et tout cela pour jouer les filles de l'air à la première dispute. Bon, il avait été infect, d'accord. Il l'avait fait souffrir, O.K...

La colère que Grant avait laborieusement réussi à faire lever comme une mauvaise mayonnaise retomba d'un coup. Anéanti, il se passa la main sur les paupières. Inutile de se raconter des histoires : il avait été odieux et même cruel lorsqu'elle était venue le retrouver dans son atelier. Comment pourrait-il jamais se racheter pour tout ce qu'il lui avait fait subir ?

Saisi d'une soudaine inspiration, Grant s'arrêta net. S'il

retournait à La Nouvelle-Orléans maintenant, elle serait peut-être rentrée entre-temps ? Au pire, il l'attendrait sur place. Tôt ou tard, elle finirait par regagner la ville à laquelle tant de choses la reliaient.

Mais qu'est-ce qu'il fichait là, bon sang, à arpenter son bout de plage alors qu'il aurait déjà dû être dans l'avion ? Grant se retourna pour regagner le phare et écarquilla les yeux.

Allons, bon. Voilà qu'il était pris d'hallucinations, maintenant. De mieux en mieux. Il cligna des paupières, mais sans parvenir à dissiper le mirage pour autant. La vision de Gennie se dirigea vers lui et s'immobilisa pour sortir un papier plié de sa poche.

— Tu peux m'expliquer ce que signifie cet épisode de Macintosh, Grant ?

Il la regarda fixement quelques instants. Qu'après deux semaines d'insomnie, il soit susceptible d'entendre des voix et d'assister à des phénomènes optiques étranges, d'accord. Mais un simple mirage pouvait-il apparaître avec un tel degré de netteté et de précision ? Après une légère hésitation, il lui effleura le visage.

— Gennie ?

Luttant contre une faiblesse insidieuse, Gennie s'interdit fermement de lui tomber dans les bras. Ce serait facile, incroyablement facile. Mais cela ne résoudrait rien sur le fond.

— J'aimerais savoir comment je dois comprendre ton dessin de ce dimanche, Grant.

Décontenancé, il contempla le bout de journal qu'elle venait de lui fourrer dans la main. Il avait eu un mal fou à faire publier cet épisode aussi vite. C'était tout juste s'il n'avait pas dû recourir au chantage à la démission pour obtenir que son histoire de Macintosh sorte la veille, et non pas suite au délai habituel de trois à quatre semaines.

Mais si c'était ça qui avait fait revenir Gennie, il ne regrettait pas d'avoir investi tant de temps et d'efforts.

— Ça veut dire ce que ça dit, répondit-il, laconique. Il n'y a pas de subtilité particulière dans ce scénario.

Reprenant la feuille de journal pliée, Gennie la glissa dans sa poche. Et décida qu'elle la garderait précieusement pendant le reste de son existence.

Elle toisa Grant d'un œil sévère.

— Je trouve que tu t'es beaucoup servi de moi dans tes dessins, ces derniers temps. Cela ne t'a jamais traversé l'esprit que tu aurais pu me demander d'abord la permission ?

Grant la contempla un instant en silence. Avec son regard étincelant et ses longs cheveux balayés par le vent, elle avait l'air carrément impériale. Si elle abaissait le pouce, il était bon pour la cage aux lions.

— Où avais-tu disparu, bon sang ? s'entendit-il soudain rugir d'une voix furieuse. Où te cachais-tu ces deux dernières semaines ?

— Ça, c'est mon problème.

Il lui prit le bras et le secoua.

— Non, ce n'est pas *ton* problème. Et je vais te dire une chose, Gennie : il est hors de question que je te laisse repartir d'ici, tu m'entends ?

— Si mes souvenirs sont bons, je n'ai quitté La Pointe des Vents que parce que tu m'as fait comprendre en termes clairs que je n'avais aucune place dans ta vie ni toi dans la mienne.

Lorsque Grant la saisit par les épaules, Gennie serra les dents et attendit patiemment qu'il arrête de la secouer dans tous les sens.

— O.K. D'accord. J'ai agi comme un imbécile, parlé comme un imbécile, hurlé comme un imbécile. Ce sont des excuses que tu veux ? Eh bien, les voici, je…

Il s'interrompit net pour écraser sa bouche sous la sienne. Un grognement de triomphe monta du fin fond de sa gorge : elle était là, elle lui appartenait et il ne la laisserait plus jamais s'en aller.

Une fois rassuré par ce premier baiser, cependant, Grant se souvint de ses résolutions. Ce n'était pas en sautant sur Gennie comme un sauvage qu'il réparerait ses torts envers elle. Il y avait sûrement mille façons nettement plus civilisées de lui montrer qu'il ne concevait plus sa vie sans elle.

Se forçant à relâcher son étreinte, il laissa retomber les bras contre ses flancs.

— Excuse-moi, Gennie. Si j'ai eu un geste un peu brutal, je le regrette infiniment. Entrons. Je te préparerai un café et nous parlerons calmement, en adultes.

Gennie lui jeta un regard surpris. *Qui* était cet homme ? Elle avait reconnu Grant lorsqu'il l'avait secouée comme un prunier. Elle avait reconnu l'homme qui avait hurlé puis qui l'avait serrée follement dans ses bras. Mais l'individu compassé qui « regrettait » son geste malencontreux et qui voulait « discuter calmement » n'était qu'un étranger pour elle.

— Ah non, ça suffit, maintenant ! Lorsque je voudrai des excuses, je te le ferai savoir, O.K. ? Pour ce qui est de parler, nous allons parler, en revanche. Mais ça se passera ici et maintenant.

— Mais qu'est-ce que tu veux au juste ? s'écria Grant en se demandant comment un homme contrit était censé ramper, sans se faire crier dessus de surcroît.

— Ce que je veux ?

Les poings sur les hanches, Gennie le foudroya du regard.

— C'est savoir si tu as l'intention de régler nos problèmes ou si tu comptes retourner te planquer dans ton trou.

— Je ne me planque pas dans mon trou. Je vis ici parce que je peux travailler dans de bonnes conditions, sans avoir constamment du monde à ma porte.

Elle soupira avec impatience.

— Ce n'est pas ce que je veux dire et tu le sais pertinemment.

Oui, il le savait. Frustré, il fourra les mains dans ses poches, de crainte de céder à la tentation de la secouer de nouveau.

— Bon, d'accord, j'ai gardé le silence sur ma profession. C'est une habitude chez moi de me taire ; presque un réflexe... Puis je suis tombé amoureux de toi, et je me suis mis à avoir peur. Parce que je ne voulais pas me sentir dépendant de...

Il se tut, jura tout bas et se passa la main dans les cheveux.

— Dépendant de quoi ?

— Dépendant de quelqu'un qui pourrait disparaître ou mourir, admit-il avec un profond soupir. Il faudrait que je te parle de mon père, Gennie.

Pour la première fois depuis qu'il l'avait vue surgir sur la plage, le regard de Gennie s'adoucit.

— Je sais, Grant. Justin m'a raconté.

Il détourna la tête.

— J'aurais préféré te le dire moi-même. T'expliquer. Afin que tu comprennes pourquoi c'est difficile pour moi de...

— Je comprends. Suffisamment en tout cas pour me faire une idée de ce que tu as traversé. Nous avons perdu l'un et l'autre des êtres chers — des êtres sur lesquels nous comptions. Je crois que nous avons su compenser notre perte chacun à notre façon. Voir mourir sous ses yeux un proche tendrement aimé, c'est une expérience par laquelle je suis passée aussi. Peut-être nous rapproche-t-elle, d'une certaine manière.

Grant entendit des larmes dans sa voix et secoua la tête.

— Gennie, non... C'est un chagrin qu'on ne peut pas jeter aux oubliettes, mais qu'il faut savoir mettre de côté. Je pensais avoir surmonté la fin cauchemardesque qu'a connue mon père, mais les vieilles peurs ont repris le dessus sans que je m'en rende compte lorsque je suis tombé amoureux de toi.

Hochant la tête, Gennie ravala ses larmes. Ce n'était pas le moment de pleurer sur leurs morts respectifs.

— Tu voulais rompre le jour où j'ai découvert ton atelier, n'est-ce pas ?

— Peut-être… ou, enfin, oui. Je croyais que c'était la seule solution. Nous avons choisi deux modes de vie totalement différents, Gennie. Et nous en étions satisfaits l'un et l'autre avant de nous rencontrer. Aujourd'hui…

Les yeux de nouveau étincelants, elle croisa les bras sur sa poitrine.

— Aujourd'hui, quoi ? Tu campes toujours sur tes positions ? Tu refuses toute forme de compromis ?

Il lui jeta un regard incrédule. Pourquoi parlait-elle encore de compromis alors qu'il était disposé à lui céder en tout ?

— *Quel* compromis ?

— Tu ne sais même pas ce que le mot signifie ! s'écria-t-elle. Toi qui es si intelligent, si doué, tu es incapable de comprendre les concepts les plus simples. Nous n'arriverons jamais à rien ensemble dans ces conditions !

Comme elle se détournait pour le planter là, Grant la rattrapa si vite par le bras qu'elle faillit perdre l'équilibre.

— Hé ! Tu veux bien ouvrir les oreilles cinq minutes ? Je vais vendre le phare, le terrain, tout. Le donner même, si tu préfères. Et nous irons vivre à La Nouvelle-Orléans. Si ça peut te faire plaisir, je publierai une annonce d'une page pour faire savoir à toute l'Amérique que je suis l'auteur de Macintosh. Et nous organiserons une conférence de presse ! Ça nous vaudra d'apparaître en photo dans tous les magazines du pays.

— Parce que tu crois que c'est *ça* que je veux ?

Gennie pensait qu'il avait déjà réussi à la mettre plusieurs fois dans un état de colère maximale. Mais ce n'était rien à côté de la rage qu'elle éprouvait maintenant.

— Espèce de... espèce d'âne égocentrique ! Je me moque éperdument que tu fasses tes bandes dessinées dans le plus grand secret ! Tu peux même les créer en lettres de sang dans l'obscurité d'une cave si ça te chante. Je n'en ai strictement rien à faire que tu poses pour tous les magazines du pays ou que tu aboies après les *paparazzi* comme un chien frappé de la rage. Et pourquoi, au nom du ciel, voudrais-tu vendre ton phare ? T'ai-je jamais demandé de déménager d'ici ? Faire des compromis, ça signifie donner et recevoir ! Tu crois vraiment que c'est important pour moi d'habiter ici plutôt qu'ailleurs ?

— Mais je n'en sais rien ! Tu m'as quand même dit clairement que tu étais très attachée à La Nouvelle-Orléans ! Tu as tes habitudes, là-bas ! Une famille ! Des amis !

Gennie repoussa les cheveux que le vent balayait devant ses yeux en se demandant comment un homme aussi intelligent pouvait se montrer aussi bouché.

— Mes racines et ma famille, je les aurai toujours, que je vive là-bas ou ailleurs. Quant à mes habitudes, elles ne sont pas ancrées au point que je ne puisse les modifier. Je n'ai pas soixante-dix ans, bon sang, contrairement à ce que tu as raconté aux MacGregor ! Il est vrai que je continuerai à peindre car c'est ce qui fait mon identité. J'expose en novembre à New York. Je sais que j'aurai une peur bleue et que j'aurai besoin de toi à mon côté. Mais je suis prête à donner aussi. Si j'ai eu la folie de tomber amoureuse de toi tel que tu es, ce n'est tout de même pas pour te transformer en citadin conforme et en roi absolu des *happenings* mondains !

Grant s'ordonna mentalement de rester calme.

— Bon, alors, pour résumer : qu'est-ce que tu veux que je fasse ?

La voyant sur le point de hurler de nouveau, il leva la main pour l'arrêter.

— Non, non, ne crie pas. Des compromis, c'est ça ?

— Plus que ça, même. Je veux ta confiance.

Il lui prit la main et entrelaça ses doigts aux siens.

— Gennie… Ma confiance, tu l'as. Entièrement. C'est ce que j'essaye de te dire depuis le début.

— Eh bien, tu as encore quelques progrès à faire en expression orale.

— C'est vrai, admit-il en l'attirant contre lui. Laisse-moi essayer encore.

Il l'embrassa en s'ordonnant de la traiter comme une poupée de porcelaine. Mais c'était plus fort que lui : il la serra à l'étouffer et sa bouche fouilla avidement la sienne.

— Tu es le centre de mon existence, Gennie, murmura-t-il contre ses lèvres. Lorsque tu es partie, j'ai cru que je devenais fou. J'ai sauté dans l'avion pour La Nouvelle-Orléans et…

Sidérée, elle se rejeta en arrière pour l'interroger du regard.

— Tu as fait ça ? Tu es parti à ma recherche ?

— Avec différents buts en tête, oui. Mon programme était le suivant : j'aurais commencé par t'étrangler, puis je serais tombé à tes pieds, puis je t'aurais balancée sur une épaule, ramenée ligotée jusqu'ici et je t'aurais enfermée en haut de ma tour.

Elle sourit et posa la tête sur son épaule.

— Et ton programme d'aujourd'hui, c'est quoi ?

Il enfouit les lèvres dans ses cheveux.

— Maintenant, je pratique le compromis. Donc, je te laisse la vie sauve.

— C'est un bon début…

Elle soupira, respira l'air humide et chargé d'embruns. Comme le fracas des vagues contre la roche lui avait manqué !

— J'ai hâte de voir l'océan en hiver, murmura-t-elle.

Il lui prit le menton.

— Nous le regarderons ensemble.

— Il y a autre chose encore, Grant…

— Ça peut attendre que nous ayons fait l'amour ?

Elle secoua la tête en riant.

— Non, autant régler cette épineuse question tout de suite. Puisque tu n'as pas pris la peine de me demander en mariage, il me revient de te faire une proposition honnête.

— Gennie…

— Non, ne proteste pas, s'il te plaît. Cette fois-ci, nous procéderons à ma manière. J'y tiens expressément.

Elle sortit de la poche de son jean la pièce que Serena lui avait confiée.

— Il s'agit d'une forme de compromis, en fait. Face, nous nous marions et nous nous installons dans la vieille ferme pour vivre heureux et avoir beaucoup d'enfants. Pile, nous renonçons à unir officiellement nos destins.

Avant qu'elle puisse jeter la pièce en l'air, Grant la retint par le poignet.

— Hé, mais ça ne va pas ? On ne joue pas avec un sujet aussi grave, Genviève. Remets-moi ça dans ta poche tout de suite. Sauf, à la rigueur, s'il s'agit d'une pièce truquée…

— Qu'est-ce que tu crois ? Bien sûr, qu'elle est truquée.

Grant éclata de rire.

— Dans ce cas, lance-la ! Je veux bien m'en remettre au hasard si je suis certain d'en sortir gagnant.

LA PASSION DE GABRIELLA

Prologue

Elle avait oublié pourquoi elle courait. Tout ce qu'elle savait, c'est qu'elle ne pouvait pas s'arrêter. Si elle s'arrêtait, elle était perdue. C'était une course où il n'y avait que deux issues : gagner ou perdre.

Maintenir la distance, à tout prix. Son instinct lui criait d'avancer, de courir toujours plus vite pour fuir…

Elle était trempée, car la pluie s'était mise à tomber, mais elle ne sursautait plus à chaque coup de tonnerre. Les éclairs ne la faisaient pas trembler. Ce n'était pas la nuit qu'elle redoutait. L'obscurité et la violence de l'orage n'étaient rien comparées à ce qui l'effrayait. Mais qu'est-ce qui l'effrayait, au juste ? Elle ne se le rappelait plus précisément. Seule demeurait la peur elle-même. La peur. Cette émotion s'était insinuée en elle comme si c'était la seule chose qu'elle connaissait. Et c'est elle qui la guidait le long de cette route, alors que son corps exténué n'aspirait qu'au repos.

Elle ne savait pas où elle se trouvait. Elle ne savait pas d'où elle venait. Elle ne se souvenait pas d'avoir jamais vu ces grands arbres que le vent agitait. Le déferlement et le ressac de la mer toute proche ne signifiaient rien pour elle, pas plus que l'odeur de l'herbe et des fleurs mouillées qu'elle foulait le long de cette route qu'elle ne connaissait pas.

Elle pleurait. Les sanglots qui la secouaient venaient s'agréger à la peur, l'amplifiant jusqu'à ce que celle-ci finisse par emplir sa conscience vide de toute autre chose. Son esprit était si embrumé, ses jambes si faibles... Il aurait été facile de s'allonger au pied de l'un de ces arbres et d'abandonner. Mais quelque chose la poussait à continuer. Ce n'était pas seulement la peur, ni l'égarement. Une force invisible dont elle-même n'avait pas conscience l'animait et la poussait au-delà de ses limites.

Elle ne cherchait pas à évaluer depuis combien de temps elle courait, ni la distance qu'elle avait parcourue. De toute façon, elle en aurait été incapable.

La pluie et les larmes l'aveuglaient et ce ne fut qu'au dernier moment qu'elle vit les lumières braquées sur elle.

Prise de panique, elle s'immobilisa. Ils l'avaient rattrapée et retrouvée. *Eux*. Un bruit de Klaxon retentit, des freins crissèrent. Tout était fini. A bout de forces, elle s'écroula sur la chaussée, inconsciente.

1

— Elle revient à elle.

— Dieu soit loué.

— Je dois vous demander de reculer afin que je puisse l'examiner. Elle pourrait encore s'évanouir.

Depuis les brumes où elle se débattait, elle entendit les voix. Vides, lointaines. L'angoisse la saisit de nouveau. Même dans l'état de semi-conscience qui était le sien, elle sentit son cœur se mettre à cogner. Elle n'avait pas réussi à leur échapper. Mais elle ne leur montrerait pas sa peur, se promit-elle. Alors qu'elle commençait à émerger, elle serra les poings. La sensation de ses doigts contre ses paumes lui permit de reprendre conscience d'elle-même et de se dominer.

Lentement, elle ouvrit les yeux. D'abord brouillée, sa vision devint peu à peu plus nette. Tout comme la peur qu'elle ressentit lorsqu'elle découvrit un visage penché au-dessus d'elle.

Mais elle ne reconnut pas l'homme qui la regardait. S'il avait été l'un d'eux, elle l'aurait tout de suite su, non ? Elle se prit à espérer, mais ne bougea pas. Ce visage était rond et agréable, avec une barbe soignée et fournie qui contrastait avec un cuir chevelu glabre et luisant. Les yeux qui la scrutaient étaient perçants, fatigués, mais bienveillants. Lorsque l'homme lui prit la main, elle n'opposa aucune résistance.

— Ma chère petite, dit-il d'une voix grave et douce tout en caressant ses doigts jusqu'à ce qu'ils se détendent. Vous êtes sauvée.

Elle le sentit prendre son pouls, mais elle continua à le regarder dans les yeux. *Sauvée.* Sans baisser la garde, elle jeta un œil autour d'elle. Elle était à l'hôpital. Bien que la pièce fût presque élégante et très vaste, elle le comprit tout de suite. Dans l'air flottait une forte odeur de fleurs et d'antiseptiques. Elle était dans une chambre d'hôpital et, à son chevet, se tenait un deuxième homme, qu'elle n'avait pas vu au départ.

Son maintien était raide et militaire et il était impeccablement vêtu. Ses cheveux, quoique parsemés de fils gris, étaient encore très sombres et épais. Son visage était fin, aristocratique, très beau. Il était grave, et sa pâleur était encore accentuée par les larges cernes noirs qui encerclaient ses yeux. Malgré sa posture et sa tenue, il donnait l'impression de n'avoir pas dormi depuis des jours.

— Ma chérie, dit-il d'une voix qui semblait prête à se briser, comme pleine de larmes contenues.

Il saisit sa main libre et la porta à ses lèvres. Elle crut sentir sa main, large et ferme, trembler légèrement.

— Nous t'avons retrouvée, mon amour. Nous t'avons retrouvée.

Elle n'esquissa pas le moindre mouvement de recul. La compassion le lui interdisait. Sa main simplement posée dans la sienne, elle étudia son visage une nouvelle fois.

— Qui êtes-vous ?

Relevant brusquement la tête, il tressaillit. Puis il plongea ses yeux embués de larmes dans les siens.

— Qui j…

— Vous êtes très faible.

Avec douceur, le médecin venait de l'interrompre. Elle le vit poser sa main sur le bras de l'homme, mais elle n'aurait su dire si c'était pour le brider ou le réconforter.

— Vous avez vécu une épreuve terrible, ajouta-t-il en se tournant vers elle. Une légère confusion est tout à fait normale au début.

Gagnée par la nausée, elle se laissa retomber dans son lit, tandis que le médecin faisait signe à l'autre homme. Soudain, elle se rendit compte qu'elle n'était plus ni trempée ni frigorifiée. Elle avait chaud, mais se sentait vide. Elle avait un corps, mais il était fatigué. Au fond d'elle, il n'y avait qu'un grand trou noir. D'une voix étonnamment forte, elle se remit à parler.

— Je ne sais pas où je suis.

Les deux hommes se retournèrent aussitôt. Sous la main du médecin, son pouls s'emballa, avant de se calmer.

— Je ne sais pas qui je suis.

— Vous avez vécu une terrible épreuve.

Tout en parlant d'une voix apaisante, il réfléchissait à toute vitesse. Des spécialistes. Si elle ne recouvrait pas la mémoire dans les vingt-quatre heures, il lui faudrait les meilleurs.

— Vous ne vous souvenez de rien ? demanda l'autre homme, crispé.

Sans rien avoir rien perdu de sa raideur, il était à présent penché au-dessus d'elle, la fixant de ses yeux que le manque de sommeil rendait presque hagards.

Luttant contre la panique et la peur qui l'assaillaient, elle voulut se redresser. Avec douceur mais fermeté, le médecin la força à se rallonger. Elle se souvenait… Sa course folle, l'orage, l'obscurité. Les lumières braquées sur elle. Elle ferma les yeux, cherchant à retrouver son sang-froid. Sa voix était toujours forte, mais douloureusement tremblante, lorsqu'elle répéta :

— Je ne sais pas qui je suis. Dites-le-moi.

— Dès que vous aurez pris un peu de repos…, commença le médecin.

Mais l'autre homme l'interrompit d'un seul regard. Un regard à la fois hautain et autoritaire.

— Tu es ma fille, dit-il en serrant fort sa main dans la sienne, qui ne tremblait plus. Son Altesse sérénissime Gabriella de Cordina.

Cauchemar ou conte de fées ? se demanda-t-elle en le dévisageant, stupéfaite. Son père ? Son Altesse sérénissime ? Cordina… Ce nom lui disait vaguement quelque chose. C'était un début. Mais cette histoire de royauté, vraiment, c'était absurde. Pourtant, en scrutant cet homme, elle dut se rendre à l'évidence : il était incapable de mentir. Son visage était certes impassible, mais ses yeux ne pouvaient que lui inspirer confiance, alors même qu'elle avait perdu la mémoire.

— Si je suis une princesse, cela fait-il de vous un roi ?

Amusé malgré lui par l'air perplexe qu'elle arborait, il esquissa un sourire. Le traumatisme qu'elle avait subi avait peut-être altéré sa mémoire, mais elle n'en demeurait pas moins sa Brie chérie.

— Cordina est une principauté. Je suis le prince Armand. Tu es l'aînée de mes enfants. Tu as deux frères, Alexander et Bennett.

Un père et des frères. Une famille, des racines. Une vie normale, en somme.

— Et ma mère ?

Cette fois, elle déchiffra sans peine l'expression qui passa sur le visage de l'homme : du chagrin.

— Elle est morte lorsque tu avais vingt ans. Depuis, c'est toi qui remplis le rôle qu'elle tenait à mes côtés, en plus de tes obligations officielles. Brie, ajouta-t-il d'un ton plus doux et moins formel, c'est ainsi que nous avons l'habitude de t'appeler.

Il retourna sa main et désigna le saphir et les diamants qui scintillaient à son doigt.

— C'est moi qui t'ai offert cette bague pour ton vingt et unième anniversaire, il y a presque quatre ans.

Elle le regarda, avant de regarder la main, puissante et belle, qui tenait la sienne. Elle ne se souvenait de rien. Mais elle ressentait quelque chose qui ressemblait à de la confiance. Lorsqu'elle leva de nouveau les yeux vers lui, elle réussit à esquisser un demi-sourire.

— Vous avez un goût excellent, Votre Altesse.

Il sourit, bien qu'il semblât au bord des larmes. Tout comme elle.

— S'il vous plaît, enchaîna-t-elle très vite pour que, surtout, ni l'un ni l'autre ne cèdent à l'émotion qui les submergeait. Je me sens très fatiguée.

— Vous avez raison, fit le médecin en tapotant affectueusement sa main comme s'il avait coutume de le faire. Pour l'instant, le repos est le meilleur des remèdes.

Visiblement à contrecœur, le prince Armand relâcha sa main.

— Je ne serai pas loin.

Elle commençait déjà à sentir ses forces faiblir.

— Merci.

Elle entendit la porte se refermer, mais le médecin semblait, quant à lui, hésiter à partir.

— Ce qu'il m'a dit est-il vrai ? lui demanda-t-elle. Suis-je bien la princesse de Cordina ?

— Personne ne le sait mieux que moi, répondit-il en lui effleurant la joue avec affection. C'est moi qui ai aidé votre mère à vous mettre au monde. Cela fera vingt-cinq ans en juillet. A présent, reposez-vous, Votre Altesse. Vous en avez grand besoin.

Escorté par un membre de la garde royale, le prince Armand traversa le couloir de son pas rapide et décidé. Il avait envie d'être seul. Il aurait tout donné pour pouvoir passer ne serait-ce que cinq minutes, isolé, dans une pièce fermée à double tour, et évacuer une partie de la tension qu'il avait accumulée, une partie de l'émotion qui le submergeait. Il avait failli perdre sa fille chérie, son trésor. Et, à présent qu'il l'avait retrouvée, elle le regardait comme un étranger.

Quand il mettrait la main sur celui qui... Aussitôt, il chassa cette pensée. Il réglerait cette question plus tard, il s'en fit le serment.

Dans la salle d'attente spacieuse et baignée de soleil se trouvaient trois autres gardes et plusieurs membres de la police de Cordina. Son fils et héritier, Alexander, faisait les cent pas en fumant. Il avait hérité de lui ses cheveux et ses yeux sombres, ses traits fins, et le maintien militaire. Mais il lui manquait encore la capacité à se dominer en toutes circonstances.

Il est comme un volcan, songea Armand en regardant le prince, âgé de vingt-trois ans à peine. Comme un volcan qui gronde et bouillonne, mais sans entrer franchement en éruption.

Son frère Bennett était prostré sur un canapé, comme effondré. A vingt ans, il commençait à avoir des allures de play-boy. Bien qu'aussi brun que son père lui aussi, il avait hérité de l'extraordinaire beauté de sa mère. Souvent irréfléchi, manquant trop souvent de retenue, il faisait preuve d'une grande compassion et d'une gentillesse à toute épreuve, ce qui le rendait très populaire auprès de ses sujets et de la presse. Et auprès de la population féminine européenne dans son ensemble, pensa-t-il avec amusement.

A côté de Bennett était assis l'Américain qu'Armand avait fait venir. Les deux princes, trop absorbés par leurs pensées, n'avaient pas vu arriver leur père, contrairement à cet homme, à qui rien n'échappait. C'était d'ailleurs précisément pour cette qualité qu'Armand s'était adressé à lui.

Reeve MacGee observa en silence le prince faire son

entrée dans la pièce. Celui-ci donnait bien le change, mais, venant de lui, le contraire eût été surprenant. Si Reeve n'avait rencontré le souverain de Cordina que quelques rares fois auparavant, son père avait fait ses études avec lui à Oxford. Sur les bancs de l'université étaient nés une amitié et un respect mutuel que ni les années ni la distance n'avaient émoussés.

Armand avait suivi son destin, en régnant sur ce petit pays magnifique niché au bord de la Méditerranée, tandis que le père de Reeve était devenu diplomate. Bien qu'ayant baigné dans la politique et le protocole dès sa plus tendre enfance, Reeve avait quant à lui choisi une carrière toute différente. Dans l'ombre.

Après avoir passé dix ans à servir son pays, il avait rendu son insigne pour se mettre à son compte. Il en était arrivé à un stade de sa vie où suivre des règles édictées par d'autres ne lui convenait plus. Depuis, il vivait selon ses propres règles. Si elles étaient souvent plus strictes, plus inflexibles, elles avaient au moins le mérite d'être les siennes. L'expérience qu'il avait acquise à la police criminelle puis dans les services spéciaux lui avait en outre appris à se fier d'abord à son instinct.

Il avait eu la chance de naître riche. Ses capacités et son sens du devoir l'avaient aidé à s'enrichir davantage. A présent qu'il était assuré d'être définitivement à l'abri du besoin, il pouvait se permettre de refuser des clients s'il ne se sentait pas suffisamment intéressé ou intrigué par ce qu'ils lui proposaient. Il travaillait donc peu et, aux yeux du monde — comme souvent à ses propres yeux —, il n'était rien de plus qu'un homme de la campagne, novice en la matière. Moins d'un an plus tôt, il avait acheté des terres avec l'idée — ou le rêve — de s'y retirer. C'était, pour lui, à la fois une réponse et une solution. Dix ans passés à côtoyer le bien et le mal, la loi et le désordre lui avaient suffi.

En essayant de se convaincre qu'il avait accompli son devoir, il avait quitté le service de l'Etat. Un détective privé peut organiser son temps comme bon lui semble, travailler selon son idée, décider de ses honoraires. Si une mission s'avérait dangereuse, il lui appartenait de régler le problème selon ses propres méthodes, à l'ancienne. Malgré cela, au cours de l'année qui venait de s'écouler, il avait accepté très peu de missions. Petit à petit, il levait le pied. Son domaine, c'était la possibilité pour lui de changer de vie. Un jour — il se l'était juré —, ce serait toute sa vie. En attendant, il avait reporté sa première campagne de semaisons printanières pour répondre à l'appel d'Armand.

Lorsqu'il se leva à l'entrée du prince, déployant son corps long et élancé, il avait sans doute davantage l'allure d'un soldat que celle d'un homme de la campagne. Il portait, comme souvent, une veste en lin bien coupée par-dessus un T-shirt à manches longues et un pantalon impeccable. C'était une tenue neutre qu'il pouvait rendre plus formelle ou au contraire plus décontractée selon l'occasion. Quoi qu'il en soit, il appartenait à cette catégorie d'hommes qu'on remarque avant ses vêtements. C'était son visage qui attirait d'abord l'attention, peut-être à cause de son regard doux et bienveillant qu'il avait hérité de ses ancêtres écossais et irlandais. Sa peau aurait été pâle s'il n'avait pas passé autant de temps dehors. Ses cheveux sombres étaient coupés court, mais quelques mèches rebelles retombaient sur son front. Sa bouche était pleine et semblait sérieuse. Il paraissait fort sans être trop massif et ses yeux avaient ce bleu si caractéristique des Irlandais bruns. Son regard était un atout dont il s'était servi à maintes reprises, soit pour charmer, soit pour intimider.

Son attitude était moins rigide que celle du prince, mais tout aussi réservée.

— Votre Altesse.

A ses mots, Alexander et Bennett sursautèrent tous les deux.

— Comment va Brie ? demandèrent-ils en chœur.

Mais, alors que Bennett se précipitait à côté de son père, Alexander s'immobilisa quelques instants. Il écrasa sa cigarette si nerveusement qu'il la cassa en deux dans le cendrier.

— Elle a repris connaissance, répondit rapidement Armand. J'ai pu parler avec elle.

— Comment se sent-elle ? demanda Bennett en fixant son père de son regard sombre et inquiet. Quand pourra-t-on la voir ?

— Elle est très fatiguée, répondit Armand en effleurant à peine le bras de son fils. Demain, peut-être…

Debout devant la fenêtre, Alexander bouillait :

— Sait-elle qui…

— Nous verrons cela plus tard, l'interrompit son père.

Alexander serra les mâchoires. Il en aurait volontiers dit davantage, mais son éducation stricte le lui interdisait. Il connaissait trop bien les règles et les obligations qui allaient avec son titre.

— Nous la ramènerons très bientôt au palais, dit-il calmement, tout en s'approchant de son père pour mieux le défier.

Puis il adressa un bref regard aux gardes et aux policiers. Gabriella était peut-être en sûreté ici, mais il voulait qu'elle rentre à la maison.

— Dès que possible, ajouta-t-il.

— Elle est peut-être fatiguée, enchaîna Bennett, mais je suis sûr qu'elle aura envie de voir un visage familier un peu plus tard. Alex et moi pouvons attendre.

Un visage familier. Le regard d'Armand se perdit dans le vague. Pour sa Brie, hélas, aucun visage n'était plus familier. Il l'expliquerait à ses fils, mais plus tard, en privé. Pour l'heure, il devait se comporter en prince.

— Vous pouvez partir, dit-il à ses enfants qui parurent aussitôt aussi stupéfaits que déçus. Demain, votre sœur sera plus reposée. Maintenant, je souhaiterais m'entretenir avec Reeve.

Il congédia ses fils d'un simple mouvement de tête. Alors qu'ils hésitaient à quitter la pièce, il leva un sourcil, le plus froidement du monde.

— Est-ce qu'elle souffre ? ne put s'empêcher de demander Alexander.

Le regard d'Armand s'adoucit, malgré lui.

— Non, je vous le promets. Et vous pourrez bientôt le constater par vous-mêmes, ajouta-t-il comme son fils ne semblait pas se contenter de cette réponse. Gabriella est forte, dit-il avec une simplicité emplie de fierté.

Dans un hochement de tête, Alexander se résigna. Sans doute attendrait-il de se retrouver en privé avec son père pour exprimer ce qu'il avait sur le cœur. Il sortit avec son frère, sous l'escorte des gardes.

Armand jeta un dernier regard à ses fils, avant de se tourner vers Reeve.

— Après vous, fit-il en désignant la porte. Nous allons nous installer dans le bureau du Dr Franco pour quelques instants.

Il traversa le couloir sans sembler prêter attention aux gardes. Reeve, au contraire, les sentait tout proches et très tendus. Un enlèvement royal, songea-t-il, a tendance à rendre les gens nerveux. Le prince le fit entrer dans une pièce, dont il referma la porte derrière eux.

— Asseyez-vous, je vous en prie, dit-il en désignant un fauteuil. Pour ma part, j'en suis incapable pour l'instant.

Armand fouilla dans sa poche, pour en sortir une cigarette — l'une des dix qu'il s'autorisait chaque jour. Aussitôt, Reeve lui offrit du feu.

— Je vous suis reconnaissant d'être venu, Reeve. Je n'ai

pas encore eu l'occasion de vous dire combien j'apprécie que vous ayez fait ce long déplacement.

— Vous n'avez nul besoin de me remercier, Votre Altesse. Je n'ai encore rien fait.

Armand souffla lentement la fumée. Il pouvait se permettre de se laisser aller, un peu, devant le fils de son ami.

— Vous pensez peut-être que je suis trop dur avec mes fils.

— Je pense que vous connaissez vos fils mieux que moi.

Avec un petit rire, Armand s'assit.

— Votre père vous a appris à vous montrer diplomate.

— Parfois.

— Vous avez aussi hérité son esprit et son intelligence, à ce que je vois.

Reeve sourit, tout en se demandant si son père apprécierait la comparaison.

— Merci, Votre Altesse.

— Je vous en prie, en privé, appelez-moi Armand.

Pour la première fois depuis que sa fille s'était réveillée, il se relâchait. D'une main, il massa son front douloureux. Il avait l'impression que toute sa tension s'était accumulée en cet endroit précis.

— Au nom de l'amitié qui me lie à votre père, je crois que je vais devoir me servir de vous, Reeve. Je crains de n'avoir, en raison de l'amour que je porte à ma fille, pas d'autre choix.

Reeve observa quelques instants l'homme assis en face de lui. A présent, il voyait en lui bien plus qu'un prince. Il découvrait un père se débattant désespérément pour reprendre le contrôle de lui-même. En silence, il s'alluma une cigarette.

— Je vous écoute, finit-il par trancher.

— Elle ne se souvient de rien.

— Elle ne se souvient pas de ses ravisseurs ? demanda-t-il, dubitatif. Les a-t-elle seulement vus ?

— Elle ne se souvient de rien, répéta Armand en redressant la tête. Pas même de son nom.

Aussitôt, Reeve envisagea toutes les implications de cette révélation. Il acquiesça lentement, sans rien laisser paraître des pensées qui se bousculaient dans son esprit.

— Il n'y a rien d'anormal, j'imagine, à ce qu'elle souffre d'amnésie temporaire après ce qu'elle a vécu. Que dit le médecin ?

— Je vais m'entretenir avec lui très bientôt.

Armand était exténué par la tension qui pesait sur lui depuis six jours, mais il fit en sorte que sa voix reste la plus neutre possible.

— Vous êtes venu, Reeve, parce que j'ai fait appel à vous. Mais à aucun moment, vous ne m'avez demandé pourquoi j'avais besoin de vous.

— Non.

— En tant que citoyen américain, vous n'avez aucune obligation envers moi.

Reeve expira un mince filet de tabac virginien, qui vint se mêler au tabac français que fumait Armand.

— Non.

Armand esquissa un sourire. Reeve MacGee était bien le digne descendant de son père. Il pouvait donc lui faire confiance pour protéger ce qu'il avait de plus précieux au monde.

— Etre prince comporte une certaine part de danger. Vous comprenez cela.

— C'est le lot de tous les dirigeants du monde.

— Oui. Et celui de leurs enfants.

L'espace d'un instant, il regarda ses mains et l'anneau d'or qui y brillait, symbole de son pouvoir. Il était prince par naissance. Il était aussi père. Pourtant, jamais il n'avait eu à choisir ce qu'il était en premier lieu. Dès sa plus tendre enfance, il avait été éduqué et formé pour régner, et il avait toujours su que la première de ses obligations concernait son peuple.

— Naturellement, mes enfants possèdent leur propre garde rapprochée.

Réprimant un accès de violence, il écrasa sa cigarette, avant de poursuivre :

— Mais, de toute évidence, cela ne suffit plus. Brie — Gabriella — s'agace souvent de la présence de ses gardes auprès d'elle. Elle est assez intransigeante en ce qui concerne sa vie privée et son intimité. J'ai peut-être cédé à ses caprices. Notre pays est paisible, Reeve. La famille royale de Cordina est aimée de ses sujets. S'il arrivait à ma fille d'échapper de temps en temps à la surveillance de ses gardes, je ne m'en formalisais pas.

— Est-ce ce qui s'est produit, cette fois ?

— Elle voulait faire une balade en voiture dans la campagne. Cela lui arrive parfois. Les responsabilités liées à son titre sont nombreuses. Gabriella a besoin de relâcher la pression de temps en temps. Cela me paraissait un moyen à la fois simple et inoffensif pour elle de le faire, voilà pourquoi je l'y autorisais.

D'après le ton qu'il avait employé, Reeve comprit qu'Armand régnait sur sa famille comme il le faisait sur son pays : d'une main juste, mais sévère, sans jamais se laisser guider ni aveugler par ses sentiments.

— Jusqu'à l'enlèvement de votre fille, il y a six jours.

Armand acquiesça calmement. Loin de céder à ses émotions, il semblait décidé à s'attacher aux faits.

— A présent, et jusqu'à ce que nous sachions avec certitude qui a enlevé la princesse et pourquoi, il est hors de question de lui laisser courir le moindre risque. Je confierais ma vie à la garde royale. Pas celle de ma fille.

Reeve écrasa doucement sa cigarette. Il voyait très bien où le prince voulait en venir.

— Je ne suis plus dans la police, Armand. Et, de toute façon, vous ne voulez pas de policier.

— Vous travaillez à votre compte. Je sais que vous êtes un expert de l'antiterrorisme.

— Dans mon pays, fit remarquer Reeve. Cordina est un monde qui m'est totalement étranger.

Mais, malgré lui, il sentait sa curiosité piquée. Contrarié par sa propre réaction, il fronça les sourcils.

— J'ai eu l'occasion de nouer des contacts au fil des années. Je peux vous fournir les noms de bons professionnels. Si vous cherchez un garde du corps…

— Je cherche un homme à qui je puisse confier la vie de ma fille, l'interrompit Armand.

Il s'était exprimé d'une voix calme, mais tranchante.

— Un homme à qui je puisse faire confiance. Un homme objectif qui a déjà eu l'occasion d'affronter une situation potentiellement explosive avec… finesse.

Comme Reeve restait impassible, le prince lui adressa un nouveau sourire.

— J'ai suivi votre carrière, reprit-il. J'ai quelques contacts à Washington. Tout le monde est élogieux à votre sujet, Reeve. Votre père peut être fier de vous.

Reeve, mal à l'aise, tressaillit à l'évocation de son père. Les liens entre leurs deux familles étaient trop personnels. S'il acceptait l'offre du prince, il serait difficile pour lui de rester objectif. S'il la refusait, il ne manquerait pas de se sentir coupable.

— Je vous remercie, mais je ne suis ni policier, ni garde du corps. Je suis un simple propriétaire terrien.

L'expression d'Armand demeura grave, mais la lueur d'amusement qui passa dans ses yeux n'échappa pas à Reeve.

— C'est ce que l'on m'a dit, en effet. Soit : soyez fermier, si cela vous fait plaisir. Il n'empêche, j'ai besoin de vous. Terriblement besoin de vous. Mais restons-en là pour aujourd'hui. Réfléchissez à ce que je vous ai dit. Demain, peut-être, pourrons-nous rediscuter de tout cela, avant que vous parliez à Gabriella elle-même. En attendant, vous êtes notre hôte.

Il se leva, signifiant de ce fait la fin de leur entretien.

— Ma voiture vous ramènera au palais. Pour ma part, je vais rester ici encore un peu.

Le soleil de cette fin de matinée pénétrait dans la chambre d'hôpital où se reposait la princesse. Pour tromper son envie d'allumer une cigarette, Reeve examina les motifs que la lumière dessinait sur le sol. Il avait de nouveau parlé avec Armand, au cours d'un petit déjeuner privé dans la suite du prince. S'il y avait bien une chose qu'il comprenait, c'était la détermination tranquille et le froid exercice du pouvoir. C'était dans ce climat qu'il avait grandi.

Il pesta, tout en observant par la fenêtre les montagnes qui entouraient Cordina de façon si majestueuse.

Que diable faisait-il ici ? Ses terres se trouvaient à des milliers de kilomètres de là et attendaient d'être labourées. Au lieu de cela, il se trouvait dans ce petit pays de conte de fées où l'air était délicieusement doux et la mer si bleue et si proche... Il n'aurait jamais dû venir, se reprocha-t-il avec amertume. Quand Armand l'avait appelé, il aurait dû refuser en lui présentant ses excuses. Quand son père avait appuyé la demande du prince, il aurait dû répondre qu'il avait des champs à labourer et du blé à semer.

Mais il ne l'avait pas fait. Il savait très bien pourquoi, du reste, reconnut-il en soupirant. Son père lui avait demandé si peu et lui avait tant donné. L'amitié qui liait l'ambassadeur Francis MacGee à Son Altesse royale Armand de Cordina était forte et sincère. Armand s'était déplacé jusqu'aux Etats-Unis pour assister aux funérailles de sa mère. Comment aurait-il pu oublier combien ce témoignage de soutien avait compté pour son père ?

Et, surtout, comment aurait-il pu oublier la princesse ? Dix ans après leur première rencontre, voilà qu'elle dormait à quelques mètres de lui, dans ce lit d'hôpital, pâle, vulnérable, fragile. Il la revit à l'époque où il avait accompagné ses parents au cours d'un voyage à Cordina.

C'était le jour de son seizième anniversaire, se souvint-il. Il avait alors vingt et quelques années et travaillait déjà dans les forces spéciales. Il n'était pas le genre d'homme à poursuivre des chimères, et encore moins à croire aux contes de fées. Pourtant, c'était ce à quoi avait ressemblé sa rencontre avec Son Altesse sérénissime Gabriella.

Elle portait ce soir-là — il s'en souvenait encore — une robe de soie vert menthe très pâle, dont la jupe partait en plis vaporeux tout autour de sa taille extraordinairement fine. Sa peau rayonnait de vie et de jeunesse. Sur son front scintillait une fine tiare de diamants dont la blancheur aveuglante contrastait avec le riche châtain de ses cheveux épais. C'était une chevelure dans laquelle tout homme aurait eu envie d'enfouir ses doigts, avec possessivité. Son visage tout en délicatesse n'était qu'un camaïeu de rose et de crème, avec une bouche sensuelle et pleine de promesses. Et ses yeux… Reeve se les rappelait plus que tout. Ses yeux, sous des sourcils noirs et joliment arqués, bordés de cils très longs et épais, étaient comme des topazes.

Presque à contrecœur, il se détourna de la fenêtre pour la regarder telle qu'elle était à présent.

Son visage était toujours aussi fin, peut-être plus encore depuis qu'elle était devenue femme. Le dessin bien net de ses pommettes lui conférait une grande dignité. Sa peau était d'une pâleur extrême, comme si la vie et la jeunesse lui avaient été dérobées. Ses cheveux toujours épais étaient tirés en arrière, dégageant son visage qui paraissait ainsi plus vulnérable encore. Elle était toujours aussi belle, mais sa beauté paraissait si fragile que nul homme n'aurait osé l'effleurer.

Elle avait un bras hors des couvertures et il vit briller à son doigt un saphir entouré de diamants. Mais ses ongles étaient courts et irréguliers, comme s'ils avaient été rongés ou cassés. Et elle avait au poignet, à la place du bracelet de perles qu'elle portait lors de son seizième anniversaire, une perfusion qui la nourrissait goutte à goutte.

Soudain, il sentit la colère le gagner. Une semaine s'était écoulée depuis son enlèvement, deux jours depuis que ce jeune couple l'avait trouvée évanouie au bord de la route, et pourtant, personne ne savait encore quel avait été son calvaire. Il se souvenait du parfum qu'elle portait dix ans plus tôt, tandis qu'elle ne se souvenait même plus de son nom.

Il lui arrivait parfois de ne pas aller jusqu'au bout des enquêtes qu'il menait. Il lui arrivait aussi de laisser à d'autres le soin de les boucler. Mais il y avait aussi ces affaires qui, du début à la fin, l'intriguaient et suscitaient son intérêt. Au fond, il était fasciné par les questions, par les énigmes, et la perspective d'en triompher était un véritable moteur pour lui, même si l'issue pouvait s'avérer violente.

Armand avait été intelligent, songea-t-il avec contrariété, très intelligent, d'insister pour qu'il voie la princesse Gabriella en personne. Quelle décision allait-il prendre à son sujet ? Que diable allait-il faire ? Il avait une nouvelle vie à commencer, la vie qu'enfin il s'était choisie, et il ne pouvait se permettre de s'occuper des problèmes des autres. D'autant que les problèmes des autres, c'était désormais ce qu'il cherchait à tout prix à éviter.

Les sourcils froncés, l'air préoccupé : ce fut ainsi qu'elle le découvrit en ouvrant les yeux. Brie s'arrêta sur ce visage fermé et contrarié, vit ces yeux bleus fulminants, cette mâchoire serrée, et se figea. Rêve ou réalité ? s'interrogea-t-elle en tentant de rassembler ses forces. Puis, peu à peu, elle reprit ses esprits. L'hôpital… S'y trouvait-elle encore ? Elle ne quitta l'homme des yeux que le temps nécessaire pour s'en assurer. Elle ne rêvait donc pas. Ses doigts se crispèrent sur les draps jusqu'à devenir blancs, mais elle réussit à parler d'une voix calme :

— Qui êtes-vous ?

Malgré tout ce qui avait pu changer chez elle au fil des années ou au cours de la semaine écoulée, ses yeux étaient restés les mêmes. Fauves, profonds. Fascinants. Troublé, Reeve garda les mains dans ses poches.

— Je suis Reeve McGee, un ami de votre père.

Brie se détendit un peu. Elle se souvenait de l'homme aux yeux fatigués et au maintien militaire qui lui avait dit être son père. Après une nuit ô combien épuisante et frustrante passée à essayer de retrouver des bribes de sa mémoire disparue, c'était un minuscule soulagement.

— Est-ce que nous nous connaissons ?

— Nous nous sommes rencontrés il y a plusieurs années, Votre Altesse.

Les yeux qui l'avaient tant fasciné lorsqu'elle n'était encore qu'une enfant semblaient le dévorer maintenant qu'elle était une femme. Elle avait besoin d'aide, songea-t-il. Elle avait besoin d'être secourue.

— C'était à l'occasion de votre seizième anniversaire. Vous étiez divine.

— Vous êtes américain, Reeve MacGee ?

Il hésita un moment, perplexe.

— Oui. Comment le savez-vous ?

— Votre accent.

Le trouble allait et venait dans ses yeux. Il crut la voir s'accrocher à ce tout petit rien.

— Je l'ai entendu à votre accent. J'ai déjà dû me rendre dans votre pays.

— Oui, Votre Altesse.

Il savait, songea-t-elle. Il savait, tandis qu'elle ne pouvait que supposer.

— Rien…, commença-t-elle.

Mais sa voix se brisa et ses yeux s'embuèrent. Il retint son souffle, tandis qu'elle chassait ses larmes. Quelques secondes plus tard, tout signe de faiblesse avait disparu chez elle, et il reconnut bien là la fille de son père.

— Pouvez-vous imaginer, reprit-elle calmement, quel effet cela fait de se réveiller sans aucun souvenir ? Ma vie est un livre rempli de pages blanches. Je dois attendre qu'on les remplisse pour moi. Que m'est-il arrivé ?

— Votre Altesse…

— Etes-vous obligé de m'appeler ainsi ?

Ce petit mouvement d'impatience le surprit. Il essaya de ne pas sourire, de ne pas s'en émerveiller.

— Non, se contenta-t-il de répondre en s'asseyant sur le bord du lit. Comment voudriez-vous que je vous appelle ?

— Par mon prénom.

Brie regarda avec contrariété le pansement à son poignet. Elle demanderait à ce qu'on débranche sa perfusion bientôt, décida-t-elle en essayant de se redresser.

— Il paraît que je m'appelle Gabriella.

— On vous appelle le plus souvent Brie.

Elle garda le silence un moment, alors qu'elle luttait pour se souvenir. Mais les pages blanches le restèrent.

— Très bien, alors. A présent, dites-moi ce qui m'est arrivé.

— Nous ne connaissons pas tous les détails.

— Vous devez bien en connaître quelques-uns, rétorqua-t-elle en le fixant droit dans les yeux. Et je veux que vous me les donniez.

Il l'observa avec attention. Elle était fragile, certes, mais une véritable force couvait en elle. Et son travail allait consister à la faire jaillir.

— Dimanche dernier, dans l'après-midi, vous êtes allée

vous promener en voiture dans la campagne. Le lendemain, votre voiture a été retrouvée, abandonnée. Le palais a été joint plusieurs fois par téléphone. Quelqu'un vous avait enlevée et vous tenait séquestrée.

Il n'ajouta pas quelles menaces avaient été proférées à son encontre, ni ce qu'il devait advenir d'elle si son ravisseur n'avait pas obtenu ce qu'il réclamait, c'est-à-dire une exorbitante somme d'argent, ainsi que la libération de certains prisonniers.

— Enlevée…

Sans réfléchir, elle agrippa la main de Reeve et la serra fort. Elle voyait des images, des ombres. Une petite pièce sombre. Elle sentait une odeur de kérosène et de moisissure. Elle se souvenait de la nausée qu'elle avait ressentie, de son mal de tête. La terreur lui revint, mais à part cela, pas grand-chose.

— Cela reste très flou, murmura-t-elle. Je sais que tout cela est réel, mais je n'ai aucune image précise en tête.

— Je ne suis pas médecin, répondit-il sèchement pour couper court à l'émotion qui l'avait gagné pendant qu'il assistait à cette lutte désespérée. Mais je vous conseillerais de ne pas trop insister. Vous vous souviendrez lorsque vous serez prête.

— Facile à dire, rétorqua-t-elle en lâchant sa main. Quelqu'un m'a dépossédée de ma vie, monsieur MacGee… Mais vous ? demanda-t-elle soudain. Quel est votre rôle dans tout cela ? Etions-nous amants ?

Surpris, il haussa un sourcil. Au moins, elle n'y allait pas par quatre chemins. Et elle ne paraissait pas non plus spécialement emballée par cette perspective, remarqua-t-il, à la fois amusé et piqué dans son orgueil.

— Non. Comme je vous l'ai dit, vous n'aviez que seize ans la seule fois où nous nous sommes rencontrés. Nos pères sont des amis de longue date. Ils n'auraient pas apprécié que je tente de vous séduire.

— Je vois. Pourquoi êtes-vous là, alors ?

— Votre père m'a demandé de venir. Il est inquiet pour votre sécurité.

Elle regarda la bague qui brillait à son doigt. Magnifique, songea-t-elle. Puis elle vit ses ongles et fronça les sourcils. Il y avait un souci : il n'était pas possible de porter une telle bague sans prendre soin de ses mains. Une autre bribe de souvenir lui parvint, lointaine. Brie serra les poings pour essayer de la retenir, mais elle se dissipa aussitôt.

— Si mon père est si inquiet pour ma sécurité, continua-t-elle sans se rendre compte que Reeve observait ses moindres expressions, quel rapport cela a-t-il avec vous ?

— J'ai acquis une certaine expérience dans le domaine de la sécurité. Le prince Armand m'a demandé de veiller sur vous.

Elle fronça de nouveau les sourcils, de cette façon calme et pensive qui la caractérisait, bien qu'elle n'en sût rien.

— Un garde du corps ? demanda-t-elle d'une voix contrariée. Je ne pense pas aimer beaucoup cela.

A peine avait-elle prononcé ces mots que Reeve sentit l'impatience le gagner. Il avait sacrifié de son temps libre, parcouru des milliers de kilomètres, et elle ne pensait pas qu'elle allait aimer cela !

— Vous allez découvrir, Votre Altesse, que même une princesse doit faire face à des choses qu'elle n'aime pas. Il va falloir vous y habituer.

Elle l'observa d'un air impassible et confiant, comme toutes les fois où son caractère et sa raison s'affrontaient.

— Je ne pense pas, monsieur McGee. Je suis certaine que je ne supporterais pas d'avoir quelqu'un constamment derrière moi. Quand je rentrerai chez moi…

Elle s'interrompit, tant ces deux derniers mots étaient dépourvus de sens pour elle.

— Quand je rentrerai chez moi, répéta-t-elle, je trouverrai un autre moyen de régler ce problème. Vous pouvez dire à mon père que j'ai décliné votre aimable proposition.

— J'ai bien peur que ce genre de décision ne vous appartienne pas.

Lorsqu'il se leva, elle put constater à quel point il était grand. Peu importait qu'il fût très élancé, ni qu'il fût élégamment habillé. S'il voulait empêcher quelqu'un de passer, ce quelqu'un ne passerait pas. Cela ne faisait pas l'ombre d'un doute.

Il la mettait mal à l'aise. Elle ne savait pas pourquoi, ni même, hélas, s'il y avait une raison objective à cela. Mais c'était un fait, et c'était pour cela qu'elle voulait éviter d'avoir à le fréquenter quotidiennement. Sa vie était déjà assez compliquée en ce moment sans qu'un homme comme Reeve McGee se trouve sans cesse sur son chemin.

Elle avait demandé s'ils avaient été amants parce que l'idée l'avait à la fois troublée et apeurée. Lorsqu'il avait nié, elle n'avait pas senti de soulagement particulier, mais un grand vide, ce même grand vide qui l'habitait depuis deux jours. Peut-être était-elle quelqu'un de froid, songea-t-elle. Quelqu'un qui ne se laissait jamais aller à ses émotions. Et peut-être, finalement, la vie était-elle plus simple ainsi…

— Il paraît que j'ai presque vingt-cinq ans, monsieur McGee.

— Etes-vous obligée de m'appeler ainsi ? riposta-t-il en adoptant le même ton qu'elle.

Il la vit sourire brièvement. Un rayon de soleil passa, et disparut.

— Je suis adulte, continua-t-elle. Je prends moi-même les décisions qui concernent ma vie.

— En tant que membre de la famille royale de Cordina, certaines décisions ne vous appartiennent pas.

Il se dirigea vers la porte et l'ouvrit, avant de se tourner vers elle, la main sur la poignée.

— Croyez-moi, Gabriella, j'ai bien mieux à faire que de chaperonner une princesse…

Il esquissa à son tour un sourire, ironique.

— … mais même le commun des mortels n'est pas toujours libre de ses choix.

Brie attendit que la porte se soit refermée pour s'asseoir dans son lit. Elle fut aussitôt prise de vertige. L'espace d'un instant, d'un tout petit instant, elle eut envie de se rallonger jusqu'à ce que quelqu'un vienne s'occuper d'elle. Mais cette passivité lui était devenue intolérable. Elle se redressa d'un bond, et attendit que sa faiblesse se dissipe. Puis, avec prudence et lenteur, elle marcha vers le miroir qui se trouvait à l'autre bout de la pièce, et qu'elle avait évité jusqu'ici.

Comme elle ne se rappelait pas à quoi elle pouvait ressembler, elle n'avait pu que l'imaginer. Qui était-elle ? Et que pouvait-elle savoir sur elle-même si elle ne connaissait même pas la couleur de ses yeux ? Elle prit une grande inspiration et se planta devant le miroir.

Trop maigre, pensa-t-elle aussitôt. Trop pâle. Mais pas complètement hideuse, ajouta-t-elle avec un soulagement dont elle ne fut pas spécialement fière. Ses yeux étaient peut-être d'une couleur étrange, mais ils paraissaient doux. Elle parcourut le contour de son visage avec le bout de son doigt. Vraiment trop maigre. Faible, apeurée. Il n'y avait rien dans ce reflet qui évoquait son père. Rien qui ressemblait à la force incroyable qui se lisait sur le visage du prince. Sur le sien, elle ne voyait que de la fragilité… Trop de fragilité.

— Qui es-tu ? demanda-t-elle en posant sa main sur le miroir. Qui es-tu vraiment ?

Alors, bien malgré elle, elle se laissa aller au désespoir et se mit à pleurer.

2

Cela ne se reproduirait plus, se dit Brie en sortant d'une douche dont la tiédeur l'avait détendue. Elle n'enfouirait plus son visage entre ses mains pour pleurer parce qu'elle se sentait écrasée par le poids des événements. Ce qu'elle ferait, et cela dès maintenant, ce serait aborder les problèmes les uns après les autres, pour tenter d'y faire face et avancer.

Il fallait commencer par le commencement, donc. Elle enfila le peignoir qu'elle avait trouvé dans le placard. D'un beau vert émeraude, il était épais et moelleux, et un peu usé aux poignets. Sans doute son peignoir fétiche, songea-t-elle. Pourtant, à part un sentiment de confort et de bien-être, elle ne ressentait rien de particulier en le portant. Sans s'y attarder, elle tira avec détermination sur la sonnette pour appeler l'infirmière.

— Je voudrais mes vêtements, déclara-t-elle dès que l'infirmière fut entrée.

— Votre Altesse, vous ne devriez pas…

— Je parlerai avec le médecin si nécessaire. Pour l'heure, j'ai besoin d'une brosse à cheveux, de maquillage, et de vêtements, dit-elle en croisant les bras dans un geste qui pouvait paraître autoritaire, mais qui lui était avant tout dicté par la nervosité. Je rentre chez moi ce matin.

On ne discute pas avec la famille royale. Aussi l'infirmière quitta-t-elle discrètement la pièce, sans doute pour aller faire son compte rendu au médecin.

Et en effet, moins d'une minute plus tard, celui-ci entrait dans la chambre, l'air décidé.

— Qu'est-ce qui se passe ici ? demanda-t-il.

Son regard était bienveillant, mais son ton des plus sévère. Un homme aussi bon qu'inflexible, songea Brie.

— Votre Altesse, vous n'avez rien à faire debout.

Il était temps pour elle de tester son autorité.

— Docteur Franco, j'apprécie votre professionnalisme et votre gentillesse. Mais je rentre chez moi aujourd'hui.

— Chez vous…

Alors qu'il avançait, une lueur se mit à briller dans ses yeux.

— Ma chère Gabriella, cela signifie-t-il que…

— Non, l'interrompit-elle en secouant la tête. Je n'ai pas recouvré la mémoire.

Franco acquiesça.

— J'ai discuté avec le Dr Kijinski, Votre Altesse. C'est un grand neuropsychiatre, spécialiste de la mémoire. Cet après-midi…

— Je verrai votre Kijinski, docteur Franco, mais pas aujourd'hui.

Elle enfouit ses mains dans les poches profondes de son peignoir et ses doigts rencontrèrent quelque chose de petit et fin. Une épingle à cheveux, constata-t-elle en la sortant de sa poche. Elle la serra fort dans sa main, espérant que ce minuscule objet puisse raviver quelque souvenir, même partiel.

— J'ai besoin d'essayer de régler le problème à ma façon. Si je retourne dans un endroit familier, peut-être recouvrerai-je la mémoire. Vous m'avez assuré hier après le départ de mon… de mon père, que cette amnésie était temporaire et que, outre la fatigue et le choc, j'allais bien.

Si c'est le cas, je peux aussi bien me reposer et me rétablir chez moi.

— Votre repos et votre rétablissement peuvent être surveillés de plus près ici.

Elle lui adressa un sourire résolu.

— Je ne choisis pas d'être surveillée, docteur Franco. Je choisis de rentrer chez moi.

— Vous l'avez peut-être oublié tous les deux, mais c'est exactement ce que Gabriella a dit juste après son opération des amygdales.

Debout dans l'embrasure de la porte, Armand venait d'assister à l'échange. Emu, il regardait sa frêle fille tenir tête au solide Franco. Il entra, puis tendit la main à son enfant. Bien que son hésitation à l'accepter lui fît mal, il referma doucement ses doigts autour des siens.

— Son Altesse va rentrer à la maison, dit-il sans un regard pour le médecin.

Mais, avant que Brie n'ait le temps de se réjouir trop vite, il poursuivit, à l'attention de Franco :

— Vous me donnerez vos instructions par écrit. Si la princesse ne les suit pas à la lettre, je la renverrai ici.

Contre toute attente, Brie acquiesça d'un hochement de tête. Mais cette soumission apparente fut vite contrebalancée par un haussement de sourcil plein de défi. Armand pressa la main de sa fille dans la sienne lorsqu'il reconnut ce regard. Elle le lui adressait toutes les fois, extrêmement nombreuses, où elle voulait obtenir quelque chose de lui. Et, chaque fois, il cédait.

— Je vais demander à ce qu'on vous apporte vos affaires.

— Merci.

Mais elle n'ajouta pas « père », à son grand désarroi.

Une heure plus tard, Brie quittait enfin l'hôpital. Elle aimait la robe qu'elle avait revêtue pour l'occasion, gaie et printanière, dans de jolis tons pastel. Et c'est avec soulagement et satisfaction qu'elle avait constaté qu'elle était encore assez habile pour se maquiller.

Lorsqu'elle se retrouva à la lumière du jour, un rose délicat rehaussait ses joues et ses cernes étaient habilement dissimulés. Elle avait lâché ses cheveux, qui se balançaient sur ses épaules au rythme de ses pas. Le parfum français qu'elle portait, très léger, lui procurait la même sensation de bien-être que le peignoir.

Elle identifia tout de suite la voiture qui l'attendait : une vaste limousine. Elle ne se souvenait pas d'avoir déjà voyagé dans un tel luxe, ni du visage du chauffeur qui lui sourit en s'inclinant, avant de lui ouvrir la portière. Elle s'installa en silence, et attendit que son père prenne place en face d'elle.

— Tu parais déjà plus forte, Brie.

Il y aurait eu tant à raconter, et pourtant elle avait si peu à dire. Les détails lui échappaient, seules les impressions comptaient à cette heure. Elle ne se sentait pas déplacée dans le luxe tranquille de la limousine. Le poids de la bague qui brillait à son doigt ne lui paraissait pas trop lourd à porter. Elle savait que ses chaussures étaient italiennes, mais seules les éraflures qu'elle avait vues sur leurs semelles lui apprenaient qu'elles avaient déjà été portées. Par elle, certainement, car elles lui allaient parfaitement bien.

Le parfum que portait son père l'aida à se détendre. Elle le regarda de nouveau, pensive.

— Je sais que je parle aussi bien le français que l'anglais, car les pensées me viennent spontanément dans l'une ou l'autre de ces langues. Je connais le parfum des roses. Je sais dans quelle direction je dois regarder pour voir le soleil se lever sur la mer et à quoi ressemble l'aube. En revanche, j'ignore si je suis quelqu'un de bon ou d'égoïste. Je ne connais pas la couleur des murs de ma chambre. Je ne sais pas si j'ai bien mené ma vie ou si je l'ai gâchée.

En écoutant sa fille lui expliquer calmement pourquoi elle ne pouvait lui donner l'amour qu'il était en droit de recevoir, Armand sentit son cœur se serrer.

— Je pourrais répondre à toutes ces questions.

Elle acquiesça, l'air impassible.

— Mais vous ne le ferez pas.

— Je pense que si tu le découvres par toi-même, tu en apprendras davantage.

— C'est possible.

Elle baissa les yeux, tandis que ses doigts caressaient le sac en peau de serpent qu'elle portait.

— J'ai déjà découvert que j'étais impatiente, dit-elle, esquissant un sourire.

Amusé, il lui rendit son sourire.

— C'est un bon début.

— Et il faut que je me satisfasse de ce début.

— Ma chère Gabriella, je ne me fais aucune illusion à ce sujet : tu ne sauras t'en contenter bien longtemps.

Songeuse, Brie regarda par la fenêtre, alors que la voiture empruntait une longue route sinueuse. La route était bordée d'arbres — des palmiers pour la plupart —, dont les feuillages étaient agités par la brise. Partout affleuraient de gros rochers gris, dans les fissures desquels avaient poussé de délicates fleurs sauvages. La mer était en contrebas, d'un bleu profond, éclatant et serein.

Si elle levait les yeux en direction de la route, elle pouvait voir, au loin, la ville, avec ses constructions roses et blanches disposées comme de jolis jouets d'enfant sur un promontoire escarpé et en saillie.

Un conte de fées, pensa-t-elle encore, tout en commençant à s'habituer à cette idée. Alors qu'ils pénétraient dans la ville, une sensation de calme et d'apaisement l'envahit de nouveau. Tout était aussi charmant et riant que la vue l'avait laissé présager. L'harmonie entre les constructions et la nature environnante — les maisons étaient érigées sur le rocher et entourées par la campagne — paraissait totale, comme s'il régnait là un ordre et une tranquillité séculaires.

Pas de hauts immeubles, pas d'agitation frénétique comme il lui semblait en avoir déjà vu dans d'autres villes. Ici, elle était chez elle. Elle le sentait, sans aucun doute possible. Chez elle.

— Si vous ne voulez rien me dire sur moi, dit-elle à Armand sans que sa voix ne se brise, parlez-moi de Cordina.

Il était heureux qu'elle lui ait fait cette requête. Elle le vit au léger sourire qu'il esquissa.

— Notre histoire est très riche, dit-il avec fierté. Les Bisset — c'est notre nom — règnent sur ce pays depuis le XVIIe siècle. Avant cela, Cordina a successivement été gouverné par les Espagnols, les Arabes, les Espagnols de nouveau, puis les Français. Cordina est un port, comme vous le voyez, et sa position stratégique en Méditerranée a toujours été convoitée.

Il marqua une pause, avant de reprendre :

— En 1657, mon aïeul et homonyme, Armand Bisset, a reçu la principauté de Cordina en héritage. Depuis lors, elle est restée dans la famille et le restera tant que les Bisset auront des fils. Car le titre ne peut pas se transmettre par les femmes.

— Je vois.

Après un moment de réflexion, Brie inclina la tête.

— Personnellement, cela m'arrange, mais c'est une loi qui me paraît bien archaïque.

— Ce n'est pas la première fois que vous le dites.

— Je vois.

Elle tourna la tête et aperçut des enfants qui jouaient dans un parc ombragé, au pied d'une grande fontaine. Non loin, un magasin arborait de magnifiques robes de soirée dans sa vitrine, tandis qu'une boulangerie regorgeait de jolis petits gâteaux rose et blanc. Ils passèrent devant une maison dont le jardin était planté d'éclatantes azalées.

— Et les Bisset sont-ils de bons souverains ?

Cela lui ressemblait bien de poser cette question, songea Armand, ému. Alors que sa fille avait perdu la mémoire, son esprit curieux n'avait pas disparu, pas plus que son sens de la compassion.

— Cordina est en paix, répondit-il simplement. Nous sommes membres des Nations unies. Je gouverne, assisté par Loubet, notre secrétaire d'Etat. Le Conseil de la Couronne se réunit trois fois par an. Pour toutes les questions internationales, je dois le consulter. Toutes les lois doivent être approuvées par le Conseil national, dont les membres sont élus.

— Y a-t-il des femmes au gouvernement ?

Il leva un sourcil amusé.

— Vous n'avez pas perdu votre goût pour la politique, à ce que je vois. Oui, il y a des femmes, même si vous jugeriez sans doute leur nombre insuffisant. Cordina est un pays progressiste.

— Le terme « progressiste » est peut-être relatif.

— Peut-être.

Il sourit, car c'était un vieux débat entre eux.

— Le commerce maritime est, naturellement, notre principale source de revenus, mais le tourisme n'est pas loin derrière. Nous avons la beauté, la culture, et un climat hospitalier : tout ce qu'il faut. Notre pays est petit, mais il n'est pas insignifiant. Il est bien gouverné.

Brie accepta cette réponse sans poser davantage de questions. Si elle en avait eu, la vue du palais vers lequel ils arrivaient les lui aurait de toute façon fait oublier sur-le-champ.

Majestueux, il se dressait, comme l'on pouvait s'y attendre, sur le point culminant du promontoire rocheux où avait été bâtie la ville de Cordina. Il faisait face à la mer, et surplombait de vertigineuses falaises. C'était la place forte dans toute sa splendeur.

En le contemplant, Brie ressentit de nouveau cette impression étrange, celle de naviguer en plein rêve.

Le palais était construit en pierre blanche et sa structure principale se prolongeait en un enchevêtrement de murailles, de parapets et de tours. A l'origine, il avait dû être construit à la fois pour régner et pour défendre. Tel un bouclier et une couronne, il coiffait la capitale.

Il y avait des gardes à l'entrée, mais les grilles n'étaient pas fermées. Ils portaient un très bel uniforme rouge, qui paraissait à la fois fonctionnel et élégant. Sans pouvoir s'en empêcher, Brie pensa à Reeve MacGee.

— Votre ami est venu me trouver. M. MacGee.

Elle se força à détacher son regard du palais. Les choses sérieuses d'abord, songea-t-elle. Cela semblait être sa méthode.

— Il m'a dit que vous lui aviez demandé son aide, poursuivit-elle. Bien que j'apprécie votre sollicitude, l'idée d'avoir un étranger de plus dans mon entourage me rend mal à l'aise.

— Reeve est le fils de mon ami le plus ancien et le plus cher. Ce n'est pas un étranger.

Pas plus que moi, songea Armand, tout en s'exhortant à la patience.

— Pour moi, c'en est un. Selon ses propres dires, nous ne nous sommes rencontrés qu'une seule fois, il y a presque dix ans. Même si je me souvenais de lui, il resterait un étranger.

Il avait toujours admiré chez elle cette capacité à faire preuve d'implacable logique lorsque cela l'arrangeait. Et d'obstination, lorsque cela ne suffisait pas. L'admiration qu'il ressentait pour sa fille, cependant, ne devait pas l'égarer.

— Reeve était dans la police aux Etats-Unis et s'occupait

tout spécialement des questions de sécurité. Il est l'homme qu'il nous faut.

Elle désigna les hommes qui les escortaient dans un autre véhicule.

— Les gardes ne sont-ils pas assez nombreux ?

Armand attendit que le chauffeur s'arrête devant l'entrée du palais.

— Si c'était le cas, rien de tout cela ne serait nécessaire.

Il sortit de la limousine en premier et offrit lui-même sa main à sa fille.

— Bienvenue à la maison, Gabriella.

Elle laissa quelques instants sa main dans la sienne. La légère brise qui soufflait s'insinua entre eux. De toute évidence, elle n'était pas encore prête à entrer, aussi Armand attendit-il.

Plus troublée que jamais, Brie prit une grande inspiration. Aussitôt, une odeur de fleurs lui parvint. Le jasmin, à la fois vanillé et épicé. Et les roses qui poussaient dans la cour. La pelouse était si verte et la pierre si blanche que c'en était presque aveuglant. Il avait dû y avoir jadis un pont-levis à cet endroit, elle en était certaine. A présent, quelques marches en pierre que l'usure et le temps avaient creusées conduisaient à une grande porte de bois acajou. La façade était percée de larges fenêtres, dont les vitres, comme dans tout palais, étaient de verre tantôt incolore, tantôt coloré. Au sommet de la plus haute tour flottait un drapeau, agité par le vent. Un rectangle d'un blanc de neige barré par une impétueuse diagonale rouge.

Lentement, elle embrassa la bâtisse du regard. Elle lui parlait et semblait vouloir l'accueillir en son sein. Le sentiment de paix qu'elle éprouvait n'était pas imaginaire. C'était quelque chose d'aussi réel que la peur qu'elle avait ressentie peu de temps auparavant. Pourtant, elle était incapable de dire laquelle de ces fenêtres qui l'éblouissaient était la sienne. C'était pour le découvrir qu'elle était là, se rappela-t-elle, avant d'avancer.

A peine avait-elle fait un pas que la porte s'ouvrit brusquement. Un jeune homme avec des cheveux sombres et épais et une silhouette de danseur surgit dans la lumière.

— Brie !

Et en un éclair, il fut devant elle, la serrant dans ses bras avec toute la force et l'enthousiasme de la jeunesse. Il flottait autour de lui une légère odeur de cuir et de cheval, pas désagréable du tout.

— Je revenais juste des écuries lorsqu'Alex m'a dit que vous étiez en route.

Emue par ce témoignage d'affection, Brie jeta un coup d'œil à son père pour implorer son aide.

— Ta sœur a besoin de repos, Bennett.

— Bien sûr. Elle se reposera bien mieux ici.

Un large sourire aux lèvres, il recula, mais ne lâcha pas ses mains. Il paraissait si jeune, si beau, si heureux. Mais, tandis qu'il la dévisageait, ses yeux s'assombrirent rapidement.

— Tu ne te souviens toujours pas ?

Elle aurait voulu le prendre dans ses bras, elle aussi. Il semblait en avoir tant besoin… Mais tout ce qu'elle put faire, ce fut serrer à son tour ses mains dans les siennes.

— Je suis désolée.

Il ouvrit la bouche, avant de la refermer aussitôt, et glissa son bras autour de sa taille.

— Cela ne va pas durer, dit-il d'une voix gaie. Tu vas très vite recouvrer la mémoire, maintenant que tu es rentrée. Alex et moi pensions devoir attendre cet après-midi pour te rendre visite à l'hôpital, et te voilà déjà parmi nous ! C'est fantastique.

Tout en parlant vite et beaucoup — sans doute pour éviter tout malaise entre eux —, il la poussa doucement vers la porte. Elle marqua un temps d'arrêt devant l'entrée, vaste et impressionnante avec ses plafonds peints à fresque et son parquet ciré, et le gracieux escalier qui grimpait très haut, et menait à un monde qui lui était encore inconnu. Comme son cœur battait la chamade, elle se concentra sur les odeurs qui l'apaisaient. Celles des fleurs coupées et de la cire. Quand elle entra enfin, le bruit de ses talons sur le sol résonna dans toute la pièce.

Son regard s'attarda sur un énorme vase émaillé posé sur une console. C'était un vase Ming, elle le savait. De même qu'elle savait que la console était de l'époque Louis XIV. Alors qu'elle pouvait identifier ces objets, et même les cataloguer, elle était en revanche incapable d'établir le lien qu'elle avait avec eux. La lumière du jour qui perçait à travers deux hautes fenêtres n'atténua en rien le froid qui s'était soudain emparé d'elle.

S'enfuir, vite. L'idée la prit à la gorge. Elle n'avait plus qu'une envie : faire demi-tour et s'en aller, pour retourner à sa chambre d'hôpital impersonnelle et tranquille. Là-bas, on n'attendait pas autant d'elle. Là-bas, il n'y avait pas toutes ces questions muettes qui flottaient autour d'elle. Là-bas, elle ne sentirait pas cet amour dont tout le monde semblait déborder, et qu'elle ne pouvait pas rendre pour l'instant. L'avait-elle jamais rendu, d'ailleurs ? se demanda-t-elle avec angoisse. Quand elle se souviendrait de qui elle était, découvrirait-elle une femme froide et insensible ?

Bennett dut sentir la tension qui l'habitait, car il la serra plus fort contre lui.

— Tout va bien se passer, Brie.

Puisant au fond d'elle-même, elle trouva la force de sourire.

— Bien sûr.

Soudain, une porte s'ouvrit. Si Brie identifia l'homme qui leur faisait face comme son frère, c'est uniquement parce qu'il ressemblait beaucoup à celui qui se tenait à son côté. Elle essaya de vider totalement son esprit pour laisser place aux émotions qu'elle pourrait éventuellement ressentir.

Il n'était pas d'un physique aussi parfait que Bennett. Sa beauté était plus sombre, plus dérangeante aussi que celle de son jeune frère. Il y avait chez lui la même dignité, la même autorité que chez son père. Mais quoi de plus normal ? Il était l'héritier du trône, et en cela, il était déjà soumis à son destin.

— Gabriella.

Alexander ne se précipita pas vers elle comme l'avait fait Bennett, mais il avança lentement sans la quitter du regard. Lorsqu'il fut devant elle, il prit son visage entre ses mains. Le geste parut naturel, comme s'il l'avait souvent répété par le passé. Le passé… songea-t-elle alors qu'elle sentait ses doigts chauds et fermes sur son visage. Elle n'en avait pas.

— Tu nous as manqué. Pendant toute cette semaine, je n'ai eu personne avec qui me disputer.

— Je…

Elle perdit pied et se tut. Qu'était-elle censée dire ? Qu'était-elle censée ressentir ? Une chose était sûre : c'était plus qu'elle n'en pouvait supporter. Contrairement à ce qu'elle avait imaginé, elle n'était pas prête à affronter pareille situation.

Soudain, par-dessus l'épaule d'Alexander, elle aperçut Reeve. De toute évidence, il accompagnait son frère, mais il était resté en retrait pour observer leurs retrouvailles. Si elle avait l'intuition que ce genre d'attitude lui aurait déplu en d'autres temps, elle se rendait compte, pour l'heure, qu'elle avait besoin de cette froide impartialité. S'efforçant de se ressaisir, elle posa la main sur le bras de son frère.

— Je suis désolée, je suis très fatiguée.

Brièvement, quelque chose vacilla dans le regard d'Alexander, mais très vite, il recula.

— Nous le comprenons tous, évidemment. Tu devrais te reposer. Je te conduis en haut.

— Non, dit-elle en modulant sa voix pour qu'elle paraisse moins sèche que son refus. Pardonnez-moi, mais j'ai besoin de temps. Peut-être que M. MacGee accepterait de m'accompagner jusqu'à ma chambre.

— Brie…

Mais aussitôt, son père coupa court à la protestation de Bennett.

— Reeve, vous savez où se trouvent les appartements de Gabriella.

— Bien sûr.

Il s'approcha et la prit par le bras, mais d'une façon très impersonnelle. Brie en fut infiniment soulagée.

— Votre Altesse ?

Il la conduisit dans l'escalier, au milieu duquel elle s'arrêta pour jeter un coup d'œil aux trois hommes qui l'observaient d'en bas. Elle se sentait si coupée d'eux, si distante. C'était à la fois trop d'émotions d'un coup et trop peu. Elle préféra détourner le regard, et poursuivit son ascension en silence.

Elle ne reconnut rien dans ces larges couloirs où tout brillait, rien dans ces somptueuses peintures ni dans ces rideaux aux lourds drapés. Ils croisèrent une femme de chambre dont les yeux s'embuèrent lorsqu'elle s'arrêta pour la saluer.

— Comment se fait-il que je sois aimée de la sorte ? murmura Brie.

Reeve continuait à la guider, touchant à peine son bras.

— Généralement, les gens cherchent à être aimés.

— Est-ce que, généralement, les gens ne se demandent pas s'ils le méritent ?

Elle secoua la tête avec impatience, avant de poursuivre :

— C'est comme si j'avais investi un corps. Un corps qui a un passé, tandis que moi, je n'en ai pas. Depuis cette enveloppe charnelle, je vois les autres et j'observe leurs réactions vis-à-vis de cette femme que je ne suis pas.

— Vous pourriez en tirer profit.

— Que voulez-vous dire ? demanda-t-elle, intriguée.

— C'est un avantage de voir les personnes de votre entourage sans que vos propres émotions n'altèrent cette vision. Une observation objective, sans aucune idée préconçue. Cela peut être un moyen intéressant de comprendre qui vous êtes.

— Maintenant, vous comprenez sûrement pourquoi je vous ai demandé de m'accompagner à ma chambre, répondit-elle sans pour autant se détendre.

Il s'arrêta devant une très belle porte sculptée.

— Non, dites-moi…

— Jusqu'à il y a très peu de temps, je pensais qu'il y avait déjà assez d'inconnus comme cela dans ma vie. Mais je commence à changer d'avis. Vous n'éprouvez aucun sentiment particulier à mon égard et vous n'attendez donc rien de moi en retour. Il est facile pour vous de rester objectif et pragmatique en ma compagnie.

En l'observant dans la lumière tamisée du couloir, Reeve se retint de rire. Tout homme serait bien en peine de rester objectif en sa compagnie, mais il n'était pas question qu'il le lui dise.

— Vous aviez peur tout à l'heure, en bas.

Elle leva la tête vers lui.

— Oui.

— Donc, vous avez décidé de me faire confiance.

— Non.

Puis elle sourit, magnifiquement. Et il retrouva un peu de la jeune fille à la robe vert menthe. Et trop de l'attirance qu'il avait ressentie pour elle, ce jour-là.

— Dans ces circonstances si particulières, poursuivit-elle, je ne peux pas me permettre d'accorder trop rapidement ma confiance à qui que ce soit.

Plus encore que son sourire, peut-être, c'était sa force qui l'attirait.

— Qu'avez-vous décidé, alors ?

Plus encore que sa beauté, peut-être, songea Brie, c'était sa confiance en lui qui l'attirait.

— Je n'ai pas besoin de vos services en tant que garde du corps, Reeve, mais en tant qu'étranger, vous pourriez m'être d'un grand secours. Mon père est déterminé à faire appel à vous, de toute façon. Donc, nous pourrions peut-être parvenir à un accord tous les deux.

— Quel genre d'accord ?

— Je ne veux pas de quelqu'un constamment derrière moi. Je crois être certaine qu'il en a toujours été ainsi. J'aimerais mieux vous considérer comme un écran entre moi et…

— Votre famille ?

Elle resserra les doigts sur son sac.

— Dit comme cela, cela paraît très froid et très injuste, n'est-ce pas ?

La toucher serait une erreur, Reeve le savait parfaitement. Et il ne devait surtout pas l'oublier.

— Vous avez le droit de prendre tout le temps et d'observer toute la distance dont vous avez besoin, Gabriella.

— Eux aussi ont des besoins. J'en suis consciente.

Elle désigna la porte.

— C'est ma chambre ?

L'espace d'un instant, elle sembla perdue, complètement perdue. Il aurait aimé la réconforter, mais c'était sans doute la dernière chose qu'elle voulait.

— Oui.

— Est-ce que vous me trouveriez lâche si je vous disais que je ne veux pas y entrer seule ?

En guise de réponse, il ouvrit la porte et la précéda à l'intérieur.

Brie prit une grande inspiration pour se donner du

courage. Donc, elle avait un faible pour les couleurs pastel. Tout en promenant son regard dans le charmant petit salon, elle apprécia ces tons doux, ainsi que la sobriété des lieux. Pas de superflu ni de surenchère décorative, remarqua-t-elle, plutôt satisfaite. Et cela n'empêchait pourtant pas la pièce de dégager une atmosphère très féminine. Elle était soulagée de constater qu'elle assumait sa féminité sans avoir besoin d'en faire étalage. Peut-être — peut-être seulement — allait-elle finir par découvrir que cette Gabriella lui plaisait.

La pièce n'était pas encombrée, mais aucun espace n'était perdu. Un bouquet de fleurs coupées trônait sur un bureau de style Queen Anne. Sur une étagère était disposée une collection de petites bouteilles de formes et de couleurs variées, toutes jolies. Elles n'avaient pas l'air d'avoir une utilité quelconque, ce qui la séduisit tout de suite.

Elle avança jusqu'à un tapis tissé dans un camaïeu de rose et caressa le dossier incurvé d'un fauteuil.

— Il paraît que vous avez redécoré vos appartements il y a à peu près trois ans, fit remarquer Reeve. Cela doit être réconfortant de découvrir que vous avez bon goût.

Avait-elle choisi elle-même le tissu de ce fauteuil moelleux ? se demanda-t-elle en passant un doigt sur le velours du dossier, comme si cette agréable sensation pouvait contenir en elle-même une bribe de réponse, même partielle. Depuis la fenêtre, elle voyait Cordina telle qu'elle avait dû l'observer tant de fois auparavant.

Sous ses yeux s'étendaient des jardins, puis une grande pelouse, quelques rochers, et la mer. Plus bas, elle pouvait admirer la ville, avec ses maisons, ses coteaux, et ses espaces verts. Et, même si elle ne pouvait pas les voir, elle était sûre que les enfants étaient encore en train de jouer dans le parc près de la fontaine.

— Pourquoi est-ce que j'occulte tout cela ? demanda-t-elle soudain.

Lorsqu'elle se retourna, Reeve constata que la jeune femme calme et réservée qu'il avait conduite à l'étage semblait à présent animée d'un fiévreux désespoir.

— Pourquoi est-ce que j'occulte ce que je voudrais à tout prix me rappeler ?

— Peut-être y a-t-il d'autres choses dont vous n'êtes pas prête à vous souvenir.

— C'est insupportable.

Elle déposa son sac à main sur le fauteuil et se mit à arpenter la pièce nerveusement.

— C'est insupportable d'avoir ce mur qui me sépare de moi-même.

Bien sûr, songea-t-il, les circonstances l'avaient fragilisée. Mais elle possédait aussi un caractère vibrant et passionné. Et, s'il voulait faire correctement son travail, il allait avoir la tâche ardue de ne négliger aucun de ces deux aspects. Autant dire qu'il allait connaître des heures difficiles.

— Il va falloir faire preuve de patience, dit-il sans savoir si c'était à elle qu'il s'adressait ou à lui-même.

— De patience ?

Dans un rire, elle se passa la main dans les cheveux.

— Pourquoi suis-je si certaine de ne pas en être capable ? Je sens que si je pouvais faire sauter une brique de ce mur — rien qu'une brique —, il s'effondrerait tout entier. Mais comment ?

Elle continuait de marcher, rapidement, avec cette grâce qui l'accompagnait partout et depuis toujours.

— Vous pourriez m'aider, conclut-elle.

— Votre famille est là pour ça.

— Non.

Le mouvement de tête dont elle accompagna sa réponse fut royal, et sa voix, bien que douce, ferme et autoritaire.

— Ils me connaissent, bien sûr, mais leurs sentiments — et les miens — ne feront que consolider ce maudit mur que j'ai tellement hâte de voir par terre. Quand ils me regardent, ils souffrent parce que je ne les connais pas.

— Mais moi, je ne vous connais pas.

— Précisément.

Elle chassa ses cheveux de son visage d'un geste qui parut moins impatient qu'automatique et habituel.

— Vous serez objectif. Parce que vous n'essayerez pas sans cesse de me protéger, vous n'empêcherez pas mes sentiments de s'exprimer. Et, puisque vous avez déjà répondu positivement à la requête de mon père… C'est le cas, n'est-ce pas ?

Reeve pensa à son domaine qui l'attendait. Tout en enfouissant ses mains dans ses poches, il fronça les sourcils.

— Oui.

— Vous êtes donc censé me suivre partout. Autant le faire en m'étant utile.

Il ne put retenir un rire ironique.

— A vos ordres, Votre Altesse.

— Je vous énerve déjà, on dirait.

Avec un haussement d'épaules, elle s'approcha de lui.

— Nous risquons d'être souvent énervés l'un par l'autre dans les jours qui vont suivre, il faudra nous y habituer. Je serai honnête envers vous, non parce que je veux m'attirer votre pitié, mais parce que j'ai besoin de le dire à quelqu'un : je me sens atrocement seule.

Sa voix ne trembla que très légèrement, mais le soleil qui filtrait par les fenêtres la trahit en révélant sa pâleur.

— C'est comme si je devais douter de tout ce que je vois ou ressens. Je ne peux pas regarder un an en arrière et me souvenir de quelque chose de drôle, de triste ou d'agréable. Je ne connais même pas mon nom complet.

Alors, il la toucha. Il n'aurait peut-être pas dû, mais il

ne put s'en empêcher. Il leva la main jusqu'à son visage et effleura sa joue.

— Son Altesse sérénissime Gabriella Madeline Justine Bisset de Cordina.

— Rien que cela…

Elle réussit à sourire, mais agrippa fermement sa main. Ce contact parut un peu trop naturel à Reeve, mais il ne chercha pas à l'interrompre.

— Je préfère Brie. C'est beaucoup plus simple à porter. Dites-moi, ma famille compte-t-elle pour vous ?

— Oui.

— Alors, aidez-moi à rendre à mes proches celle dont ils ont besoin. Aidez-moi à la trouver. En une semaine, j'ai perdu vingt-cinq ans. Je dois savoir pourquoi. Je suis sûre que vous comprenez cela.

— Je comprends, répondit-il, tout en se répétant qu'il ne devrait pas être en train de la toucher. Cela ne signifie pas que je peux vous aider.

— Pourtant, vous le pouvez. Vous le pouvez parce que vous n'attendez rien de moi. Ne soyez pas patient avec moi, poussez-moi dans mes retranchements. Ne soyez pas gentil, soyez dur.

Il n'avait toujours pas lâché sa main.

— C'est peut-être risqué pour un ex-policier américain de rudoyer une princesse.

Elle rit. C'était la première fois qu'il entendait son rire depuis dix ans, un rire qu'il n'avait jamais oublié. Pas plus qu'il n'avait oublié — contrairement à elle — le vertige de la valse qu'ils avaient partagée, la magie du clair de lune. Rester n'était pas sage, il le savait, mais il ne pouvait pas partir. Pas encore.

Dans sa main, ses doigts fins se détendirent.

— Qu'est-ce que vous risquez ? fit-elle en souriant. Ne me dites pas qu'on décapite encore les criminels à Cordina ! Je suis sûre que nous sommes plus civilisés que ça.

Elle s'interrompit quelques secondes.

— L'immunité, Reeve MacGee, reprit-elle, l'air soudain juvénile et léger. Je vous garantis l'immunité. Je vous accorde la permission d'enquêter et de me faire vivre un enfer, sans que vous ayez pour cela à craindre les moindres représailles.

— Voulez-vous apposer le sceau royal à votre déclaration ?

— Si l'on me dit où je peux le trouver.

Toute gravité l'avait quittée. Elle était peut-être pâle et fragile, mais son sourire était éblouissant. Reeve sentait à présent quelque chose de nouveau chez elle. De l'espoir et de la détermination. Il allait l'aider, décida-t-il, même si, plus tard, il le regretterait peut-être.

— Votre parole suffit.

— Et la vôtre également. Merci.

Il porta la main qu'il n'avait toujours pas lâchée à ses lèvres. C'était un geste auquel elle devait être habituée. Cependant, lorsque ses lèvres effleurèrent ses doigts, il vit un léger tremblement dans ses yeux. Princesse ou pas, elle était aussi femme. Et il savait reconnaître l'émoi dans le regard d'une femme quand il le rencontrait, de la même façon qu'il savait l'identifier chez lui quand il le ressentait. Il jugea donc plus prudent pour elle comme pour lui de mettre fin à ce troublant contact.

— Je vais vous laisser vous reposer. Votre femme de chambre s'appelle Bernadette. A moins que vous n'ayez besoin d'elle plus tôt, elle viendra vous trouver une heure avant le repas.

Brie laissa retomber sa main comme si elle ne lui appartenait plus.

— J'apprécie ce que vous faites pour moi.

— Cela risque de ne pas durer.

Il attendit d'être arrivé à la porte pour se retourner.

Elle était toujours devant la fenêtre. La lumière dansait dans ses cheveux et faisait miroiter sa peau.

— Cela suffit grandement pour aujourd'hui, Brie, lui dit-il d'une voix calme. Demain, nous pourrons commencer à nous attaquer à ce mur.

3

Au départ, elle n'avait pas voulu dormir, seulement réfléchir. Pourtant, elle avait fini par sombrer. Et elle était en train d'émerger, aussi groggy et désorientée que lorsqu'elle s'était réveillée la première fois à l'hôpital.

Gabriella. Elle s'appelait Gabriella et elle était couchée dans sa chambre, sur le couvre-lit bleu et rose qui recouvrait son grand lit de bois de chêne sculpté. Une légère brise la caressait, parce qu'elle avait elle-même ouvert la fenêtre lorsqu'elle avait exploré sa chambre.

Elle s'appelait Gabriella et elle n'avait aucune raison de se réveiller apeurée. Elle était en sécurité, se répéta-t-elle encore et encore, jusqu'à ce qu'elle y croie suffisamment pour se détendre un peu.

— Formidable.

A ce simple mot, elle se redressa d'un bond, paniquée. Une vieille femme était assise sur une chaise de bois à côté du lit. Ses cheveux étaient tirés dans un chignon si serré qu'aucune mèche n'en dépassait. Ils étaient gris, gris comme la pierre, sans une seule touche de blanc pour les adoucir. Son visage était comme un parchemin, avec une peau fine, un peu jaunie, et généreusement ridée. Ses petits yeux sombres semblaient aux aguets et, bien qu'elle fût un peu décolorée par l'âge, sa bouche paraissait pleine de vitalité. Elle portait une robe noire austère et classique, de solides chaussures noires et, comme à l'ancienne mode, un camée, accroché à son cou par un ruban de velours.

Puisque Brie n'avait aucun souvenir sur lequel se reposer, elle fit appel à son instinct. Reeve lui avait dit d'observer sans idée préconçue. C'était un conseil plein de sagesse. Elle n'éprouvait aucune peur lorsqu'elle regardait cette vieille femme. Cela devait être bon signe.

— Bonjour, dit-elle en s'asseyant dans son lit.

— Tout de même, dit la vieille femme avec un accent, peut-être slave. Vous rentrez à la maison après m'avoir causé une semaine de soucis et vous ne prenez même pas la peine de venir me saluer.

— Je suis désolée.

Ses mots d'excuse étaient sortis si naturellement de sa bouche qu'elle en sourit.

— On m'a raconté une histoire à dormir debout à propos d'une supposée amnésie… Bah ! s'exclama-t-elle en levant une main pour la laisser retomber sur l'accoudoir de sa chaise. Ma Gabriella, ne pas se rappeler de sa nourrice ?

Brie observa la vieille femme, tout en sachant qu'elle ne ressentirait rien de particulier. Il était encore trop tôt.

— Je ne me souviens pas, répondit-elle calmement. Je ne me souviens de rien.

Après avoir vécu soixante-treize ans, élevé plusieurs couvées d'enfants et enterré l'un des siens, la nourrice était capable d'encaisser n'importe quel choc. Après un moment de silence, elle se leva.

Son visage était peut-être ridé, ses doigts déformés par l'arthrite, mais elle se déplaçait avec la grâce et l'agilité d'une jeune fille, constata Brie. Alors qu'elle s'approchait du lit, cette petite femme semblait aussi légère qu'un oiseau. Tout de noir vêtue, elle arborait un visage grave et un chapelet accroché à la ceinture.

— Je suis Carlotta Baryshnova, la nourrice de Lady Honoria Bruebeck, votre tante, et de Lady Elizabeth

Bruebeck, votre mère. Lorsqu'elle est devenue la princesse Elizabeth de Cordina, je l'ai accompagnée pour devenir la nourrice de ses enfants. Je vous ai langée, j'ai soigné vos genoux et mouché votre nez. Quand vous vous marierez, je ferai la même chose pour vos enfants.

— Je vois.

Parce que la femme semblait plus ennuyée que fâchée, Brie sourit de nouveau. Elle songea soudain qu'elle ne s'était encore jamais vue sourire. Pour cela, il faudrait qu'elle renouvelle la désagréable expérience du miroir.

— Ai-je été une enfant facile ?

— Hmph.

Le son inarticulé émis par la nourrice aurait pu vouloir dire n'importe quoi, mais Brie le trouva plutôt bienveillant.

— Parfois plus, parfois moins que vos frères. Et ils m'ont toujours causé du souci, répondit-elle en s'approchant pour l'observer de près. Vous ne dormez pas très bien, dit-elle après un silence. Ce n'est guère étonnant. Ce soir, je vous apporterai un lait chaud.

Brie inclina la tête, dubitative.

— Est-ce que j'aime ça ?

— Non, mais vous le boirez. Maintenant, je vais vous faire couler un bain. Trop de sollicitations et trop de docteurs, voilà ce qui vous empêche de vous remettre. J'ai dit à cette idiote de Bernadette que c'est moi qui m'occuperais de vous ce soir. Mais qu'avez-vous fait à vos mains ? demanda-t-elle brusquement en en saisissant une.

Puis elle se mit à marmonner, avant de poursuivre :

— Vous disparaissez une semaine et c'en est fini de vos beaux ongles. Ils sont pires que ceux d'une fille de cuisine. Tout écornés et cassés. Avec tout l'argent que vous dépensez en manucures…

Brie s'assit sur le bord de son lit, tandis que la nourrice bougonnait et pestait. Il y avait quelque chose, quelque chose dans le contact de cette main sèche et chaude, quelque chose dans les intonations de ces réprimandes… Elle essaya de s'y accrocher à tout prix, mais, presque aussitôt, l'impression disparut.

— Je me fais souvent faire des manucures ?

— Une fois par semaine, répliqua la nourrice, sans lâcher les doigts de Brie.

— Il faudrait recommencer, je crois.

— Vous pouvez demander à l'insignifiante personne qui vous sert de secrétaire de vous prendre un rendez-vous. Et chez le coiffeur, aussi, ajouta-t-elle en désignant ses cheveux. C'est formidable pour une princesse de se promener avec les ongles cassés et les cheveux en bataille. Formidable, continua-t-elle tout en passant dans la pièce à côté. Vraiment formidable.

Brie se leva et se déshabilla. Curieusement, l'idée de prendre son bain devant cette femme ne la dérangeait absolument pas. Et, lorsqu'elle fut nue, elle accepta sans gêne le petit peignoir de soie qu'elle lui tendait.

— Relevez vos cheveux, dit la nourrice d'un ton ronchon. Nous verrons ce que nous pouvons en faire après votre bain.

Comme Brie hésitait, la vieille femme se dirigea vers la commode et ouvrit une petite boîte émaillée, qui contenait des épingles à cheveux.

— Tenez, poursuivit-elle d'une voix plus douce. Vos cheveux sont aussi épais que ceux de votre mère. Il vous faut beaucoup d'épingles.

Puis elle la conduisit, en soupirant, vers la pièce où coulait l'eau. Là, Brie marqua un temps d'arrêt.

Il y avait une lucarne, stratégiquement placée pour que le soleil, la pluie ou le clair de lune soient visibles depuis la baignoire. Les carreaux du sol et des murs étaient d'une blancheur resplendissante et un peu partout étaient suspendues des plantes dont les fleurs et les feuilles exubérantes retombaient librement. Mais, ce qui dominait la pièce — et ce, malgré la vapeur qui l'avait déjà emplie — c'était cette baignoire dont le vert foncé profond se reflétait partout. Sa forme en trèfle lui permettait sans doute d'accueillir trois personnes, mais cela était-il déjà arrivé ? Pensive, elle regarda l'eau s'écouler depuis un gros robinet étincelant, telle une cascade miniature.

Ce lieu mêlait la blancheur immaculée et la passion, et elle se demanda un instant si un tel décor reflétait sa personnalité. L'odeur qui s'élevait de la baignoire était la même que celle du petit flacon de parfum que le prince lui avait fait porter le matin même. Le parfum de Gabriella.

Elle laissa tomber son peignoir et prit place dans son bain. Cela fut facile de s'y abandonner lorsque la nourrice disparut, en grommelant à propos des vêtements qu'elle avait éparpillés partout.

L'eau l'enveloppa de sa chaleur. C'était exactement ce qu'il lui fallait pour affronter sereinement la soirée qui l'attendait. Elle avait déjà dû à maintes reprises venir chercher là un peu de détente, et regarder le ciel tout en réfléchissant à ce qu'elle devait faire.

Ce soir, il y aurait un dîner. Dans son esprit, elle imaginait facilement quelque chose de très formel et de codifié. Elle savait que l'argenterie, le linge d'apparat, les verres en cristal, la porcelaine seraient de sortie. Ce n'était pas non plus difficile pour elle d'envisager un menu type ni de réfléchir aux vins qui s'y accorderaient parfaitement. Ces acquis resteraient toujours en elle, comme la marche, la parole ou l'écriture. En revanche, tout comme elle avait oublié ce qu'elle allait trouver dans l'armoire de sa chambre, elle n'avait plus aucune idée des motifs du service en porcelaine.

Luttant contre l'impatience qui la gagnait, elle s'enfonça plus profondément dans l'eau. L'impatience, avait-elle découvert, était vraiment un trait marquant de son caractère, elle semblait même constitutive de sa personne.

Sa mémoire reviendrait, se rassura-t-elle, rapidement et spontanément. Sans quoi, il lui faudrait trouver un moyen de la réactiver.

Reeve MacGee. Elle tendit la main pour attraper le savon ainsi qu'une grosse éponge toute douce. Il pourrait certainement l'aider, lui. Qui était-il ? se demanda-t-elle, heureuse d'avoir enfin l'occasion de penser à quelqu'un d'autre qu'à elle-même. Un ancien policier, se rappela-t-elle, et un ami de la famille. Mais pas assez proche tout de même pour bien la connaître. Il avait sa propre vie en Amérique. Y était-elle déjà allée ? Il lui avait dit que oui.

Elle resta allongée, immobile, comme pour encourager les portes de sa mémoire à s'ouvrir. Mais seules des impressions vinrent à elle. De grands bâtiments officiels en marbre et de longs dîners protocolaires. Et une rivière. Une rivière aux rives vertes et luxuriantes, avec un trafic fluvial très important. Elle ferma les yeux un instant. C'était assez éprouvant de se faire violence pour finalement ne se souvenir que de choses aussi anodines. Toutefois, il lui semblait bien s'être déjà rendue dans le pays de Reeve.

Concentre-toi sur lui. Si elle voulait qu'il l'aide, elle devait le comprendre. Qui était-il ? Un bel homme, très calme en apparence. Ce qu'il renfermait au fond de lui, en revanche, était un mystère. Elle l'imaginait volontiers déterminé, solitaire, et suivant ses propres règles. Des qualités d'autant plus précieuses à ses yeux que c'était précisément ce dont elle avait besoin.

Contrairement à sa famille, il n'avait aucune raison de vouloir la protéger coûte que coûte. Hélas, se dit-elle en fronçant les sourcils, il n'avait pas davantage de raison de lui apporter l'aide qu'elle réclamait. Il avait peut-être accepté le marché qu'elle lui avait proposé dans l'unique but de rester près d'elle et de s'acquitter ainsi du travail dont l'avait chargé son père. Un garde du corps, songea-t-elle, contrariée. Elle n'avait aucune envie qu'on la suive partout comme son ombre.

Pourtant, continua-t-elle en plongeant l'éponge dans l'eau, n'était-ce pas précisément une présence rapprochée qu'elle-même lui avait réclamée lors de leur discussion ? Et cela parce qu'elle avait ressenti, en l'apercevant derrière Alexander, un grand soulagement. Elle avait un peu honte de l'admettre, mais c'était la vérité. A son arrivée au palais, toute sa famille l'entourait, prévenante et aimante, et cependant, elle avait ressenti un réconfort énorme à la vue d'un étranger.

Au fond, c'était peut-être mieux qu'elle ne se souvienne jamais de qui elle était. Elle jeta l'éponge dans l'eau si fort qu'elle éclaboussa la baignoire. Que ferait-elle si elle n'aimait pas la femme qu'elle allait découvrir ? Elle pourrait tout aussi bien se retrouver face à quelqu'un de froid, d'insensible, d'égoïste. Pour l'instant, tout ce qu'elle avait appris, c'était qu'elle aimait les beaux vêtements et les séances de manucures. Elle était peut-être quelqu'un d'extrêmement superficiel.

Mais sa famille l'aimait. Elle récupéra l'éponge et la pressa contre son visage. L'eau était chaude et sentait le luxe et l'opulence. L'amour qu'elle avait vu dans le regard de ses proches était réel. L'aimeraient-ils si elle ne le méritait pas ? Et combien de temps cela lui prendrait-il avant de découvrir tous les aspects de sa personnalité ?

Pourtant, non, elle ne pensait pas être quelqu'un d'insensible… Elle se souvint de son émoi lorsque Reeve lui avait baisé la main. Cela avait été aussi violent qu'intense et inattendu. Cela ne signifiait-il pas qu'elle était une femme normalement constituée, avec ses besoins et ses désirs ? Ses désirs… Y avait-elle jamais cédé ? En riant à demi, elle rejeta la tête en arrière et ferma les yeux. Combien de femmes pouvaient sincèrement déclarer qu'elles ignoraient si elles étaient vierges ou non ?

Et lui, le savait-il ? Un homme comme Reeve était-il capable de sentir ce genre de chose chez une femme ? Parfois, quand il la regardait, elle avait l'impression qu'il lisait en elle et découvrait des choses qu'aucun étranger n'aurait eu le droit de découvrir. Mais elle n'avait pas envie de se fermer à lui. Au contraire, elle était curieuse de connaître les sensations qu'elle éprouverait s'il la touchait, s'il la touchait pour de vrai. Si elle sentait ses doigts sur sa peau, ses paumes sur sa chair… Soudain, au plus profond d'elle-même, elle sentit l'excitation naître et se propager doucement en elle.

Etait-ce une expérience nouvelle ? se demanda-t-elle en posant la main sur son ventre. D'autres hommes lui avaient-ils déjà fait un tel effet ? D'autres hommes avaient-ils déjà autant stimulé ses pensées, son imagination et ses rêves ? Elle appartenait peut-être à ce genre de femmes insouciantes et frivoles qui désirent les hommes uniquement parce qu'ils sont des hommes. Et les hommes, la trouvaient-ils seulement désirable ?

Elle se releva et laissa l'eau s'écouler en cascade sur son corps. Reeve avait raison : elle pourrait tirer profit de sa situation. Elle pourrait observer tout autour d'elle et faire attention aux réactions qu'elle suscitait chez les autres.

Elle le pourrait, et elle allait le faire… dès ce soir.

Au bras de son père, Brie descendait le long escalier.

— Nous allons prendre le cocktail au petit salon, lui avait-il dit, mais il n'avait pas ajouté qu'il était allé la chercher parce que, sans lui, elle aurait erré dans le palais, sans trouver son chemin.

Il s'arrêta en bas des marches pour baiser sa main, exactement comme Reeve l'avait fait. Mais, contrairement au baiser de Reeve, celui-ci ne lui causa aucun émoi. Avec simplicité, elle sourit à son père.

— Vous être très jolie, Brie.

— Merci. Mais il serait difficile de ne pas l'être avec la collection de toilettes que j'ai dans ma chambre.

Il rit, ce qui le fit aussitôt paraître beaucoup plus jeune.

— Vous dites souvent que les vêtements sont votre seul vice.

— Et est-ce vrai ?

Il dut percevoir sa détresse masquée derrière la légèreté de la question, car il embrassa de nouveau sa main.

— Vous ne m'avez jamais causé que de la fierté.

Puis il reprit son bras et la guida le long du couloir.

Confortablement installé dans le petit salon, Reeve observait les différents convives qui y étaient réunis. Entre Alexander et Loubet, le secrétaire d'Etat, il percevait une certaine tension, qui s'exprimait par une politesse glaciale. Lorsque Alexander monterait sur le trône, Loubet ne serait assurément pas à ses côtés.

Alexander intéressait beaucoup Reeve, notamment pour son caractère. Le prince, tout en retenue et en contrôle, ne réussissait pas encore à se dominer aussi bien que son père, mais il y travaillait. Alors qu'il semblait bouillir intérieurement, il n'en laissait rien paraître, du moins pas en public. Tout le contraire de Bennett.

Le jeune prince était assis et semblait quant à lui parfaitement détendu. Il écoutait d'une oreille distraite la conversation qui se tenait à côté de lui, sans chercher à tout prix à en analyser chaque mot comme le faisait son frère. Sa volonté manifeste de profiter de ce qui se présentait à lui intriguait Reeve.

Tout comme l'intriguait Gabriella. Il n'avait aucun moyen de savoir si la jeune fille qu'il avait rencontrée par le passé était devenue quelqu'un d'introverti et de complexe comme l'aîné de ses frères, ou quelqu'un de léger et d'insouciant comme le second. Mais elle n'était peut-être ni l'un ni l'autre. Après les deux brèves conversations qu'il avait eues avec elle, il était aussi curieux de l'apprendre que Brie elle-même devait l'être.

Qui était-elle ? Une superbe jeune femme, cela ne faisait aucun doute. Sa beauté classique et son élégance n'avaient pas disparu avec sa mémoire. Mais ce n'était pas tout. Il devinait aussi chez elle une volonté de fer, dont elle aurait grand besoin si elle voulait partir à la découverte d'elle-même.

Elle l'attirait. Incontestablement. Et cette attirance n'avait rien à voir avec l'éblouissement qui l'avait saisi dix ans plus tôt. A présent, il la voyait comme une femme luttant à chaque instant pour ne pas perdre le contrôle d'une situation qui lui échappait complètement. Si elle était capable de tenir bon, alors que tout son univers était sens dessus dessous, elle ferait preuve d'une véritable force.

Il la désirait. Il la désirait chaque fois qu'il la voyait. Elle avait une façon de le regarder avec ses immenses yeux topaze… Avait-elle toujours regardé les hommes de cette manière ? Ou était-ce seulement maintenant, parce qu'elle était perdue et réclamait de l'aide ? Il devait se méfier. Elle avait peut-être l'apparence d'une femme que l'on peut toucher, séduire, prendre, mais elle était et resterait toujours une princesse. Pas une princesse éthérée de conte de fées, mais une vraie princesse, de chair et de sang.

Lorsqu'il la vit entrer dans la pièce, elle lui parut cependant être les deux à la fois.

Elle marchait la tête haute, comme si elle entrait dans une arène plutôt que dans un salon. Des petites grappes de perles brillaient à ses oreilles, à son cou, à ses cheveux qu'elles retenaient en arrière. Sa robe avait la couleur du raisin à peine mûr. La soie et les perles allaient parfaitement bien à son teint. Son attitude altière allait parfaitement bien à son titre. Brie ne s'accrochait pas à son père, même si elle aurait sans doute aimé pouvoir s'accrocher à quelque chose. Elle s'était armée de courage et se tenait prête.

— Votre Altesse, fit Loubet en traversant la pièce pour venir s'incliner devant elle.

Brie salua l'homme sans le reconnaître. Plus âgé que Reeve, il était plus jeune que son père. Le gris n'avait que très partiellement gagné ses cheveux blonds, et son visage était peu ridé. Il portait un parfum distingué, songea-t-elle, amusée de constater combien son esprit était aux aguets. Il marchait en boitant légèrement de la jambe gauche, mais son allure était très élégante et son sourire charmant.

— Quel soulagement de vous retrouver.

Elle n'éprouva rien lorsque leurs mains se touchèrent, rien lorsque leurs yeux se rencontrèrent. Cet homme était un parfait inconnu pour elle.

— Je vous remercie de votre sollicitude, répondit-elle néanmoins avec courtoisie.

— M. Loubet et moi-même avons travaillé ensemble tout cet après-midi, intervint son père, devinant sans doute sa détresse. Malheureusement, il ne pourra rester avec nous pour le dîner.

— Dommage pour vous, monsieur Loubet, dit Brie sans quitter son ton courtois, vous aurez le travail sans le plaisir.

— C'est un plaisir suffisant de vous voir de retour saine et sauve, Votre Altesse.

Brie nota le coup d'œil rapide qu'échangèrent le ministre et son père.

— Puisque ce travail, visiblement, me concernait, vous pourriez peut-être m'en parler tout en prenant un verre ?

Alors qu'elle traversait la pièce, elle remarqua le hochement de tête approbateur de Reeve. Le nœud qui lui nouait l'estomac se desserra très légèrement.

— Je vous en prie, messieurs, ne restez pas debout.

Elle fit signe à tout le monde de prendre un siège. A tout

le monde, sauf à Bennett qui, remarqua-t-elle, amusée, était déjà assis.

— Ai-je un cocktail favori ? demanda-t-elle à ce dernier en désignant le bar.

— Eau gazeuse et citron vert, répondit-il en riant. Tu préfères te réserver pour le vin servi à table.

— C'est très raisonnable de ma part.

Tandis qu'elle s'installait sur l'un des canapés, Reeve se dirigea vers le bar pour lui préparer son verre. Les hommes prirent place autour d'elle. Vivait-elle à ce point entourée d'hommes ? se demanda-t-elle brièvement, avant d'avaler une gorgée.

— Bien, dois-je vous dire ce que je vois ?

Sans attendre la réponse, elle posa son verre et commença :

— Je vois qu'Alexander est contrarié, et que mon père avance prudemment, comme s'il traversait un champ de mines. Et tout cela, à cause de moi.

— Il faut la laisser tranquille, dit soudain Alexander. Ce sont les affaires de la famille, et cela ne regarde que nous.

— Les affaires de votre famille sont aussi les affaires de Cordina, Votre Altesse, répondit Loubet avec politesse, mais sans aucune affection particulière. Si l'état de santé de la princesse Gabriella me préoccupe à titre personnel, il est aussi un sujet d'inquiétude pour le gouvernement. J'ai bien peur que, si la nouvelle de l'amnésie temporaire dont souffre la princesse devenait publique, la presse internationale n'en fasse ses choux gras. Ce qu'il faut, c'est rassurer notre peuple après cet horrible enlèvement. Mon seul but, c'est que les habitants de Cordina comme Son Altesse sérénissime puissent de nouveau dormir tranquilles.

— Loubet a tout à fait raison, Alexander.

Armand s'était exprimé un peu sèchement, mais sa voix trahissait toute l'affection qu'il portait à son fils.

— En théorie, continua Alexander, avant d'adresser un regard hautain à Reeve. Mais il y a déjà des étrangers qui se mêlent de cette histoire. Gabriella a besoin de repos et de soins. Celui qui a fait cela…

Il s'interrompit, tandis que ses doigts se resserraient autour de son verre.

— Celui qui a fait cela le paiera cher.

— Alexander, répondit Brie en posant naturellement sa main sur la sienne. Je dois me souvenir de ce qui s'est passé avant que qui que ce soit puisse payer.

— Quand tu seras prête, tu te souviendras. En attendant…

— En attendant, l'interrompit son père, Brie doit être protégée de toutes les façons possibles. Et après réflexion, je partage l'avis de Loubet sur le fait de ne pas divulguer la nouvelle de cette amnésie. Si les ravisseurs apprenaient que la princesse n'a encore rien dit de l'épreuve qu'elle a traversée, ils pourraient être tentés de la réduire au silence avant que la mémoire lui revienne.

Brie reprit son verre aussi calmement que possible, malgré la nervosité qui la gagnait.

— Comment pourrais-je dissimuler cette amnésie ? demanda-t-elle.

— Si je puis me permettre, Votre Altesse, répondit Loubet après un coup d'œil à Armand, nous pensons qu'il est mieux que vous restiez au palais, entourée de gens de confiance, jusqu'à ce que vous soyez remise. Ce ne sera pas difficile de remettre ou d'annuler vos engagements. Vous êtes déjà suffisamment éprouvée par la tension et le choc qu'a causés votre enlèvement. Votre médecin, entièrement dévoué à votre père, ne laissera rien filtrer au sujet de votre santé, à l'exception de ce que nous lui demanderons de dire.

Brie reposa de nouveau son verre.

— Non.

— Je vous demande p…

— Non, répéta-t-elle très doucement à Loubet, puis en regardant son père. Je ne resterai pas enfermée ici telle une prisonnière. Il me semble que j'ai été retenue captive suffisamment longtemps. Si j'ai des engagements, je les honorerai.

Elle vit Bennett sourire et lever son verre pour saluer sa réponse.

— Votre Altesse, vous devez vous rendre compte des difficultés et du danger que cela représenterait, dit Loubet. Surtout que les pistes dont dispose la police pour mettre la main sur vos ravisseurs sont encore peu nombreuses.

— Donc, la solution pour moi, c'est de rester enfermée et surveillée ?

Elle secoua la tête.

— Je refuse.

— Gabriella, accomplir notre devoir n'est pas toujours une partie de plaisir, répondit son père en écrasant la cigarette qu'il avait allumée pendant la conversation.

— C'est possible. Je ne peux pas parler d'expérience pour le moment.

Elle regarda ses mains et la bague qui commençait à lui être familière.

— Monsieur Loubet, me connaissez-vous bien ?

— Je vous connais depuis votre naissance, Votre Altesse.

— Diriez-vous de moi que je suis quelqu'un de raisonnablement intelligent ?

— Bien plus que raisonnablement, répondit-il d'un air amusé.

— Je crois donc que nous pouvons tomber d'accord. Mon amnésie peut être tue si vous pensez que c'est mieux ainsi, mais je ne resterai pas cloîtrée dans mes appartements. Pour ce qui est de donner le change, je suivrai les conseils qu'on voudra bien me donner.

— Votre Altesse, je serais infiniment heureux de pouvoir vous aider de quelque façon que ce soit, mais…

— Merci, Loubet, mais M. MacGee a déjà accepté de me prêter son secours, répliqua-t-elle d'un ton courtois, mais définitif. Il me dira tout ce que je dois faire pour être la princesse Gabriella.

Reeve surprit une lueur de dédain dans le regard d'Alexander, de doute dans celui d'Armand, et de contrariété mal maîtrisée dans celui de Loubet.

— La princesse et moi-même avons passé une sorte d'accord, déclara-t-il en s'asseyant confortablement, tout en observant les réactions autour de lui. Elle pense que la compagnie d'un étranger peut présenter pour elle certains avantages.

— Nous en discuterons plus tard, dit Armand en se levant, d'un ton aussi tranchant que celui de sa fille. Je regrette que votre emploi du temps ne vous permette pas de rester dîner avec nous, Loubet. Nous finirons notre travail demain matin.

— Oui, Votre Altesse.

Pensive, Brie le regarda saluer poliment l'assemblée et s'en aller avec distinction.

— Il paraît très sincère et dévoué, déclara-t-elle lorsqu'il fut parti. Est-ce quelqu'un que j'apprécie ?

Son père sourit en lui prenant la main.

— Vous ne l'avez jamais dit spécifiquement. Il fait bien son travail.

— Et il est ennuyeux à mourir, ajouta Bennett en se levant. Maintenant, mangeons, dit-il en passant son bras autour de la taille de Brie pour l'attirer à lui. Pour célébrer ton retour, un vrai menu de fête nous attend. Tu pourras manger une demi-douzaine d'huîtres si tu en as envie.

— Des huîtres ? Est-ce que j'aime ça ?

— Tu adores, répondit-il gaiement, en la conduisant à la salle à manger.

Deux heures plus tard, Brie sortait sur la terrasse avec Reeve.

— C'était… amusant de découvrir que Bennett aime plaisanter, dit-elle en souriant.

— Et le fait que cela ait été à vos dépens a-t-il été riche en enseignements ?

Il s'interrompit pour allumer une cigarette. La brise vint cueillir la fumée et la dissipa dans la nuit.

— En fait, oui. J'ai appris que je détestais les huîtres et que j'avais un caractère vindicatif. Je lui ferai payer de m'avoir fait avaler par la ruse une de ces abominables choses. En attendant…

Elle s'appuya à la solide balustrade de pierre.

— Je me rends compte que je vous ai placé dans une situation délicate, Reeve. Telle n'était pas mon intention. Mais maintenant que c'est fait, autant vous dire que je compte vraiment sur vous. Je suis désolée…

— C'est bon, je pense que m'en remettrai. J'en ai vu d'autres, vous savez.

Elle sourit d'abord, puis se mit à rire franchement. La peur lui semblait si lointaine, à présent, et la tension, beaucoup plus ténue.

— Ça, je m'en doute. C'est peut-être pour cela que je me sens détendue en votre compagnie. Ce soir, j'ai suivi votre conseil.

— Lequel ?

— Celui d'observer. J'ai la chance d'avoir un bon père. Il prend ses fonctions très au sérieux et semble profondément affecté par ce qui s'est passé la semaine dernière. Je vois que le personnel du palais lui témoigne le plus grand respect, sans paraître le craindre. Je pense donc que c'est quelqu'un de juste. Etes-vous d'accord avec mon analyse ?

Captivé par la princesse, Reeve resta silencieux quelques instants. Sous le clair de lune, les perles qui ornaient sa coiffure ressemblaient à des larmes.

— Oui, je suis d'accord.

— Alexander est… Quel est le mot juste ?

Elle regardait maintenant vers le ciel, exposant aux étoiles la longue et pâle ligne de sa gorge.

— Sérieux, presque sombre. Il a la profondeur et la maturité de quelqu'un de beaucoup plus âgé. C'est sans doute son statut de prince héritier qui veut cela. Et il n'a pas décidé de vous apprécier.

Lorsqu'elle redressa la tête, Brie se rendit compte que Reeve fixait ses lèvres.

— Je l'ai remarqué, en effet.

— Cela ne vous dérange pas ?

— Tout le monde n'est pas obligé de m'apprécier.

— J'aimerais avoir votre confiance en vous, murmura-t-elle. En tout cas, mes propos de ce soir ont dû ajouter à la méfiance qu'il ressentait déjà à votre égard. Parce que, quand je vous ai demandé de m'accompagner faire un tour dehors, il a eu l'air clairement contrarié. Il a un sens de la famille très développé et très exclusif.

— Vous êtes sous sa responsabilité. Enfin, selon lui, ajouta-t-il comme elle s'apprêtait à protester.

— Eh bien, il faudra qu'il comprenne que ce n'est pas le cas. Bennett est très différent. Il semble plein d'insouciance. C'est peut-être dû à son âge, ou au fait qu'il soit le benjamin de la famille. Pourtant, il me couve du regard comme si je risquais de m'évanouir à tout moment et d'avoir besoin de son secours. Et que pensez-vous de Loubet ?

— Je ne le connais pas.

— Moi non plus, répondit-elle, ironique. Vous avez une opinion à son sujet ?

— Il ne prend pas ses fonctions à la légère, lui non plus.

Ce n'était pas une esquive, constata-t-elle, pas plus que ce n'était une réponse.

— Vous êtes quelqu'un d'assez terre à terre, n'est-ce pas ? Est-ce une caractéristique américaine ?

— C'est juste une façon d'aller à l'essentiel. En ce sens,

je pense que vous êtes quelqu'un de très terre à terre, vous aussi.

— Vraiment ?

Pensive, elle pinça les lèvres.

— C'est peut-être vrai, mais peut-être seulement quand les circonstances l'exigent. En ce moment, je suis obligée d'aller à l'essentiel, vous ne croyez pas ?

Elle était bien plus éprouvée par cette soirée qu'elle ne voulait l'admettre, remarqua Reeve alors qu'elle s'appuyait de nouveau contre la balustrade. Elle était fatiguée, mais il comprenait sa réticence à retourner à l'intérieur, où elle n'aurait pour compagnie que les questions qui la taraudaient.

— Brie, avez-vous déjà songé à partir quelques jours, loin d'ici ?

Elle leva la tête, l'air furieux. Il posa aussitôt la main sur son épaule pour la réconforter.

— Je ne vous parle pas de vous enfuir, mais juste de prendre un peu vos distances. Ce serait humain.

— Tant que je ne saurai pas qui je suis, je ne peux pas me permettre d'être « humaine ».

— Le médecin a dit que votre amnésie serait temporaire.

— Qu'est-ce que cela signifie, temporaire ? Une semaine, un mois, un an ? Ce n'est pas possible, Reeve. Je ne vais pas rester assise à attendre que les choses me reviennent. A l'hôpital, j'ai fait des rêves.

Elle ferma les yeux pendant un moment, puis prit une grande inspiration et poursuivit :

— Dans ces rêves, je suis réveillée, sans l'être vraiment. Je n'arrive pas à bouger. Il fait sombre et je suis incapable du moindre mouvement. J'entends des voix, et je lutte et lutte encore pour les comprendre, pour les reconnaître, mais j'ai peur. Dans mes rêves, c'est la terreur qui me domine. Et quand je me réveille, cette terreur demeure en moi.

Reeve tira une longue bouffée sur sa cigarette. Elle avait

raconté cela sans la moindre émotion, et cette absence de réaction en disait long.

— Vous avez été droguée, déclara-t-il, comme une évidence.

Très lentement, elle se tourna vers lui. Dans la lumière tamisée, ses yeux étaient très clairs, presque transparents.

— Comment le savez-vous ?

— Les médecins ont dû vous faire un lavage d'estomac. C'est l'état dans lequel vous étiez lorsqu'on vous a retrouvée qui leur a fait penser que vous aviez été droguée. Même quand votre mémoire reviendra, Brie, vous ne vous souviendrez peut-être pas précisément de tout ce qui s'est passé durant votre semaine de captivité. C'est une éventualité à laquelle vous devez vous préparer dès maintenant.

— Je me souviendrai, répondit-elle avec assurance. Je me souviendrai de tout. Mais que savez-vous d'autre ?

— Pas grand-chose.

— Mais encore ?

Il lança sa cigarette consumée par-dessus la balustrade.

— Vous avez été enlevée dimanche dernier. Personne ne connaît l'heure exacte, puisque vous étiez partie seule. Dimanche soir, Alexander a reçu un appel téléphonique.

— Alex ?

— Oui, il a l'habitude de travailler dans son bureau le dimanche soir. Il a sa propre ligne téléphonique, comme vous tous au palais. L'appel a été bref. Il disait juste que vous aviez été enlevée et que vous seriez libérée contre rançon. Mais rien au sujet de cette rançon n'a été précisé à ce moment-là.

Et où avait-elle été retenue prisonnière ? se demanda Brie avec angoisse. Dans le noir, elle en était certaine. Mais pour le reste…

— Qu'a fait Alex ?

— Il est directement allé trouver votre père. Les recherches ont commencé. Lundi matin, votre voiture a été retrouvée sur un chemin à une soixantaine de kilomètres d'ici. Vous possédez un bout de terrain dans ces environs. Et apparemment, vous avez l'habitude de vous y promener seule. Lundi après-midi, la première demande de rançon a été faite. On réclamait une forte somme d'argent. Evidemment, la question de savoir si la rançon allait être payée ne s'est pas posée une seconde. Mais avant qu'un arrangement ne soit trouvé, un autre appel est arrivé au palais. Il exigeait la libération de quatre prisonniers.

— Et cela a compliqué les choses.

— Deux d'entre eux sont des condamnés à perpétuité. Pour espionnage, ajouta-t-il alors qu'elle gardait le silence. Votre père s'est senti pris de court. L'argent était une chose, relâcher des prisonniers en était une autre. Mais les négociations étaient bien avancées lorsque vous avez été recueillie sur le bord de la route.

— Je retournerai là-bas. A l'endroit où ma voiture a été découverte et à l'endroit où j'ai été retrouvée.

— Pas tout de suite. J'ai accepté de vous aider, Brie, mais à ma façon.

Contrariée, elle plissa très légèrement les yeux.

— C'est-à-dire ?

— C'est-à-dire comme je l'entends. Quand je vous jugerai assez forte, je vous conduirai là-bas. En attendant, nous allons avancer prudemment.

— Et si je ne suis pas d'accord ?

— Votre père pourrait se ranger à l'avis de Loubet.

— Et je ne pourrais plus aller nulle part.

— C'est exact.

— Je savais que vous me donneriez du fil à retordre, Reeve.

Elle fit quelques pas de côté, et s'immobilisa dans un rayon de lune.

— Je n'ai guère le choix, et je n'aime pas cela. Avoir le choix me paraît la plus essentielle des libertés. Je me demande vraiment quand je vais retrouver la mienne. Demain, après que j'aurai rencontré ma secrétaire...

Reeve lui vint en aide :

— Janet. Janet Smithers.

— Un nom parfait pour une secrétaire, fit-elle remarquer, amusée. Je vais étudier mon emploi du temps avec Janet Smithers demain matin, avant de vous le communiquer. Dans la mesure du possible, j'aimerais suivre l'agenda qui était le mien. Même s'il s'agit de dévaliser tous les magasins de la ville ou de passer des heures à l'institut de beauté...

— Vous pensez que c'est ainsi que vous occupez vos journées ?

— C'est une possibilité. Je suis riche, n'est-ce pas ?

— Oui.

— Eh bien, dans ce cas..., dit-elle en haussant les épaules.

Elle marqua une pause avant de changer de sujet :

— Avant le dîner, je me suis posé beaucoup de questions tout en prenant mon bain. En fait, je me suis posé beaucoup de questions à votre sujet.

Très lentement, il glissa ses mains dans ses poches.

— Ah oui ?

— J'ai essayé d'analyser votre comportement et votre personnalité. Je n'y suis que partiellement parvenue. Si j'avais de l'expérience avec les hommes, il n'en reste plus aucune trace non plus.

Très naturellement, elle se rapprocha de lui.

— Je me suis demandé ce que cela me ferait de vous embrasser, d'être prise dans vos bras. Est-ce que cela me rappellerait des souvenirs ou trouverait un quelconque écho en moi ?

Surpris, Reeve recula et lui adressa un sourire.

— Je ne pense pas que vous embrasser fasse spécialement partie de mon travail, Votre Altesse.

Un soupçon de contrariété passa dans ses yeux fauves.

— A vrai dire, je me moque de la façon dont vous voyez les choses.

— Pas moi.

— Est-ce que vous me trouvez repoussante ?

Il vit la légère moue qu'esquissèrent ses lèvres lorsqu'elle posa la question. Elle paraissait habituée aux compliments, sans doute même dithyrambiques. Elle n'en obtiendrait pas de lui.

— Repoussante n'est pas le mot.

Ce n'en était peut-être pas une, mais Brie ne put s'empêcher de prendre cette remarque comme une insulte.

— Y a-t-il, alors, quelqu'un à qui vous tenez ? demanda-t-elle un peu trop sèchement. Auriez-vous l'impression de trahir quelqu'un en m'embrassant ?

Il ne fit aucun mouvement vers elle, et conserva son sourire amusé.

— Je n'ai personne, Votre Altesse.

— Pourquoi vous mettez-vous tout à coup à m'appeler ainsi ? Cherchez-vous juste à me contrarier ?

— Oui.

Elle sentit la colère la gagner, mais finit par se mettre à rire.

— Eh bien, bravo : vous y parvenez à merveille.

— Il est tard, dit-il en lui prenant la main d'une manière amicale. Laissez-moi vous raccompagner à l'étage.

— Vous ne me trouvez pas repoussante, répondit-elle en le suivant. Vous êtes libre. Pourquoi alors n'acceptez-vous pas de m'aider en m'embrassant ? Vous aviez pourtant accepté de m'aider.

Il s'arrêta pour la regarder. Il la dépassait d'une tête, mais, comme elle levait le menton, leurs yeux se trouvaient presque à la même hauteur.

— J'ai dit à votre père que je veillerais sur vous.

— Et vous m'avez dit que vous m'aideriez à découvrir qui je suis. Mais peut-être êtes-vous quelqu'un qui ne tient pas parole, répondit-elle sur un ton volontairement détaché. Ou peut-être n'aimez-vous pas embrasser les femmes…

Elle fit deux pas, avant qu'il ne l'arrête en la saisissant par le bras.

— Vous y allez fort.

— On dirait que oui, répondit-elle en souriant.

Il acquiesça, avant de la prendre dans ses bras.

— Moi aussi.

Reeve posa ses lèvres sur les siennes, déterminé à ce que ce baiser reste froid et neutre. Même s'il comprenait les raisons et les besoins de la princesse, il comprenait aussi qu'elle l'avait emmené dans une direction où il risquait de se fourvoyer. Ne s'était-il pas demandé quelle saveur pouvait avoir cette adorable bouche ? Ne s'était-il pas demandé quelle impression il ressentirait en serrant dans ses bras ce corps fin et fragile ? Mais il avait accepté un travail. Et jamais il n'avait pris un travail à la légère.

Alors il posa ses lèvres sur les siennes. Mais ce baiser ne resta froid qu'un instant.

Elle était douce, fragile, tendre. Il devait la protéger. Elle était brûlante, tentante, excitante. Il devait la prendre. Ses beaux yeux étaient entrouverts. Il vit un scintillement d'or sous ses cils épais alors qu'il passait la main derrière son cou. Et, alors que, malgré lui, il l'embrassait avec de plus en plus d'intensité, elle lui répondit avec ferveur, affranchie de toute réticence.

Leurs langues se rencontrèrent, se frôlèrent, puis revinrent s'explorer plus longuement l'une l'autre, rendant cette délicieuse rencontre toujours plus savoureuse. Elle passa ses bras autour de lui, rapprochant ainsi leurs deux corps vibrants. Son parfum était plus sombre que le ciel, plus profond que la fragrance des fleurs qui montait du jardin. La lune les éclaboussait tous deux de sa lumière pâle et dorée. Il se serait presque cru dans un conte de fées. De nouveau.

Brie s'était imaginé qu'elle n'éprouverait aucune surprise. Elle avait pensé que quelque part en elle devait se trouver le souvenir de ce qu'était un baiser. Et pourtant, alors que sa bouche épousait celle de Reeve, ses émotions restaient un tableau blanc. Un tableau blanc sur lequel il était libre d'inscrire ce qu'il voulait.

Si son sang s'était déjà mis à bouillir dans ses veines, elle ne se le rappelait pas. Si sa tête avait déjà tourné, elle n'en avait aucun souvenir. Tout était frais, nouveau, excitant. Et pourtant… Pourtant, il y avait là une profondeur, un besoin primitif qui avaient surgi comme une évidence en elle.

Se languir, rêver, se projeter : elle l'avait sans doute déjà fait auparavant. Se consumer, désirer, vouloir : elle ne se souvenait pas, mais elle comprenait ce que cela signifiait. C'était lui, en la tenant dans ses bras, lui, en couvrant son visage de baisers fiévreux, lui, en soufflant son prénom tout contre ses lèvres, qui ravivait toutes ces sensations.

Mais y avait-il eu d'autres hommes que lui ? Qui ? Combien ? Des bras puissants l'avaient-ils déjà étreinte sous le clair de lune ? S'était-elle par le passé abandonnée sans retenue à la passion ? Cela avait-il compté pour elle, ou pas du tout ? Troublée par cette pensée, elle se libéra de son étreinte. Quel genre de femme se donne tout entière à un homme avant de le connaître ? Ou avant même de *se* connaître.

— Reeve, dit-elle en reculant prudemment, alors que le doute l'assaillait. Je ne suis pas sûre de comprendre davantage.

Il ne s'était pas trompé. Il avait bien senti chez elle cette passion, cette fougue. Il aurait voulu qu'elles continuent à s'exprimer, mais il fut soudain assailli d'interrogations. Combien ? Combien d'autres hommes l'avaient tenue ainsi entre leurs bras ? C'était à la fois déraisonnable et irrationnel, mais il voulait que cette chaleur, que ce désir n'appartiennent qu'à lui. Il lui offrit sa main, mais garda ses distances. Cet accès de possessivité était très malvenu.

— Nous ferions mieux d'aller dormir tous les deux.

4

Elle se sentait comme une usurpatrice. Car, si Brie découvrait son bureau aussi sobre et élégant que ses appartements, c'était uniquement parce que Reeve l'y avait conduite. Elle lui était très reconnaissante d'être venu frapper à sa porte, à 8 heures du matin, en se contentant d'un simple : « Etes-vous prête ? » Etre obligée de demander son chemin à l'un des employés du palais ne l'aurait pas enchantée. Pour commencer sa première véritable journée, elle avait évité d'avoir à affronter leurs questions et leur curiosité. Avec Reeve, au moins, elle n'avait pas à s'excuser, à se justifier, ni à expliquer quoi que ce soit.

Reeve n'était là que pour s'acquitter de sa tâche, qui était de la guider discrètement, ce qu'il faisait d'ailleurs parfaitement bien. Si elle réussissait à se souvenir de cela, et non du moment qu'ils avaient partagé sur la terrasse la veille au soir, tout irait bien. Mais elle se serait sentie mieux si elle ne s'était pas réveillée en y repensant.

Après une courte et silencieuse déambulation dans les couloirs, durant laquelle, si elle s'était sentie horriblement mal à l'aise, il lui avait au contraire paru tout à fait détendu, il l'avait conduite jusqu'à une pièce située au deuxième étage de l'aile droite du palais.

Son bureau n'était pas grand, constata-elle en scrutant les lieux, mais il paraissait très fonctionnel. La pièce était claire, silencieuse, et bien agencée. Le décor était raffiné, mais sans ostentation. Cela la rassura.

Le grand bureau en acajou qui occupait le centre de la pièce était parfaitement ordonné. Les couleurs étaient discrètes, pastel encore, remarqua-t-elle en voyant les deux sièges en ébène aux délicats motifs orientaux. Là aussi, les fleurs étaient fraîches et nombreuses : des roses claires qui s'épanouissaient dans un vase en porcelaine de Sèvres, des œillets blancs dans du Wedgwood. Elle sortit un bouton de rose de son vase et le fit pivoter entre ses doigts.

— C'est donc ici que je travaille, dit-elle en se tournant vers Reeve.

Elle caressa la fine couverture de cuir d'un cahier posé sur le bureau. Si elle l'ouvrait, y découvrirait-elle un emploi du temps où se succédaient déjeuners, goûters, essayages et séances de shopping ? Et si c'était le cas, le supporterait-elle ?

— Et savez-vous en quoi consiste ce travail, au juste ?

C'était une provocation de sa part, mais c'était également une question pleine d'angoisse, Reeve le sentait. Et il ne pouvait pas la laisser sans réponse.

Heureusement, il avait fait son travail. Pendant la sieste de Brie, la veille, il avait épluché ses dossiers, son carnet de rendez-vous, et même son journal intime. Il n'ignorait pas grand-chose de Son Altesse sérénissime Gabriella de Cordina. Mais Brie Bisset demeurait encore assez mystérieuse à ses yeux.

Il avait passé une heure avec sa secrétaire et une heure avec l'intendant du palais. Il avait aussi eu un bref entretien avec l'ancienne nourrice de Brie, même s'il avait dû batailler ferme pour lui arracher quelques informations, car, malgré les années, la vieille femme avait conservé à l'égard de l'enfant qu'elle avait choyée un farouche et tenace instinct de protection. Le portrait qui s'en était détaché en filigrane rendait la princesse Gabriella plus complexe, et Brie Bisset plus intrigante que jamais.

S'il avait décidé de l'aider parce qu'elle en avait besoin, les choses n'étaient, hélas, pas aussi simples que cela. L'énigme de son enlèvement le travaillait et le hantait jusqu'à l'obsession. En apparence, Armand semblait avoir confié l'enquête à la police, pour le laisser se concentrer sur la protection de Gabriella. Mais Reeve se fiait rarement aux apparences. De toute évidence, Armand attendait autre chose de lui. Et ce défi ne lui faisait pas peur, bien au contraire. Il était de toute façon déterminé à résoudre ce mystère. Mais s'il voulait y parvenir, il devait commencer par résoudre le mystère que représentait Brie elle-même.

D'après la description que lui en avait faite sa famille, elle paraissait très observatrice et perspicace. La perception qu'elle avait d'elle-même, pourtant, était loin d'être exacte. Mais c'était peut-être la peur qui faussait tout, songea-t-il. L'espace d'un instant, il imagina l'effet que cela pouvait faire de se réveiller un matin sans passé, sans repères, sans conscience de soi. Il y avait de quoi se sentir paralysé. Mais il refusa d'approfondir sa réflexion : plus il sentirait d'empathie à l'égard de Brie, plus ardue serait sa tâche.

— Vous êtes engagée dans un certain nombre de projets, se contenta-t-il de répondre en approchant du bureau. De plus ou moins grande envergure.

En voyant Reeve approcher, Brie repensa malgré elle à ce qui s'était passé entre eux la nuit précédente. A son émoi. A son abandon. Etait-ce la première fois qu'un homme lui faisait un tel effet ? Elle ne recula pas, mais croisa les mains sur le cahier comme pour se protéger. Elle ne pouvait pas laisser ses émotions, quelles qu'elles fussent, interférer avec ce qu'elle avait à faire.

— Des projets ? répéta-t-elle à voix basse. Autres que de me faire vernir les ongles ?

— Vous êtes un peu dure avec Gabriella, non ? murmura-t-il.

Puis il posa ses mains sur les siennes. Pendant cinq secondes très intenses, ils restèrent ainsi, immobiles et silencieux.

— Peut-être. Mais je dois la connaître pour la comprendre. Pour l'instant, elle m'est plus étrangère que vous.

L'empathie le saisit de nouveau. Même s'il aurait souhaité le contraire, c'était un sentiment qu'il ne pouvait totalement étouffer. La main qui se trouvait sous la sienne était ferme, mais dans les yeux de Brie, il lisait le doute, la confusion et la détresse.

— Asseyez-vous, Brie.

La douceur de sa voix la fit hésiter. En présence d'un homme capable de parler ainsi, quelle femme peut être sûre de n'avoir rien à craindre ? Lentement, elle retira sa main et choisit l'un des deux sièges.

— Très bien. Est-ce ma première leçon qui commence ?

— Si vous voulez.

Reeve s'assit sur le bord du bureau, assez loin pour pouvoir la regarder bien en face.

— Dites-moi ce qu'évoque pour vous le mot « princesse ».

— Vous jouez aux analystes ?

— C'est une question simple, fit-il en croisant les jambes. Vous pouvez y répondre aussi simplement que vous le souhaitez.

Elle sourit et sembla se détendre un peu.

— Le prince charmant, une fée pour marraine, des pantoufles de vair.

Elle frotta négligemment le bouton de rose contre sa joue, puis son regard s'abîma dans la contemplation d'un rayon de soleil qui éclairait le parquet.

— Des valets en livrée impeccable, des carrosses garnis de sièges en satin blanc, de belles couronnes en argent, des robes vaporeuses. La foule… La foule, répéta-t-elle en fixant à présent la fenêtre. La foule qui vous acclame sous la fenêtre. Le soleil dans les yeux qui empêche de la voir, mais pas de l'entendre. Un salut depuis la fenêtre. Une odeur de roses, puissante. Une foule immense dont la voix monte jusqu'à vous et vous emporte. Une foule bienveillante, amicale, mais envahissante.

Puis elle se tut, et posa la rose sur ses genoux. Sa main tremblait : il le vit juste avant qu'elle ne lâche la fleur.

— Est-ce votre imagination, ou un souvenir ?

— Je…

Troublée, Brie s'interrompit. Comment définir ces images qui se bousculaient dans son esprit ? Elle sentait encore l'odeur des roses, entendait les acclamations, mais ne se souvenait pas. Elle ressentait la brûlure du soleil dans ses yeux, mais elle n'arrivait pas à se replacer à cette fenêtre.

— Juste des impressions, lui répondit-elle au bout d'un moment. Elles vont et viennent, mais ne restent jamais.

— N'insistez pas, alors.

Elle secoua la tête.

— Je veux…

— Je sais ce que vous voulez.

Il avait parlé d'une voix calme, presque détachée, et elle en parut contrariée. Mais Reeve fit comme s'il n'avait pas remarqué, et enchaîna :

— Je vais vous résumer une journée type de la vie de Son Altesse sérénissime Gabriella de Cordina, dit-il en attrapant le cahier, mais sans toutefois l'ouvrir.

— Et comment connaissez-vous mon emploi du temps ?

Il soupesa le cahier, tout en la regardant.

— C'est mon travail de savoir ce genre de choses. Vous vous levez à 7 h 30 et prenez le petit déjeuner dans votre chambre. De 8 h 30 à 9 heures, vous vous entretenez avec l'intendant du palais.

— Le régisseur, dit-elle en fronçant les sourcils. On dit le régisseur.

Reeve ne fit aucun commentaire, alors qu'elle essayait de se souvenir pourquoi ce terme lui paraissait aussi familier.

— Vous décidez des menus du jour. Si aucun dîner officiel n'est prévu, c'est le déjeuner que vous choisissez comme repas principal. C'est un rôle que vous assumez depuis la mort de votre mère.

— Je vois.

Elle attendit que le chagrin l'assaille. Elle attendit désespérément. Mais rien ne vint.

— Continuez.

— De 9 heures à 9 h 30, vous vous installez à votre bureau avec votre secrétaire, et vous vous occupez ensemble de votre correspondance officielle. Généralement, vous lui expliquez quoi répondre, puis vous signez les lettres une fois qu'elle les a rédigées.

— Depuis combien de temps travaille-t-elle avec moi ? demanda-t-elle brusquement. Cette Janet Smithers ?

— Un peu moins d'un an. Votre précédente secrétaire a quitté son poste après la naissance de son premier enfant.

— Suis-je…

Elle croisa les doigts, à la recherche de ses mots.

— Suis-je satisfaite de nos rapports ?

Reeve inclina la tête.

— Je n'ai pas entendu que vous vous seriez plainte de quoi que ce soit à son sujet.

Brie secoua la tête, se sentant incomprise. Comment expliquer à un homme qu'elle voulait savoir comment elle et sa secrétaire s'entendaient, en tant que femmes ? Comment expliquer qu'elle se demandait si elle avait des amies proches, qui lui auraient permis de sortir de ce cercle extrêmement masculin qui l'entourait et devait souvent l'oppresser ? Mais cela aussi, c'était peut-être quelque chose qu'elle devrait découvrir par elle-même.

— Je vous en prie, continuez.

— Si vous avez le temps, vous vous occupez de votre

correspondance personnelle pendant le reste de la matinée. Sinon, vous gardez cela pour le soir.

Tout ceci lui paraissait ennuyeux. Mais, en même temps, c'était souvent le cas des obligations, quelles qu'elles fussent.

— Correspondance officielle : c'est-à-dire ?

— Vous présidez l'Aide aux enfants handicapés. L'AEH est la plus importante organisation caritative de Cordina. Vous êtes également porte-parole de la Croix-Rouge internationale. En plus de cela, vous êtes très impliquée dans le rayonnement du Centre des beaux-arts, qui a été créé à la mémoire de votre mère. Vous vous occupez également de la correspondance officielle avec les épouses des chefs d'Etat, de présider plusieurs comités, d'accepter ou de décliner diverses invitations et d'accueillir certains invités officiels. La politique et l'exercice du pouvoir sont le domaine de votre père, et, dans une certaine mesure, d'Alexander.

— Si je comprends bien, je suis reléguée à des occupations plus « féminines ».

Elle le vit aussitôt sourire.

— Ce n'est pas ce que je dirais en voyant votre emploi du temps, Brie.

— Qui, d'après ce que vous m'avez dit, consiste juste à répondre à des lettres.

— Trois fois par semaine, vous vous rendez dans les bureaux de l'AEH, où vous abattez un travail considérable. Vous avez également insisté auprès du Conseil national pendant dix-huit mois pour qu'il augmente le budget du Centre des beaux-arts. L'année dernière, vous avez effectué une tournée dans quinze pays pour la Croix-Rouge et vous avez passé dix jours en Ethiopie. A cette occasion, le *World Magazine* vous a consacré un dossier de dix pages. Je vous en ferai une copie.

Elle reprit la rose, passa ses doigts sur les pétales, puis se leva.

— Mais est-ce que je le fais avec intelligence ? demanda-t-elle en arpentant la pièce. Est-ce que je sais ce que je fais, ou est-ce que je suis juste là pour faire joli ?

Reeve tira une cigarette de son étui.

— Les deux. Une princesse jeune et belle attire l'attention, la presse, les fonds, et suscite l'intérêt. Une princesse jeune et intelligente se sert de ses atouts et de son cerveau pour parvenir à ses fins. D'après votre journal…

— Vous avez lu mon journal ?

Il leva un sourcil, et observa le mélange d'indignation et de gêne qui se peignait sur son visage. En même temps, il la comprenait : elle n'avait aucun moyen de savoir si son journal était compromettant pour elle.

— Vous m'avez demandé de vous aider, lui rappela-t-il. Je ne peux pas vous aider si je ne vous connais pas. Mais détendez-vous, ajouta-t-il en allumant sa cigarette, vous êtes très discrète, Gabriella, même dans ce que vous écrivez dans vos papiers personnels.

Agacée par son air légèrement amusé, Brie essaya de chasser le sentiment de honte qui l'avait gagnée.

— Vous disiez ? enchaîna-t-elle.

— D'après votre journal, voyager est épuisant. Vous n'avez jamais adoré cela, mais vous le faites, année après année, parce que c'est nécessaire. Vous avez des fonds à lever, et un rôle à tenir. Vous travaillez, Gabriella. Je vous le promets.

— Si vous le dites, je veux bien vous croire, répondit-elle en replaçant la rose dans son vase. Et, d'ailleurs, je veux commencer tout de suite. Tout d'abord, si je veux cacher mon amnésie, j'ai besoin des noms de tous les gens que je suis censée connaître.

Elle alla s'asseoir derrière son bureau, et s'empara d'un crayon.

— Donnez-moi la liste de tous ceux que vous connaissez.

Ensuite, j'appellerai Janet Smithers. Est-ce que j'ai des rendez-vous aujourd'hui ?

— Vous en avez un à 13 heures, au siège de l'AEH.

— Très bien. J'ai beaucoup à apprendre avant 13 heures.

Après avoir fourni à Brie plus de cinquante noms et autant d'explications, Reeve la laissa en compagnie de sa secrétaire. Etant donné la masse d'informations qu'il lui avait fournies, ce serait un petit miracle si elle en retenait la moitié.

S'il avait eu le choix, il serait monté dans sa voiture et aurait roulé. Vers la mer, vers les montagnes, peu importe… Les palais, même les plus spacieux, les plus magnifiques, les plus chargés d'histoire, les plus fascinants, restaient des murs et des plafonds. Il avait besoin de voir le ciel autour de lui.

Un court instant, Reeve s'arrêta devant une fenêtre pour regarder dehors, avant de grimper jusqu'au troisième étage, où se trouvait le bureau du prince Armand. C'était un travail d'enquêteur, songea-t-il avec une certaine impatience. Des déambulations dans des couloirs et de la paperasserie. Quand allait-il pouvoir y échapper ?

On le fit tout de suite entrer, et il trouva le prince en train de déguster un café. La pièce était deux fois plus grande que le bureau de Brie, beaucoup plus richement décorée, et d'une atmosphère plus rigide et masculine. Les moulures du plafond étaient minutieusement ciselées et dorées, mais les chaises étaient massives, et le bureau solide. Les fenêtres étaient ouvertes et la lumière du jour se répandait sur un immense tapis rouge.

— Loubet sort à peine d'ici, dit Armand sans préambule. Avez-vous vu les journaux ?

— Oui.

Reeve accepta une tasse de café, mais comme le prince

restait debout, il ne s'assit pas. Il savait quand oublier le protocole et quand le respecter.

— D'après ce que j'ai pu lire, tout le monde est soulagé que Son Altesse ait été retrouvée saine et sauve. On s'interroge aussi beaucoup sur l'enlèvement en lui-même, mais c'était prévisible.

— Les journaux ne sont pas tendres à l'égard de la police de Cordina, ajouta Armand, avant de hausser les épaules. Cela aussi, c'était prévisible. A vrai dire, j'ai moi-même l'impression que l'enquête piétine. Mais je leur fais confiance : ils doivent savoir ce qu'ils font.

Reeve pencha la tête, lentement.

— Vraiment ?

Leurs regards se rencontrèrent, chacun jaugeait l'autre, à présent.

— Ecoutez, la police fait son travail, moi le mien et vous le vôtre. Je suppose, d'ailleurs, que vous avez passé la matinée avec Gabriella.

— Oui.

— Asseyez-vous, dit le prince, tout en restant lui-même debout. Comment va-t-elle ?

Reeve prit un siège, tandis que le prince parcourait la pièce avec la même grâce nerveuse que sa fille.

— Physiquement, je dirais qu'elle se remet vite. Emotionnellement, elle tient bon parce qu'elle l'a décidé. En ce moment, sa secrétaire lui explique comment reconnaître tous les gens qu'elle est censée rencontrer. La princesse a l'intention de suivre son emploi du temps normal, et ce, dès aujourd'hui.

Armand but la moitié de son café, puis reposa sa tasse, les sourcils froncés.

— Et vous l'accompagnerez ?

Reeve but à son tour une gorgée de café. Il était noir, fort, et brûlant.

— Je l'accompagnerai.

— C'est difficile…

Armand s'interrompit, l'air ému. Qu'est-ce qui le troublait à ce point ? s'interrogea Reeve. La colère, l'inquiétude, la frustration ?

— C'est difficile, répéta-t-il plus calmement, de rester en retrait, de faire et de donner si peu. Vous êtes venu à ma demande. Vous êtes resté à ma demande. Et maintenant, je suis jaloux de la confiance que vous accorde ma fille.

— Parler de confiance est peut-être un peu prématuré. Pour l'instant, la princesse me trouve utile.

Il perçut de la contrariété dans sa propre voix et s'empressa de la chasser, avant de poursuivre :

— Je peux lui apporter des informations sur elle-même sans faire appel à ses émotions.

— Emotions dont elle déborde en permanence, comme sa mère avant elle. Quand Gabriella aime, elle aime sans compter, ce qui, en soi, est un trésor.

Armand contourna le bureau pour venir s'y asseoir. Ses gestes étaient empreints d'une solennité toute protocolaire, et Reeve se raidit malgré lui, en se demandant ce qu'il avait à lui dire.

— Hier soir, commença le prince, Bennett m'a fait remarquer que je vous avais peut-être placé dans une position inconfortable.

Reeve but une nouvelle gorgée, affichant une décontraction qu'il était loin de ressentir.

— Que voulez-vous dire ?

— Vous serez à chaque instant aux côtés de Gabriella, en privé comme en public. Inévitablement, Brie est souvent photographiée. Sa vie alimente les discussions.

Armand saisit une petite pierre blanche et douce, qui était posée sur son bureau. C'était son épouse qui l'avait ramassée plusieurs années auparavant, sur une plage de galets.

— Tout obnubilé que j'étais par la sécurité de Gabriella

et par son état de santé, je n'avais pas réfléchi aux implications de votre présence à ses côtés.

— Vous voulez parler d'éventuelles questions concernant ma place dans la vie de Gabriella ?

Il sourit légèrement.

— C'est un soulagement de ne pas devoir tout vous expliquer en usant de périphrases. Bennett est jeune, et sa vie privée s'étale splendidement dans la presse internationale.

Il y avait, dans sa voix, comme un mélange de fierté et de contrariété, constata Reeve avec amusement. C'était le lot de tous les parents, sans doute. Il avait observé cela assez souvent chez son père.

— C'est peut-être pour cela que mon fils a pensé le premier à cet aspect des choses.

— Je suis là pour la sécurité de Son Altesse, fit remarquer Reeve. Cela paraît assez simple.

— Lorsque le dirigeant de Cordina demande à un ancien policier, à un policier américain, de surveiller sa fille, il n'y a rien de simple. Cela pourrait être perçu comme un manque de confiance envers la police nationale, et vécu comme une insulte par le peuple. Cordina est un petit pays, Reeve, mais sa fierté est grande.

Reeve garda le silence pendant qu'il réfléchissait.

— Vous voulez que je m'en aille ? finit-il par demander.

— Non.

Aussitôt, un grand soulagement s'empara de lui. Ce n'était pas ce qu'il aurait dû ressentir, ou tout du moins, pas avec autant de force. Pourtant, autour de sa tasse, sa main se détendit.

— Je ne peux pas changer de nationalité, Armand.

— Non, répondit laconiquement le prince.

Puis il changea le galet de main, et poursuivit :

— Il serait possible, toutefois, de changer votre statut de façon à ce que vous puissiez rester aux côtés de Gabriella sans que les spéculations à votre sujet n'alimentent une mauvaise polémique.

Cette fois, Reeve sourit franchement.

— Vous voulez me faire passer pour son prétendant ?

— Encore une fois, vous me facilitez les choses.

Armand s'appuya contre le dossier de son siège pour observer le fils de son ami. Dans des circonstances moins compliquées, il aurait sans doute approuvé une liaison entre Reeve et sa fille. Il ne pouvait nier que, avant ce tragique événement, il avait espéré voir Brie se marier. Dans ce but, il lui avait même fait rencontrer divers membres de la famille royale et de la noblesse britanniques, ainsi que des aristocrates français. Cependant, les MacGee avaient une ascendance prestigieuse et une réputation sans tache. Il ne lui aurait pas déplu que ce qu'il proposait aujourd'hui comme un subterfuge fût la réalité.

— J'aimerais, toutefois, aller encore plus loin. Si vous n'y voyez aucune objection, j'aimerais annoncer vos fiançailles avec Gabriella.

Il attendit une réaction, un geste, ou un commentaire. Mais Reeve ne lui montra rien de plus que ce qui semblait être un intérêt poli. Armand passa son pouce sur le galet. Il respectait beaucoup les hommes capables de garder leurs pensées et leurs états d'âme pour eux-mêmes.

— En tant que fiancé, continua-t-il, vous pourriez être à ses côtés sans que cela ne soulève la moindre question.

— A l'exception de celle-ci, sans doute : comment aurais-je pu devenir le fiancé de Son Altesse après seulement quelques jours passés à Cordina ?

Armand acquiesça, appréciant cette réponse froide et sensée.

— Ma longue relation d'amitié avec votre père rend la chose plus que plausible. Brie s'est rendue dans votre pays pas plus tard que l'an passé. On pourrait très bien dire que votre histoire s'est nouée à ce moment-là.

Reeve sortit une cigarette. Il en ressentait vraiment le besoin.

— D'habitude, les fiançailles mènent au mariage.

— Les vraies, oui, répondit Armand en reposant le galet pour croiser les bras. Pas les fiançailles inventées par commodité. Quand nous n'aurons plus besoin de cette ruse, nous annoncerons que vous et Gabriella avez changé d'avis. L'engagement sera rompu et chacun reprendra son chemin. Ce mélodrame ravira la presse, et aucun mal n'aura été fait à personne.

La princesse et le fermier, songea Reeve avec amusement. Ce petit jeu pourrait se révéler intéressant. Et, avant qu'il ne prenne fin, il lui offrirait peut-être quelques moments inoubliables.

— Même si j'acceptais, je ne suis pas le seul concerné.

— Gabriella fera ce qu'il y a de mieux pour elle-même et pour son pays, dit-il simplement, en homme de pouvoir. Le choix est entre vos mains, pas entre les siennes.

Ne pas avoir le choix. Brie n'avait-elle pas dit que c'était précisément ce qui lui pesait le plus ? Etre une princesse, c'était bien plus que porter une couronne et des pantoufles de vair. Reeve rejeta une longue bouffée de fumée. Il compatissait peut-être, mais cela ne l'empêcherait pas de faire ce choix pour elle.

— Je comprends très bien vos arguments. Nous ferons selon votre idée, Armand.

Le prince se leva.

— Je parlerai à Gabriella.

Reeve n'imaginait pas une seule seconde que la princesse serait ravie de se fiancer avec lui. D'ailleurs, il ne voulait pas qu'elle le soit. Il était plus facile pour lui de jouer son rôle quand elle se montrait froide, ou en colère. C'était quand elle le regardait avec cet air perdu et vulnérable qu'il était incapable de lui résister.

Lorsque Brie sortit du palais quelques minutes avant 13 heures, il resta un moment captif de l'image enchanteresse qu'elle lui offrait. Elle avait enfilé une veste, coupée dans le même daim sombre et épais que sa jupe. Ses cheveux, qui retombaient dans son dos, capturaient chaque rayon du soleil. Ses yeux, lorsqu'elle rejeta sa tête en arrière et les posa sur lui, étaient dorés, glorieux et incandescents. Une créature de lumière, songea-t-il en contournant la voiture. Elle n'avait rien à faire entre les murs d'un château. Elle appartenait au ciel.

Reeve s'inclina légèrement en lui ouvrant sa portière. Elle lui adressa un regard appuyé et furieux.

— Merci pour ce coup de poignard dans le dos.

Puis elle s'installa sur le siège passager et regarda droit devant elle.

Reeve fit tinter les clés dans sa poche, alors qu'il allait prendre place à son tour. Il pouvait gérer cette mini-crise avec délicatesse… ou à sa manière.

— Quelque chose ne va pas, chérie ? lui demanda-t-il en s'asseyant à côté d'elle.

— Vous plaisantez ?

Elle le regarda de nouveau, avec dureté et colère.

— Comment osez-vous ?

Il prit sa main, et la garda dans la sienne, malgré l'air réticent qu'elle affichait.

— Gabriella, certaines choses sont plus faciles si on les prend avec légèreté.

— Cette farce ! Cette tromperie !

Puis, abruptement, et avec finesse, elle passa au français et déversa un flot rapide de paroles indignées qu'il ne comprit que partiellement. Mais son ton était clair comme l'eau de roche.

— Tout d'abord je dois vous accepter comme garde

du corps, continua-t-elle en repassant à l'anglais. Ce qui signifie que, quoi que je fasse, vous serez toujours dans mes jambes. Et maintenant, ces prétendues fiançailles ! Et tout cela pour quoi ? Tout cela pour que personne ne sache que mon père a engagé un garde du corps qui n'est ni cordinien ni français ! Tout cela pour que je puisse être vue en compagnie d'un homme sans que cela n'entache ma réputation. Ah !

Elle balaya l'air de sa main, d'un geste agacé et indéniablement royal.

— Mais de quoi se mêlent-ils ? reprit-elle. C'est de *ma* réputation qu'il est question.

— Et, accessoirement, de la mienne, répondit-il calmement.

Sur ce, elle se tourna vers lui, et le toisa avec dédain.

— Je ne pense pas me tromper en disant qu'elle est déjà faite. Et votre réputation m'importe peu, ajouta-t-elle avant qu'il ne puisse répondre.

— En tant que fiancée, vous devriez vous sentir concernée, rétorqua-t-il en démarrant sans se presser.

— C'est une supercherie ridicule.

— Je suis d'accord.

Brie en resta sans voix. Au lieu de continuer à pester, elle referma brusquement la bouche.

— Vous trouvez ridicule d'être fiancé avec moi ? demanda-t-elle enfin.

— Absolument.

Elle était piquée au vif, ce qui lui permit de découvrir un nouveau trait de son caractère : la vanité.

— Pourquoi ?

— Généralement, je ne me fiance pas à des femmes que je connais à peine. Et puis, aussi, j'y réfléchirais à deux fois avant de m'engager auprès de quelqu'un d'entêté, égoïste et colérique.

Elle leva le menton sous le coup de la surprise. Sans

doute n'avait-elle pas l'habitude qu'on s'adresse à elle sur ce ton. Elle tira du fond de son sac une paire de lunettes de soleil et les chaussa.

— Dans ce cas, vous avez de la chance qu'il ne s'agisse que d'une mascarade, n'est-ce pas ?

— Tout à fait.

Elle referma son sac avec emportement.

— Et de courte durée.

Reeve ne sourit pas : il avait déjà pris assez de risques pour la journée.

— Moins longtemps elle durera, mieux ce sera.

— Je ferai de mon mieux pour abréger votre calvaire, répliqua-t-elle sèchement, avant de terminer le trajet en silence.

Ce fut un trajet plutôt court, au grand regret de Brie. Avoir quelque chose et quelqu'un contre qui diriger sa colère l'aidait à atténuer sa peur de devoir rencontrer des personnes qui n'étaient que des noms pour elle. Elle aurait aimé avoir davantage de temps pour se préparer.

Le bâtiment qui abritait les bureaux de l'Aide aux enfants handicapés était ancien et cossu. C'était là qu'avait autrefois vécu son arrière-grand-mère, lui avait appris la très efficace Janet Smithers.

Brie descendit de la voiture avec une rapidité dictée par l'habitude. Mais son estomac était noué. En se dirigeant vers l'entrée, elle essaya de se remémorer le plan de l'immeuble. Elle n'aurait jamais cherché d'elle-même la main de Reeve, mais quand elle sentit ses doigts se refermer autour des siens, elle en tira un certain réconfort. Parfois, il est nécessaire, et même préférable, de marcher main dans la main avec le diable.

Elle entra, dans un hall blanc et frais. Immédiatement,

la femme qui était assise à un bureau placé juste à l'entrée se leva et s'inclina.

— Votre Altesse. Quelle joie de vous retrouver saine et sauve.

— Merci, Claudia.

Son hésitation sur le nom fut si brève que Reeve lui-même la remarqua à peine.

— Nous ne vous attendions pas si vite, Votre Altesse. Après… Après ce qui s'est passé.

Sa voix se brisa et ses yeux s'emplirent de larmes.

La compassion saisit Brie, avant l'instinct, avant les calculs. Elle lui prit les deux mains.

— Je vais bien, Claudia. Et j'ai hâte de me remettre au travail.

Il y avait dans ce contact une chaleur et une affection qu'elle n'avait pas ressenties avec sa secrétaire particulière. Mais son impression s'arrêta là, et elle ne put l'approfondir.

— Je vous présente M. MacGee. Il… va rester avec nous. Claudia travaille pour l'AEH depuis presque dix ans, Reeve.

Elle venait de lui répéter l'information qu'il lui avait apprise le matin même.

— Je crois qu'elle pourrait la diriger à elle seule. Dites-moi, Claudia, m'avez-vous au moins laissé quelque chose à faire ?

— Il y a le bal, Votre Altesse. Comme d'habitude, les complications sont nombreuses.

Le gala annuel de charité, se récita Brie. Une tradition à Cordina, et la plus grande collecte de fonds de l'année pour l'AEH. En tant que présidente, elle en était l'organisatrice et, en tant que princesse, elle en était l'hôtesse. Chaque printemps, il attirait à Cordina les personnes les plus riches et les plus influentes de la planète.

— Sans les complications, le bal ne serait pas vraiment le bal. Je vais me mettre tout de suite au travail, alors.

Venez, Reeve, nous verrons à quoi vous allez pouvoir nous être utile.

Passé le premier obstacle, elle grimpa l'escalier, traversa le couloir, et pénétra dans le deuxième bureau sur la droite.

— Bravo, dit Reeve alors qu'elle refermait la porte.

— J'espère toujours..., commença-t-elle, avant de s'interrompre, en haussant les épaules.

Elle espérait toujours qu'une rencontre, qu'un hasard feraient jaillir quelque chose, feraient sauter le premier verrou de sa mémoire et libéreraient ainsi ses souvenirs. A grands pas, elle alla ouvrir les rideaux.

La pièce n'était pas aussi élégante que son bureau au palais. L'un des murs était occupé par une grande étagère, métallique et très impersonnelle. Le bureau, soigné, et réalisé dans un très beau bois de cerisier, était recouvert de dossiers, de notes et de papiers. Elle s'y dirigea, s'assit et saisit une feuille. C'était une note concernant un don au service pédiatrique de l'hôpital, écrite par elle-même à la main.

C'était étrange à voir, songea-t-elle. Un peu plus tôt, elle avait fait le test d'attraper un crayon et d'écrire son nom, juste pour voir sa signature. L'écriture était grosse, tout en boucles, à la limite de l'indiscipliné, et très reconnaissable. Brie reposa la note et se demanda par où commencer.

— Je vais voir si je peux trouver du café, suggéra Reeve.

— Et aussi une part de gâteau ou des biscuits, répondit-elle, alors qu'elle commençait à trier ses papiers. Je n'ai pas déjeuné.

Puis elle leva les yeux, et haussa un sourcil.

— J'étais trop en colère pour manger, mais je crois que je vais avoir besoin de quelque chose, si je veux tenir.

— Hamburger ?

— Cheeseburger, sans oignons, dit-elle en s'amusant de sa réponse venue si naturellement. Et attention, je suis très à cheval sur la qualité.

Elle pouvait presque — presque — se voir assise à ce bureau, en train de grignoter sur le pouce tout en passant des coups de téléphone et en signant des papiers. Prise d'un soudain accès d'enthousiasme, elle commença son travail.

Elle était douée pour cela. C'était fantastique de découvrir qu'elle avait du talent pour quelque chose. Au bout de deux heures, elle avait fait le tour de tout ce qu'elle avait à faire et avait commencé, de façon lente et systématique, à régler les petits détails, les problèmes, et à prendre les décisions qui s'imposaient. Cela lui venait naturellement, comme s'habiller, manger, marcher. Elle n'avait qu'à réfléchir à la façon dont elle allait attaquer chaque question pour trouver chaque fois la réponse adaptée. A la fin de ces deux heures, elle avait gagné en confiance, et son humeur était excellente. Lorsqu'elle quitta son bureau, il était toujours en désordre. Mais c'était son désordre à présent, et elle le comprenait.

— Cela m'a fait du bien, dit-elle à Reeve en reprenant place dans la voiture. Enormément de bien. Mais vous devez penser que je suis idiote.

— Pas du tout, répondit-il en s'asseyant à ses côtés, mais sans démarrer encore. Vous avez abattu un travail monstrueux en deux heures, Brie. En tant qu'ancien policier, je sais très bien combien le travail de bureau peut être frustrant et pénible.

— Mais cela vaut parfois le coup d'avoir un peu mal à la tête, vous ne pensez pas ? L'AEH est un organisme utile. Il ne se contente pas de grands discours, il agit vraiment. Tout cet équipement au service de pédiatrie, les travaux de rénovation, les fauteuils roulants, les déambulateurs, les appareils acoustiques, les cours particuliers : cela coûte énormément d'argent. Et cet argent, nous le trouvons.

Elle regarda les diamants et les saphirs qui brillaient à son doigt.

— Cela m'aide à me donner bonne conscience.

— Vous en avez besoin ?

— Oui. Ce n'est pas parce que je suis née avec un titre que je ne dois pas m'en montrer digne. Surtout maintenant que…

— Vous n'avez pas choisi votre naissance.

— Bien sûr, mais… Je ne sais pas ce que j'en pensais avant, murmura-t-elle, mais je sais ce que j'en pense maintenant : tout a un prix.

— Vous apprenez vite, dit-il en se décidant à démarrer.

— Je suis bien obligée.

Elle se sentait fatiguée, mais elle ne se laissa pas aller. Elle ne pouvait pas se le permettre.

— Reeve, je ne veux pas rentrer tout de suite. Est-ce qu'on peut rouler ? Où vous voulez, peu importe. J'ai juste besoin d'être dehors.

— D'accord.

Il comprenait ce besoin d'échapper aux restrictions. Il avait grandi avec elles, lui aussi. Il s'était rebellé contre elles, lui aussi. Sans réfléchir, il prit la direction de la mer.

Il y avait un endroit juste à l'extérieur de la capitale où la route longeait la digue en zigzagant. Il y avait un endroit, avant Lebarre, le port de Cordina, où la nature était sauvage, libre et exubérante. Reeve s'arrêta devant quelques rochers déchiquetés, à côté d'un bouquet de grands arbres agités par le vent.

Brie descendit de voiture, et se laissa enivrer par la beauté du paysage. Elle connaissait déjà l'odeur et le goût de la mer. Elle ne pouvait pas affirmer qu'elle était déjà venue à cet endroit, mais pourtant, il l'apaisait. Elle réussit à mettre sa quête personnelle entre parenthèses, et marcha vers la vieille et robuste digue.

De petites fleurs printanières violettes poussaient entre les fissures, comme si elles voulaient à tout prix leur part de soleil. Brie se pencha pour toucher l'une d'elles, mais ne la cueillit pas, pour éviter qu'elle ne se fane trop vite. Sans se soucier de sa jupe, elle s'assit sur la digue et contempla le spectacle qui s'offrait à elle.

La mer était uniformément et profondément bleue. Si elle n'avait pas été contenue, elle aurait dévoré le paysage. La digue l'en empêchait, mais ne la domptait pas. Plus loin, Brie distingua des bateaux, de gros cargos qui se dirigeaient vers le port ou en sortaient, d'étincelants bateaux de plaisance avec leurs voiles déployées. Aussitôt, elle eut l'impression que ses mains connaissaient le contact des cordages, que son corps connaissait le balancement des vagues. Bientôt, peut-être, s'en assurerait-elle.

— Je me sens d'emblée à l'aise avec certaines choses, dit-elle, comme si elles m'étaient familières. Comme cet endroit, par exemple.

— C'est impossible d'avoir grandi au bord de la mer sans avoir fréquenté ce genre d'endroit, fit Reeve en l'observant du coin de l'œil.

S'amusant tour à tour à masquer et à découvrir son visage, le vent jouait avec ses longs cheveux, qui, dans cette lumière, paraissaient presque dorés et léchés par d'innombrables petites flammes. Il s'assit à côté d'elle, veillant toutefois à conserver une distance prudente.

— Je crois que je suis déjà venue dans ce genre d'endroit, rien que pour respirer, quand le protocole était trop lourd à supporter.

Elle soupira, et ferma les yeux en offrant son visage à la brise.

— Je me demande si j'ai toujours ressenti ce besoin d'évasion.

— Vous pourriez demander à votre père.

Elle baissa la tête. Lorsque leurs yeux se croisèrent, il vit la lassitude qu'elle avait si bien pris soin de cacher. Elle n'était pas encore en pleine possession de ses moyens, songea-t-il. Et il n'était pas insensible à sa vulnérabilité.

— C'est difficile.

Brie oublia soudain sa colère et sa contrariété, sa fatigue et sa nervosité, alors qu'elle se sentait de nouveau comme irrésistiblement attirée par Reeve. Elle pouvait lui parler librement, lui dire tout ce qu'elle avait en tête, sans que cela ne prête à conséquence.

— Je ne veux pas lui faire de peine. Je ressens chez lui un amour si intense, un instinct de protection si fort que j'en suis gênée. Je sais qu'il attend que tout me revienne à la mémoire.

— Ce n'est pas ce que vous attendez, vous ?

Elle regarda la mer, sans rien dire.

— Brie, vous ne voulez pas vous souvenir ?

— Une partie de moi le veut, désespérément, finit-elle par répondre, sans cesser de fixer la mer. Mais une autre partie le refuse, comme si c'était trop à supporter. Si je me souviens du bon, ne vais-je pas me souvenir aussi du mauvais ?

— Vous n'êtes pas quelqu'un de lâche.

— Je me le demande, Reeve. Je me souviens d'avoir couru. Je me souviens de la pluie, du vent. Je me souviens d'avoir couru jusqu'à craindre d'en mourir. Mais surtout, je me souviens de la peur. Une peur si atroce que j'aurais préféré mourir que de continuer à la ressentir. Je ne suis pas sûre que cette partie de moi laissera ma mémoire revenir.

Il comprenait ce qu'elle décrivait. Et c'était une torture pour lui, car cette empathie était à la fois quelque chose qu'il ne pouvait se permettre et qu'il ne pouvait empêcher.

— Quand vous serez assez forte, vous n'hésiterez pas.

— Au fond de moi, j'ai peur de cela, aussi, dit-elle en secouant la tête, de telle sorte que ses cheveux vinrent caresser son cou. Dans un moment comme celui-là, il serait si facile de se détendre et de lâcher prise, de laisser les choses suivre librement leur cours. Si je n'étais pas ce que je suis, je pourrais le faire. Personne ne s'en soucierait.

— Mais vous êtes ce que vous êtes.

— Vous ne rêvez jamais ? demanda-t-elle en esquissant un demi-sourire. Vous ne vous demandez jamais : « et si ? » En ce moment même, je pourrais faire comme si j'avais une petite maison dans les collines et un jardin. Comme si mon mari était fermier et que j'attendais notre premier enfant. Comme si la vie était simple et très belle.

— Et la femme vivant dans la petite maison pourrait faire comme si elle était une princesse habitant dans un palais, dit-il en saisissant au vol une mèche de ses cheveux qui dansait dans le vent. La vie est pleine de rêves, Brie. Elle n'est jamais simple, mais elle peut être belle.

— Et vous, à quoi rêvez-vous ?

Il enroula la mèche de cheveux autour de son doigt, avant de la libérer.

— A mes terres, que j'aimerais labourer. A mes cultures, que j'aimerais voir pousser. A la campagne, où j'aimerais vivre.

— Vous possédez des terres en Amérique ? Une ferme ?

— Oui.

Et son domaine l'attendait, songea-t-il. L'année prochaine, il s'en faisait la promesse, il s'y consacrerait pleinement. Il n'avait que trop tardé.

— Mais je croyais que vous étiez policier, ou plutôt enquêteur privé, maintenant. Un genre d'aventurier.

Il rit, franchement amusé, en entendant ce mot.

— Quand ils pensent à mon métier, les gens ont tendance à ne retenir que les ruelles sombres et à oublier la paperasserie.

— Mais, les ruelles sombres, vous les avez bien fréquentées ?

Il lui adressa un regard si intense qu'il lui fit froid dans le dos.

— Je les ai fréquentées, et peut-être même trop.

Brie eut l'impression de comprendre. Elle était sûre, sans trop savoir comment, qu'elle avait traversé une ruelle sombre, elle aussi. Elle fixa la mer et le ciel. Ce n'était pas le moment de penser à l'obscurité.

— Qu'allez-vous faire pousser sur vos terres ?

Il se mit à y réfléchir. Dans des moments comme celui-là, il aurait presque pu croire que son rêve était devenu réalité.

— Du maïs, du blé, des pommes.

— Et vous avez une maison ?

Intriguée, elle se tourna vers lui.

— Une ferme ?

— Elle a besoin d'être retapée.

— Est-ce qu'elle a un porche d'entrée ? Un grand porche d'entrée ?

Pour son plus grand plaisir, il se mit à rire.

— Il est assez grand, oui. Et après que j'aurai remplacé une planche ou deux, il sera peut-être même presque praticable.

— Les nuits chaudes, vous vous y installerez sur un rocking-chair et vous viendrez y écouter le vent.

Il tira gentiment sur une mèche de ses cheveux, comme pour la taquiner.

— Ailleurs, l'herbe est plus verte…

— C'est ce qu'on dit, en effet… Toutefois, je pense que je pourrais m'accommoder de cinquante semaines de contraintes et de représentation si j'avais deux semaines pour écouter le vent dans un rocking-chair. Donc vous avez la terre, la maison, mais pas de femme. Pourquoi ?

— Drôle de question de la part de ma fiancée.

— Vous dites cela pour me contrarier et pour vous dérober.

— Vous êtes perspicace, Brie.

Sur ce, Reeve se leva et lui tendit la main.

— Nous devrions rentrer.

— Il me paraît simplement juste que j'en sache un peu plus sur votre vie, étant donné tout ce que vous savez sur la mienne, rétorqua-t-elle en lui donnant tout de même la main. Avez-vous déjà été amoureux ?

— Non.

— Je me demande parfois si je l'ai été, continua-t-elle d'une voix rêveuse, en se retournant pour voir la mer. C'est pour cela que j'ai voulu que vous m'embrassiez hier soir. Je me suis dit que cela me rappellerait peut-être quelque chose.

Elle avait dit cela avec humour, mais cela ne l'amusa pas.

— Et cela a-t-il été le cas ?

— Non. Ce n'était pas comme si c'était la première fois qu'on m'embrassait, mais cela ne m'a fait penser à personne en particulier.

Etait-elle de nouveau en train de le provoquer délibérément, ou bien était-elle à ce point ingénue ? Mais, après tout, cela n'avait pas d'importance. Il passa la main autour de sa taille.

— Personne ?

Brie perçut un changement dans sa voix, le passage à un ton plus tendre et plus dangereux. C'était un ton dont n'importe quelle femme aurait dû se méfier. Mais elle n'était pas n'importe quelle femme, se rappela-t-elle en levant la tête. Elle était une princesse.

— Personne, répondit-elle. Comme si aucun homme n'avait jamais compté pour moi.

— Pourtant, vous aviez l'air de très bien savoir ce que vous faisiez.

Elle ne recula pas, bien qu'il fût plus près d'elle, à présent. Son visage était décidément irrésistible. Et ses mains, larges, élégantes, fortes, pourraient facilement devenir son obsession. Elles seraient capables de la faire frémir et frissonner, même endormie. Elle le savait déjà.

Mais elle se ressaisit pour lui répondre :

— C'est peut-être le cas. Après tout, je ne suis plus une enfant.

— Non, dit-il en se rapprochant encore. Nous sommes tous deux des adultes.

Le vent soufflait, les enveloppant tous deux. Incapable de résister plus longtemps, Reeve posa ses lèvres sur les siennes. La bouche de Gabriella était douce, mais pas hésitante. Elle répondit à son baiser, comme elle l'avait fait la veille au soir. Non, la vie n'est jamais simple, songea-t-il en l'attirant à lui. Mais, parfois, elle peut être belle.

Grisée, Brie s'abandonna à lui, au milieu du déferlement des vagues et du tourbillon du vent. C'était comme un besoin irrépressible. Ils étaient si seuls qu'il semblait naturel qu'ils se rejoignent, bouche contre bouche, corps contre corps. Elle le sentit lever une main, ferme, forte, vers ses cheveux. Lorsqu'il y enfouit ses doigts, elle rejeta sa tête en arrière, non par reddition, mais par pur plaisir.

Le cœur de Reeve battait aussi fort et vite que le sien, elle le sentait cogner contre sa poitrine. Le soleil brillait avec ardeur, aussi garda-t-elle les yeux fermés. Il avait une saveur enivrante. Virile, sombre, presque dangereuse. Elle avait l'impression de marcher sur un fil surplombant la falaise et la mer. C'était terrifiant. Et merveilleux. Elle passa ses mains sur son dos. Sous ses doigts, elle sentit ses muscles. La sécurité. Le danger. Elle voulait les deux à la fois. L'espace d'un moment, à cet instant précis, elle pouvait être n'importe quelle femme. Même la royauté s'incline devant la passion.

Elle était douce, mais dangereuse, Reeve le savait. Il l'avait su avant de commettre l'imprudence de la toucher. Et il savait, aussi, que cette imprudence, il la commettrait encore et encore, car la toucher commençait à devenir une drogue pour lui. Le parfum qu'elle portait flottait autour de lui, plus léger que l'air, plus sombre que la mer.

Savait-elle ? Tout en s'abîmant en elle, il se demanda si elle savait ce qu'elle faisait. Elle avait les yeux d'une sorcière et le visage d'un ange. Quel homme ne tomberait pas à genoux devant elle ? Pourtant ses soupirs, calmes, bas, étaient ceux d'une femme. Qu'elle fût une princesse de chair et de sang ou une princesse de conte de fées, elle était la tentation incarnée. Il était impossible de lui résister.

Mais il n'avait pas le choix.

Il recula comme il l'avait fait la nuit précédente : lentement, à contrecœur, mais inexorablement. Elle garda les yeux fermés encore un peu, comme pour savourer l'instant. Mais lorsqu'elle les rouvrit, son regard était redevenu calme et froid. Ils savaient peut-être tous les deux qu'ils devaient revenir sur le droit chemin.

— Vos proches vont se demander où vous êtes.

Elle acquiesça, reculant à son tour.

— Oui. Les obligations d'abord, n'est-ce pas ?

Il ne répondit pas, mais ils se dirigèrent ensemble vers la voiture.

5

— Brie ! Brie, attends.

Alors qu'elle se promenait dans les jardins, Brie se retourna. Mettant ses mains en visière pour se protéger du soleil, elle aperçut Bennett qui venait à sa rencontre avec deux bergers de Russie en train de frétiller derrière lui.

Son Altesse royale le prince Bennett de Cordina était habillé comme un garçon d'écurie : il portait un jean usé rentré dans des bottes crottées, une chemise dont une des manches était couverte de boue. Alors qu'il approchait, une odeur forte de chevaux et de foin parvint aux narines de Brie. Comme les chiens qui trépignaient autour de lui, il semblait déborder d'une énergie incroyable, qu'il réussissait tant bien que mal à contenir.

— Tu es seule.

Il lui adressa un sourire rapide, tout en posant une main sur la tête de l'un des chiens et l'autre sous le collier du second.

— Du calme, Boris, dit-il en tirant sur le collier, alors que l'animal essayait de renifler les chaussures de Brie.

Boris et… Natasha, songea-t-elle en se remémorant la liste de noms fournie par Reeve. C'était un comble : elle devait même connaître les chiens ! Ceux-là avaient été offerts à Bennett par l'ambassadeur de Russie et, avec son goût pour l'ironie, son frère les avait baptisés d'après des personnages de dessins animés américains, des espions russes qui n'avaient pas plus de cervelle qu'un moineau.

Bennett maîtrisa ses chiens comme il le put.

— C'est le premier matin où je te vois dehors.

— C'est le premier matin où je n'ai pas de rendez-vous, répondit-elle en souriant, à la fois heureuse d'avoir un peu de temps libre, mais se sentant aussi vaguement coupable de ne rien faire. Vous avez monté ?

Et elle, montait-elle à cheval ? se demanda-t-elle aussitôt. Force était de constater que son esprit fonctionnait à deux vitesses à présent, et elle commençait à s'y habituer. Tout en souriant à Bennett, elle réfléchissait et essayait de retrouver, enfouies en elles, des sensations, même fugaces. Elle avait l'impression de savoir comment monter un cheval, comment s'en occuper.

— Tôt ce matin, répondit-il. J'avais beaucoup de travail qui m'attendait à l'écurie.

Puis ils observèrent un silence embarrassé, se demandant tous les deux ce qu'ils allaient pouvoir se dire.

— Tu es sortie sans ton ombre américaine, finit-il par dire, en souriant.

Comme elle levait un sourcil interrogateur vers lui, il ajouta :

— C'est le surnom qu'Alex a donné à Reeve, expliqua-t-il. Mais je l'aime bien. Vraiment. Et je crois qu'Alex aussi, sinon il se montrerait beaucoup plus glacial et hautain envers lui. Il a juste du mal à accepter que ce soit un étranger qui s'occupe de toi.

— De toute façon, nous n'avons pas vraiment le choix : on ne nous a pas demandé notre avis à son sujet, n'est-ce pas ?

— Moi, pour l'instant, je le trouve bien, répondit-il en laissant Boris se frotter contre lui, sans se soucier des poils dont il tapissait son pantalon. Pas vieux jeu, en tout cas, ce qui est un bon point. D'ailleurs, j'avais l'intention de lui demander où il achetait ses vêtements.

Elle se sentit à la fois amusée et attendrie, et se demanda si c'était sa réaction habituelle face à son plus jeune frère.

— Si je comprends bien, l'homme ne vous a pas encore totalement convaincu, mais ses vêtements, si.

— Tu ne peux pas nier qu'il fait très attention à son allure, fit remarquer Bennett en repoussant la tête de son chien. Cela ne te dérange pas trop qu'il te suive partout ?

Cela la dérangeait-il ? Bonne question, à laquelle elle se sentait incapable de répondre à brûle-pourpoint. Songeuse, Brie cueillit une fleur d'azalée crème. Cela faisait une semaine qu'elle était revenue au palais. Une semaine qu'elle était revenue à la vie qui n'était pas encore sa vie. Chaque jour, elle devait repartir à la découverte de ses sentiments.

Elle avait l'impression de s'être habituée à la présence continuelle de Reeve à ses côtés. Pourtant, elle ne se sentait pas moins une étrangère pour lui, comme elle se sentait une étrangère pour sa famille. Et pour elle-même.

— Non, mais il y a des moments où…

Elle détourna le regard et embrassa des yeux le luxuriant jardin en fleurs. Puis, elle regarda plus loin encore.

— Bennett, ai-je toujours eu ce besoin d'évasion ? Tout le monde est extrêmement gentil, extrêmement attentif, mais j'ai toujours envie de m'en aller vers un endroit où je pourrais respirer. Où je pourrais m'allonger dans l'herbe et tout laisser derrière moi.

— C'est pour cela que tu as acheté la petite ferme.

Elle se retourna, les sourcils froncés.

— La petite ferme ?

— C'est comme cela que nous l'appelons, même s'il ne s'agit en fait que de quelques hectares de terrain dont personne n'a jamais rien fait. De temps en temps, tu menaces de t'y faire construire une maison.

Une ferme. C'était peut-être pour cela qu'elle s'était

sentie si en phase avec Reeve quand il lui avait parlé de la sienne.

— C'est donc là que je me rendais, lorsque je…

— Oui.

Les chiens étant intenables, il les laissa aller renifler les massifs.

— Je n'étais pas là. J'étais à l'université. D'ailleurs, père veut que je retourne à Oxford dès la semaine prochaine.

Soudain, il ressembla à ce qu'il était : un garçon sur le point de devenir un homme, qui devait s'incliner devant les désirs de son père, même s'ils lui pesaient. Brie, qui ne le comprenait que trop bien, sentit monter en elle une grande affection pour lui. Obéissant à une impulsion soudaine, elle lui prit le bras, et ils se mirent à marcher.

— Bennett, est-ce que nous nous aimons bien, tous les deux ?

— C'est idiot comme…

Emu, Bennett s'interrompit et repoussa les chiens qui trottaient à côté de lui. Il n'arrivait pas à contrôler ses émotions aussi bien que son père et son frère. Pour cela, il devait se concentrer très fort et, une fois sur deux, il n'y parvenait pas. Mais c'était Brie, et pour elle, il était prêt à tous les efforts.

— Oui, nous nous aimons bien. Il n'est pas facile pour nous d'avoir des amis dont on puisse être sûrs qu'ils sont désintéressés. Donc, tous les deux, nous sommes amis. Tu sers de trait d'union entre père et moi.

— Ah oui ? Et comment cela ?

— Chaque fois que j'ai des ennuis…

— Cela vous arrive-t-il souvent ?

— Apparemment, répondit-il, presque avec fierté.

— Et pas à moi ?

— Tu es plus discrète, dit-il en lui adressant de nouveau un de ses sourires brefs et éclatants. J'ai toujours admiré la capacité que tu as à obtenir à peu près tout ce que tu veux sans faire de vagues. En ce qui me concerne, je suis incapable de faire profil bas. Et je paie toujours les pots cassés de mon histoire catastrophique avec cette chanteuse française.

— Oh ?

Intéressée, Brie leva la tête pour le regarder. Il était beau, remarqua-t-elle tout à coup. Il n'y avait pas d'autre mot. Le prince charmant dans toute sa splendeur.

— Une chanteuse, vous disiez ?

— Lily.

Cette fois, son sourire ne parut pas jeune, mais infiniment expérimenté. En fait, elle s'était trompée : le jeune garçon était déjà un homme.

— Elle était… talentueuse, déclara-t-il avec une pointe d'ironie aussi mature que son sourire. Et infréquentable. Elle chantait dans un petit club à Paris. J'y ai passé quelques semaines l'été dernier et c'est là que… que nous nous sommes rencontrés.

— Et que vous avez vécu une histoire passionnée.

— Cela paraissait une bonne idée, sur le moment. La presse s'est frotté les mains, s'est déchaînée et s'en est repue. La carrière de Lily a décollé en flèche.

Il sourit de nouveau, brièvement.

— Elle a décroché un contrat dans une maison de disques et s'est montrée, disons, très très reconnaissante à mon égard.

— Et vous, bien sûr, vous avez modestement accepté les témoignages de sa reconnaissance.

— Bien sûr. Mais en même temps, père était furieux. Je suis sûr qu'il m'aurait fait revenir à Cordina pour me mettre à l'isolement si tu ne l'avais pas calmé.

Elle leva les sourcils, impressionnée par cette nouvelle facette qu'elle découvrait d'elle-même. Armand, cet homme au dos si raide et au regard si dur, ne devait pas être facile à amadouer.

— Comment ai-je réussi cet exploit ?

— Si je le savais, Brie, je n'aurais pas besoin de faire constamment appel à toi.

Elle réfléchit un moment, curieuse d'en savoir un peu plus. Ce que venait de lui apprendre Bennett lui faisait plaisir, elle ne pouvait le nier.

— Je dois avoir un certain talent, alors.

— C'est bien simple : tu es la meilleure. Père adore répéter que de ses trois enfants, tu es la seule à posséder ce bon sens élémentaire qui fait défaut à tant de gens.

— Eh bien…, dit-elle en plissant le nez. Et vous m'aimez quand même ?

Il fit alors quelque chose de si adorable, de si naturel, que les larmes lui montèrent aux yeux : il lui ébouriffa les cheveux. Vite, elle chassa ses larmes, avant qu'il ne réponde :

— Bien sûr. Et j'en profite aussi, de ton bon sens.

— Et Alexander ? Qu'est-ce que je…, commença-t-elle, avant de se reprendre. Qu'est-ce que vous pensez de lui ?

— Oh ! pas de problème avec Alex, répondit-il avec une indulgence toute fraternelle. C'est pour lui que c'est le plus compliqué, après tout. La presse l'épie sans cesse et est prompte à le marier à chaque femme sur laquelle se pose son regard. Mais Alex maîtrise l'art de la discrétion à la perfection. Il se doit d'être deux fois meilleur que tout le monde en tout, parce que c'est ce qu'on attend de lui. Et il a ce tempérament volcanique qu'il doit refréner. L'héritier n'a pas le droit de faire des scènes en public. Même en privé, il doit se surveiller. Tu te souviens quand ce comte français obèse avait bu trop de champagne au dîner et que…

Soudain, son sourire se figea, puis disparut complètement.

— Je suis désolé.

— Il n'y a pas de quoi, répondit-elle en soupirant, navrée de constater que, entre eux, une légère gêne venait de revenir. Tout ceci doit être extrêmement frustrant pour vous.

— Pour une fois que je ne pense pas à moi…

Puis il marqua une pause et prit ses mains, avant de poursuivre :

— Brie, quand père m'a appelé à Oxford pour me dire que tu avais été enlevée, j'ai eu la peur de ma vie. Et j'espère ne plus jamais éprouver rien de tel. C'était comme si quelqu'un m'avait vidé de mon sang, nous avait tous vidés de notre sang. T'avoir retrouvée suffit à mon bonheur.

Elle serra fermement ses mains autour des siennes.

— Je veux me souvenir. Quand ce sera le cas, nous pourrons de nouveau nous promener dans les jardins en riant du comte français qui avait trop bu au dîner.

— Tu pourrais peut-être ne conserver qu'une mémoire sélective, suggéra-t-il. Cela ne me dérangerait pas que tu oublies la fois où j'ai mis des vers dans ton lit.

Brie écarquilla les yeux, alors qu'il continuait à la regarder de son air impassible, innocent et charmeur.

— Moi non plus.

— Tu ne l'avais pas très bien pris, lui dit-il en repensant à cet épisode. Notre nourrice m'a passé un savon mémorable. Il m'a fallu une semaine pour m'en remettre.

— Les enfants doivent apprendre le respect.

— Les enfants ?

Cette fois, il rit, et lui pinça gentiment le menton.

— C'était l'année dernière.

Lorsqu'elle se mit à rire à son tour, il hésita un moment, avant de poser tendrement sa joue contre la sienne.

— Tu me manques, Brie. Dépêche-toi de revenir.

Elle resta immobile un moment, émue, espérant que ce contact lui devienne familier.

— Je vais essayer.

Sans doute conscient du malaise qui la gagnait peu à peu, Bennett s'écarta d'elle, et reprit d'une voix légère :

— Je dois ramener les chiens avant qu'ils ne déterrent le jasmin. Veux-tu que je te raccompagne au palais ?

— Non, je vais rester encore un peu. J'ai un essayage cet après-midi. Ma robe pour le bal de l'AEH… Je ne crois pas que je vais adorer.

— Tu détestes cela, dit joyeusement Bennett. Je serai de retour pour le bal : d'ici là, j'aurai terminé mon année à Oxford.

J'aurais terminé mon année à Oxford, se répéta Bennett. L'idée était presque trop belle pour être vraie.

— Je pourrai danser avec toi, tout en choisissant ma prochaine proie parmi les autres filles de l'assistance.

Elle rit.

— Et je pense que, comme prédateur, tu dois être terrible.

— Je fais de mon mieux. Boris, Natasha !

Il appela ses chiens et traversa les jardins sous leur escorte.

Brie aimait son frère. C'était un soulagement de le savoir, de le sentir. Elle ne se souvenait peut-être pas des vingt ans qu'ils avaient partagés en tant que frère et sœur, mais elle aimait l'homme qu'il était aujourd'hui.

Les mains enfoncées dans les poches de son confortable pantalon, elle fit quelques pas. Les odeurs du jardin se mêlaient, puissantes sans être trop entêtantes. Les couleurs n'étaient pas celles d'un arc-en-ciel, mais d'un kaléidoscope. Tout en marchant, elle se mit à l'épreuve. Sans effort, elle réussit à identifier chaque plante. De la même façon qu'elle avait été capable d'identifier les auteurs des dizaines de tableaux accrochés dans la grande galerie de l'aile ouest.

Les auteurs, oui. Mais pas les sujets. Le visage de sa propre mère aurait été celui d'une étrangère si, entre elles, la ressemblance n'avait pas été aussi frappante. En contemplant son portrait, Brie avait vu d'où elle tenait ses yeux, ses cheveux, la forme de son visage, sa bouche. Mais la princesse Elizabeth de Cordina était sans conteste bien plus belle que sa fille. Brie avait pu comparer leurs deux portraits en toute objectivité et s'en rendre compte.

Sur son portrait, la princesse Gabriella devait être plus jeune. Quelque chose comme vingt ou vingt et un ans, avait pensé Brie. Et elle était mise en valeur de façon assez spectaculaire, dans sa robe violet foncé que barrait une écharpe rose vif. En se regardant, Brie s'était demandé comment elle avait eu le courage de choisir ces tons si éclatants et tranchés pour les séances de pose. Et comment elle avait su qu'ils feraient tant d'effet.

Mais le visage de sa mère, sur son portrait, était à couper le souffle. Il était déchirant. Elizabeth portait une robe crème et un bouquet de roses d'un magnifique rose pâle qui lui conféraient une beauté rêveuse et poétique. Bennett avait hérité de son allure, mais aussi de son espièglerie, que Brie était certaine d'avoir décelée dans ses yeux.

Alex ressemblait à leur père : la même rigidité militaire, la même intensité. Elle avait pu le constater aussi bien dans la réalité que sur les portraits officiels. Elle se demandait si Alex aimait son rôle de prince héritier ou s'il se contentait de l'accepter. Plus encore, elle se demandait si Alex et elle étaient assez proches pour qu'elle connaisse ses états d'âme, ses désirs et ses espoirs. Et elle se demandait quand elle connaîtrait les siens.

Songeuse, elle s'enfonça plus profondément dans le jardin. Dans un coin, un peu à l'écart, s'élevait une tonnelle sur laquelle grimpait une glycine, et qui abritait deux chaises capitonnées et une table en marbre. Comme sur la digue, elle fut cueillie par un sentiment de bien-être.

Quand elle était seule, il était plus facile d'admettre qu'elle se fatiguait encore vite. Elle s'assit et étendit les jambes, tandis que l'ombre et la lumière atténuée par le feuillage dessinaient des taches sur sa peau et sur ses vêtements. Les grappes de fleur possédaient une discrète odeur sucrée. Le bourdonnement des abeilles incitait à la paresse. Il ne semblait y avoir rien d'autre à faire. Elle ferma les yeux et se laissa glisser dans le sommeil.

Engourdie. C'était vraiment idiot de se sentir aussi engourdie. Cela n'avait rien à voir avec le bien-être et la détente qu'elle était venue chercher à la campagne. Chaque fois qu'elle roulait jusqu'à sa « petite ferme », c'était pour voler un peu de son temps à la princesse Gabriella de Cordina afin de le donner à Brie Bisset. Le temps était quelque chose de précieux. Si elle avait voulu faire la sieste, elle aurait pu rester dans sa chambre tout le dimanche après-midi.

Brie reprit un peu de café dans sa Thermos. Il était bien fort, comme elle l'aimait. Le soleil était chaud, les abeilles bourdonnaient. Pourtant, elle ne semblait pas avoir assez d'énergie pour marcher comme elle l'avait prévu. Elle pourrait peut-être fermer les yeux un instant... De toute façon, elle n'arrivait même pas à tenir sa tasse de café. Elle pourrait peut-être appuyer son dos contre ce rocher et fermer les yeux...

Soudain, le soleil ne fut plus chaud ni ardent. Il y avait un voile, un frisson dans l'air, comme si les nuages avaient couvert le ciel et qu'il menaçait de pleuvoir. Ce n'étaient plus l'herbe fraîche et les fleurs chauffées par le soleil qu'elle sentait, mais la moisissure et l'humidité. Elle avait mal — partout —, et pourtant elle avait l'impression d'avoir perdu toute sensation. Quelqu'un parlait, mais elle ne réussissait pas vraiment à l'entendre. C'étaient des marmonnements, des bourdonnements. Mais ce n'étaient plus les abeilles. C'étaient des hommes.

— Ils feront l'échange contre la princesse. Ils n'auront pas le choix.

Des murmures. Juste des murmures.

— *On a effacé toutes les traces. Elle va dormir jusqu'au matin. Occupe-toi d'elle encore.*

Alors, elle eut peur. Une peur terrible, paralysante. Elle devait se réveiller. Elle devait se réveiller et…

— Brie.

Etouffant un hurlement, elle sursauta et voulut se lever d'un bond, mais des mains posées sur ses épaules l'en empêchaient.

— Non ! Ne me touchez pas !

— Doucement.

Avec fermeté, Reeve força Brie à se rasseoir. Elle était glacée, et avait le regard absent. Il réfléchit rapidement et prit la décision qui s'imposait. Si elle ne retrouvait pas son calme dans les minutes qui suivaient, il la ramènerait au palais et appellerait Franco.

— Doucement, Brie, doucement.

Encore en proie à la panique, elle jeta un coup d'œil rapide autour d'elle. Le jardin. Le soleil. Les abeilles. Lorsqu'elle se rendit compte que son cœur cognait à tout rompre, elle se força à s'appuyer dans le fond de sa chaise et à respirer.

— J'ai dû rêver.

Il l'observa, à la recherche d'éventuels signes de choc. Mais de toute évidence, elle voulait comme à son habitude ne rien laisser paraître.

— Au départ, je n'avais pas l'intention de vous réveiller, mais on aurait dit que vous faisiez un cauchemar.

Il la lâcha pour s'asseoir sur le siège à côté d'elle. Il avait passé cinq minutes, peut-être dix, à la regarder dormir sous la glycine. Elle lui avait semblé si apaisée qu'il en avait profité pour la voir telle qu'elle était vraiment, sans ce masque que la réserve plaquait d'habitude sur son visage.

Il avait voulu la regarder, encore et encore. Cela ne

servait à rien de le nier. Quand il l'observait, il se souvenait d'elle telle qu'elle lui était apparue par le passé. Une jeune fille épanouie, sûre d'elle et innocemment sensuelle. Et il se souvenait d'elle telle qu'il l'avait tenue dans ses bras. Une femme excitante, audacieuse, offerte. Il savait, en la regardant, qu'il la voulait de nouveau dans ses bras. Et plus encore.

Pourtant, il avait bien conscience que son désir pour Brie altérait son objectivité. Et un policier n'est rien sans son objectivité. Mais il n'était plus policier. N'était-ce pas en partie parce que cet effort permanent pour rester neutre et distant avait fini par lui être très pénible qu'il avait rendu son insigne ? Il avait voulu connaître quelque chose de différent dans sa vie. Mais il ne s'était pas douté que ce quelque chose serait une princesse.

Il se cala dans le fond de sa chaise, attendant que la respiration de Brie se calme. Pour son bien à elle, il ferait mieux de ne pas oublier les règles qu'il avait dû observer quand il était dans la police.

— Racontez-moi, dit-il simplement.

— Il n'y a pas grand-chose à raconter. C'était confus.

Il sortit une cigarette.

— Racontez-moi tout de même.

Elle lui adressa un regard dans lequel il crut déceler un mélange de mépris et d'exaspération. C'était toujours mieux que de l'indifférence.

— Je croyais que vous étiez garde du corps, pas analyste.

— Je sais m'adapter, répondit-il en l'observant à travers la flamme de sa cigarette. Pas vous ?

— Non, pas vraiment, je crois.

Elle se leva. Il avait déjà remarqué qu'elle restait rarement assise lorsqu'elle était nerveuse. Après avoir cueilli un brin de glycine, elle le frotta doucement contre sa joue. Une autre de ses habitudes.

— Je n'étais pas ici, mais dans un endroit très calme

également. Il y avait de l'herbe. Je la sentais, elle avait une odeur forte et agréable. J'avais envie de dormir, mais je ne voulais pas me laisser aller. C'était agaçant, parce que j'étais seule et que je voulais profiter de cette solitude.

Brie accompagna sa déclaration d'un regard plein de défi. Mais Reeve sembla à peine le remarquer et se cala dans son siège. S'il réagissait toujours ainsi, essayer de le provoquer n'avait pas grand intérêt, songea-t-elle, avant de coincer la branche de glycine dans ses cheveux, et de poursuivre :

— Je buvais du café pour rester éveillée.

— Où aviez-vous trouvé ce café ? demanda-t-il, l'air étrange.

— Où ?

Elle fronça les sourcils. C'était une question stupide, puisqu'il s'agissait d'un rêve, et non de la réalité.

— J'avais une Thermos. Une grande Thermos rouge. Mais le café n'avait aucun effet, et je le laissais dans un coin. Je me souviens que le soleil était très chaud et que j'entendais les abeilles, exactement comme maintenant. Et puis…

Reeve vit les doigts de Brie se crisper, avant qu'elle ne les glisse dans ses poches.

— D'un coup, je n'étais plus au même endroit. Il faisait sombre et un peu humide. Il y avait une odeur de moisi. Et des voix.

Il se crispa à son tour.

— Appartenant à qui ? demanda-t-il le plus calmement possible.

— Je ne sais pas. Je les percevais plus que je les entendais. J'avais peur.

Comme pour se protéger, elle croisa les bras devant sa poitrine.

— J'avais peur et je n'arrivais pas à me réveiller pour que ce rêve cesse enfin.

— Rêve, ou souvenir ? murmura-t-il.

Faisant volte-face, elle lui lança un regard courroucé.

— Je ne sais pas. Comment le pourrais-je ? Vous croyez peut-être que je peux claquer des doigts et dire : « Ah, bien sûr, je me souviens maintenant ! »

Elle donna un coup de pied dans les petites pierres blanches qui bordaient l'allée.

— Je me suis promenée dans le jardin avec Bennett, et la seule conclusion à laquelle j'ai abouti, c'est qu'il est quelqu'un de charmant. Bon sang ! Est-ce ce qu'une sœur est censée penser de son propre frère ?

— Mais Bennett est quelqu'un de charmant, Gabriella.

— Ne prenez pas ce ton condescendant avec moi, dit-elle entre ses dents. Ne vous avisez surtout pas de recommencer.

Il sourit car, qu'elle le sût ou non, elle était à ce moment précis princesse jusqu'au bout des ongles. Elle respirait la royauté, et pour quelqu'un qui avait fréquenté bon nombre d'aristocrates, comme lui, c'était quelque chose d'assez fascinant et amusant à constater. Mais il prit sur lui, et se leva en lui parlant très doucement :

— Qui dit que vous devez claquer des doigts et vous souvenir, Brie ? Personne ne vous met la pression, à part vous.

— C'est cette gentillesse dont tout le monde déborde à mon égard qui me met la pression.

— Ne vous inquiétez pas, répondit-il en haussant les épaules. Pour ma part, je n'ai pas l'intention d'être gentil avec vous.

— Cela ne m'étonne pas de vous.

Elle marqua une pause et le toisa, les sourcils froncés.

— Vous m'avez dit, une fois, que j'étais égoïste. Pourquoi ?

Sans réfléchir, il passa son doigt entre ses sourcils, où un petit pli de contrariété s'était formé.

— Le mot juste serait peut-être « autocentrée ». En

même temps, vous avez peut-être le droit de l'être, en ce moment.

— Je ne suis pas sûre de préférer. Vous avez aussi dit que j'étais gâtée.

— Oui.

Il laissa retomber sa main et ils se retrouvèrent face à face.

— Je refuse de laisser dire cela.

— Désolé.

Elle plissa les yeux.

— Vous êtes désolé de l'avoir dit ?

— Non, je suis désolé que vous refusiez d'accepter ce que vous êtes.

— Vous êtes un homme grossier, Reeve MacGee. Grossier et borné.

— Ce n'est pas faux, reconnut-il en reculant d'un pas. Et j'ai également dit que vous étiez entêtée.

Elle leva le menton.

— Cela, je l'accepte, dit-elle froidement. Mais ce n'est pas pour autant que vous êtes en droit de me le faire remarquer.

Il s'inclina devant elle avec lenteur et provocation. Ce n'était pas difficile de jouer au malotru lorsqu'elle décidait de jouer à la princesse.

— Je vous demande pardon, Votre Altesse.

Brie sentit son sang bouillir dans ses veines. Ses doigts la démangeaient, brûlant d'entrer en contact avec ce visage qui la défiait avec tant d'arrogance. Mais, au dernier moment, son éducation l'empêcha de céder à ses impulsions.

— A présent, vous vous moquez de moi.

— Bien vu. Nous ajouterons donc « perspicace » à la liste de vos qualités.

Etonnée de sentir la colère monter si rapidement en elle, elle fit un pas vers lui.

— Vous outrepassez vos droits en m'insultant. Pourquoi ?

Il y avait quelque chose d'irrésistible chez elle lorsqu'elle était hautaine, en colère, glaciale. Reeve saisit son visage, et le tint fermement lorsqu'elle ouvrit la bouche sous l'effet de la surprise.

— Parce que cela vous fait penser à moi. Je me moque que ce ne soit pas en bien, Gabriella, du moment que vous pensez à moi.

— Eh bien, dans ce cas, vous êtes exaucé. Je pense à vous. Et en mal.

Comme il souriait lentement, Brie se rendit compte que sa gorge était devenue sèche et sa peau, brûlante.

— Pensez à moi, répéta-t-il. C'est tout ce que je demande. Je ne joncherai pas le sol de roses pour vous attirer dans mon lit. Il n'y aura pas de violons ni de draps en satin. Tout ce qu'il y aura, ce sera vous et moi.

Elle ne recula pas. Etait-ce le choc ou l'excitation qui la faisaient tenir bon ? Elle n'en savait rien. C'était peut-être la fierté. Du moins, l'espérait-elle.

— C'est vous qui semblez avoir besoin d'un analyste, à présent. Je ne me le rappelle peut-être pas, Reeve, mais je suis néanmoins certaine que c'est moi qui choisis mes amants.

— Comme je choisis mes maîtresses.

Elle fut prise d'un léger vertige. Avait-elle peur ? Non. Ou peut-être que si… De toute évidence, il avait déjà pris sa décision la concernant. Un autre choix qui lui avait échappé…

— Lâchez-moi tout de suite, dit-elle avec une pointe d'arrogance pour dissimuler sa peur.

Il l'attira plus près de lui, un tout petit peu plus près.

— Est-ce un ordre princier ? demanda Reeve.

Car il l'imaginait, en ce moment même, portant une longue robe et une couronne.

— Prenez-le comme vous voulez. Vous avez besoin de ma permission pour me toucher, Reeve. Il y a certaines règles qu'un homme de votre milieu ne peut ignorer.

— Les Américains sont moins assujettis au protocole que les Européens, Brie.

Il effleura ses lèvres, délicatement.

— Si je veux vous toucher, je vous touche. Je vous veux, et je vous prendrai… quand sera venu le bon moment pour vous et moi.

En disant cela, il resserra la pression de ses doigts autour de son visage.

Soudain, la vision de Brie se brouilla, ses genoux se mirent à trembler. Il faisait de nouveau sombre, et elle n'arrivait pas à distinguer le visage qui était près du sien. Elle sentit une odeur de vin, forte et désagréable. Sa peur redoubla, se diffusant en elle comme une drogue. Elle recula en se débattant.

— Ne me touchez pas ! Lâchez-moi, salaud…

Sa voix ne trahissait plus la colère, mais le désespoir, aussi Reeve la lâcha-t-il. Mais, presque aussitôt, il la saisit par le bras alors qu'elle essayait de s'enfuir.

— Brie.

Avant qu'elle puisse protester, il l'avait fait rasseoir.

— Respirez profondément et détendez-vous, dit-il d'une voix apaisante. Je suis désolé, je n'ai aucune intention de prendre plus que ce que vous voudrez bien me donner.

Et il disait vrai. Oui, il disait vrai. Les yeux fermés, elle essayait visiblement de reprendre ses esprits et de chasser son étourdissement.

— Non.

Son visage était extrêmement pâle et ses yeux, sombres et affolés. Elle était terrifiée.

— Ce n'était pas vous, réussit-elle à dire. Ce n'était pas du tout vous. Je me suis souvenue, je crois…

Elle respirait avec peine, luttant toujours pour reprendre le contrôle d'elle-même.

— C'était quelqu'un d'autre. L'espace d'une minute, j'étais ailleurs. Un homme me serrait contre lui. Je n'arrive pas à le voir, parce qu'il fait noir ou parce que mon esprit occulte son visage. Mais il me serre contre lui et je sais, je sais qu'il va me violer. Il est ivre.

Comme elle lui tendait la main, il la prit délicatement dans la sienne.

— Il sentait le vin, et je le sens encore. Ses mains sont calleuses. Il est très fort, mais il a trop bu.

Elle déglutit. Reeve la vit tressaillir juste avant qu'elle ne retire sa main de la sienne pour agripper l'accoudoir de son siège.

— J'avais un couteau. Je ne sais pas où ni comment je l'avais trouvé. J'avais un couteau et je le tenais en main. Je crois que je l'ai tué.

Elle regarda sa main, l'air perdu. Elle la retourna et inspecta sa paume, blanche et lisse.

— Je crois que je l'ai frappé avec le couteau, dit-elle calmement. Et j'avais son sang sur mes mains.

Reeve mourait d'envie de la prendre dans ses bras, mais il se retint.

— Brie, dites-moi si vous vous rappelez autre chose.

Son visage était redevenu celui qu'il avait découvert à l'hôpital : blême et privé de toute expression.

— Rien d'autre. Je me rappelle juste m'être débattue. Et puis les odeurs. Je ne suis pas sûre de l'avoir tué. Je ne me souviens de rien après la lutte, ni avant.

Elle tordit ses mains sur ses genoux, le regard perdu au loin.

— Si cet homme m'a violée, je ne m'en souviens pas.

Il avait envie de jurer, il se maudissait, et dut faire des efforts pour se contenir. Tout ce qu'elle venait de lui raconter rendait sa petite démonstration de puissance de tout à l'heure pathétique et déplacée.

— Vous n'avez pas été sexuellement agressée, dit-il en usant volontairement de termes froids et cliniques. Les médecins se sont montrés absolument affirmatifs à ce sujet.

Elle fut si soulagée que des larmes lui montèrent aux yeux. Aussitôt, elle les chassa.

— Mais ils ne peuvent pas dire si j'ai tué un homme ou pas.

— Non, vous seule pourrez le dire, quand vous serez prête.

Elle acquiesça à peine, avant de le regarder intensément.

— Vous avez déjà tué quelqu'un ?

Il prit une autre cigarette et l'alluma avec une violence difficilement contenue.

— Oui.

— Dans votre travail, cela doit parfois être nécessaire, pour défendre, pour protéger.

— En effet.

— Quand c'est nécessaire, cela ne laisse pas de cicatrice, n'est-ce pas ?

Il aurait pu mentir, rendre les choses plus faciles pour elle. Il fut tenté de le faire, tant son regard était désemparé. Sans le vouloir, il lui avait arraché un souvenir. Un souvenir sombre et horrible. Cela l'obligeait-il à assumer ses responsabilités ? N'avait-il pas déjà décidé de les assumer ?

S'il lui mentait, comment réagirait-elle lorsqu'elle serait confrontée à la réalité ? Il n'avait pas le choix, il devait lui dire la vérité.

— Cela laisse des cicatrices, répondit-il rapidement.

Il se leva et lui offrit sa main.

— Mais vous pouvez vivre avec, Brie.

Elle le savait. Avant même de poser la question, avant qu'il n'y réponde, elle le savait.

— Vous avez beaucoup de cicatrices ?

— Assez. C'est pour cela que j'ai décidé que je n'en aurai plus d'autre.

— Et c'est pour cela que vous avez acheté une ferme.

— Oui, répondit-il en écrasant sa cigarette. J'ai acheté

une ferme. Et l'année prochaine, peut-être, j'y planterai même quelque chose.

— J'aimerais pouvoir la voir.

Face au regard amusé de Reeve, elle se sentit idiote.

— Un jour, peut-être.

Il en avait très envie, tellement qu'il se sentit idiot.

— Un jour, pourquoi pas.

Brie laissa sa main dans la sienne, alors qu'ils traversaient les jardins, pour rejoindre les murs blancs et hauts du palais.

6

Pieds nus, vêtue d'un simple peignoir de soie, Brie était assise sur son lit, résignée, tandis que le Dr Franco prenait sa tension. Les mains du médecin étaient habiles, ses manières très douces, presque paternelles. Pourtant, elle avait toujours du mal à se soumettre à cette visite médicale hebdomadaire. Et à accepter ses séances bihebdomadaires avec le Dr Kijinski, éminent psychiatre et universitaire. Car elle ne se sentait ni blessée, ni malade.

Certes, elle se fatiguait encore plus rapidement qu'elle ne l'aurait voulu, mais ses forces revenaient peu à peu. Ses séances avec le Dr Kijinski n'étaient ni plus ni moins que de la conversation. C'est-à-dire une perte de temps. Et cela lui paraissait d'autant plus difficile à supporter qu'elle se livrait à une course acharnée contre la montre.

Le bal qui aurait lieu la première semaine de juin était sa priorité. Le menu, les vins, la musique, la décoration. Même si elle aimait cela, organiser un tel événement n'était pas facile. Lorsqu'on débourse une grosse somme d'argent pour assister à une soirée, qu'elle fût de charité ou pas, on est en droit d'attendre le meilleur. Elle avait donc passé trois longues et éprouvantes heures avec la fleuriste le matin même pour que tout soit parfait.

— Votre tension est bonne, dit Franco en rangeant le tensiomètre dans sa sacoche. De même que votre pouls, et votre mine. Physiquement, vous semblez ne souffrir d'aucune complication. Ma seule réserve concerne votre poids. Deux ou trois kilos en plus ne vous feraient pas de mal.

— Deux ou trois kilos en plus feraient hurler ma styliste, répondit-elle en esquissant un sourire. Elle me trouve parfaite comme je suis.

— Bah, s'exclama Franco en caressant sa barbe blanche. Tout ce qu'elle veut, c'est un cintre pour suspendre sa robe. Vous avez besoin de vous remplumer, Gabriella. Dans la famille, vous avez toujours été un peu trop minces. Est-ce que vous prenez les vitamines que je vous ai prescrites ?

— Tous les matins.

— Très bien. Très bien.

Il enleva son stéthoscope pour le ranger lui aussi dans sa sacoche.

— Votre père m'a dit que vous n'avez pas allégé votre emploi du temps.

Elle se défendit immédiatement.

— J'aime être occupée.

— Cela n'a pas changé. Ma chère…

Il poussa son sac et s'assit sur le bord du lit à côté d'elle. Le côté informel de son attitude ne la surprit que parce qu'elle avait, contre toute attente, fini par s'habituer aux règles protocolaires auxquelles son entourage et elle étaient soumis. Toutefois, Franco semblait si à l'aise qu'elle finit par penser que ce n'était sûrement pas la première fois qu'il se permettait une telle familiarité.

— Comme je viens de le dire, physiquement, vous vous remettez parfaitement. J'ai la plus haute considération pour le Dr Kijinski, sans quoi je ne vous aurais pas recommandée à lui. Mais j'aimerais tout de même que vous me disiez quel est votre état d'esprit.

Brie posa ses mains à plat sur ses genoux.

— Docteur Franco…

— Vous en avez assez des médecins, dit-il en levant la

main. Toutes ces séances, toutes ces incitations, toutes ces sollicitations vous fatiguent. Des questions, songez-vous, trop de questions. Tout cela vous empêche de vivre votre vie.

Elle sourit, plus amusée que déconcertée.

— Il paraît inutile que je vous parle de mon état d'esprit. Est-ce une habitude chez vous, de lire dans les pensées de vos patients, docteur Franco ?

Le visage du médecin se ferma, mais son regard resta bienveillant. Tout à coup, elle se sentit mesquine et impolie.

— Je suis désolée, dit-elle en posant sa main sur son bras. J'ai dû vous paraître sarcastique, mais ce n'était pas voulu. En vérité, docteur Franco, je ressens beaucoup de choses. Trop de choses. Et mon entourage a toujours l'air de tout comprendre avant moi.

— Vous pensez que nous prenons votre amnésie à la légère ?

— Non…

Elle secoua la tête, hésitante.

— C'est juste que… tout le monde semble penser qu'il s'agit d'un petit problème qui va se résoudre de lui-même. Politiquement, je suppose qu'il est nécessaire de penser cela.

Brie ne pouvait s'empêcher d'éprouver un certain ressentiment vis-à-vis de tout cela. Franco marqua un silence avant de répondre :

— Personne, et surtout pas votre médecin, ne minimise ce que vous traversez en ce moment. Cependant, il est difficile pour ceux qui vous entourent, pour vos proches, de comprendre totalement et d'accepter. C'est pour cela que j'aimerais que vous vous ouvriez à moi.

— Je ne sais pas trop ce que je peux dire, ni même ce que je veux dire.

— Gabriella, je vous ai aidée à venir au monde. J'ai soigné vos rhumes, je vous ai guérie de la varicelle, et je vous ai opérée des amygdales. Je connais votre corps, et votre esprit.

Il s'interrompit, comme pour lui laisser le temps d'assimiler ses paroles.

— Vous éprouvez des difficultés à parler avec votre père, car vous avez peur de le blesser.

— Oui, dit-elle en détaillant son visage ouvert, sa barbe blanche. Lui plus encore que les autres. Avant le départ de Bennett — il est reparti en traînant les pieds pour Oxford hier...

— Il aurait préféré rester ici avec ses chiens et ses chevaux.

— Oui, répondit-elle en riant franchement, faisant danser ses cheveux dans son dos. Quand Bennett était là, c'était en quelque sorte plus facile. Il est toujours si décontracté et avenant. Avec lui, je ne me sens pas toujours obligée de dire ce qu'il faut, les choses gentilles. Alexander est différent. Je sens que je dois faire très attention en sa compagnie. Il est si... comme il faut.

— Le Prince Parfait, fit Franco en souriant. Ne croyez pas que je sois irrespectueux, Gabriella, ajouta-t-il. C'est Bennett et vous-même qui l'avez surnommé ainsi lorsque vous étiez enfants.

Elle esquissa un sourire à son tour.

— Ce n'était pas très gentil.

— Oh ! je pense qu'il s'en est remis. Bennett, quant à lui, avait droit au surnom de Lord Paresse.

Elle émit un petit rire et replia ses jambes sous elle.

— Cela me paraît plutôt bien trouvé. Je me suis proposée pour l'aider à préparer ses affaires. En voyant sa chambre, j'ai eu du mal à croire qu'on puisse vivre dans un tel capharnaüm. Et moi ? demanda-t-elle, curieuse. Mes frères m'ont-ils attribué un titre ?

— Son Obstination.

— Oh.

Elle marqua un temps d'arrêt, avant de glousser.

— Je pense que c'était mérité.

— Cela l'était, et cela l'est toujours.

— Je crois, ou plutôt je sens, corrigea-t-elle, que nous sommes tous très proches. Est-ce vrai ?

Un simple « oui » n'aurait rien signifié, songea Franco. Un simple « oui » était trop facile, trop réducteur.

— Une fois par an, vous vous retrouvez tous à Zürich, en famille. Sans aucun domestique, aucun étranger, pendant deux semaines. Vous m'avez dit un jour que c'était ce qui vous aidait à tenir les cinquante autres semaines de l'année.

Brie acquiesça, acceptant ce qu'elle venait d'entendre. Elle comprenait parfaitement ce qu'il voulait dire.

— Dites-moi comment est morte ma mère, docteur Franco.

— Elle était de constitution fragile, dit-il prudemment. Elle représentait la Croix-Rouge à Paris lorsqu'elle y a contracté une pneumonie. Il y a eu des complications. Elle ne s'en est pas remise.

Elle voulait ressentir quelque chose, du chagrin, de la souffrance. Mais rien ne vint. Mal à l'aise, elle tordit ses mains et demanda, en les regardant :

— Est-ce que je l'aimais ?

— Elle était le centre de votre famille, répondit-il doucement. Le point d'ancrage, le cœur. Vous l'aimiez, Gabriella. Enormément.

Le croire était presque aussi réconfortant que de sentir qu'il disait vrai.

— Combien de temps a duré sa maladie ?

— Six mois.

Durant cette épreuve, la famille avait dû s'épauler et se soutenir, elle en était certaine. Et se resserrer, aussi.

— Nous sommes plutôt méfiants envers les étrangers.

Franco sourit de nouveau.

— En effet.

— Reeve MacGee, vous le connaissez ?

— L'Américain ? Très peu. Votre père en pense le plus grand bien.

— Alexander ne l'apprécie guère.

— C'est normal. Le prince Alexander s'est toujours montré très protecteur envers vous, et il a du mal à accepter qu'on ait fait appel à un étranger. Vos fausses fiançailles…

Il s'interrompit lorsque Brie plissa les yeux, interprétant mal sa réaction.

— Je ne colporte pas les commérages. En tant que médecin de la famille royale, je suis dans les confidences de votre père.

Elle se leva. Elle en avait assez d'être assise.

— Et partagez-vous son avis ?

Franco leva un sourcil blanc et broussailleux.

— En dehors de la sphère médicale, je n'aurais pas l'outrecuidance d'exprimer mon accord ou mon désaccord quant aux prises de position du prince Armand. Cependant, cette histoire de fiançailles contrarie particulièrement votre frère, qui se sent personnellement responsable de votre bien-être.

— Et mes sentiments à moi… ?

D'un seul coup, son calme s'était envolé. Elle se tourna brusquement vers le médecin, qui était à présent debout, les mains croisées derrière le dos.

— Sont-ils seulement pris en compte ? Ce… cette mascarade, cette farce… Feindre de vivre une romance passionnée avec le fils du meilleur ami de mon père. Cela me met dans une rage folle.

Elle attrapa un peigne en nacre sur sa commode et commença à le frapper contre sa paume.

— L'annonce de mes fiançailles n'a été faite qu'hier, et déjà, les journaux ne parlent que de cela. Tout le monde y va de ses spéculations, de son avis, de son petit commentaire. Partout où je vais, ce ne sont que questions, murmures et soupirs.

Sans doute habitué à ces accès de mauvaise humeur,

le médecin semblait attendre, les mains toujours croisées dans le dos, que l'orage passe.

— Pas plus tard que ce matin, pendant que je m'occupais des préparatifs du bal, on m'a interrogée sur ma robe de mariée. Sera-elle blanche ou ivoire ? En confierai-je la réalisation à ma styliste habituelle, ou me rendrai-je à Paris comme ma mère l'avait fait ? Ma robe de mariée, répéta-t-elle en levant ses deux mains jointes. Alors que j'essayais tant bien que mal d'établir un menu pour quinze cents personnes... La cérémonie aura-t-elle lieu dans la chapelle du palais ou à la cathédrale ? Est-ce que mes amis de l'université seront invités ? Vais-je choisir la princesse anglaise ou la comtesse française — dont, en passant, je n'ai pas le moindre souvenir — comme demoiselle d'honneur ? Plus on essaie de maquiller ou de cacher ce qui est réel, ce qui est vrai, plus cela devient ridicule.

— Votre père veut votre bien, Gabriella, et celui de ses sujets.

— Les deux vont-ils nécessairement de pair ? demanda-t-elle en reposant le peigne sur la commode. Excusez-moi, continua-t-elle, d'une voix redevenue calme. C'était injuste de ma part de m'emporter ainsi devant vous. La pilule a du mal à passer, voilà tout. Et Reeve...

Elle s'interrompit, contrariée d'avoir laissé ses pensées dériver vers lui.

— Est quelqu'un de séduisant, termina Franco.

Avec un petit sourire prudent, elle observa son interlocuteur.

— Vous êtes un excellent médecin, docteur Franco.

Il s'inclina brièvement, mais respectueusement.

— Je connais bien mes patients, Votre Altesse.

— Séduisant, reconnut-elle. Mais pas en tout point agréable. Je n'apprécie pas particulièrement cet air d'importance qu'il se donne sans cesse. Toutefois, je jouerai mon rôle. Quand ma mémoire reviendra, l'Américain pourra retourner dans sa ferme, et je pourrai retourner à ma vie. Voilà mon état d'esprit, docteur Franco, conclut-elle en posant les mains sur le dossier d'une chaise. Ce que je ressens est très simple. Je veux me souvenir. Je veux comprendre. Et je veux reprendre ma vie.

— Vous vous souviendrez, Gabriella.

— En êtes-vous si sûr ?

— En tant que médecin, je ne suis jamais sûr de rien, dit-il, avant de se pencher en vacillant légèrement pour ramasser son sac. En tant que personne vous connaissant depuis le berceau, j'en suis absolument certain.

— C'est l'opinion à laquelle j'ai envie de me fier, dit-elle en se dirigeant vers la porte.

— Pas la peine de me raccompagner, fit-il en lui adressant sa petite tape habituelle dans le dos. Je vais aller présenter mes hommages à votre père avant de quitter le palais.

Il fit quelques pas, puis s'immobilisa devant la porte.

— Gabriella, nous avons tous un rôle à jouer.

— Je le sais bien, répondit-elle en inclinant la tête.

Elle attendit poliment qu'il eût refermé la porte derrière lui pour se retourner, en fulminant. Un rôle. Oui, elle jouerait son rôle, elle l'accepterait. Mais cela lui faisait horreur. Elle fit les cent pas dans sa chambre, incapable de se calmer, avant de tirer de la corbeille à papier la page de journal qu'elle avait froissée et jetée le matin même.

« LA PRINCESSE GABRIELLA SUR LE POINT DE SE MARIER. »

Brie jura comme les princesses ne sont autorisées à le faire qu'en privé. Il y avait une photo d'elle, et une autre de Reeve. Se plaçant sous la lumière du soleil, elle l'étudia de plus près.

Séduisant, oui, et pourvu d'un charme qui n'était ni trop dangereux ni trop lisse. Il était un peu comme un félin qui, selon son humeur et son désir, peut choisir de se pavaner ou d'attaquer. Ce type d'homme suscite toujours des sentiments mitigés. Et pas seulement chez elle, remarqua-t-elle avec une certaine satisfaction. La presse était partagée, elle aussi.

L'idée d'un mariage royal tout proche était une cause évidente d'excitation, de satisfaction, et même de fierté, crut-elle déceler. Le journal soulignait que, de toutes les princesses cordiniennes, elle était celle qui avait attendu le plus longtemps avant de se marier. Il était temps, semblait dire l'article, qui approuvait ce projet avec force.

Le lien qui unissait les Bisset et les MacGee jouait en la faveur de Reeve, de même que la réputation de son père. Mais il restait malgré tout un Américain, et pas exactement le meilleur choix du point de vue des citoyens de Cordina.

Le journal avait même dressé la liste de tous les meilleurs partis qu'elle aurait pu trouver, et cela tempéra la satisfaction un peu revancharde qu'elle avait fugitivement éprouvée. C'était assez déconcertant de se voir proposer comme prétendants une demi-douzaine de célibataires. Des princes, des lords, des marquis, des hommes d'affaires. De toute évidence, si elle en croyait les légendes sous chaque photo, elle les avait tous rencontrés et fréquentés. L'un d'entre eux lui disait peut-être vaguement quelque chose, mais elle n'était sûre de rien. Elle aurait pu étudier leurs noms et scruter leurs visages pendant cinq minutes que cela n'aurait rien changé. Elle retourna à Reeve. Au moins, avec lui, elle savait à quoi s'en tenir.

Apparemment, la presse préférait ne pas se prononcer encore sur cet ancien policier américain, fils d'un diplomate célèbre et respecté. A la place, elle préférait spéculer sur la date du mariage.

Brie jeta le journal ouvert sur son lit. Son père avait atteint son but. C'étaient les fiançailles et non l'enlèvement qui étaient maintenant au centre de l'attention. Personne ne s'interrogerait plus sur la présence de Reeve au palais, ni sur sa place à ses côtés. Personne ne leur poserait aucune question, ni à lui, ni à elle.

Mais elle, elle se posait des questions. Une, surtout, ne la quittait pas et l'obsédait. Lentement, elle retourna ses mains, pour en observer les paumes. Il y avait quelque chose dont elle n'avait pas été capable de parler, à aucun des deux médecins. Quelque chose qu'elle avait été incapable de formuler, sauf devant Reeve.

Avait-elle tué un homme ? S'était-elle emparée d'un couteau et… Oh ! Dieu du ciel, quand connaîtrait-elle la réponse ?

Lorsqu'elle échouait à se rappeler les événements marquants de sa vie, et notamment les jours qui avaient précédé sa perte de mémoire, elle n'en tirait que de la frustration. Chaque fois, sa tête menaçait d'exploser, jusqu'à ce qu'elle ne puisse plus se concentrer sur rien d'autre. Les bribes de souvenirs ne lui venaient qu'en rêve. Et, comme les rêves, les images qui lui restaient à son réveil étaient floues et déformées. Hélas, ces images, loin de diminuer la pression qu'elle ressentait, ne faisaient que l'accroître.

Elle abordait chaque matin avec sérénité, espérant que sa mémoire reviendrait naturellement. Elle finissait chaque journée déçue d'avoir dû se contenter des résidus de ses rêves.

Cela ne l'empêchait pas de travailler, heureusement. Remplir chaque heure de la journée était tout sauf un problème pour elle. Son travail était agréable, gratifiant, même si avoir à répondre sans cesse aux questions sur ses supposées fiançailles gâchait un peu son plaisir. Plus tôt elle pourrait mettre un terme à cette stupide mascarade et aller de l'avant, mieux ce serait. Elle considérait la fin de cette comédie comme un nouveau but à atteindre, ou comme un nouvel obstacle à surmonter.

— Entrez, répondit-elle, les sourcils froncés, alors qu'on frappait à sa porte.

Elle ne se dérida pas lorsque Reeve entra.

— Je suis censée être en sécurité dans ma chambre, lança-t-elle, sarcastique.

Elle se sentait bien dans cette pièce, emplie d'un subtil parfum de fleurs. Un bouquet était posé sur une table près de la fenêtre, et un autre sur une étagère, à côté du lit. Une légère brise entrait par la fenêtre ouverte et transportait ces suaves odeurs partout où elle passait.

— Le Dr Franco dit que vous vous remettez parfaitement bien.

Tâchant de retrouver son calme, Brie prit tout son temps pour aller s'asseoir devant la fenêtre.

— A vous aussi, le médecin est censé présenter son rapport ?

— Je me trouvais avec votre père.

Reeve aperçut le journal sur le lit, les photos, mais ne fit aucun commentaire. Il ne pouvait pas se permettre d'avouer que découvrir la une du matin lui avait causé une sensation étrange. C'était une chose d'accepter l'idée de fausses fiançailles, et une autre de la voir officialisée.

Troublé, il se dirigea vers les étagères et, l'air de rien, attrapa un petit flacon de verre. Il fit mine de l'étudier un moment, essayant d'oublier à quel point Brie était belle dans ce petit peignoir ivoire.

— Donc, vous vous sentez mieux ?

— Je me sens très bien, je vous remercie.

En entendant cette réponse formelle et glaciale, il se raidit malgré lui. Elle resterait inflexible, songea-t-il. C'était aussi bien.

— Quel est votre emploi du temps de demain ? demanda-t-il, bien qu'il se fût déjà renseigné à ce sujet.

— Je suis prise toute la matinée, déjeuner compris. Ensuite, je n'ai rien de prévu jusqu'au dîner avec le duc et la duchesse de Marlborough et M. et Mme Loubet.

D'après le ton qu'elle avait employé, elle ne semblait

pas plus impatiente que lui d'assister à ce dîner. Ce serait leur premier repas officiel en tant que fiancés.

— Dans ce cas, cela vous dirait peut-être de faire du bateau dans l'après-midi ?

— Du bateau ?

Il vit ses yeux s'éclairer, juste avant qu'elle ne baisse la tête et réponde calmement :

— Est-ce une invitation ou un moyen pour vous de me surveiller d'encore plus près ?

— Les deux.

Il ouvrit le flacon, plongea un doigt dans la crème et l'appliqua sur sa main. C'était l'odeur de sa peau, douce et sensuelle. Matin et soir, elle devait étaler cette crème jusqu'à ce que son parfum fasse corps avec elle.

Il était là pour la protéger, songea-t-il brusquement en refermant le flacon, mais qui allait le protéger, lui ? Légèrement perturbé, il reposa la petite bouteille et avança vers elle.

— Si vous voulez peser le pour et le contre, Brie, songez qu'un petit tour vous permettrait de vous éloigner du palais et de vos responsabilités pendant quelques heures.

— Mais, pendant quelques heures, je serai avec vous.

— Les couples fiancés sont censés passer un peu de temps ensemble.

Il posa une main ferme sur son bras avant qu'elle ne s'échappe.

— Vous avez accepté, ajouta-t-il en haussant légèrement la voix. Maintenant, vous devez jouer le jeu.

— Uniquement en public.

— Une femme de votre rang a très peu de vie privée. Et, continua-t-il en faisant descendre ses mains jusqu'aux siennes, j'ai accepté d'exposer la mienne également.

— Vous voulez peut-être que je vous en remercie ? J'avoue avoir un peu de mal, pour le moment.

— Gardez vos remerciements.

Contrarié, il serra les doigts autour de ses poignets jusqu'à ce qu'elle le regarde dans les yeux.

— Que vous coopériez me suffit.

Elle ne répondit rien, mais leva le menton et planta son regard dans le sien.

— Je vous rappelle qu'officiellement, nous sommes fiancés, Brie. Officiellement, nous nous aimons, conclut-il, en mesurant ses mots.

Mots qui, bien entendu, lui déplurent visiblement.

— Officiellement, répéta-t-elle.

Il ne releva pas, et poursuivit :

— Et puisque nous abordons le sujet…

Il fouilla dans sa poche et en sortit une petite boîte de velours, qu'il ouvrit d'un coup de pouce. Le soleil s'infiltra à l'intérieur, faisant miroiter le diamant taillé à angles droits.

Brie sentit son cœur cogner dans sa poitrine et sa gorge se serrer.

— Non.

— Trop traditionnelle ?

Reeve sortit la bague de son écrin et la tourna vers la lumière. La pierre transparente s'anima en se parant soudain de couleurs.

— Elle vous correspond bien, pourtant. Pure, froide, élégante. Prête à libérer la passion qui couve en elle si l'on sait la prendre.

Il ne regardait plus le diamant, mais elle.

— Donnez-moi votre main, Gabriella.

Elle ne bougea pas. C'était peut-être idiot de sa part, mais elle avait le sentiment de ne pas avoir à le faire.

— Je ne porterai pas votre bague.

Reeve prit son poignet gauche et sentit son pouls rapide sous ses doigts. Le soleil entrait par la fenêtre, baignant de sa lumière ses cheveux, ses yeux. Il y avait de la rage en elle, il le sentait. Et de la passion. C'était assez peu romantique comme façon de procéder, songea-t-il en lui passant de force la bague au doigt, mais la romance n'était pas exactement à l'ordre du jour.

— Si, vous la porterez.

Il referma sa main sur la sienne, pour sceller le lien qui les unissait à présent. Et, surtout, il s'empêcha de penser à la douleur qu'il éprouverait lorsque le moment serait venu de le défaire.

— Je l'enlèverai dès que vous me lâcherez, dit-elle, furieuse.

— Ce ne serait pas très sage, répondit-il, catégorique.

— Vous suivez encore les ordres de mon père ? demanda-t-elle entre ses dents.

— Il me semble que c'est ce que nous faisons tous les deux. Mais la bague, c'était mon idée.

Il posa sa main libre sur sa nuque. Sa peau était fine et douce.

— Et ça aussi.

En l'embrassant, il ne lui laissa aucun choix. Comme elle se raidissait, il la caressa. Comme elle tressaillait, il l'apaisa. Au moment où il la sentit répondre à son baiser, il la cueillit avec passion et fougue.

Brie était en train de perdre le contrôle. Il avait enfoui ses doigts dans sa chevelure et posé une main sur la sienne, pourtant, elle frissonnait comme s'il la touchait absolument partout. Un contact qui ne l'aurait pas dérangée, bien au contraire, tant leurs lèvres se faisaient avides. Dans ce fiévreux bouche-à-bouche, c'était son univers entier qui se trouvait bouleversé. Elle sentait déjà ce qu'il avait à lui offrir : la passion débridée, l'expérience, la liberté. Et la tentation de s'y abandonner la grisait.

Il la sentait revenir à la vie entre ses bras. Jamais Reeve n'aurait imaginé qu'une femme puisse être si passionnée tout en restant si douce. Chaque parcelle de son corps semblait tressaillir, ce qui lui donnait une envie folle de parcourir sa peau. Il commença par effleurer sa gorge du bout des doigts. Aussitôt, elle étouffa un gémissement. Puis il caressa son bras, avant d'atteindre son poignet, où son pouls pulsait avec frénésie.

Il aspira ses lèvres et les mordilla. Elle se mit à trembler et le désir le submergea lorsqu'il lâcha sa taille pour venir, lentement, poser sa main sur sa poitrine. Il aurait pu écarter de ses doigts le léger peignoir qu'elle portait et ainsi la dénuder, mais il n'en fit rien, sachant que, en abolissant cette barrière, il aurait mis sa raison en péril.

Lorsqu'il lui ferait l'amour, il n'y aurait ni domestiques, ni famille à proximité. Lorsqu'il lui ferait l'amour pour la première fois, il n'y aurait rien ni personne d'autre qu'eux. Et elle ne l'oublierait jamais. Il fit courir sa main le long de son corps en une lente et ferme caresse.

Volonté de posséder, menace, promesse ? Ni lui ni elle n'auraient su dire de quoi il s'agissait. Mais lorsqu'il la lâcha, ni lui ni elle n'étaient tranquilles.

La lueur que Brie vit soudain passer dans les yeux bleus et sombres de Reeve l'embrasa tout entière. Son regard était empreint de désir, mais pas seulement. Elle y vit la certitude qu'elle ne le laisserait pas facilement partir. Ni aujourd'hui, ni demain.

Elle recula vers la fenêtre, aussi loin de lui que possible.

— Vous n'avez pas le droit.

Il la regarda avec une telle intensité qu'elle dut maîtriser le tremblement qui commençait à la gagner.

— Je n'en ai pas besoin.

Lorsqu'il approcha sa main pour saisir son visage, elle se figea. C'était une habitude à laquelle elle ne s'était toujours pas faite, car elle ignorait si c'était par tendresse ou par arrogance qu'il se comportait ainsi avec elle.

— Cela ne m'intéresse pas d'avoir le droit.

Il lui tenait tête, sans la sous-estimer pour autant, elle le savait. Elle était calme, certes, mais elle n'était pas faible.

— Je vous dirai si je veux que vous me touchiez, Reeve.

Il n'ôta pas sa main.

— C'est ce que vous avez fait.

Il fallait essayer une autre tactique, songea-t-elle. Quelque chose allait bien finir par fonctionner. Il fallait bien que quelque chose finisse par fonctionner. La froideur, peut-être…

— Je crois que vous prenez cette mascarade un peu trop au sérieux. Et vous outrepassez votre rôle.

— Si vous voulez des courbettes et de la déférence, il va falloir chercher ailleurs. Souvenez-vous, vous m'avez demandé de ne pas être gentil.

— Une requête qui ne doit pas vous poser problème.

— Pas le moindre, en effet.

Reeve sourit puis souleva sa main pour que le diamant soit en pleine lumière et éclate de mille feux.

— Vous comme moi savons que ce n'est rien de plus qu'un joli caillou. Un leurre de plus.

Obéissant à une impulsion, il retourna la main de Brie pour embrasser sa paume.

— Pour abuser le reste du monde.

Cette fois, elle retira sa main et s'écarta.

— Je vous ai dit que je ne la porterai pas.

Avant qu'elle n'ait pu enlever la bague, il l'avait rejointe.

— Et je vous ai dit que vous la porteriez. Réfléchissez-y bien.

Il attendit qu'elle arrête son geste, la bague à moitié enlevée, pour poursuivre. Le ton qu'il employait était exactement celui dont il se servait pour extorquer des aveux à certains suspects réticents. Mais un accord était un accord.

— Préférez-vous ravaler votre fierté et la porter, ou expliquer, partout où vous allez, pourquoi vous n'avez pas de bague de fiançailles ?

— Je pourrais dire que je n'aime pas les bijoux.

Il ricana, effleurant les saphirs qu'elle portait à la main droite et les pierres bleu foncé qu'elle portait aux oreilles.

— Vraiment ? Certains mensonges sont plus faciles à croire que d'autres.

Elle remit la bague en place.

— Allez au diable.

— C'est mieux, dit-il en hochant la tête. Vous pouvez me maudire autant que vous le voulez, tant que vous coopérez. Et il pourrait vous venir à l'esprit, Votre Altesse, que cette comédie me pèse autant qu'à vous.

Piquée au vif et se sentant prise au piège, Brie se détourna pour dissimuler son trouble.

— La situation vous pèse ? Vous semblez au contraire vous en accommoder avec plaisir.

— J'essaie de joindre l'utile à l'agréable. Vous pouvez en faire de même, ou vous pouvez continuer à piquer vos petites crises. C'est au choix.

Elle se retourna brusquement, furieuse.

— Contrairement à ce que vous avez l'air de penser, il n'est pas dans mes habitudes de « piquer des crises », comme vous dites.

— Ah bon, j'aurais cru…

Elle se calma, mais seulement pour le détromper.

— Je déteste quand vous me traitez comme une enfant, Reeve.

— Alors ne protestez pas lorsque je vous traite comme une femme, répondit-il d'une voix aussi tranquille que la sienne.

— Avez-vous réponse à tout ?

Troublé par les sentiments qu'il sentait grandir en lui, il effleura sa joue brièvement.

— Non, loin de là. Faisons une trêve, Brie. Avant cette histoire de fiançailles, nous nous entendions plutôt bien. Voyez-les comme un moyen de simplifier les choses.

Elle fronça les sourcils, avant de se rendre compte qu'elle

voulait une trêve, elle aussi. Une trêve qui lui permettrait de retrouver toutes ses facultés.

— Un moyen de simplifier quelles choses ?

— Toutes les choses. Grâce à cette bague, dit-il en soulevant de nouveau sa main gauche, vous ne serez pas obligée d'expliquer pourquoi nous passons tant de temps ensemble, ni ce que je fais ici. En tant que fiancés, nous pouvons sortir un peu, nous échapper. Les gens se montrent tolérants vis-à-vis des escapades amoureuses. Vous ne resterez pas prisonnière du palais.

— Je n'ai jamais dit que je me sentais prisonnière.

— Je vous ai vue regarder par la fenêtre. Et pas qu'une fois.

Elle le toisa longuement, avant de capituler. En soupirant, elle se rassit devant la fenêtre.

— C'est vrai, je le reconnais, parfois je me sens comme enfermée. Rien de ce que je vis ici ne m'est familier, mais rien ne m'est totalement étranger non plus. Ce n'est pas très agréable, Reeve, d'avoir l'impression d'appartenir à un lieu tout en se demandant si, au détour d'un couloir, on ne va pas brusquement se retrouver perdu. Et ces rêves…

Elle s'interrompit, pestant contre elle-même. Il était trop facile de lui en dire plus qu'il ne fallait.

— Vous avez fait d'autres rêves ?

— Rien de précis.

— Brie, dit-il d'une voix bien plus ferme et autoritaire que celle du Dr Franco.

— C'est la vérité, Reeve.

Dans un geste de frustration et de mauvaise humeur, elle se passa la main dans les cheveux. La bague à son doigt projetait ses éclats de feu dans la pièce.

— Je rêve toujours à peu près des mêmes choses. L'obscurité, les odeurs, la peur. Rien de bien concret, en somme.

L'espace d'un instant, elle ferma les yeux. Il serait si

facile de se laisser aller à la faiblesse. Si simple de laisser couler ses larmes. Pourtant, elle devait tenir bon.

— Je n'ai rien à quoi me raccrocher. Chaque matin, j'espère que les brumes vont se dissiper. Et chaque soir…

Elle s'interrompit, lasse.

Emu, Reeve songea un moment à se précipiter vers elle, pour la prendre dans ses bras. Mais, bien plus que l'embrasser, bien plus que déchaîner en elle des passions violentes et contradictoires, la réconforter pouvait s'avérer dangereux pour lui. Prudent, il préféra garder ses distances.

— Demain vous n'aurez pas à penser à tout cela. Nous ferons du bateau, et c'est tout. Il n'y aura que le soleil et la mer. Vous n'aurez aucun rôle à jouer.

Quelques heures sans être obligée de faire semblant, songea Brie. C'était un beau cadeau qu'il lui faisait là. Il serait sans doute ravi d'en profiter lui aussi, mais, enfin, il avait bien le droit de souffler. Elle regarda la bague, puis Reeve.

— Vous non plus, vous n'aurez aucun rôle à jouer.

Il sourit, d'un sourire qui lui parut presque amical.

— Aucun rôle, c'est promis.

7

Entre autres choses — trop nombreuses —, Brie avait oublié ce qu'était se détendre pour de bon. Réapprendre à le faire fut une heureuse et plaisante découverte. D'autant plus heureuse et plaisante qu'elle fut aisée. Elle espérait que, lorsque d'autres souvenirs lui reviendraient, ils seraient aussi agréables.

En outre, il y avait une nouvelle chose dont elle pouvait être certaine : elle était aussi à l'aise en mer que sur la terre ferme. Ce fut un plaisir simple — et ô combien relaxant — de découvrir qu'elle s'y connaissait si bien en voile et en nœuds. Si elle avait été seule dans ce joli petit sloop, elle aurait su le faire naviguer. Elle aurait eu l'assurance, les connaissances et la force nécessaires. Cela ne faisait pas l'ombre d'un doute.

Tandis que l'eau se fracassait sur la coque du bateau prenant de la vitesse, une certitude la gagna : elle connaissait cette mélodie. Peu lui importait de savoir quand et où elle l'avait entendue.

Elle aimait naviguer, constata Reeve avec plaisir. Toutes les personnes qu'il avait interrogées le lui avaient confirmé. L'idée de passer un après-midi en mer avec Brie lui était venue lorsqu'il avait constaté qu'elle était toujours en proie à la tension, à la nervosité et à la fatigue, alors même qu'elle essayait de lui faire croire le contraire. Elle lui avait demandé de ne pas se montrer gentil avec elle, mais il n'était pas toujours facile de lui obéir, bien qu'elle fût une princesse.

Se fiant à son instinct, il l'avait laissée prendre la barre dès qu'ils avaient largué les amarres. A présent, il la regardait la manier avec délicatesse, en s'adaptant au vent. De son côté, il s'occupait des voiles, qu'il avait dépliées. Poussé par le vent, le bateau prenait de plus en plus de vitesse. Il entendit Brie rire alors que les voiles se gonflaient.

— C'est fantastique, s'écria Brie, le cœur battant. Il n'y a rien de mieux. C'est la liberté. Et c'est si simple.

Le vent la ravissait. Pour cette première sortie en mer, la vitesse semblait impérative. Le sentiment de puissance qu'elle éprouvait, après tous ces jours passés sous la domination d'autrui, était grisant. Le contrôle… Enfin, elle avait trouvé quelque chose qu'elle pouvait contrôler. Elle tenait la barre d'une main légère, corrigeant la direction et s'adaptant si nécessaire — comme Reeve le faisait avec les voiles — afin de garder une vitesse maximale.

Les murs, les obligations, les responsabilités avaient disparu. Il ne restait plus que l'eau et le vent. Le temps ne comptait pas, ici. Elle pouvait l'oublier, comme cela s'était peut-être déjà produit auparavant. Comme elle savait maintenant que cela se reproduirait. Le soleil était exactement comme il devait l'être un jour de vacances. Brillant, puissant, chaud, doré lorsqu'il resplendissait dans le ciel, blanc lorsqu'il se reflétait sur la mer. Brie coinça la barre entre ses genoux et ôta son large T-shirt. En dessous, elle ne portait qu'un petit maillot deux-pièces. Elle voulait sentir le soleil sur sa peau, le vent sur sa peau. Elle navigua avec adresse pour éviter les autres bateaux. Elle aspirait à la solitude la plus absolue.

Durant quelques heures, elle serait égoïste. Durant quelques heures, elle ne serait pas obligée d'être une princesse, mais seulement une femme, caressée par le vent, choyée par le soleil. Elle rit de nouveau et rejeta ses cheveux en arrière, juste pour le plaisir de sentir le vent s'y engouffrer.

— J'aime ça. Je le fais souvent.

Reeve se détendit. Pour le moment, le vent était son meilleur allié.

— C'est votre bateau, répondit-il calmement. D'après votre père, Bennett peut battre n'importe qui à la course, Alexander peut défier les plus grands, mais vous restez la meilleure navigatrice de la famille.

Pensive, Brie caressa du doigt le bastingage acajou qui brillait au soleil. *Liberté*, se dit-elle en songeant au nom peint sur la coque.

— C'est un peu comme ma « petite ferme », j'imagine. C'est le moyen que j'ai trouvé de m'évader.

Reeve se tourna pour la contempler. A travers les verres ambrés de ses lunettes de soleil, elle paraissait dorée, somptueuse. Sensuelle, désirable, mais toujours un peu perdue. Il ne fallait pas qu'il l'oublie, se dit-il en s'imposant de garder une distance prudente.

— Vous en aviez bien le droit, répondit-il sur un ton un peu froid.

— Tout de même, enchaîna-t-elle, dans des moments comme celui-ci, il m'arrive de me demander si j'étais heureuse avant. Je me prends parfois à espérer que, lorsque j'aurai recouvré la mémoire, les choses resteront telles qu'elles sont maintenant. Tout est neuf, vous comprenez ?

— Un nouveau départ ?

Reeve songea à sa ferme qui l'attendait, au nouveau départ qu'il comptait prendre. Mais, dans son cas, c'était différent : il savait d'où il venait et ce qu'il avait traversé.

— Attention, je ne dis pas que je ne veux pas recouvrer la mémoire.

Elle marqua un silence, tandis que Reeve enlevait son T-shirt à son tour. Il semblait si à l'aise, si bien dans sa peau. Curieusement, qu'il se retrouvât à demi nu ne la dérangea pas. Après tout, elle connaissait ce corps, puisqu'il l'avait étreinte. Il était fin et ferme. De petites gouttes d'eau perlaient et luisaient sur sa peau. C'était un homme dangereux, assurément. Mais le danger n'était-il pas quelque chose qu'elle aurait tôt ou tard à affronter ?

Oui, il l'avait enlacée, et elle ne l'oublierait jamais. Sans doute aurait-elle dû avoir honte de désirer qu'il la prenne de nouveau dans ses bras, pourtant, c'était un tout autre sentiment qui l'animait. Un sentiment qu'elle comptait bien garder pour elle.

— Je sais si peu de choses, murmura-t-elle. Sur moi. Et sur vous.

Reeve sortit une cigarette de la poche avant de son T-shirt, qu'il avait posé sur le banc. Il joignit ses mains, et alluma son briquet sans un geste de trop.

— Que voulez-vous savoir ? demanda-t-il en expirant la fumée.

Elle ne répondit pas tout de suite, préférant l'observer. C'était un homme qui vivait selon ses choix. C'était un homme, elle en était certaine, qui avait établi ses propres règles. Et pourtant, à moins qu'elle ne se trompe lourdement, c'était un homme qui avait suivi des règles édictées par d'autres pendant le plus clair de son existence. Etait-ce encore le cas en ce moment ?

— Mon père vous fait confiance.

Il acquiesça, tout en redressant la voile qui commençait à retomber.

— Il n'a aucune raison de ne pas le faire.

— Pourtant, c'est votre père qu'il connaît bien, et pas vous.

Il esquissa un sourire. L'arrogance, toujours, songea-t-elle. Une arrogance pleine d'élégance et tout en retenue, mais bel et bien réelle. C'était peut-être, malheureusement, ce qu'il y avait de plus séduisant chez lui.

— Vous ne me faites pas confiance, Gabriella ? demanda-t-il d'une voix délibérément basse, délibérément provocante.

Il s'amusait à la défier, ils le savaient tous les deux.

— Je vous confierais ma vie, dit-elle simplement, avant de se retourner face au vent et de laisser le bateau prendre de la vitesse.

Cette réponse le laissa sans voix. Que pouvait-il répondre à cela ? Il n'y avait pas eu la moindre malice dans sa voix, pas la moindre ironie. Elle pensait ce qu'elle avait dit, au sens strict. Il aurait dû être content. En théorie, qu'elle lui accorde sa confiance lui simplifiait la tâche. Pourquoi, alors, se sentait-il mal à l'aise, presque sur ses gardes ? Etait-ce à cause de cette confiance aveugle qu'elle lui témoignait, ou était-ce tout simplement à cause d'elle ?

Ce dont il s'était rendu compte dès l'instant où il l'avait vue sur son lit d'hôpital lui revint alors à la mémoire. Entre eux, tout était déjà écrit. Mais, en même temps, il savait avec certitude que rien ne pourrait durer. Leur histoire était à la fois fatale et condamnée. Ce qu'ils vivaient en ce moment n'était qu'une parenthèse, ouverte depuis peu et bientôt refermée.

Ils étaient tous les deux, chacun à leur façon, en train de commencer une nouvelle vie. Aucun d'entre eux n'avait de raison de vouloir que l'autre vienne tout compliquer. La vérité, c'était que Reeve s'était promis de simplifier son existence. Alors qu'il venait à peine d'amorcer les changements nécessaires à ce nouveau départ, il avait reçu cet appel en provenance de Cordina[2] et, d'un coup, les choses étaient redevenues complexes.

Il aurait pu dire non, se rappela-t-il. Mais il ne l'avait pas voulu. Et pourquoi ? A cause de Brie, si splendide à l'aube de ses seize ans qu'il ne l'avait jamais oubliée.

Depuis son arrivée à Cordina, les choses n'avaient fait que se corser. Les fausses fiançailles avaient lancé la presse internationale à leurs trousses. Un mariage royal fait toujours vendre. Et, déjà, les trois magazines à plus fort tirage aux Etats-Unis le suppliaient de leur accorder une interview. Les paparazzis les traquaient sans répit dès que Brie ou lui mettait un pied hors du palais.

Il aurait pu dire non au prince Armand lorsque celui-ci lui avait demandé de se faire passer pour le fiancé de Brie. Certes, il s'agissait de la solution logique à un problème délicat, mais c'était surtout une énorme source de tracas potentiels. Pourtant, il n'avait pas voulu refuser. Pourquoi ? Parce que Brie, la femme qu'il apprenait chaque jour à connaître, l'obsédait plus que de raison.

Qu'il soit près d'elle ou loin d'elle, il avait l'impression de marcher sur des charbons ardents. Le brasier était bien là, le crépitement du feu aussi, mais il n'était possible ni de s'éloigner de la chaleur, ni de faire le plongeon fatal dans le foyer incandescent.

— Regardez cette petite baie, dit Brie, le doigt pointé vers l'horizon. Elle a l'air tranquille.

Sans se presser, ils firent cap vers la minuscule anse. Brie composait avec le vent, le cajolant ou s'inclinant devant lui tour à tour. Une fois qu'ils furent bien lancés, elle s'assit et contempla les eaux.

— D'ici, Cordina semble vraiment coquet. Tout ce rose et tout ce blanc, c'est si joli. On dirait que rien de mal ne peut s'y passer.

Il regarda le paysage avec elle.

— Les contes de fées comportent toujours une part de violence, non ?

— Vous avez raison.

Un sourire aux lèvres, elle leva les yeux vers le palais, fier et élégant.

— En même temps, reprit-elle, la vie à Cordina n'a rien d'un conte de fées. Est-ce qu'aux yeux d'un Américain pragmatique et démocrate, tout ceci — les châteaux, la pompe, le protocole — paraît absurde ?

Reeve sourit à son tour. Elle avait peut-être oublié ses racines, mais elles étaient bien là, en elle.

— Je trouve que tout est fait avec beaucoup d'intelligence. Lebarre est l'un des plus grands ports au monde. Culturellement, Cordina n'a rien à envier à personne. Economiquement, votre pays tient parfaitement la route.

— Tout ceci est vrai. Moi aussi, j'ai bien appris la leçon. Pourtant…

Brie se cala dans son siège et replia ses genoux contre sa poitrine.

— Saviez-vous que le droit de vote n'a été octroyé aux femmes qu'après la Seconde Guerre mondiale ? Je dis bien « octroyé », comme si c'était une faveur, et non un droit. Ici, les mœurs sont encore très méditerranéennes : les femmes doivent se soumettre à leur mari tout-puissant.

— En théorie, ou en pratique ?

— D'après ce que j'ai vu, en pratique. Et selon la constitution, le titre de mon père ne peut se transmettre qu'à un héritier mâle.

Reeve écoutait, en regardant la mer comme elle.

— Cela vous contrarie-t-il ?

Elle lui adressa un regard curieux, presque vexé.

— Oui, bien sûr. Ce n'est pas parce que je n'ai aucune envie de régner que cette loi est juste. Mon grand-père a fait un pas décisif en accordant le droit de vote aux femmes. Mon propre père est allé encore plus loin en faisant entrer les femmes au gouvernement, mais les choses évoluent lentement.

— Comme toujours.

— Vous êtes philosophe et patient par nature, dit-elle en esquissant un haussement d'épaules. Pas moi. Quand le changement qui s'annonce est positif, je ne vois aucune raison de ne pas le précipiter.

— Vous ne pouvez pas négliger le facteur humain.

— Surtout quand les humains en question sont trop attachés à la tradition pour voir les bénéfices du progrès.

— Vous parlez de Loubet, j'imagine.

Elle lui adressa un regard admiratif.

— Je comprends pourquoi mon père apprécie de vous avoir dans son entourage, Reeve.

— Que savez-vous de Loubet ?

— J'ai lu, répondit-elle simplement. Et j'ai écouté. Le portrait qui s'en est détaché est celui d'un homme très conservateur. Je dirais même vieux jeu.

Elle se leva et s'étira, ce qui fit saillir son maillot de bain sur ses hanches.

— Certes, c'est un excellent ministre à sa façon, mais il est beaucoup, beaucoup trop timoré. J'ai lu dans mon journal qu'il avait essayé de me décourager de faire ce voyage en Afrique, l'an dernier. Il trouvait cela déplacé pour une femme. Tout comme il trouve déplacé que je rencontre les membres du Conseil national pour discuter de questions budgétaires.

Elle réussit presque à ne rien laisser paraître de sa frustration. Elle apprenait vite, constata Reeve.

— Si on écoutait Loubet, poursuivit-elle, les femmes ne feraient rien d'autre que préparer le café et faire des enfants.

— J'ai toujours pensé que ces deux tâches réclamaient des efforts conjoints.

Elle lui sourit, de toute évidence amusée et détendue.

— Oui, mais vous n'avez pas été élevé dans un milieu trop conservateur. Votre mère était juge d'assises.

Sous le regard surpris de Reeve, son sourire s'agrandit.

— Moi aussi, j'ai fait mes petites recherches. Vous n'êtes pas un sujet sur lequel j'ai fait l'impasse. Vous avez obtenu votre diplôme auprès de l'Université américaine avec mention très bien. Et j'ai été agréablement surprise de découvrir que vous aviez étudié la psychologie.

— C'était utile pour la carrière que j'avais choisie.

— C'est vrai. Après deux ans et demi passés dans la police et trois citations pour acte de bravoure, vous avez intégré les services secrets. Les faits deviennent plus vagues à ce moment-là, mais d'après ce qu'on dit, vous avez participé au démantèlement de l'une des plus grosses organisations criminelles du district de Columbia et de ses alentours. Il paraît aussi que vous avez personnellement pris en charge la sécurité d'un sénateur, à sa demande expresse. Grâce à votre réputation, à votre intelligence et à vos résultats, vous auriez facilement pu être nommé capitaine, malgré votre jeune âge. Au lieu de cela, vous avez choisi de quitter les services secrets et de tirer un trait définitif sur votre carrière.

— Pour quelqu'un qui prétendait en savoir peu à mon sujet, vous êtes bien renseignée.

— Cela ne me dit rien sur vous.

Sur ce, elle se dirigea à tribord.

— J'ai envie de me rafraîchir. Vous venez ?

Avant qu'il n'ait le temps de répondre, elle était à l'eau.

Elle était incroyablement provocante, mais il ne savait toujours pas si c'était délibéré de sa part ou pas. Pensif, il se leva. Le découvrir lui apprendrait sans doute beaucoup sur elle. Sans faire davantage de bruit que Brie, il se mit à l'eau.

— Elle est bonne, dit-elle en nageant paresseusement sur place.

Elle avait déjà plongé et ses cheveux mouillés étaient plaqués en arrière. Ils ruisselaient et le soleil s'y reflétait, leur donnant une couleur cuivrée. Sans maquillage et en pleine lumière, son visage était magnifique. Son modelé et son teint étaient de ceux que tous les photographes rêvent d'immortaliser. Elle était parfaite, songea Reeve tandis qu'il se laissait porter par les eaux à côté d'elle. Et elle le fascinait.

Au fond, elle était celle qu'il avait toujours voulue. Mais

pourrait-il obtenir ce qu'il voulait ? Il connaissait trop bien le système pénal et judiciaire pour ne pas savoir que chaque acte a ses conséquences. Chaque chose a un prix. Mais quel prix aurait-il à payer ? C'était la grande inconnue.

— On m'a dit que vous alliez à la piscine tous les jours, reprit-elle, en penchant la tête en arrière pour mouiller davantage ses cheveux. Vous êtes un bon nageur ?

— Oui.

— Je vous accompagnerai peut-être un matin. J'ai assez avancé dans mon travail pour m'accorder une petite heure par jour. Reeve…

Elle emprisonna de l'eau entre ses mains, avant de la laisser s'échapper.

— Vous savez que le bal n'est plus que dans quelques semaines, maintenant.

— Il faudrait que je sois sourd pour ne pas le savoir. Il y a des coups de marteau et de l'agitation dans la grande salle de bal presque tous les jours.

— Quelques détails à régler, dit-elle avec désinvolture. Je ne vous en parle que parce qu'il me semble que vous devriez être au courant. Puisque vous êtes…

Automatiquement, son regard se porta sur la bague qu'il lui avait offerte. Bien qu'il l'étudiât avec attention, Reeve ne parvint pas à déchiffrer l'expression de son visage.

— Puisque vous êtes mon fiancé, poursuivit-elle, vous êtes censé ouvrir le bal avec moi, mais aussi l'animer.

Il regarda ses cheveux flotter et se répandre à la surface de l'eau.

— Et ?

— Jusqu'au bal, nous pouvons nous permettre de ne pas beaucoup nous montrer en public. L'enlèvement est une excellente excuse pour rester en retrait de toute vie sociale. Mais pour le bal, ce sera différent. C'est un événement de grande envergure, qui sera largement couvert par la presse et attirera un monde fou. Je ne suis pas sûre que mon père, lorsqu'il vous a demandé de jouer ce rôle, se soit rendu compte de la pression à laquelle vous serez soumis.

Reeve se rapprocha d'elle, mais pas assez pour la toucher.

— Vous ne me croyez pas capable d'y faire face ?

Elle cligna des yeux, puis le fixa en riant.

— Je n'ai aucune crainte à ce sujet. Vous y ferez face, et en beauté. Après tout, Alexander admire votre intelligence et Bennett votre élégance. Avec cela, vous êtes paré.

Cela l'amusa.

— Alors, où est le problème ?

— C'est juste que plus notre pseudo-histoire va durer, plus nous serons exposés. L'annonce de notre rupture aura des répercussions sur nos vies à tous les deux, peut-être pour plusieurs années.

Il pivota pour faire la planche, et ferma les yeux.

— Ne soyez pas inquiète, Brie. Moi, je ne me fais aucun souci.

— C'est peut-être pour cela que je m'en fais, insista-t-elle. Après tout, c'est moi qui suis responsable de tout cela.

— Non, le responsable, c'est votre ravisseur.

Brie garda le silence un moment. Elle hésitait à poursuivre sur le même sujet mais, après tout, c'était lui qui l'avait lancé. Elle osa donc lui poser une question qui l'intriguait depuis un certain temps :

— Reeve, je ne vais pas vous demander si vous étiez un bon policier, ni si vous êtes un bon détective privé. Vos résultats parlent d'eux-mêmes. Mais aimez-vous votre travail ?

Cette fois, ce fut Reeve qui prit son temps pour répondre. Les yeux fermés, il sentait le soleil cogner sur son visage. Malgré l'eau qui rafraîchissait agréablement le reste de son corps, il était encore une fois sur des charbons ardents.

Personne ne lui avait jamais demandé s'il aimait son travail. En fait, il ne s'était lui-même posé la question que récemment. Et la réponse avait été oui. Et non.

— Oui, j'aime mon travail, dans le sens où j'en tire une certaine satisfaction. Je croyais en ce que je faisais quand j'étais dans la police. Maintenant, je n'accepte que les affaires en lesquelles je crois.

— Alors, pourquoi n'êtes-vous pas en train d'enquêter sur l'enlèvement, au lieu de vous occuper de moi ?

Il changea de position jusqu'à ce que ses épaules soient complètement immergées et qu'il puisse la voir. Elle venait enfin de lui poser la question à laquelle il s'attendait depuis longtemps.

— Je suis enquêteur privé, et non plus policier. Et, quoi qu'il en soit, travailler ici, à Cordina, n'entre pas dans mes attributions. Légalement…

— Je ne vous parle pas de loi ni de règlement, mais d'envie.

— Une des choses les plus admirables — et les plus agaçantes — chez vous, c'est votre perspicacité.

Il se demanda soudain à quoi ressemblerait le contact de ses cheveux mouillés sous ses doigts. A coup sûr, il ne pourrait résister longtemps à cette impérieuse curiosité qui le tiraillait. Comment réagirait-elle si elle apprenait qu'il menait discrètement sa propre enquête, dans l'ombre, sans la tenir au courant des avancées de ses recherches ?

— En effet, reprit-il sur un ton détaché, l'idée d'enquêter de mon côté m'a traversé l'esprit. Mais, à moins que votre père ne change ses directives, je ne suis officiellement chargé que de votre sécurité.

Elle sentit un frisson la parcourir lorsqu'il passa ses doigts dans ses cheveux. Leurs jambes se frôlèrent légèrement — très légèrement — sous l'eau.

— Et si moi, je vous le demandais ? Seriez-vous prêt à le faire ?

Il avait laissé sa main dans ses cheveux, presque distraitement.

— Qu'attendez-vous de moi, Brie ?

— De l'aide. Entre mon père et Loubet, je ne sais presque rien de l'enquête. Ils veulent tous les deux me protéger, et je n'aime pas cela.

— Donc, vous voulez que je me renseigne de mon côté et que je vous tienne au courant ?

— J'avais d'abord pensé le faire moi-même, mais vous avez plus d'expérience que moi. Et puis…

Elle s'interrompit pour lui sourire.

— Et puis, je ne peux pas faire un pas sans que vous soyez là, de toute façon.

— Vous avez trouvé un autre moyen de m'utiliser, Votre Altesse ? demanda Reeve, amusé malgré lui.

Elle leva un sourcil et réussit à paraître digne, alors même qu'elle était en maillot de bain et toute mouillée.

— Ma demande n'était pas censée être insultante.

— Si vous le dites, je veux bien vous croire.

Il la laissa partir. La façon qu'ils avaient de se tourner autour commençait à lui peser. Il était peut-être temps que leur relation prenne une tournure un peu plus terre à terre et intéressante.

— Je vais y réfléchir.

Brie jugea plus sage de battre en retraite plutôt que d'insister.

— C'est mieux que rien, et je crois qu'il va falloir que je m'en contente.

En trois mouvements de brasse où elle parut glisser dans l'eau, elle regagna le bateau et monta à bord.

— Pourquoi ne goûterions-nous pas le vin et le poulet froid que ma chère nourrice nous a préparés ?

Il se hissa prestement sur le pont et resta un moment immobile, les gouttes d'eau ruisselant le long de son corps.

— C'est toujours votre nourrice qui s'occupe de vos repas ?

— Cela lui fait plaisir. Pour elle, nous sommes encore des enfants.

— Très bien, s'il y a à manger, autant que cela ne se perde pas.

— Ah, encore votre sens pratique.

Elle attrapa une serviette, et se sécha rapidement les cheveux avant de la reposer.

— Suivez-moi, le repas est à l'intérieur. J'ai cru comprendre qu'il y avait aussi de la tarte aux pommes.

Toujours mouillée, elle descendit vers la petite cabine.

— Vous avez l'air très à l'aise sur un bateau, remarqua-t-elle lorsqu'il la rejoignit.

— Je faisais beaucoup de bateau avec mon père.

— Vous faisiez ? demanda-t-elle en sortant la bouteille de la glacière pour en parcourir l'étiquette.

— Ces dernières années, nous n'en avons pas vraiment eu le temps.

— Mais vous êtes proches, tous les deux ?

Après un rapide coup d'œil circulaire, Reeve trouva un tire-bouchon et lui prit la bouteille des mains.

— Oui, nous sommes proches.

— Est-ce qu'il est comme mon père ? Je veux dire…

Elle entendit le bouchon céder doucement et chercha des verres.

— Aussi digne et charismatique ? acheva-t-elle.

— C'est comme cela que vous voyez votre père ?

— Il me semble, oui, répondit-elle en fronçant les sourcils, tandis qu'il versait le vin.

— C'est quelqu'un de bon, aussi, mais tout en retenue.

Elle savait que son père l'aimait, mais elle savait aussi que son pays et son pouvoir passaient avant tout.

— Enfin, ce doit être typiquement masculin. Vous êtes comme cela, vous aussi.

Il sourit en approchant son verre du sien.

— Digne, charismatique, ou bon ?

— Tout en retenue, rétorqua-t-elle, avant de le fixer

par-dessus son verre. Je me demande à quoi vous pensez quand vous me regardez, Reeve, reprit-elle après une pause.

Il avala une gorgée, lentement.

— Je pense que vous le savez très bien.

— Pas complètement.

Elle but une gorgée à son tour, savourant la fraîcheur et la légère acidité du vin sur sa langue. Elle avait besoin de se donner du courage.

— Je sais que vous avez envie de coucher avec moi, lâcha-t-elle.

La silhouette parfaite de Reeve se détachait dans le soleil qui pénétrait par la porte grande ouverte de la cabine.

— Je me demande pourquoi, poursuivit-elle en baissant son verre. Est-ce que vous avez envie de coucher avec toutes les femmes que vous rencontrez ?

Dans d'autres circonstances, il aurait pu croire qu'elle le provoquait. Mais sa question était aussi simple qu'elle le paraissait. Sa réponse le fut aussi :

— Non.

Elle réussit à sourire, même si elle se sentait de plus en plus nerveuse. Etait-ce ainsi qu'on jouait à ce jeu ? se demanda-t-elle, troublée. Et était-ce bien un jeu auquel elle essayait de jouer ?

— Une sur deux, alors ?

— Seulement si elles répondent à certains critères.

— C'est-à-dire ?

Une fois encore, il s'empara de son visage.

— Si je pense à elles dès mon réveil, avant même de savoir quel jour on est.

— Je vois.

Elle fit tourner son verre entre ses doigts. La nervosité les avait rendus moites, mais ils ne tremblaient pas encore.

— Est-ce que vous pensez à moi quand vous vous réveillez ?

— Vous cherchez la flatterie, Gabriella ?

— Non.

Il la força à pencher légèrement la tête. Elle ne tressaillit pas, ne recula pas, mais une fois de plus, il la sentit sur ses gardes, comme si elle attendait la suite.

— Que cherchez-vous, alors ?

— A comprendre. Ne me connaissant pas, et ne connaissant pas mon passé, je veux comprendre si ce qui m'attire, c'est vous, ou la simple idée d'être avec un homme.

Au moins, c'était direct, songea-t-il. Pas particulièrement flatteur, mais direct. C'était ce qu'il voulait. Lorsqu'il la débarrassa de son verre, il remarqua avec satisfaction et plaisir que ses doigts étaient crispés.

— Et est-ce que je vous attire, Brie ?

— Vous cherchez la flatterie ?

Sous son regard amusé, elle se mit à sourire.

— Non.

Légèrement, brièvement, il effleura ses lèvres des siennes pendant qu'ils se regardaient avec intensité.

— Apparemment, nous cherchons tous les deux la même chose.

— Peut-être.

Elle n'hésita pas longtemps avant de poser ses mains sur ses épaules.

— Peut-être est-il temps de découvrir si nous l'avons trouvée.

Tout se passait comme il l'avait voulu. Ils étaient loin du palais, loin des murs. Il n'y avait que le clapotis de l'eau contre la coque, si calme, si répétitif que c'était à peine s'il était là. La cabine était petite et intime. Il y avait des ombres, il y avait du soleil. Ils étaient seuls.

Tout se passait comme il l'avait voulu. Et pourtant, Reeve hésitait. Brie semblait si délicate dans cette lumière. Si délicate, et il avait accepté de la protéger. Comment pourrait-il rester objectif s'ils devenaient amants ? Lorsqu'elle se hissa sur la pointe des pieds pour effleurer de nouveau ses lèvres, il sentit le plaisir, la douceur, l'envie, l'envahir.

De toute façon, cela faisait longtemps qu'il avait perdu toute objectivité à son égard. Il n'avait pas menti en disant qu'il se réveillait en pensant à elle chaque matin.

— Vous n'osez pas, murmura-t-elle en caressant sa joue.

L'excitation grandissait en elle, avec plus de rapidité et de force qu'elle ne l'avait imaginé. Il doutait, comprit-elle. Il avait des arrière-pensées, peut-être déjà des remords. Cela la soulagea, et attisa son désir. Elle se serait sentie vraiment mal à l'aise si elle avait été la seule à montrer de la nervosité.

— Je viens à vous sans passé. Pendant un petit moment, oublions le futur. C'est juste pour aujourd'hui, Reeve. Juste pour une heure, ou pour un moment.

Il pouvait lui accorder cela. Il allait lui accorder cela. Lui-même en avait tant envie. Cette fois, quand leurs lèvres se rencontrèrent, le contact ne fut ni léger, ni bref. Lorsqu'il ne doit durer qu'un moment, le désir se fait plus intense. Le désir dirige tout, il impose sa loi. Et le désir décida que, trop longtemps contenue, la passion devait se libérer.

Juste pour un moment. C'était d'un commun accord qu'ils l'avaient décidé. Ce fut sans se concerter qu'ils l'oublièrent.

Leurs corps s'étreignirent, peau contre peau. Leurs bouches se goûtèrent. Avec avidité. Il sentit ses mains le long de son dos, ses mains fines et douces, dont les ongles étaient redevenus longs et réguliers. D'abord elles effleurèrent, puis saisirent et agrippèrent. Il émanait d'elle une force qui faisait facilement oublier la délicatesse qui l'avait fait hésiter. Il émanait d'elle un désir qui amplifiait le sien et faisait facilement oublier la logique, les règles, les bonnes résolutions. L'odeur de la mer était légère. Le parfum de Brie était entêtant. Grisé, Reeve entraîna Brie vers l'étroite couchette.

Elle sentit les légers reliefs du couvre-lit sous son dos. Il lui avait dit qu'il n'y aurait ni roses, ni draps de satin pour eux. Elle non plus n'en voulait pas. Les illusions n'étaient pas importantes. C'était la réalité qu'elle recherchait. Avec lui, elle la trouverait.

Bras et jambes mêlés, ils cédèrent à la passion la plus débridée. Certains élans sont fulgurants, furieux, et incontrôlables. Elle n'essayait plus de se rappeler les sensations du passé. Seul comptait le présent. Elle ouvrit les yeux et le regarda. Sur son visage tout proche jouaient l'ombre et la lumière. Il emplissait son champ de vision. Tout ce qu'elle voulait, c'était ce présent.

Elle l'attira à lui, réclamant sa bouche.

Elle était la passion incarnée. Son parfum était plus doux que celui des pétales de roses s'épanouissant au soleil. Elle l'enivrait, comme un champagne tout juste débouché. Plus il la goûtait, plus il comprenait le sens du mot *avidité*. Plus il la touchait, plus il comprenait le sens du mot *obsession*.

Elle était aussi belle qu'une statue, finement sculptée, amoureusement polie. Mais elle était bien vivante. Sous la caresse de ses doigts, elle frémissait, elle réagissait. Une statue peut être admirée, révérée, étudiée de près. Mais c'était la femme qu'il voulait. Et la femme qu'il contemplait semblait aussi impatiente que lui.

Laissant échapper un gémissement de plaisir, Brie roula sur le côté, afin de pouvoir toucher Reeve aussi librement que lui. En elle grondait un besoin si violent et puissant qu'elle ne tenta pas de le réprimer.

Elle voulait se fondre dans cette étreinte virile et profonde. Et elle la savoura. Elle voulait voir sa main, pâle et féminine, contre sa peau bronzée. Et elle se délecta de ce spectacle.

Elle aurait été incapable de décrire les sensations qu'elle éprouvait, mais elle y reconnut du bonheur.

Quand elle sentit Reeve dégrafer le haut de son maillot de bain, elle n'éprouva aucune gêne ni pudeur, seulement du plaisir. *Touche-moi*. Elle répéta ces mots dans sa tête jusqu'à ce qu'il lui obéisse.

Envoûtés l'un par l'autre, ils roulèrent sur la couchette, aussi avides à recevoir des caresses que généreux à en offrir. Lorsqu'il ôta ses mains pour laisser libre cours à ses lèvres, elle se cambra, et poussa un cri de surprise et de plaisir mêlés. Elle était prête à prendre tout ce qu'il voudrait bien lui donner. Mais elle était déjà comblée.

Avait-elle connu autrefois pareilles sensations ? Son corps avait-il déjà été aussi réceptif et sensible ? Etonnamment, Reeve semblait savoir avec précision où elle mourait d'envie qu'il la touche, où elle souhaitait que ses lèvres se posent ou s'attardent. Rien de moins.

D'une main ferme et sûre, elle le débarrassa de son slip de bain, et, enfin, il n'y eut plus rien d'autre que lui, dans sa splendide nudité. L'excitation grandit en elle lorsqu'il gémit et tressaillit. Lorsqu'elle sentit les derniers vestiges de civilisation le déserter.

Ce n'était pas la première fois qu'il faisait l'amour. Reeve savait ce que cela faisait de sentir un corps de femme, de s'y perdre. Pourquoi alors ne se souvenait-il pas d'avoir jamais rien éprouvé de tel ? Si son désir avait déjà été aussi impérieux, il l'avait oublié. Brie le comblait, au point que tout semblait avoir disparu. Le clapotis de la mer, le soleil qui filtrait à travers la porte, le léger mouvement du bateau, tout… Il n'y avait plus que Gabriella, forte, magnifique et séductrice. Il n'y avait plus que Gabriella, et un désir tellement chargé d'émotion qu'il ne pouvait le combattre. Il ne pouvait combattre ce qu'il ne comprenait pas. A la place, il s'y abandonna, et s'abandonna à elle.

Elle se cambra soudain, enfonçant ses ongles dans sa

peau. Il l'entendit retenir son souffle, il la sentit se raidir. Puis elle s'en alla avec lui vers un monde de volupté.

Quelques instants seulement avaient passé. C'était ce qu'il semblait à Brie, en tout cas. Ils étaient encore blottis l'un contre l'autre, en sueur, leurs cœurs battant à l'unisson. Elle était plus épuisée que détendue. Peut-être, songea-t-elle alors que la respiration saccadée de Reeve parvenait à ses oreilles, ne se détendrait-elle plus jamais. Quoi qu'il en soit, elle ne serait plus jamais la même.

Elle regarda le soleil entrer dans la cabine. C'était le même soleil. Elle écouta le bruit de la mer. C'était la même mer. Mais elle n'était plus la même Gabriella, et ne serait plus jamais la même. Son innocence s'était envolée. Jusqu'à lors, elle ne savait pas qu'elle ne l'avait pas encore perdue. Et, à présent, elle était heureuse que ce soit Reeve qui la lui ait ravie.

— Donc, il n'y a eu personne d'autre, murmura-t-elle, en pensant tout haut.

A ces mots, Reeve sentit quelque chose se nouer en lui. Il resta immobile et ferma les yeux jusqu'à ce que la sensation se dissipe. Lorsqu'il souleva la tête, il vit qu'elle avait les paupières lourdes, mais aussi que sa peau avait ce chatoiement particulier que seule la passion confère. Il comprit aussi, en la regardant, qu'il avait perdu bien plus que son objectivité.

Son cœur, qu'il avait toujours cru fermement posséder, appartenait à Brie, désormais. Un mot désinvolte de la jeune femme suffirait à le briser. Troublé, il prit les devants et parla de façon presque désinvolte :

— Comment cela, il n'y a eu personne d'autre ? Vous attendez peut-être des excuses de ma part ?

Brie ne savait comment réagir ni quoi répondre. Un homme se sentait-il coupable lorsqu'il avait volé l'innocence d'une femme ? Comment le savoir ? Coupable n'était peut-être pas le terme, mais gêné, peut-être. Incapable de lui montrer combien cette idée la heurtait, elle garda les yeux baissés.

— Non, je n'attends pas d'excuses, répondit-elle d'une voix calme. Et vous ?

Il ne changea pas de ton, ni d'expression. Et l'un comme l'autre étaient indéchiffrables.

— Pourquoi attendrais-je des excuses ?

— C'est à cause de moi que tout a commencé, Reeve. J'en ai bien conscience.

Elle voulut se lever, mais il l'empêcha de bouger.

— Des regrets ?

Elle leva le menton, juste un peu, mais assez pour lui faire comprendre son état d'esprit.

— Non. Et vous, vous en avez ?

Cette réponse attendrit Reeve. Elle venait de faire l'amour pour la première fois, et il avait lancé une conversation guindée et stupide dans le seul but de se protéger. Elle aurait pourtant eu droit à un peu de tendresse, de douceur, et de sincérité. Il caressa sa joue du bout des doigts.

— Comment pourrais-je regretter d'avoir reçu quelque chose d'aussi beau ?

Il l'embrassa alors, tendrement, longuement.

— Comment puis-je regretter d'avoir fait l'amour avec vous, alors même que je ne pense qu'à recommencer ?

Comme elle esquissait un sourire, il l'attira à lui. Quand ils seraient de retour à Cordina, il devrait recommencer à réfléchir, à calculer. S'il voulait l'aider… Mais pas maintenant, pas tout de suite.

Heureuse de découvrir que, contre toute attente, elle pouvait véritablement se détendre, Brie posa la main sur le cœur de Reeve. Dans cette position, la bague de fiançailles s'imposait à sa vue. Dans la lumière tamisée, elle ne paraissait plus si imposante ni dérangeante. Elle paraissait — presque — à sa place. Mais elle n'était pas réelle, se reprit-elle rapidement. Cette bague n'était rien de plus qu'un accessoire dans un jeu compliqué. Elle ferma les yeux, et se plaqua contre le corps puissant de Reeve.

Non, la bague n'était pas réelle, mais cette étreinte l'était, songea-t-elle en se laissant aller. C'était réel, tant que cela durerait.

8

Les choses ne devenaient pas plus faciles, songea Brie en traversant le vaste couloir baigné de lumière qui menait à la grande salle de bal. Elle était entourée de tableaux devant lesquels toute personne ayant un tant soit peu une âme d'artiste aurait pu pleurer. Elle était entourée de meubles qui avaient été amoureusement cirés au fil des siècles. Pourtant, elle passa devant ces merveilles sans y accorder le moindre regard.

Loin de se simplifier un peu chaque jour, la vie semblait de plus en plus compliquée. Reeve ne lui avait-il pas dit que sa vie ne pouvait pas être simple ? Malheureusement, les faits semblaient lui donner raison.

Une semaine plus tôt, elle était allongée à côté de lui sur une petite couchette, à moitié assoupie, avant qu'ils se réveillent blottis l'un contre l'autre, pour faire de nouveau l'amour. Cela ne faisait-il pas d'eux des amants ? se demanda-t-elle en s'arrêtant devant une fenêtre. Et des amants ne sont-ils pas censés être à l'aise l'un en présence de l'autre ? Des amants ne sont-ils pas censés continuer à se chercher et à désirer ? Une semaine avait passé, durant laquelle Reeve s'était montré extrêmement poli, incroyablement attentif. Il avait même été, à sa façon, très gentil. Mais il avait tout fait pour éviter de la toucher.

Les mains appuyées sur le rebord de la fenêtre, elle regarda dehors. C'était l'heure de la relève des gardes.

En observant ce ballet calme et élégant, elle se demanda si Reeve attendait d'être lui aussi relevé de son tour de garde. Que ferait-elle, s'il s'en allait ?

Bien sûr, elle savait depuis le début que, lorsque ce moment viendrait, elle devrait affronter les commérages. Leurs fiançailles faisaient toujours le régal de la presse, pas seulement à Cordina et dans le reste de l'Europe, mais aussi aux Etats-Unis. Elle ne pouvait pas feuilleter un magazine sans tomber sur une photo d'elle.

Ce n'était rien, se dit-elle en haussant légèrement les épaules. Les commérages vont et viennent. Machinalement, elle fit pivoter le diamant autour de son doigt. Non, les commérages ne comptaient pas. Mais Reeve, lui, comptait, et peut-être trop.

Si elle se comprenait mieux, si elle comprenait mieux sa vie, saurait-elle comment faire face à ce qui était en train de lui arriver ? Si elle avait su qui elle était, tout cela se serait-il seulement produit ? Non, décidément, la vie n'était pas simple.

Tomber amoureuse devait déjà être assez compliqué quand tout était normal. Mais quand il y avait autant de pages blanches, autant de choses à réapprendre, c'était plus effrayant qu'excitant.

Il retournerait à sa ferme, se rappela-t-elle. A sa ferme, à son pays, à sa vie. Elle, sa famille, et la poignée de personnes à qui elle devait faire confiance le savaient déjà. Même si Reeve le lui proposait, pourrait-elle partir avec lui ?

Elle secoua la tête en soupirant. Il ne lui ferait jamais pareille proposition, alors pourquoi se torturait-elle ainsi l'esprit ? Après tout, elle n'était qu'une amante parmi d'autres dans sa vie, qu'une femme de passage, qu'un incident de parcours. Il ne pouvait en être pour lui comme il en était pour elle. Car pour elle, il était le seul et l'unique.

Elle avait des responsabilités à assumer. Elle ferma les yeux un moment pour essayer de faire entrer cette phrase dans sa tête. Elle devait penser à ses responsabilités et arrêter de rêver. Il n'y aurait pas de mariage grandiose, pas de jolie robe blanche ni de voile que tous les stylistes du monde rêvaient de confectionner. Il n'y aurait pas d'énorme gâteau, pas de serments échangés. Il y aurait une fin, et de polis au revoir. Elle n'avait pas le droit d'espérer autre chose. Hélas, elle ne pouvait s'en empêcher.

Soudain, une silhouette à son côté la fit sursauter. Elle se retourna brusquement.

— Alexander, dit-elle en laissant retomber sa main qu'elle avait instinctivement portée à son cœur. Vous m'avez fait peur.

— Je ne voulais pas te déranger. Tu semblais…

Il avait envie de dire « malheureuse », « perdue ».

— Pensive.

— J'observais les gardes.

Alexander reconnut sur ses lèvres ce sourire poli qu'elle adressait à tout le monde. A tout le monde, sauf à Reeve.

— Ils sont si beaux et élégants dans leurs uniformes. Je m'apprêtais à aller voir dans la grande salle si tout se passe bien. Je n'arrive pas à croire qu'il reste si peu de temps avant le bal et tant à faire. Les réponses sont presque toutes arrivées, donc…

— Brie, es-tu forcée de me parler comme si j'étais quelqu'un à qui tu étais obligée de témoigner de la politesse ?

Elle ouvrit la bouche, avant de la refermer. C'était exactement cela. Elle ne pouvait le nier.

— Je suis désolée. Tout est encore très bizarre pour moi.

— J'aimerais que tu abandonnes cette façade convenue avec moi.

Il était jeune, grand, et indéniablement contrarié.

— D'autant plus que tu ne sembles pas juger nécessaire de l'arborer devant Reeve.

— Je me suis déjà excusée une fois, répondit-elle, glaciale. Je n'ai pas l'intention de recommencer.

— Je ne te l'ai pas demandé.

Il fit quelques pas, rapides et mesurés, dans la pièce. Un jour, il régnerait, et il avait déjà la démarche du prince.

— Ce que je voudrais, en revanche, c'est que tu fasses preuve envers ta famille de la même considération que celle que tu témoignes à un étranger.

Elle en avait assez de cette culpabilité qui la tenaillait sans cesse. Elle ne chercha en rien à s'excuser et répondit au contraire d'une voix pleine de défi :

— Est-ce un conseil ou un ordre ?

— Personne n'a jamais réussi à te donner un ordre, rétorqua-t-il alors qu'il ne parvenait plus à contenir l'agacement qui devait couver en lui depuis des semaines. Personne n'a jamais réussi à te donner un conseil non plus, d'ailleurs. Si l'on avait pu être sûr que tu te tiendrais à carreau, nous n'aurions pas été obligés de faire appel à un étranger.

— Il ne me paraît pas nécessaire de mêler Reeve à cette conversation.

— Ah non ? demanda-t-il en lui prenant le bras, comme à son habitude. Alors, dis-moi juste ce qu'il y a entre vous.

— Cela ne vous regarde pas, répondit-elle en le fusillant du regard.

— Bon sang, Brie. Je suis ton frère.

— Il paraît, rétorqua-t-elle, avant de regretter aussitôt cette réponse blessante. Et vous êtes mon cadet de quelques années. Concernant ma vie privée, je n'ai de comptes à rendre à personne, pas même à vous.

— Je suis peut-être plus jeune que toi, dit-il entre ses dents, mais je suis un homme. Et je sais ce qu'un homme a en tête lorsqu'il regarde une femme comme l'Américain te regarde.

— Alexander, pourriez-vous cesser de l'appeler « l'Américain », comme s'il s'agissait d'une race inférieure ? Et, poursuivit-elle avant qu'il n'ait le temps de répondre, si je n'aimais pas la façon dont Reeve me regarde, je lui demanderais d'arrêter. Je suis capable de prendre soin de moi toute seule.

— Si c'était le cas, nous n'aurions pas tous été à l'agonie il y a quelques semaines.

Brie se sentit pâlir, mais Reeve continuait à déverser sa colère sur elle.

— Tu as été enlevée, retenue prisonnière, hospitalisée. Pendant d'interminables jours, nous avons attendu et prié, impuissants. Il ne te vient donc jamais à l'esprit que nous avons vécu l'enfer ? Tu ne te souviens peut-être pas de nous, nous ne signifions peut-être rien pour toi en ce moment. Mais cela ne change pas nos sentiments à ton égard.

— Vous croyez que tout cela me fait plaisir ?

Sans qu'elle s'y attende, ses larmes se mirent à couler. Si des signes avant-coureurs l'avaient avertie, elle aurait peut-être réussi à les contenir.

— Vous ne savez pas avec quel acharnement j'essaie de recouvrer la mémoire ? Vous êtes là à m'acculer, à me critiquer, à exiger, à m'insulter.

Soudain, le visage d'Alex s'adoucit.

— C'est ma manière de faire et cela l'a toujours été, répondit-il calmement. Tu as toujours dit que je m'entraînais à régner sur Cordina en essayant de régner sur toi et Bennett. Je suis désolé, Brie. Je t'aime. Et je ne peux pas arrêter avant que tu sois prête à recevoir cet amour.

— Oh ! Alex.

Pour la première fois, elle le prit dans ses bras. Il était si grand, si droit, si réservé. Et pourtant, il l'aimait. D'une certaine façon, elle était fière qu'il le lui ait dit. Ce n'était pas facile pour elle d'attendre que les choses s'éclaircissent, mais cela ne l'était pas non plus pour un homme comme son frère.

— Est-ce que nous nous disputons toujours autant ?

— Toujours.

Il la serra pendant un moment, avant de déposer un baiser sur son front.

— Père dit toujours que c'est parce que nous pensons tous les deux tout savoir.

— Au moins, c'est quelque chose dont je ne peux plus me vanter.

Elle poussa un petit soupir et se dégagea.

— S'il vous plaît, ne soyez pas trop dur avec Reeve. J'ai moi aussi eu du mal à accepter sa présence, au début, mais il fait un gros sacrifice en restant ici, dans la tourmente, alors qu'il aimerait mieux rentrer dans son pays.

— C'est difficile.

Alex enfouit ses mains dans ses poches et regarda par la fenêtre.

— Je sais qu'il n'a aucune obligation envers nous et qu'il nous a accordé une faveur en restant. Dans le fond, il m'est plutôt sympathique.

Elle sourit, se souvenant que Bennett avait dit la même chose.

— Je le savais bien.

— C'est juste que, d'après moi, ce genre de problème ne devrait pas sortir du cercle familial. Je me passerais déjà volontiers de la présence de Loubet, mais hélas, c'est impossible.

— Vous mettriez-vous en colère si je vous disais que je préfère que ce soit Reeve plutôt que Loubet qui m'escorte partout ?

Pour la première fois, elle vit Alexander rire. C'était inattendu et réconfortant.

— Je penserais que tu as perdu la raison si ce n'était pas le cas.

— Votre Altesse.

Alexander et Brie se retournèrent tous les deux. Janet Smithers leur adressa à chacun une révérence aussi courtoise que raide.

— Je vous demande pardon, prince Alexander, princesse Gabriella.

Elle était, comme d'habitude, lisse et sans aspérité, avec ses cheveux noirs tirés en chignon, et son visage fin à peine maquillé. Sa diction était parfaite, sans accent, claire. Son tailleur était classique et bien coupé, mais, pour Brie, beaucoup trop triste. Janet Smithers était efficace, intelligente, rapide et discrète. Si elle était dans une pièce où se trouvaient plus de quatre personnes, personne ne la remarquait. C'était peut-être pour cette raison que Brie avait envie d'être gentille avec elle.

— Puis-je vous être utile, Janet ?

— Vous avez reçu un appel téléphonique, Votre Altesse. De Mlle Christina Hamilton.

— Mlle…

Brie s'interrompit un moment, cherchant ce que ce nom était censé évoquer pour elle.

— Vous êtes allées à l'université ensemble, fit Alexander, en posant sa main sur son épaule.

C'était terrible de devoir lui expliquer qui était sa meilleure amie. Le cœur serré, il mit le plus de douceur possible dans son geste et dans sa voix :

— Elle est américaine. Son père est entrepreneur.

— Oui, je lui ai rendu visite à… Houston. La presse est sûre qu'elle viendra au mariage, et pense même qu'elle pourrait être ma demoiselle d'honneur.

Brie repensa aux coupures de journaux qu'elle avait parcourues. Elle se souvenait y avoir vu la photo d'une éblouissante jeune femme brune, au sourire particulièrement malicieux.

— A-t-elle laissé un message, Janet ?

— Elle a demandé que je vous trouve, Votre Altesse, répondit-elle sans que la moindre expression sur son visage ne trahisse ses sentiments à propos de cette requête. Elle m'a chargée de vous dire qu'elle rappellerait à 11 heures précises.

— Je vois.

Amusée, Brie regarda sa montre. Cela lui laissait un quart d'heure.

— Eh bien, dans ce cas, je crois que je ferais mieux de regagner mes appartements. Janet, si cela ne vous fait rien, pourriez-vous aller jeter un coup d'œil dans la grande salle pour moi et noter tout ce qu'il reste à faire ? Je crains de ne pas avoir le temps de m'en charger moi-même.

— Bien sûr, Votre Altesse, répondit-elle, avant de s'incliner mécaniquement et de s'éloigner.

— Quelle femme extraordinairement inintéressante, remarqua Alexander dès qu'il fut sûr que Janet ne pouvait pas l'entendre.

— Alex, murmura Brie, qui eut le réflexe de la défendre alors même qu'elle pensait la même chose que lui.

— Je sais que ses références sont excellentes et que son efficacité est indiscutable, mais Dieu que cela doit être pénible de se retrouver face à elle tous les matins.

Brie esquissa un haussement d'épaules.

— Certes, il y a des façons plus agréables de commencer la journée. Mais je dois l'avoir choisie pour une bonne raison.

— Tu as dit que tu voulais une célibataire à laquelle tu ne t'attacherais pas trop. Quand Alice — ta première secrétaire — est partie, tu as broyé du noir pendant des jours.

— Dans ce cas, j'ai fait le bon choix.

Quand Alex se mit de nouveau à rire, elle haussa les épaules, plus franchement cette fois.

— Je ferai mieux de m'en aller si je ne veux pas manquer cet appel.

Elle n'ajouta pas qu'elle voulait, auparavant, parcourir ses notes et rafraîchir sa mémoire à propos de Christina

Hamilton. Mais, avant de partir, elle tendit sa main à son frère.

— Amis ?

Au lieu de lui serrer la main, il fit mine de lui faire le baisemain.

— Amis, mais je garde un œil sur l'Américain.

— Comme il vous plaira, répondit-elle sur un ton volontairement détaché, avant de tourner les talons.

Alex la suivit du regard jusqu'à ce qu'elle tourne vers l'escalier. Il avait parlé avec sa sœur, et, à présent, il souhaitait avoir une petite discussion avec Reeve MacGee.

Une fois dans son petit salon, Brie s'installa dans son fauteuil avec ses fiches. Elle y avait noté en détail toutes les instructions et explications que lui avaient données Reeve et sa secrétaire, avant de toutes les classer par ordre alphabétique. Elles étaient claires et précises. Mais il fallait aussi qu'elles soient complètes. Ces notes étaient sa seule façon d'appréhender tous ceux que, jadis, elle avait si bien connus et dont, à présent, elle avait tout oublié. Si elle voulait que son amnésie demeure secrète, elle ne pouvait se permettre de commettre la moindre erreur.

Christina Hamilton, songea-t-elle en examinant les deux pages qui contenaient tout ce qu'elle savait sur celle qui était censée être sa meilleure amie. Elles avaient passé quatre années ensemble à la Sorbonne, à Paris. Paris. Brie ferma les yeux, et vit la ville, ses rues détrempées par la pluie, sa circulation folle, ses vieux monuments, ses petites boutiques poussiéreuses, et ses jardins aux couleurs si délicates. Mais elle ne voyait pas Christina Hamilton.

Chris, corrigea Brie, en trouvant son surnom dans ses notes. Chris avait suivi des études d'art et possédait à présent sa propre galerie à Houston. Elle avait une sœur cadette, Eve, qui lui causait à la fois fierté et angoisse. Elle avait eu plusieurs histoires d'amour. Brie haussa les sourcils en découvrant la liste des hommes qu'elle avait fréquentés. Elle les avait fréquentés, mais cela s'était toujours arrêté là : à vingt-cinq ans, elle était encore célibataire et se consacrait tout entière, en femme indépendante et libre qu'elle était, à sa double carrière d'artiste et de galeriste. En lisant cela, Brie ressentit une légère pointe d'envie.

Intéressant, réfléchit-elle. Y avait-il eu, à un moment donné, une quelconque rivalité entre elles ? Certes, on lui avait fourni des faits, des données, des informations, mais personne n'avait pu lui rendre compte de ses sentiments.

Lorsque sa ligne privée se mit à sonner, elle garda ses notes dans une main, pendant qu'elle décrochait le téléphone de l'autre.

— Allô ?

— La moindre des choses, quand une vieille amie t'appelle depuis l'autre bout de l'Atlantique, serait d'être disponible.

Elle aima instantanément cette voix chaude, un peu rocailleuse et légèrement traînante. Mais elle aurait aussi aimé qu'elle évoque des souvenirs en elle.

— Chris...

Elle hésita un moment avant de continuer, puis décida de se fier à son instinct :

— Tu n'es donc pas au courant qu'être princesse demande un peu de temps ?

Le rire qu'elle entendit au bout du fil la soulagea, mais ne la détendit pas pour autant.

— Tu sais bien que, quand ta couronne sera trop lourde à porter, tu pourras venir faire une petite pause à Houston. Un peu d'aide est toujours la bienvenue à la galerie. Comment vas-tu, Brie ? Pour de vrai...

— Je...

De façon curieuse, elle eut subitement envie de tout lui raconter. Absolument tout. Il y avait quelque chose de si réconfortant dans cette voix sans visage... Mais le devoir et les obligations le lui interdisaient.

— Je vais bien.

— Je te rappelle que c'est à moi que tu parles, Brie. A Chris ! Oh ! Brie, quand j'ai appris que tu avais été enlevée, j'ai failli...

Elle s'interrompit, et Brie crut l'entendre murmurer un juron.

— J'ai eu ton père au téléphone, tu sais. Je voulais venir à Cordina. Mais il m'en a dissuadée.

— J'avais besoin d'un peu de temps, en effet. Mais cela me touche que tu aies voulu faire le déplacement.

— Je ne vais pas te demander de me raconter ton enlèvement. Je suis sûre que la meilleure chose à faire, c'est de tout oublier.

Incapable de se contrôler, Brie partit d'un petit éclat de rire.

— J'y arrive assez bien, crois-moi.

Sans doute intriguée par cette réaction, Chris marqua un temps d'arrêt, avant de continuer :

— En revanche, je vais te demander de me raconter ce qui se passe ici, à Cordina.

— Ce qui se passe ?

— Cette histoire d'amour secrète et inattendue, qui en est déjà au stade des fiançailles. Brie, je sais que tu as toujours été discrète, mais je n'arrive pas à croire que tu ne m'aies pas dit le moindre mot à propos de Reeve MacGee.

— Eh bien, j'imagine que je ne savais pas trop quoi dire.

Et, par la force des choses, c'était la vérité, songea-t-elle avec amertume.

— Tout s'est passé si vite, poursuivit-elle. Les fiançailles n'étaient pas du tout à l'ordre du jour avant l'arrivée de Reeve, le mois dernier.

— Qu'en pense ton père ?

Devant l'ironie de la situation, Brie ne put s'empêcher

de sourire. Heureusement que Christina ne pouvait pas la voir.

— C'est pratiquement lui qui a tout arrangé.

— Je ne peux pas dire que je désapprouve ton choix. Un ancien policier, et américain... Tu as toujours répété que tu épouserais quelqu'un qui sortirait du moule.

Brie haussa les épaules.

— Apparemment, je n'avais pas menti.

— A dire vrai, je commençais vraiment à penser que tu ne sauterais jamais le pas. Tu as toujours été extrêmement méfiante et clairvoyante vis-à-vis des hommes. Pour te protéger, j'imagine... Tu te souviens de ce modèle qui posait pendant le cours du professeur Debare ?

— Le mannequin ? hasarda Brie, que le long éclat de rire de Christina soulagea aussitôt.

— Bien sûr, le mannequin. Un seul regard accordé à cette incarnation de la perfection masculine t'a suffi pour le qualifier d'opportuniste vaniteux et superficiel. Nous, pendant ce temps, étions toutes en train de baver devant ses pectoraux. Et puis, il a réussi à extorquer cinquante mille francs à Sylvia...

— Pauvre Sylvia, répondit Brie à qui cette histoire ne disait rien du tout.

— Oh ! elle avait les moyens... Mais je ne vais pas t'embêter plus longtemps, Brie, je sais que tu es occupée. Si je t'appelle, c'est pour m'inviter, avec Eve, quelques jours à Cordina.

— Tu sais que tu es toujours la bienvenue, répondit Brie automatiquement, mais en réfléchissant à toute vitesse. Tu viens pour le bal, de toute façon. Tu peux peut-être rester un peu après.

— C'était ce que j'avais imaginé. J'espère que ça ne te dérange pas que j'amène Eve avec moi, mais elle est en train de rendre papa fou. Brie, rends-toi compte, elle veut devenir actrice.

— Vraiment ?

— Tu connais mon père. Son existence tout entière n'est dédiée qu'au travail. L'idée qu'une de ses filles chéries puisse se grimer et jouer la comédie lui est insupportable. Si encore, elle voulait devenir agent... Enfin, bref, je pense que cela ne peut que leur faire du bien de passer une semaine ou deux à quelques milliers de kilomètres l'un de l'autre. Donc, si tu pouvais nous trouver deux lits libres dans ton palais...

— On a toujours des lits de camp.

— Je savais que je pouvais compter sur toi. Nous arriverons la veille du bal. Comme ça, je pourrais te donner un coup de main et rencontrer l'élu de ton cœur. Au fait, Brie, qu'est-ce que ça fait d'être amoureuse ?

— C'est...

Elle regarda la bague et pensa aux sentiments qui pouvaient s'abattre sur elle à la suite d'un seul geste, d'un seul regard.

— C'est compliqué, en fait.

Chris rit de nouveau.

— Tu pensais que ce serait simple ? Prends soin de toi, Brie. Et à bientôt.

— Au revoir, Chris.

Après avoir raccroché, Brie resta un moment immobile dans son fauteuil. Elle avait réussi. Christina Hamilton ne s'était doutée de rien. Brie s'était montrée gaie, légère, et dissimulatrice. Dans un accès de mauvaise humeur, elle envoya valser ses notes qui s'éparpillèrent par terre. Elle les fixait, les sourcils froncés, lorsqu'on frappa doucement à sa porte.

Non, elle ne les ramasserait pas. Elle les laisserait exactement où elles étaient, car c'était la place qu'elles méritaient.

— Oui, entrez.

— Excusez-moi, Votre Altesse.

Janet entra dans le petit salon avec sa discrétion habituelle.

— Je suis venue vous dire que tout allait bien dans la grande salle. Les rideaux sont en train d'être accrochés.

Bien qu'elle eût les yeux posés sur les papiers étalés sur le sol, elle ne fit aucun commentaire.

— Avez-vous bien reçu votre appel téléphonique ?

— Oui, j'ai bien parlé avec Mlle Hamilton. Et, si cela vous chante, vous pouvez aller dès maintenant rapporter à mon père qu'elle ne se doute de rien.

Janet croisa les bras.

— Je vous demande pardon, Votre Altesse ?

— Voulez-vous vraiment me faire croire que vous ne lui racontez pas tout ? demanda Brie, en se levant sous le coup de la colère et de la détresse. J'ai très bien remarqué que vous me surveilliez de près, Janet.

— Votre bien-être est notre seule préoccupation, Votre Altesse, dit Janet, les bras toujours croisés, d'une voix qui resta blanche et neutre. Si je vous ai blessée…

— Ce qui me blesse, ce sont les subterfuges, rétorqua Brie. De toute sorte.

— Je sais ce que Votre Altesse doit ressentir…

— Non, vous ne savez pas ce que je ressens, l'interrompit Brie, en faisant les cent pas dans la pièce. Comment le pourriez-vous ? Est-ce que vous avez oublié votre père, votre frère, ou votre meilleure amie ?

— Votre Altesse…

Après une courte pause, Janet avança d'un pas.

— Il est possible qu'aucun de nous ne comprenne vraiment, mais cela ne signifie pas que cela ne nous atteint pas. Si je pouvais faire quoi que ce soit pour…

— Non.

Plus calme, Brie se retourna.

— Non, rien du tout. Je suis désolée, Janet. C'était injuste de ma part de me défouler sur vous.

Le sourire que Janet esquissa fut léger, et il ne rendit pas son visage plus expressif.

— Vous deviez avoir besoin de vous défouler sur quelqu'un. J'avais espéré, enfin je m'étais dit que, après avoir parlé avec une amie de longue date, vous commenceriez peut-être à vous souvenir de quelque chose.

— Je ne me souviens de rien du tout. Et je me demande parfois si je recouvrerai un jour la mémoire.

— Mais les médecins sont optimistes, Votre Altesse.

— Les médecins… J'en ai assez vu, je le crains. Ils me disent tous d'être patiente.

En soupirant, elle se mit à réarranger un bouquet de gardénias.

— Comment puis-je être patiente alors que je n'ai que de brefs flashs sur qui je suis et sur ce qui m'est arrivé ?

— Ainsi, vous avez des flashs ?

Janet fit un nouveau pas en avant et, après une brève hésitation, posa sa main sur celle de Brie.

— Vous avez quelques souvenirs, même fugitifs ?

— Non, ce ne sont que des impressions. Rien de concret.

L'image du couteau était bien concrète, mais trop horrible pour s'y attarder. Elle avait besoin de quelque chose que son esprit pourrait accepter, quelque chose qui l'apaiserait.

— Mais les différentes pièces finiront bien par s'assembler, n'est-ce pas, Janet ?

— Je ne suis pas médecin, Votre Altesse, mais vous devriez peut-être vous contenter de ce que vous avez maintenant.

— Me contenter d'une vie commencée il y a moins d'un mois ? demanda-t-elle en secouant énergiquement la tête. Non, je ne peux pas. Jamais. Je trouverai la première pièce, celle qui permettra de tout débloquer.

Un étage plus haut, Alexander était assis dans son bureau clair et spacieux, face à Reeve. Il avait préparé ses questions minutieusement, et se sentait pleinement en droit de les poser.

— J'apprécie que vous m'accordiez un peu de votre temps, Reeve.

— Cela semblait important pour vous, Alexander.

— C'est Gabriella qui est importante.

Reeve acquiesça lentement.

— Pour chacun de nous.

Ce n'était pas exactement la réponse à laquelle il s'attendait. Heureusement, il n'était pas du genre à se laisser déstabiliser.

— Je reconnais le travail énorme que vous fournissez depuis un mois, Reeve. Toutefois, j'ai le sentiment que, évoquant une vieille amitié, mon père ne vous a guère laissé le choix, ce qui rend la question de votre place parmi nous chaque jour plus délicate.

Reeve se cala dans son siège. Même s'il avait presque dix ans de moins que lui, le prince n'avait rien d'un enfant. Alexander était devenu un homme bien plus tôt que la plupart des gens. Et il semblait avoir depuis longtemps acquis l'art de mener un entretien. Comme dans une partie d'échecs, Reeve réfléchit un instant à la façon dont il allait répliquer, avant de choisir l'agressivité :

— Craindriez-vous que je devienne votre beau-frère, Alexander ?

S'il ressentit de la colère, le prince n'en laissa rien paraître.

— Ni vous ni moi ne sommes dupes du jeu qui se joue. Ma seule crainte concerne Gabriella. Elle est très vulnérable en ce moment. Trop vulnérable. Puisque, par la volonté de mon père, vous êtes plus proche de ma sœur que sa propre famille, vous êtes le mieux placé pour observer et la conseiller.

— Et vous craignez que je puisse observer des choses qui ne me regardent pas et donner de mauvais conseils.

Alexander posa ses mains à plat sur son bureau.

— Je vois pourquoi mon père vous admire, Reeve. Et je crois comprendre pourquoi Brie vous fait confiance.

— Mais ce n'est pas votre cas.

— Vous vous trompez. En fait, je crois que je vous fais confiance.

En fait, il était sûr de lui. Un homme de son rang ne pouvait se permettre le contraire. Mais il prit tout de même un moment avant de poursuivre. Il voulait être certain d'utiliser les mots justes, le ton juste.

— Je vous fais confiance pour ce qui est d'assurer la sécurité de Brie. Sinon…

Il chercha le regard de Reeve. Et le trouva.

— Sinon, vous auriez déjà été renvoyé chez vous ou placé sous étroite surveillance.

— Probablement.

Reeve sortit une cigarette de son étui, et en proposa une à Alexander, qui la refusa.

— Donc, je vous donne satisfaction en tant que garde du corps. Mais vous craignez qu'un autre type de relations, plus intime, ait pu s'installer entre Gabriella et moi.

— Vous n'ignorez pas que je me suis élevé — en vain — contre l'idée de ces fausses fiançailles.

— Je n'ignore pas que vous et Loubet avez exprimé vos doutes quant au bien-fondé de ce stratagème.

— Je n'aime pas être du même avis que Loubet, murmura Alexander, avant d'adresser à Reeve un sourire franc et rapide. Mon père considère que les qualités et l'expérience de Loubet en tant que secrétaire d'Etat compensent les vues dépassées qu'il a sur un grand nombre de sujets.

— Et puis, il y a l'accident…

Devant l'expression surprise du prince, Reeve expira calmement la fumée de sa cigarette.

— Nos deux familles ont partagé beaucoup de choses, Alexander. Mon père était dans la voiture avec le prince et Loubet quand l'accident est survenu, il y a trente-cinq ans. Votre père a eu le bras cassé, le mien de simples contusions. Loubet, malheureusement, a été plus sérieusement blessé, et, depuis, il boite.

— L'accident n'a rien avoir avec la fonction que Loubet occupe aujourd'hui.

— Je le sais bien : ce n'est pas comme cela que votre père fonctionne. Mais il se montre peut-être plus tolérant à cause de cela. C'était lui qui conduisait, ce jour-là. Et éprouver du remords est humain. En tout cas, enchaîna Reeve, préférant changer de sujet, ceci illustre bien à quel point nos deux familles sont unies. De vieilles amitiés, de vieux liens : ce sont les raisons pour lesquelles tout le monde a si facilement accepté mes fiançailles avec votre sœur.

— Vous-même, les acceptez-vous facilement ?

Cette fois, ce fut Reeve qui hésita :

— Voulez-vous entendre une réponse qui vous plaira ou bien la vérité ?

— La vérité.

— Cela n'a pas été simple pour moi d'accepter l'idée de fausses fiançailles avec Gabriella. Cela n'est pas simple pour moi de jouer le rôle de son fiancé, ni de la voir porter ma bague. Cela n'est pas simple, dit-il lentement, car je l'aime.

Alexander ne répondit rien, et ne montra pas non plus le moindre signe de surprise. Au bout d'un moment, il passa son doigt sur les bords d'un petit cadre argenté. C'était une photographie de sa sœur, où elle le regardait, souriante et charmante.

— Et qu'avez-vous l'intention de faire ?

Reeve leva un sourcil.

— Ne serait-ce pas plutôt à votre père de me poser cette question, Alexander ?

— Ce n'est pas à mon père que vous vous êtes confié.

— En effet.

Reeve écrasa sa cigarette, prenant volontairement son temps.

— Je n'ai pas l'intention de faire quoi que ce soit. J'ai bien conscience de la place qui est la mienne.

— Je vois.

Pensif, Alexander jouait distraitement avec un crayon qu'il venait d'attraper. Apparemment, il ne connaissait pas Reeve MacGee aussi bien qu'il l'avait pensé.

— Et les sentiments de Brie ? Quels sont-ils ?

— Les sentiments de Brie lui appartiennent. A ce stade, elle n'a surtout besoin d'aucune complication supplémentaire. Une fois qu'elle se souviendra, elle n'aura plus besoin de moi.

— Et ce sera tout ?

— Je suis réaliste. Tout ce qui se noue entre Brie et moi en ce moment sera amené à se dénouer quand elle aura recouvré la mémoire.

— Et pourtant, vous voulez l'aider à retrouver sa vie.

— Elle a besoin de se souvenir, dit Reeve avec conviction. Elle souffre.

Alex regarda de nouveau la photo, se sentant presque aspiré par les souvenirs qu'elle suscitait en lui.

— Je le sais.

— Vraiment ? Savez-vous vraiment combien elle se sent coupable de ne pas se rappeler les gens qui l'aiment ? Savez-vous combien elle a peur lorsqu'elle fait l'un de ces rêves qui l'emmènent jusqu'au bord de la mémoire, pour enfin l'y abandonner, totalement perdue.

— Non, répondit Alexander en lâchant son crayon. Elle ne se confie pas à moi, et je pense savoir pourquoi. Je pense aussi savoir pourquoi mon père vous fait entièrement confiance.

Le regard baissé et fixé sur ses mains, il se sentait impuissant et frustré.

— Elle fait des rêves ?

— Elle se souvient de l'obscurité, de voix qu'elle aurait entendues, elle se souvient d'avoir eu peur. Et de quelques autres choses, aussi.

Reeve songea au rêve du couteau, mais passa cet épisode sous silence. C'était à Brie d'en parler.

— Je vois. Et je comprends bien mieux, à présent.

De nouveau, le regard d'Alexander se planta dans le sien.

— Vous avez le droit de ne pas apprécier mes questions, Reeve, mais j'ai le droit de vous les poser.

— Que cela me plaise ou non, ce droit, je n'ai de toute façon pas d'autre choix que de vous l'accorder.

Sur ce, Reeve se leva, mettant lui-même fin à l'entretien.

— Mais sachez que je ferai tout ce que je peux pour protéger votre sœur.

Alexander se leva à son tour.

— Cela aussi, c'est votre droit.

Il était tard lorsque Reeve s'installa sous une douche chaude et relaxante. Il en avait davantage besoin que de son lit. Il avait accompagné Brie à un dîner, durant lequel ils avaient été assaillis de questions à propos de leur mariage. Quand, qui, où ? Combien ? Bientôt ?

Si les choses ne rentraient pas rapidement dans l'ordre pour Brie, ils ne pourraient plus se servir des préparatifs du bal pour excuser le piètre avancement de leurs projets.

Il fallait très vite qu'ils décident d'une date fictive pour leurs noces, songea Reeve en laissant couler l'eau sur sa tête et son cou. Mais si les choses n'évoluaient pas, ils pourraient se retrouver piégés devant l'autel, juste pour avoir essayé d'empêcher les gens de parler.

Ce serait le comble. Se marier pour faire taire les rumeurs. Comment se tirer de là, après cela ? En même temps, la situation était déjà tellement compliquée en ce moment qu'il imaginait mal comment elle pourrait empirer.

Ce soir, il avait dû s'asseoir à table, à côté de Brie, et écouter, en souriant poliment, les commentaires à propos de la chance qui était la sienne, les compliments sur le choix qu'il avait fait. Il avait dû s'asseoir à quelques dizaines de centimètres d'elle et se souvenir de ce qui s'était produit le jour où ils n'avaient été qu'un homme et une femme, allongés sur la couchette étroite de la petite cabine d'un bateau.

Le problème, c'était qu'il se souvenait trop bien, et qu'il ne rêvait que de recommencer. Depuis ce jour, il avait tout fait pour éviter de se retrouver seul avec elle. Lorsqu'ils n'étaient pas au palais ou en voiture, ils étaient conviés à des réceptions, ou se rendaient aux rendez-vous professionnels de Brie. Il l'emmenait au siège de l'AEH ou de la Croix-Rouge. Il l'accompagnait au musée, mais jamais il ne lui avait proposé une nouvelle balade en mer.

Ni l'un ni l'autre n'y avaient intérêt, trancha-t-il en sortant de sa douche. Car ni l'un ni l'autre n'auraient pu prévoir qu'il oublierait les règles qu'il s'était fixées en tombant amoureux d'elle. Il avait toujours un travail à accomplir. Elle avait toujours sa vie à redécouvrir. Une fois que ces deux buts seraient atteints, le lien entre eux serait rompu.

C'était dans l'ordre des choses, se dit-il. Une serviette autour de la taille, il en attrapa une autre pour se sécher les cheveux. Brie n'avait rien à faire dans une ferme perdue au milieu des montagnes. Et lui n'avait rien à faire dans un palais. C'était aussi simple que cela.

Puis il regagna sa chambre et là, rien ne fut plus simple.

Brie était assise dans un fauteuil, et une douce lumière baignait ses épaules pendant qu'elle feuilletait un livre. Elle semblait nerveuse.

— Je crois que j'ai toujours aimé Steinbeck, dit-elle

en reposant le livre. Après l'avoir lu, j'ai l'impression de revenir moi-même de Monterey.

Elle se leva, et même si elle ne l'avait sans doute pas fait exprès, elle ressemblait à une mariée. Elle portait un peignoir en satin blanc qui descendait jusqu'à ses chevilles et lui couvrait entièrement les bras. Ses cheveux retombaient sur ses épaules, où des jours laissaient entrevoir sa peau.

Reeve resta immobile, pétrifié par tant de beauté et de grâce. Pétrifié de la désirer à ce point.

— Vous êtes venue pour m'emprunter un livre ?

— Non.

Elle avança vers lui avec détermination.

— Vous ne vouliez pas venir à moi, Reeve. J'ai pensé qu'il était temps que je vienne à vous.

Prise d'un besoin irrépressible de le toucher, elle saisit ses mains. Cela l'aida à prendre confiance.

— De toute façon, vous ne pouvez pas me renvoyer, murmura-t-elle. Je ne partirai pas.

Non, il ne pouvait pas la renvoyer. La raison aurait pu lui souffler de le faire, mais la raison n'avait pas son mot à dire.

— On a encore l'intention d'abuser de son autorité princière, Gabriella ?

— Seulement si je le dois.

Elle leva sa main qu'elle tenait toujours et la posa sur sa joue.

— Dites-moi que vous ne voulez pas de moi. Je vous haïrais sans doute pour cela, mais je ne me ridiculiserais plus devant vous.

Il savait qu'il pouvait mentir, et que ce serait sans doute mieux pour elle. Mais il n'y parvint pas.

— Je ne peux pas vous dire que je ne veux pas de vous. Je ne pourrais pas vous le dire même si je pensais que vous me croiriez peut-être. Et c'est moi qui suis très proche de me ridiculiser devant vous.

En souriant, elle passa ses bras autour de lui.

— Tout ce que je veux, c'est que vous me serriez contre vous.

Elle ferma les yeux en posant la joue sur son épaule. Cela faisait si longtemps qu'elle en avait envie.

— J'ai cru devenir folle à force d'attendre, de spéculer. Et j'ai failli ne pas avoir le courage de venir vous trouver ce soir.

— Il aurait peut-être mieux valu que vous renonciez. Ce n'est pas très discret, de venir me rejoindre dans ma chambre à minuit.

Elle rit en rejetant la tête en arrière.

— Non, en effet. Mais maintenant que je suis là, autant en profiter.

Les bras noués derrière son cou, elle trouva sa bouche. C'était ce qu'elle voulait, tout ce qu'elle voulait, se rendit-elle compte en s'abandonnant à ce baiser. Toutes les épreuves qu'elle devrait surmonter pour sortir victorieuse de la journée qui l'attendait le lendemain deviendraient supportables si elle pouvait passer la nuit avec lui.

— Reeve, dit-elle en reculant lentement pour pouvoir le voir. Pour cette nuit, oublions les faux-semblants et soyons nous-mêmes.

Elle attrapa de nouveau sa main et l'approcha de son visage mais pour, cette fois, y déposer un baiser.

— J'ai besoin et envie de vous. N'est-ce pas suffisant ?

— C'est suffisant, répondit-il en dénouant la ceinture de son peignoir. Et je vais vous le montrer.

La lumière était ténue et les fenêtres ouvertes. Elle sentait le parfum des pois de senteur qui grimpaient le long de la façade, accrochés au treillage. Si elle frissonna lorsqu'il dénuda ses épaules, ce ne fut pas à cause de la légère brise qui soufflait.

— Vous êtes belle, Brie.

A présent qu'elles étaient nues, il épousa le contour de ses épaules avec ses paumes.

— Chaque fois que je vous vois, c'est comme si c'était la première fois. La lumière et l'angle sont différents, mais je suis toujours frappé par votre beauté.

Il écarta ses cheveux pour dégager son visage, qu'il prit entre ses mains. Puis il la regarda et ne fit que la regarder jusqu'à ce qu'elle sente son cœur battre à tout rompre. Il l'embrassa, une fois, puis deux, avec lenteur et légèreté. Lorsqu'elle ferma les paupières, il y posa ses lèvres. Il ne lui avait jamais montré autant de douceur. Mais c'était elle qui était venue à lui. Maintenant, il pouvait la lui donner.

Lorsqu'il la souleva de terre, elle ouvrit les yeux sous l'effet de la surprise. Elle ne se serait jamais attendue à un geste aussi romantique et suranné venant de lui. Mais il avait tant de choses inattendues à lui offrir.

Ils s'allongèrent côte à côte sur le lit, nus, vibrants de désir. Pour commencer, il porta ses doigts à ses lèvres, et les embrassa un à un. Lorsqu'elle voulut l'attirer à lui, il s'approcha, mais seulement pour lui prodiguer de lents baisers et de légères caresses. Contrairement à la première fois, le feu ne faisait pour l'instant que couver, et c'était en même temps une torture et un délice.

Elle pensait qu'il lui avait déjà révélé tous les endroits de son corps susceptibles de lui procurer du plaisir. Pourtant, il lui en fit découvrir de nouveaux, et de façon exquise.

Elle savait qu'il y avait une certaine agitation en lui. Une certaine violence. La première fois où ils s'étaient aimés, elle les avait senties, et les avait même voulues. Cette nuit, il n'était plus le même. Cette nuit, il n'était que tendresse. Et cette tendresse lui procurait un plaisir intense, un plaisir qu'elle ne connaissait pas encore. Ce n'était pas la même excitation. C'était une excitation douce qui se propageait lentement mais inexorablement en elle. Elle s'y abandonna, préférant, pour l'instant, se laisser guider.

Il avait pris son innocence. Curieusement, Reeve avait l'impression qu'en échange, elle lui avait restitué une part de la sienne. Ce n'était pas quelque chose qu'il avait cherché ni voulu, mais ce n'était pas quelque chose qu'il aurait pu empêcher non plus. Un jour peut-être, lorsque leurs vies se sépareraient, et qu'il devrait faire avec ce qu'il avait reçu et ce qu'il avait perdu, il en nourrirait une certaine amertume. Mais cette nuit, alors qu'elle était si proche, si douce, si offerte, il trouvait cela merveilleux.

Grisé par elle, il procéda avec lenteur et douceur. Il voulait que cette nuit demeure à jamais inoubliable, pour elle comme pour lui.

Il mordilla et aspira doucement sa peau, s'attardant sur ses hanches fines qui le fascinaient. Il savait combien elle était forte. Après tout, il l'avait accompagnée durant ses longues journées de travail et ses soirées pareillement exténuantes. Pourtant, juste là, sa peau était si fragile, si sensible. Elle avait le corps menu et délicat d'une femme qui vit dans le luxe. Mais elle avait l'esprit et la force de caractère d'une femme qui ne tient jamais rien pour acquis.

Etait-ce pour cela qu'il l'aimait ? Etait-ce seulement important de le savoir ?

Tout ce que Brie réussissait à faire, pendant que la bouche de Reeve parcourait lentement son corps, c'était soupirer. Il s'accaparait certains endroits dont elle ne soupçonnait même pas l'existence. Il la guidait vers un monde obscur, mais dont la peur était absente. Seule y régnait la joie de l'anticipation. Abandonnée, Brie vibrait sous l'influence mêlée de l'excitation, du plaisir et de la satisfaction.

Dehors, des oiseaux de nuit s'appelaient, mais il était plus agréable encore d'entendre son prénom murmuré sur ces lèvres tant aimées. La brise frôlait son visage, mais la respiration de Reeve qui caressait son corps était plus chaude encore. Les draps étaient doux et frais tant qu'ils n'entraient pas en contact avec leur chair brûlante.

Du bout de sa langue, il dessina, titilla, s'attarda, puis explora. Soudain, elle fut propulsée hors du monde obscur et calme vers la lumière.

Elle ne se rendit pas compte que ses doigts agrippèrent les draps lorsqu'elle se cambra. Elle ne se rendit pas compte qu'elle cria son nom comme si elle avait perdu la raison. Mais elle se rendit compte, tout à coup, que le plaisir pouvait être si violent qu'il en était presque insupportable. Alors qu'il s'emparait de tout ce qu'elle était en mesure de lui offrir, il lui faisait don de lui. Il lui faisait don de tout ce qu'elle se sentait la force de recevoir.

Toutes ses calmes pensées disparurent en un éclair, chassées par d'autres, plus turbulentes. Elle avait envie de lui, complètement et pour toujours. Se sentait-il, comme elle, balayé par une force qui les dépassait ? Etait-il, comme elle, terrassé par la passion ? Bien qu'elle tremblât, étourdie, il ne lui laissa pas le temps de reprendre son souffle. Et, alors qu'elle croyait avoir atteint le paroxysme du plaisir, il la prit avec tout le désir et toute la fièvre qu'il avait jusqu'ici contenus.

9

Brie savait que passer toute la nuit avec lui était une mauvaise idée. Mais elle avait envie, et besoin, de dormir avec Reeve, même pour quelques heures. Cela serait si facile, dans la nuit sombre et tranquille, d'oublier toute contrainte et de prendre ce à quoi ont droit les amants. Cela serait si agréable de glisser dans le sommeil, sa main dans la sienne. Si, au matin, elle aurait à en payer les conséquences, ces quelques heures le justifiaient pleinement.

Ce fut Reeve qui émergea le premier et la réveilla, juste avant l'aube, alors que la lumière était grise et diffuse. C'était un moment entre deux, où les oiseaux de nuit commençaient à s'endormir et où les alouettes se réveillaient. Brie sentit un léger baiser sur son épaule, étouffa un petit soupir et se blottit davantage. Lorsque Reeve lui mordilla l'oreille, elle frissonna de volupté.

— Brie, le soleil se lève.

— Mmm. Embrasse-moi encore.

Il l'embrassa encore, sur les lèvres cette fois, jusqu'à ce qu'il fût sûr qu'elle était réveillée.

— Les femmes de chambre ne vont pas tarder à sillonner les couloirs, lui dit-il alors qu'elle avait les yeux à moitié ouverts. Tu ne devrais pas être ici.

— Vous craignez encore pour votre réputation, Reeve MacGee ? demanda-t-elle en bâillant, puis en passant ses bras autour de son cou.

Il sourit, et caressa sa poitrine, comme si c'était le geste le plus naturel du monde. Avec elle, il se sentait si bien, constata-t-il, comme si c'était une découverte.

— Bien entendu.

D'un air ravi, elle tira doucement une petite mèche de ses cheveux.

— Je suppose que ta réputation est définitivement faite, à présent.

— C'est toi qui es venue jusqu'à ma chambre, après tout. Comment aurais-je pu désobéir à une princesse ?

Elle leva un sourcil espiègle.

— Très drôle. Donc, si je t'ordonnais de me refaire l'amour, là…

— Je vous dirais de lever vos jolies petites fesses de mon lit.

Il l'embrassa avant qu'elle ait le temps de protester, puis termina :

— Votre Altesse sérénissime.

— Très bien, répondit-elle avec dédain, avant de rouler jusqu'au bord du lit.

Elle se leva, nue, et rejeta ses cheveux en arrière. Elle ne ressemblait pas du tout à la Belle au bois dormant qui venait de renaître à la vie, mais bien à une femme déjà consciente de son propre pouvoir.

— Puisque tu me mets si facilement dehors, ce sera à toi de venir me rejoindre, la prochaine fois.

Elle ramassa son peignoir, mais prit son temps pour l'enfiler.

— Sauf si tu veux être jeté au donjon. Il est, paraît-il, très profond, très humide, et très sombre.

Il la regarda enfiler une manche.

— Du chantage ?

— Je suis sans scrupule.

Elle enfila l'autre manche, puis croisa lentement les pans de son peignoir.

Non, elle n'était pas la Belle au bois dormant. Elle était une femme qui méritait mieux que des promesses.

— Brie…

Il s'assit au bord du lit et se passa la main dans les cheveux.

— Alexander et moi avons eu une discussion, hier.

Elle laissa ses mains sur la ceinture, mais il vit ses doigts se crisper.

— Oh ? A propos de moi, j'imagine.

— Oui, à propos de toi.

— Et alors ? demanda-t-elle en se raidissant aussitôt.

— Ce ton princier ne fonctionne pas avec moi, tu devrais le savoir, à présent.

Comme si c'était vital pour elle, elle caressa le satin de la ceinture.

— Qu'est-ce qui fonctionne, alors ?

— L'honnêteté.

Elle leva les yeux au ciel. C'était une réponse à laquelle elle s'était visiblement attendue.

— Très bien. Si tu veux tout savoir, Alex et moi avons aussi parlé, hier — assez vivement, il faut l'avouer. Et je ne peux pas dire que cela me fasse plaisir que vous complotiez dans mon dos.

— Il s'inquiète pour toi. Je m'inquiète pour toi.

— Est-ce que cela doit tout excuser ?

— Non, mais cela peut tout expliquer.

Elle soupira lentement.

— Je suis désolée. Je me rends bien compte que je dois vous sembler injuste. Ou pire encore, ingrate. J'ai conscience que tout le monde est inquiet à mon sujet, mais je suis lasse qu'on me pose les mêmes questions, encore et encore.

Tout en parlant, elle se mit à marcher : vers la fenêtre d'abord, avant de faire demi-tour ; vers le miroir ensuite, avant de faire de nouveau demi-tour, comme si elle n'était pas prête à croiser son propre reflet.

— Tout le monde veut que je dissimule mon amnésie, comme Loubet en a eu l'idée, afin d'éviter la panique et pour le bien de l'enquête. Tout le monde veut que nous continuions à jouer la comédie à propos de nos fiançailles. Et je crois que c'est ce dernier point qui me pèse le plus.

— Je vois.

Elle leva les yeux vers lui. Son visage était fermé.

— Je n'en suis pas si sûre, murmura-t-elle. D'un côté, je suscite la compassion, et de l'autre, je suis soumise à des obligations impérieuses.

— Préférerais-tu faire autre chose, essayer autre chose ?

— Non, répondit-elle en secouant la tête. Non. Et quelles ont été les conclusions d'Alexander, alors ?

— Il a décidé de me faire confiance. En est-il de même pour toi ?

Surprise, Brie le dévisagea un moment, avant de prendre conscience qu'elle avait dû lui sembler bien méfiante.

— Tu sais très bien que je te fais confiance. Je ne serais pas là avec toi, si ce n'était pas le cas.

Il prit sa décision aussitôt. Parfois, c'était la meilleure méthode.

— Est-ce que tu peux repousser tes rendez-vous de la journée et venir avec moi ?

— Oui.

— Pas de question ?

Elle haussa les épaules.

— Très bien, si tu en veux une : où ça ?

— A la petite ferme.

Il attendit sa réaction, mais elle se contenta de le regarder.

— Je crois qu'il est temps que nous travaillions ensemble.

Elle ferma les yeux un moment, puis s'approcha du lit.

— Merci, murmura-t-elle.

De nouveau, il sentit l'émotion le gagner et l'étreindre. C'était de plus en plus fréquent lorsqu'ils étaient ensemble, et il faudrait sans doute qu'il s'y habitue.

— Après, tu ne me remercieras peut-être pas.

Elle se pencha pour l'embrasser, non pas avec passion, mais avec amitié et reconnaissance.

— Si. Quoi qu'il arrive.

Les couloirs étaient sombres lorsque Brie quitta la chambre de Reeve pour regagner la sienne. Mais son esprit ne l'était pas. Elle avait retrouvé un peu d'espoir. Aujourd'hui, elle n'allait pas se contenter de suivre un programme établi pour elle. Aujourd'hui, au moins, elle allait faire quelque chose pour tenter de réunir le passé et le présent. La clé se trouvait peut-être à la petite ferme. Peut-être la trouverait-elle avec l'aide de Reeve.

Discrètement, elle ouvrit la porte de sa chambre, impatiente de commencer la journée. Elle se dirigea vers les fenêtres pour tirer les rideaux et faire entrer la lumière.

— Eh bien ?

Elle se retourna en sursautant, et jura mentalement.

— C'est vous, nourrice ?

La vieille femme se redressa sur sa chaise et fixa Brie avec calme et patience. Si elle était courbatue ou engourdie, il n'en paraissait rien. Devant la désapprobation qu'elle affichait, Brie sentit le sang lui monter aux joues.

— En effet, il y a de quoi rougir, jeune dame. Rentrer sur la pointe des pieds dans votre chambre au lever du soleil !

— Vous avez passé toute la nuit ici ?

— Oui. Mais, apparemment, ce n'est pas le cas de tout le monde.

La nourrice tapota l'un des accoudoirs de la chaise du bout du doigt. Elle voyait clairement le changement qui s'était opéré en Brie, ce changement qu'elle avait déjà observé lorsque la jeune princesse était revenue de sa sortie en bateau. Une femme, même âgée, reste toujours une femme et sent ce genre de choses.

— Donc, vous avez décidé de prendre un amant. Dites-moi, êtes-vous contente de vous ?

Dans une attitude de défi, Brie leva le menton.

— Oui.

La nourrice l'observa avec attention. Les cheveux décoiffés, les joues colorées, les yeux brillants étaient bien les signes de la passion à laquelle la princesse s'était abandonnée.

— Cela devait arriver, murmura-t-elle. Vous êtes amoureuse.

Brie aurait pu le nier. Et elle s'apprêtait à le faire lorsqu'elle se rendit compte que ce serait un mensonge. Un mensonge de plus.

— Oui, je suis amoureuse.

— Alors, je dois vous dire de faire attention.

Le visage de la nourrice était ridé et pâle dans la lumière du matin, mais ses yeux semblaient sans âge.

— Quand une femme est amoureuse de son amant, elle engage plus que son corps et son temps. Vous comprenez ?

— Oui, je crois.

Brie sourit et alla s'agenouiller aux pieds de la nourrice.

— Pourquoi avez-vous passé toute la nuit sur cette chaise plutôt que dans votre lit ?

— Vous avez pris un amant, mais cela ne m'empêchera pas de continuer à veiller sur vous. J'étais venue vous apporter du lait chaud. Vous dormez mal, en ce moment.

Brie aperçut la tasse posée sur la table.

— Et vous vous êtes inquiétée parce que je n'étais pas là.

Elle saisit la petite main rugueuse de la vieille femme et la posa sur sa joue.

— Je suis désolée, chère nourrice.

— Je me suis doutée que vous étiez avec l'Américain. Dommage que son sang ne soit pas aussi bleu que ses yeux, mais vous auriez pu choisir pire.

Tout à coup, Brie sentit le poids du diamant à son doigt.

— Mais je ne fais que rêver, n'est-ce pas ?

— Au contraire, vous ne rêvez pas assez, répondit la nourrice d'un ton brusque. C'est pour cela que je vous avais apporté du lait chaud. Mais vous étiez partie chercher un autre type de réconfort.

Cette fois, Brie se mit à rire.

— M'en voudriez-vous si je disais que j'ai préféré cela au lait chaud ?

— Je vous conseillerais juste de taire vos préférences à votre père pendant un certain temps.

La voix de la nourrice était amusée.

— Vous n'avez peut-être plus besoin non plus de cette autre chose que je vous avais apportée, ajouta la vieille femme.

Avec un sourire, Brie tendit le bras pour attraper une poupée de chiffons au visage rond dont le tablier était tout déchiré.

— Quand vous étiez enfant et que vous n'arriviez pas à dormir, vous la réclamiez.

— Pauvre petite chose, murmura Brie en prenant la poupée. Elle est bien abîmée.

— Vous l'aviez baptisée Henrietta Homely.

— Quel nom curieux, j'espère qu'elle ne l'a pas mal pris.

Elle commença, machinalement, à caresser les cheveux de la poupée. Puis elle se figea.

Une petite fille dans un petit lit, avec des oreillers roses, des draps roses, un couvre-lit rose. Des meubles blancs. Des boutons de rose sur le papier peint. De la musique, lointaine. Une valse, lente et romantique. Et une femme. La femme du portrait, en train de sourire, de murmurer et de rire en se penchant au-dessus du lit. Sa robe était de la même couleur que les émeraudes qu'elle portait aux oreilles et qui brillaient dans la lumière de la lampe de chevet, d'un vert riche et profond, et elle bruissait musicalement comme seules le font les plus belles soies. Une femme qui sentait les fleurs de pommier, le printemps, la jeunesse.

— Gabriella.

La nourrice posa la main sur l'épaule de la princesse et la serra. A travers le peignoir, elle sentit que sa peau était glacée.

— Gabriella.

— Ma chambre, murmura-t-elle en continuant de regarder la poupée. Ma chambre d'enfant. De quelle couleur était-elle ?

— Rose, répondit la nourrice sans hésitation. Elle était toute rose et blanc, comme une pâtisserie.

— Et ma mère ? continua Brie en pétrissant — sans s'en rendre compte — le corps de la poupée.

La sueur perlait à son front. Mais elle ne s'en rendit pas compte non plus. Elle continuait à voir et à se souvenir.

— Possédait-elle une robe de soie verte ? Vert émeraude. Une robe de bal ?

— Sans bretelles, répondit la nourrice qui dut faire un effort pour que sa voix reste calme et tranquille. Le corsage était très près du corps. La jupe, très évasée.

— Et elle sentait bon la fleur de pommier. Elle était si belle.

— Oui.

— Vous vous souvenez ? demanda la nourrice, tenant toujours fermement son épaule.

— Je… Elle était venue me voir. Il y avait de la musique, une valse. Elle était venue me souhaiter bonne nuit.

— Elle le faisait tous les soirs. D'abord vous, ensuite Alexander, puis Bennett. Votre père montait aussi, s'il parvenait à se libérer. Mais en tout cas, ils venaient tous les deux me demander comment s'était passée la soirée, avant d'aller se coucher. Je vais aller trouver votre père, maintenant.

— Non.

Brie serra la poupée contre elle. Les images s'étaient évanouies à présent, la laissant faible et épuisée.

— Non, pas encore. Ce n'était qu'un souvenir fugitif, et il m'en faudra encore beaucoup plus pour pouvoir dire que j'ai recouvré la mémoire.

Les yeux embués de larmes, elle leva la tête.

— Je l'aimais. Enfin je le sens. Je l'aimais tant. Et se le rappeler, c'est comme la perdre de nouveau.

Alors que sa vieille nourrice lui caressait les cheveux, Brie laissa retomber sa tête et se mit à pleurer. La porte de la chambre s'ouvrit discrètement, avant de se refermer sans bruit.

— Donc, tu vas faire une promenade en voiture dans la campagne ?

Brie se trouvait dans le hall d'entrée, et faisait face à son père. Elle avait pris soin de se maquiller, pour dissimuler qu'elle avait pleuré. Mais elle restait un peu nerveuse, et triturait l'anse de son sac à main.

— Oui. J'ai dit à Janet d'annuler mes rendez-vous. Je n'avais rien de bien important au programme : un essayage, un peu de paperasse à l'AEH. Tout cela peut facilement être reporté à demain.

— Brie, tu peux très bien prendre une journée de congé sans avoir à te justifier auprès de moi.

Bien qu'il ne sût pas comment elle accueillerait son geste, Armand prit sa main.

— T'en ai-je trop demandé ?

— Non…, répondit-elle en secouant la tête. Enfin, je ne sais pas.

— Il n'a jamais été aussi difficile pour moi d'être à la fois prince et père. Si tu me le demandais…

Il serra brièvement sa main dans la sienne, avant de poursuivre :

— Si tu le voulais, Gabriella, je t'emmènerais passer quelques semaines loin de Cordina. Nous pourrions faire une croisière, pourquoi pas, ou bien aller nous reposer à la villa en Sardaigne.

Elle ne pouvait pas lui faire remarquer qu'elle ne se souvenait pas de cette villa en Sardaigne. A la place, elle sourit.

— Ce ne sera pas nécessaire. Le Dr Franco a dû vous dire que j'étais en pleine forme.

— Et le Dr Kijinski me dit que tu es toujours tourmentée par des images, par des rêves.

Mal à l'aise, Brie prit une grande inspiration. Avait-elle bien fait de tout raconter à son analyste ?

— Certaines choses mettent plus de temps que d'autres à guérir.

Il ne pouvait pas la supplier de se confier à lui comme elle le faisait avec Reeve. Cela devrait venir d'elle, de son cœur. Mais Armand ne pouvait pas non plus oublier toutes les fois où, installée sur ses genoux et la tête posée sur son épaule, sa fille était venue lui ouvrir son cœur.

— Tu sembles fatiguée, murmura-t-il. L'air de la campagne te fera du bien. Tu vas à la petite ferme ?

— Oui, répondit-elle fermement.

Il vit sa détermination, la respecta. La craignit, même.

— Quand tu seras de retour, voudras-tu bien me raconter ce dont tu t'es souvenue, ce que tu as ressenti ?

Pour la première fois, sa main se détendit dans la sienne.

— Oui, bien sûr.

Pour le bien de celui qui lui témoignait tant d'amour, et à la mémoire de celle qui venait la cajoler dans sa robe vert émeraude, Brie s'approcha de son père et déposa un baiser sur sa joue.

— Ne vous en faites pas pour moi. Reeve sera là.

Prenant sur lui pour ne pas se sentir supplanté, Armand

la regarda traverser le hall d'entrée. Un portier ouvrit grand la porte, et elle sortit dans la lumière.

Pendant un long moment, Reeve garda le silence. Il roulait rapidement le long de la route côtière qui serpentait, grimpait et replongeait. Il était troublé. Il était facile de s'en rendre compte, mais moins facile de comprendre pourquoi. Il essaierait d'analyser cela plus tard, se promit-il.

Ils laissèrent derrière eux la ville de Cordina, puis le port de Lebarre. De temps en temps, ils passaient devant une villa dont le jardin fleuri était parfaitement entretenu. C'était la route au bord de laquelle Brie avait couru la nuit où elle avait échappé à ses ravisseurs. L'avait-elle compris ?

Brie ne reconnut rien, ne vit rien qui eût pu la crisper. Pourtant, elle était bel et bien crispée. La campagne était belle, rocailleuse et balayée par le vent. Elle était tranquille, pleine de couleurs, idyllique. Mais Brie continuait à s'acharner sur l'anse de son sac.

— Vous voulez vous arrêter, Gabriella ? Vous préféreriez aller ailleurs ?

Elle se tourna rapidement vers Reeve, remarquant à peine qu'il était repassé au vouvoiement.

— Non. Bien sûr que non. Cordina est un beau pays, n'est-ce pas ?

— Pourquoi ne voulez-vous pas me dire ce qui ne va pas ?

— Je ne sais pas trop, dit-elle en posant ses mains à plat sur ses genoux. Je ne me sens pas tranquille, comme si je devais me retourner et regarder derrière moi à tout instant.

Il avait déjà décidé de lui donner toutes les réponses dont elle avait besoin, aussi Reeve s'adressa-t-il à elle sans circonvolutions ni précautions.

— Vous avez couru le long de cette route il y a un mois. Sous l'orage.

Ses doigts se crispèrent. Elle se força à les détendre.

— Est-ce que je courais vers la ville ou dans l'autre sens ?

Il lui jeta un nouveau coup d'œil. Il n'avait pas pensé à le préciser, mais elle avait tout de suite songé à l'essentiel. Son respect pour son intelligence grandit encore.

— Vers la ville. Vous n'étiez plus qu'à cinq kilomètres de Lebarre quand vous vous êtes effondrée.

Elle acquiesça.

— Alors, j'ai eu de la chance de partir dans la bonne direction. A moins que j'aie su d'instinct vers où courir. Reeve, à propos de ce matin…

Des regrets ? se demanda-t-il, en serrant plus fort le volant. Déjà ?

— Oui ?

— Ma nourrice m'attendait dans ma chambre.

Devait-il trouver cela drôle ? Quoi qu'il en soit, il ne put s'empêcher de sourire en songeant à la scène.

— Et ?

— Nous avons parlé. Elle m'apporte parfois du lait chaud la nuit. Hier soir, je devais avoir la tête ailleurs, allez savoir pourquoi, et je n'y ai pas pensé…

Brie sourit à son tour, mais très brièvement.

— Elle m'a aussi apporté une poupée, qui m'appartenait lorsque j'étais enfant.

Prenant le temps d'expliquer clairement chaque détail, elle lui raconta ce dont elle s'était souvenue.

— Et ce fut tout, conclut-elle. Mais cette fois, ce n'était pas une impression, ce n'était pas un rêve. Je me suis vraiment souvenue.

— En avez-vous parlé à quelqu'un d'autre ?

— Non.

— Vous le direz au Dr Kijinski quand vous le verrez demain.

Ce n'était pas une question, mais plutôt quelque chose qui s'apparentait à un ordre. Brie s'efforça de le prendre bien et de comprendre.

— Oui, bien sûr. Vous croyez que c'est un début pour moi ?

Il avait ralenti pendant qu'elle lui parlait. Il accéléra de nouveau.

— Je crois que vous devenez plus forte. C'était un souvenir auquel vous étiez prête à faire face, et peut-être un souvenir nécessaire pour pouvoir supporter le reste.

— Et le reste va venir.

— Le reste va venir, acquiesça-t-il.

Et quand ce serait le cas, elle n'aurait plus besoin de lui. Son travail serait terminé. Il retournerait à sa ferme…

Il essaya de se la représenter, mais c'était comme s'il s'était passé des années plutôt que des semaines depuis son départ. Son domaine ne lui paraissait plus un endroit tranquille et serein, mais un lieu désert et vide. Lorsqu'il rentrerait, il ne serait plus le même homme, il n'aurait plus les mêmes désirs.

Suivant les instructions qu'on lui avait données, Reeve quitta la route côtière et s'éloigna de la mer. Il dut de nouveau ralentir, car la route était étroite, sinueuse et irrégulière.

Très vite, le bruit du vent dans les arbres remplaça celui du rivage. Les collines se firent plus vertes, les paysages, moins spectaculaires. Par leurs fenêtres ouvertes, ils entendirent un chien aboyer et une vache meugler. Reeve avait presque l'impression d'être de retour chez lui.

Il tourna de nouveau, empruntant une route ressemblant davantage à une piste, qui longeait d'un côté un champ, et de l'autre, un bosquet.

— Nous y sommes ?

— Oui, répondit-il en coupant le contact.

— C'est ici que ma voiture a été retrouvée ?

— Ici même.

Brie resta assise un moment, interdite.

— Pourquoi est-ce que je m'attends toujours à ce que ce soit facile ? Je crois parfois qu'il va suffire que je voie pour que tout devienne clair. Mais cela ne se passe jamais comme cela. La seule chose que je sente vraiment, de temps en temps, c'est le couteau dans ma main, poursuivit-elle en regardant sa paume. Je le sens, et je sais alors que je suis capable de tuer.

— Nous en sommes tous capables. Tout dépend des circonstances.

— Non.

Affichant le plus grand calme, Brie croisa les mains. Elle devait garder sa souffrance et sa détresse à l'intérieur, où — comme on le lui avait appris — se trouvait leur place.

— Je ne crois pas. Tuer, prendre une vie, réclame une certaine compréhension et acceptation de la violence. Un côté obscur. Chez certaines personnes, c'est assez puissant pour étouffer tous les autres instincts.

— Et que serait-il advenu de vous si vous aviez fermé les yeux et rejeté cette violence ?

Il la saisit par l'épaule avec plus de force que nécessaire et l'obligea à lui faire face.

— Vous vous seriez gentiment laissé faire ?

D'un seul regard, et sans qu'elle puisse rien y faire, il réussit à faire jaillir ses émotions trop longtemps contenues.

— Je ne veux pas que la violence fasse partie de ma vie, dit-elle avec emportement. Et je n'accepte pas et n'accepterai jamais l'idée d'avoir tué.

— Alors, vous ne vous en sortirez jamais, dit-il avec rudesse. Vous continuerez à vivre dans vos rêves. La princesse dans son château, froide, distante, et inaccessible.

— C'est moi qui vis dans mes rêves ?

Il la poussait dans ses derniers retranchements. Certes, c'était elle qui le lui avait demandé. Mais là, il la poussait trop loin, vers une sombre frontière.

— C'est *vous* qui vous bercez d'illusions, martela-t-elle. Comment un homme qui a passé sa vie à chercher les ennuis peut-il faire croire qu'il sera heureux, simplement assis devant sa maison, à regarder pousser ses plantes ?

A ces mots, Reeve se raidit. Il avait en effet ses propres rêves, et elle en faisait partie. La colère et la frustration montèrent en lui et s'entendirent dans sa voix :

— Au moins, je sais quelle est ma réalité et je m'y suis confronté. J'ai besoin de ma ferme pour des raisons que vous-même refusez de comprendre. J'en ai besoin parce que je sais ce dont je suis capable, ce que j'ai fait et ce que j'ai envie de faire maintenant.

— Et vous ne regrettez rien ?

— Au diable les regrets. Ce qui compte, c'est la promesse du lendemain. C'est d'avoir le choix, et de pouvoir prendre un nouveau départ.

Il voulait y croire.

— Vous, vous avez le choix, dit-elle à voix basse.

Soudain lasse, Brie détourna le regard.

— C'est peut-être là que nous différons. Comment puis-je vivre ma vie comme je l'entends en sachant que je suis…

— Humaine, l'interrompit-il. Vous êtes humaine, comme tout le monde.

— Ce n'est pas si simple.

— Allez-vous me dire qu'un simple titre vous place au-dessus du commun des mortels ?

Elle voulut rétorquer, mais, à la place, elle soupira longuement.

— Là, je suis piégée : que voulez-vous que vous réponde ? Evidemment, je suis humaine, et imparfaite. Et j'ai peur. Le plus difficile, c'est d'accepter ma propre part d'ombre.

— Voulez-vous continuer ?

— Oui, répondit-elle en saisissant la poignée de la portière. Oui, je veux continuer.

Une fois descendue de voiture, elle regarda autour d'elle, sans savoir, malheureusement, par où commencer. Mais peut-être avait-elle déjà commencé…

— Etes-vous déjà venu ici, Reeve ?

— Non.

— Très bien, c'est donc la première fois pour tous les deux.

Les mains en visière, elle regarda au loin.

— Tout est si calme. Je me demande si j'avais l'intention de faire un jour pousser quelque chose dans ces champs.

— Vous en avez parlé.

— Mais je n'ai rien fait pour, dit-elle en faisant quelques pas.

Des fleurs sauvages poussaient librement, dans le pré et au bord du chemin. Certaines étaient bleues, d'autres jaunes. De grosses abeilles semblaient très occupées à les butiner. Elle vit un papillon large comme sa paume se poser en équilibre sur un pétale. L'air sentait l'herbe, l'herbe bien grasse, et la terre riche. Elle marcha sans but.

Un geai fit une descente en piqué, gêné par cette intrusion. Puis il s'envola, en protestant, vers les arbres. Elle n'était pas dans un conte de fées, ici, songea-t-elle. Ce serait une tâche ardue, très ardue, de désherber, de planter, de récolter. Etait-ce pour cela que rien n'avait été entrepris ? S'était-elle une fois de plus contentée de rêver ?

— Pourquoi ai-je acheté ce terrain ?

— Vous vouliez un endroit qui vous appartienne. Vous cherchiez un endroit où vous réfugier.

— Ce besoin d'évasion. Encore.

— Votre besoin de solitude, corrigea-t-il. C'est différent.

— Mais il manque une maison à ce lieu.

S'animant soudain, elle fit quelques pas, en cercle.

— Il lui manque la vie. Regardez là-bas, si quelques arbres étaient abattus, il pourrait y avoir une maison. Elle serait face aux champs : l'endroit idéal. Là-bas, il y aurait des écuries. Et un pré pour les bêtes. Et puis un poulailler, aussi.

Se prenant au jeu, elle avança vers les arbres, à pas rapides.

— Juste ici. Toute ferme qui se respecte doit avoir ses œufs frais. Il y aurait des chiens et des enfants. Obligatoirement. Des marguerites dans une jardinière. Des éclats de rire dans les couloirs. Cet endroit ne peut pas rester ainsi, sans être aimé.

Reeve n'avait aucun mal à se représenter ce qu'elle décrivait. Après tout, c'était exactement ainsi qu'il avait imaginé sa propre ferme. Pourtant, elles se trouvaient chacune à un bout du monde.

— D'après ce qu'on m'a dit, vous aimez cet endroit.

— Mais il n'est pas entretenu. Rien de ce qui vit ne peut être négligé de la sorte.

L'air furieux, elle fit demi-tour pour se diriger vers les hautes herbes. Au bout de quelques pas, son pied heurta quelque chose qui roula jusqu'à une pierre. Reeve se pencha et ramassa une Thermos rouge, vide, dont le bouchon et le gobelet manquaient. Son instinct d'enquêteur se réveilla aussitôt. Il la tint par la base, la manipulant le moins possible. Il avait passé assez de temps dans la police pour avoir conservé certains réflexes.

— Dans vos rêves, vous êtes dans un endroit tranquille, en train de boire du café contenu dans une Thermos rouge.

Brie regarda la Thermos comme s'il s'agissait d'un objet maléfique.

— Oui.

— Et vous avez envie de dormir.

— Distraitement, il renifla l'intérieur, mais son esprit était déjà ailleurs. La police scientifique de Cordina disposait-elle de moyens techniques vraiment efficaces ? Et pourquoi la petite ferme n'avait-elle pas été passée au peigne fin ? Comment avait-on pu négliger une pièce à conviction potentiellement si importante ? Il allait tout faire pour le découvrir.

Elle avait emprunté cet itinéraire de son propre chef, songea-t-il. Il avait fait très attention à ne pas influencer sa direction. Puis elle avait montré du doigt l'endroit où elle imaginait la maison, les écuries. Elle s'était peut-être assise par ici… Il scruta le paysage jusqu'à ce que son regard s'arrête sur une grosse pierre plate. Elle ne se trouvait qu'à quelques mètres, dans un endroit qui devait être particulièrement ensoleillé en fin de matinée et en début d'après-midi. L'endroit idéal pour rêver.

Et, si c'était bien là qu'elle s'était assise pour se reposer, et qu'elle avait bu du café…

— A quoi pensez-vous ?

Tiré de ses pensées, Reeve se tourna vers Brie.

— Je pense que vous avez dû vous asseoir contre cette pierre, pour boire votre café tout en laissant vos pensées vagabonder. Vous avez soudain eu envie de dormir, vous vous êtes peut-être même assoupie. Mais vous avez essayé de vous secouer. Vous m'avez dit que dans vos rêves, vous ne vouliez pas vous endormir. Alors, vous avez peut-être réussi à vous lever, et vous avez titubé vers votre voiture.

Il se tourna vers l'endroit où il avait garé la sienne.

— Puis la drogue a réellement fait effet. Vous vous êtes écroulée et la Thermos a roulé dans l'herbe.

— De la drogue… dans mon café.

— C'est tout à fait possible. Celui ou ceux qui vous ont enlevée étaient sans doute très nerveux et sous pression. Ils n'ont pas eu le temps de chercher la Thermos. Pourquoi l'auraient-ils fait ? Ils avaient ce qu'ils voulaient, c'est-à-dire vous.

— Dans ce cas, il devait s'agir de quelqu'un qui connaissait mes habitudes, qui savait que je devais venir ici ce jour-là. Quelqu'un qui…

Elle se tut lorsque ses yeux se posèrent sur la Thermos.

— Quelqu'un de proche, termina-t-il en levant le récipient. Assez proche pour avoir accès à cela.

Bouleversée, Brie baissa la tête. De nouveau, elle ressentait ce besoin impérieux et irrépressible de regarder derrière elle. Elle dut user de tout son sang-froid pour ne pas bouger.

— Que faisons-nous, maintenant ?

— Nous devons découvrir qui a préparé votre café et qui a eu la possibilité d'y ajouter quelque chose.

Acquiescer ne fut pas chose facile, mais elle y parvint néanmoins.

— Reeve, la police n'aurait-elle pas dû déjà aboutir à ces conclusions ?

Il regarda au loin, observant un silence qui en disait long.

Elle examina alors les deux bagues qu'elle portait. L'une, en diamants, était censée symboliser l'amour. L'autre, en saphirs, était censée symboliser la confiance.

— Mon père..., commença-t-elle.

Mais elle fut incapable d'aller plus loin.

— Il est temps que nous ayons une discussion avec lui.

C'était dangereux pour eux de se rencontrer, mais chacun emprunta tout de même la route longue et accidentée qui menait à la villa. Il aurait été plus dangereux encore de ne pas se rencontrer.

L'endroit était isolé, envahi par la végétation, sans attrait : c'était une petite villa oubliée, construite sur un morceau de terre lui-même oublié dont on n'avait jamais rien tiré. L'endroit idéal. La villa était assez proche de la petite ferme pour faciliter les allées et venues, tout en étant assez loin de la capitale pour passer inaperçue. Les fenêtres étaient obturées, à l'exception d'une ou deux. Il avait été question de la brûler pour la faire disparaître, comme ils s'étaient débarrassés du corps qu'ils avaient enterré dans le bois juste derrière la maison. Mais ils y avaient finalement renoncé.

Les deux voitures arrivèrent presque en même temps. Leurs conducteurs étaient trop disciplinés et trop vigilants pour être en retard. Tous les deux, en allant à la rencontre l'un de l'autre, étaient en proie à la nervosité la plus extrême. Les circonstances les avaient obligés à se faire confiance, il en allait de leur vie.

— Elle commence à se souvenir.

Aussitôt, un râle aigu et angoissé se fit entendre.

— Vraiment ?

— Je ne vous aurais pas appelé, sinon. Je tiens à ma vie comme vous tenez à la vôtre.

Ils savaient tous deux que leurs sorts étaient liés. Si l'un d'eux commettait une erreur…

— Que sait-elle ?

— Rien d'inquiétant pour l'instant. Ce sont des souvenirs d'enfance, quelques images. Rien sur son enlèvement.

Ils sursautèrent lorsqu'un corbeau passa en croassant furieusement au-dessus de leurs têtes.

— Mais les choses commencent à lui revenir. Ce ne sont plus seulement des cauchemars. Si elle insiste, si elle insiste vraiment, elle va finir par se souvenir de tout.

— Nous avons toujours su qu'elle finirait par recouvrer la mémoire. Tout ce dont nous avons besoin, c'est d'un peu de temps supplémentaire.

— Du temps ?

Le rire sarcastique effraya un écureuil.

— Il nous en reste peu. D'autant qu'elle dit tout à l'Américain. Ils sont amants, à présent, et il est intelligent. Très intelligent. Je me demande s'il n'a pas quelques soupçons…

— Ne soyez pas ridicule.

Mais la nervosité monta d'un cran. Il aurait vraiment fallu empêcher l'arrivée de cet Américain.

— Si cet idiot d'Henri ne s'était pas soûlé. Merde !

Ils avaient vu leur plan jusque-là parfaitement exécuté contrecarré par le vin et de basses pulsions sexuelles. Aucun d'eux ne regrettait d'avoir dû creuser une tombe.

— Pas la peine de ressasser cela. A moins que nous ne l'enlevions de nouveau, l'échange est impossible. Deboque reste en prison, l'argent s'envole et la vengeance est perdue.

— Recommençons, alors. Qui suspecterait un second enlèvement, si peu de temps après le premier ?

— Nous l'avions !

Cette exclamation ne fut pas tant dictée par l'emportement que par la peur. Depuis que Gabriella avait été retrouvée sur le bord de la route, ils vivaient tous les deux dans l'angoisse.

— Et nous l'aurons de nouveau. Bientôt, très bientôt.

— Que fait-on au sujet de l'Américain ? Il faut vraiment s'en méfier.

— Il est de trop. Comme le sera la princesse si la mémoire lui revient rapidement. Surveillez-la de près. Vous savez quoi faire en cas de nécessité.

Le petit pistolet silencieux aux balles redoutables était caché en lieu sûr.

— Si je la tue, vous aurez vous aussi son sang sur les mains.

L'idée de commettre un meurtre n'était pas dérangeante. Celle d'échouer et d'être découvert, si.

— Nous le savons tous les deux. Avec un peu de chance, nous pourrons tenir jusqu'au soir du bal.

— C'est un plan complètement fou. L'enlever là-bas, au palais, qui grouillera de monde, ce soir-là…

— C'est un plan qui peut fonctionner. Vous en avez un meilleur ?

Un silence s'installa, tout sauf détendu.

— Si seulement ce n'était pas cet idiot d'Henri qui était resté avec elle, mais moi.

— Gardez l'œil et les oreilles ouvertes. Vous avez sa confiance ?

— La sienne, et celle de son entourage.

— Alors, servez-vous-en. Il nous reste moins de deux semaines.

10

Brie était assise, les mains croisées sur les genoux, le dos très droit, et le regard fixe. Elle attendait que son père parle. Des questions, trop nombreuses, s'étaient formées dans son esprit. Des réponses, trop nombreuses, devaient y être apportées.

Qui était-elle ? On le lui avait dit… Son Altesse sérénissime Gabriella de Cordina, fille de prince, sœur de princes, elle-même princesse. Elle appartenait à la famille Bisset, l'une des plus vieilles d'Europe.

Qui était-elle ? Elle l'avait appris… Une femme responsable, organisée, mue par le sens du devoir et dotée d'un caractère passionné. Mais quelque chose était survenu, on lui avait dérobé tout le reste. Tous ces petits détails fondamentaux qui constituent vraiment une personne. Elle commençait juste à se battre pour obtenir le droit de les récupérer.

Son café drogué, une pièce sombre, des voix. Un couteau et du sang sur ses mains. Elle avait besoin de ces souvenirs, de ces détails, si elle voulait le reste. Elle commençait juste à accepter cette idée.

La pièce était très silencieuse. La lumière qui entrait par la fenêtre exposée à l'ouest était belle, sereine. C'était sans violence qu'elle transformait le vermillon du tapis en rouge sang.

— Donc, vous pensez qu'on a mis de la drogue dans le café que Gabriella transportait dans ceci.

Armand parlait d'une voix froide tout en jetant des coups d'œil à la Thermos rouge qui était posée sur son bureau.

— C'est logique, ajouta-t-il.

Reeve faisait face à Armand, qui se tenait à côté de la chaise de Brie. Tous deux étaient restés debouts.

— Cela cadre également avec le rêve récurrent que fait Brie.

— La Thermos peut être analysée, dit le prince.

— Elle peut et elle doit l'être.

Bien que son regard fût calme, Reeve guettait chaque mouvement, chaque expression d'Armand. Tout comme Armand surveillait les siens.

— La question, c'est plutôt : pourquoi n'a-t-elle pas été trouvée plus tôt ?

Armand regarda Reeve droit dans les yeux. Lorsqu'il parla, ce fut avec autorité, et sans la moindre amitié :

— Il semblerait que la police se soit montrée négligente.

— Il semblerait qu'elle n'ait pas été la seule.

Il n'était plus aussi facile qu'avant, découvrit Reeve, de dissimuler sa contrariété. Sur le visage d'Armand, il ne voyait au contraire rien d'autre que le calcul le plus froid et tranquille. Et il n'aimait pas cela.

— Si le café a été trafiqué, comme je le crois, les implications sont évidentes.

Armand sortit de son étui l'une de ses longues et sombres cigarettes et l'alluma lentement.

— En effet.

— Vous le prenez avec beaucoup de calme, Votre Altesse.

— Je le prends comme je le dois.

— Et moi, comme je le dois, j'emmène Brie loin de Cordina jusqu'à ce que cette affaire soit résolue. Elle n'est pas en sécurité au palais.

La mâchoire d'Armand se crispa, mais très brièvement.

— Si je n'avais pas été préoccupé par sa sécurité, je ne vous aurais pas fait venir ici.

— Sans ce lien unissant nos deux familles, je ne serais jamais venu, répondit Reeve sur un ton calme, mais définitif. Cela ne me suffit plus, cependant. Maintenant, je veux des réponses.

Armand devint soudain absolument et totalement princier.

— Vous n'avez aucun droit d'exiger cela de moi.

Reeve fit un pas en avant. Juste un, mais cela suffisait.

— Votre couronne ne vous protégera pas.

— Assez !

D'un bond, Brie se leva de sa chaise pour s'interposer entre Reeve et son père. Si c'était dans le but de protéger quelqu'un, elle n'en eut pas conscience. D'ailleurs, elle n'aurait su dire lequel des deux hommes elle aurait protégé. La colère s'empara d'elle avec une violence telle qu'elle étouffa toute autre émotion.

— Comment osez-vous tous deux parler en ma présence comme si j'étais incapable de penser par moi-même ? Comment osez-vous tous deux me « protéger » comme si j'étais incapable de prendre soin de moi ?

— Gabriella ! s'exclama Armand, hors de lui, même si ce n'était pas la première fois que sa fille employait ce ton devant lui. Surveille tes paroles.

— Non.

Furieuse, elle lui lança un regard de défi, les deux mains appuyées sur le bureau. En d'autres temps, il l'aurait trouvée magnifique, aussi magnifique que sa mère.

— Je ne serai ni polie, ni docile. Je ne suis pas une jolie princesse qu'on exhibe de temps en temps, mais une femme. C'est ma vie, comprenez-vous ? Je ne vais pas rester tranquillement sans rien dire pendant que tous les deux, vous vous chamaillez comme deux enfants arrogants qui se disputent le même jouet. Je veux des réponses.

Armand fronça les sourcils.

— Tu exiges plus que je ne puis te donner, fit-il d'une voix aussi froide que son regard.

— Je veux ce qui m'appartient de droit.

— Ce qui t'appartient n'est à toi que parce que je te l'ai donné.

Brie se redressa, pâle, mais calme.

— Sont-ce là les paroles d'un père ? demanda-t-elle d'une voix douce, mais tranchante comme un couteau. Vous dirigez fort bien Cordina, Votre Altesse. En ce qui concerne votre famille, peut-on dire la même chose ?

Cette attaque le frappa en plein cœur. Mais pas un muscle de son visage ne bougea.

— Tu dois me faire confiance, Gabriella.

— Vous faire confiance ? fit-elle, d'une voix légèrement tremblante. Ceci, poursuivit-elle en désignant la Thermos, ceci me prouve que je ne peux faire confiance à personne. Je dis bien à personne.

Sur ce, elle tourna les talons et s'éloigna.

— Laissez-la partir, ordonna Armand à Reeve qui avait déjà traversé la moitié de la pièce. Elle est sous surveillance.

Mais Reeve continua jusqu'à la porte.

— Je vous affirme qu'elle est sous surveillance, répéta Armand. Laissez-la partir.

Les mots seuls ne l'auraient pas arrêté. Mais le ton que le prince avait employé pour les exprimer le convainquit d'obéir. C'était un ton emprunt de souffrance, de la même souffrance déchirante que celle qu'il avait entendue dans la voix d'Armand le premier jour, à l'hôpital. A cause de cela, il s'arrêta devant la porte et se retourna.

— N'avez-vous pas remarqué que le moindre de ses mouvements était surveillé ? demanda calmement Armand. Avec tellement d'attention que je sais où elle a passé la nuit dernière.

L'air abattu, il s'assit.

Reeve resta à sa place, les yeux plissés. Il avait remarqué

tous ces domestiques sans cesse affairés autour de Brie, mais il avait cru qu'ils agissaient sous les ordres d'Alexander.

— Vous la faites espionner ?

— Je la fais surveiller, corrigea Armand en appuyant ses mots. Vous croyez que je laisserais sa sécurité au hasard, Reeve ? Ou même entre vos seules mains, si capables qu'elles fussent ? J'ai eu besoin de vous pour toutes les raisons que je vous ai énumérées, mais pour protéger la vie de ma fille, je me sers de tous les moyens dont je dispose.

Armand passa ses mains sur son visage, rapidement, mais ce fut son premier signe manifeste de tension.

— S'il vous plaît, fermez cette porte et approchez-vous. Il est temps que vous en sachiez un peu plus.

Il est important de pouvoir faire confiance à son instinct. Parfois, cela peut être une question de vie ou de mort. Reeve ferma calmement la porte et revint vers le centre de la pièce.

— A quel jeu jouez-vous, Armand ?

— A un jeu qui préservera la paix de mon pays et de mon peuple. A un jeu qui, si Dieu le veut, me rendra mon enfant, saine et sauve, et telle que je l'ai toujours connue. A un jeu au terme duquel seront punis ceux qui souhaitent le contraire.

Il saisit le doux galet blanc.

— Ils seront punis comme ils le méritent, murmura-t-il en serrant sa main autour de la pierre.

Il l'avait déjà promis à la femme qu'il avait aimée et perdue.

— Vous savez qui l'a enlevée, dit Reeve d'une voix dont le calme ne masquait pas toute la colère qu'il éprouvait au fond de lui. Vous le savez depuis longtemps.

— Je connais l'un des coupables. Pour l'autre, je n'ai encore que des soupçons.

La main d'Armand s'ouvrit et se referma sur la pierre.

— Vous aussi, vous avez des soupçons.

Ses yeux, durs et froids, ne quittèrent pas ceux de Reeve.

— Je n'ignore pas que vous avez étudié les indices, observé les faits, formé certaines théories. Je n'en attendais pas moins de vous. Cependant, je ne pensais pas que vous partageriez vos réflexions avec Gabriella.

— Elle avait le droit de savoir, plus que quiconque.

— Je suis son père, mais en premier lieu son souverain. Ses droits, c'est moi qui les lui accorde ou les lui retire.

De nouveau, il y avait chez lui cette arrogance, cette froide et dure expression du pouvoir que Reeve reconnaissait, et qu'il admirait même.

— Vous l'avez manipulée.

— Vous aussi, je vous ai manipulé, reconnut Armand. Et d'autres. Les faits sont si importants et complexes qu'ils ne se résument pas au seul enlèvement. C'est une véritable affaire d'Etat et, pour la résoudre, j'ai utilisé tous les moyens dont je pouvais disposer.

— Pourquoi m'avoir fait venir ?

— Parce que je pouvais vous faire confiance, comme je vous l'ai dit depuis le début. Parce que je me doutais bien que vous ne resteriez pas dans votre coin à ronger votre frein. Je savais que vous réfléchiriez, que vous comprendriez et que, le cas échéant, vous agiriez. Je n'avais nulle intention de vous accorder le droit d'agir avant le bon moment. Mais ce moment est presque arrivé.

— Pourquoi diable la laissez-vous dans les ténèbres ? Ne savez-vous pas combien elle souffre ?

— Vous pensez que je ne sais pas combien elle souffre ? demanda Armand en haussant soudain la voix, fou de rage.

Dans sa jeunesse, il était connu et craint pour son caractère volcanique. L'espace d'un instant, il oublia vingt ans de maîtrise et de contrôle de lui-même.

— Elle est mon enfant. Mon premier enfant. J'ai tenu ses mains quand elle apprenait à marcher, j'ai passé la nuit à son chevet lorsqu'elle avait la fièvre, pleuré avec elle sur la tombe de sa mère.

Avec raideur, Armand se leva pour se diriger vers la fenêtre. Il s'y pencha, les mains posées sur le rebord.

— Ce que je fais, dit-il plus calmement, je le fais parce que je le dois. Je n'en aime pas moins ma fille.

De cela, Reeve ne doutait pas une seconde.

— Elle a besoin de le savoir.

De toute évidence, la fierté et les regrets étreignaient le prince, mais ses responsabilités passaient avant tout.

— L'esprit humain est quelque chose d'extrêmement complexe, Reeve, et nous n'en avons sans doute pas assez conscience. Gabriella, malgré toute sa force, malgré toute sa volonté, n'est pas capable de s'opposer à la décision qu'a prise son esprit de ne pas se souvenir. Si vous n'êtes pas de cet avis, pourquoi ne pas lui avoir fait part de vos doutes et de vos soupçons ?

— La princesse a besoin de temps, commença Reeve, avant qu'Armand ne se tourne vers lui.

— Oui. Et, pour l'instant, c'est tout ce que je peux lui donner. D'après le Dr Kijinski, auprès de qui je prends conseil, si l'on révélait toute la vérité à Gabriella avant que son esprit ne soit prêt à l'entendre, à la comprendre, à l'accepter, le choc pourrait être terrible. Son esprit pourrait refuser de se souvenir pour toujours.

— Des fragments commencent à lui revenir à la mémoire.

— Son esprit réagit à certaines sollicitations, fit remarquer Armand, qui continuait à palper le galet blanc. Vous avez dû apprendre cela pendant vos études. Mais si je devais lui dire tout ce que je sais ou soupçonne, ce serait trop, ce serait l'avalanche. Le père que je suis doit attendre. Le souverain que je suis possède les moyens d'apprendre, de découvrir ce que j'ai besoin de savoir. Oui, je sais qui l'a enlevée, et pourquoi.

Une lueur féroce passa dans ses yeux. Une lueur qu'un chasseur, ou une bête traquée, aurait reconnue.

— Mais le moment n'est pas encore venu. Pour les démasquer, j'ai besoin de temps. Vous qui avez déjoué plus d'un complot à Washington, vous le comprenez. Pas besoin de le nier, ajouta-t-il avant que Reeve ne puisse protester. Je sais très bien en quoi a consisté votre travail.

— J'étais policier.

— Et plus que cela, dit Armand en hochant la tête. Mais laissons ceci de côté. Vous comprenez qu'en tant que chef d'Etat, je dois être en possession de preuves irréfutables avant de porter la moindre accusation. Je ne peux pas montrer au monde la faiblesse d'un père dévasté par le mal que l'on a fait à son enfant. Je dois être un juge en quête de justice. Certains de mes proches croient que, en raison de mon titre et de mon statut, je n'ai pas conscience des manœuvres, de la corruption, des faux serments qui gravitent tout autour de moi. Je suis très heureux qu'ils se trompent. D'autres ont pu penser que le fait d'avoir retrouvé Gabriella allait m'empêcher de m'intéresser aux motifs de son enlèvement. L'une des exigences des ravisseurs concernait la libération de plusieurs prisonniers. Tous étaient là pour brouiller les pistes, sauf un. En réalité, un seul comptait : Deboque.

Ce nom réveilla des souvenirs chez Reeve. Il l'avait souvent entendu lorsqu'il travaillait pour la sécurité intérieure de son pays. Deboque était un homme d'affaires très fortuné, trafiquant de drogues, de femmes et d'armes. Il était capable de fournir n'importe quoi au plus offrant, substances illicites en tout genre, ou engins explosifs…

Mais ses affaires avaient mal tourné, se souvint Reeve, lorsqu'une enquête, qui s'était étalée sur trois ans, avait permis de le confondre et avait conduit à son arrestation. Il était en prison depuis deux ans, mais on le soupçonnait malheureusement de continuer depuis sa geôle à diriger son organisation.

— Vous croyez donc que c'est Deboque qui est derrière tout cela ?

— Deboque a enlevé Gabriella, répondit simplement Armand. Il nous reste seulement à confondre ses complices et intermédiaires.

— Vous êtes sûr de vous ?

Reeve marqua une pause, pour bien réfléchir à ce qu'il allait dire. Accuser un proche du prince pourrait provoquer un tollé. Pour cela, il faudrait disposer de preuves indiscutables. Et seules des preuves tangibles pourraient mettre Deboque hors d'état de nuire et faire avorter les manœuvres et autres machinations politiques qu'il avait déjà initiées.

— Deboque peut-il tirer les ficelles du pouvoir depuis sa cellule ? demanda-t-il encore.

— Il croit avoir déjà commencé. Mais je pense qu'avec cela, dit-il en désignant la Thermos, nous devrions pouvoir démasquer l'un de ses complices. Pour l'autre, ce sera plus difficile.

Le prince regarda ses mains un moment, et l'anneau qu'il était devenu seul à porter. L'émotion balaya rapidement son visage. Avait-il des regrets ? se demanda Reeve.

— Je vous ai dit que je savais où Gabriella avait passé la nuit.

— Oui, avec moi.

L'émotion submergea de nouveau le prince, et, une fois encore, elle fut rapidement contenue.

— Vous êtes le fils d'un vieil ami et un homme que je respecte pour lui-même, mais il m'est difficile de rester calme, même si je sais que c'est Brie qui est venue à vous. Intellectuellement, j'accepte l'idée qu'elle soit une femme. Toutefois…

Il s'interrompit.

— Dites-moi, quels sont vos sentiments pour Gabriella ? Cette fois, c'est son père qui vous le demande.

Reeve regarda calmement Armand dans les yeux.

— Je l'aime.

Armand ressentit la cassure, douce-amère, dont les parents font l'épreuve lorsque leur enfant donne son amour et sa loyauté à quelqu'un d'autre.

— Il est temps que je vous mette au courant de ce qui a été fait jusque-là, répondit-il simplement. Et il est temps que je sollicite votre avis.

Armand désigna une chaise et cette fois, Reeve s'assit.

Ils parlèrent calmement et tranquillement pendant vingt minutes, même si chacun se livrait à un combat sans merci contre ses propres émotions.

Puis Armand se dirigea vers un petit meuble et servit deux verres de brandy. Le plan était solide. Pouvoir profiter de l'intelligence et de l'expérience de Reeve était une autre des raisons pour lesquelles il avait tenu à le faire venir à Cordina.

Les suspects étaient surveillés de près. Dès que Brie commencerait à se souvenir, il serait temps de passer à la vitesse supérieure. Si tout se passait comme prévu, elle ne serait jamais en danger.

Mais encore faudrait-il que les choses se déroulent selon les plans.

C'est en bouillant intérieurement que Brie fit irruption dans son bureau. Elle y trouva Janet, occupée à classer des documents. Immédiatement, les papiers encore en main, la secrétaire s'inclina.

— Votre Altesse, je ne m'attendais pas à vous voir aujourd'hui.

— J'ai besoin de travailler.

Se dirigeant droit vers son bureau, elle commença à fouiller dans ses affaires.

— Avons-nous reçu le menu du dîner qui aura lieu avant le bal ?

— Le calligraphe a envoyé sa proposition, et attend votre avis.

Brie attrapa l'épaisse feuille de papier crème que lui tendait Janet, et parcourut l'exquise écriture manuscrite. Chacun des sept plats était accompagné d'un vin différent. Elle les avait tous choisis elle-même. C'était un menu qui aurait comblé le plus exigeant des connaisseurs. Il n'était pas seulement parfait, c'était une œuvre d'art, à la fois sur le papier et dans la réalité. Curieusement, cela la mit hors d'elle.

— Je ne le tolérerai pas, s'exclama-t-elle en reposant le menu et en se levant d'un bond pour faire les cent pas.

— Le menu n'est pas à votre goût, Votre Altesse ?

— Pas à mon goût ?

En riant, Brie fourra ses mains dans ses poches.

— C'est la perfection même. Appelez le calligraphe et dites-lui qu'il peut poursuivre son travail. Les cinquante personnes qui dîneront avec nous le soir du bal auront droit à un repas inoubliable. Mais j'ai tout fait pour, n'est-ce pas ?

Elle s'immobilisa, toujours aussi furieuse.

— J'ai préparé un souvenir inoubliable pour quelques privilégiés.

Ne sachant visiblement que répondre, Janet resta penchée sur son dossier, les papiers toujours à la main.

— Oui, Votre Altesse.

— Pourtant, mon propre père refuse de considérer que je puisse valoir quelque chose.

— Je suis sûre que vous vous méprenez, commença Janet. Le prince Armand…

— A choisi de décider pour moi, s'empressa de finir

Brie. Il a choisi de jouer, de dissimuler. Je le sais. Je le sais, bien que j'ignore des centaines d'autres choses. Mais je les découvrirai, dit-elle en serrant les poings. Et vite.

— Vous êtes en colère, répondit Janet en formant une pile bien nette avec les papiers. Je vais vous faire monter du café.

A ces mots, Brie tressaillit.

— Attendez, qui s'occupe de mon café, Janet ?

L'air surpris, Janet reposa le téléphone.

— Eh bien, les cuisiniers, bien sûr, Votre Altesse. Je vais les appeler et…

Brie songea soudain qu'elle n'avait aucune idée de l'endroit où se trouvaient les cuisines. L'avait-elle jamais su ?

— Est-ce que ce sont aussi les cuisiniers qui me préparent une Thermos lorsque j'en ai besoin ?

Son cœur s'était mis à battre trop vite.

— Les fois où je pars en promenade ou en excursion, par exemple ?

— Vous aimez le café bien fort, fit Janet, apparemment troublée. Habituellement, c'est la vieille domestique qui le fait pour vous. La vieille femme russe.

— Ma nourrice, murmura Brie.

Ce n'était pas ce qu'elle aurait voulu entendre.

— Je vous ai souvent entendue plaisanter au sujet de son café. Vous dites qu'il est si fort qu'il pourrait réveiller les morts.

Janet esquissa un sourire, cherchant sans doute à détendre un peu l'atmosphère.

— Elle le prépare dans sa chambre et refuse de livrer sa recette aux cuisiniers.

— Donc, c'est elle qui m'apporte ma Thermos avant que je m'en aille ?

— Traditionnellement, Votre Altesse. De la même façon, c'est à elle, et non à son valet, que le prince Bennett apportera sa chemise s'il y manque un bouton.

Une vague nausée l'envahit, qu'elle s'efforça de chasser.

— Elle fait partie de la famille depuis très longtemps, et tout le monde lui fait confiance.

— Elle se place elle-même au-dessus d'une simple domestique, en effet, Votre Altesse. La princesse Elizabeth l'emmenait souvent, plutôt que sa femme de chambre, lorsqu'elle voyageait.

— Est-ce que ma nourrice était avec ma mère à Paris ? Etait-elle avec elle lorsqu'elle est tombée malade ?

— C'est ce qu'on m'a dit, Votre Altesse. Son dévouement envers la princesse Elizabeth a été total.

Et feint ? se demanda Brie. Dévoyé ? Combien de personnes avaient eu la possibilité de droguer son café ?

— Savez-vous si ma nourrice m'a apporté une Thermos de café le jour où je suis allée à la petite ferme ? demanda Brie, le plus calmement possible. Le jour où j'ai été enlevée ?

— Eh bien, oui, répondit Janet d'une voix hésitante. Elle vous l'a apportée ici. Vous étiez en train de terminer quelques lettres. Elle vous a apporté le café, et a insisté pour que vous preniez une veste. Vous vous êtes gentiment moquée d'elle, lui avez promis que vous ne partiriez pas sans vous couvrir, et vous l'avez vite renvoyée. Vous étiez impatiente de vous en aller, c'est pourquoi vous m'avez dit que nous terminerions la correspondance plus tard. Vous avez pris la Thermos et vous êtes partie.

— Personne n'est entré ici ? Entre le moment où ma nourrice m'a apporté la Thermos et celui où je suis partie avec ?

— Personne, Votre Altesse. Votre voiture vous attendait devant la porte. Je vous y ai accompagnée moi-même.

Janet s'interrompit pour tendre précautionneusement la main vers Brie.

— Votre Altesse... Est-il vraiment sage pour vous de remuer toutes ces choses, de vous mettre dans cet état pour des détails comme celui-là ?

— Peut-être pas.

Brie accepta brièvement cette main tendue, avant de retourner vers la fenêtre. Dieu comme elle avait besoin de parler, de parler à une femme. Comme elle avait besoin de faire confiance à quelqu'un. Pourtant…

— Je n'aurai plus besoin de vous aujourd'hui, Janet. Je vous remercie.

— Entendu, Votre Altesse. Dois-je commander votre café avant de partir ?

— Non, répondit-elle en souriant avec ironie. Non, je n'en ai pas spécialement envie.

Mais elle ne pouvait pas rester enfermée entre ces murs. Elle le découvrit peu de temps après que Janet l'eut laissée. A la recherche d'un peu d'air et de soleil, Brie sortit de son bureau par la porte-fenêtre. Sans s'en rendre compte, elle se retrouva sur la terrasse où elle avait fait quelques pas avec Reeve, le soir de son arrivée au palais. Le soir où il l'avait embrassée pour la première fois. Le soir où elle avait commencé à tester les sentiments qui dormaient en elle.

L'endroit était différent en journée, songea-t-elle en se penchant au-dessus de la balustrade de pierre. Différent, certes, mais pas moins agréable. Au loin, les montagnes — des amas de rochers, plutôt — protégeaient Cordina du reste de l'Europe. Elles avaient été un formidable rempart durant les siècles passés, lorsque des puissances étrangères avaient eu des vues sur ce petit pays côtier.

Et puis, il y avait la mer, flanquée par d'imposants murs de pierre. Çà et là étaient disposés des canons, tous installés à des endroits stratégiques de la muraille, lointains souvenirs de l'époque où pirates et corsaires sillonnaient les mers.

Un peu plus près se trouvait la ville elle-même, sereine dans son ancienneté, assumant parfaitement son côté pittoresque.

Brie aimait sa ville, elle le sentait. Cordina était sa

maison et son refuge. Cordina était son passé et son futur. Chaque jour qu'elle y passait, elle sentait s'accroître le besoin de retrouver ce qui lui appartenait. Chaque jour qu'elle y passait, grandissait son ressentiment face au blocage qui l'en empêchait.

— Votre Altesse, dit Loubet en entrant sur la terrasse et en s'inclinant légèrement devant elle. J'espère que je ne vous dérange pas.

Il la dérangeait, mais elle était trop bien élevée pour le lui signaler. Brie sourit en lui tendant les mains. En tout cas, elle avait découvert lors du dîner qu'ils avaient partagé qu'elle aimait beaucoup la jeune et jolie épouse de Loubet. Et elle avait trouvé très touchant que ce ministre si guindé et pragmatique en soit à l'évidence si amoureux.

— Vous avez une mine superbe, monsieur.

— Merci, Votre Altesse, répondit-il avant de porter sa main à ses lèvres dans un geste presque paternel. Quant à vous, vous resplendissez. Etre chez soi est le meilleur des remèdes, n'est-ce pas ?

D'un geste de la main, elle embrassa la vue qu'ils avaient de Cordina.

— J'étais justement en train de me dire que c'est là que je me sens vraiment chez moi. Au palais, ce n'est pas toujours le cas, mais là-bas, dehors, oui. Etes-vous venu voir mon père, monsieur Loubet ?

— Oui, j'ai rendez-vous avec lui dans un instant.

— Dites-moi, cela fait des années que vous travaillez avec mon père. Etes-vous aussi son ami ?

— J'espère avoir cet honneur, Votre Altesse.

Toujours aussi conservateur, songea Brie avec impatience. Toujours aussi langue de bois.

— S'il vous plaît, Loubet… Sans mon amnésie, c'est une question que je n'aurais pas eu à vous poser. Et, après tout, ajouta-t-elle en levant un sourcil, c'est vous qui nous avez conseillé de ne pas ébruiter le trouble dont je souffre. Alors dites-moi, mon père a-t-il des amis, et en faites-vous partie ?

Il n'hésita pas, mais marqua une pause. De toute évidence, Loubet était un homme qui mettait toujours ses pensées en ordre, et les passait en revue avant de les exprimer.

— Il y a peu de grands hommes dans ce monde, Votre Altesse. Certains d'entre eux sont aussi des hommes bons. Le prince Armand en fait partie. Les grands hommes s'attirent des ennemis. Les hommes bons se font des amis. Votre père doit composer avec l'un et l'autre.

— Oui.

En soupirant, elle s'appuya contre le mur.

— Je crois comprendre cela.

— Je ne suis pas cordinien, continua Loubet en souriant devant la vue de la ville. Selon la loi, le secrétaire d'Etat de Cordina doit être français. J'aime mon pays. Je vous dirais franchement que, sans les sentiments que je porte à votre père, je ne servirais pas le vôtre.

— J'aimerais être aussi sûre de mes propres sentiments, murmura-t-elle.

— Votre père vous aime.

Il le dit si doucement et tendrement que Brie dut fermer les yeux pour ne pas pleurer.

— Soyez absolument certaine qu'il n'y a rien de plus important à ses yeux que votre bien-être.

— Vous allez me faire rougir de honte.

— Votre Altesse…

— Mais c'est à juste titre. Je crois qu'il faut que je réfléchisse un peu à tout ce que vous venez de me dire.

Elle tendit de nouveau la main.

— Merci, Loubet.

Il s'inclina de façon très formelle, ce qui la fit sourire. Puis elle l'oublia dès qu'elle se retourna vers le paysage et qu'elle se mit à songer à son père.

Il lui cachait quelque chose, elle en était certaine. En

revanche, elle ignorait tout des raisons qui le poussaient à agir ainsi. Elles étaient peut-être fondées, mais cela ne changeait rien à son ressentiment. Il fallait à tout prix qu'elle découvre ce que son père avait en tête.

Reeve trouva Brie sur la terrasse, après l'avoir cherchée dans tous les endroits qui lui étaient venus à l'esprit. Il en éprouva à la fois de la contrariété et du soulagement. Armand lui avait assuré que la princesse était surveillée, et il remarqua aussitôt les deux personnes préposées à cette mission — un jeune homme arrangeant des pots de fleurs un peu plus loin et une vigoureuse domestique faisant les carreaux juste à l'intérieur. Mais le prince, depuis le début, comptait également sur son aide à lui.

Après leur conversation, Reeve comprenait mieux pourquoi Armand avait fait appel à un étranger : il voulait quelqu'un qui ne fût pas plus attaché que cela à Cordina et à la famille royale. Si, au départ, cela avait bien été son cas, cela ne l'était plus du tout, songea Reeve en regardant Gabriella. Il se sentait attiré par elle, lié à elle. Et, alors qu'il aurait plus que jamais eu besoin de son objectivité, force était de constater qu'elle paraissait perdue pour toujours.

— Brie.

Elle se tourna lentement, comme si elle savait qu'il se trouvait là. Ses cheveux étaient un peu décoiffés par le vent, mais ses yeux étaient calmes. Aussitôt, elle commença à parler :

— Le soir où nous nous sommes promenés ici tous les deux, j'avais des questions. Enormément de questions. Aujourd'hui, après plusieurs semaines, elles restent quasiment toutes sans réponse.

Elle regarda ses deux bagues, qui représentaient si bien les émotions conflictuelles qui l'animaient et les engagements contradictoires auxquels elle devait se soumettre.

— Vous n'allez pas me faire part de la discussion que vous avez eue avec mon père après mon départ.

Ce n'était pas une question, mais Reeve savait qu'il devait y répondre.

— Votre père pense à vous avant de penser à quoi que ce soit d'autre, si cela peut vous soulager de le savoir.

— Et vous ?

— Je suis là pour vous.

Il s'approcha d'elle comme il l'avait fait le premier soir, sous le clair de lune.

— Rien que pour vous.

— Pour moi…

Elle le regarda, cherchant à comprendre, luttant pour que son cœur ne prenne pas le dessus sur sa raison.

— Ou bien par respect pour de vieux liens familiaux ?

— Que voulez-vous de moi ? demanda-t-il en prenant ses mains dans les siennes. Les sentiments que je vous porte n'ont rien à voir avec les vieilles amitiés que vous évoquez. Et ma présence a tout à voir avec sentiments que je vous porte.

Mais quels étaient-ils, ces sentiments ? Il semblait vouloir à tout prix éviter de le lui dire. Etait-ce si difficile, pour lui ? Brie regarda leurs deux mains jointes. Tous les contes de fées, songea-t-elle, ne se terminent pas bien. Reeve n'était pas le chevalier blanc ravissant la princesse sur son cheval blanc. Ce n'était pas un chevalier, mais un homme. Et c'était à un homme qu'elle avait offert son cœur.

— Je veux que tout cela cesse, dit-elle, en songeant aussi bien au passé vide qu'au présent si incertain. Je veux me sentir de nouveau tranquille, ne plus avoir à craindre quoi que ce soit.

Au diable, l'objectivité, au diable, les plans. Obéissant à un élan irrésistible, Reeve la saisit par les épaules.

— Brie, si je vous emmenais aux Etats-Unis pour un petit moment ?

Prise de court, elle posa une main sur son bras, sans savoir elle-même si c'était pour s'accrocher à lui ou pour le repousser.

— Aux Etats-Unis ?

— Vous pourriez venir vivre chez moi, à la campagne, jusqu'à ce que cette affaire soit terminée.

« Jusqu'à ce que… » Ces mots lui rappelèrent cruellement que certaines choses ont une fin. Soudain découragée, elle laissa choir sa main.

— Cette affaire tourne autour de moi. Je ne peux pas m'en aller.

— Il est inutile que vous restiez ici.

Tout à coup, il vit combien cela pourrait être simple. Elle serait loin. Il pourrait garantir sa sécurité. Armand aurait juste à modifier son plan.

— Au contraire, Reeve. Ma vie s'est perdue quelque part par ici. Comment pourrais-je la retrouver à des milliers de kilomètres ?

— Quand vous serez prête à vous souvenir, vous vous souviendrez. L'endroit où vous vous trouvez n'est pas important.

— Pour moi, c'est important.

Elle s'écarta de lui, et recula jusqu'à se trouver dos au mur. La fierté, qu'elle avait reçue en héritage au même titre que la couleur de ses yeux, était bien ancrée en elle.

— Vous me croyez lâche à ce point ? Vous me croyez capable de tourner le dos aux gens qui m'ont manipulée et les fuir ? Est-ce mon père qui vous a demandé de m'éloigner pour que je ne pose plus de questions ?

— Mais non, voyons, et vous le savez bien.

— Je ne sais rien, rétorqua-t-elle. Rien, mis à part le fait que tous les hommes qui gravitent autour de moi semblent s'être ligués pour me protéger de ce dont je ne veux pas être protégée. Ce matin, vous m'avez dit que nous allions travailler ensemble.

— J'étais sincère et sérieux.

Elle l'observa attentivement.

— Et maintenant ?

— Je le suis toujours.

Mais il garda pour lui ce qu'il savait. Il garda pour lui ce qu'il ressentait.

— Très bien, alors travaillons ensemble.

Mais elle garda pour elle ce qu'elle avait appris. Elle garda pour elle ce dont elle avait besoin.

Lentement, ils se rapprochèrent, jusqu'à tomber dans les bras l'un de l'autre. Pourtant, ils n'étaient pas dupes : l'un et l'autre avaient conscience de tout ce qui les séparait encore.

— Si seulement nous étions seuls, murmura-t-elle. Vraiment seuls. Comme le jour où nous avons fait du bateau.

— Nous retournerons en mer demain.

Brie secoua la tête avant de se serrer plus fort contre lui.

— Je ne peux pas. Jusqu'au bal, je n'ai plus une seule minute à moi. Trop d'obligations pèsent sur moi, Reeve.

Trop d'obligations pesaient sur eux deux, songea-t-il.

— Après le bal, alors.

— Après le bal.

Elle garda les yeux clos pendant quelques secondes, avant de reprendre :

— Etes-vous prêt à me faire une promesse ? Une promesse stupide ?

Il l'embrassa tendrement sur la joue.

— Stupide comment ?

— Toujours votre esprit pratique…

En souriant, elle s'écarta légèrement de lui pour le regarder.

— Quand j'aurai recouvré la mémoire et que tout sera terminé — vraiment terminé —, accepterez-vous de passer une journée en mer avec moi ?

— Cela ne me paraît pas si stupide.

— Vous dites cela maintenant.

Elle passa ses mains autour de son cou. Tout n'était pas perdu : elle l'aurait pour elle, ne serait-ce que pour une journée.

— Mais promettez-le-moi.

— Je vous le promets.

Avec un soupir, elle se blottit contre lui.

— Je vous prends au mot, le prévint-elle.

Lorsque leurs bouches se rencontrèrent, aucun d'eux n'avait plus hâte de faire cette escapade en mer.

Car elle marquerait la fin de leur histoire.

11

— Alors, j'ai dit au Pr Sparks qu'il fallait être fait de bois pour se concentrer sur Homère lorsqu'on se trouvait dans la même salle qu'une femme comme Lisa Barrow !

— Et alors, s'est-il montré compréhensif ? demanda distraitement Brie à Bennett, tout en surveillant la remise en place du lustre après son nettoyage.

— Tu plaisantes ? Il a un cœur de pierre.

En ricanant, il enfouit ses mains dans les poches arrière de son pantalon.

— Mais j'ai réussi à obtenir un rendez-vous avec la divine Mlle Barrow.

Brie rit à son tour, tout en vérifiant sur sa liste ce qu'il lui restait encore à contrôler.

— Je pourrais vous dire que vous n'allez pas à Oxford pour remplir votre carnet de rendez-vous.

— Mais tu ne le feras pas, répondit-il en passant son bras autour de ses épaules. Tu ne me fais jamais la morale. Au fait, en jetant un coup d'œil à la liste des invités, j'ai été agréablement surpris d'y trouver l'exquise Lady Lawrence.

Cette fois, elle s'interrompit dans son travail pour le scruter d'un œil sévère.

— Bennett, Lady Alison Lawrence a presque trente ans et elle est divorcée.

Il lui adressa un de ces sourires d'enfant de chœur dont il avait le secret, malicieux, charmeur et désarmant à la fois.

— Et alors ?

Brie secoua la tête. Etait-il à ce point précoce ?

— Je devrais peut-être me mettre à vous faire morale.

— Laisse cela à Alex. Il est très doué pour cela.

— Je m'en suis rendu compte, murmura-t-elle.

— Il t'a un peu rudoyée ?

Elle fronça les sourcils, occupée à surveiller l'accrochage du second lustre.

— Pourquoi, c'est son habitude ?

— En quelque sorte, mais il ne faut pas lui en tenir rigueur : il est comme cela avec tout le monde. C'est sa façon de procéder.

Toujours cette loyauté fraternelle, trop forte pour céder.

— Le Prince Parfait.

Le visage de Bennett s'illumina.

— Brie, tu te souviens…

— C'est le Dr Franco qui m'en a parlé.

— Oh.

Il lui adressa un regard à la fois compatissant et déçu, avant de lui sourire avec tendresse.

— Je n'ai pas pris le temps de parler avec toi quand je suis rentré hier soir. Je voulais te demander comment tu allais.

— J'aimerais pouvoir vous dire… Le long des fenêtres, s'il vous plaît, demanda-t-elle aux hommes qui apportaient deux immenses tables.

Ce serait là, sur de belles nappes blanches, que serait dressé le buffet destiné à tromper l'éventuelle faim des invités durant le bal.

— Physiquement, tout va bien, si j'en crois ce que le Dr Franco m'a annoncé presque à contrecœur. Je crois qu'il avait encore envie de me dorloter un peu… Tout le reste est compliqué.

Il prit sa main et tourna le diamant vers la lumière.

— Je suppose que ceci est une source de complications.

Elle se tendit, puis se relaxa.

— Mais ce n'est que temporaire. Tout devrait bientôt rentrer dans l'ordre.

Elle songea à ses rêves, à la Thermos.

— Bennett, je voulais vous parler de notre nourrice. Pensez-vous qu'elle aille bien ?

— Notre nourrice ? demanda-t-il en lui adressant un regard surpris. A-t-elle été malade ? Personne ne m'a prévenu.

— Non, elle n'est pas malade.

Brie hésita, sachant, par éducation, qu'elle n'avait pas le droit de se montrer déloyale envers ceux qui l'avaient toujours entourée. Pourtant, elle aurait aimé pouvoir faire part à son frère des soupçons qu'elle nourrissait envers leur vieille domestique. Et, si possible, sans circonvolutions inutiles ni périphrases gênées.

— Mais elle est assez vieille maintenant, et les gens deviennent souvent un peu bizarres ou…

— Sénile ? Notre nourrice ?

Cette fois, il se mit à rire.

— Elle a l'esprit aussi vif que celui d'une jeune fille. Si tu l'as beaucoup eue dans les jambes ces derniers temps, c'est qu'elle considère qu'il est de son devoir de veiller sur toi.

— Bien sûr.

Ses doutes ne se dissipèrent pas, mais elle les garda pour elle-même. Elle se contenterait d'observer, comme elle se l'était promis.

— Brie, tout le monde dit de Reeve et toi que vous êtes le couple de la décennie.

— Ah ?

Machinalement, son regard se porta sur le diamant qu'elle portait au doigt.

— Apparemment, nous jouons bien la comédie.

— Est-ce vraiment une comédie ?

— Vous vous y mettez aussi ?

Agacée, elle s'éloigna vers la terrasse.

— J'ai déjà eu cette discussion désagréable avec Alexander.

— Je n'ai nullement l'intention de me mêler de ce qui ne me regarde pas, rétorqua-t-il en la suivant, l'air contrarié.

Même s'ils étaient tout près de se disputer, ils ne haussèrent pas la voix. Les domestiques étaient réputés pour la finesse de leur ouïe.

— Je m'inquiète pour toi, c'est tout.

— Seriez-vous aussi inquiet si ces fiançailles n'étaient pas une mascarade ?

Sa voix était calme, trop calme. Cela suffit à Bennett pour obtenir la réponse à sa question. Mais cela ne lui dit pas s'il devait être soulagé ou préoccupé.

— Je me sens responsable, dit-il au bout d'un moment. Après tout, c'était plus ou moins mon idée, et…

— Votre idée ?

Cette fois, elle frappa la table avec son dossier en carton.

Bennett perdit légèrement pied et regretta d'en avoir trop dit et trop vu. S'il y avait bien quelque chose qu'il cherchait toujours à éviter, c'était une dispute avec une femme. Il était incapable de prendre le dessus.

— En fait, j'ai fait remarquer à père qu'il serait un peu étrange que Reeve t'escorte partout, vive au palais, et… Bon sang…

Décontenancé par le regard calme et glacial de sa sœur, il se passa une main dans les cheveux.

— Déjà, les gens chuchotaient. Des bruits couraient.

— Je me moque bien des commérages.

— C'est que tu n'y as jamais été confrontée auparavant, répondit-il d'une voix qui était moins amère que résignée. Ecoute, Brie, je suis peut-être le plus jeune de nous trois, mais je suis celui qui a le plus d'expérience avec ces chers tabloïds.

— A juste titre, semble-t-il.

Bennett fut surpris par la véhémence du ton qu'elle employait. Lui aussi pouvait prendre un ton pincé et altier :

— Oui, à juste titre. Mais moi, je mène la vie que j'ai choisie, contrairement à toi. Je ne pouvais pas supporter l'idée de voir ton nom et ta photo s'étaler partout, bafoués et dénigrés. Tu peux te mettre en colère si tu le veux. J'aime mieux cela que te voir blessée.

Brie aurait pu être furieuse contre lui. C'était son droit et elle le savait très bien. Elle aurait pu lui ordonner, de façon nette et définitive, de ne pas s'occuper de ses affaires. Elle aurait pu lui dire que, en s'en mêlant, il l'avait davantage exposée et fragilisée que ne l'aurait fait n'importe quel scandale. La bague qu'elle portait au doigt était un accessoire, un outil. Un jour, elle regarderait sa main et l'anneau n'y serait plus. Un jour, tout serait terminé.

Elle aurait pu être en colère, mais l'amour dont débordait Bennett se répandait en elle, chaud et doux. Il était si jeune, et si foncièrement gentil.

— Allez au diable, Bennett, lança-t-elle, tout en le prenant dans ses bras. Je devrais vous en vouloir.

Il appuya sa joue contre sa tempe.

— Je ne pouvais pas prévoir que tu tomberais amoureuse de lui.

Elle aurait pu nier et conserver ainsi un peu de sa fierté. A la place, elle secoua la tête en soupirant.

— Moi non plus.

Alors que Brie se dégageait, elle aperçut un valet qui escortait deux jeunes femmes à l'entrée de la salle. Elle avait laissé des instructions afin que Christina Hamilton et sa sœur soient conduites jusqu'à elle dès leur arrivée.

Grâce aux photos et aux coupures de presse qu'on lui avait données, elle reconnut la grande et belle femme brune en tailleur Saint Laurent. Aussitôt, elle fut prise de panique.

Que devait-elle faire ? Se précipiter vers elle en courant, ou attendre en souriant ? Se montrer polie ou chaleureuse ? Emue ou amusée ? Dieu, ce qu'elle détestait ne jamais savoir !

— C'est ta meilleure amie, lui murmura Bennett. Tu as dit un jour que tu la considérais comme ta sœur.

Cela suffit pour dissiper la panique en elle. Les deux femmes s'inclinaient déjà, la plus jeune gardant un œil sur le prince, la plus âgée souriant à Brie. Se fiant à son instinct, Brie traversa la pièce, les deux mains tendues, tandis que Christina venait à sa rencontre.

— Oh ! Brie.

En riant, Christina la tint longtemps par le bras. Ses yeux étaient doux, mais pleins d'ironie. Sa bouche était souriante, mais volontaire.

— Tu es magnifique, magnifique, magnifique !

Puis elle lui donna une longue et affectueuse accolade. Elle portait un parfum très féminin, riche, et surtout inconnu. Mais Brie garda son calme.

— Je suis contente que tu sois là, Christina.

Ce n'était pas un mensonge, découvrit-elle, alors que Christina la serrait toujours contre elle. Elle avait besoin d'une amie, juste d'une amie, pas d'un membre de sa famille, ni d'un amant.

— Tu dois être exténuée.

— Oh ! tu sais bien qu'après un voyage en avion, je suis toujours surexcitée pendant plusieurs heures. Tu as perdu du poids. Ce n'est pas très gentil de ta part.

— Seulement trois kilos, répondit Brie en souriant.

— Seulement trois kilos, répéta Christina en levant les yeux au ciel. Il faudra que je te raconte mon séjour de rêve dans ce redoutable petit spa, il y a quelques mois. Là-bas, moi, j'en ai pris trois… Prince Bennett.

Christina tendit la main vers lui.

— Dieu du ciel, y a-t-il quelque chose de spécial dans l'air de Cordina pour rendre tout le monde aussi magnifique ?

Alors que Bennett effleurait ses doigts de ses lèvres, son regard se tourna vers Eve.

— A Houston, l'air doit être magique.

Ce regard n'avait pas échappé à Christina. Sa sœur ne pouvait laisser les hommes indifférents. Et c'était bien ce qui l'inquiétait.

— Prince Bennett, je ne crois pas que vous ayez déjà rencontré ma sœur, Eve.

Bennett tenait déjà la main d'Eve. Ses lèvres ne s'y attardèrent que quelques secondes de plus que sur la main de sa sœur. Mais quelques secondes peuvent représenter beaucoup. Il remarqua ses longs cheveux sombres qui retombaient en cascade, ses yeux bleus poétiques et rêveurs, ses lèvres pleines et sensuelles. Il était conquis.

— Je suis heureuse de vous rencontrer, Votre Altesse.

Sa voix n'était pas celle d'une jeune fille, mais celle d'une femme, aussi profonde et sombre que ses cheveux.

— Vous êtes magnifique, Eve, dit Brie en saisissant à son tour la main de la jeune femme pour écarter son frère. Je suis heureuse que vous ayez pu venir.

— Cordina est tel que vous me l'aviez décrit, répondit Eve en lui adressant un sourire plein d'affection dont la spontanéité surprit Brie. Mais, malheureusement, je ne savais pas où donner de la tête, et je n'ai pas pu tout voir.

— Il faut y remédier, alors, dit Bennett en s'intercalant de nouveau entre sa sœur et Eve. Je vous propose une visite guidée. Je suis sûr que Brie et Chris ont des tas de choses à se raconter.

Puis, en s'inclinant légèrement vers les deux femmes, il conduisit Eve vers la sortie.

— Que désirez-vous voir en premier ? fit-il.

— Eh bien…

Sans savoir si elle devait s'inquiéter ou rire, Brie les regarda s'éloigner.

— Il ne perd pas de temps.

— Eve n'a pas protesté non plus, ajouta Christina en tapant du pied, avant de décider de les ignorer.

Après tout, elle ne pourrait pas jouer au chaperon toute sa vie.

— Es-tu débordée aujourd'hui ? demanda-t-elle, se tournant de nouveau vers Brie, tout sourire.

— Aujourd'hui, c'est raisonnable, répondit Brie en réorganisant mentalement son planning. Demain, en revanche, je n'aurai pas le temps de faire la moindre pause.

— Alors, faisons-en une tout de suite, enchaîna Christina en passant son bras sous le sien. Est-ce qu'on peut aller prendre le thé et des petits gâteaux dans tes appartements comme au bon vieux temps ? Je n'arrive pas à croire que cela fait un an que nous ne nous sommes vues. Entre-temps, il a dû se passer une foule de choses.

Si elle savait…, songea Brie en traversant le couloir en sa compagnie.

— Parle-moi de Reeve, fit Christina en prenant un petit sablé.

Brie mélangea son thé, encore et encore, bien qu'elle eût oublié de le sucrer.

— Je ne sais pas quoi te dire.

— Tout, dit Christina avec emphase. La curiosité me dévore.

Elle avait enlevé ses chaussures et replié ses jambes sous elle. L'excitation du vol était en train de se transformer en douce détente. Elle avait déjà remarqué que Brie, pour sa part, était nerveuse, mais elle se garda bien de lui en faire la remarque.

— Pas la peine de me dire à quoi il ressemble, je vois sa photo dès que j'ouvre un magazine, dit-elle avant d'avaler le sablé avec gourmandise. Est-il drôle ?

Brie repensa à la journée qu'ils avaient passée sur son bateau, aux promenades en voiture qu'ils faisaient parfois le long de la côte. Elle repensa aux dîners au cours desquels il lui arrivait souvent de lui murmurer à l'oreille quelque chose d'impoli, certes, mais de tout à fait juste. Cela la fit sourire.

— Oui, il est drôle. Et fort. Intelligent et plutôt arrogant.

— Rien que ça, murmura Christina. Je suis heureuse pour toi.

Brie essaya de sourire, mais elle n'y parvint pas tout à fait. A la place, elle but une gorgée pour se donner une contenance.

— Mais tu le rencontreras bientôt. Et tu pourras te faire ta propre opinion.

— Mmm.

Christina observa l'assiette remplie de petits gâteaux tous plus raffinés les uns que les autres, hésita à se resservir, avant de finir par en choisir un.

— A ce propos, justement, il y a quelque chose qui me turlupine.

Tout de suite en alerte, Brie reposa sa tasse.

— Quoi donc ?

— Eh bien, je me demandais où toi, tu l'avais rencontré. Je ne peux pas croire que tu aies rencontré cet homme merveilleux, intelligent et arrogant l'année dernière quand tu étais aux Etats-Unis et que, ensuite, tu aies pu passer trois jours à Houston sans m'en souffler mot.

— Une princesse se doit d'être discrète, se défendit Brie, feignant de s'intéresser à son tour aux petits gâteaux.

— Pas à ce point…, dit Christina entre deux bouchées. En fait, je me souviens très bien t'avoir entendue me dire, mot pour mot, qu'il n'y avait personne dans ta vie, et que les hommes ne t'intéressaient pas particulièrement. Et je t'ai applaudie des deux mains, parce que je sortais juste d'une histoire assez désastreuse.

Brie eut l'impression de sombrer.

— Je suppose que je n'étais pas encore sûre de mes sentiments, ni des siens.

— Comment avez-vous fait pour tisser une histoire à distance ?

— Nos pères sont très liés, tu sais.

Heureusement, elle repensa soudain à quelque chose que Reeve lui avait dit un jour, et qu'elle avait presque oublié :

— En fait, nous nous sommes rencontrés la première fois il y a des années, ici à Cordina. A la soirée d'anniversaire de mes seize ans.

— Tu n'es quand même pas en train de me dire que tu es tombée amoureuse de lui à ce moment-là ?

Brie esquissa un haussement d'épaules. Comment confirmer ou démentir ce qu'elle ne savait pas ?

— Eh bien !

Christina se resservit du thé, visiblement séduite par cette idée délicieusement romantique.

— Cela explique certainement pourquoi tu t'es si peu intéressée à tous ces beaux hommes que nous avons croisés à Paris. Je suis très heureuse pour toi.

Elle posa sa main sur celle de Brie, légèrement, brièvement, dans une démonstration d'amitié très simple et très naturelle. Aussitôt, Brie sentit les larmes lui monter aux yeux, et elle dut lutter pour les chasser.

— Et je suis heureuse qu'il ait été là pour toi après…

Christina s'interrompit et reposa son thé. Lorsqu'elle déplia ses jambes, elle posa de nouveau sa main sur celle de Brie, mais avec davantage d'insistance.

— Brie, j'aimerais que tu m'en dises un peu plus. La presse est si vague à ce sujet. Je sais que les coupables courent toujours, et cette idée m'est insupportable.

— La police poursuit son enquête.

— Mais personne n'a été arrêté. Cela ne t'empêche-t-il pas de dormir ? Moi, si.

Incapable de rester assise, Brie se leva, en tordant ses mains jointes.

— Bien sûr que si, cela m'empêche de dormir. J'ai

essayé de reprendre le cours normal de ma vie, mais c'est comme attendre, attendre sans savoir.

— Oh ! Brie, fit Chris, qui l'avait rejointe pour la serrer dans ses bras. Je ne veux pas insister, mais nous avons toujours tout partagé. J'ai eu si peur pour toi.

Une larme coula sur sa joue, qu'elle s'empressa d'essuyer.

— Bon sang, je m'étais promis de ne pas pleurer, mais c'est plus fort que moi. Chaque fois, je revis cet horrible moment où j'ai ouvert le journal et où j'ai vu les gros titres...

Saisie par l'émotion, Brie fit un pas en arrière.

— Tu ne devrais plus y penser. C'est terminé.

Chez Christina, les larmes laissèrent la place à la perplexité. Se sentant blessée sans réellement comprendre pourquoi, elle se baissa pour attraper son sac.

— Je suis désolée. On oublie parfois trop rapidement qui l'on est et les règles que l'on doit respecter.

Partagée entre son instinct et son devoir, Brie hésita une seconde, avant de lancer, comme un cri du cœur :

— Non, ne t'en va pas, Chris. J'ai besoin, j'ai vraiment besoin de parler à quelqu'un.

Elle hésita encore un instant, puis se décida.

— Nous sommes de très bonnes amies, non ?

Le trouble de Christina redoubla.

— Brie, tu sais bien...

— Justement, non. Dis-moi.

Christina reposa son sac.

— Eve est ma sœur, expliqua-t-elle calmement. Et je l'aime. Je ferais n'importe quoi pour elle. Je t'aime tout autant.

Brie baissa les paupières un moment.

— Assieds-toi, s'il te plaît.

Elle attendit, puis prit place juste à côté de Christina. Elle prit une grande inspiration, avant de tout raconter à son amie.

Christina pâlit un peu, écarquilla les yeux, mais elle

n'interrompit Brie que deux fois, pour éclaircir certains points. Lorsque toute l'histoire fut terminée, elle observa un silence absolu pendant de longs instants. Comme un volcan avant une éruption.

— Ça craint, finit-elle par lâcher, avec une pointe d'accent texan.

— Pardon ?

— Ça craint, répéta-t-elle. C'est souvent le cas en politique, et les Américains sont les premiers à le dire, mais ça craint vraiment.

Pour une obscure raison, cela la mit à l'aise que Christina ait exprimé son avis de façon aussi tranchée et familière. Brie attrapa un gâteau, sans réfléchir.

— Je ne peux pas tout mettre sur le dos de la politique. Après tout, j'ai dit oui à tout.

— Mais que pouvais-tu faire d'autre ?

Exaspérée, Christina se leva et se dirigea vers une petite commode de bois de cerisier. Elle avait terriblement envie de casser quelque chose. N'importe quoi.

— Tu étais faible, désorientée et terrorisée.

— Oui, je l'étais, murmura Brie.

Puis elle observa Christina fouiller dans un meuble et en sortir une jolie petite carafe.

— J'ai besoin d'un brandy, dit Christina en se servant sans cérémonie. Et toi ?

— Mmm, fit Brie en hochant la tête. Je ne savais même pas que cette carafe était là.

Christina remplit un verre à ras bord, avant d'étouffer un juron et d'essuyer avec le doigt la goutte qui avait débordé.

— Tu vas recouvrer la mémoire.

Elle revint vers Brie et lui tendit son verre en lui adressant un regard ferme et lumineux.

— Tu vas y arriver, parce que tu es si têtue que le contraire n'est même pas envisageable.

Et pour la première fois, Brie le crut, elle le crut totalement. Comme soulagée, elle fit tinter son verre contre celui de Christina.

— Merci.

— Si je ne m'étais pas laissée influencer, je serais venue bien plus tôt, poursuivit-elle, avant de s'asseoir sur l'accoudoir du canapé en marmonnant quelque chose d'inintelligible. Ton père, ce Loubet, et le merveilleux Reeve MacGee auraient bien besoin d'être recadrés. J'aimerais bien leur dire à tous les trois ce que je pense de leurs petites manigances.

Brie partit d'un grand éclat de rire. Si elle avait pu le faire plus souvent, cela lui aurait permis de supporter plus facilement d'être surprotégée jusqu'à l'étouffement.

— Je crois que tu pourrais le faire, Chris.

— Et comment ! Mais je suis surprise que toi, tu ne l'aies pas fait.

— Je l'ai fait, en fait.

— Je me disais aussi…

— Le problème, c'est que mon père fait ce qu'il croit être le mieux pour moi et pour le pays. Tandis que Loubet fait ce qu'il croit être le mieux pour le pays. Et je ne peux pas les en blâmer.

— Et Reeve ?

— Reeve…, répondit-elle sur un ton rêveur, en regardant Christina par-dessus son verre. J'en suis amoureuse.

— Oh ! laissa échapper Christina en scrutant le visage de son amie.

Elle avait déjà décidé de rester à Cordina jusqu'à ce que toute l'affaire soit résolue. Ce qu'elle venait d'entendre la confortait dans son choix.

— Alors, il y a une part de réalité dans cette grande fiction.

— Non, répondit-elle en s'empêchant de regarder la bague. Seuls mes sentiments sont réels. Le reste est tel que je te l'ai décrit.

— Eh bien, je ne vois pas où est le problème.

Même si elle ne voulait surtout pas susciter la pitié, Brie se serait attendue à davantage de compassion.

— Non ?

— Bien sûr que non. Si tu le veux, tu l'auras.

— Vraiment ? demanda-t-elle, aussi amusée qu'intéressée. Et comment ?

Christina avala rapidement une gorgée de brandy.

— Si tu as oublié tous les hommes qui se traînaient à tes pieds, je ne vais pas te les rappeler. Ce n'est pas bon pour mon ego. De toute façon, ils ne valent pas le coup.

Elle fit tinter son verre contre celui de Brie.

— Qui ça ?

— Les hommes, répondit Christina en croisant les pieds. Les hommes ne valent pas le coup. Ce sont des salauds, tous autant qu'ils sont.

Brie eut la vague impression d'avoir déjà eu cette conversation. Elle émit un petit rire de gorge.

— Tous les hommes ?

— Tous, sans exception.

— Chris.

Cette fois, ce fut Brie qui posa la main sur celle de son amie.

— Je suis heureuse que tu sois venue.

— Moi aussi. Et maintenant, si tu m'accompagnais dans ma chambre pour m'aider à choisir une tenue à tomber par terre pour le dîner de ce soir ?

Lorsque Reeve pénétra dans les appartements de Brie, il ne l'y trouva pas. Il vit l'assiette entamée de petits gâteaux, le thé qui refroidissait. Et les verres à brandy, vides. Intéressant, songea-t-il. Brie buvait peu, et presque jamais pendant la journée. Elle avait dû soit se sentir particulièrement détendue, soit, au contraire, très contrariée.

On l'avait prévenu que Brie s'entretenait avec Christina Hamilton, de l'éminente famille Hamilton de Houston. Prenant un peu de recul, il observa les restes de leur « tea party ». Il avait effectué des recherches poussées sur cette amie que Brie s'était faite à l'université. Au point où en étaient les choses, il ne pouvait se permettre de laisser quoi que ce soit au hasard. Après un entretien téléphonique avec un ami des renseignements qui lui devait une faveur, Reeve savait tout sur Christina Hamilton, depuis sa date de naissance, jusqu'à l'état de son compte en banque. Et il n'avait rien trouvé de suspect la concernant. Pourtant, il n'était pas tout à fait détendu.

Mais la vraie raison de sa nervosité, reconnut-il en faisant le tour du petit salon de Brie, c'était qu'il était jaloux. Jaloux qu'elle passe du temps avec quelqu'un d'autre. C'était presque risible. Il détestait l'idée d'être attaché à une femme au point de ne pas pouvoir passer un après-midi sans elle. Il détestait l'idée d'être à ce point déraisonnable, ou à ce point mordu.

Mais s'il en était arrivé là, se rappela-t-il pour essayer de se rassurer, c'était parce qu'il devait assurer sa sécurité. Ses sentiments pour elle étaient aussi nés de l'inquiétude qu'il éprouvait à son sujet. C'était naturel, même si c'était assez compliqué à vivre. Quand il n'aurait plus de raison de s'inquiéter, ses sentiments évolueraient peut-être. C'était logique, et ce serait certainement mieux ainsi.

Le problème était que, au fond de lui, il n'y croyait pas un seul instant.

Il pouvait encore sentir son parfum, même si la pièce était imprégnée de l'odeur délicate des fleurs qui s'épanouissaient çà et là. Elle était bien là, cette fragrance très féminine, très sexy et très française qu'elle promenait partout avec elle. Il imaginait parfaitement Brie, assise dans son fauteuil favori, sirotant une tasse de thé, grignotant un gâteau peut-être, mais sans grand intérêt. Elle ne mangeait pas assez.

Elle avait dû passer un moment difficile. Il le savait, et ne supportait pas cette idée. Elle avait dû trouver malhonnête et déloyal de mentir à sa meilleure amie, même si elle était devenue une étrangère pour elle.

Etait-ce pour cela qu'elle s'était si facilement confiée à lui et qu'il la comprenait si bien ? s'interrogea-t-il. Il était, parmi toutes les personnes de son entourage, le seul qu'elle n'ait pas oublié parce que, précisément, elle ne le connaissait pas — ou si peu — auparavant. Entre eux, il n'y avait pas des années et des années de souvenirs, qui les auraient tout à la fois liés et séparés. Entre eux, il n'y avait que le présent.

Le présent et cette nuit lointaine où ils avaient valsé au clair de lune.

Quel idiot… Il se passa la main dans les cheveux. Il était idiot de penser que même sans son amnésie, elle se serait souvenue de quelques danses partagées avec un homme le soir de ses seize ans. Juste parce que lui n'avait jamais oublié, n'avait jamais réussi à oublier. Etait-il amoureux d'elle depuis tout ce temps ? Amoureux de son image ?

Reeve attrapa une boucle d'oreille qu'elle avait enlevée et négligemment posée sur une table. Tout en or et diamants, elle formait un motif très élégant. Elle était à la fois complexe et simple, et ne semblait plus la même selon l'angle où on l'observait. Comme une femme… Comme elle. Il fit pivoter la boucle entre ses doigts un moment, tout en se demandant si c'était toujours une image qui le captivait.

Il la connaissait trop bien, maintenant. Il connaissait trop de détails qu'il n'avait nul besoin de savoir. Elle aimait prendre des bains brûlants. Elle collectionnait les vieilles photographies de personnes inconnues. Plus jeune, elle avait secrètement rêvé de faire partie du Ballet royal de Cordina. A quinze ans, elle avait cru être tombée amoureuse d'un jeune jardinier.

Il connaissait mieux qu'elle tous ces petits détails de sa vie. Il les lui avait volés, en les lisant dans ses notes personnelles et dans ses journaux intimes qu'il avait épluchés pour faire son travail. Quand ces souvenirs lui reviendraient à la mémoire, lui pardonnerait-elle cette intrusion ?

Il connaissait à présent les deux personnes qui l'avaient enlevée, qui avaient changé sa vie et dérobé son passé. Il connaissait même leurs motivations. Pour sa sécurité, il ne pouvait rien lui révéler pour l'instant. Il ne pouvait que la surveiller et la protéger. Et quand elle découvrirait la vérité, lui pardonnerait-elle cette tromperie ?

Comment lui dire que deux personnes de son entourage, deux personnes à qui elle faisait confiance, avaient comploté contre elle et l'avaient manipulée ? S'il soulageait sa conscience en lui révélant toute la vérité, quel effet celle-ci aurait-elle sur Brie ?

Au point où en étaient les choses, il ne pouvait pas se permettre de laisser quoi que ce soit au hasard.

Il entendit la porte de la chambre s'ouvrir et s'immobilisa, la boucle d'oreille toujours dans la main.

— Oui, merci, Bernadette. Si vous pouviez juste faire couler mon bain. Je m'occuperai de mes cheveux moi-même. Nous dînons en famille, ce soir.

— Oui, Votre Altesse.

Il entendit la femme de chambre se diriger à pas rapides vers la salle de bains, puis la baignoire se remplir. Il imagina Brie en train de se déshabiller, lentement, de déboutonner ce joli corsage qu'elle portait le matin même. C'était étrange, il l'avait vue s'habiller les matins où ils s'étaient réveillés ensemble. Mais il ne l'avait jamais vue se déshabiller. Lorsqu'il venait la rejoindre, elle était déjà en peignoir ou en chemise de nuit. Ou en train de l'attendre, nue, dans son lit.

Poussé par une force irrésistible, il reposa la boucle d'oreille et se dirigea vers la chambre.

Brie se tenait devant son miroir, mais elle n'avait pas encore enlevé ses vêtements. Sur sa coiffeuse était posée une petite boîte en porcelaine dont le couvercle était ôté. Elle y prenait des épingles, une à une, et les piquait dans ses cheveux.

Elle réfléchissait, mais pas à ce qu'elle était en train de faire. Ses yeux ne regardaient pas son reflet. Elle souriait, juste un peu, comme si elle était contente. Il l'avait rarement vue l'air aussi détendu.

La femme de chambre quitta la salle de bains pour aller chercher un peignoir dans le placard. Si elle remarqua Reeve, qui se tenait dans l'embrasure de la porte de communication entre le petit salon et la chambre, elle ne le montra pas. Lorsqu'elle posa le peignoir sur le lit, Brie était en train de piquer sa dernière épingle.

— Merci, Bernadette. Je n'aurai plus besoin de vous ce soir. Demain, ajouta-t-elle en souriant, je vous en demanderai beaucoup.

La femme de chambre exécuta une révérence. Reeve attendit. Puis elle ferma doucement la porte derrière elle. Il attendit encore. Brie referma le couvercle de la boîte et passa un doigt sur la fine porcelaine dont il était fait. Avec un petit soupir, elle enleva ses chaussures et s'étira, les yeux clos. Tournant le dos au miroir, elle se dirigea vers une petite alcôve et alluma le lecteur de disques qui y était caché. La musique qui s'éleva était calme, langoureuse. Tout à fait le genre de musique qui s'échappe des fenêtres lors des belles nuits d'été. Elle déboutonna son pantalon gris, le laissa tomber à terre, avant de le ramasser pour le poser sur son lit. Captivé, Reeve suivait chacun de ses mouvements.

Tout à la musique, elle défit un à un les boutons de son chemisier. Dessous, elle portait un délicat soutien-gorge, aux lignes sobres et pures de soie gris perle, aussi doux que sa peau. Lorsqu'elle en ôta la première bretelle, Reeve sortit de son recoin.

— Gabriella.

Elle aurait sursauté ou crié si elle n'avait pas reconnu sa voix. Au lieu de cela, elle se tourna lentement, car elle avait perçu aussi tout le désir qu'elle contenait. Reeve se tenait à l'entrée de la pièce, mais sa chaleur parvenait jusqu'à elle, l'embrasant aussitôt. Il ne bougeait pas, ne faisait que la regarder, mais elle sentait son contact partout sur sa peau. Le soleil était encore assez puissant pour éclairer la pièce, pourtant ses pensées se tournèrent vers la nuit qui les attendait. Et ses plaisirs.

Sans un mot, elle tendit une main vers lui.

Sans un mot, il vint à elle.

Ils se parlèrent avec de simples gestes, avec la caresse d'un doigt, la pression d'une paume. « Tu es à moi. Je t'ai attendue. J'ai cru mourir à force de t'attendre. » Leurs bouches se cherchèrent et se trouvèrent en silence, mais des centaines de choses furent exprimées. « Je n'ai jamais voulu rien d'autre que cela. Tu es tout ce que je désire. Toi. »

Elle le déshabilla, pas trop vite. Chacun sentait l'attente se muer en souffrance. C'était exquis. Lorsqu'elle le débarrassa de sa chemise, son prénom était le seul mot qui avait été prononcé. D'un commun et tacite accord, ils s'allongèrent sur le lit.

Il ne se serait jamais douté qu'une femme pût le faire à ce point languir de désir. Il n'avait qu'à penser à elle pour avoir envie d'elle. Mais la toucher, la sentir, à la fois douce et forte contre lui, suffisait à lui faire oublier qu'il avait eu une vie avant elle.

Il passa sa main sur la soie qui la couvrait encore et que leurs contacts répétés avaient réchauffée. A ce contact, il la sentit frémir. Sa peau et la soie procuraient à sa propre peau la plus voluptueuse des caresses. La tentation l'étreignit. De ses mains fines et douces, elle parcourut son corps librement, cherchant le plaisir, cherchant à lui en donner. Le désir s'empara de lui. Ils s'embrassèrent longuement, jusqu'à baigner dans une très douce et très suave atmosphère. L'abandon le guettait.

Brie était étourdie et abasourdie par un déluge de sensations trop puissantes pour qu'elle puisse s'opposer à quoi que ce soit. Il ne put faire autre chose que d'aller où ce baiser le conduisait. En elle.

Il ôta la soie d'une main impatiente. Lorsqu'il la pénétra, la passion qu'il éprouvait était subtile, et semblait exister de toute éternité. Brie se mit à respirer plus vite. Ils bougèrent ensemble. Aucun d'eux ne menait la danse, aucun d'eux ne la suivait, car tous deux étaient perdus.

Elle était fermement agrippée à ses épaules, il avait enfoui ses doigts dans ses cheveux. Leurs regards ne se quittèrent plus lorsqu'ils se mirent à se mouvoir au rythme de la langoureuse musique qui emplissait la pièce.

Ce n'était pas une question de contrôle — ni pour lui, ni pour elle —, mais d'état d'esprit. Tous deux voulaient savourer. Prolonger ce moment autant que possible. Il aurait été incapable de décrire les sensations qui se déchaînaient en lui et qui le remuaient au plus profond de son être, mais il aurait pu décrire en détail la façon dont les rayons du soleil faisaient danser ses cheveux, la façon dont le plaisir animait et transformait son regard.

Elle s'en souviendrait toute sa vie. Si, une nouvelle fois, tout était effacé de sa mémoire, elle savait que ce moment resterait parfaitement clair.

Il n'y eut aucun emballement soudain, aucun déchaînement ni aucune frénésie. Ils montèrent ensemble, doucement, tendrement, délicieusement, vers le plaisir suprême. Ce fut si beau qu'elle aurait pu en pleurer, mais elle souriait lorsque leurs bouches se rencontrèrent au paroxysme du plaisir.

Ils s'allongèrent confortablement l'un contre l'autre, pour faire durer ce moment un peu plus longtemps encore. La lumière de début de soirée était paisible. S'ils n'avaient pas été soumis à d'impérieuses obligations, ils auraient pu rester là jusqu'au matin.

— Tu m'as manqué.

Surprise, Brie tourna la tête vers lui.

— Vraiment ?

— Je t'ai à peine vue, aujourd'hui.

Il ne se sentit pas aussi stupide qu'il l'aurait cru en disant cela. Avec un léger sourire, il caressa sa longue chevelure.

— Je croyais que tu passerais me voir dans la salle de bal.

— J'y suis passé plusieurs fois. Tu étais occupée.

Et en sécurité, ajouta-t-il intérieurement. Trois des ouvriers portaient des armes dissimulées sous leurs vestes.

— Demain, ce sera pire, dit-elle en se blottissant, heureuse, contre lui. Rien que pour installer les fleurs, il faudra plusieurs heures. Et puis, il faudra s'occuper du vin et des autres boissons, des musiciens, du repas. Des invités.

Soudain, elle se tut. Sans réfléchir, il l'attira plus près de lui.

— Nerveuse ?

— Un peu. Il y aura tant de visages, tant de noms. Je me demande…

— Quoi ?

— Je sais quelle est l'importance de ce bal pour l'AEH et pour Cordina. Mais je me demande si je serai à la hauteur.

— Tu l'as déjà prouvé. Détends-toi et prends les choses comme elles viennent. Fais ce qui te semble bon pour toi, Brie.

Elle garda le silence un moment, avant de se lancer :

— C'est déjà fait.

Elle pivota pour pouvoir le regarder bien en face.

— J'ai tout dit à Christina Hamilton.

Il s'apprêtait à répondre, mais s'arrêta. Elle s'attendait

visiblement à une réaction de désapprobation, d'impatience, et même de colère. Il lisait un mélange de culpabilité et de défi dans ses yeux.

— Pourquoi ? demanda-t-il simplement.

Le soulagement de Brie fut palpable.

— Je n'ai pas pu lui mentir. J'ai peut-être perdu la mémoire, mais j'ai senti quelque chose. J'ai vraiment senti quelque chose de fort avec elle, quelque chose dont j'avais besoin.

Elle s'interrompit pour pousser un soupir exaspéré.

— Tu vas penser que je suis stupide.

Comme elle s'asseyait dans le lit, il l'imita.

— Non, répondit-il en posant sa main sur la sienne pour l'encourager à poursuivre. Dis-moi ce que tu as ressenti.

— J'avais besoin de parler à une femme, dit-elle en braquant ses jolis yeux sur lui.

Ses cheveux décoiffés formaient une masse sensuelle sur ses épaules ivoire. Son visage gardait encore l'empreinte lumineuse de la passion qu'ils avaient partagée. Pourtant, elle était toujours aussi vulnérable.

— Il y a tant d'hommes dans ma vie. Gentils, attentionnés, mais…

Elle hésita un moment, avant de poursuivre :

— J'avais seulement besoin de parler à une femme.

Reeve porta sa blanche main à ses lèvres. Pourquoi personne n'y avait pensé auparavant ? Ni son père, ni ses frères, ni ses médecins… ni même son amant. Elle avait été extrêmement entourée, mais elle n'avait eu personne pour lui apporter le soutien et l'empathie que seules peuvent se témoigner des amies.

— Cela t'a-t-il fait du bien, de te confier à elle ?

Elle ferma les yeux un moment.

— Oui. Chris est vraiment quelqu'un d'important pour moi. C'est ce que j'ai ressenti, en tout cas.

— Et quelle a été sa réaction ?

— Elle a dit que ça craignait, fit-elle en poussant un franc éclat de rire, ce qu'il avait trop rarement entendu venant d'elle. Elle pense que toi, mon père et Loubet avez sérieusement besoin d'être recadrés.

Reeve haussa légèrement les épaules. Au fond, il était d'accord.

— Elle me semble quelqu'un de sensé.

— C'est le cas. Lui parler a été une vraie libération pour moi. Rends-toi compte, Reeve, elle ne m'a pas regardée comme si j'étais malade, ou bizarre, ou… que sais-je encore ?

— Parce que c'est ce que nous faisons, nous ?

Tout en balayant ses cheveux en arrière, elle le regarda comme si elle l'implorait de la comprendre.

— Parfois, oui. Chris m'a d'abord écoutée sans rien dire, puis elle a donné son avis, et enfin, elle m'a demandé de l'aider à choisir une robe pour ce soir. Tout s'est passé si naturellement, si facilement, comme s'il n'y avait pas tous ces vides entre nous. Nous étions juste amies, de nouveau, ou encore. Je ne sais pas comment l'expliquer.

— Tu n'y es pas obligée. Mais je vais devoir lui parler.

Brie esquissa un sourire.

— Oh ! je crois qu'elle y compte bien.

Puis, spontanément, elle l'embrassa, avec insouciance et tendresse.

— Merci, Reeve.

— De quoi ?

— Merci de ne pas avoir énuméré toutes les raisons pour lesquelles je n'aurais pas dû le faire.

— Tu as toujours été libre de tes décisions, Brie.

— Vraiment ? demanda-t-elle en haussant un sourcil amusé. Je n'en suis pas si certaine… Mon bain est en train de refroidir, poursuivit-elle. Tu m'as détournée du droit chemin.

— Une fois de plus.

En souriant, il caressa sa poitrine du bout des doigts et la sentit frémir.

— Le moins que tu puisses faire pour te faire pardonner, c'est me laver le dos.

— Je le ferais volontiers. Le problème, c'est que moi-même, je n'ai pas encore pris mon bain.

— Ce n'est pas un problème, répondit-elle en s'écartant de lui pour se lever. Je me suis demandé, une fois, si j'avais déjà partagé ma baignoire avec quelqu'un. Elle est très grande…

Nue, et éclairée par le soleil en contre-jour, elle remit ses épingles à cheveux en place.

— Et nous avons plus d'une heure devant nous avant le dîner.

12

Paillettes. Glamour, Rêve. C'était un bal royal donné dans un palais séculaire. L'élégance, la somptuosité, la sophistication sont forcément au rendez-vous quand sont rassemblés les plus grandes fortunes, les célébrités et la noblesse mondiales.

Cinq chandeliers Baccarat frémissaient de lumière, inondant la salle de couleurs inconnues. Deux mille mètres carrés de parquet d'un miel profond étincelaient. Il y avait de l'argent, du cristal, des nappes blanches, et des masses de fleurs. Mais même ces dernières perdaient de leur éclat à côté du chatoiement des soies, du feu des bijoux, à côté de la splendeur des convives.

Brie accueillait ses invités en souriant, tâchant d'oublier à quel point elle était fatiguée. Pendant douze heures, elle avait travaillé sans interruption pour s'assurer que tout soit parfait. Et cela l'était. Elle avait au moins cette satisfaction pour calmer sa nervosité. Cendrillon avait eu son bal, songea-t-elle. Mais, jusqu'au bout, Cendrillon avait dû parlementer avec la fleuriste.

Il y avait de magnifiques tenues et des parfums luxueux, mais pour elle, il y avait surtout une mer de visages et une liste de noms trop longue pour qu'elle puisse se sentir tranquille.

Son père se tenait à son côté, vêtu de son uniforme le plus officiel. Cela rappelait aux gens qu'il avait été un soldat, et un bon soldat. Mais Brie trouvait que, vêtu ainsi, il ressemblait à un dieu, beau, puissant. Lointain.

On s'inclinait devant elle. On lui faisait le baisemain. Et, heureusement, on ne lui adressait que quelques banalités, avant de passer rapidement devant Reeve et ses frères.

Elle s'était occupée de l'organisation dans ses moindres détails, se rappela-t-elle. Avec succès. Il n'y avait aucune raison qu'elle ne s'en sorte pas ce soir. Elle sourit à l'homme en veste de soie noire et à la belle mèche blanche, qu'elle reconnut comme l'un des plus grands acteurs du XXe siècle, depuis longtemps fait chevalier par la reine d'Angleterre. Il prit sa main, mais l'embrassa sur la joue. On avait raconté à Brie qu'il l'avait fait sauter sur ses genoux lorsqu'elle était bébé.

Elle était terrorisée, se dit Reeve. Et magnifique. A part se tenir là, près d'elle, il ne pouvait rien faire pour elle. A part la protéger, la soutenir — deux choses qu'elle détestait pareillement. Quelqu'un avait-il pris la peine de lui dire qu'elle avait déjà accompli un miracle ? Elle avait recouvré ses forces, n'avait pas perdu espoir et s'était lancée à corps perdu dans ses obligations. Princesse ou pas, elle était une femme incroyable. Et pour l'instant, elle était sienne.

Ce soir, elle semblait sortie tout droit d'un conte de fées. Exactement comme dans ses souvenirs. Ses cheveux étaient constellés de diamants qui brillaient de mille feux. Elle en portait également aux oreilles, discrets et élégants, et au cou, sur trois rangées. Et aussi au doigt, se rappela-t-il.

Mais alors que le feu semblait danser tout autour d'elle, elle avait, pour sa robe, choisi la glace. Simple recherche des contrastes ? se demanda-t-il. Ou bien manière d'exprimer que les deux couvaient en elle ?

Elle était drapée de blanc, un blanc immaculé, froid, intouchable. Sur sa gorge, la glace semblait comme dévorée par le feu de sa peau, son large décolleté épousant parfaitement la forme de son collier. Le blanc recouvrait également ses bras pour aller à la rencontre de la lumière et du pouvoir qui brillaient à ses doigts. Des mètres et des mètres de soie riche et douce se déployaient autour d'elle et retombaient jusqu'à terre. Distante, royale ? C'était ainsi qu'elle était et ainsi qu'elle paraissait. Mais le feu crépitait en elle avec passion.

Lorsqu'un homme a une telle femme, comment pourrait-il, un jour, se tourner vers une autre ?

— Est-ce que vous l'avez vue ? murmura Bennett, afin que seuls Reeve et son frère puissent l'entendre.

Reeve n'avait vu qu'une femme, mais il connaissait Bennett.

— Qui ?

— Eve Hamilton, dit Bennett sur le ton d'un connaisseur. Elle est absolument merveilleuse.

A côté de lui, Alexander parcourut la foule des yeux et trouva la jeune femme, mais il se garda bien de faire part de son avis à ses voisins. Eve portait une robe rouge foncé très joliment coupée, bien qu'elle fût classique. La couleur du vêtement disait une chose, et le style, une autre.

— Ce n'est qu'une enfant, dit-il à voix basse.

Et il l'avait trouvée trop précoce et trop intelligente pour une enfant.

— Tu as besoin de lunettes, mon cher frère, fit Bennett en souriant et en baisant la main d'une douairière. Ou de vitamines.

La file que formaient les invités semblait sans fin. Brie tint bon en se rappelant l'importance du bal pour l'AEH. Mais lorsque la dernière cravate noire et la dernière robe scintillante s'éloignèrent, elle soupira de soulagement.

Ce n'était pas terminé, mais grâce à la musique, elle pourrait respirer un peu.

L'orchestre connaissait son affaire. Un hochement de tête de sa part suffit pour qu'il attaque la première valse. Brie tendit les mains à Reeve. Il ouvrirait le bal avec elle pour la première et la dernière fois. Elle se laissa porter par ses bras puissants et par la musique. Tôt ou tard, les douze coups de minuit retentiraient, et son rêve s'évanouirait.

— Tu es magnifique.

Ils tourbillonnèrent ensemble sous les lumières.

— Ma styliste a fait des merveilles.

Il fit alors quelque chose que le protocole interdisait formellement, ce qu'ils savaient tous les deux : il l'embrassa.

— Ce n'est pas ce que je voulais dire.

Oubliant soudain toute sa fatigue, Brie sourit et s'abandonna au rythme de la danse.

Le prince Armand s'inclina devant la sœur d'un roi en exil. Alexander choisit une cousine éloignée venue d'Angleterre. Bennett entraîna Eve Hamilton jusqu'à la piste. Et ainsi commença le bal.

Il fut, comme il se devait, magique. Caviar, vins français et violons rivalisaient de délicatesse et de subtilité. Les barons du pétrole et les lords se donnaient des coups de coude. Les ladies et les célébrités échangeaient des potins. Brie savait que c'était son devoir d'être disponible pour la danse et la conversation, mais ce fut un soulagement de découvrir qu'elle y prenait également plaisir.

Tandis qu'elle dansait avec le Dr Franco, elle se mit à rire.

— Vous essayez de prendre mon pouls.

— Mais non, voyons, se défendit-il, alors même qu'elle avait raison. Pas besoin d'être médecin pour vous voir et comprendre que vous allez plus que bien.

— Je commence à croire que j'irai parfaitement bien très bientôt.

Elle sentit ses doigts se resserrer très légèrement autour de sa main.

— Y a-t-il eu du nouveau ?

— Vous n'êtes pas de garde en ce moment, répondit-elle avec un sourire. Et ce n'est pas quelque chose que vous pourriez constater en m'auscultant. Je le sens, c'est tout.

— Alors, notre attente et votre patience n'auront pas été vaines.

Le sourire qu'elle affichait ne faiblit que très légèrement.

— Je l'espère.

— Brie a l'air détendu, fit remarquer Christina qui dansait avec Reeve.

— Votre présence ici y contribue.

Elle lui décocha un regard sévère. Malgré la conversation privée qu'ils avaient eue plus tôt dans la journée, elle se méfiait visiblement encore de lui.

— Et cela ne lui aurait pas fait de mal non plus si j'avais été là plus tôt.

Elle lui était sympathique, peut-être à cause de son franc-parler.

— Vous pensez toujours que j'ai besoin d'être recadré ?

— J'y songe, en effet.

— Je ne veux que ce qu'il y a de mieux pour elle.

Elle l'observa un moment.

— Vous êtes un idiot si vous n'avez pas encore deviné ce dont il s'agit.

Brie se fraya un chemin au milieu des groupes et des couples. Janet Smithers se tenait discrètement dans un coin avec le seul et unique verre de vin qu'elle s'autoriserait durant toute la soirée.

— Janet, dit Brie en mettant fin d'un geste à la révérence que sa secrétaire avait commencé à esquisser. J'avais peur que vous ne veniez pas.

— Je suis arrivée en retard, Votre Altesse. J'avais du travail à terminer.

— Pas de travail, ce soir.

Tout en prenant sa main, elle chercha des yeux un cavalier pour sa secrétaire.

— Vous êtes très jolie, ajouta-t-elle.

La robe de Janet était très simple et très sage, mais elle lui conférait une certaine dignité.

— Votre Altesse, dit Loubet qui les avait rejointes, en s'inclinant. Mademoiselle Smithers.

— Monsieur, répondit Brie, heureuse d'avoir trouvé la solution à son problème.

— Le bal est une réussite totale, comme toujours.

— Merci. Tout se passe très bien. Votre femme est éblouissante.

— Oui, répondit-il avec un sourire qui trahissait à la fois son plaisir et sa fierté. Mais elle me délaisse. J'aurais espéré que Son Altesse aurait pitié et accepterait de danser avec moi.

— Bien sûr.

Brie avala une gorgée de vin, puis découvrit, avec satisfaction, qu'Alexander se trouvait à présent tout près d'eux.

— Mais j'ai promis cette danse à mon frère.

Elle le tira par la manche, puis le regarda avec insistance, avant de se tourner vers sa secrétaire.

— Je suis sûre que Mlle Smithers serait ravie de danser avec vous. N'est-ce pas, Janet ?

Elle avait réussi à les manœuvrer tous. Heureuse d'avoir offert à sa secrétaire la possibilité d'accéder à la piste de danse, Brie accepta la main d'Alexander.

— Ce n'était pas très subtil, fit-il remarquer.

— Le principal, c'est que cela ait fonctionné. Je n'ai pas envie de la voir assise dans un coin toute la soirée. Je suis sûre que, après cette valse, quelqu'un d'autre l'invitera à danser.

Il leva un sourcil amusé.

— Moi, par exemple ?

— S'il le faut, dit-elle en lui souriant. Le devoir doit toujours passer avant le plaisir. N'est-ce pas ?

Alexander jeta un coup d'œil par-dessus l'épaule de Brie. Le léger boitement de Loubet se remarquait moins lorsqu'il dansait.

— Danser avec Loubet n'a pas l'air de la transporter de joie. Elle a peut-être du goût, après tout.

— Alex! fit-elle sur un ton désapprobateur, mais en souriant. Au fait, je ne vous ai pas dit combien vous étiez beaux. Vous et Bennett… Où est Bennett ?

— En train de monopoliser la petite Américaine.

— La petite… ? Oh ! vous voulez parler d'Eve.

De toute évidence, Alexander désapprouvait.

— Elle n'est pas si petite, fit Brie. En fait, je crois qu'elle a exactement le même âge que Bennett.

— Il n'est pas obligé de flirter aussi outrageusement avec elle.

— D'après ce que j'ai pu voir, cela n'a pas l'air de la déranger.

Il haussa les épaules d'un air hautain.

— Sa sœur ferait mieux de la surveiller d'un peu plus près.

— Alex…, fit Brie en levant les yeux au ciel.

— C'est bon, je me tais.

Mais il parcourut la salle des yeux jusqu'à ce qu'il trouve la frêle jeune fille brune dans sa robe rouge foncé.

Brie avait depuis longtemps perdu le compte des valses qu'elle avait dansées, des verres dans lesquels elle avait trempé ses lèvres, des histoires et des plaisanteries qu'elle avait écoutées. Elle avait été stupide de s'inquiéter autant. Tout se mêlait dans sa tête, provoquant une sensation de confusion tout à fait normale et plutôt agréable, comme une douce griserie.

Et son plaisir augmentait encore quand elle se retrouvait, comme c'était le cas en ce moment, en train de danser avec Reeve.

— Trop de gens, murmura-t-il à son oreille.

Alors, avec lenteur et maîtrise, il l'emmena en tourbillonnant vers la terrasse. Bientôt, ils se retrouvèrent à valser au clair de lune.

— C'est magnifique.

Il y avait beaucoup de fleurs là aussi, des fleurs blanc crème qui exhalaient une délicate fragrance vanillée. Elle pouvait la sentir sans que viennent s'y mêler les odeurs des parfums et des eaux de Cologne.

— Vraiment magnifique, reprit-elle.

— Une princesse devrait toujours danser sous les étoiles.

Elle se mit à rire en levant les yeux vers lui, mais, soudain, quelque chose s'empara d'elle. Le visage de Reeve sembla changer, et presque se brouiller, s'estomper. Rêvait-elle ou bien paraissait-il plus jeune ? Ses yeux étaient-ils vraiment devenus plus innocents, moins méfiants ? L'odeur des fleurs sembla changer, elle aussi. Ce qu'elle sentait à présent, c'était un parfum de roses, de roses mouillées.

Tout autour d'elle, le monde devint gris. Pendant un moment, il n'y eut plus ni musique, ni odeur, ni lumière. Puis Reeve la saisit fermement par les bras.

— Brie.

Il l'aurait sans doute emmenée ailleurs, l'aurait fait asseoir, mais elle le repoussa.

— Je vais bien. C'était juste un petit étourdissement. C'était…

Elle s'interrompit, et fixa son visage avec l'impression de le découvrir pour la première fois.

— Nous étions là, murmura-t-elle. Toi et moi, juste ici, pour mon anniversaire. Nous avons valsé sur la terrasse et il y avait des roses en pots alignées contre le mur. Il faisait chaud et humide. Après la danse, tu m'as embrassée.

Et je suis tombée amoureuse de toi.

Mais elle ne le dit pas, se contentant de le regarder. Elle était tombée amoureuse de lui lorsqu'elle avait seize ans. A présent, de nombreuses années plus tard, rien n'avait changé. Mais tout était différent.

— Tu te souviens, fit Reeve, ému.

Comme elle s'était mise à trembler, il la soutint légèrement.

— Oui.

Elle parlait si bas qu'il dut s'approcher encore pour l'entendre.

— Je me souviens de cette nuit-là. Je me souviens de toi.

Il savait que venir trop brusquement à la charge n'était pas la chose à faire, il se contenta donc de demander, d'une voix douce :

— Est-ce que tu te souviens d'autre chose ?

Brie secoua la tête. Tout à coup, elle avait très envie de s'enfuir. C'était douloureux, découvrit-elle. Se souvenir était douloureux.

— Je n'arrive pas à remettre mes idées en place. J'ai besoin… Reeve, j'ai besoin de quelques minutes. De quelques minutes de solitude.

— Si tu veux.

Il se retourna vers la salle de bal, qui était toujours aussi bondée. Jamais, dans son état, elle n'arriverait à se frayer un chemin parmi tous ces gens. Il réfléchit rapidement, avant de lui faire traverser la terrasse, vers une autre issue.

— Je vais t'accompagner à ta chambre.

— Non, mon bureau est plus près.

Elle s'accrocha à lui, prenant sur elle pour parvenir à mettre un pied devant l'autre.

— Je veux juste un moment pour m'asseoir et réfléchir. Là, personne ne me dérangera.

Il lui obéit, car son bureau était plus proche, et que cela lui prendrait moins de temps de revenir avec le médecin. Cela lui prendrait moins de temps de dire à Armand que Brie avait recouvré la mémoire, et qu'il fallait passer à la phase suivante. Les arrestations se feraient dans le calme.

Le garde qui assurait sa protection était bien entraîné, se dit Reeve, rassuré. Il n'aurait même pas remarqué sa présence si Armand ne lui avait pas expliqué que Brie était surveillée en permanence par d'autres que lui.

Le bureau était plongé dans l'obscurité, mais lorsqu'il voulut allumer, elle l'arrêta.

— Non, s'il te plaît. Pas de lumière.

— Allez, je vais rester avec toi.

De nouveau, elle résista :

— Reeve, j'ai besoin d'être seule.

Il dut lutter pour ne pas se sentir rejeté.

— Si tu y tiens, d'accord. Mais je vais chercher le médecin, Gabriella.

— Si tu ne peux pas faire autrement, répondit-elle, les ongles enfoncés dans ses paumes. Mais accorde-moi d'abord quelques minutes.

Si sa voix ne lui avait pas fait comprendre aussi clairement qu'il devait la laisser, il serait resté pour la soutenir, au sens propre comme au figuré.

— Reste ici jusqu'à mon retour. Allonge-toi.

Brie attendit qu'il ferme la porte. Puis elle s'étendit sur le petit sofa qui occupait un coin de la pièce, non pas parce qu'elle était fatiguée, mais parce qu'elle n'avait pas même la force de s'asseoir.

Tant d'émotions. Tant de souvenirs se bousculaient pour surgir, et tous à la fois. Elle avait pensé que se rappeler serait un soulagement, comme si l'étau qui comprimait sa tête depuis trop longtemps allait enfin se desserrer. Mais c'était douloureux, exténuant, et terrifiant.

A présent, elle se souvenait de sa mère, de l'enterrement. De la peine, incommensurable. Du désespoir — le sien, celui de son père —, et de la façon dont ils s'étaient épaulés dans cette épreuve. Elle se souvenait d'un Noël où Bennett lui avait offert une paire de chaussons en forme de têtes d'éléphant. Elle se souvenait de ses disputes avec Alexander, et de la colère noire qu'elle ressentait lorsqu'il réussissait à avoir le dernier mot.

Et elle se souvenait de son père, qui tendait les bras vers elle pour qu'elle vienne s'installer sur ses genoux et lui ouvrir son cœur. Son père, si droit, si fier, si ferme. Un dirigeant avant tout, mais elle était née pour l'accepter. C'était peut-être pour cela qu'elle était tombée amoureuse de Reeve : lui aussi menait sa vie et faisait ses propres choix avec l'assurance et l'intransigeance d'un dirigeant.

En passant d'un souvenir à l'autre, elle n'avait même pas remarqué qu'elle s'était mise à pleurer. Les larmes étaient venues discrètement, dans l'obscurité. Elle ferma les yeux et s'endormit presque.

— Ecoutez-moi bien.

Le murmure qu'elle entendait la dérangeait. Brie secoua la tête. Si c'était un souvenir, elle n'en voulait pas. Mais le murmure se fit insistant :

— C'est ce soir ou jamais.

Ce n'était pas un souvenir, se rendit-elle compte confusément. Pourtant, cela lui rappelait quelque chose. Les voix étaient là, à présent, surgissant de l'obscurité. Elles venaient des portes-fenêtres qui donnaient sur la terrasse, comprit-elle. Elle les avait déjà entendues auparavant. Ses larmes se tarirent. Ces voix, elle les avait déjà entendues dans l'obscurité. Mais cette fois, elle les reconnut.

Comment avait-elle pu être aussi aveugle et stupide ? Elle s'assit en prenant garde à ne pas faire le moindre bruit. Oui, elle se souvenait. Elle avait recouvré la mémoire, mais cela ne faisait plus mal; cela ne faisait plus peur. Cela la mettait dans une rage folle.

— Nous allons suivre exactement notre plan. Une fois qu'on aura réussi à la faire sortir d'ici, on la ramènera à la villa. On la drogue, et on la ligote. Cette fois, il n'y aura pas de garde pour commettre une erreur fatale. A 1 heure précise, un message parviendra au prince. Là, dans la salle de bal, il apprendra que sa fille a été de nouveau enlevée. Et il saura le prix qu'il devra payer pour la récupérer.

— Deboque.

— Et cinq millions.

— Vous et votre argent…

La voix était basse, méprisante, et trop proche. Brie évalua la distance qui la séparait de la porte, et sut qu'elle ne devait surtout pas bouger.

— L'argent ne signifie rien.

— J'aurai la satisfaction de savoir qu'Armand a dû payer. Après toutes ces années et tout ce temps, j'aurai enfin obtenu réparation.

— Vous aurez surtout obtenu vengeance. Et la vengeance devrait toujours rester froide. Vous auriez mieux fait de l'assassiner.

— J'ai pris bien plus de plaisir à le voir souffrir. Contentez-vous de bien jouer votre rôle, sinon Deboque restera en prison.

— Je jouerai mon rôle. Et nous aurons tous les deux ce que nous voulons.

Ils se détestaient, comprit Brie. Pourquoi n'avait-elle rien vu auparavant ? Tout était si clair à présent. Pourtant, même ce soir, elle leur avait parlé à tous les deux sans rien soupçonner.

Elle resta assise sans bouger et tendit l'oreille. Mais il n'y avait plus rien qu'un bruit de pas, de plus en plus lointain. Ils les avaient manipulés, elle et son père. Ils l'avaient manipulée tout en feignant l'inquiétude et même l'affection. Personne ne la manipulerait plus jamais.

Très calme, elle traversa la pièce sans bruit. Elle allait vite trouver son père et les dénoncer tous les deux. Ils ne l'auraient pas une seconde fois. Elle tourna la poignée et ouvrit la porte. Et découvrit qu'elle n'était pas seule.

— Oh ! Votre Altesse.

Un peu troublée, Janet recula et s'inclina.

— Je ne pensais pas vous trouver ici. J'avais des papiers à…

— Je croyais vous avoir dit que vous aviez assez travaillé pour ce soir.

— Oui, Votre Altesse, mais je…

— Ecartez-vous.

Ce fut son ton qui la trahit, froid, mais d'un calme qui paraissait trop clairement feint, et d'une brusquerie qui ne lui était pas coutumière. Janet n'hésita pas. De son sac à main noir, elle tira un petit mais redoutable pistolet. Brie n'eut même pas le temps de réagir.

Avec sang-froid, Janet se retourna et pointa son pistolet sur le garde qui venait de sortir de l'ombre, sa propre arme au poing. Elle tira la première, et après un bruit étouffé, le garde s'écroula. Dès qu'elle essaya de se précipiter vers le garde, Brie sentit le canon contre son estomac.

— Si je vous tire dans le ventre, vous mourrez très lentement, et en souffrant atrocement.

— Il y a d'autres gardes, répondit Brie aussi calmement que possible. Partout dans le palais.

— Dans ce cas, à moins que vous ne vouliez avoir d'autres morts sur la conscience, vous allez coopérer.

Janet ne savait qu'une chose : elle devait quitter ce couloir avec la princesse avant que quelqu'un n'arrive. Ne pouvant prendre le risque de l'emmener vers la salle de bal, elle la poussa en direction de la terrasse.

— Vous n'arriverez pas à me faire sortir du palais sans être vue.

— Peu importe que l'on nous voie. Aucun des gardes n'osera tirer si vous avez un pistolet sur la tempe.

Ses plans étaient bouleversés et elle ne pouvait avertir son complice. Ils ne parviendraient pas à faire sortir Gabriella droguée et inconsciente par une porte dérobée, surveillée par leurs hommes. Ils ne parviendraient pas à tranquillement l'enfermer dans le coffre de la voiture qui les attendait dehors. Leur plan, risqué mais organisé, tombait à l'eau.

A présent, Janet devait improviser.

— Qu'aviez-vous prévu de faire ? demanda la princesse.

— J'étais censée vous transmettre un message de votre Américain, vous disant qu'il voulait vous parler en privé dans votre chambre. Evidemment, on se serait préalablement occupé de lui. Dans votre chambre, on vous aurait administré une piqûre hypodermique. Le reste aurait été très simple.

— Rien n'est plus simple, à présent.

Brie ne frémit pas en repensant au naturel avec lequel Janet venait d'évoquer l'assassinat de Reeve. Elle ne s'autoriserait pas la moindre faiblesse. A la place, elle s'efforça de réfléchir, tandis que Janet la poussait vers les portes donnant sur la terrasse. Et vers l'obscurité.

— C'est si beau ! s'exclama Eve qui avait décidé d'arrêter de jouer à la femme sophistiquée pour s'amuser. Ce doit être fantastique de vivre dans un palais tous les jours.

— C'est chez moi, c'est tout, répondit Bennett, qui avait passé un bras autour de ses épaules, alors qu'ils contemplaient la vue depuis la balustrade de la terrasse. Vous savez, je n'ai jamais mis les pieds à Houston.

— Ce n'est pas comparable avec cela.

Eve prit une grande inspiration avant de se tourner vers lui. Il était si beau, songea-t-elle. Si gentil. Le compagnon idéal pour une soirée de printemps. Et pourtant…

— Je suis heureuse d'être ici, dit-elle lentement. Mais je ne crois pas que le prince Alexander m'apprécie.

— Alex ? fit Bennett en haussant les épaules.

Il n'allait pas perdre de temps avec Alex, alors qu'il se trouvait au clair de lune en compagnie d'une belle jeune femme.

— Il est juste un peu guindé, c'est tout.

Elle sourit.

— Ce n'est pas votre cas. J'ai lu beaucoup de choses… intéressantes à votre sujet.

— Tout est vrai, dit-il en ricanant, avant d'embrasser sa main. Mais c'est vous qui m'intéressez, à présent. Eve…

Il s'interrompit et étouffa un juron lorsqu'il entendit des pas.

— Bon sang, impossible de trouver un endroit tranquille par ici.

Ne voulant plus être dérangé, il entraîna Eve dans des recoins plus sombres, au moment précis où deux ombres surgissaient sur la terrasse.

— Je n'irai pas plus loin avant que vous ne m'ayez tout dit, fit la voix de Brie.

Comme un flash, la robe blanche de sa sœur éclaira tout d'un coup la pénombre. Et Bennett vit le pistolet miroiter.

— Oh mon Dieu, s'exclama-t-il à voix basse tout en plaquant sa main sur la bouche d'Eve. Ecoutez-moi, murmura-t-il, le regard fixé sur sa sœur. Retournez dans la salle de bal et trouvez mon père, Alex ou Reeve MacGee. Trouvez-les tous les trois si vous le pouvez. Faites le plus vite possible, et surtout, ne faites pas le moindre bruit.

Il ne fallut pas le lui dire deux fois. Elle aussi avait vu le pistolet. Eve acquiesça afin que Bennett retire sa main. Réfléchissant à toute vitesse, elle ôta ses chaussures et se mit à courir pieds nus et en silence, en longeant la façade du palais, jusqu'à la première porte qu'elle rencontra.

— Si je dois vous tuer ici, dit froidement Janet, ce sera désagréable pour vous comme pour moi.

— Je veux savoir pourquoi, dit Brie en s'appuyant contre le mur.

Elle essayait de gagner du temps comme elle le pouvait : elle ne savait pas encore comment elle allait s'échapper, mais elle y parviendrait, puisqu'elle avait déjà réussi à le faire une fois, et dans une situation tout aussi désespérée.

— Deboque est mon amant. Je veux le récupérer. Pour vous, votre père serait prêt à livrer le diable en personne.

Brie plissa les yeux. Janet Smithers, une redoutable dissimulatrice, était parvenue à brouiller les pistes et à garder sa passion totalement secrète.

— Comment avez-vous réussi à tromper les services de sécurité ? Afin de travailler pour ma famille, il faut d'abord…

Elle s'interrompit. La réponse était simple.

— Loubet, bien sûr.

Pour la première fois, Janet sourit véritablement.

— Bien sûr. Deboque connaissait Loubet, qui a lui-même soudoyé quelques hommes travaillant au palais. Un peu de pression, la menace d'une révélation, et l'éminent secrétaire d'Etat s'est montré très coopératif. Le fait qu'il haïsse votre père y a contribué, également. Pour lui, votre enlèvement est devenu un moyen de se venger.

— De se venger ? Mais de quoi ?

— De l'accident. Vous vous souvenez de cet épisode, à présent. Votre père était au volant. Il était jeune, un peu imprudent. Lui et son ami diplomate n'ont été que légèrement blessés. Loubet, en revanche…

— Il boite toujours, murmura Brie.

— Et ce n'est pas tout. Loubet n'a pas d'enfant, et n'en aura jamais, même avec sa jeune femme. Il faudra bientôt qu'il le lui dise, vous savez. Il craint qu'elle ne le quitte. Les médecins ont beau lui assurer que son problème n'a rien à voir avec l'accident, il reste persuadé du contraire.

— Donc, il a participé à mon enlèvement pour punir mon père ? C'est un fou…

— La haine est une arme puissante. De mon côté, je ne hais personne. Je veux juste retrouver mon amant, ajouta Janet en levant son pistolet pour le faire luire dans le clair de lune. Je suis parfaitement saine d'esprit, Votre Altesse. Je ne vous tuerai que si j'y suis obligée.

Brie se redressa, essayant de paraître calme et sûre d'elle.

— Et si vous le faites, votre amant restera là où il est. Vous ne pouvez pas me tuer car, morte, je ne vous servirais plus à rien.

— Vous avez tout à fait raison.

Pourtant, elle la visa de nouveau.

— Avez-vous idée de la douleur que peut causer une simple balle, même si aucun organe vital n'est touché ?

— Non !

Poussé par la rage, la terreur, l'impulsivité, Bennett surgit de l'ombre, surprenant à la fois Brie et Janet. Les deux femmes se figèrent un instant, alors qu'il se précipitait vers le pistolet. Il l'avait presque en main lorsque Janet tira. Le jeune prince s'écroula sans un bruit.

— Oh ! mon Dieu, Bennett ! s'écria Brie en tombant à genoux à côté de lui. Oh ! non, non, Bennett !

Son sang se répandit sur la soie blanche de sa robe lorsqu'elle le prit dans ses bras. Elle chercha désespérément un pouls, un souffle.

— Allez-y, tirez ! hurla-t-elle à Janet. Comment pourrais-je souffrir davantage ? Au moins, je serai sûre et certaine de vous voir brûler en enfer, vous et votre amant.

— Pas de doute là-dessus, dit calmement Reeve, alors que la terrasse se remplissait de lumière, d'uniformes, d'hommes et d'armes.

En une seconde, Armand se précipita vers ses enfants, tandis que les gardes pointaient leur arme sur Janet. Celle-ci leva son pistolet, crosse en avant.

— Pas la peine de sortir l'artillerie lourde, dit-elle à Reeve qui s'approchait pour prendre son arme. Je suis une femme raisonnable.

Un signe de Reeve et elle fut menottée, puis emmenée au loin.

— Oh ! papa, lança Brie d'une voix déchirante alors qu'Armand s'agenouillait à son tour auprès de Bennett. Il a essayé de s'emparer du pistolet, expliqua-t-elle en posant sa joue sur les cheveux de son frère. Le médecin…

— Il est juste là.

— Maintenant, Gabriella, fit dans son dos la voix douce du Dr Franco, lâchez ce pauvre garçon et laissez-moi la place.

— Je ne le quitterai pas. Je ne…

— Ne proteste pas, dit faiblement Bennett. J'ai le pire mal au crâne de ma vie.

Elle se serait mise à pleurer si son père n'avait pas passé un bras légèrement tremblant autour d'elle.

— C'est bon, dit-elle en regardant Bennett qui luttait pour garder les yeux entrouverts. Je vais laisser le Dr Franco veiller sur toi et te dorloter. Dieu sait si j'ai eu ma dose en matière de soins.

— Brie…, dit faiblement Bennett en gardant un moment sa main dans la sienne. Il y a de jolies infirmières, à l'hôpital ?

— Des dizaines.

Il soupira en fermant les yeux.

— Merci, mon Dieu.

Laissant son frère aux mains du médecin, Brie étreignit Alexander un moment, avant de rejoindre Reeve.

Elle était enfin de retour chez elle.

Épilogue

Il lui avait promis qu'ils passeraient une dernière journée en mer. Et ce serait tout, se dit Reeve alors que le *Liberté* voguait, poussé par le vent du début de matinée. Ils auraient une dernière journée avant que le rêve ne prenne fin. Son rêve.

Mais son rêve avait bien failli se finir en tragédie, songea-t-il, incapable de se détendre encore tout à fait. Même si Loubet était déjà en état d'arrestation lorsque Eve avait fait irruption dans la salle de bal, Brie s'était retrouvée seule avec la maîtresse de Deboque.

— Je n'arrive pas à croire que ce soit vraiment terminé, fit Brie d'une voix calme.

Lui non plus, se dit-il en la regardant. Mais ils ne pensaient pas à la même chose.

— C'est bel et bien terminé.

— Loubet me fait presque pitié. C'est un malade, continua Brie en repensant à la jeune et jolie épouse du secrétaire d'Etat et au choc qui s'était peint sur son visage. Quant à Janet, elle était aveuglée par sa passion, jusqu'à l'obsession.

— C'étaient des manipulateurs, lui rappela-t-il. Presque des assassins. Bennett et le garde ont tous les deux eu beaucoup de chance.

— Je sais.

Au cours des trois derniers jours, elle n'avait cessé de remercier Dieu. Et de lui demander pardon.

— Moi-même, j'ai tué.

— Brie…

— Ne dis rien, j'ai accepté cette idée, maintenant. Je sais que je me cachais, que j'essayais d'échapper à ces horribles jours et ces horribles nuits passés seule dans le noir.

— Tu ne te cachais pas, corrigea-t-il. Tu avais besoin de temps.

— Voilà que tu parles comme mes médecins.

Elle orienta le gouvernail pour, tranquillement, faire cap vers la petite anse.

— Je pense que certaines bribes de ma mémoire et certains de mes sentiments étaient là, en moi. Enfouis, mais présents. Je ne t'ai jamais parlé du café, de la conversation que j'ai eue avec Janet, durant laquelle elle m'a raconté que c'était ma nourrice qui préparait toujours mon café. Je ne te l'ai jamais dit, je pense, parce que je n'ai jamais vraiment cru à sa culpabilité. C'était impossible. Je ressentais un lien émotionnel trop fort avec elle.

— Mais Janet était incapable de comprendre cela.

— Elle m'a raconté que ma nourrice m'avait apporté mon café dans mon bureau le jour où j'ai été kidnappée. Elle a ajouté que j'étais ensuite partie directement, et qu'elle m'avait accompagnée jusqu'à ma voiture. Tout cela, pour que je comprenne bien que personne n'autre n'avait pu mettre cette drogue dans mon café. Ce qu'elle a omis de me dire, et que j'avais oublié jusqu'à la nuit du bal, c'est qu'elle m'avait pris la Thermos pour me faire signer une liasse de papiers. C'est à ce moment-là qu'elle a fait ce qu'elle avait à faire.

— Mais elle n'avait pas compté avec l'intelligence et la vivacité de ta nourrice, qui s'est empressée d'aller trouver ton père pour lui faire part de ses soupçons dès que fut connue la nouvelle de ton enlèvement.

— Chère nourrice. Quand je pense que, pendant tout ce temps où je croyais qu'elle m'espionnait, elle était en fait en train de me protéger.

— Ton père t'a bien fait surveiller. Il ne voulait pas prendre le risque que Loubet renouvelle sa tentative.

— Le plan de Loubet aurait fonctionné si Henri, le cousin de Deboque, n'avait pas eu un penchant pour la boisson et si je ne m'étais pas mise à renverser systématiquement par terre une partie des repas qu'il me donnait. Si j'avais continué à absorber la dose normale de drogue, je n'aurais jamais réussi à repousser Henri ni à casser les planches qui obturaient les fenêtres.

Elle regarda ses mains. Ses ongles étaient redevenus parfaits. Mais ils avaient souffert lorsqu'elle avait lutté pour s'échapper par la fenêtre.

— Mais maintenant, tout est terminé, conclut-elle. J'ai retrouvé ma vie.

— Et tu en es heureuse. C'est ce qui compte.

Elle lui sourit doucement.

— Oui, j'en suis heureuse. Tu sais que Christina et Eve restent quelques jours de plus ?

— Je sais que ton père voudrait faire élever une statue à Eve.

— Nous avons largement de quoi lui être reconnaissants. Et je dois dire que cela me fait plaisir de la voir fêtée en héroïne. Elle a de quoi être fière d'elle.

— Elle était blanche comme un linge lorsqu'elle est entrée dans la salle de bal, mais elle n'a pas hésité. Elle nous a tout raconté d'une traite et nous a conduits jusqu'à vous.

— Je ne t'ai jamais remercié comme tu le mérites, dit-elle en jetant l'ancre au milieu de la petite anse.

— Tu n'as pas à me remercier.

— Mais je le veux. Tu m'as été très précieux. A moi, et à ma famille. Nous ne l'oublierons pas.

— J'ai dit que tu n'avais pas à me remercier.

Cette fois, sa voix fut ferme et froide, et il se leva pour aller s'appuyer au bastingage.

— Reeve, fit-elle en le rejoignant. Je sais bien que tu n'es pas un citoyen de Cordina et que, par conséquent, tu n'as pas à suivre nos lois ni nos coutumes. Toutefois, j'ai une requête.

Elle marqua une légère pause, prit une grande inspiration et se lança :

— Puisque mon anniversaire aura lieu dans deux semaines à peine, nous appellerons cela une requête princière, si tu veux. C'est la coutume pour les membres de la famille royale d'émettre une requête au moment de leur anniversaire.

— Une requête, répéta-t-il en allumant une cigarette. Et quelle est-elle ?

Il avait l'air un peu contrarié, un peu méfiant. Parfait, songea Brie, cela lui faciliterait les choses.

— Nos fiançailles sont très populaires, non ?

Il eut un petit rire bref.

— On peut dire cela, en effet.

— En ce qui me concerne, je dois avouer que j'adore le diamant que tu m'as offert.

— Garde-le, dit-il avec détachement. Prends-le comme un cadeau.

Elle regarda le diamant, puis la bague qu'elle portait à l'autre main. Plus aucun dilemme. Ses émotions étaient on ne peut plus claires.

— J'en ai bien l'intention.

Elle sourit lorsqu'il lui décocha un regard calme et froid.

— Tu sais, j'ai beaucoup de relations. Il pourrait très bien y avoir des soucis avec ton passeport, ton visa, et même avec ton vol de retour pour les Etats-Unis.

Il jeta sa cigarette à la mer et se retourna complètement.

— Où veux-tu en venir ?

— Je crois que cela simplifierait vraiment les choses que tu m'épouses. Et j'ai l'intention d'insister.

Troublé, Reeve s'appuya contre le bastingage et la regarda. Il ne parvenait pas à sonder son visage, peut-être parce que ses propres sentiments l'en empêchaient. C'était la princesse Gabriella qui s'exprimait, posée, calme et sûre d'elle.

— Vraiment ?

— Oui. Et si tu coopères, je suis sûre que nous en tirerons tous deux de nombreux avantages.

— Les avantages ne m'intéressent pas.

— Cela m'étonnerait, asséna-t-elle avec un sourire confiant, alors même que ses mains devenaient moites. Nous pourrions très bien passer six mois à Cordina et six mois en Amérique. Je pense qu'il n'y a pas de mariage sans une certaine dose de compromis. Tu n'es pas de cet avis ?

Des négociations… Il en avait mené beaucoup, quand il était dans la police.

— Peut-être.

Elle reprit tranquillement son souffle, puis se remit à parler, sur un ton naturel et pratique, presque détaché :

— Bien entendu, j'ai beaucoup d'obligations, mais quand Alexander sera marié, certaines d'entre elles échoiront à sa femme. En attendant, cela n'est pas beaucoup plus prenant qu'un vrai travail.

Assez, songea Reeve. Assez de détails et de plans. Assez de négociations. Il voulait qu'elle se dévoile pour de bon.

— Viens-en au fait, s'il te plaît.

Il fit un pas en avant, et elle, un en arrière.

— Comment cela ?

— Dis-moi ce que tu veux, et pourquoi.

— Toi, répondit-elle en levant le menton. C'est toi que je veux. Parce que je t'aime, depuis le soir de mes seize ans, où tu m'as embrassée sur la terrasse parmi les roses et les étoiles.

Il voulait caresser sa joue, mais il ne le fit pas. Pas encore.

— Tu n'as plus seize ans, et ce n'est pas un conte de fées.

— Non.

Souriait-elle ? Pourtant, il était vraiment primordial qu'elle comprenne cela.

— Il n'y a aucun palais qui t'attend aux Etats-Unis.

— Non, mais il y a une maison avec un grand porche, répondit-elle en reculant encore d'un pas. Ne me force pas à te supplier. Si tu ne veux pas de moi, dis-le simplement.

Cette fois, elle avait parlé comme une femme, avec moins de confiance et de calme. C'était ce qu'il voulait.

— Quand tu avais seize ans et que j'ai valsé avec toi, c'était comme un rêve, dit-il en prenant sa main. Je n'ai jamais pu l'oublier. Quand je suis revenu et que je t'ai de nouveau embrassée, c'est devenu réel. Tu es celle que j'ai toujours attendue.

Sa main ne trembla pas dans la sienne.

— Et tu es celui que j'ai toujours attendu, murmura-t-elle.

— Epouse-moi, Brie, et viens t'asseoir sous le porche avec moi. Si je peux avoir cela, je peux vivre avec Son Altesse sérénissime Gabriella de Cordina.

Elle porta ses deux mains à son visage et les embrassa, l'une après l'autre.

— Ce n'est peut-être pas un conte de fées, mais cela ne nous empêchera pas de vivre heureux et d'avoir beaucoup d'enfants.

LES FAVORIS

Découvrez vos romans favoris
et vos thématiques préférées
issues de toutes
les collections Harlequin.

À découvrir tous les mois.

Composé et édité par HarperCollins France.

Achevé d'imprimer en novembre 2020.

CPi
BLACK PRINT

Barcelone

Dépôt légal : décembre 2020.

FSC
www.fsc.org
MIXTE
Papier issu de sources responsables
FSC® C108412

Pour limiter l'empreinte environnementale de ses livres, HarperCollins France s'engage à n'utiliser que du papier fabriqué à partir de bois provenant de forêts gérées durablement et de manière responsable.

Imprimé en Espagne.